KB190012

변화와 균형

인간, 인간 세상

변화와 균형 인간, 인간 세상

발행일	2025년 3월 19일		
지은이	염진규		
펴낸이	손형국		
펴낸곳	(주)북랩		
편집인	선일영	편집	김현아, 배진용, 김다빈, 김부경
디자인	이현수, 김민하, 임진형, 안유경	제작	박기성, 구성우, 이창영, 배상진
마케팅	김회란, 박진관		
출판등록	2004. 12. 1(제2012-000051호)		
주소	서울특별시 금천구 가산디지털 1로 168, 우림라이온스밸리 B동 B111호, B113~115호		
홈페이지	www.book.co.kr		
전화번호	(02)2026-5777	팩스	(02)3159-9637

ISBN   979-11-7224-514-6 03810 (종이책)   979-11-7224-515-3 05810 (전자책)

(주)북랩 성공출판의 파트너

북랩 홈페이지와 패밀리 사이트에서 다양한 출판 솔루션을 만나 보세요!

홈페이지 book.co.kr • **블로그** blog.naver.com/essaybook • **출판문의** text@book.co.kr

작가 연락처 문의 ▸ ask.book.co.kr

작가 연락처는 개인정보이므로 북랩에서 알려드릴 수 없습니다.

변화와 균형

인간, 인간 세상

염진규 지음

진화와 역사의 관점이 아닌 자연의 이치 속에서 문화와 문명을 성찰하고,
조용한 마음으로 본질을 바라보는 자연철학적 에세이

 북랩

저자의 말

60대 중반에 접어들면서 취미와 교양과 수양을 겸하여 그동안 등한시했던 독서에 관심을 가지고 종교·철학·물리·화학·생물·지리·역사·문학 등 여러 분야의 책을 읽고, 휴가 때마다 세계를 여행하면서 지식과 견문을 넓히려고 한 것은 즐거운 일이었다. 자기 성찰을 하게 하고, 만년을 즐겁게 하고, 치매에도 도움이 될 듯하다.

그동안 보고, 듣고, 느끼고 생각한 것들을 정리하여 의미 있는 자연철학적인 에세이를 써보고자 했다. 무엇에 대하여 쓸 것인지? 어떻게 쓸 것인지? 왜 써야 하는지?를 생각하고 구상하는 데 많은 시간을 보냈다.

자연의 이치인 〈변화와 균형〉은 '인간, 인간 세상'의 삶에도 작용하고 있다. 현대 과학기술문명이 밝힌 자연의 법칙과 인간의 삶(생존) 속 생로병사, 희로애락하는 마음, 그리고 '인간 세상'의 문화와 문명을 이루게 하는 정신의 변화 과정을 살펴보는 것은 흥미로운 일이었다. 과거와 현재와 미래를 살펴볼 수 있었기에.

사마천은 사기(史記)를 완성하고 다음과 같이 말하였다.

"자연과 인간 사이의 관계를 연구하고,

과거와 현재에 일어나는 변화의 맥을 관통해서,

독자적인 학문체계를 세웠다."

그는 사기(史記)에서 인간의 위대함과 어리석음, 이욕(利慾) 및 폭력과 도덕적 이상의 갈등에서 변화하는 역사를 예리하게 관찰하려고 하였다.

사마천의 "자연과 인간의 관계, 과거와 현재에 일어나는 변화의 맥"이라는 문구가 마음에 와닿는다. 황허 유역의 주역(周易)은 후대에 역경으로 오경(五經)에 편입되 음양 이원론을 중심으로 천인합일(天人合一)의 철학 사상으로 발전하고 있다. 도가의 천도관, 불교의 연기론도 모두 변화와 연관되어 있다.

현대 과학이 밝히고 있는 우주 삼라만상의 탄생과 지구 자연의 형성, 생명의 생성에 대해서 알아본다. 부제(副題)인 '인간, 인간 세상'은 이 글의 실제적 주제로 '인간'의 문화와 문명, '인간 세상'의 종교·정치·경제·사회의 갈등과 대립, 국가 간의 헤게모니 싸움과 전쟁 등 다양한 삶의 모습을 있는 그대로 바라보려고 한다.

인간은 자아의 의식과 의지대로 사는 것일까? 생존하기 위하여 강자는 잔혹하고, 비인간적인 만행과 폭력적 행태와 이에 추종하여 아첨과 맹종, 은폐와 권모술수, 강요와 고문 등이 자행된다. 약자는 굴욕과 굴종, 아부와 비겁함으로 살아남으려 한다. 계급과 빈부격차, 주인과 노예, 억압과 불평등, 불공정과 차별, 부정과 불의, 불법과 무지로 인권과 평화와 행복은 짓밟힌다. 이에 저항하고 개혁하려는 운동들로 사회와 국가는 흥망성쇠하고, 인간은 희로애락을 느끼고 생로병사 속에서 살아간다. 천지자연과 생명, 그리고 '인간, 인간 사회'는 '변화와 균형'에 의해 '생성과 소멸', '확산과 소실'하며 '동적 균형'을 이루어 끊임없이 흘러가는 자연현상 내지 자연의 섭리로 바라본다.

본 저서는 인간의 본성은 뭇 생명과 같이 오직 생존에 있음을 설명한다. 인간을 논할 때 교역과 침략, 정복과 패권 경쟁, 전염병과 질병, 그리고 신화와 종교를 빼놓고 이야기할 수 없다. 오늘날은 물론 앞으로도 이 영향에서 벗어날 수 없는 인간의 생존을 위한 본질적인 문제이기도 하다.

깨달음의 종교인 붓다에 대해 관심을 갖던 중 현대그룹 정주영 명예회장님의 49제(祭) 법공양 축원으로 보시한 〈청담설법 금강경〉을 김영주 회장님으로부터 받은 것은 불교와의 첫 인연(因緣)이었다. 온 정신을 기울이며, 해설 한 작은 글씨까지 읽다 보니 눈도 많이 상하였다. 붓다의 지혜의 깨달음이란 무엇일까?

절에 가면 불상(佛相)의 반쯤 감은 눈과 온화한 미소는 무아(無我)의 절대 자유의 경지에 든 열반적정(涅槃寂靜)에 들어있음을 표현하고 있다.

그러나 인간이 이 세상에 존재하지 않으면 우주 삼라만상과 지구 자연의 변화무쌍하고, 아름답고, 경이롭고, 신비스러운 현상을 느끼고 상상하고 탐구할 수 없다.

'나(我)'라는 존재가 눈을 감으면 모든 현상은 상상이고, 죽으면 모든 것은 사라진다. 비록 삶은 고(苦)라고 말하지만 살아 있다는 것은 경이롭고 신비하다.

 '인간, 인간 세상'은 옳고 그름, 선과 악, 법과 정의, 양심과 부도덕, 지식과 무지, 그리고 강자와 약자, 권력과 군림, 오만과 편견, 가난과 부, 노예와 주인, 과시와 사치, 탐욕과 어리석음, 갈등과 대립 등 사회적 모순과 불균형에 대하여 말하고 있다.
 매스컴의 수많은 논평, 칼럼, 비평, 대담, 토론, 사설, 평론은 모두 개인의 생각과 주의·주장을 중심으로 이해관계에 따라 찬반으로 갈려 올바른 결론에 이르지 못하고 있는 것을 볼 수 있다. 지식인임을 자처하면서 시시비비를 가리지 못하고 편견과 궤변, 억지 주장만 펴며 싸우는 것을 보며, 비난이나 비판적인 글은 별 의미가 없다고 생각한다. 그럼에도 '인간, 인간 세상'의 내용은 비판적일 수밖에 없었다.
 성인이나 철학자도 이루지 못한 도덕과 사상이 시대의 변화와 함께 해석과 번역의 과정에서 변질되고 왜곡되어 많은 종파가 생기고, 사이비로 전락하여 사회적 혼란만 가중시키고 있는 현상을 보면 많은 의문을 갖게 한다. 주옥같은 교훈이나 명언들이 많지만 돌아서면 잊히고 만다. 이를 실천에 옮기는 일은 쉽지 않다. 평범한 사람들은 자연의 순리대로 잘 산다. 권력자와 섣부른 지식인의 어리석음이 사회 혼란의 근원이다.
 종족 간 국가 간의 침략과 정복 전쟁은 잔인하고 수단과 방법을 가리지 않는다. 죄 없는 군인들끼리 철천지원수가 되어 싸우고, 민간인이 희생되고, 재산을 빼앗기고, 파괴된다. 정복자는 영웅으로 묘사되고, 희생자는 무시된다. 인간 사회의 삶도 진리와 정의, 옳고 그름, 선과 악을 놓고 갈등과 대립하며 '변화와 균형'에 의해 '생성과 소멸', '확산과 소실'하며 '동적 균형'으로 끊임없이 흘러가는 자연현상이다.

딱히 꼭 써야 한다는 의무나 목적이 있는 것도 아니다 보니 20년이라는 세월이 흘렀다. 재미나는 이야기는 아니지만 현대과학이 밝힌 우주의 탄생, 생명과 함께 형성된 지구 자연은 신비하고 장엄하고 찬란하게 살아 숨 쉬고 있다. 인간의 생존 본능과 생존 투쟁, 마음과 정신, 문화와 문명, 지식과 무지, 권력과 부귀영화, 탐욕과 허황한 꿈, 억압과 불평등, 저항과 혁신, 평화와 행복 등 몸부림치는 인간 삶의 다양한 모습을 비판적이지만 '변화와 균형'에 의해 '생성과 소멸', '확산과 소실'하며 '동적 균형'을 이루어 끊임없이 흘러가는 자연의 섭리로 담담하게 바라본다.

인간의 느낌, 상상, 창조, 의지, 생각, 판단이라고 하는 것도 모두 자연 현상이고, 꿈을 꾸고 있는 환영(幻影) 같기도 하다.

인생은 희로애락하며 살다 간다. 수많은 생명체 중 '나'라고 하는 한 인간으로 태어난 것은 행운이고 축복이 되어야 한다. 의미나 가치를 찾기보다는 "얽매이는 바 없이 자유롭게 노닐라!"라고 한 장자의 소요유(逍遙遊)의 의미를 떠올리며 "절대 자유의 경지"와 '집착'이란 무엇인지 곰곰이 생각한다.

붓다는 금강경에서 "일체의 참 있는 법은 모든 현상이 꿈 같고 꼭두각시·거품·그림자이며 또한 이슬 같고 번개같이 보라!"고 하며 설법을 마친다.

최근 세계의 일평균 온도가 연일 최고점을 찍고, 북극은 물론 남극 빙하도 이상 징후를 보이며 세계의 빙하가 급속히 감소하고, 북대서양의 해수 온도도 최고치를 기록하며, 기온 상승으로 인한 폭염·가뭄·산불·물폭탄·강한 태풍 및 허리케인과 사이클론 등 도처에서 재난이 잇따르고 있다. 일부 과학자들은 수억 수천만 년 전에는 더욱 극한의 환경이었다고 말하며 인간이 아니더라도 지구 환경은 변화한다고 주장한다. 그러나 분명한 것은 인간에 의한 환경파괴와 대기오염, 온난화와 기상이변으로 인한 재해는 해가 거듭될수록 격심해지고 있는 것이 현상이다. 반면에 한편에서는 시시덕거리고, 다른 한편에서는 생업에 열중하느라 인류의 미래에는 관심이 없다.

세계 기구나 각국 지도자들의 적극적이고 협력적인 대처가 요구되지만, 배타적이고 이기주의적 태도로 희망이 없어 보인다. 인간이 저지르고 있는 환경오염과 지구 온난화에 따른 기후 위기, 전염병, 기아, 전쟁의 위협, 그리고 자본주의와 과학기술의 발전이 지구 종말을 대비하는 과정으로 비치기도 하는 모습에서 가까운 곳에서 원인과 대책을 찾기보다 먼 곳에서 찾으려는 인간의 모습을 보며, 모든 현상은 인위적이 아닌 '변화와 균형'에 의해 끊임없이 흘러가는 자연의 섭리이다.

세상사(世上事)는 인간의 의지나 힘으로 이루어지지 않고 있다. 이를 두고 종교적으로는 신의 뜻이나 운명으로 받아들이기도 하고, 인과응보나 사필귀정이라고 말하기도 한다. 철학자들은 우연과 필연, 모순과 부조리로 설명하기도 한다.

인간 세상에서 일어나고 있는 제국의 흥망성쇠, 권력에 의한 계급사회, 재물에 의한 빈부귀천, 노예와 주인, 권위와 복종, 억압과 불평등, 권력과 불법, 차별과 불공정 등은 모두 인간의 생존 투쟁에서 비롯된 이기적 생존 본성에서 비롯된 것이다. 이는 자유와 평등, 평화와 행복을 쟁취하려는 저항과 혁명에 부딪히며 인간 세상은 '변화와 균형'에 의해 '생성과 소멸', '확산과 소실'하며 끊임없이 흘러가고 있다.

일상적으로 쓰는 낱말(단어)이나 용어는 사전을 일일이 찾아보았다. 겉으로 생각하는 뜻보다 여러 의미를 담고 있음을 알 수 있다. 구글 어스를 찾아보고, 세계의 지리와 역사를 관찰하다 보면, 자연환경과 인간의 역사가 밀접하게 연결되어 오늘날까지도 지리적 환경의 굴레에 갇혀 있지만 '변화와 균형'에 의해 도도히 흐르고 있다.

글제 '변화와 균형'을 위해 목차에서부터 에필로그에 이르기까지 각 장의 내용도 진화와 역사의 관점이 아닌 '변화와 균형'에 초점을 맞추어 저술하려고 하였다.

나이가 들어 글을 쓴다는 것이 자연적으로 공부하고 지식을 넓히는 결과를 넘어, 자기 성찰과 인간의 존재에 대하여 반추(反芻)

할 기회가 되어 뜻깊고 의미 있는 일이었다. 대부분 헛되고 덧없이 보내는 노년의 시간을 시공간의 변화와 함께 자연과 인간의 변화해 가는 현상을 바라볼 수 있고, 인생도 되돌아볼 수 있었다.

※ 주요 참고 문헌은 과학 분야는 비교적 상세한 사진과 간결한 설명이 있어 이해가 쉬운 〈Newton Highlight〉를, 생물학 분야는 이일하 교수의 〈생물학 산책〉에서 교과서적인 서술, 철학과 종교 분야는 노자의 도덕경, 불경의 금강경 외 여러 서적과 강연을 참고하였다. 그리고 Naver의 지식백과에서 비교 참고 보완하였다. 그 외 교과서 내용과 강의 등 잘 알려진 과학지식을 참조 인용하였다.

프롤로그

　우주는 무(0)에서 시작되어 무한이 뻗어 나가다 시작점(무)과 이어지리라는 생각을 하여 본다. 결국 무(0)와 무한(∞)은 같은 것이고, 차원이 다른 세계로 인간은 이를 상상할 수는 있어도 알 수는 없다.

　우주 삼라만상과 지구 자연과 생명의 생성, 그리고 "인간, 인간세상"의 종교, 정치, 경제, 사회의 잔인하고, 추하고, 어리석음의 역정(歷程)과 과학기술문명의 이기(利器)는 엔트로피를 증가시킴으로써 지구자연과 생명의 변화 과정에 역행하며 생태계의 불균형 및 자연재해까지도 일으키고 있다. 또한 인구증가에 따른 자연 개발과 훼손, 각종 전염병과 재앙, 전쟁의 잔혹성과 영속성 등에 대해서 '진화와 역사'의 관점이나 또는 절대자의 의지나, 인위적이 아닌 '변화와 균형'에 의해 '생성과 소멸', '확산과 소실'하며 '동적 균형'을 이루어 끊임없이 흘러가며 일어나는 자연의 물리화학 법칙에 의한 자연의 섭리임을 말하고 있다.

　변화의 사전적 의미는 '사물의 형상, 성질 등이 달라지는 것'이고, 균형은 '어느 한쪽으로 치우치지 않고 고르게 되는 물리적 현상이다' (물리) 어떤 물체에 두 힘이 동시에 작용해서, 그 효과가 서로 상쇄된 상태. 재료역학에서는 외력에 대해 내부에는 대응하는 응력 또는 내력이 작용하는 것으로 해석한다. 외력에 의해 내력이 지탱하지 못하면 파괴된다.

공간이란 ① 아무것도 없는 빈 곳. ② 물리적으로나 심리적으로 널리 퍼져있는 범위. 어떤 물질이나 물체가 존재할 수 있거나 어떤 일이 일어날 수 있는 자리이다.

생명은 지상, 해양, 땅속, 공기 중은 물론 생명의 몸속과 피부에서도 공생과 기생하며, 또한 심해나 사막, 고산지대와 같은 극한의 환경 속에서도 살아가고 있다. 생명은 어떠한 환경에서도 물과 공기와 영양을 얻을 수 있으면 생존할 수 있음을 보여준다.

제1부. 〈변화와 균형〉에서 힘의 작용은 변화로 이어지고, 변화는 균형을 잡기 위하여 변화한다. 변화 과정이 균형이고, 균형을 잡으려는 것이 변화이다. 즉 '변화와 균형'은 흐름이다. 변화의 흐름이 시간이고, '동적 균형'이 공간이다. 힘의 불균형은 연속적으로 일어나기 때문에 우주 삼라만상의 탄생과 지구 자연의 형성, 생명의 다양성과 인간의 출현 등이 '변화와 균형'에 의해 '생성과 소멸', '확산과 소실'하며 '동적 균형'을 이루어 끊임없이 흘러가며 생성되고 형성되는 자연의 물리화학 법칙이고 섭리임을 말하고 있다.

생명과 함께 형성된 지구 자연과 생명은 종의 다양성, 생물 다양성, 생태계의 다양성으로 먹이사슬의 균형을 이루며 생명력 있는 아름답고 신비한 푸른 별이 되었다.

생체 내 생명 활동은 체세포분열과 생식세포의 감수분열로 생명의 영속성을 이어가려고 한다. 물질 순환과 에너지 흐름은 '변화와 균형'에 의해 물질과 에너지를 변환시키며 '동적 균형'을 이루어 끊임없이 흘러가는 자연의 섭리이다.

제2부. 〈인간〉에서 인간의 본바탕과 본성에 대해서 알아본다. 인간은 60조 개의 세포로 이루어진 "세포의, 세포에 의한, 세포를 위한" 생물학적 존재이다. 생명이란 곧 삶이고, 생존이고, 목숨으로 본성을 의미한다. 생물학적 존재인 인간을 포함한 모든 생명은 세포와 유전자에 의해 자연적이고, 유기적이고, 자동적으로 작동한다.

제3부. 〈인간 세상〉에서, 인위적이라고 하는 것도 길게 보면 인간의 의지나 힘에 의해서라기보다 '변화와 균형'에 의해서 '생성과 소멸'하며 끊임없이 흘러가는 자연 현상임을 말하고 있다. 생존을 위한 인간의 생존 투쟁과 과학기술문명은 지구 자연과 생명의 변화 과정에 역행하며 열역학 제2 법칙인 '엔트로피 증가의 법칙'을 따른다. 이것은 자연과 생명의 변화 과정에 역행하는 것으로 대가를 치를 수밖에 없는 것도 자연의 법칙이다.

차례

제3부 인간 세상

– 생존을 위한 인간 세상의 불균형과 변화

제1부

변화와 균형

제1장

생성과 소멸, 확산과 소실

1. 밤하늘을 바라보며

- 무와 유, 빛과 물질, 시간과 공간

요즘 도시에서는 많은 불빛과 대기오염으로 찬란한 밤하늘을 볼 수 없다. 사춘기에는 무수히 반짝이는 별을 바라보며 막연한 두려움과 쓸쓸함과 외로움 같은 것을 느끼곤 하였다. '내 별도 있을까?'라는 생각도 하며!

군대에 가서는 야간 보초를 서며 온 밤하늘을 환히 비추는 별을 바라보며 주요 별자리의 이름을 하나, 둘 알아가면서 지구의 자전과 공전에 의해 초저녁과 새벽녘 그리고 계절 따라 별자리의 위치가 변하는 것을 볼 수 있었다.[1]

밤하늘을 찬란하게 비추는 우리 은하와 멀리 희미한 수백수천만 광년 떨어진 은하로부터 오고 있는 별빛으로 과거의 별을 보는 것이라는 생각을 했다. 별빛을 자세히 들여다볼 수 있다면 과거의 모습을 볼 수 있겠다는 상상을 하며 졸리고 지루한 시간을 흘려보낼 수 있었다.

---

[1] 지구의 자전축은 북극과 남극을 잇는 지축이 황도면과 23° 26′ 기울어져 있어 계절변화가 일어나는 것은 이 기울기에서 기인한다. 세차운동에 의해 자전과 반대 방향으로 황도의 극둘레를 약 2만 6,000년에 1주 한다.

현대우주론은 20세기 들어 상대성 이론과 양자이론과 천문 관측 기술의 발전을 바탕으로 우주는 138억 년 전으로 거슬러 올라가면 시간과 공간 빛과 물질도 없는 무(無)에서 입자와 반입자의 생성·소멸의 요동에서 한순간 급팽창하여 입자와 반입자로 가득 찬 초고온 초고밀도의 "빅뱅 우주"로부터 탄생한다고 가설하고 있다.

　"빅뱅 우주"는 시간과 공간의 시작이며 천체와 생명 구성 물질이기도 한 물질이 더 이상 쪼개질 수 없는 입자와 반입자의 생성과 소멸로부터 빛과 쿼크와 전자와 같은 입자로부터 탄생한다고 하고 있다.

　쿼크 3개는 강력하게 결합하여 양성자와 중성자가 되고, 1개의 양성자로 이루어진 수소 원자핵, 양성자 1개와 중성자 1개가 결합한 중수소 원자핵, 양성자 2개와 중성자 2개가 결합한 헬륨 원자핵으로 결합하며 우주는 무게 기준으로 75%의 수소와 25%의 헬륨으로 이루어지게 되었다고 한다.

　"빅뱅 우주"에서 물질은 입자와 반입자 → 빛과 쿼크와 전자 → 양성자와 중성자와 전자 → 원자핵과 전자가 산재(散在)하는 초기 원시 우주는 1,000분의 1초에서 3분(分) 사이의 순간에 불과하고, 그로부터 원자핵과 전자가 결합하여 원자가 되기까지는 수억 년의 시간이 경과(經過)하였다고 하고 있다.

　초고온 초고밀도의 "빅뱅 우주"는 시간이 흐르며 팽창과 함께 온도가 내려가며 밀도가 높은 쪽으로 중력에 의해 수소와 헬륨가스가 회오리치며 모여들어 수축하고 합쳐져 성장하여 여기저기

별들이 생겨나 은하를 이루고, 다시 은하 간의 충돌과 합체로 은하단을 이루고, 거성의 폭발과 합체를 통하여 천체 내에 각종 원소가 생겨나며 오늘의 우주 삼라만상이 생겨났다고 한다.

우리은하의 밤하늘은 수많은 별과 은하수의 성운(가스와 먼지의 집단)과 구상 성단(수십만 개의 항성이 공 모양으로 둥글게 모여서 이룬 성단)과 산개 성단(항성이 불규칙하게 밀집해 있는 별의 집단)이 표면온도와 규모, 사라져 가거나 새로 생성되는 성운에 따라 붉은색 오렌지색 노란색 담황색 하얀색 푸른색 등으로 빛나며 찬란하고 신비하고 외롭게 반짝이는 별로 비추고 있는 것이다.

인간은 허블 우주 망원경과 같은 최신 관측 장비의 영상으로 수천 광년에서 110억 광년 떨어진 별이나, 100여 년 전에서 수십억 년 전의 과거 우주와 천체의 생성 과정의 변화무상한 모습의 영상이나 사진을 볼 수 있다.

무거운 별의 초신성 폭발이나 성단과 은하의 충돌과 합체로 성간에서 가스와 먼지가 소용돌이치고 제트를 뿜어내며 거대한 뭉게구름 사이로 별이 새로 태어나는 모양도 있고, 죽어가는 별이 흩뿌려지며 주변에서는 새로 생성되어 반짝이는 별도 보인다. 타원 은하 중심부의 가스와 먼지가 회오리치며 물질을 빨아들이고 있는 블랙홀도 있고 원반 모양을 한 은하의 형태는 망원경으로도 관측되는 등 우주의 변화 과정의 한 단면을 엿볼 수 있게 한다.

우주의 시작은 시간과 공간의 시작이며 천체와 생명 구성 물질이기도 한 입자와 반입자와 빛(에너지)의 탄생이기도 하다. 무한한 우주의 기원을 극미(極微)의 입자와 빛 그리고 시간과 공간의 시작에서 생각하고 있는 것을 보면서 무한(∞)하게 보이는 우주와 무(0)는 같은 것 같다.

2,500년 전에 노자는 아래와 같이 말했다.

"'무[無]'는 '유[有]'와 더불어 만물을 총괄하는 성질을 가지고 있어 모양이 없는 모양이고, 형체로 드러나지 않는 형상이다.
'무'는 '유'와 다르기 때문에 '보아도 볼 수 없고, 들어도 들을 수 없으며, 잡아도 잡을 수 없다.
이 셋은 규명할 수 없지만 실제로 하나다.
'무'는 규율(規律)성을 갖기 때문에 '도'라 하고, '무'는 바로 '도'이고 '도'는 바로 '무'이다.
그것은 실제로 다양한 긍정의 의미를 가지고 있고 현실적 작용이 있으며 예측할 수 있는 결과가 있어 일상과 정치 속에서 잠시도 그것을 떠날 수가 없다."

2,500년 전 과학 문명이 아직 깜깜하였던 시대임에도 불구하고 함축성 있게 표현하고 있는 것을 보면 이러한 상상력들이 오늘의 우주론을 있게 하고 있다. 현재 우주에는 1,000억 개 이상의 은하가 있고 우리은하는 4,000억 개의 항성으로 이루어져 있다고 하니 그 수가 놀랍고 신기하기만 하다.
아름답고 외롭고 찬란하게 보이는 우주는 무에서 시작하여 장구한 세월 동안 성장과 충돌, 합체와 초신성과 극초신성 폭발에 의한 소멸과 생성을 되풀이하고, 다양한 물질 원소를 생성하면서 생명의 탄생도 함께 준비하고 있었다.

변화는 우주의 탄생에서 시작하였고 이는 혼돈된 우주를 균형 잡으려는 물리력(중력, 전자기력, 약한 핵력, 강한 핵력)이 작용하고 있기 때문이다. 지금도 알 수 없는 힘과 물질(암흑에너지와 암흑물질)이 우주 공간에 가득 차 있고, 우주는 계속 가속 팽창하고 있다고 한다.

밤하늘에 수없이 반짝이는 우리은하 속에도, 희미한 은하 저편에도 생명의 별들은 있을 것이다. 그러나 그곳은 우리로부터 아주 멀리 떨어져 있어 갈 수도 없고 또한 다른 차원의 세계일 수도 있기 때문에 서로 마주치는 일은 없을 것이다.

물리학의 표준모형에는 현재까지 알려진 자연계에 존재하는 네 가지 힘은 중력, 전자기력, 약력, 강력이 있다. 네 가지 힘을 매개하는 입자를 중력자(중력; 중량이 있는 두 물체 사이에 작용하는 힘), 광자(전자기력; 전기력과 자기력), W&Z(약력; 원자핵 붕괴에 관여하는 약한 힘), 접착자(gluon, 강력; 원자핵을 묶어주는 강한 힘)라고 한다. 자연계에는 물질을 구성하는 구성입자들인 전자나 양성자를 만드는 쿼크로 구성되어 있다.

우주에는 그 어떤 의지와 목적이 있는 것도 아니고, 그저 자연의 법칙에 의하여 자연적으로 생겨난 것을 고대로부터 사람들은 신을 상상하고 신화를 창조하여 신비롭고, 아름답게 묘사하여 후대에 전하고 있다. 우주의 생성은 시간과 공간의 시작이고, 빛과 물질과 생명의 탄생으로 이어지며 '변화와 균형'에 의해 '생성과 소멸, 확산과 소실'하며 '동적 균형'을 이루어 끊임없이 흘러간다.

2. 자연의 소리

- 물소리, 바람소리, 생명의 소리

봄날 이른 새벽 멀리서 들려오는 뻐꾸기 소리와 왁자지껄 지져
대는 각종 새소리에 황홀함을 느끼며 새벽잠에서 깨어나던 일은
지금은 도시의 야산자락 주택가에서도 쉽게 들을 수 없는 자연의
소리다.

한여름 긴 여운을 남기며 가로수와 시골 동네 어귀에서 한꺼번
에 시끄럽게 울어대다 인기척에 놀라 갑자기 뚝 그치던 뭇 벌레
소리와 이따금 들려오는 매미의 맴~맴 소리를 들으며 한가히 뛰
놀던 어린 시절의 기억을 떠올리면 지금도 귓전에 울리는 듯하다.

빗물은 실개천을 이루며 흐르다 내를 이루고 졸졸 흐르다 어느
새 세차게 흘러가며 이리저리 돌부리에 부딪치고 모래자갈밭과
여울을 지나며 흥겹고 세찬 물소리를 내며 흘러간다. 골짜기를 따
라 다시 실개천을 이루며 흐르는 물소리는 정겹게 살랑거리고, 절
벽 아래로 물안개를 뿌리며 떨어지는 폭포 소리는 세차고 우렁차
고 시원하게 들린다.

비는 바람 소리와 함께 세차게 떨어지기도 하고 포근하게 내리
기도 하고, 들판 위에도 도로 위에도 나뭇잎에도 양철지붕 위에도
시냇물에도 물방울을 일으키며 다양한 빗소리를 내며 고이고 흐

르고 합쳐서 흘러간다. 물은 아래로 흐르며 모여 불어나 바위나 물끼리 부딪치기도 하고 다시 내를 이루어 강으로 흘러들어 구불구불 굽이치며 유유히 바다로 흘러 들어간다.

바닷가 해변의 잔잔한 파도는 모래자갈 언덕이나 곱돌 사이를 조용히 부딪치고 스며들며 쏴~악 딱딱 소리를 내기도 하고 조금 큰 파도는 너울대며 갯바위에 부딪쳐 철썩거린다. 배를 타고 있으면 뱃전을 철썩철썩 때리기도 하고 뱃머리를 세차게 부딪치며 솟아오르기도 한다.

분수대에서 낮게 솟으며 떨어져 졸졸 흘러가는 물소리나 실개천을 흘러가는 물소리는 마음을 맑게 한다. 물의 소중함을 아는 오아시스가 고향인 사막 민족, 이슬람의 세계는 물을 소중히 하고 물소리를 즐겨 가까이한 것 같다.

인도의 무굴제국 궁전들과 스페인 남부의 아프리카 튀니지 일원의 베르베르족이 건설한 알람브라궁전의 분수대에서 조용히 솟아나 도랑을 따라 흘러가는 물소리는 주변과 조화롭게 어우러지며 한때의 아련한 상념에 잠기게 한다.

동굴 속에서 이따금 떨어지는 물방울 소리는 청아하게 들리며 별세계에 있는 듯 마음을 맑고 황홀하게 하는 소리다.

대지와 물과 그리고 대기로 둘러싸인 지구의 자전축은 기울기가 23.4도 기울어져 태양 주위를 공전하기 때문에 언제나 적도에 태양 빛이 수직으로 닿지 않아 봄, 여름, 가을, 겨울의 4계절이 있게 한다.

태양열은 육지를 데워 공기를 덥히고 바닷물을 증발시켜 수증기를 발생시킨다. 이들 따뜻한 대기와 수증기는 상승 기류를 타고 찬(冷) 극 지역의 북동쪽으로 이동하며 식으면서 하강한다.

지구의 자전은 대기도 함께 동쪽으로 가지고 가지만 적도에 비해 극 지역으로 갈수록 느려지는 자전 속도는 적도에서 발생한 상승기류를 저위도에서 일부가 하강하여 남동풍을 일으키게 되므로 예로부터 아라비아 상인들이 인도에서 아라비아로 가는 뱃길을 쉽게 한다 하여 무역풍이라 부른다.

중위도에서는 동쪽을 향하는 편서풍으로 변하고 극 지역에서는 남서쪽으로 부는 극 편동풍을 일으키는 등 적도(赤道) 부근의 열을 극 지역으로 옮기는 대기의 대순환이 끊임없이 이루어지고 있다.

바다와 육지와 더운 적도와 추운 극지방의 기온과 기압차와 자전에 의한 코리올리의 힘에 의해 끊임없이 변하며 사방팔방으로 풍속과 풍향과 기온이 바뀌어 가며 변화와 균형의 순환을 이어가며 끊임없이 흘러간다.

바람은 상승기류에 의한 저기압과 하강기류에 의한 고기압을 형성하여 이동하며 들판을 지나 산에 부딪쳐 상승하기도 한다.

바람은 계절 따라 아침저녁과 밤낮으로 기온과 기압, 풍속과 방향을 바꾸어 가며 강과 숲과 도시와 바다를 지나며 장애물에 따라 갖가지 바람 소리를 내고 지나간다.

바람 소리는 나무 사이를 지나면서 살랑살랑 속삭이기도 하고 들판을 지나며 쉬~익 소리를 내기도 한다.

바람은 파도를 일렁이게 하고 회오리치며 바다를 건너 육지에 상륙하여 무서운 기세로 소리를 내며 나무를 휘어지게 하고 모든 것을 휩쓸고 지나가기도 한다.

봄바람은 속삭이듯 하다가도 세차게 불어 변덕스럽고 잔인한 계절을 만들기도 하지만 새싹을 움트게 하고 꽃을 피우게 한다.

무더운 여름은 폭풍이 몰아치며 무서운 바람 소리를 내기도 하지만 낮에는 해풍이 불고 밤에는 육풍이 불어 땀을 식혀주고 생명을 무성하게 키운다.

솔솔 부는 가을바람은 구름을 몰아내고 맑은 날씨를 만들어 모든 생명을 살찌우고 결실을 맺게 하지만 낙엽이 들면 웬일인지 쓸쓸하고 울적하여 멀리 떨어져 있는 부모형제나 어릴 적 친구가 그리워지고 어디론가 훌쩍 떠나고 싶게 만든다.

겨울에 북쪽에서 내려오는 낙엽을 쓸어가는 삭풍 소리는 세차고 음산하여 모든 것을 움츠러들고 죽은듯하게 만들지만 대지 깊숙한 곳에서는 새로운 봄을 맞으려 꿈틀대는 생명의 끈질긴 소리도 들리는 듯하다.

바람 소리 물소리는 수십억 년의 세월 동안 순환하며 자연을 스치고 부딪쳐 깎고 닦고 부서트리고 정화하며 생명이 살 수 있는 아름다운 지구 자연을 탄생시킨 자연의 소리다.

엄마를 찾는 송아지 소리와 어미 소의 음매 우는 소리, 동네 어귀에 들어서면 짖어대는 개 짖는 소리, 한밤중에 목을 길게 쳐들고 울부짖는 늑대의 울음소리와 수많은 뭇짐승들의 울음소리도 인간이 먼 조상 때부터 들었던 낯설지 않은 외로움과 두려움을 달래주는 그립고 다정한 자연의 소리다.

영화에서 황야에 울려 퍼지는 인디언이 내달리며 내는 소리, 동물을 부르는 아프리카 타잔의 소리, 아라비아 초원에서 이슬람의 새벽 예배를 알리는 기도 소리, 몽골 초원의 신비한 허미 마두(馬頭)금 소리, 중국 고산지대에 사는 부족이 부르는 청아한 노랫소리, 다양한 원시 부족들이 부르는 모든 소리는 고독과 두려움과 슬픔과 기쁨을 노래하는 자연의 소리다.

무당의 춤과 주문(呪文) 소리는 천지신명을 부르고, 산사에서 들리는 목탁 소리와 불경 읽는 소리는 나를 잊게 하고, 새벽 찬송가 소리는 근심과 걱정을 잊게 하는 모두 자연의 소리와 같은 것이다.

우리의 귀에는 지구가 자전하는 소리는 들을 수는 없지만 우주에서 들려오는 얼음알갱이 속을 스치듯 지나가는 금속성 쇳소리는 아득하게 느껴지는 순수 자연의 소리 같은 것이다.

천둥, 바람, 물의 소리는 생명을 잉태하고 탄생시키고 기르고 변화시킨 생명의 소리이고, 마음으로 느낄 수 있는 자연의 소리다. 태초에 우주와 생명이 생성될 때부터 들었을 외롭고 두렵고 아련한 자연의 소리이다.

3. 빛을 알아가기까지

- 파동과 입자의 성질을 가진 광양자

장자의 우화에는 광요라는 인물을 빛 또는 시간으로 의인화하고 있다.

광요는 공간을 보고 다음처럼 독백한다.

> "아득하다. 휑하여 빈 것 같다. 온종일 그를 쳐다보아도 보이질 않는다.
>
> 귀를 기울여도 들리질 않는다. 잡아도 잡히질 않는다."
>
> "나는 무의 경지가 있다는 것을 알고 있었지만 무도 없는 경지가 있음을 몰랐다. 무도 없는 경지에 어떻게 이른단 말인가."

빛의 사전적 의미는 ① 시신경을 자극하여 사물을 볼 수 있게 하는 것 ② 태양이나 고온의 물질에서 나오는 일종의 전자기파 ③ 빛깔 ④ 안색, 얼굴빛 ⑤ 희망, 광명 ⑥ 번쩍이는 광택 등으로 되어 있다.

구약성서의 창세기 편에는 이렇게 적혀 있다.

> "천지창조는 한 처음에 하느님께서 하늘과 땅을 창조하셨

다. 땅은 아직 꼴을 갖추지 못하고 비어 있었는데, 어둠이 심연을 덮고 하느님의 영이 그 물 위를 감돌고 있었다.

하느님께서 말씀하시기를 '빛이 생겨라.' 하시자 빛이 생겼다. 하느님께서는 빛과 어둠을 가르시어 빛을 낮이라 부르시고 어둠을 밤이라 부르셨다. 저녁이 되고 아침이 되니 첫날이 지났다."

인간이 불을 사용한 것은 140~150만 년 전의 아프리카 동굴에서 그 흔적이 발견되고 있다고 한다. 원시 인간들은 불을 취하고 사용함으로써 어둠을 밝히고, 맹수를 물리치고, 음식물을 익혀 조리할 수 있게 되었을 것이다.

인간은 불을 이용할 수 있었기 때문에 금속을 녹여 도구를 만들 수 있었고, 추위를 이겨 추운 지역으로 이동하여 삶의 영역을 넓힐 수 있었으며, 자연과 각종 동식물을 지배할 수 있게 되었을 것이다.

빛은 인류의 문명과 문화를 발전시킬 수 있게 하고 있다.

고대 이집트와 멕시코에서는 웅장한 태양 신전이 전해지고, 고대의 문학·철학·종교에서는 비유로서 신들의 지복의 세계와 선과 악의 대비로 표현되고, 기독교에서는 세상의 빛, 온 누리에 충만한 빛'과 같이 빛을 생명과 진리로 비유하고 있다.

중세를 거치면서 16~17세기 르네상스와 바로크 시대 초기의 사실적인 회화에서는 빛에 대한 관심을 불러일으키며 미술작품에서 밝음과 어둠의 극적인 대비, 촛불이나 등불이 어둠을 밝히는 효과로 표현되고 있다. 18세기 말부터 활발하였던 낭만주의 시대는 빛에 따라 달라지는 색채의 변화를 혁신적인 시각으로 발전시키고 있다.

19세기의 인상주의 미술은 빛과 함께 시시각각으로 움직이는 색채의 변화 속에서 자연을 묘사하고, 색채나 색조의 순간적 효과를 이용하여 눈에 보이는 것을 기록하려 하였다. 이는 시와 음악에서도 나타나고 있다. 오늘날 카메라 작가들은 '빛이 사진의 모든 것이다'라고 말한다.

헤겔은 "빛을 '비물질적 물질'로서 모든 물질을 드러나게 하고, 절대적 가벼움과 속도를 가지며, 열과 공기의 흐름에 불과하고, 불가분(不可分)의 단순한 것"이다.

햇빛은 물과 토양과 함께 동식물이 살아가고 성장할 수 있게 하는 생명과 생존의 근원이기도 하다. 빛의 여러 가지 현상과 성질을 관찰하고, 빛의 속도를 측정하고, 빛의 본질을 밝혀내기 위한 연구는 고대 그리스 시대부터 기하학자나 자연철학자들에 의해 사고되고 관찰되어 왔다.

고대 그리스의 유클리드(기원전 280년경)는 '기하 광학의 기초 원리'에서 빛이 직진하고, 반사와 굴절면 상에서 꺾인다는 것을 기하학적으로 기술하였다. 톨레미(AD 약 100~170년경)는 입사각과 반사각이 같다는 것을 실험에 입각한 굴절 법칙으로 설명하였다.

신성하고 신비스러운 빛에 대한 연구는 천문학과 광학을 중심으로 현미경과 망원경이 발명되면서 본격화되었다. 빛은 물체에 닿으면 반사와 투과와 흡수(빛에너지가 물체의 온도 상승에 사용)되어 사라져 버린다.

태양의 빛을 프리즘에 통과시키면 무수한 색깔의 띠가 나타나는 현상을 뉴턴(1642~1727)이 발견하였다. 이 빛의 띠를 '태양 빛의 스펙트럼'이라고 한다. 빛은 다양한 색깔을 띤 빛의 집합체이다.

프리즘을 통하면 백색광이 색깔(파장)에 따라 굴절의 크기가 서로 달라 다양한 색깔로 분산된다. 무지개는 태양 빛이 대기 중의 무수한 물방울 안에서의 굴절에 의해 색깔별로 '분산'되어 눈에 들어오는 프리즘 현상과 같다.

'빛의 굴절'은 물, 유리 등에 들어가면 물이나 유리의 분자가 빛의 진행을 느리게 하여 속도의 차이로 경계면에서 진행 방향이 꺾이게 되는 현상으로, 볼록렌즈는 빛을 모으고, 오목렌즈는 빛을 퍼지게 하며, 안경·확대경·망원경·카메라 등에 이용한다.

볼록렌즈는 물체가 커 보이도록 확대하지만 파장(색깔)의 차이로 완전하게 한 점에 모으지 못하는 '색수차'를 낳게 함으로 대형 굴절 망원경은 제작하기에 어려움이 따른다. 오늘날 '대형 천체 망원경'에는 오목한 반사경을 조립해 빛을 한 점에 모으는 '반사 망원경'이 사용되고 있다.

'신기루'는 한낮에 사막의 온도 상승에 따른 공기의 밀도차로 빛이 굴절하여 먼 곳의 주변 경치가 눈에 들어오는 현상이고, 밤하늘의 별은 상·하층부 대기의 공기 분자의 밀도 차에 의한 빛의 굴절 현상에 의하여 보이는 방향보다 아래에 실재하고, 수평선 위에 떠오르는 태양은 실제로는 수평선 아래에 위치하고 있다.

거울은 모든 색의 빛을 반사하고, 굴절의 법칙(입사각=반사각)을 만족하며, 자신으로부터 나온 '빛의 반사'에 의하여 자신을 볼 수 있게 한다. '전반사'는 다이아몬드가 광채를 내게 하고, 물의 입사각(48도)에 따라 물의 표면이 거울이 되게 한다.

'난반사'는 물체를 볼 수 있게 하고, 흰 물체는 모든 색의 빛을 난반사하고, 물체가 가지고 있는 본래의 색깔은 난반사되어 어느 방향에서나 볼 수 있게 하고 그 외의 색의 빛은 물체가 흡수한다.

'빛의 간섭'은 여러 개의 파동이 겹쳐 새로운 파동이 생기거나 상쇄되는 것이다. 비눗방울은 '막의 두께와 보는 방향'에 따라 간섭 조건이 바뀜으로써 신비한 색채를 띠게 된다. 광디스크와 공작새의 날개의 아름다운 색은 '미세 구조'에 의한 반사광의 회절이 만드는 '구조색'이다.

'빛의 산란'은 불규칙하게 분포하는 대기권의 미세입자에 의하여 빛이 사방팔방으로 흩어지는 현상으로 빛을 인식할 수 있게 하고, 하늘이 파랗게 보이는 것은 산란이 쉬운 짧은 파장의 파란색 빛이 공기 분자에 의해 산란하여 생기고, 해가 뜨거나 질 무렵은 산란이 어려운 긴 파장의 빨간색 빛이 먼 하늘을 나아가다 가까운 하늘에서 산란하여 붉게 보인다.

'빛의 삼원색'을 빨강(R), 초록(G), 파랑(B)이라 하고, 조명이나 텔레비전의 디스플레이처럼 스스로 빛을 내는 물체는 이 3원색의 빛으로 밝기를 바꾸면서 여러 가지로 조합시켜 다양한 색깔을 나타낼 수 있다. R+G=노랑, G+B=시안, R+B=마젠타, R+G+B=흰색이 되며 '빛의 겹침 현상'이라고 한다.

인간의 눈은 주간에는 밝은 빛과 빛의 3원색인 빨강, 초록, 파란색을 주로 감지하는 '원뿔세포(원추세포)'가 황반에 위치하여 '감광색소(로돕신)'에 의하여 빛의 세기와 색 에너지를 조합하여 전기적 신호로 뇌에 전달하면 뇌에서 색깔을 판단하여 느끼게 한다.

황반 주변의 망막에 있는 '막대세포(간상세포)'는 어두운 빛과 명암의 감각에 관여하여 주로 어두운 야간 활동을 감지한다.

스스로 빛을 내지 못하는 물체의 색은 빛의 '흡수와 반사'가 만들어 낸다. '밝은 파랑(Cyan)'·'밝은 빨강(Magenta)'·'노랑(Yellow)'을 '색의 삼원색'이라고 하며 조합하면 M+Y=빨강, Y+C=초록, C+M=파랑, M+Y+C=검정색이 되며 '색의 혼합'이라고 한다.

인간의 시각은 주위의 환경에 맞춰 색깔을 보정하는 '색순응'과 주위의 배색에 의해 같은 색깔이 달라져 보이는 '뭉커 착시' 현상도 있다. 새들은 사람의 눈으로 볼 수 없는 자외선을 볼 수 있는 원뿔세포를 하나 더 가지고 있어 인간과는 다른 세상을 보고 있을 것이다.

빛의 정체를 밝히기 위하여 서구의 물리·수학자들은 많은 연구와 시행착오 속에 사고의 혁신적인 변화와 해석을 통해 빛의 근원에 다가가 오늘의 획기적인 과학 문명 시대를 열게 한다.

빛은 파동과 입자(광자)의 이중성을 가지고 있어 여러 가지 자연

현상을 일으키고 있는 것이고, 인류는 빛의 발견과 연구를 통하여 미시의 세계와 거시 우주의 근원을 생각할 수 있게 한다.

호이겐스(1629~1695)는 빛을 파동이라고 주장하고 파동의 성질을 이용하여 간섭과 회절을 설명하려고 하였다. 그의 파동설은 뉴턴의 색깔에 대한 분산을 설명하지 못하였다. 뉴턴은 '빛은 눈에 보이지 않는 작은 입자의 흐름'이라는 주장이 힘을 받게 되었다.

1807년 토머스 영(1773~1829)은 회절 실험에 의해 빛이 간섭하는 것을 보여줌으로써 뉴턴의 입자설은 부정되고 파동설이 부활하게 되었다. 영의 이론에 의하면 빛은 각각 고유한 색깔의 진동수를 가지며, 주기적 종파로 진행하고, 호이겐스의 원리에 따라 전파되고, 반사·굴절·회절과 간섭성을 설명하였다.

전자기학의 창시자인 영국 과학자 제임스 맥스웰(1831~1879)은 전자기파가 나아가는 속도와 빛의 속도가 거의 일치하는 것으로부터 빛은 전파, 적외선, 가시광선, 자외선, X선, 감마선 등과 같은 '전자기파'임을 밝힘으로써 빛의 파동설은 확고하게 되었다.

자기력을 미치게 할 수 있는 공간을 자기 마당(자기장)이라 하고, 전기력을 미치게 할 수 있는 공간을 전기 마당이라 한다. 자기 마당이 변하면 전기 마당이 발생하고, 전기 마당이 변하면 자기 마당이 발생한다.

전자기파(빛)란 '전기 마당과 자기 마당이 연쇄적으로 발생하면서 나아가는 현상'을 말한다. 전자기파의 전기 마당의 진동에 따라 전류가 흐른다. 전자기파(빛)는 에너지를 옮겨 전자에게 운동에너지를 줄 수 있다.

파장이 긴 전파는 진동수가 적은 전자기파이며, 파장이 짧은 Υ선은 진동수가 많은 전자기파이다. 전자기파는 전기 마당의 진동이므로 전자기파가 오면 전자 등의 전기를 띤 하전 입자는 그 전기 마당에 의해 움직인다. 전자기파(빛)는 전자를 움직이고, 물체에 흡수된다.

전자기파는 하전 입자(전자 등)를 뒤흔드는 것으로 생각할 수 있다. 전파는 전류를 진동시킨다. 적외선이나 마이크로파는 분자를 뒤흔든다. 가시광선은 망막 안의 감광 색소의 분자구조를 바꾼다. 자외선·X선·Υ선은 화학 결합을 파괴한다.

전자(전류)가 움직이면(진동하면) 전자기파(빛)가 발생한다. 진동수가 많은 전자기파일수록 전자를 심하게 진동시킨다. 즉 가지고 있는 에너지가 크다. 온도란 원자 및 전자의 운동이 격렬한 정도이기도 하다.

열복사는 원자 및 분자의 진동이나 회전(spin)이고, 이는 곧 전자 및 원자핵의 움직임을 의미하고, 결국 열에 의해 전자 등이 움직이는 결과로 전자기파(빛)가 발생한다고 할 수 있다.

원자 안에서 전자는 원자핵으로부터 전기적인 인력을 받는다. 전자가 아래의 궤도로 바꿔 타면 전자의 에너지가 감소하고, 그 감소분의 에너지가 방출되는 것이 전자기파(빛)이다. 즉 전자가 움직이면 전자기파(빛)가 방출된다.

'태양풍'은 전자나 양성자(수소이온) 등의 하전 입자로 이루어진 플라스마로, 지구에 온 태양풍의 입자는 지구 자기에 의해서 극

지역으로 끌려가게 되고, 대기 중의 산소나 질소 원자 및 분자의 전자와 충돌하면서 빨간색이나 초록색 등의 오로라 방전을 하게 된다.

유리 속에서 빛은 '흡수'와 '재방출'을 되풀이함으로써 투명해 보인다. 자외선이나 원적외선은 유리 분자에 완전히 흡수되고, 그 에너지는 열이 되어 유리의 온도를 높여 공명을 일으키게 되고, 재방출이 일어나지 않기 때문에 불투명해진다.

통신용 전파는 전리층(고도 60㎞ 이상)에서 반사되어 되돌아오는 성질이 있어 장거리 통신에 이용되고, 반대로 우주에서 오는 파장 수십 m 이상의 전파는 전리층에서 반사되어 우주로 되돌아가 지상에는 이르지 않는다.

적외선의 대부분은 대기 중의 물이나 이산화탄소 분자 등에 의해 흡수 산란되어 지상에는 이르지 못하고, 자외선의 대부분은 대기 상층에 존재하는 오존(O_3) 분자에 의해 흡수된다. X선과 Y선은 질소나 산소 등의 분자에 흡수된다.

대기는 가시광선과 적외선의 일부 및 전파의 일부에 대해서는 거의 투명하지만, 그 이외의 파장에 대해서는 거의 불투명하다. 전자기파(빛) 중에서 인간의 눈이 감지할 수 있는 영역은 극히 한정된 가시광선 영역뿐이다.

일반적인 빛은 다양한 진동 방향의 빛이 균등하게 섞여 있지만 편광판을 통과하면 하나의 방향으로만 진동하는'편광'이 된다. 투과시키는 빛의 진동 방향이 직교하는 2장의 편광판에 빛을 입사시키면 모든 빛이 차단된다.

어떤 원소가 흡수하는 빛은 그 원소가 고온일 때 방출하는 빛과 똑같은 파장의 빛이다. 어떤 원소가 방출 또는 흡수하는 빛의 파장(휘선과 암선)은 지상에서나 태양에서나 같고 먼 곳의 천체라도 스펙트럼을 조사할 수 있다면 그 천체에 포함된 원소의 정보를 얻을 수 있다.

물체의 온도가 높을수록 파장이 짧은 빛의 전자기파가 복사된다. 항성의 색깔은 표면 온도로 정해지며, 표면 온도 6,300°C 정도의 태양의 빛은 노란색, 표면 온도 3,300°C의 별은 붉은색, 표면 온도 1만 2,300°C에서는 청백색의 별이 반짝이게 된다.

물체의 온도에 따라 방출되는 전자기파(빛)는 전파는 −270°C의 극저온, 적외선은 ~2,000°C, 가시광선은 ~1만°C, 자외선은 ~수십만°C, X선은 ~10억°C, Υ선은 10억°C 이상에서 방출하며 이를 '열복사'라고 한다.

고온 물질의 원소는 특유한 빛을 방출한다. 불꽃 반응이란 고온의 물질에 포함된 원자가 그 원소의 종류에 따라 서로 다른 색깔(파장)의 빛(전자기파)을 방출하는 현상이다. 구리는 초록색, 나트륨은 노랑, 칼륨은 보라색, 스트론튬은 주홍색, 바륨은 황록색, 칼슘은 주황색, 리튬은 빨간색의 빛을 낸다.

어떤 물체라도 온도에 따라 전자기파(빛)를 방출하고, 히터나 인체도 적외선을 방출한다. 고온의 물체 색깔은 온도에 따라 600°C는 붉은색, 800°C는 오렌지색, 1,000°C는 노란색, 1,300°C 이상은 하얀색, 2,000~3,000℃(필라멘트)에서는 가시광선이 나온다.

1900년 독일의 물리학자 막스 플랑크(1858~1947)는 에너지는 더 이상 분할 할 수 없는 '불연속의 알갱이 다발'로 존재한다는, 즉 에너지의 최소 단위가 있다는 '에너지 양자 가설'을 설정하고 그것을 바탕으로 '열복사 파장 분포법칙'을 이끌어내 물체의 온도에 따른 빛의 파장 수식이 단파장과 장파장에서의 실험 결과를 모두 만족시켰음을 보여주었다.

아인슈타인은 빛(전자기파)은 물질이 아니라 파동이지만 공기나 물과 같은 매질에 의한 파동이 아니라 진공 속에서도 나아갈 수 있는 전기 마당과 자기 마당의 진동이라고 생각하고 에테르의 존재를 부정하였다.

1905년 아인슈타인(1879~1955)은 '광전 효과'를 설명하기 위해 플랑크의 '양자 가설'을 빛에 적용하여 빛은 더 이상 분할할 수 없는 에너지의 알갱이 덩어리가 집단을 이루어 나아간다는 '광양자(광자) 가설'을 발표하였다.

광전효과는 빛을 금속의 표면에 비추면 전자가 튀어나오는 현상으로 전자의 운동에너지는 빛의 세기와 관계없이 빛의 파장만으로 그 최대치가 결정되며 빛(전자기파)의 파장이 짧을수록 전자의 에너지는 큼으로 전자를 튀어나오게 할 수 있다는 사실이 입증되어 아인슈타인은 16년이 지난 1921년에 상대성 이론이 아닌 광전 효과로 노벨 물리학상을 받게 되었다.

'광양자(광자) 가설'에 의해 광자는 단순한 파동도 단순한 입자도 아닌 '간섭 실험에서는 파동처럼 행동하고, 광전 효과에서는 입자처럼 움직인다' 이는 현대물리학을 이끄는 양자물리학의 기본 원리인 물질 입자의 '파동과 입자의 이중성'을 나타내는 최초의 발견으로 이후 양자이론으로 발전하는 계기가 되었다.

빛을 신성시하던 인간은 17세기 이후 수많은 과학자와 수학자들의 끊임없는 연구와 실험의 결과를 바탕으로 상대성 이론과 양자론으로 발전하며 미시의 세계를 통하여 우주의 기원에 대하여 설명하고 있다.

21세기는 '빛의 시대'라고도 말한다. 1916년 아인슈타인은 흥분 상태의 원자에 빛이 닿으면 자극을 받은 원자는 입사광과 같은 빛(파장, 타이밍(마루와 골이 가지런한), 진동 방향(편광))을 입사광과 같은 방향으로 방출한다는 '유도 방출 이론'을 발표하였다.

유도 방출된 빛은 다시 가까이 있는 흥분된 원자를 자극해 같은 빛을 방출시킨다. 이와 같은 연쇄적인 유도 방출에 의해 생기는 것이 레이저광이다. 레이저광은 광디스크(CD나 DVD)의 플레이어, 바코드 판독 장치 등에 널리 사용되고 있다.

레이저광은 광통신에도 사용되고 있고, 유리나 플라스틱으로 된 '광섬유'를 통해 다양한 레이저광을 거의 손실 없이 보낼 수 있어 먼 곳까지 막대한 양의 정보를 전송할 수 있다.

국제표준 시계는 세슘원자의 진동수(매초 91억 9천2백63만 1천7백70번)를 기준으로 만든 세슘원자시계로 그 오차는 3,000년에 1

초 정도로 정확하다.

1,000조분의 1초의 찰나의 순간만 빛나는 '펨토초 레이저'의 펄스광을 플래시로 사용하여 초고속의 순간을 촬영하면 화학반응의 '활성화 상태'를 관찰할 수 있거나, 살아 있는 조직이나 세포의 3차원 영상을 촬영할 수 있는 '빛 간섭 단층계'의 연구도 가능할 것으로 내다보고 있다.

인간은 빛을 통하여 과학 문명 시대를 활짝 열어가며 변화하고 있다.

빛은 우주의 시작에서 생겨나, 한없이 우주로 퍼져나가고 있어 과거를 되돌아볼 수 있게 하고, 인간의 상상을 과거와 미래로 한없이 날아가게 한다.

4. 절대성과 상대성

- 무한한 우주: 시간과 공간의 개념

절대성과 상대성에 관련하여 특히 가치와 이념, 존재나 진리와 같은 것에 대한 주의와 주장을 펴기 위하여 학창 시절에는 친구들과 토론과 언쟁을 벌였고, 사회생활을 하면서는 직장 동료들이나 주변 사람들과 논쟁을 벌이기도 한다.

절대성의 사전적 의미는 ① 아무런 조건이나 제약이 붙지 아니한 성질. ② 비교하거나 상대가 될 만한 것이 없는 성질. ③ 절대적인 성질로 되어 있다.

절대라는 말은 수학이나 물리학에서는 절대단위·절대값·절대좌표·절대온도·절대압력 같은 것들이 있고, 철학에서는 독립적으로 그 의미가 명료할 때 쓰는 절대개념이 있다. 법에서는 일반적으로 모두가 주장할 수 있는 물권·인격권과 같은 절대권이 있고, 교육계에서는 교육목표에 대하여 개인 혹은 집단이 어느 정도로 달성하였는가를 평가하는 절대평가 방식도 있다.

사회적 개혁과 혁명은 사상과 이념에 입각한 주의와 주장의 표출(表出)로 새로운 시대정신을 이끌어 인간 사회를 시대적 국가적 사회적인 일대 변혁을 가져오게 하지만 기득권 세력과의 갈등과 대립으로 수많은 살상과 피로 얼룩지게 하였다.

종교적 맹신과 맹종, 국가나 조직에 대한 무조건적인 충성과 복종, 극우·극좌파의 편향성, 맹목적인 사랑과 증오 등에 의한 집착과 고정관념은 절대적인 진리(眞理)나 정의(正義)인 듯 스스로는 굴레에서 벗어나지 못하고 극단적인 행동과 폭력으로 인하여 수많은 희생을 치르게 하고 있다. 종교적인 신앙과 신화는 천지신명에 의한 신(神)내림(來臨) 현상으로 비몽사몽간의 입증되지도 않은 지어낸 이야기에 불과하지만 제사장이나 통솔자들에 의하여 부족을 통합하여 공동체를 이루게 하고, 거대한 성전(聖殿)을 짓고 의례와 의식에 의하여 절대적인 권위와 권세를 누리며 세력을 널리 떨치게 하여 오늘날까지도 세계는 거대화된 권위주의적인 종교를 중심으로 지역적으로 갈라지게 하고 있다.

2,500년 전에 태동된 중국의 제자백가와 고대 그리스 철학자의 인문학적 사상은 정치·사회·생활 방식에 이르기까지 인류 문화와 정신 문명의 굴레에서 벗어나기 어려울 정도로 지대한 영향을 끼치고 있다.

인간은 매 순간 자신의 믿음과 확신과 이해관계의 득실에 따라 행동하기 때문에 많은 갈등과 대립이 생겨나고 있지만 이는 인간의 마음속 깊숙이 있는 본성인 생존과 영속성이라는 절대적인 본성이 자리 잡고 있기 때문이다.

상대성은 ① (철학)사물이 그 자체로서 독립하여 존재하지 아니하고, 다른 사물과 의존적인 관계를 맺는 성질. ② (한자)모든 사물이 각각 떨어져 있는 것이 아니고, 서로 의존적 관계를 가진 성질이라고 되어 있다.

일에 몰두하거나 재미있는 놀이에 빠지다 보면 시간이 너무 짧다는 생각을 한다. 사람이나 버스를 지루하게 기다리거나 싫은 공부나 벌을 서고 있을 때는 시간이 느리게 간다고 생각한다.

우주 공간은 수많은 천체로 가득 차 있다. 우리가 사는 공간도 생활공간, 도시 공간, 휴식 공간, 문화 공간, 밀폐된 공간, 열린 공간, 닫힌 공간 등등으로 다양하게 부르고 있지만 모두 상대적 개념이다.

20세기 초 아인슈타인은 '광속도 불변성과 상대성 원리'를 기초로 광속에 가까운 속도로 날아가는 우주선의 관측자와 멀리 떨어진 장소의 관측자가 서로의 위치에서 상대를 볼 때 '동시성이 일치하지 않고, 시간의 흐름이 느려지고, 공간이 줄어들고, 물체의 질량이 커진다(질량=에너지)'는 특수 상대성 이론을 발표하여 당시의 고정적인 생각에 큰 변혁을 가져오게 하였다.

그리고 그 10년 후 '중력에 의해 공간과 빛이 휘어지고, 시간의 흐름이 느려진다'는 즉 '우주와 천체의 운동은 중력이 근본적으로 지배한다'는 일반 상대성 이론을 발표하여 오늘날의 우주론으로 발전할 수 있게 하였다.

인류가 자의든 합의든 인간이 개입하여 정해지고 세워지고 확립한 가치나 규범들은 세월이 흐르면서 그 당시의 의미와는 시대와 장소에 따라 변하고 있다. 우주 삼라만상이 쉴 새 없이 변하듯 인간의 생각도 시대와 함께 변화하고 있다.

현시점에서 보았을 때 과거는 단지 과정으로 당시의 의미가 있었을 뿐 지금은 많이 변해있다. 그럼에도 불구하고 과거의 틀과 생각에서 벗어나지 못하는 사람들이 있어 항상 갈등과 대립이 뒤따른다. 개인이든 집단이든 집착과 타성에 따른 이해관계가 내재되어 있기 때문이다.

마음을 비우고 내려놓으면 나와 세상이 자유롭고 평화로울 것을 굴레에서 벗어나기가 쉽지 않다. 우주 천체의 힘(중력)의 작용에 의한 물리력을 절대성이 아닌 상대성으로 풀어가는 것은 이제 과학계의 사고방식으로만 생각할 수 없다.

높고 낮음과 크고 작음도, 넓고 좁다는 것과 많고 적다고 표현하는 것도, 옳다고 하는 것과 그르다고 하는 것, 행복하다고 하는 것과 불행하다고 하는 것도 모두 상대적인 대립 개념으로 마음먹거나 비교하기에 따라 다르다.

인간 사회는 권력과 권위 재산과 이익을 지켜내려는 기득권 세력의 집착과 고정관념이 빈부격차를 심화시키고, 이는 부정과 부패로 이어져 공동체를 갈등과 대립으로 이끌며 서로 미워하고 싸우기를 되풀이한다.

우주는 무에서 탄생 후 시간과 공간이 끊임없이 흐르며 변화하여 왔듯이 우주 안에 있는 모든 것은 상대적인 존재이지 변화하지 않는 절대적인 존재는 없다.

5. 입자의 세계와 의식(意識)

- 자연계의 힘과 물질구성입자, 홀로그램 우주

노자는 '무'라는 개념을 '유'가 구비하지 못한 '실재 존재'를 가지고 '무'라고 총칭하였다. '무'는 결코 텅 비어서 아무것도 없는 것이 아니라, 그것은 '유'와 더불어 만물을 총괄하는 성질을 갖는다.

'무'는 모양이 없는 모양이요, 형체로 드러나지 않는 형상이다. 그것은 '유'와 다르기 때문에 보아도 볼 수 없고 들어도 들을 수 없으며 잡아도 잡을 수 없으니, 이 셋은 진일보 규명할 수 없지만 실제로 하나이다. '무'는 바로 '도'이고 '도'는 바로 '무'이다.

불교 경전에는 진공묘유(眞空妙有)라는 말이 있다. 진공이란 일체의 번뇌(煩惱)·망상(妄想)·미망(迷妄: 사리에 어두워 진실을 가리지 못하고 헤맴)이나 모든 분별이 다 끊어져 버린 무아의 마음 상태로, 한결같이 존재하는 본성을 가리킨다고 하고 있다.

양자론에 의하면 물질뿐만 아니라 공간조차 존재하지 않는 상태를 무(無)라 하고, 진공은 '텅 비어 있는 것이 아니라 아주 짧은 시간에 소립자가 생성소멸 된다'고 생각한다. 무(無)도 모든 것이 불확실하여 무(無)의 상태와 유(有)의 상태 사이에서 요동친다. 우주는 무에서 탄생한다는 것이 현재의 유력한 가설의 하나이다.

우주는 계속 팽창하고 있다. 먼 옛날에는 원자보다 더 작았다.

입자 가속기에서는 에너지를 사용해서 입자를 만들어 내고 있다.

1923년 프랑스의 물리학자 루이 드브로이는 광자의 '파동과 입자의 이중성'에서 암시를 받아 '전자와 같은 물질 입자에도 파동의 성질이 있다'고 발표했다. 하나의 전자가 가지는 '파동과 입자의 이중성'에 대한 최초의 제안으로 이를 '물질파' 또는 '드브로이파'라고 하고 있다.

양자론적인 원자 모형에서는 전자를 파동으로 생각하기 때문에 원자가 빛을 방출·흡수하는 현상을 전자가 광자를 흡수해서 위의 궤도로 도약하거나 광자를 방출하고 아래의 궤도로 도약하는 것으로 설명하고 있다.

양자론적인 또 다른 해석은 전자와 같은 미시의 세계에서는 1개의 전자는 같은 시각에 여러 곳에 존재할 수 있다는 '상태의 공존'으로 '관측하는 행위 자체가 전자의 상태에 영향을 미친다'는 것이다.

독일의 물리학자 막스 보른은 '전자의 발견 확률은 전자의 파동의 진폭이 큰 곳일수록 높아진다'는 '확률 해석'을 제안했다. 전자 운동의 미래는 '우연'에 의해 지배되고 있으며 정확히 예측하는 것은 불가능하다는 것이다.

관측을 하면 전자의 파동은 수축하고 입자로서의 전자가 모습을 나타낸다. 관측에 의해 원래의 파동은 바늘 모양의 성분만 남기고 사라져 없어진 것이다. '확률 해석과 파동의 수축'을 합친 '사고방식'은 코펜하겐에서 활약한 보어 등의 지지를 받아 '코펜하겐 해석'이라고 하고 있다. 양자역학은 전자나 원자의 집단을 다룰 때는 매우 정확히 실용적인 예측을 할 수 있어 많은 과학자들이 받아들이고 있다.

전자는 파동의 범위 전체에 동시에 존재하고, '전자의 발견 확률'과 관계된다고 생각한다. 전자의 파동 진폭이 큰 곳일수록 입자로서의 전자의 발견 확률이 높고, 진폭이 작은 곳일수록 입자로서의 전자의 발견 확률이 낮아진다.

전자의 파동은 얼마든지 크게 공간으로 퍼지는데, 이것은 전자가 여기저기 동시에 '공존'하는 것을 의미한다. 전자의 파동을 어떻게 해석할지는 지금도 학자마다 입장이 갈라지는 어려운 문제라고 하고 있다.

코펜하겐 해석에 대해 '광양자 가설'로 광전 효과를 설명한 아인슈타인은 '신은 주사위 놀이를 하지 않는다'라고 반발하였다. 양자 파동역학(파동 방정식)을 확립하여 양자론의 제안자의 한사람이기도 한 노벨물리학상을 수상한 슈뢰딩거는 '상태의 공존'에 대한 사고 실험을 통하여 '고양이는 죽은 상태와 살아있는 상태가 공존한다'는 즉 '반은 죽고 반은 살아 있는 터무니없는 존재를 허락하게 된다'며 강하게 비판하였다.

혁신적인 사고로 상대성 이론을 구축하고 광양자론의 창안자인 아인슈타인이나 양자역학의 창시자의 한 사람이기도 한 슈뢰딩거가 현대 물리학의 새로운 태동을 이해하려 들지 않으려고 한 것을 보면 미시 소립자의 세계는 예측이 어려운 신비한 현상을 가지고 있기 때문이다.

양자론에 의하면 전자의 위치도 운동 방향도 모호하다. 운동 방향을 정확히 결정하면 위치가 불확실해지고, 위치를 정확히 결정하면 운동 방향이 불확실해진다. 이를 하이젠베르크의 '불확정성 관계'라 하고 미시 세계에서는 전자의 위치도 운동 방향도 모호하다고 설명하고 있다. 현대 물리학은 광자와 전자와 같은 극미의 입자 및 소립자 세계의 규명을 통하여 거시의 우주 기원에 대하여 설명하고 있다.

물리학의 양자 도약과 양자 얽힘에 대한 해석을 요약하면 양자 물리학에서는 400년 동안 과학을 지배해온 데카르트식의 주체와 객체, 관찰자와 관찰 대상 사이의 구분이 사라진다. 관찰자는 관찰 대상에 영향을 미친다. 물질 우주에서 독립된 관찰자는 존재하지 않으며, 우주 안의 모든 것들은 참여하고 있다.

양자물리학은 '확률론'적이다. 특정 물체가 어떻게 변할지 결코 확실하게 알 수 없다. 양자물리학이 그려내는 우주는 모든 부분이 서로 작용하며, 영향을 주고받는 통일된 우주다. 입자는 동시에 둘이나 그 이상의 장소에 존재할 수 있다. 한 장소에 위치하는 '물체'는 입자와 파동으로 나타나기도 하고, 시간과 공간을 넘어 퍼져나가기도 한다. 원자를 구성하는 전자, 양성자, 중성자 등의 아원자(subatomic particle) 입자들은 공간 속에 아무리 멀리 떨어져 있더라도 동시에 정보를 교환할 수 있다.

① 중력자(중력을 매개) ② 광자(전자기력을 매개) ③ W&Z 입자(약력을 매개) ④ 글루온 입자 또는 접합자(강력을 매개)를 '게이지 입자'라고 한다. 게이지 입자들은 질량이 '0'이어야 함으로 '힉스 메커니즘'을 도입하여 입자에 질량을 부여하는 과정을 설명하려는 이론이다. 대칭성을 만족하기 위해 물질을 구성하는 소립자와 이들 사이의 상호작용에 대하여 연구한다. 표준모형은 6개의 중(重)입자와 6개의 경(輕)입자(렙톤)로 구성하고, 이들의 반입자로 이들 입자 사이에는 네(4) 가지 힘이 작용한다. 힘을 매개하는 입자와 물질을 구성하는 구성 입자이다.

힉스입자는 우주공간에 가득 찬 입자이고, 소립자의 질량을 만들어 내는 근원이 된다. 힉스입자는 소립자와 충돌하여, 소립자의 움직임을 방해하며, 그 방해 정도(저항값)를 두고 소립자의 질량으로 파악하고 있다.

광자는 힉스와 충돌하지 않기 때문에 방해를 받지 않고 자연계 최고의 속도를 가진다. 광자의 질량은 '0'이다. 질량을 측정할 때 소립자의 움직이는 정도에 따라 파악하고 있다. 힉스입자는 스핀이 없고, 전기적 특성이나 색 전하를 갖지 않는 불안정 입자로 빠른 속도로 붕괴하거나 다른 입자로 변형되어 관찰 불가능하다. 이는 '신(神)'의 입자로 불리며, 질량의 근원이고, 우주 생성의 비밀을 푸는 열쇠로 물리학자들은 파악하고 있다.

양자이론의 주요 요점(해석)을 다시 정리하면

첫째, "빈 공간"으로 전자는 원자의 주위에 산포(散布)하며, 핵과 전자 사이에는 '빈 공간'이다. 우리 주변의 물질은 아주 작은 점에 불과하며, '빈 공간'으로 둘러싸여 있다. 이렇게 텅 비어 있는 공간도 실제로는 미묘하고 엄청나게 강한 에너지로 꽉 차 있다. 물질의 미세한 부분으로 내려갈수록 에너지의 양은 증가한다. 예를 들면 핵에너지는 화학에너지보다 백만 배 더 강력하다. 1㎝ 크기의 구슬 크기에 존재하는 빈 공간의 에너지는 전 우주의 모든 물질의 에너지보다 더 크다. 이 에너지를 측정할 수는 없지만 이 무한한 에너지의 효력은 예측할 수 있다.

둘째, "파동과 입자의 성질을 띤다" 원자의 구성물인 아원자 입자는 전혀 고체의 성질을 띠지 않으며, 두 가지 성질을 나타낸다. 우리가 그것을 어떻게 바라보느냐에 따라 아원자 입자들은 입자처럼 움직이기도 하고, 파동의 성질을 띠기도 한다. 입자는 공간에서 특정 위치를 점하는 분리된 고형의 물질이라 정의할 수 있다. 반면 파동은 위치가 정해져 있지 않고, 고체의 성질을 갖고 있지 않으며, 음파나 물결처럼 퍼져 나간다.

파동으로 나타나는 전자나 광자는 특정한 장소를 점하지 않고 '확률의 장'으로 존재한다. 입자로 관찰될 때 그런 '확률의 장'은 '붕괴되어' 특정 위치와 시간 속에서 위치를 점하게 된다. 놀랍게도 파동과 입자의 차이를 만드는 것은 관찰이나 측정 행위이다. 측정하거나 관찰되지 않으면 전자는 파동처럼 움직인다. 실험을 통해 관찰하는 순간 그 파동은 '붕괴하여' 특정한 입자로 변해 특정 위치를 점한다.

입자는 파동과 입자의 성질을 띤다. 어떻게 한 물체가 고형의 입자의 성질과 부드럽고 물과 같은 파동의 성질을 동시에 가질 수 있을까? 하지만 '파동'이란 말은 단지 하나의 비유일 뿐이다. '입자'란 말 역시 우리가 일상생활에서 쓰는 비유이다. 일부 물리학자들은 이것을 '파립자(波粒子)'라고 부르기도 한다.

셋째, "양자도약과 확률"로 과학자들은 전자가 원자의 원자핵 주위의 궤도에서 다른 궤도로 이동하는 것을 발견했다. 궤도 사이의 공간을 거치지 않고 순간적으로 이동한다. 즉 하나의 장소, 궤도에서 사라졌다가 갑자기 다른 곳에서 나타나는 것이다. 이것을 '양자도약'이라고 부른다. 이 도약의 과정에서 언제 어디서 전자가 나타날 것인지를 예측할 수 없고, 과학자들이 할 수 있는 것은 새로운 전자의 위치를 확률로 계산하는 것뿐이다.

넷째, "불확정성의 원리"로 어떤 물체의 고유한 성질, 예를 들어 속도를 측정하려고 하면 다른 특징들, 위치 같은 것을 정확히 측정하는 것은 불가능해진다. 즉 어떤 사물의 위치를 알고 있다면, 그것이 얼마나 빨리 움직이고 있는지를 알 수 없고, 그 물체의 속도를 알고 있다면, 그것의 위치를 알지 못하게 된다. 아무리 섬세하고 진보된 기술로도 이것을 정확하게 파악하는 것은 불가능하다.

불확정성의 원리는 양자물리학의 선구자 중 한 사람인 베르너 하이젠 베르그에 의해 체계화되었다. 아무리 노력해도 물체의 운동량과 위치를 동시에 정확하게 측정할 수 없다. 하나에 초점을 맞출수록 다른 하나의 불확정성은 더욱 증가한다.

다섯째, "비국소성(非局)所性) 또는 초공간성(超空間性)"은 '전자 상자 공명 현상', '양자 얽힘 현상', '벨의 정리' 등으로 입증되고 있다.

아인슈타인, 포돌스키, 로렌이 양자물리학의 모순을 지적하기 위한 사고실험에서 다음과 같이 개념을 정의했다.

> "같은 시간에 만들어진 두 개의 입자를 준비. 이때 두 입자는 얽힘 상태에 있거나, 중첩 상태에 있게 된다. 하나의 입자를 아주 먼 거리를 두고(우주의 반대쪽까지), 이 상태에서 하나의 입자에 자극을 주어 그 상태를 변화시키자, 멀리 떨어진 입자 역시 동시에 자극에 반응한다."

이 개념은 너무 기묘해서 아인슈타인은 '도깨비 같은 원격작용'이라고 했다. 상대성 이론에 의하면 어떤 것도 빛보다 빨리 움직이지 못한다. 하지만 이 실험에서 전자의 속도는 무한하다. 더구나 전자가 우주 반대편에 있는 또 다른 전자로부터 끊임없이 정보를 얻어낸다는 개념은 일반적인 상식을 깨뜨리는 것이었다.

1964년 존 벨은 이 실험의 주장이 사실임을 입증하는 이론을 발표. 즉 모든 것은 특정 지역에만 존재하지 않는다는 "비국소성(Non Local)"을 가지며, 시간과 공간을 넘어 밀접하게 연결되어 있다는 것이다. 벨의 정리가 발표된 후, 이 개념은 연구실에서 수없이 검증되었다.

우리가 살고 있는 세계의 기반은 시간과 공간이다. 하지만 양자의 세계에서는 모든 것들이 항상 연결되어 있다는 개념이 시공간의 개념을 앞선다. 아인슈타인의 일격에도 불구하고, 이것은 우주를 움직이는 법칙처럼 보인다. 슈뢰딩거는 이러한 얽힘 현상이 양자의 흥미로운 한 부분이 아니라 양자의 특성이라고 하였다.

물리학과 신비주의가 만난 이유는 다음과 같다. "떨어져 있는 사물은 항상 연결되어 있다" '비국소성'인 전자는 A라는 위치에서 B라는 위치로 이동하지만 그 중간에 머물지 않는다. 물질은 파동으로 존재하지만 관찰되면 그 성질이 무너지고 특정한 위치를 점한다.

미시 세계를 다루는 양자이론은 아래와 같다.

1. 에너지의 불확정성 관계와 터널 효과는 전자는 유령처럼 벽을 뚫고 나가는 터널 효과에 대하여 설명하고 있다.
2. 원자핵의 붕괴인 알파 입자의 붕괴를 설명한다.
3. 화학과 고체물리학으로의 발전을 가져오고 있다.

① 원소의 주기성이 왜 생기는지 밝혔다. ② 양자론이 없으면 컴퓨터도 없다. ③ 반도체, 금속, 절연체의 성질도 양자론으로 규명되고 있다. ④ 양자 컴퓨터로 큰 수(10진법으로)의 병렬 처리를 개발 중에 있다.

인간의 마음과 정신세계가 무한의 영(0)과 무한(∞)을 생각할 수 있기에 광자와 전자와 같은 입자의 세계와 광활한 우주를 상상할 수 있게 한다.

"인간의 정신세계는 영(靈)과 무한이 맞닿아 있다"

제 2 장

생명과 함께 형성된 지구 자연

1.자연의 대칭을 바라본다

- 자연의 변화와 균형

　태양계를 이루는 해와 달과 지구가 둥글 듯이 우주에 떠 있는 수없이 많은 천체도 구(求)로 되어 있고 중심을 지나는 수많은 단면은 어디를 잘라보아도 좌우가 대칭이다. 대칭에는 좌우대칭과 방사대칭이 있다.

　은하계와 항성과 행성과 위성 등의 공전궤도들도 중력의 영향으로 타원궤도를 돌고 있지만 좌우가 대칭인 중심선이 있어 일정하게 운행하며 균형을 유지하고 있다.

　행성을 둘러싸고 있는 가스나 공기층도 극 지역에 나타나는 오로라의 형상도 모두 원형을 하고 있다. 소용돌이치고 있는 태풍이나 토네이도나 회오리바람도, 나선형 은하계도, 앵무조개의 껍데기도, 칡넝쿨도, 나무줄기의 가지도, DNA 등도 나선을 그리며 대칭을 이루며 감아 올라가고 있다.

　하늘에서 떨어지는 빗방울도, 수면에 떨어지는 자국도, 생겨나는 공기 방울 등도 구형이고 파문(波紋)도 동심원을 그리며 퍼져나간다. 바람이 불면 파도가 일렁이고 일정한 파형을 이루며 상하좌우 대칭을 이루며 일렁이고 있다.

　저 멀리 우주에서 오는 빛도 전기력과 자기력도 파형을 그리며 전파되고 있다. 천둥 소리, 물소리, 바람 소리, 새소리, 짐승이 우는 소리도 모두 파도를 치며 대칭을 이루며 퍼져나가고 있다.

굽이굽이 흐르는 강물도, 기암괴석이 솟아오른 산과 첩첩이 이어진 산맥도 수많은 불규칙하고 기묘하게 보이는 자연의 형상들도 주상절리도 시시각각으로 변하는 구름도 멀리서 사면팔방으로 바라보면 기하학적 대칭과 균형을 이루고 있는 것들을 볼 수 있다.

소금과 눈(雪)과 얼음과 같은 각종 결정체도 원자도 분자도 세포도 벌집도 곤충의 눈도 동·식물의 각종 문양도 모두 대칭이고 균형을 이루고 있다.

식물들은 눈, 싹, 꽃, 줄기, 잎, 세포조직, 나이테, 가지와 나무의 형상도 모두 대칭과 균형을 이루고 있고, 물고기류인 넙치, 낙지, 새우를 비롯한 각종 어류들과 게, 조개류, 고동, 거북과 같은 갑각류도 그리고 인간을 포함한 각종 동물과 곤충류와 새들도 모두 좌우 대칭이고 안정적인 균형을 하고 있다.

기원전 수천 년 전에 축조된 고대의 신전, 피라미드, 탑 등 많은 나라들의 궁전과 사찰, 성당과 모스크와 예배당 등 인간이 축조한 모든 구축물과 건물도 대칭과 균형을 이루어 안정과 아름다움을 보여주고 있다.

북아프리카의 베르베르족이 스페인의 그라나다에 세운 알람브라 궁전과 인도의 무굴제국이 세운 궁전 형식의 무덤인 타지마할은 내부의 기하학적 문양과 천정 아치도 아름답지만 동서남북 어느 방향에서도 완벽한 대칭은 그야말로 아름다움의 극치를 이루고 있다.

사람들은 천지자연과 생명의 질서정연하고 다양하고 기괴한 형상과 아름답고 신비로운 색상과 알 수 없는 조화에 대하여 신의 창조물이라고 표현하고 있다.

자연은 물리화학 법칙에 의한 자연스러운 분열과 결합으로 생성되고 변화하여 왔기에 천지 만물은 다양한 형상과 색상과 균형을 이루고 있어 자연스럽고 조화롭다.

자연의 대칭은 수십억 년의 변화를 겪으면서도 균형을 잡아 온 자연과 생물의 변화 결과이다. 대칭은 자연의 변화에 대응하여 균형 잡으려는 자연스러운 힘의 작용의 결과이다. 그래서 대칭은 균형 있고 안정적이며 아름답고 자연스럽다.

바이러스 입자(virus particle)는 기본적으로 유전체(게놈)인 핵산과 그것을 둘러싸고 있는 단백질(껍질: capsid)을 구성하고 있는 뉴클레오 캡시드(nucleo capside)이다. 그 배열에는 입방 대칭(정이십면체)과 나선 대칭의 두 종류가 있는데 바이러스의 종류에 따라 결정된다.

자연의 법칙 자체가 대칭성을 가지고 있는 것은 '변화와 균형'에 있다. 우주의 근본적 원리에 대한 입자 물리학의 표준모형도 대칭의 원리에 기초하고 있다. 표준모형이 담고 있는 대칭성은 게이지(gauge) 대칭성이라고 불리고 있다. 이는 어떤 변환을 했을 때 물리적 성질이 변하지 않는 것을 의미한다.

물리학에서 가장 근본적인 이론인 전자기력, 약한 핵력, 강한 핵력, 중력을 매개하는 입자인 광자, 파이온, W와 Z입자, 중력자 모두를 게이지 입자라고 부르고 있다. 힉스(higs) 입자는 게이지 대칭성을 깨어 소립자들이 질량을 가질 수 있게 하는 것을 '힉스 메커니즘'이라고 부르고 있다.

인간의 활동과 인구 증가, 문화와 문명은 평온과 안정을 잡아 온 자연환경과 생태계의 안정과 균형을 점점 불안정하게 하고 황폐케 하며 깨뜨리고 있다.

자연은 무수한 변화에 의해 점차로 균형을 찾아왔다면 인간은 지구 자연을 변화시켜 왔으며 이는 지구의 대칭과 균형을 파괴하여 가공할 변화로 이어져 비극적 재앙을 불러오게 하는 결과를 초래하게 되고 있다.

우주에 떠 있는 은하계와 천체와 행성들이 수십억 년 동안 일정한 궤도를 순환하듯이 자연과 생명의 변화에 역행하고 있는 인간의 과학기술 문명은 자연과 생태계의 대칭(균형)을 흐트러지게 하는 혼·돈(변화)의 순간으로 되돌아가게 하고 있다.

고대(古代) 인도 브라만교의 베다 경전에는 세(3) 주신(主神)이 있어 브라흐마 주신은 만물을 창조하고, 시바 주신은 보존·유지하지만 인간의 타락하면 파괴해 버리고, 파괴된 모든 것들은 비슈누 주신이 무한이 늘어나는 배에 그의 배꼽으로 거둬들여 융합한 후 브라후마 주신에 의해 재창조된다는 순환 사상을 떠올리게 한다. 작금의 인간에 의한 지구 환경파괴와 급격한 기후변화를 보며 고대 인도의 성자가 깨달은 관조(觀照) 지혜를 곱씹어 보게 한다.

2. 생명을 잉태하고 키우는 지구 자연

- 햇빛과 물과 공기와 생명

지구의 생명을 지키는 대류 – 대기와 해류의 대순환

태양으로부터 받는 열에너지는 지구 표면의 대기와 대양이 있어 대류를 통해 열에너지를 분산한다. 태양열을 가장 많이 받는 적도 지방에서 상승하고 가장 적게 받는 극지방에서 하강하는 대류에 의해 시작된다. 대기의 대순환은 장기간에 걸쳐 대기가 평균 상태를 이루게 한다. 해류의 대순환은 표층대순환과 심층 대순환으로 구분된다. 표층 대순환은 해변에 부는 바람의 영향을 많이 받는 강제대류의 성격을 띠고, 심층대순환은 온도와 밀도의 영향을 많이 받는 자연대류의 성격을 띤다. 대기와 해양의 대류가 기후와 날씨를 만들고 지구의 생명을 유지하게 한다.

물과 공기는 생명을 잉태하고 키웠지만 생명 그 자체라고 하여도 지나치는 이야기는 아닐 것이다. 물은 생명수라고 하고, 공기는 목숨이라는 말로 표현한다.

태양계에서 오직 지구라는 행성만이 생명을 잉태하고 아름답고 신비하고 다양한 생태계와 생명으로 가득 차기까지는 40억 년이라는 세월의 산물인 것이다. 물과 대기가 있어 순환하며 산과 계곡과 들판을 흐르며 깎이고 씻기며 자갈이 되고 모래와 흙으로 층을 이루며 흘러내려 내가 되고 큰 강을 이루어 굽이굽이 유유히 흐르며 바다로 흐르기를 수없이 반복하며 이루어낸 결과다.

지구 자연이 기기묘묘하고 신비하고 아름다운 것은 물과 대기가 있어 가능한 일이고, 이는 생명과 함께 이루어낸 결과이기도 하다. 물과 대기는 '변화와 균형'에 의해 생명과 함께 자연적으로 깨끗하고 맑게 정화되며 생명을 잉태하고 키워낸 것이다.

날씨와 기상이라는 것은 태양열과 대기 온도와 압력 그리고 바다의 수증기가 만들어져 일어나는 현상으로 적도 지역의 바닷물과 극지방과 대기층과 지상의 대지와 대기의 온도와 압력 차에 따른 바람의 방향과 속도 차에 따른 끊임없는 변화와 균형의 자연법칙에 의하여 쉴 사이 없이 일어나며 흘러가고 있다.

노자는 2,500년 전에 "천(天)이 무위요. 자연이요. 무의지다"라고 천도관(天道觀)을 제기하였다. 당시의 관점에서 천지자연의 운행에 대한 이치를 함축성 있게 표현한 혜안(慧眼)에 대하여 경이로움을 느끼게 한다.

물의 일반적인 특성은 다음과 같다. ① 투명도가 크다 ② 액체 상태에서 고체 상태로 되면 부피가 커진다. ③ 열용량이 크며, 열전도율이 높다. ④ 자연 상태에서 기체, 액체, 고체의 상태로 존재한다. ⑤ 물은 만능 용매이다.

그렇다면 물의 특성에 대하여 보다 세부적으로 들어가 보자.

① 물 분자(H_2O)는 음의 산소 원자와 양의 수소 원자가 공유 결합한 분자로서 자석과 같은 극성을 가지고 있다. 물 분자의 집합인 액체인 물과 고체인 얼음은 음양의 인력으로 이어져 있다. 이를 '수소 결합'이라 하며, 같은 부피에서는 얼음이 물보다 가벼워서 뜬다. 물 분자의 '수소 결합'의 특성은 곧 물의 특성으로 작용하게 된다.

② 주기율표에서 산소 무리의 수소 결합을 비교하면 기체 상태인 산소보다 액체 상태인 물이 녹는 점(0°C)이 높고, 끓는 점(100°C)이 높다. 증발열(538.5cal/g)이 크고, 얼음으로 될 때 부피가 증가한다. 그리고 표면장력이 크다.

③ 물과 다른 액체를 비교하면 비열(1.00cal/g·K)이 크고, 열전도율(0.61W/m·k)이 크다. 표면장력(71.99mN/m)이 크고, 압력을 가하면 녹는 점이 내려간다.

④ 사람 몸무게의 60% 정도는 물로 되어 있고, 그중 30% 정도가 나트륨과 염소를 주로 하여 칼륨, 칼슘, 마그네슘 등이 녹아있는 혈액과 그리고 모세혈관을 통해 세포의 내부 공간을 조직액으로 채우고 있다. 이는 바닷물과 비슷한 성분을 띠고 있어 바다에서 생명이 탄생하고 오랫동안 살아왔다는 근거가 되고 있다.

이일하 교수는 〈생물학 산책〉에서 물의 생체 내 물리·화학적 특성을 아래와 같이 설명한다.

"① 비열이 높기 때문에 온도 변화가 적다. 생체 내 온도가 외부 환경의 변화에 따라 급변하지 않고, 항상성을 유지하게 해 준다.

② 열전도율이 높아서 특정 부위만 온도가 올라가는 현상을 막아주며, 골고루 온도가 천천히 변화하게 해 주어 세포의 손상을 막아준다.

③ 물 분자 간의 수소 결합 때문에 분자 간 당김으로 인하여 표면장력과 모세관 현상이 나타나 자연계 및 생명체 활동에 중요한 역할과 현상을 일으킨다.

④ 물 분자 간의 수소 결합으로 기화열이 높기 때문에 생물이 상온을 유지하게 한다."

물은 지구 자연과 생명 그 자체와 같은 역할을 하고 있다.

물은 몸을 구성하고, 생명을 유지하게 한다. 6대 영양소라고 하기도 하며, 몸의 70%를 차지하고, 나트륨과 수분의 양을 유지한다. 무색, 무취, 무미하고, 열량도 없다. 사람은 하루에 1.5~2L의 물이 몸 밖으로 빠져나가며 나트륨 농도를 일정하게 유지하며 오줌으로 몸속 수분량을 조정한다. 오줌은 아미노산이 분해되면서 나온 찌꺼기인 요산 등의 불필요물(物)을 배출하는 것이다.

지구의 대기는 상공 1,000km에 걸쳐 덮여있으며, 지표면에서 짙고, 상층부로 올라갈수록 희박해진다. 지구를 둘러싸고 있는 대기권(지표로부터 대류권, 성층권, 중간권, 열권으로 구분) 중에서 극지방에서 약 8㎞의 고도와 적도지방에서 약 18㎞의 고도에 걸쳐있는 대류권을 공기라고 하고 있다.

공기는 질소와 산소가 체적의 99%를 차지하는 혼합기체로 질소 78%, 산소 21%, 아르곤 1%와 네온(Ne), 헬륨(He), 크리프톤(Kr), 키세논(X$_2$) 등의 불활성 가스와 탄산가스를 소량 함유하고 있다.

표준대기압은 대기 온도 0℃, 중력가속도 980.665㎝/s^2 하에서 1atm=760㎜Hg=1.0332kgf/㎠=1.01325bar=101.325Pa에서의 공기의 밀도는 0.1319kgf·s^2/㎥, 비중량은 1.293kgf/㎥, 공기 속에서의 음속은 331.68m/s이다.

공기는 물과는 대조적으로 분자 상호 간의 힘이 약하므로 체적은 압력, 온도에 따라 쉽사리 변화하는 압축성 기체이다. 질소와 아르곤은 반응성이 적고, 산소는 생물이 호흡하는데 절대적이고, 이산화탄소는 식물의 광합성을 하는 데 필수적이다.

공기는 질량을 갖고 공간을 차지하므로 압력을 가할 수 있다.

공기의 성질에서 온도·압력·밀도는 보일·샤를의 법칙을 따른다. 공기를 단열적으로 압축하면 온도가 올라가고, 팽창시키면 내려간다. 때문에 상승하는 공기는 차가워지고, 하강하는 공기는 따뜻해져서 기상현상의 중요한 요인이 된다.

오늘날 인간은 각종 자원개발과 화석연료의 사용과 이용, 화학비료와 농약의 사용 등으로 환경파괴와 쓰레기로 인하여 산하(山河)와 바다가 오염되고, 대기오염으로 인한 미세먼지와 초미세먼지로 각종 질환에 시달리고 있다. 지구 온난화로 북극과 남극은 물론 히말라야산맥과 파미르고원의 산맥들, 로키산맥과 안데스산맥을 비롯한 많은 빙하가 녹는 등 기상이변으로 인한 심각한 재앙이 인간의 생명뿐만 아니라 모든 생명에 위협을 주고 있다. 결국 인간은 물과 공기를 오염시켜 스스로 온갖 재난을 일으키며 생명을 멸종시키고 있다. 자원개발과 소진, 그리고 생명의 근원인 물과 공기의 오염과 지구 온난화에 따른 기후 위기로 폭염, 폭우, 침수, 산불 피해로 삼림이 감소하는 등으로 농작물 피해와 기근, 신종 전염병의 발생을 가중시키고 있다.

지구 자연은 생명이 살아 숨 쉬는 아름다운 낙원을 생명과 더불어 만들어 왔지만 인간의 출현은 생명의 변화에 역행하고 있다. 생존을 위한 인간 대뇌피질의 성장과 성숙은 자본주의와 과학기술 문명의 변화로 나아가며 성장하지만, 대가를 치르고 있다.

3. 생명과 함께 형성된 아름다운 지구

1961년 최초의 우주인인 옛 소련의 공군 대위 유리 가가린이 보스토크 1호를 타고 세계 최초로 지구를 한 바퀴 돌았다. 그는 우주에서 본 지구를 "지구는 푸른 빛깔이었다"라는 말을 남겼다.

46억 년 전 우리 은하의 한 모퉁이에서 초신성 폭발에 의해 흩뿌려져 모인 분자운이 스스로의 중력으로 수축함으로써 원시 태양이 탄생하였다.

원시 태양 주위에는 가스와 먼지로 된 원시 태양계 원반이 형성되고 원반 속에서 작은 행성들이 생성되어, 이들은 수많은 충돌과 합체를 되풀이하면서 성장하여 오늘의 태양계가 되었다.

시인과 예술가들의 작품 소재가 되고 아이들에게 신비의 대상이던 달은 지구와의 충돌에서 합쳐지거나 멀리 튕겨 나가지 못해 지구 중력권과의 상호작용에 의하여 자전과 공전을 하며 지구의 대양 환경과 생태계에 심대한 영향을 미치고 있다.

독일의 기상학자 알프레드 베게너의 대륙 이동설은 복잡하고 다양한 형태의 대륙 지형과 해저지형의 형성 과정을 규명하고 설명하기 위한 판 구조론으로 발전하고 있다. 잦은 유성 충돌과 합체로 생겨난 초기의 지구는 마그마 상태로 대기는 수증기(H_2O)와 이산화탄소(CO_2)와 질소 등의 가스와 먼지로 둘러싸여 있어 햇빛을 가리고 있었고, 이후 서서히 식으면서 혼탁한 검은 비를 내리기 시작하였다.

오랫동안 비가 내려 온통 물로 뒤덮게 되자 표면의 마그마는 식으며 비교적 가벼운 화성암이 다양한 형태의 지각판을 이루며 자연적으로 상부 맨틀 위에 떠있는 형태가 되었다. 이후 화성암은 비와 바람에 씻기고 부딪치고, 풍화작용을 일으키며 생명이 뿌리를 내리게 하는 토양이 되게 하고 있다.

지각판은 여러 개의 불규칙하고 불균일한 경계를 이루며 서로 밀치고 부딪치고 스치며 솟구치고 가라앉으며 마그마가 분출하여 육지가 여기저기 생기기 시작하고 시간이 흐르며 차츰 육지는 대륙으로 발전하며 대륙지각이 되고 해저에는 대양지각이 형성되었다. 끊임없는 지각판과 상하부 맨틀과 중심핵 사이의 온도와 비중차는 끊임없는 대류작용을 일으키게 하여 판의 경계가 멀어지기도 하고, 접근하여 한쪽이 침강하기도 하고, 서로 밀착 상태에서 어긋나며 다양한 형태의 지형이 생겨나게 한다.

해저에는 판이 서로 접근하며 무거운 판이 침강하여 해구와 화산대가 생기고, 떨어져 멀어지는 틈 사이로는 마그마가 솟구쳐 올라와 해령이나 해팽 등과 같은 바다 산맥이 생겨났다.

대륙에서는 판의 접근 충돌로 높은 산맥과 평원과 고원(高原; 주위의 지형보다 높은 지대에 펼쳐진 넓은 벌판)과 분지(盆地; 산지나 대지

(臺地)로 둘러싸인 평평한 지역) 등이 만들어지고, 서로 멀어지고 있는 곳에서는 지구대(地溝帶: 지반이 꺼져서 생긴, 거의 평행하는 두 단층 사이의 움푹 팬 띠 모양의 땅)가 생기고 서로 밀착하여 어긋나는 방향으로 이동하는 판에서는 단층(斷層)이 만들어졌다.

지구는 수십억 년에 걸친 지각판의 이동으로 초대륙 판게아에서 다시 여러 대륙으로 분리하기도 하고, 수억 년에 걸친 합체와 분리를 반복하며, 해저의 융기로 바다의 퇴적층이 육지로 올라와 조개껍질 층이나 소금 맥이 생기기도 하고, 대륙이 침강하여 해저에 유전 지대가 발견되기도 한다.

고온 고압으로 고체 상태인 철과 니켈로 이루어진 중심핵은 지구 주위를 남북으로 잇는 자기마당을 형성하여 태양풍의 강렬한 입자와의 오로라 방전으로 생명체를 보호할 수 있게 하고, 신비한 빛을 연출하여 극 지역의 밤하늘을 현란하게 비춘다.

지구의 자전축은 공전 궤도면에서 23도 정도 기울어져 자전과 공전을 하여 낮과 밤의 길이, 봄·여름·가을·겨울의 4계절이 있게 한다.

현재의 대륙에는 극 지역과 높은 산맥의 빙하와 만년설, 툰드라, 수많은 사막과 호수, 산맥과 고원과 협곡, 분지와 평원, 열대 우림과 사바나 그리고 얕은 바다의 산호초 지대, 빙하와 피오르드(협만), 깊은 바닷속 등 다양한 지형만큼이나 수많은 다양한 생명 종이 존재하고 있다.

해구는 심해저에서 움푹 들어간 좁고 긴 곳으로, 급사면에 둘러싸여 주위보다 3~4㎞ 정도 깊고, 폭은 20~60㎞, 길이는 수천㎞ 나 된다. 마리아나 해구는 수심 11,000m×폭 70㎞×길이 2,550 ㎞ 육지 쪽이 해양 쪽보다 더 급경사면을 가진다.

두 개의 지각판이 만날 때 무거운 지각판이 밑으로 들어가면서 지각은 해구 바로 밑에서 얇으므로, 심발 지진대가 있어 화산대를 형성하는 원인이 된다.

해저산맥인 해령은 깊은 바다에 있는 길고 좁은 산맥 모양의 솟아오른 부분으로 지진이 주로 발생한다. 대서양 중앙 해령, 동인도 해령, 인도양 중앙 해령 등이 있다. 벌어지는 판 사이를 마그마(상부 맨틀)가 상승하여 현무암의 바다 산맥이 솟아나고 중심부에 다시 반려암으로 베개 용암이 형성된다. 대륙지각 사이와 해양지각 사이의 중심에 형성한다. 습곡 산맥은 주로 대규모의 조산운동(造山)으로 인해 마그마의 활동이나 변성작용(變成)이 없어도, 습곡이나 단층 작용에 의해서 지각이 융기되어 산맥을 형성하는 지각 운동으로 대규모의 습곡 산맥이 만들어진다. 히말라야, 알프스, 로키, 안데스산맥 등이 있다.

대양은 수증기를 증발하여 구름을 만들고 눈·비를 내려 대지를 정화하고, 뜨거운 적도와 혹한의 극 지역이 있어 쉴 새 없이 기온과 기압의 차가 생겨 바람이 불고 구름이 흘러 식으며 눈비를 내리게 하여 생명을 키운다.

수십억 년의 기후 변화는 눈비를 내리고 바람이 불어 순환하며 산과 대지는 풍화 작용으로 부서져 바위와 자갈과 모래와 흙으로 덮으며 육지에는 식물이 무성하게 자라게 할 수 있게 하고, 강과 바다로 흘러 퇴적층을 이루어 물을 정화하며 다양한 해양 생명이 있게 한다.

초기 지구는 활발한 지각의 활동으로 해수가 끓어오르고 대기의 활발한 순환으로 생명의 재료인 각종 무기물이 바다로 녹아들어 가고 있었다.

잦은 천둥번개와 우주에서 날아오는 강렬한 입자들이 대기 중의 가스나 수증기와 바닷물의 입자들과 충돌하여 분해되고 이온화되며 바다는 조금씩 무기물이 반응하여 유기물이 만들어질 수 있는 여건이 만들어지고 있었다.

최초의 생명은 40억 년 전 대기와 바다를 떠돌던 각종 무기물이 우연한 촉매작용에 의해 한순간에 생성된 유기물이 생성과 소멸을 거듭하며 그로부터 2억 년 후 세균류의 원핵생물이 처음으로 탄생하여 꿈틀거리기 시작하였을 것이다.

어쩌면 생명의 씨앗은 우주의 폭발과 합체로 천체와 물질이 형성되기 시작할 때 함께 생성되어 흩뿌려져 온 우주를 떠돌다가 생명이 활동할 수 있는 여건이 되면 자연적으로 싹이 터 자연과 함께 생명의 터전을 일구며 변화해 가는 것인지도 모른다.

최초의 생명이 생성되고 30여억 년이라는 장구한 세월이 흐르면서 생명은 원시적인 다세포 식물이 얕은 바닷가에 번성하면서 광합성이 일어나 이산화탄소를 흡입하고 산소를 배출하여 대기와 바다에 서서히 혼입하기 시작하였다.

6억 년 전후의 캄브리아기에는 지구의 생태환경인 무기질의 양과 종류가 보다 다양해져 생물의 활발한 변화와 분화가 일어나기 시작하여 생명의 다양화와 복잡화가 이루어지면서 연체 생물에서 단단한 껍데기와 이빨과 발톱과 촉각과 눈 등을 가진 생물로 변화하여 바다 밑을 떠돌기 시작하였다.

5억 년 전에는 식물이 육상으로 진출하여 퍼지면서 광합성이 보다 활발히 일어나 대기 중의 산소와 오존의 분포가 현재의 수준까지 도달하고, 오존층이 형성되어 강렬한 자외선을 막아주면서 바다의 어류가 육상으로 진출할 수 있는 환경이 자연적으로 만들어지고 있었다.

잦은 유성 충돌과 화산 폭발로 가스와 먼지가 하늘을 뒤덮으며 오랜 빙하기를 맞기도 하고 다시 안정화되어 강렬한 햇빛을 받으며 온난화의 시기를 거치면서 그때까지 원시적인 형태를 벗어나지 못하던 생명도 자연 선택과 돌연변이에 의한 변화와 분화가 활발히 진행하며 생물은 보다 다양화되어 갔을 것이다.

어쩌면 생명은 먼 우주의 생성과 함께 싹이 터서 지구로 흩날려 왔기에 쉽사리 소멸할 수 있는 것이 아니어서 극심한 지각 변동과 환경 변화 속에서도 '변화와 균형'에 의해 '생성과 소멸', '확산과 소실'하며 원(原)핵 생물에서 진(眞)핵 생물로, 단세포에서 다세포 생물로 유전자의 다양성과 종의 다양성으로 분화하고 변화하며 생물 다양성으로 먹이사슬을 이루며 공생과 기생으로 생명을 이어갈 수 있었나 보다.

박테리아 종류의 아주 작은 식물성 플랑크톤은 물속에 녹아있는 이산화탄소와 햇빛에 의한 광합성으로 포도당을 생산하여 활동에 필요한 양분을 자연에서 직접 구하고 있고, 대기 중에는 산소를 배출하여 다른 생명이 생존할 수 있게 하고, 동물성 플랑크톤을 비롯한 많은 수생 생물은 어류의 중요 먹이가 되고 있다.

식물은 뿌리에서 물을 흡수하여 줄기를 통해 잎으로 보내지고, 잎은 세포막 바깥쪽 세포벽에 엽록소가 있어 햇빛을 받아 광합성을 하여 필요한 영양분을 자연에서 구하여 성장하고 있고, 동물들은 이들 식물을 먹는 초식동물과 육식동물 그리고 잡식성 동물로 먹이사슬을 이루며 생존하고 있다.

라틴어로 독(毒)이라는 의미의 바이러스는 높은 정밀도의 전자현미경이라야 인지가 가능한 수백μmm 이하의 감염성 입자로 동물, 식물, 세균 등 살아있는 세포에 침입 기생하여 그 속에서만 복제 증식하며 핵산의 종류에 따라 DNA 및 RNA 바이러스로 나누어지고 있다.

바이러스는 자신의 대사계가 없기 때문에 바이러스핵산을 주형으로 하여 숙주세포의 대사(代謝)계를 통해 필요한 효소단백질을 합성하고 바이러스핵산을 복제하는 동시에 항원단백질을 만들며 이들이 집합되어 새로운 바이러스를 완성해서 숙주세포 밖으로 방출한다. 핵산에 이변이 생기면 바이러스는 생물로서의 이변을 일으킴으로써 세포핵산의 일부가 되어 숙주세포에 변이를 일으키거나 세포핵산의 일부를 다른 세포로 옮기는 작용을 하고 정상세포를 암세포로 변이시키기도 한다.

곰팡이류나 버섯류의 균은 본체는 균사체에서 이루어져 포자로 번식하고, 보다 미세한 세균류는 원핵 균류로 기생과 공생으로 양분을 취하거나 자신이 필요로 하는 유기물을 무기물에서 스스로 생산하는 독립영양을 하기도 한다.

지구 자연환경의 다양성은 생태계의 다양성과 생물종의 다양성을 낳고, 생물종의 다양성은 다양한 유전자 변이에 의하여 분화하고 적응하며 변화하여 생물 다양성을 이루며, 먹이사슬에 의해 자연생태계의 다양성을 유지할 수 있게 하는 순환 구조를 이루어 균형을 유지하고 있다. 지구는 다양한 무기물과 유기물의 합성으로 생명이 살아 숨 쉬는 거대한 생명체가 되었고, 생명체는 복잡한 지각 형태와 끊임없이 변화하는 자연환경이 있어 다양한 생물종이 분화하고 변화할 수 있게 한다.

생명은 생존을 위하여 다양하고 극심한 자연환경에 적응하기 위하여 수십 년에서 수억 년의 세월에 걸쳐 '변화와 균형'에 의해 다양하게 변화하여 가며 생물의 다양성을 이루고, 공생과 기생과 먹이사슬에 의해 다양한 생태계를 형성하며, 우주에서 본 아름답고 신비한 '파란 별'을 만들고 있다.

4. 생태계의 균형

- 먹이사슬의 균형

1979년 영국의 과학자 제임스 러브록(James E. Lovelock 1919~)은 〈지구 생명에 대한 새로운 시각〉이라는 저서에서 지구의 생명체와 이들이 살아가고 있는 환경이 복잡한 시스템을 이루고 있는 하나의 유기체로 볼 수 있다고 하는 "가이아(Gaia) 이론"을 제시하였다. 가이아는 그리스 신화의 '대지의 여신'으로 지구를 의미한다.

1950년대에 '사막은 살아있다'는 미국 서부 사막지대의 동물과 식물 등 자연현상을 당시 컬러필름에 담은 미국 월트 디즈니사의 장편 기록 영화다. 별로 생명이 살지 않을 것 같은 사막에 선인장이 예쁜 꽃을 피우고, 뱀, 도마뱀, 카멜레온과 같은 파충류와 곤충류가 모래 속에 몸을 숨기고 위장하여 사냥하고, 물을 흡수하여 목을 축이는 등 많은 생물이 생존하기 위하여 먹고 먹히는 숨막히는 순간을 포착한 다큐멘터리다.

지구상에는 열대우림을 비롯한 해양과 도서(島嶼) 지역, 맹그로브 숲, 갯벌, 사막, 사바나, 온대림, 활엽수림, 타이가(아한대 지역의 침엽수로 이루어진 삼림지대), 툰드라(북극해 연안의 동토대), 고산지대 그리고 해저지형과 위도 등에 따라 다양한 생태계로 이루어져 있다. 각각의 생태계 안에는 독특한 식물과 동물과 세균류가 종의 다양성과 유전자의 다양성으로 생물 다양성을 이루며 살아가고 있다.

먹이사슬은 생태계에서 생산자인 식물이 생산하는 유기물을 바탕으로 군집 내에 구성되는 피식자(먹이)와 포식자 상호 관계에 대한 하나하나의 연결고리(food chain)를 가리키지만 현재는 연결되는 전체의 먹이그물(food web)을 가리키고 있다. 미국의 동물 생태학자 셸포드(Victor E. Shelford, 1877~1968)가 1918년 최초로 도식화하였다. 1930년경 클레멘츠는 생물과 생물을 둘러싸고 있는 환경이 서로 밀접한 관계를 맺고 있다는 기존 생태계의 개념을 발전시켜 '생물과 환경을 일종의 유기체로 보는 바이옴(biome)의 개념'을 제안하였고, 탠슬리는 바이옴과 넓은 의미의 무생물적 환경이 서로 상호작용하는 '생태계'의 확장 개념을 제안한 이후 여러 학자들에 의해 생태학으로 발전하게 되었다. 생태계 내에 존재하는 먹이사슬은 식물·동물·균류 같은 생물적 요소(biotic factor)와 빛·열·물·공기·각종 광물과 같은 무생물적 요소(Abiotic factor)의 사이에는 생명 활동과 생태계가 서로 유기적인 관계를 형성하며 '물질 순환'과 '에너지 흐름'이 일어나고 있다.

생태계를 구성하는 먹이사슬의 생물적 요소는 그 기능을 기준으로 생산자, 소비자, 분해자로 나눌 수 있다. 녹색식물은 독립 영양체로 생산자 또는 기초생산자라 하고, 유기물을 자기 스스로 합성할 수 없는 동물을 소비자라고 한다.

분해자는 곰팡이나 버섯, 박테리아와 같은 세균류의 미생물로 동물의 사체(死體)나 배설물, 식물의 낙엽과 잔해(殘骸) 등의 유기물을 분해하여 얻은 에너지로 생활하고, 그 결과 생긴 무기질은 최종적으로 다시 식물의 먹이가 되는 재순환의 연결고리를 이루고 있다.

육상 먹이사슬은 태양에너지를 이용해 대기 중의 이산화탄소와 뿌리로부터 빨아올린 물과 무기물을 광합성 하여 생장하는 녹색식물(기초생산자), 식물을 주식으로 하는 초식동물(1차 소비자), 초식동물을 포식하는 육식동물(2차 소비자), 다른 육식동물을 포식하는 육식동물(3차 소비자) 등으로 이어지며 다양한 영양소의 유기물이 상위의 단계로 이동하게 된다.

해양 먹이사슬은 녹색식물과 마찬가지로 주로 태양에너지를 이용해 유기물을 광합성 하는 식물플랑크톤(기초생산자), 식물플랑크톤을 잡아먹는 동물플랑크톤(1차 소비자), 동물플랑크톤을 주식으로 하는 육식성 어류(2차 소비자), 다른 어류를 포식하는 육식성 어류(3차 소비자)로 이어지게 된다.

식물플랑크톤은 햇빛이 투과하는 민물이나 바닷물의 상층부에 서식하며 물의 흐름을 따라 부유하는 작은 크기의 식물군으로 단세포 조류(藻類)를 총칭한다. 생태학적으로는 육수(陸水) 식물플랑크톤, 해양 식물플랑크톤, 빙서(氷棲) 플랑크톤, 토양 미생물 등으로 구분하고 있다.

식물플랑크톤은 동물플랑크톤의 먹이가 되는 수계(水界)의 제1

차 생산자로 물질 순환에 중요한 역할을 하고 있다. 규조류(硅藻類)·편모(鞭毛)조류·남(藍)조류가 있으며, 또 혼탁한 물에 부착하는 세균류도 있다.

자연적인 상태에서 한 지역의 식생에서도 끊임없이 다른 식물들의 침입을 받으며 경쟁에서 지면 새로운 식생으로 변화하는 '식생 천이'가 일어나고 있다.

공터나 황무지에서는 처음에 '개척자 식물'인 콩과 식물이 들어오고, 다음으로는 다양한 초본식물 → 키 작은 관목(떨기나무, 2m 이하) → 소형 교목(어린 큰키나무 2~8m) → 교목(큰키나무, 8m 이상)의 순서로 식생의 천이가 일어난다.

생태계에서 먹이사슬에 의해 생산자, 소비자, 분해자로 이어지는 물질대사와 에너지 흐름이 이루어지는 과정을 보면 생명과 생존과 생물의 의미를 되새기게 한다.

생태계 안에서 일어나는 먹이사슬의 각 단계를 양적으로 나타내면 피라미드 모양이 된다. 이를 '먹이 피라미드'라고 하며, 먹이 피라미드의 모양이 삼각형이 되면 '생태계의 균형'이 이루어지고 있는 것이다. '균형'이란 생산자와 소비자 사이의 먹이 관계가 안정되어 있다는 것을 의미한다.

생태계의 균형은 자연재해나 인간의 간섭으로 쉽게 손상될 수 있다. 자원개발로 인한 환경파괴, 쓰레기 무단투기로 인한 산과 하천과 바다의 오염, 화석연료 사용으로 인한 대기오염과 기후변화는 생태계의 균형을 무너트려 생명에 심각한 위기를 초래하고 있다. 먹이사슬에서 천적이 사라지면 생태계의 균형이 깨져 '생태계의 파괴'가 일어나게 되며, 생태계가 복원되려면 아주 많은 시간을 요하게 된다. 인간이 생태계를 파괴하지 않으면 생태계는 스스로 '복원력'이 생겨나게 된다.

최초의 한 생명이 탄생하고 수십억 년 동안 끊임없는 극한의 지구 환경 변화 속에서 그때마다 절멸의 순간을 맞으면서도 생명을 이어가며, 지구의 극심한 환경 변화와 장구한 세월에 걸쳐서 변화하고 분화하여 적응하여 생존하며 종의 다양성은 유전자의 다양성으로 생물 다양성과 생태계의 다양성을 이루고 있다. '변화와 균형'에 의해 '동적 균형'을 이루어 생태계의 균형과 먹이사슬의 균형을 이루고 있다.

5. 물질 순환과 에너지 흐름

- 물리·화학 법칙과 영속성과 죽음

식물은 봄에 새싹을 트이며 생장하고, 꽃피우고, 열매를 맺고, 늦가을에 낙엽이 지고, 겨울잠에 이르기까지 변화하는 환경에 적응하기 위해서는 새로운 물질을 생산하여야 하며, 그때그때의 환경 변화에 따른 성분의 농도도 달라지게 하고 있다.

광합성은 태양 빛을 이용하여 이산화탄소와 물로부터 유기물(포도당)을 합성하여 영양원으로 한다. $12H_2O + 6CO_2 +$ 햇빛 $= C_6H_{12}O_6$(포도당) $+ CO_2 + 6H_2O$. 포도당은 식물체와 균류의 합성에 의해 탄수화물, 지방, 단백질, 비타민 등으로 변환한다.

생산자인 녹색식물은 햇빛과 공기 중의 이산화탄소와 토양으로부터 수분과 각종 무기물을 흡수 동화하여 갖가지 유기물을 합성하고 생육한다. 뿌리로부터 양분을 흡수할 때는 자신의 생장·생리에 필요한 것만을 빨아들이며, 식물체마다 지니는 영양성분이 저마다 달라지게 마련이다. 식물은 소비자인 동물이나 미생물로부터 자신을 보호하기 위하여 금을 비롯하여 납·수은·비소·우라늄 등 각기 고유한 성분만을 선택 함유하여 특유의 독성 물질을 자연적으로 지니며 이의 발산으로 스스로를 방어한다.

다양한 원소들은 식물체의 특성에 따라 자신에 필요한 종류만을 다량 또는 소량 혹은 미량(微量)을 여러 가지 형태로 생성하여 함유하고 있지만 이는 생존을 위한 영양을 섭취하는 과정에서 생활환경과 주변 토양에 산재하여 있는 원소로부터 취하며 변화한 결과이다. 식물의 필수 원소는 탄소(C)·수소(H)·산소(O)·질소(N)·인(P)·황(S)이며 그 외 칼륨(K)·몰리브덴(Mo)·구리(Cu)·아연(Zn)·망간(Mn)·붕소(B)·철(Fe)·염소(Cl)·마그네슘(Mg)·칼슘(Ca) 등이 있다. 이들 원소는 동물을 포함한 인간에 이르기까지 생명 활동에 없어서는 안 되는 중요한 물질 원소들이기도 하다.

광합성에 의해 복잡한 유기물을 합성하는 녹색식물이나 세균류는 물론 먹이사슬에 의해 이들을 먹이로 하여 영양을 취할 수밖에 없는 동물들도 동일 생태계에서 변화하며 자신의 먼 조상을 먹이로 하여 생존할 수밖에 없고, 생산자인 식물 또한 지역에 산재한 원소들을 흡수하여 생명 활동을 영위할 수밖에 없다.

생산자는 대부분 독립영양생물인 녹색식물 또는 식물플랑크톤으로 태양에너지를 이용하여 이산화탄소와 물을 탄수화물(포도당)로 전환할 수 있으며, 탄수화물을 태워서 얻은 에너지를 사용하여 생명 활동에 필요한 단백질, 핵산, 지질 등 복잡한 유기화합물을 생성한다.

종속영양생물이기도 한 소비자는 스스로 에너지를 생산해 내지 못하는 모든 동물이 여기에 포함된다. 소비자는 생산자가 만들어낸 유기화합물을 소비하여 살아가며, 섭취한 복잡한 유기화합물을 이용하여 생장과 활동에 필요한 양분과 에너지를 얻는다, 분해자인 균류는 원핵(原核)이나 진핵 단세포 생물로서 존재하고, 식물과 동물은 다세포 생물로, 세포 하나하나는 독립적인 생명 활동을 하고 있지만 전체 세포는 서로 유기적으로 연결되어 하나의 생명으로 활동하고 있다.

생태계는 먹이사슬을 통하여 생체 내의 '물질대사'와 '에너지대사'가 끊임없이 일어나며 모든 생물이 생명 활동을 할 수 있게 하고, 이를 통하여 물질의 순환과 에너지의 흐름이 끊임없이 일어나고 있다.

물질대사는 생물체가 자신의 생명 유지를 위한 동화와 이화작용으로 자신에게 필요한 물질을 합성하고 분해하며 성장과 생명 활동에 필요한 물질의 재료와 에너지를 얻는 것을 의미하며, 이는 생명체 내에서 물질이 에너지로 에너지가 물질로 끊임없이 순환하는 것으로 '생존이고, 생명 활동'이다.

에너지대사는 생물체가 생존과 생명 활동에 필요한 에너지를 태양 빛과 물과 이산화탄소와 먹이를 취함으로써 전환·저장·방출 및 이용하는 것으로, 소화·호흡·심장박동을 위시한 자율신경계의 작용을 비롯하여 체온 유지·세포 교체·운동 등에 의해 끊임없이 물질대사와 에너지대사가 일어나는 것이 생존이고 생명 유지 활동이기도 하다.

생체 내에서 일어나는 '물질대사와 에너지대사'는 열역학 제1법칙인 에너지 보존법칙과 아인슈타인의 '질량과 에너지는 서로 전환될 수 있다'는 에너지=질량($E=MC^2$) 법칙 등 자연의 물리·화학 법칙이 작용하고 있다.

화학합성을 하는 생물은 빛이 없어도 특정의 무기물만으로 생활할 수 있는 세균류로 황(黃)세균류는 산소에 의하여 황화수소를 황으로, 또는 황을 황산으로 산화시킬 때, 아질산세균 및 질산세균은 암모니아·아질산을 산화시킬 때, 수소세균은 수소가스를, 철세균은 철 화합물의 산화에 의해 얻어진 에너지를 사용하여 생존한다.

현대 그룹 고 정주영 명예회장은 회의 석상에서 철이 녹스는 것은 세균에 의한 것이라고 하였고 참석자들은 철이 녹스는 것은 산화작용이라고 하였지만, 오늘날은 많은 연구자들에 의하여 철세균의 존재가 확인되고 철세균이 철의 산화에 역할을 하는 것으로 밝혀지고 있다.

화학합성 생태계는 화학반응에 의해 에너지를 얻는 심해저의 세균을 제1차 생산자로 하는 생태계이며, 태양의 빛이 도달하지 않는 깊은 바다 밑에서 메테인이나 황화수소 등과의 화학반응을 통해서 에너지를 얻는 이들 세균은 태양광선의 혜택을 받는 해양생물과는 현저히 다르다.

태양 빛의 혜택을 받는 거의 모든 해양 생물은 수심 200m 이하의 얕은 바다에 살고 있다. 이 해양의 표층에서는 태양 빛을 이용한 광합성에 의해 제1차 생산자인 식물플랑크톤이 증식한다. 그리고 이 식물플랑크톤을 동물플랑크톤이 먹고, 이것을 다시 해양의 생물이 섭취하는 지상에서와 같은 먹이사슬, 곧 광합성 생태계가 형성되어 있다.

태양에너지가 미치지 않는 깊은 바닷속에서는 광합성 생태계가 형성되지 않지만 2,500m 깊이에서 300℃가 넘는 열수 분출공(噴出孔)에 서식하는 생물군집, 심해분지의 해저 골짜기의 냉수 용출(溶出) 대(臺)에 서식하는 생물군집, 심해저에 가라앉은 고래의 시체에서 영양을 섭취하는 경골 생물군집도 발견되고 있다.

탄소는 지구상 모든 생물의 중심 구성 원소이다. 대기 중에서는 이산화탄소로, 지각 내에서는 석유나 석탄 또는 탄산칼슘으로, 해수 중에서는 탄산이온으로, 생태계에서는 고분자 화합물로 존재하는 등 대기·해수·지각 등 지구 곳곳에서 생명에 의해 끊임없이 순환하고 있다. 탄소는 생물이 호흡할 때 이산화탄소 상태로 대기에 배출되기도 하지만 화산 폭발로 인해 지각에 묻혀 있던 탄소가 방출되기고 하고, 화석 연료가 탈 때 등 다양한 경로에서 탄소가 대기로 방출되고 있다.

질소 순환은 자연계의 질소가 생물계와 무생물계의 여러 경로를 통해 변화하고 순환되는 현상이다. 질소는 대기의 가장 많은 성분으로 전체 대기의 약 78%를 차지하고 있지만 녹색식물은 그것을 직접 이용하지는 못한다.

토양 속의 아조토박터나 클로스트리듐, 뿌리혹박테리아, 물속의 아나베나(남조류) 등 질소고정 생물들이 있어서 공중질소를 고정시키며 녹색식물은 이것을 이용하고 있다. 대기 중의 극히 일부 질소는 공중방전에 의해서 과산화 질소를 형성하여 빗물에 녹아 땅속에 들어가 질산염이 되어 식물체가 이용하게 된다.

식물체에 흡수된 질소는 단백질·핵산 등 유기물질의 재료로 쓰이며, 이것은 먹이연쇄에 의해서 동물체로 옮겨지고 또 이들이 부패균에 의해 분해되어 질소는 다시 토양 속으로 되돌아간다. 한편 토양 미생물 중에서 질산염을 환원하여 아질산염을 만들고, 이를 암모니아 또는 질소 기체로 환원시켜 대기 중으로 되돌려 보내는 탈 질소 세균도 있다. 미생물에 의해서 질소는 식물에 유용한 일련의 변환을 겪게 하고, 식물은 동물이 생명을 유지시키는 먹이로 사용된다.

지구 자연과 생명의 물질 순환과 생태계의 에너지 흐름은 모두 '변화와 균형'에 의해 '생성과 소멸', '확산과 소실'하며 '동적 균형'을 이루어 서로 자연적으로 연결되어 끊임없이 흘러가고 있다.

6. 생체 내 생명 활동과 동적 균형

무생물은 항상성을 유지하지 못하고 동적평형상태 즉 엔트로피가 증가하는 무질서한 상태가 된다. 생물은 일정한 체온 유지와 세포 내 수소이온 농도나 염분농도 등이 일정하게 유지되어야 환경에 반응할 수 있으므로 스스로의 시스템이 항상성을 가져야 한다.

생물은 자신의 체내 질서를 유지하기 위해 끊임없이 에너지를 투입해야 하며 이를 물질대사로 해결한다. 생물체는 물질대사를 통해 물리학의 법칙인 엔트로피 증가의 법칙을 억제하면서 체내 질서를 유지할 수 있다. 모든 생물체는 생식을 통해 자손을 남겨야 하며, 변이를 통해 변화하는 환경에 적응하며 살아야 한다.

생물의 특성은 먹이를 먹고, 생체 내에서 물질대사에 의해 활동을 하고, 배설하는 것이다. 즉 먹은 음식은 생장하고, 생각하고, 보고, 듣고, 말하고, 숨 쉬고, 움직이고, 운동하는 등의 에너지로 소비하고, 몸을 형성하는 각종 노후 세포의 교체에 필요한 유기물을 생성하고 있다. 몸을 형성하는 세포들은 1년 뒤 거의 새로운 유기물로 대치되며, 세포 교체 속도는 피부조직 6주, 간 조직 2개월, 적혈구 4개월로 세포분열에 의해 새롭게 교체된다. 뼈조직은 오랜 기간 서서히 바뀌며 순환한다.

물질대사는 동화작용과 이화작용으로 동화작용은 생합성 과정을, 이화작용은 분해 과정을 말한다. 물질대사를 구축하는 세 가지 회로는 캘빈회로, 해당(解糖) 작용, 크랩스 회로로 서로 유기적으로 연결되어 있어 생합성과 분해 작용이 어느 방향으로 흘러가느냐는 화학 법칙인 반응물과 생성물 중 어느 쪽 농도가 높으냐에 따라 결정된다. 국소(局所)적으로 봤을 때는 생합성이 일어나기도 분해가 일어나기도 하는 듯하지만, 전체적으로 보았을 때는 하나의 흐름으로 평형 상태를 유지하며 흐르고 있다.

생체 내 화학결합은 공유결합과 비 공유결합으로 구분하며, 비 공유결합은 이온결합, 수소결합, 반데르발스 힘㈜ 등으로, 화학반응이 일어나기 위해서는 분자의 운동이 자유롭도록 물에 녹아 있어야 한다. 생체유기물은 물에 잘 녹아 수용성 상태를 유지한다.

물은 생명의 어머니로 체중의 70%를 차지하며, 생체 내 모든 화학반응에 작용하는 용매로서 생명이 잉태할 수 있게 해준 분자이다. 물의 독특한 물리·화학적 특성이 생명체의 잉태 요인이 되고 있는 것이다.

물은 생체유기물의 용매로서 물에 녹은 유기물들 사이의 자유로운 충돌에 의해 쉽게 일어난다. 물에 녹은 유기물 분자 사이의 진동·회전·병진운동에 의한 자유로운 충돌과 결합의 활성화로 화학반응을 용이하게 해주는 것이다.

물질이 물에 녹아 있는 상태에서 가능한 분자운동은 ① 진동운동에 의해 원소 간의 결합거리가 0.1㎚ 범위 내에서 짧아졌다 길어졌다 하게 된다. ② 액상으로 있는 분자나 액체 속에 녹아 있는 분자들은 다른 분자들과 충돌이 쉽게 진동 외에 회전운동을 한다. ③ 분자들은 용액 속에서 병진운동을 즉 전후좌우로 자유분방하게 떠돌아다니며 화학반응을 위한 충돌을 일으킨다.

ATP(Adenosine Tri-Phosphate)는 염기 A(아데닌)에 인산기 3개가 나란히 직렬로 연결된 구조이다. 생명체가 ATP를 이용하여 에너지를 얻는 방법은 ATP-ADP 순환을 이용한다. ATP에 직렬로 되어 있는 세 인산기 중 하나를 떼어내 ADP로 만들면서 이때 나오는 에너지로 생명 활동, 즉 운동 및 화학반응 등에 이용한다. 한편 생성된 ADP(Adenosine Di-Phosphate)는 인산기 하나를 다시 갖다 붙이면 쉽게 ATP로 재생된다. ATP-ADP 순환 회로를 이용하여 생명체는 끊임없이 에너지를 공급받는다. 인간의 경우 하루 1만 번의 ATP-ADP 순환이 일어나는데, 인체에 들어 있는 20g이 채 되지 않는 ATP만으로도 충분한 에너지의 공급이 이루어진다.

1ATP 1㏖을 ADP로 전환할 때 7.3㎉의 에너지가 나온다. 사용하고 남는 에너지는 열로 방출된다. 이 열은 생명이 자신의 몸을 일정하게 덥히는 역할도 한다.

ATP를 생성하는 세포 속 기구는 미토콘드리아와 엽록체이다. 모든 진핵 세포는 미토콘드리아를 가지고 있다. 미토콘드리아와 엽록체는 둘 다 세포 속의 세포이며 잘 발달된 내막계를 가지고 있다.

동물과 미생물은 먹은 음식에서 에너지를 얻지만, 식물의 엽록체는 태양 빛에서 얻는다. 원천은 다르지만 미토콘드리아와 엽록체가 작동하는 방식은 기본적으로 같다. 세포호흡은 우리가 먹은 영양분을 연소하여 ATP를 생산하는 대사 과정의 핵심이다.

산소가 없는 상태에서 해당(解糖) 작용만을 이용하여 에너지를 얻는 방법을 발효라고 하며, 젖산발효와 알코올발효가 있다. 발효는 세포호흡에 비해 에너지 효율성이 대단히 떨어지기 때문에 긴급 상황에서만 사용된다. 참고로 세포호흡의 에너지 효율은 40%, 발효의 에너지 효율은 2%이다.

녹색식물의 세포에 들어있는 엽록체가 광합성이 일어나는 장소이다. 광합성은 명반응과 암반응의 두 단계로 나뉘고, 명반응에서는 O_2가 생성되고, 암반응을 통해 포도당(탄수화물)이 합성되고 물이 생성된다. 광합성에 필요한 에너지는 빛에너지이다.

엽록체는 에너지를 수확하고, 지구 생태계에 양분을 제공하는 매우 중요한 세포 소기관으로 명반응은 ATP를 생성하는 것이고, 암반응은 포도당과 같은 유기화합물을 합성하는 것이다. 즉 명반응을 통해서는 태양에너지를 화학에너지로 전환시키고, 암반응을 통해서는 생유기화합물을 생성하는 것이다.

생체 내 각종 화학반응에서 부분적으로 대전(전하)된 음양의 조화가 매우 큰 역할을 하는데, 이러한 힘을 제공하는 촉매가 바로 단백질이다. 단백질에는 음양으로 대전된 다양한 아미노산이 있기 때문이다.

> "단백질은 모든 생명현상의 근원이다.
> 단백질은 모든 생명 현상을 가능케 하는 생체 고분자화합물
> 이다."

생명체(동물, 식물, 미생물)에서는 20종의 아미노산이 조금씩 다른 특성을 가지지만 기본적으로 아미노기와 카복실기를 가져 중성용액에서 양친모성이온으로 존재하는 분자로 모든 생물이 이 20종의 아미노산으로 단백질을 만들어 낸다. 아미노산의 종류, 개수, 배열 순서에 따라 서로 다른 단백질이 만들어진다.

각 세포의 역할이 그때그때 변하는 것이 아니고, 고정되는 것이라면 세포핵 속 DNA의 단백질 형성도 고정되어야 하는 것임으로 처음부터 몸을 이루는 모든 세포들은 이미 정해진 역할을 하도록 DNA로 유전되어 변화하여 왔을 것이다.

- 헤모글로빈 단백질은 550개 정도의 아미노산이 결합하고 배열되어 만들어져 산소 운반의 특성을 지닌다.
- 입안에서 탄수화물을 분해하는 효소로 작용하는 아밀라아제는 약 550개의 아미노산이 연결된 단백질이다.
- 아미노산의 구성과 배열 방식이 기능을 결정한다.

다양한 단백질들이 세포 내 구성과 배열 방식에 따라 서로 다른 기능을 가진 세포를 만들어 내고, 이들 세포가 일정한 규칙에 따라 배열되고 상호작용하면서 생명체가 만들어진다.

생명체에서는 네 종류의 고분자화합물이 발견되며, 이는 탄수화물, 단백질, 지질, 핵산이다. 물이 70%, 나머지의 25% 중 단백질: 55%, 핵산: 25%, 탄수화물: 12%, 지질: 7~8%, 그리고 약 5%가 여러 가지 이온이나 1차 대사에 사용되는 작은 분자로 이루어진다.

생명은 물질대사라고 하는 동적 평형 상태에서 흐름을 유지하며 일정한 형태를 유지·발현한다. '물질은 끊임없이 몸속에 새로 들어오고 그 전의 것들은 나가고 하는 하나의 흐름으로 몸속에 잠시 머물다 흘러간다.

생존과 생명 활동이란 생장과 활동을 위하여 지속적으로 필요한 영양을 취하는 활동이기도 하다. 생명의 발생도 생존도 수명의 한계도 생식에 의해 영속하려는 것도 변화하여 적응하는 것도 모두 '변화와 균형'에 의해 '생성과 소멸', '확산과 소실'하며 '동적 균형'을 이루어 끊임없이 흘러가는 자연의 섭리이다.

7. 생명의 정의에서

생기설(Vitalism)은 우주에는 물리·화학적 법칙 외에 일종의 생명력이 있어 이 생명력의 운동으로 우주는 유지 창조 진화된다고 주장하는 학설이 있다. 생명현상의 발현은 비물질적인 생명력이라든지. 자연법칙으로는 파악할 수 없는 원리에 지배되고 있다는 이론이다. 생기설은 생물현상의 합목적성이 자연적 원인에 의해서는 설명될 수 없다는 즉 모든 사물은 목적에 따라 규정되고 목적을 실현하기 위하여 존재한다는 목적론을 내포하고 있다.

미국의 루돌프 쉰 하이머(Rudolph Schöen Heimer, 1898~1941) 교수는 그가 발견한 '생명의 동적 상태'라는 개념을 확장하여 '동적 평형'이라는 개념을 제시하고 "생명은 동적 평형의 흐름이다" 라고 하였다.

생물은 동적으로 평형 상태를 만들어 내고 있다. 생물이라는 것은 평형이 깨지면 그 사태에 대해 리액션(반응)을 일으키는 것이다.

생물은 시간(사건이나 변화를 인식하기 위한 기초적인 개념) 즉 돌이킬 수 없는 시간의 흐름이 있고, 그 흐름에 따라 축소되어 한 번

접힌 경우 다시 풀 수 없는 것으로 생물은 존재한다고 할 수 있다.

DNA 이중나선 구조의 발견을 통해 생명을 자기복제 시스템으로 규정, 즉 "생명은 동적 평형 상태에서 자신을 유지하는 흐름"이라는 생명관으로 바꾸어 놓았다.

물리학에서는 생명에 대해 오스트리아의 이론 물리학자 에르빈 슈뢰딩거(1887~1961)는 저서 〈생명이란 무엇인가?〉에서 생명은 엔트로피를 도입하여, 체내의 엔트로피 증가의 법칙을 상쇄함으로써 안정된 상태를 유지하고 있는 것이라고 정의하였다. 다시 말하면 생명을 음(-)의 엔트로피를 먹고 살아가는 존재라고 하였다.

생명현상에는 다양한 측면이 있지만 일반적으로 생물학에서 근본적인 생명의 정의에 관한 부분은 그 내부에서의 물질교환과 외부와의 물질교환(대사) 및 같은 형태인 개체의 재생산(유전과 생식)에 있을 수 있다. 또한 이러한 성질을 가지는 최소 단위가 세포이기 때문에 세포를 생명의 최소 단위로 추정하고, 세포의 구성을 생명으로 인정하는 것이 일반적이다. 식물의 씨앗은 미래의 언젠가는 싹을 틀 수 있다는 가능성으로 생명으로 간주하기도 한다.

제임스 왓슨은 자신의 저서 〈DNA 생명의 비밀에서〉 "생명은 그저 화학 반응들이 폭넓게 조화를 이루어 배열된 것"이라 기술하고 있다. 왓슨이 아니라도 대부분의 생물학자는 비슷한 견해를 가지고 있다.

물질대사란 몸속에 투입된 먹이가 소화과정을 거치며 일부는 에너지로 전환되고, 일부는 자기 몸의 구성요소가 되는 과정을 말한다.

먹이는 침 속의 아밀라아제라는 효소에 의해 포도당으로 쪼개진다. 이 포도당은 세포호흡이라는 과정을 통해 생명체의 에너지원인 ATP를 생산하고 소비되기도 하고, 일부는 지질로, 또 일부는 아미노산이나 핵산으로 전환된다. 이들은 복잡한 생합성 경로를 통해 몸에서 낡아 제거되어야 할 생체고분자 화합물을 대체하게 된다.

"세포는 끊임없이 낡고 대체되는 과정을 거친다" 세포 내 다양한 화학반응과 물질대사가 가능한 이유는 세포 속 분자들이 일정한 거리에서 끊임없이 진동·회전·병진운동을 하고 있고, 효소라는 촉매작용이 필요하지만 대부분의 생체 내 화학반응이 비교적 짧은 거리에서 일어날 수 있기 때문이다. 화학반응이란 결국 기존의 화학결합이 끊어지고 새로운 화학결합이 형성되는 것으로, 이모든 것이 유연하게 일어날 수 있게 비슷한 거리 범위에 이웃하는 것이 생체 내의 물질세계다.

지구 생명체는 화학적 구성으로 보면 탄소(C)라는 원자를 근간으로 H·O·N·P·S (수소·산소·질소·인산·유황) 등이 정교하게 연결되어 있는 유기화합물의 복합체로 그 외 K·Ca·Mg·Fe·Mn(칼륨·칼슘·마그네슘·철·망간) 등의 필수 원소가 있다.

생명을 탄소 골격의 화학 결합체라고 말하며, 비료의 주성분인 질소·인산·칼륨(N·P·K)은 식물의 몸을 만드는 데 사용된다. 물질이 모여서 정교하게 배열하고 결합하여 창발성을 가지면 생물이 된다고 할 수 있다.

박테리아와 같은 세균은 물론 동식물에 이르기까지 몸을 이루고 생명 활동을 하는 세포의 각각의 핵 속 핵산(DNA)에는 최초의 생명체인 원핵생물부터 인간에 이르기까지의 모든 생명 활동의 정보가 변화와 종의 분화가 일어날 때마다 기존 DNA의 바탕 위에 새로운 DNA를 추가하며 지속하여 왔을 것이다.

모든 생명은 생존하기 위하여 먹이사슬에 의해 자기를 있게 해 준 모체(母體)를 먹이로 하여 얻어진 영양의 순환과 에너지의 흐름에 대해 몸을 이루는 하나하나의 세포와 세포핵 속 DNA의 변화 과정에서 얻어진 생명 활동에 필요한 모든 정보를 누적 저장시키며 생명의 연속성과 다양성을 형성하고 있다.

그 옛날 석가모니 부처의 대자대비(大慈大悲) 사상 속에는 모든 생명은 하나같이 존귀함으로 살생을 삼가라고 하고 있다. 하나의 조상으로부터 파생된 생명은 평등하고 존귀한 존재이다. 그는 처음부터 착한 품성을 지니고 태어났다.

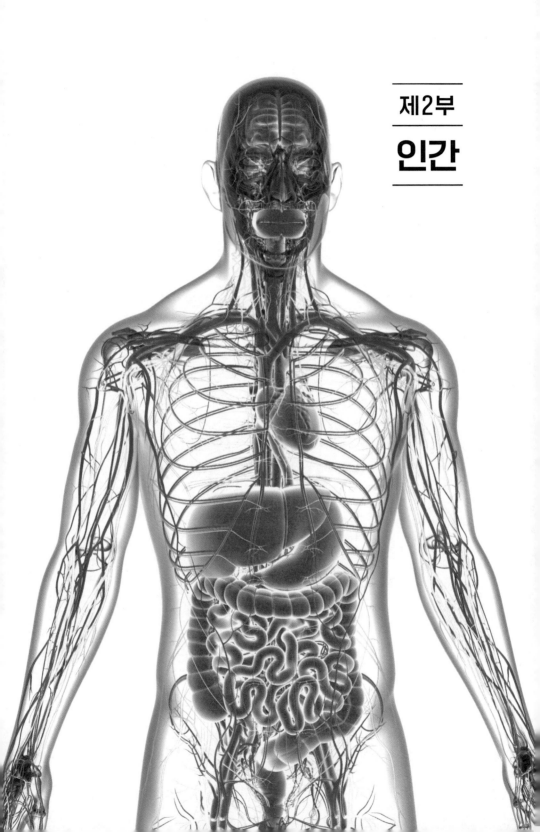

제2부

인간

제3장

인간의 본바탕과 본성

1. 인간의 출현

　바다 생물은 5억 4,000만 년 전 "캄브리아기: 생물종의 폭발적인 출현 시기" 이후 대기 중의 풍부해진 산소와 오존층의 형성으로 차츰 육상으로 진출하며 오랜 세월의 변화와 분화로 양서류에서 포유류로 그리고 700만 년 전 침팬지나 고릴라에서 고인류의 조상이 갈라져 나온 것으로 고인류학자들은 화석 유골의 연구에 의하여 추정하고 있다. 3백만 년 전 호모 하빌리스는 석기를 쓰기 시작하고, 180만~25만 년 전의 불을 사용할 줄 알았던 현대인과 비슷한 신장 165㎝ 체중 65kg 뇌의 크기 1,200g까지 성장한 호모 에렉투스(곧추선 사람)의 화석 유골은 전채 아프리카와 메소포타미아 유역의 남부와 유럽 남부 지역에서 발견되고 있다.

　50만 년 전의 호모 에렉투스는 아프리카의 원주민이나 인도네시아의 자바인, 하이델베르크인, 그리고 중국의 베이징인으로 이들은 불을 사용하고, 간단한 언어로 의사 표시를 할 수 있었을 것이라고 한다.

　40만~2만5천 년 전에 살았던 네안데르탈인은 체중 80kg 뇌의 무게 1,700g으로 유럽의 빙하 한계선 남쪽 아랄해에서 페르시아만에 이르는 아시아에서 생존하였다. 그들은 크로마뇽인과의 동거로 혹한기와 굶주림에서 오래 견딜 수 있는 유전자를 현대인에게 전하고 있는 것으로 학자들은 해석하고 있다.

20만 년 전에 크로마뇽인이라고 불리는 호모 사피엔스는 직립보행 하며, 두뇌 크기는 호모 사피엔스 사피엔스와 비슷하다고 한다. 발굴지의 이름을 딴 크로마뇽인이라고 부르는 마지막 빙하기에 살았던 현생 인류의 조상인 호모 사피엔스 사피엔스(슬기 슬기 사람)는 10만 년 전에 아프리카에서 살았고, 유럽에서는 3만 8천 년 전의 화석 유골이 발견된다고 한다.

현생 인류의 직접적인 조상으로 간주되는 호모 사피엔스는 15만~25만 년 전에 처음 나타난 것으로 추정하고 있지만, 그 기원에 대해서는 12만 ~ 15만 년 전 초기 호모 사피엔스의 화석이 아프리카에서만 발견되는 것을 근거로 아프리카 기원설을 주장하는 설과 호모 사피엔스가 각지에 분포되어 있던 호모 에렉투스에서 진화하였다는 다(多) 지역 설로 나누어지기도 한다.

5만~2만 년 전까지의 네안데르탈인이나 호모 사피엔스 사피엔스는 불(火)과 간단한 언어를 사용하고 잘 쪼개지는 돌을 갈라서 사용하는 수준의 아직 대뇌피질이 활성화되지 않은 자연 상태의 원시 인류로, 인간의 시간으로는 아주 긴 변화 과정을 밟고 있는 것이다. 초기 원시 인간들은 비바람을 피할 수 있는 바위 밑이나 동굴 같은 곳에서 혈연관계의 가족이나 씨족공동체를 이루어 수렵과 채집을 하며 맹수나 다른 부족의 공격을 막아 싸우거나 도피하며 생존과 종족 번식을 이어가기 위하여 혹독하고 두려운 자연환경 속에서 삶을 영위하여 갔을 것이다.

생명은 수십억 년의 오랜 세월에 걸쳐 자연선택과 돌연변이에 의하여 변화하고 분화하며 생물종의 다양성을 형성하여 왔다면, 약 300만 년 전에 출현한 최초로 석기를 사용할 줄 알았던 호모 하빌리스는 인간의 시간으로는 오랜 시간이 걸려 서서히 변화해 왔다고 할 수 있다.

현생 인류의 조상이 출현한 10만 년 전이라는 시간은 지구의 나이 46억 년에 비하면 0.000025라는 찰나에 불과하고, 생명의 변화 역사에서 보면 최초의 생물이 발생한 후 40억 년이라는 아득한 세월이 흐르면서 수많은 '변화와 균형'에 의해 '생성과 소멸', '확산과 소실'하며 '동적 균형'을 이루어 종의 분화를 거듭하며 다양한 생명이 먹이사슬로 생태계의 균형으로 끊임없이 흘러가며 일어난 일이다.

2. 세포와 유전자

- 체세포분열과 감수분열: 생명의 연속성

미토콘드리아

세포론은 다양한 동식물 및 미생물이 세포로 이루어져 있다는 이론이다. 즉, 지구상의 모든 세포는 기존의 세포에서 유래함으로 '새로이 창조되는 세포는 없다'는 이론이다. 원시세포나 기능적·구조적 분화로 협업하는 다세포생물에 관계없이 세포는 세포분열에 의해 세포에서 유래한다.

원핵 미생물은 대장균 및 세균 등이 있고, 진핵단세포 생물에는 아매바 및 짚신벌레와 같은 것으로 세포분열로 생식을 한다. 다세포생물은 세포분열에 의해 성장을 한다. 생명은 바다와 대지와 대기 및 생물체의 몸속에도 공생과 기생하고 있다.

인간에 대해서 말하기 전에, 인간을 포함한 모든 생명은 세포의 물질대사와 세포분열에 의하여 생존하듯이, 스스로 만물의 영장이라고 말하는 인간의 의미를 세포론에서 생각해 보는 것이 인간을 이해하는 데 도움이 될 것이다.

생물의 기본단위인 세포는 크기·모양·기능 등에서 다양한 형태를 하고 있지만 공통의 기본 구조를 가지고 있고, 하나하나의 세포는 생명 활동을 하는 생물과 같다. 하나의 세포가 하나의 개체를 이루고 있는 세균류의 '단세포 생물'과 동·식물이나 인간과 같이 다수의 세포가 모여 하나의 개체를 이루는 '다세포 생물'이 있고, 유산균이나 박테리아와 같은 '원핵생물'은 지금까지는 물론 앞으로도 생명의 근원으로서 멸종이 있더라도 유독(惟獨) 다시 소생하여 생명을 연속할 수 있을 것이다.

인간의 몸은 약 60조 개 이상의 세포로 이루어져 세포 내부 소기관의 작용에 의해 생명 활동을 한다. 생식세포인 부모의 정자와 난자가 융합하여 생긴 수정란 속에는 어머니의 염색체(DNA)와 아버지의 염색체(DNA)가 생식세포의 감수분열에 의해 반반씩 들어가 자식에게 유전되고 있다.

이중 나선 모양의 DNA는 당에 4종의 염기와 인산이 결합한 화학물질이 차례로 이어진 구조로, 4종의 염기가 배열되는 방식에 따라 생명 활동에 필요한 단백질을 만드는 방법이나 생명 활동을 지시하는 타이밍이 정해지고 있다. (유기적이고 자동적)

단백질은 몸을 형성하는 뼈와 근육, 형태를 이루는 털·손톱·발톱·각질층, 세균을 공격하는 항체, 기억에 관계하는 신경전달 물질, 정보를 전달하는 호르몬, 시각 후각 미각과 같은 감각을 담당하는 단백질, 식욕 증진을 일으키는 단백질, 촉매하는 효소, 물질을 수송하는 펌프작용, 물질과 결합하는 항체 등 인간을 지탱해주는 10만 종의 단백질을 만들고 있다. 이들 다양한 단백질이 서로 협력하면서 네트워크를 형성해 생명 활동이 유지되고 있는 것

이다. (자연적이고 자동적이다)

　여기서 "'유기적이고 자동적'이다"라는 표현은 생물학에서 말하는 기계적이라는 표현보다 [변화와 균형]이라는 자연의 법칙에 부합하다고 생각한다. 고대 유대인의 신화에서 유래되었다고 할 수 있는 창조론의 모호함과 달리, 현대 생물학이 밝히고 있는 세포론은 화석의 발굴과 전자현미경에 의한 관찰과 입증을 기반으로 분자생물학에서 유전자 수준의 생명공학으로 변화하고 있다.

　인간이 먹는 음식물에 들어있는 단백질은 입에서 잘게 씹힌 후, 위·십이지장·소장에서 단백질을 분해하는 각종 '소화 효소'에 의해 아미노산끼리의 이음매를 잘라내어 단백질은 잘게 분해되어 아미노산이 하나 내지 셋 정도로 이어진 사슬(펩티드)이 되어 소장에서 혈액을 타고 온몸의 세포에 보내져 다음 단백질의 재료가 된다. 인간의 몸은 항상 '물질대사'를 하여 오래된 단백질이 새로운 단백질로 바뀌어 가며 생명 활동을 영위하고 있는 것이다.

　생물학적 구조로 본 생명의 본바탕은 '생존과 종족 번식'에 있다. 최초로 원핵생물이 생성되어 지속적으로 생명 활동을 유지하기 위해서는 생성과 소멸이라는 화학작용의 반복에 의해서만이 가능하다는 것을 의미한다. 화학결합에 의해 필요한 단백질을 생성하여 생명 활동을 한다. 즉, 합성이라는 '생성과 분해(소멸)', '확산과 소실'하며 '동적 균형'을 이루어 끊임없이 흘러가는 것이 생명 활동이다.

생명 활동을 탐구하기 위하여 과학자들은 현미경 관찰을 통하여 체세포분열 과정을 형태적 특징에 따라 전기→중기→후기→말기→세포질분열의 다섯 단계로 나누고 있다. 이는 똑같은 유전 정보를 딸세포에 정확히 나누어주기 위한 것으로, 이 과정에서 염색체가 만들어진다.

DNA의 관점에서 체세포분열 과정은 세포분열이 시작되기 전 DNA는 복제되어 정확히 92개의 DNA 분자가 만들어진다. 각 DNA 분자는 하나의 염색분체를 만들게 되므로 세포분열이 진행되는 동안 92개의 염색분체가 나타난다. 체세포분열이 완료되면 1개의 세포는 2개의 세포가 되며, 각각의 세포는 정확히 46개의 DNA 분자를 갖는다. 똑같은 유전 정보가 딸세포에 전달되는 것이다. 세포주기는 생물체가 살아 있는 동안 세포가 성장하여 크기가 커지고 일정 크기에 도달하면 세포분열을 통해 새로운 세포를 만들고 하는 과정이 계속 되풀이 반복되는 과정을 말한다.

체세포분열은 정확하게 동일한 정보를 가진 세포들을 생산하는 것이 목적이다. 사람의 경우 30억 염기쌍으로 이루어진 게놈 정보를 정확하게 복사하여 새로 만든 세포들에게 나누어 전달해 주는 것이 목적이다. 체세포분열의 결과 인간의 몸을 구성하는 수십조 개의 세포가 모두 동일한 유전 정보를 가지게 된다. 그럼에도 불구하고 각각의 세포들이 모양이나 기능에 있어서 다른 이유는 동일한 유전 정보를 가지고 있지만 세포마다 활용하는 유전자의 종류가 다르기 때문이다.

인간 게놈이 가진 2만 1,000개의 유전자 중에서 실제로 하나의 세포가 활용하는 유전자는 10퍼센트에 불과하며, 어떤 유전자들로 10퍼센트를 활용할 것인가는 세포마다 다르다. 유전자는 단백질 생성에 대한 정보를 담고 있지만 각각의 세포들은 저마다 다른 종류의 단백질을 생성하여 가지고 있다. 근육세포, 혈액세포, 간세포 등 저마다 다른 세포들이 똑같은 게놈 정보를 가지고 있음에도 형태적·기능적으로 다른 이유는 생산하는 단백질이 다르기 때문이다. 단백질은 모든 생명 활동을 가능케 하는 기능성을 제공하는 분자이기 때문이다.

초기 생물의 변화에는 염기상의 변화가 가장 중요한 역할을 했을 것이고, 이후 유전자 수준의 변화가 활발하게 일어나 복잡성을 갖춘 생물종들이 출현하였을 것으로 보고 있다. 최종적으로 다양한 동식물이 출현하기 위해서는 염색체 수준의 변화일 것이라고 생각하고 있다. 유전자 수평 전달은 전체 생물권 내에 있는 모든 유전자의 생물끼리 이를 서로 공유하게 해준다. 다른 생물이 오랜 변화 과정을 통해 장만한 유전자를 수평 전달을 통해 쉽게 획득할 수 있으니, 각 생물종들이 비교적 쉽게 유전자의 수를 늘릴 수 있게 되었다고 생각한다.

최초의 생명체인 원핵생물은 40억 년 전 광합성을 하는 원핵생물이 다양한 변화적 시도를 하고, 27억 년 전쯤 광합성을 하는 원핵생물 남세균이 출현하여 에너지를 얻고 산소를 배출하고, 20억 년 전쯤에는 산소 대 방출이라는 지질학적 대사건을 일으키는 산화성 대기로 생명체들이 물질대사가 무산소 대사에서 에너지 효율이 높은 세포호흡으로 바뀌고 더욱 다양한 생명체가 출현할 수 있게 하였다.

진핵세포는 21억 년 전의 화석에서 복잡한 내막계를 갖춘 진핵생물들이 출현하여 세포 내 골격이 발달하고, 세포 내 골격은 세포의 식세포 작용을 도와 다른 생물체를 잡아먹는 데 유리하도록 핵막, 소포체, 골지체와 같은 내막계가 만들어지고, 미토콘드리아와 엽록체와의 세포 내 공생이 가능하게 되고, 여러 차례에 걸쳐서 일어난 연속 내부 공생을 통해 진핵생물이 기원한 것으로 보고 있다.

다세포생물의 기원은 6억 년 전쯤 다양한 조류, 식물, 원생동물, 곰팡이류 등의 단세포생물이 군체 생활을 거쳐 다세포생물로 진화한 것으로 보고 있다. 고생대 초기 캄브리아기의 처음 2,000만 년 동안 주요 동물문(門)들이 폭발적으로 등장하며 생물의 다양성이 최대로 증가함과 동시에 식물도 육상으로 진출을 시작하고, 5억 년경부터 육상동물의 변화와 공룡의 멸종 이후 절지동물, 척추동물 등이 등장한다. 유인원은 600~700만 년 전쯤에 출현한다.

유인원은 200만 년 전부터 뇌 용량이 커지기 시작하여 현재의 크기가 완성된 것은 10만 년 전쯤이다. 꼿꼿하게 서서 다니는 직립 인간 호모 에렉투스는 자바원인이나 베이징원인이 이에 속하며 꽤 넓은 지역에 걸쳐서 생존한 것으로 보인다. 이후 호모 에렉투스에서 3종의 인간이 분리되어 나온다. 호모 네안데르탈인은 30만 년 전에 유럽에, 호모 사피엔스는 20만 년 전에, 그리고 최근에 발견된 데니소바인은 시베리아 지역에서 발견되어 아시아에서 독립적으로 변화한 것으로 보고 있다.

언어 기능은 10만 년~4만 년 전 사이에 완성된 것으로 보고 있다. 인간의 변화도 점차적이고, 단계적으로 진행되었다. 고인류는 서로 생태적 지위를 두고 경쟁을 할 수밖에 없었고, 그 결과 네안데르탈인은 호모 사피엔스에 의해 멸종되었다.

생명이 자연에서 섭취하는 모든 것은 결국 자기를 있게 해준 세포와 단백질로서, 원시세포로부터 시작된 생명 활동은 스스로를 있게 해준 모체를 먹으며 변화와 분화를 이어 나가고 있다. 즉 영양 섭취는 자신의 조상인 식물, 어류, 조류, 동물, 곤충, 곰팡이와 박테리아 등의 상관관계가 있을 수밖에 없다. 세포의 증식이 먹이이고 먹이가 세포의 증식으로 이어지는 선순환으로 이어지며 변화와 분화로 생명의 다양성을 이루며 생태계의 다양성을 자연적으로 형성하고 있다.

종의 다양성과 유전자의 다양성, 생물의 다양성과 생태계의 다양성은 세포 소기관의 단백질 분해와 합성, 세포분열과 세포주기, 생식세포의 감수분열과 새로운 세포의 탄생 그리고 분해에 의한 죽음 등 모든 것은 같은 것이며 오직 순환 반복하는 것을 진화라고 말하지만, 자연과 생명은 '변화와 균형'의 맥락으로 흘러가고 있다.

진화학과 생태학의 역사에서 18세기 칼 폰 린네의 동식물 분류
→19C 초반 장 바티스트 라마르크의 용불용설→19C 중반 찰스
다윈의 자연선택설→19C 후반 헨리 챈들러 카울스의 천이개념
제창→20C 초반 휘호 더 프리스의 돌연변이설→1920년대→찰스
서덜랜드 엘튼의 먹이 사슬 연구→이후 진화 이론으로 통합하고
있다.

원시세포의 형성에서부터 진핵단세포→진핵단세포 군체→다세
포 동식물→인간에 이르기까지 생명의 본질은 '세포에 의한, 세포
를 위한, 세포의 생명 활동'으로 변화하며, 곧추선 호모 에렉투스
에서 현생 인류인 호모 사피엔스가 인간이라는 존재이다. 이러한
변화 과정은 어느 절대자가 있어 하나하나의 과정에 개입하여 이
루어진 일이 아니라, '변화와 균형'이라는 자연의 법칙에 의하여
자연과 함께 생명도 '생성과 소멸', '확산과 소실'하며 '동적 균형'
을 이루어 끊임없이 흘러가며 형성된 것이다.

3. 신체 구조의 유기적·자동적 작동

- 생물=생존=삶=목숨=생식=생명

　20세기 들어 의학은 해부학의 발전과 전자현미경의 발명으로 세포나 박테리아는 물론 바이러스도 관찰할 수 있게 되어 생명과학으로 발전하며 신체 구조와 기능과 역할에 대하여 분자생물학과 분자유전학 수준에서 연구되고 있다. 인간 신체에 대한 해부학적 분류를 보면 골격(척추와 뼈대), 근육, 호흡계통, 혈액 순환계통, 치아, 소화계통, 남녀 생식기관, 비뇨계통, 유방, 뇌, 척수, 신경계통과 시각, 청각, 후각, 미각, 촉각의 감각기관 등등으로 갈수록 보다 세분화되고 전문화되어 가고 있다.

　인간은 생명 유지를 위하여 산소호흡과 영양섭취를 하여야 한다. 이를 계통별로 분류하면 호흡기계, 소화기계, 영양 및 산소 공급과 면역세포 등으로 이루어진 혈액순환계, 신체의 적절한 내부 환경 유지(항상성)를 위한 자율신경계, 인체 내로 침입하는 병원체나 종양 세포 등을 인지하고 죽이는 면역계, 뇌를 중심으로 한 감각기관과 신경계로 나누어 볼 수 있다.

　호흡기계는 코와 입으로 흡입된 공기를 인두, 후두를 거쳐 기관에서 2가닥의 기관지로 나누어져 좌우의 폐로 들어가게 되고, 폐로 들어간 기관지는 수차례의 갈라지기를 되풀이하며 가늘어져 마지막에 주머니 모양의 허파꽈리에 다다르게 된다.

소화관은 입과 인두를 거쳐 식도가 되며 흉부에서는 폐의 뒤를 지나 횡격막을 가로지른다. 복부는 위장을 중심으로, 소장이나 대장을 거쳐 항문에서 외부로 배설한다. 간은 복강의 오른쪽에, 위와 비장은 왼쪽 위에, 신장은 장관의 뒤 복강 후벽에 위치한다.

소화기계는 먹은 음식이 소화되어 필요한 영양이 혈액에 흡수되는 과정을 말한다. 입에서 섭취한 음식은 씹어서 잘리는 동안 타액(침)의 증가로 전분이 엿당으로 변하고, 식도에서 위·소장으로 보내지는 동안에 소화되어 흡수된다.

위 내면의 위샘에서는 염산과 펩시노겐, 점액 등이 분비되어, 펩시노겐은 염산에 의해 펩신으로 변해 효소로 작용하며 단백질을 아미노산으로 분해하여 흡수하기 쉬운 상태로 만든다.

소장은 십이지장, 공장(空腸), 회장(回腸)으로 이루어져 있다. 십이지장에서는 간이나 췌장(이자)에서의 분비액을 옮기는 관이 열려있어, 그곳에서 쓸개즙과 췌장액(이자액)이 나온다.

쓸개즙에는 지방을 아주 작은 알갱이로 만드는 작용이 있고, 췌장액은 단백질, 지방, 당(糖) 등을 분해하는 효소가 있다. 십이지장에서 분비되는 점액은 위액의 산을 중화해 소화효소가 작용하기 쉬운 환경을 만든다.

소장의 길이는 6m나 되고, 안쪽의 점막에는 고리 모양의 주름이 있으며 표면에는 융털이라는 가는 돌기가 무수히 있어 영양분은 이 넓은 점막 면에서 융털의 중심부를 통하고 있는 모세혈관이나 림프관으로 들어가 효율적으로 흡수된다.

소장에서 흡수한 영양분이 풍부한 혈액은 문맥을 거쳐서 간으로 향한다. 지방(脂肪)만은 소장에서 흡수되면 림프관으로 들어가 암죽관 가슴관을 거쳐 혈액의 순환계로 들어간다.

대장의 점막은 주름이 있지만 융털이 없으므로 표면은 매끈하고 점액을 분비하는 세포가 많이 있으며 수분을 흡수하여 내용물이 딱딱해져 대변이 된다. 점액은 대변과 장관과의 마찰을 막아 대변이 이동하기 쉽게 한다.

간은 무게 약 1.2kg의 큰 장기로 복강의 오른쪽 위에 자리 잡고 있다. 문맥이나 간에 산소를 공급하는 간 동맥은 간 안에서 갈라져 나온 뒤 간 소엽 주변에서 합류해 모세혈관인 유동이 된다. 유동 주위에는 약 2,500억 개의 간세포가 돌담처럼 늘어서 다양한 작용을 한다.

문맥을 통해 간으로 옮겨진 여러 종류의 당은 포도당(글루코오스)으로 바뀌고, 이들이 연결되어 글리코겐으로 저장된다. 간은 필요에 따라 글리코겐을 분해해 포도당으로 바꾸어 에너지원으로 온몸에 공급한다.

간으로 옮겨진 아미노산의 대부분은 온몸으로 운반되지만, 일부는 간세포에 흡수되어 단백질로 합성된다. 지방은 소장에서 흡수되면 림프관으로 들어가, 혈관 안을 지나 온몸의 지방 조직에 비축되는 동시에 간에도 들어가 에너지원이나 콜레스테롤의 원료로 사용되어 세포막이나 어떤 종류의 호르몬 재료가 된다.

몸속에 들어간 독물이나 약물, 장내 세균에 의해 만들어진 유해 물질 등의 대부분은 간에서 분해되거나 다른 물질과 결합하여 독성을 잃는다. 쓸개즙을 만드는 것도 간이다. 쓸개즙에 들어있는 담즙산은 콜레스테롤의 대사산물로, 쓸개즙 색소는 비장(지라)에서 운반된 적혈구의 파괴 산물을 처리한 것이다.

쓸개즙은 일종의 배설물이지만 한편으로는 소화를 돕는 기능을 하고 있다. 간세포에서 분비된 쓸개즙은 모세담관(毛細膽管)에 들어가 간관에 모이고, 간을 나와서 쓸개에 이른다.

근육은 세 종류로 나누어 몸무게의 약 절반을 차지하는 뼈에 붙어 몸을 지탱하거나 움직이는 골격근, 심장을 움직이는 심근, 내장과 혈관 등의 운동을 관장하는 민무늬근으로 되어 있다.

근육은 '근세포(근섬유)'라는 가늘고 긴 세포가 모인 것이다. 심근에서는 각 세포가 특수한 장치로 결합되어 있다. 단백질이 조합해 형성된 근원섬유(筋原纖維)가 빈틈없이 다발로 모여 일제히 수축함으로써 근육 전체가 수축해 큰 힘을 발휘하고 있다.

소화 기관에서 흡수된 포도당은 혈액을 타고 온몸의 근육으로 운반된다. 근육에 받아들여진 포도당이 산소와 반응해 분해되면 아데노산(ATP)이 발생한다. 이것이 근육이 수축할 때 에너지원이 된다.

ATP가 만들어지는 과정에서 젖산이라는 피로(疲勞)물질도 발생한다. 근육에 젖산이 고이면 ATP를 자연적으로 만들지 못하고 근육은 수축할 수 없는 '피로'한 상태가 된다. 젖산은 근육통의 원인도 된다. 혈액 순환을 잘 되게 하면 젖산은 자연히 제거된다.

치아는 입안에 위턱과 아래턱에 활 모양으로 배열되어 박혀 있으며, 소화와 발음을 돕는 단단한 구조물로 골격계에 속한다. 치아는 소화기계통의 첫 부분으로 위턱과 아래턱에 상하 짝을 이루어 좌우 대칭인 활 모양(치열궁)으로 배치된다. 입안 표면적의 20%를 차지하며 위턱 치아의 표면적이 아래턱 치아의 표면적보다 더 넓고, 위턱의 치아가 아래턱의 치아를 살짝 덮는 형태로 맞물린다.

치아는 우리 몸에서 가장 단단한 조직인 사기질(법랑질)로 되어 있어, 입안에 들어온 음식물을 잘게 씹고 부수어 소화하기 쉽게 해준다. 치아는 턱뼈, 얼굴 형태, 교합력(씹는 힘) 등에 알맞은 형태를 가지고 적절한 위치에 배열되어 있으며, 정확한 발음과 말을 하는 데에도 도움을 준다.

치아는 치아머리(치관)와 치아뿌리(치근)로 이루어져 있고, 치관의 표면은 법랑질(사기질)로 덮여 있고, 치근은 시멘트질로 덮여 있으며, 그 안쪽에 치아의 대부분을 구성하는 상아질이 있다. 치근의 표면은 시멘트질로 덮여 있는데 치근의 상아질과 견고하게 결합되어 있다. 시멘트질은 혈관이 없는 점을 제외하고는 뼈와 매우 유사하며 무기질 성분은 약 50% 정도이다.

상아질은 치아의 대부분을 차지하고 있으면서 중앙에 치수실(치수방)을 둘러싸는 경조직이다. 무기질 성분이 약 70% 정도이고 나머지는 유기질 성분으로 법랑질에 비해 덜 단단하며, 약간의 탄력성이 있다.

혈관은 없지만 치수와 인접한 경계부로부터 치아의 바깥쪽을 향해 전체 치아에 걸쳐 뻗어 있는 상아세관이라는 미세구조가 있어서 감각을 느낄 수 있다. 또한 상아질을 만들어 낼 수 있는 세포가 치수 쪽 가장자리에 늘어서 있어서 필요시 이 세포들이 활성화되어 상아질을 추가로 만들어 치아 안쪽에 첨가하기도 한다. 이 경우 치수실은 원래의 크기보다 작아진다.

상아질이 둘러싸고 있는 중앙의 치수실은 대개 치아의 치관부 외형과 비슷한 형태를 가지고 있고, 치아의 뿌리 쪽, 즉 치근 가운데의 치수 공간은 좁고 긴 관 형태여서 치근관이라 부른다. 내부에 치수라고 불리는 성긴 연조직(물렁한 조직)이 들어 있다. 치수에는 신경과 혈관 조직이 있으며, 치근단공(치아뿌리끝 구멍)을 통해 주변 뼛속의 신경 및 혈관과 연결된다.

사람과 포유류는 성장하면서 어릴 때 사용하던 치아(젖니 또는 유치)를 성인기 치아(간니 또는 영구치)로 교체하는 것이 보통이다. 젖니는 출생 후 6~7개월에 나기 시작하여 상하 각각 10개씩 모두 20개의 치아가 있다. 간니는 만 6세 무렵부터 유치가 탈락한 자리에 나오며 유치에는 없었던 어금니들이 유치열 뒤쪽에 새로 나와 영구치역이 완성된다. 사랑니를 포함하여 상하 각각 16개씩 32개의 치아가 있다.

뼈는 뼈대, 손뼈, 발뼈, 긴뼈, 윤활관절(경첩, 중쇠, 절구, 타원, 활주, 안장 등) 척추, 머리뼈 등 뼈는 몸의 구조를 떠받치는 동시에 장기를 지키는 역할을 한다. 골격근의 끝은 힘줄로 뼈와 이어져 있다. 뼈는 콜라겐이라는 단백질이 기초가 되어, 그곳에 칼슘 등이 침착해 이루어져 있다. 딱딱하면서도 어느 정도의 유연성과 탄력성을 갖추어 충격과 근육의 수축에 의한 힘을 견디도록 되어 있다.

뼈에는 뼈를 만드는 조골세포와 오래된 뼈를 녹여 흡수하는 용골세포가 공존한다. 조골세포는 혈액 속의 칼슘을 뼈에 침착시키고, 용골세포는 뼈에서 칼슘을 녹여서 혈액 속으로 방출하는 작용을 한다. 두 세포가 균형 있게 작용함으로써, 뼈는 전체 모양이 바뀌지 않은 채 끊임없이 새로 교체된다. 부러지거나 상처를 입은 뼈를 회복하는 것도 이들 세포의 작용이다.

뼈에서 녹아 나오거나 소장에서 흡수되어 혈액으로 들어간 칼슘은 근육의 수축이나 상처 입었을 때의 혈액 응고 등 여러 가지 생명 활동에 이용된다. 뼈는 칼슘의 저장고라고 할 수 있다.

피부는 표피와 진피의 두(2) 층과 그 아래 피하조직으로 되어 있다. 표피는 많은 세포가 겹쳐 이루어져 있다. 몸의 내부를 지키거나 열이나 빛의 차단, 체온 조절 등이 주된 역할이다. 표피의 심층에 있는 세포에는 멜라닌이라는 색소가 들어가 있어 태양 빛에 포함된 유해한 자외선을 차단하는 역할을 한다.

표피 아래에 있는 진피층은 영양과 산소를 운반해 표피를 만드는 모세혈관이나 자극을 포착하는 신경의 종말 부분이 있다. 기온 상승이나 운동에 의해 체온이 올라가면, 모세혈관은 몸속에서 만들어진 열을 옮겨 발산한다. 땀샘에서는 땀이 배출된다. 땀은 수분 이외에 염분과 젖산과 단백질 성분도 있다. 피하조직은 노란색 알갱이 모양의 지방세포가 많이 모인 지방조직이다. 지방은 체열 발산을 막는 보온 작용이나, 몸의 내부를 지키기 위한 쿠션의 역할을 한다. 에너지를 저장하는 곳이기도 하고, 여성에게는 많은 지방이 있어 추위를 덜 타기도 한다.

신체 구조와 기능을 살펴보면서, 생명이 원핵세포에서 진핵세포로, 단세포에서 다세포로, 해양에서 육상으로, 그리고 인간의 출현에 이르기까지 수십·수억 년에서 수천·수백만 년, 최근의 수십·수만 년을 지나오며, 여건에 부합하도록 최적화하고 있다. 열역학 제 1법칙인 에너지 보존 법칙을 극대화하고, 제2 법칙인 엔트로피 증가의 법칙을 최소화하도록 정교하고 세밀하게 변화하고 있음을 잘 보여 준다.

생명 작용은 참으로 정교하고 자연적이며, 자율적이고 자동적이다.

4. 혈액순환과 면역계

- 생존

혈액순환계를 찾아보면 온몸의 혈관은 약 9만 ㎞에 달한다고 한다. 혈액의 성분은 55~60%가 적혈구, 약 1%가 백혈구와 혈소판이다. 나머지가 혈장(血漿)으로 90%가 수분이고 그밖에 소량의 단백질과 포도당, 지방, 나트륨, 칼륨, 칼슘, 인, 호르몬 등이 들어 있다.

흉부와 복부의 내강은 횡격막에 의해 흉강과 복강으로 나누어져 있다. 흉강 안의 폐는 왼쪽과 오른쪽에 1쌍 있다. 심장은 좌우의 폐 사이에 끼어, 몸의 약간 왼쪽으로 기울어 위치한다. 심장은 주먹 크기만 한 4개의 주머니로, 위쪽을 좌심방과 우심방이라 하고, 아래쪽을 좌심실과 우심실이라 한다. 좌심실은 두꺼운 근육층으로 되어 있어 혈액이 온몸으로 돌 수 있는 압력을 만들어 낸다.

심방과 심실, 심실과 대동맥·폐동맥의 경계에는 판막(瓣膜)이 있어 심장으로의 역류를 방지하고, 심장 박동 시의 수축기 압력과 팽창기 압력을 만들어 내 혈액을 온몸에 공급하는 펌프작용을 한다. 또한 동맥과 정맥의 곳곳에도 혈액의 역류를 막기 위한 판막이 있어 혈액이 일정한 방향으로 흐르도록 하고 있다.

심장 박동의 원리는 심장 세포 속 이온의 움직임이 전기적 힘으로 바뀌고 이 힘이 심장 박동으로 이어진다. 심장 박동은 외적으로는 자율신경계와 호르몬의 조절을 받아 이루어진다.

심장은 신경이나 호르몬과 연결되지 않아도 스스로 박동을 계속한다. 이 원리는 우심방에 있는 동방(洞房) 결절이라는 근육에서 연령에 따라 0.6~1초 간격으로 전기를 발생시키면 이러한 전류가 심방을 따라 방실 결절(結節)에 전달되어 심방이 완전히 수축하고, 그다음 양쪽 두 심실을 수축시켜 심장 박동의 사이클을 완성한다.

이러한 신경 충격은 심실의 격벽에 있는 심방과 심실 간에 존재하는 특수한 심근섬유 다발(히스 다발)이라는 근육을 따라 심실로 전해지고 푸르킨예 섬유(심장 자극전도계의 특수 심근섬유)로 흥분이 전달되어 심장은 계속해서 박동하여 피를 펌프질할 수 있게 한다.

혈액순환계는 혈액이 소장을 거쳐 간을 지나오는 과정을 문맥순환이라 하며 혈액은 소장에서 영양분을 흡수하고, 간에서 당을 걸러내 저장한다. 위, 췌장(이자), 비장(지라)에서 모이는 혈액이 들어오는 정맥(문맥)은 장관에서 흡수된 물질을 많이 가지고 있으므로, 온몸의 혈관 중에는 가장 영양분이 풍부하다.

간에서 처리된 영양분 등을 포함한 혈액은 하대정맥을 거쳐 심장으로 들어간다. 온몸을 흘러와 더러워진 혈액(이산화탄소를 함유한 혈액)은 심장에서 우심방을 거쳐 우심실로 보내진 다음 폐동맥을 따라 폐 안에 들어서면 기관지에서 갈라진 가지를 따라 함께 가다 마지막에 허파꽈리의 표면에서 모세혈관의 그물을 만든다.

혈액은 모세혈관에서 허파꽈리의 벽을 매개로 산소와 이산화탄소의 분압차로 인한 확산이 허파꽈리 내로 신선한 공기(산소)를 받아들이고 모세혈관 내의 이산화탄소를 방출하여 교환하게 된다. 이후 깨끗해진 모세혈관의 혈액은 정맥으로 모여 폐정맥이 되어 심장으로 들어가게 된다. 이를 폐 순환계(소 순환계)라고 하고 있다.

모세혈관은 신체의 각 구조와 조직에 분포된 매우 가는 혈관으로 주변의 세포에 산소와 영양을 공급하고 이산화탄소와 노폐물을 담아 정맥으로 들어간다.

관상동맥(冠狀動脈)은 심장의 근육(심근)에 산소와 영양을 공급하고 있는 심장을 둘러싸고 있는 동맥으로 심방과 심실을 관상으로 둘러싸고 있다. 대동맥의 밑뿌리에서 갈라져 한 쌍을 이루며 각기 좌 관상동맥과 우 관상동맥이라 한다.

심근에서 다수의 지맥을 뻗고 돌아오는 정맥은 관상동맥과 병행하다 굵은 정맥으로 들어가며 이것을 관상정맥동(冠狀靜脈洞)이라 하고 우심방으로 직접 들어간다. 이를 관상 순환계(冠狀循環系)라고 한다.

좌심실의 수축 작용으로 대동맥으로 들어간 산소가 풍부하고 깨끗해진 혈액은 대동맥의 분지(分枝)를 따라 동맥을 타고 흘러 전신에 분포된 가느다란 말초 세(細)동맥과 모세혈관에서 필요한 영양과 산소를 공급하고 정맥성(靜脈性) 혈액이 되어 정맥계로 들어가 우심방으로 돌아오는 것을 체 순환계(대 순환계)라고 한다.

체 순환계(대 순환계)는 심장에서 나온 대동맥이 뇌와 얼굴로 가는 경동맥(목동맥)과 팔이나 손으로 가는 상완동맥(빗장뼈 아래 동맥)으로 갈라져 위로 가는 상행대동맥과 대동맥궁(大動脈弓)에서 구부려져 아래의 기관과 조직으로 내려가는 하행대동맥으로 구분된다.

하행대동맥은 내림가슴대동맥, 복부동맥으로 이어진 후 하복부에서 두 갈래의 엉덩이동맥으로 갈라지면서 끝나는 동맥의 큰 줄기를 말한다. 하행대동맥은 늑간동맥(체벽), 복강동맥(위·간·비장), 장간동맥(장), 신동맥(신장), 정소동맥과 난소동맥, 두 가닥의 대퇴(넓적다리)동맥으로 나누어져 두 다리의 끝에 이른다.

이들 동맥의 가지는 더 많은 '갈라지기'를 되풀이하여 장기와 조직에서 모세혈관의 네트워크를 만들어, 산소와 영양분을 주고 노폐물을 받아들인다, 모세혈관은 다시 모여 정맥이 된다. 정맥은 동맥과 병행하여 서서히 합쳐지고 커져서 심장을 향해 나아가 상하 대정맥으로 합쳐져 우심방으로 들어가게 된다.

신장 순환과 문맥 순환은 체 순환계의 일부로써 신장으로 혈액이 들어가고 나오는 과정을 특별히 신장 순환이라 하고 이때 혈액의 노폐물(소변)이 걸러진다. 신장에서 돌아오는 정맥은 소변 성분의 함량이 가장 적으며 깨끗하다.

골수에서 만들어지고 나서 120일이 지나 수명을 다한 적혈구는 적비수의 대식세포에 의해 처리된다. 비장에서 분해된 적혈구의 철분은 골수로 보내져 새로 만들어지는 적혈구로 재활용되어 몸속을 돈다. 비장으로부터의 혈액은 간으로 유입된다.

혈구는 골수에서 한 종류의 조혈줄기세포에서 분화해 생긴다.

조혈줄기세포의 어떤 것은 적혈구가 되고 어떤 것은 림프구나 대식세포 등의 백혈구, 또 어떤 것은 혈소판으로 분화한다.

혈액 속에 병원체가 섞여 있으면, 백비수를 통과하는 동안에 감시하고 있는 수상세포가 그것을 붙잡아 림프구에 알려 온몸의 면역 시스템을 경계 체제로 만든다. 백비수에서는 림프구도 만들어진다.

백혈구는 크게 림프구, 대식세포, 과립구(중성·염기성·산성 백혈구) 등으로 나누어지며, 복잡한 면역 시스템에 의해 생체를 방어한다. 혈소판은 손상된 혈관을 막는 '풀'의 역할을 한다.

몸의 이상 상태가 나타나면 적혈구나 백혈구의 수가 변하거나 항체나 호르몬, 지질 등 다양한 혈액 성분의 양에 변화가 생긴다. 혈액은 건강 상태를 측정하는 중요한 기준이 된다. 적혈구는 철을 주성분으로 하는 헤모글로빈이라는 붉은 색소를 가지며, 혈장이 옮기는 산소량의 거의 65배나 되는 산소를 운반할 수 있다.

혈액은 각각의 장기에 산소와 영양분을 운반하고, 다시 심장으로 돌아가는 주기를 되풀이하며, 불필요해진 이산화탄소나 노폐물을 폐나 신장 등 적절한 장기로 보내서 밖으로 배출시킨다. 몸의 기능을 조절하는 신호인 호르몬을 흘리거나 체온조절 등의 역할도 수행하며, '생체 항상성'을 유지하는 역할도 한다.

몸속을 돌며 노폐물을 받아들인 혈액은 심장으로 돌아온 다음 신장(콩팥)을 향한다. 하루에 1,500리터의 혈액이 신장에서 걸러져, 노폐물은 소변이 되어 몸 밖으로 나간다. 깨끗해진 혈액은 재흡수된 것을 받아들여 신정맥을 거쳐 심장으로 되돌아간다.

면역계는 병원체나 종양세포 등을 인지하고 죽임으로써 질병으로부터 신체를 보호하는 기능을 지닌 구조와 기관을 말하며, 선천면역과 획득면역으로 나뉘고 있다.

알레르기 질환의 연구에 의하면 공격 면역세포와 조절 T세포가 있어 조절 T세포의 수가 공격 면역세포의 수보다 우위일 때 알레르기 질환을 극복할 수 있다는 연구 결과가 발표되고 있다.

박테리아와 같은 단순한 단세포생물조차도 바이러스 감염에 대항할 수 있는 효소 시스템을 갖추고 있다고 한다. 원시적인 진핵생물에서도 기본적인 면역 메커니즘이 발달하였으며, 이와 같은 메커니즘은 그 후손에 해당하는 식물이나 동물들에 고스란히 유전되어 전해지고 있다.

대개의 척추동물의 경우 면역계에 다수의 단백질과 세포, 기관, 조직이 관여하여 정교한 네트워크를 이루고 있다. 인간의 면역계도 특정한 병원체들을 보다 효과적으로 인지하도록 적응해 왔고 이와 같은 메커니즘을 후천면역 또는 획득면역이라고 하고 있다.

선천(先天)면역은 특이적인 염증 반응, 보체(補體: 살균성이 있으며 면역 반응에 관여함)의 활성화를 통한 공격, 탐식세포가 미생물을 잡아먹는 과정 등을 포함하고, 획득(獲得)면역은 림프구가 항원을 인지하여 일부는 직접 세포독성을 나타내거나 항체를 형성하며, 일부는 기억세포가 되어 장기간 생존한다.

뼈는 피를 만드는 조혈 기능이 있다. 뼈의 가운데에 있는 골수에서는 줄기세포가 분열해 증식하면서 다양한 혈구를 만든다. 분열한 세포는 적혈구, 백혈구(호중구), 림프구나 혈소판을 만드는 거핵세포(거핵구) 등으로 분화해 간다. 혈소판은 이 거핵세포가 떨어져 나간 것이다. 성숙한 혈구는 유동이라는 모세혈관으로 들어가 온몸으로 운반된다.

골수에서 만들어진 면역세포는 말초혈액으로 나와 외부에서 침입한 병원체나 종양세포 등을 인지하여 면역 반응을 나타낸다. 골수에서 만들어진 림프구는 가슴샘에서 성숙 과정을 거쳐 성숙 림프구가 되며, 병원체나 종양세포 등을 인지하여 면역 반응을 나타내고, 일부는 기억세포로 바뀌어 장기간 생존한다.

비장(脾臟: 지라)은 위장의 뒤쪽(등 쪽)에 있으며, 약간 평평한 주먹 크기의 부드러운 장기이다. 비장은 혈관계(血管系)에서 병원체의 검문소로서, 림프샘과 같은 기능을 하는 중요한 면역기관이다. 비장에 흘러든 혈액은 백비수라 불리는 림프구(B세포, T세포)가 풍부한 부분을 통과하게 된다. 백비수의 비장 표면에 가까운 부분은 적비수라 하며, 대식세포가 많이 있으며, 혈액 속의 병원체를 포착해 제거한다.

혈액순환을 통하여 온몸에 영양과 산소를 공급하고, 이산화탄소와 소변을 배출하여 혈액을 정화하고, 다른 한 편으로는 면역계를 함께 발동하여 병원균의 침입에 대응하는 것을 보면서, 이 또한 장구한 세월에 걸친 자연의 물리화학 법칙에 의해 변화한 자연 현상이라는 생각을 하게 한다. 그 근본 원리는 균류에서부터 시작되어 인간에 이르기까지 변하지 않고 골격은 유지한 채 환경 변화에 맞추어 개선으로 이어지고 있다.

기타 생식기관 (비뇨계통, 정자/난자, 유방), 신경계통 (뇌, 척수, 목뼈, 중추, 말초신경계통), 감각기관 (시각, 청각, 후각, 미각, 촉각) 등도 있다.

세계 유행 질병의 사례와 내용

- 스페인 독감은 1918년에 발생하여 2년에 걸쳐 1,700만 ~ 5,000만 명의 사망자를 냄.
- 소아마비, 광견병, 천연두, 홍역, 풍진, 인플루엔자, 독감, 신종 Flu, 간염, 신종 바이러스, SAS, 메르스, 코로나(중동 호흡기 증후군), 콜레라, 호열자, 장티푸스.

① 중증 호흡기 증후군 - 2003년 동남아에서 발생한 호흡기계통 질환. - 호흡기 바이러스 - 감기(4백만), 인플루엔자(2백만) - 신종인플루엔자(HINI) - 2009년 28만 명 사망한 호흡기 질환
② 에볼라 바이러스 - 치사율 90%에 육박하는 집단 괴질을 유발

모기 뇌염, 이와 벼룩 - 발진티푸스, 천연두, 페스트세균
③ 동물에 서 비롯된 바이러스 - 사양고양이 사스 - 메르스 코로나 바이러스 - 멕시코 돼지 - 신종 플루, 야생조류 - 조류인플루엔자, 과일박쥐 - 에볼라 바이러스로 원인은 환경파괴와 동물 접촉에서 발생하고 있다.

④ 바이러스는 변이가 빠르다. - 사람과 동물의 공통 전염병으로 동물과 사람 사이에 상호 전파되는 전염병. 신속 진단키트가 개발 사용 중.

균은 곰팡이류나 버섯류의 총칭. 본체는 균사체에서 이루어지고, 자실체로서 포자를 형성하여 번식함. 균사가 실 모양으로 되어 있어 사상균(絲狀菌)이라고도 한다.

세균은 미세한 단세포 생물. - 넓은 의미로는 원핵 균류이고 좁은 의미로는 마이코 폴라즈류, 점액 세균류, 방선균류를 제외한 것을 가리킴. - 영양 섭취 방법은 종속 영양을 하고, 일부는 독립영양을 한다. - 생태는 기생과 공생으로 종속영양을 하거나, 자신이 필요로 하는 유기물을 무기물에서 생산하는 독립영양을 한다.

바이러스(Virus)는 동물, 식물, 세균, 방사균 등 살아있는 세포에 기생하며, 세포 내에서만 증식할 수 있는 수백 μmm 이하의 감염성 입자로 자신과 같은 것을 복제한다. 세포 밖에서는 핵단백질로 결정(結晶)하는 것도 있다. 핵산의 종류에 따라 DNA 바이러스와 RNA 바이러스로 나뉘고, 숙주에 따라 동물바이러스와 식물바이러스 및 박테리오파지로 분류한다.

바이러스는 병원체로서도 중요하지만 유전학의 연구에도 중요하다. 바이러스는 자신의 대사계가 없기 때문에 바이러스 핵산을 주형으로 하여 숙주세포의 대사계를 통해 필요한 효소 단백질을 합성하고, 바이러스핵산을 복제하는 동시에 항원(抗原) 단백질을 만들며 이들이 집합되어 새로운 바이러스를 완성해서 세포 밖으로 방출한다. 이때 바이러스는 당과 지방질을 포함하며 세포를 죽이고 병원성을 나타낸다.

바이러스는 핵산 내 이변이 생기면 바이러스는 생물로서의 이변을 일으킴으로써 세포핵산의 일부가 되어 숙주세포에 변이를 일으키거나 세포핵산의 일부를 다른 세포로 옮기는 작용을 하거나 정상세포를 암세포로 변이시키기도 한다.

바이러스란 말은 독이라는 의미의 라틴어로 처음에는 세균보다 더욱 작은 병원 미생물로 이해하였지만 최근 연구는 바이러스란 세균 거르개를 빠져나가고 광학현미경으로는 인지하지 못할 정도로 작으며 살아있는 세포에 특이적으로 침입하여 그 속에서만 증식되는 것을 의미한다.

5. 자율신경계와 유기체

자율신경계는 내분비기관과 함께 신체의 적절한 내부환경 유지에 필요한 세밀한 내적 조절 기능을 한다. 자율신경은 들 신경세포·연결 신경세포·날 신경세포로 되어있고, 교감신경부와 부교감신경부로 구분되고, 교감신경 및 부교감신경은 서로 협력하여 생체내부 환경의 균형과 안정성을 유지한다. 자율신경의 기능은 대부분 의식하지 못한 채 이루어지고 있다.

신경세포 뉴런은 수상돌기와 축색의 긴 돌기를 내어 서로 연결되어 정보를 전달하고 처리한다. 시냅스는 신경세포 안에서는 정보가 전기신호에 의해 전해진다. 신경세포와 신경세포 사이에는 "시냅스의 틈"이 있어, 이를 건널 때는 신경전달 물질인 화학물질을 이용한다. 수상돌기는 다른 신경세포에서 오는 정보를 받아들이고, 축색은 다른 신경세포로 정보를 전달하는 역할을 한다.

자율신경계는 대뇌와 척수를 이어주며 생명을 유지하는 데 중추적인 역할을 하는 뇌줄기에 있는 뇌신경에서 시작하는 자율신경과 척추 내의 중추신경의 일부로서 뇌와 말초신경의 다리 역할을 하며 감각과 운동신경 모두를 포함하는 척수에서 시작하는 자율신경 등이 있다.

교감신경은 눈, 침샘, 심장, 폐, 근육, 배안의 장기, 방광, 생식기 등 전신에 광범위하게 존재하며 신체가 갑작스럽고 심한 운동이나 공포, 분노와 같은 위급한 상황에 대처하도록 하는 기능을 하고 있다.

부교감신경은 위장관의 분비와 연동운동을 촉진함으로써 소화와 흡수를 촉진하는 것과 같은 에너지를 장악하고, 저장하는 작용을 한다. 부교감신경은 교감신경과 장기에서 서로 반대로 작용하여 안정과 평형을 유지시키고 있다.

대뇌와 뇌세포(뉴런)의 역할을 제외한 인체조직이 다양하고 복잡한 세포조직에 의하여 타이밍에 맞게 정교하게 서로 유기적으로 작용하며, 외부로부터 침입한 균이나 이물질을 막아내며 생명활동을 유지할 수 있도록 빈틈없이 서로 조화(調和)하고 있는 것을 보면 참으로 신비(神祕)하고 경이(驚異)롭다.

유기물의 사전적 의미는 생체 안에서 생명력에 의하여 만들어지는 물질이라고 되어 있다. 즉 생물을 구성하는 물질 또는 생물에 의해 만들어지는 화합물로 규정하고 있다. 1828년 독일의 화학자 프리드리히 뵐러 교수는 화학구조 이론의 선구자로 요소 합성 이후 오늘날은 유기분자는 탄소를 가지고 있는 분자이고, 유기화학은 탄소화합을 대상으로 하는 화학이라고 정의하고 있다.

다윈의 1859년 〈종의 기원〉으로 변경한 내용은 ① 모든 생명체는 약간씩 변이한다. ② 이 변이는 후대로 물려 전해진다. ③ 생존을 위한 극심한 투쟁이 있으며, 생존에 유리한 변이가 일어나는지 여부가 생명체의 생존을 결정한다. ④ 아주 긴 지질학적 역사 속에서 성공적인 변이가 곧 아주 다양한 동식물 종이 생성되는 기원이다.

멘델의 "유전 법칙"이 1865년에 발표되어, 다윈의 〈진화론〉과 멘델의 "유전이론"이 등장함으로써 유전자에 의한 유전과 자연선택(적자생존)에 의한 진화 이론이 현대 생물학의 핵심 이론이 되었다. - 유전자 변이 생명은 원자와 분자 세계에 작용하는 것과 똑같은 화학적 규칙을 따르는 탄소화학의 산물이다. 자연선택은 인간을 동물계의 일부분이며 인간의 "영혼"을 증명할 수 있는 증거는 없고, 또한 화학은 동물과 식물이 물질계의 일부분이며 특별한 '생명의 힘'을 증명할 수 없음을 의미한다.

생물체에서 일어나는 물질대사를 동화작용과 이화작용이라 하고, 동화작용은 저분자물질이 고분자화합을 만드는 과정으로 녹색식물이 물과 이산화탄소로 탄수화물(포도당)을 합성하는 것으로 주의로부터 에너지의 공급이 필요하며, 이때 필요한 에너지는 태양으로부터 빛에너지의 형태로 얻음으로 광합성이라 한다.

토양 속에 있는 질산이온(NO_3)이나 암모늄 이온(NH_4^+)을 이용해 아미노산을 만들고, 단백질을 합성하는 질소동화작용도 동화작용의 대표적인 예이다. 동화와 반대로 고분자유기물을 저분자물질로 분해하는 과정을 이화작용이라 한다. 이화의 대표적인 예는 호흡이다.

모든 생명은 생존하기 위하여 호흡하고, 영양을 섭취하기 위하여 자연적으로 먹이연쇄와 생태계를 이루어 생존하고, 생식으로 종을 연속하고 있다. 다양한 생물체의 살아남기 위한 모습과 움직임과 영양섭취행태와 면역시스템을 보면 오랜 변화 과정이 서로 연결되어 보완되어 왔음을 알 수 있다.

신체조직을 보면 수십억 년에 걸친 생명 변화의 결과로 다양한 형태의 전문화한 각각의 세포가 생명 활동을 유지하기 위해서 서로 유기적으로 조화되어 전체로서의 '동적 평형'을 유지하며 하나의 생명체가 되게 하고 있다.

생물과 생명과 생존이란 외적으로는 먹이를 구하고 살기 위하여 공격하거나 외부의 공격을 물리치거나 불리하면 도주하고, 생체 내적으로는 숨 쉬고 먹고 소화하여 섭취하고 배설하고 내부에 침입한 균이나 바이러스와 같은 병원체를 격퇴하거나, 스스로를 방어하기 위하여 독성을 띠거나 면역력도 함께 가지고 있다.

지구 자연의 다양한 생태계는 생명이 서로 보완적으로 작용하며 자연은 안정화되고 생명은 지구의 환경 변화와 함께 단세포에서 다세포로 연체성에서 척추가 생기며 스스로를 보호할 수 있는 딱딱한 갑옷이나 털, 씹을 수 있는 이빨과 발톱 그리고 공생과 기생과 먹이사슬을 형성하여 생명과 생태계의 다양성을 이루며 변화하고 있다.

인간은 오감을 통하여 희로애락하고 생각하고 상상하고 꿈꾸고 하지만 결국 생존과 생명 활동에 불과하다. 생식에 의해 생로병사

이후 다음 세대로 이어지고 있다.

신체조직의 유기적 기능과 활동이란 곧 생명 활동이고, 생존이고, 종족 번식에 의해 생명의 연속성으로 이어지게 하도록 하는 것이다. 모든 생명의 세포 형태는 달라도 같은 이치로 생명 활동을 영위하고 있다.

결과는 복잡하게 보여도 방법은 단순·반복하고 아주 짧은 거리에서(분자 수준) 이루어지고 효율적이며 순차적으로 그 시기에 따른 환경 변화(대기, 해양, 토양)에 적응하도록 많은 시행착오를 거치며 새로운 변이와 종의 분화로 변화한 결과이다.

유기체가 유기적으로 작용하기 위해서는 유기체 내의 환경이 '동적 평형'이 요구되고, 이는 자연의 물리화학 법칙에 의하여 유기적으로 연결되어야 가능한 것이다. 천지창조나 생명의 탄생도 모두 자연의 물리화학 법칙에 의해 '변화와 균형'에 의해 '생성과 소멸', '확산과 소실'하며 '동적 균형'을 이루어 끊임없이 흘러가는 자연현상이다.

6. 대뇌피질의 성장과 성숙

- 생존과 삶을 위한 문화와 문명의 창조

인간이 최상위의 영장류가 되기 시작한 것은 나무 위에서 생활하던 침팬지의 일단이 먹이를 찾아 지상으로 내려와 살기 시작하면서 직립 보행하고, 대뇌 신피질이 발달하여 두뇌가 커지고, 손을 자유자재로 쓸 수 있어 도구를 만들어 사용할 수 있고, 웅얼거리던 의사소통이 말로 발전하며 집단 활동을 영위(營爲)할 수 있었기에 가능하였을 것이다.

대뇌피질의 형성으로 두뇌의 크기가 1,200g~1,500g까지 성장한 인간의 뇌는 '생각하고, 상상하고, 창조하고, 판단'할 수 있는 지능이 발달할 수 있게 변화됨에 따라 본성(생존)과 감정을 바탕으로 집단 속에서 감성도 다양하게 변화하여 갔을 것이다.

인간 태아와 뇌의 발생 과정을 보면, 난자가 수정 후 3주가 지나면 길이 2㎜ 정도의 최초의 신경관이 배(胚) 안에 생긴다. 신경관은 모든 척추동물이나 무척추동물에서 비슷하게 발생하며 '매트릭스 세포'가 관을 이루어 길이와 굵기 방향으로 성장하며 뇌와 척수와 신경세포를 형성하게 된다.

7주가 되면 키는 2㎝ 남짓하고, 척수의 신경세포가 완성되어 손발과 목과 몸을 움직이고, 대뇌의 신경세포가 분화를 시작한다. 10주째에는 키는 7㎝, 척수의 신경세포가 손발의 근육과 결합하여 태아는 활발하게 운동을 시작한다. 13주가 지나면 키는 13㎝로 커지고, 신체 기관의 기초와 뇌간(간뇌, 중뇌, 연수)의 신경세포 형성도 완료되고, 대뇌에서는 신경세포가 만들어지며 대뇌피질의 형성이 활발해진다.

17주째에는 키는 20㎝, 대뇌에서의 신경세포의 수는 최대 수치를 이루어 대뇌피질을 형성하며, 이후 60~70세가 되어도 크게 감소하지 않는다고 한다. 20주가 지나면 꾸준히 성장하는 신경세포의 축색에 수초가 생기기 시작하여 신경세포끼리의 연결과 신호의 전달 및 처리 기능의 완성을 향해 뇌 기능이 정비되기 시작한다.

26주째에는 대뇌 표면에서 중심구, 두정 후두구, 실비우스 열 등이 나타나면서 전두엽, 두정엽, 후두엽, 측두엽으로 구분되어 대뇌가 형태를 갖추고, 뇌간은 완성 단계로 소리와 빛의 반응과 호흡운동을 한다. 30주가 지나면 키는 45㎝, 시신경과 뇌간 및 척수에서 대뇌로 향하는 축색에도 수초화가 시작되고, 중이가 만들어져 외계의 소리를 들을 수 있게 되고, 빛이 뇌에 전해진다.

37주째에는 키는 50㎝가 되고, 드디어 태어날 체제를 갖추고, 대뇌피질의 주름이 늘어나 완성된 모양에 가까워진다. 대뇌 내부의 축색에도 수초화가 시작된다. 출산 대기 상태에 이르면 뇌의 활동이 일시적으로 억제되고, 태동도 거의 정지하는 것으로 된다.

인간 태아와 뇌의 발달 과정은 수십억 년의 생명의 변화와 분화 과정을 보고 있다는 느낌이 들게 한다. 뇌와 신경계의 발생은 무척추동물에서 어류로, 양서류에서 포유류로, 원인(猿人)에서 원인 (原人)으로, 호모 족에서 현생인류인 호모 사피엔스로의 변화 과 정의 축소판이기도 하다.

뇌와 마음의 형성: 뇌의 조상은 플랑크톤이 창조한 신경관에서 시작되었다고 하고 있다. 신경관은 멍게나 사람 모두 같고, 가운데 가 빈 관으로 그 벽은 신경세포를 만들어 내는 '매트릭스 세포'가 방사상으로 빽빽이 늘어서 있다.

신경세포(뉴런)는 출생 직후에 70~80%가 사멸해 버리지만 그 후는 60~70세가 되어도 질병에 걸리지 않는 한 수량은 일정하게 유지된다. 뇌는 뉴런 개개의 존재라는 의미이기도 하지만, 뇌 전체 는 시시각각으로 변화하고 있는 것이다. 즉 뉴런은 언제라도 높은 자발 활동 상태를 유지하며 항상 움직인다.

신경세포 그 자체는 변함없지만 기능은 바뀌고, 미세 구조로 변화하는 능력을 갖추고 있다. 따라서 인간의 마음도 항상 바뀌 고 있기 때문에 "비(非)에르고드"라는 현상이 뇌 회로에 존재하 고 있다.

주) 비(非)에르고드: 우주의 변화와 마찬가지로 생물권에서의 분자와 종의 변화도 "비 에르고드 즉 비 반복적이라는 의미." 에르고드 가설은 모든 상태는 같은 빈도로 일어날 수 있다는 가정을 말한다. 다양하고 불확실 한 입자의 상태나 사회현상을 규명 내지 예측하기 위하여 가정을 세우 고, 확률 내지 통계역학으로 풀어가는 방법이다.

알츠하이머병의 메커니즘은 뇌 안에 베타 아밀로이드가 시냅스를 공격해 신경 전달을 저해하는 것이 치매를 일으킨다고 하고 있다. 알파파와 베타파는 대뇌피질에서 나오는 뇌파지만, 세타파는 그 주변에서 나온다. 세타파는 탐구심, 주의력, 흥미 등으로 보고자하고, 알고자 하고, 기억하고자 하는 기분일 때 나온다.

마음의 변화는 몸의 변화를 일으킨다. 사춘기에는 육체적 변화와 함께 감수성이 고조된다. 자아의식도 높아지고, 주위에 대한 부정적 태도도 강해지며, 구속이나 간섭을 싫어하며 반항적인 경향으로 치닫는 일이 많고 정서와 감정이 불안정해진다.

과학적인 스트레스의 정의는 체내의 항상성에 문제가 생겼거나, 심박수가 증가하거나 혈압이 상승할 때, 세균이나 바이러스에 감염 시에도 체내의 항상성이 변함으로 스트레스 상태이기 때문에 자율신경계가 작동한 상태가 된다.

시상하부(視床下部: 물질대사·수면·생식·체온 조절 등에 관여하는 자율신경 작용의 중추를 이루는 간뇌의 일부)는 자율신경을 활성화하거나 혈액 중의 호르몬을 내도록 지령함으로써 스트레스의 사령탑 역할을 하게 한다.

뇌와 마음의 형성은 뇌신경의 성장과 성숙 과정에서 볼 수 있다. 갓난아기의 여러 행동과 연수의 신경 발달은 생후 3개월부터 시작하고, 중뇌의 신경 발달은 생후 4개월에서부터 2세에서 5세까지이다. 대뇌의 신경 발달은 생후 6개월에서부터 성인까지이고, 울고 웃고 하는 감정의 발달과 행동을 지배하는 유전자는 환경에 좌우된다.

㈜ 연수는 뇌간의 가장 아랫부분이며 척수와 연결되어 있으며 호흡과 혈액 순환을 조절한다. 연수는 대뇌와 척수를 잇는 마지막 단계의 기관으로, 운동을 전달해 주는 신경 다발을 척수와 직접 연결하고 있을 뿐만 아니라 그물 모양의 신경세포 구조물이 자율신경계의 조정에 의하여 호흡, 심장 박동수, 혈압 등을 조절한다. 이 외에도 내장 기능의 조절, 땀을 흘리거나, 각종 분비를 조절한다.

성격과 지능의 50% 정도는 부모의 유전자에 의해 좌우되고, 도형의 인식·우울증 (6명 중 1명 발생)·노화 등은 여러 유전자와 분자가 복잡하게 관여한다. 그리고 고령자는 경험을 바탕으로 판단 능력이 탁월하고, 마음의 일생은 시냅스(synapse: 한 뉴런의 축삭돌기 말단과 다음 뉴런의 수상돌기 사이의 연접 부위) 변화의 역사이다. 나이를 먹어도 뇌는 늙지 않고 뉴런은 이상이 없는 한 줄(㈜)지 않는다.

세타파는 주의력, 흥미, 탐구심, 기억력 향상에 관여하며, 해마와 그 주변에서 발생한다. 알파파와 베타파는 대뇌피질에서 나오는 뇌파이다. 신경세포(뉴런)는 뇌를 형성하고 있는 주된 세포로 100억 개에서 1,000억 개에 이른다.

스트레스 반응에는 혈액 중의 호르몬을 통해 일어나는 것과 자율신경계의 신경 작용에 의한 것이 있다. 자율신경계가 활성화하면 심장이나 혈관에 작용하여 심장 박동수가 증가하고 혈관이 수축해 혈압이 상승하고, 위장에 흐르는 혈액의 양을 조절하여 위장 작용에 영향을 주어 식욕이 없거나, 위액 과다분비로 위궤양을 유발한다.

생명이란 생존하기 위하여 상대가 적인지 먹이인지를 알기 위해서는 감각기능이 우선 필요하였을 것이다. 플랑크톤으로부터 시작된 배(胚) 안의 매트릭스 세포로 이루어진 신경관은 성장하여 척수와 뇌를 형성하고, 매트릭스 세포는 신경세포로 발달하며 신체 조직의 발달과 함께 자연적으로 연결되어 유기적으로 작용할 수밖에 없게 생명의 변화 단계마다 지속적으로 유전되어 이어져 왔을 것이다.

생명이 유전과 분화에 의한 점진적 고등 생물로의 변화 과정은 우연이 아닌 필연의 과정으로 극심한 자연환경 변화에 대응하여 적응하고 생존하기 위한 것으로 그 어떤 외부의 의지나 힘이 작용하지 않은 자연스럽고, 수평적이고, 유기적으로 연결 지어져 있다. 돌연변이라고 말하지만 생명의 변화는 수억 년에 걸친 수많은 시행착오를 거치며 바다에 녹아든 물질 원소와 생태계의 변화에 따른 다양성과 유전자의 다양성, 그리고 종의 다양성으로 생물의 다양성을 이룬 끝에 인간이 출현한 것이다.

이는 생명이 살아남기 위한 생존 수단이고, 환경 변화와 정화에 맞추어 수십 수억 년에 걸친 바다에 물질 유입 상태와 대기의 공기 정화 상태에 따라 자연적인 화학적, 물리적 결합으로 일어난 실험과 적응과 같은 시행착오의 결과이기도 하다.

인간의 출현도 생명 변화 과정의 필연적인 과정이고 결과인 것이다. 또한 인간의 대뇌 작용에 따른 다양한 상상력과 창조물과 각종 행위에 대하여 자연과 구분하여 인공물 내지 인위적인 것이라고 말하지만 긴 안목의 변화 단계로 보면 인간에 의한 행위도 필연적인 자연 현상과 같은 것이다.

 "문화"는 인간이 언어를 획득한 뒤 만들어 온 것으로 뇌의 기능에 커다란 영향을 미치지만, 뇌 속에 있는 것은 아니다. 문화는 인간집단의 산물이며, 집단의 구성원에 의해 학습되고, 세대를 초월해 전해진다. 문화는 "획득성 유전"적인 요소를 지니고, 과학 문명은 인간의 뇌가 만들어낸 "문화"에 기인한다.

 인간의 대뇌변연계는 띠이랑, 편도체, 해마, 뇌궁 등으로 구성되어 있으며, 대뇌 신피질이 둘러쌓고 있다. 대뇌변연계는 발생적으로나 진화적으로 오래된 뇌로 생존하기 위하여 필요한 원시적 본능과 정동(情動: 희로애락과 같이 일시적으로 일어나는 급격한 감정 또는 타오르는 듯한 애정, 강렬한 증오 등)의 역할을 하고 있다.
 편도체는 공포와 분노에 관계하고(감정), 해마는 경험적 지식의 기억에 관계하도록 변화하여 왔다. 띠이랑은 주의(注意)·운동·감정·자율신경 반응을 담당하고, 시상하부는 감정의 변화에 대해 내분비계 등을 변화시켜 행동이나 신체적으로 표현하도록 하고 있다. 편도체가 파괴되면 공포를 느끼지 못한다. 공포의 중추이다.
 해마는 대뇌변연계의 일부로 기억에 중요한 부위로 새로운 기억 획득에 관여한다. 원시적 감정은 기쁨, 슬픔, 노여움 등이고, 동물적인 감정은 식욕과 성욕 등이다. 욕구 충족은 유쾌하게, 불충족시는 불쾌하게 느낀다. 인간 특유의 감정은 존경, 경멸, 동정심, 미움 등이다. 불쾌와 정동(情動: 희로애락과 같이 일시적으로 일어나는 급격한 감정)은 공포와 분노로서 변화 과정에서 살아남기 위하여, 자연계에서 신체의 위험을 느꼈을 때 도망치거나 맞서 싸움으로서 천적으로부터 자신과 종족을 보존하려는 감정이다. 신경전달 물질은 마음에 큰 영향을 미친다.

대뇌변연계 깊숙이 있는 뇌간은 생존을 위한 식욕과 종족번식을 위한 성욕이 본성으로 자리 잡고, 중뇌(대뇌변연계)가 성장하여 분노와 공포와 슬픔과 기쁨이라는 희로애락의 감정을 표현할 수 있게 한다. 대뇌변연계의 '희로애락'하는 감정은 생로병사와 복잡한 인간관계, 잔혹한 전쟁과 질병, 그리고 엄청난 자연재해를 치르며 '오감에 의해 생각하고, 상상하고, 창조하고, 판단하는' 대뇌피질과의 상호작용으로 "평화·희망·좌절·사랑·증오·쾌락·사치·탐욕·지배욕·시기·질투·경외(敬畏)·자각·후회·충성·신념·용기·자유·평등·공정성" 등과 같은 다양한 마음과 정신으로 발전하게 되었다.

대뇌피질은 인식·사고·판단 능력 등 고등한 지적 능력을 갖췄다. 전두엽, 두정엽, 후두엽, 측두엽으로 구분되어, 전두엽에서는 사고하는 전두 연합령, 말하게 하는 운동성 언어령, 물체를 보는 전두 시각령, 신체에 운동을 지시하는 운동령이 있다.

두정엽에는 공간 위치를 이해하는 두정 연합령, 촉각을 받아들이는 체성 감각령이 있고, 귀로 들은 것을 이해하는 감각성 언어령과 청각 정보를 입력하는 청각령이 있다. 후두엽과 측두엽에는 시각 정보의 구별과 기억을 담당하는 측두 연합령이 있다. 대뇌피질의 변화와 함께 생존할 수밖에 없는 인간은 자기를 있게 해준 가마득한 조상이기도 한 수많은 생물종을 섭취하고, 생태계를 개척하고, 도시를 건설하며 생물의 터전을 잠식하고, 싸움에서 승리하면 보다 편하고 안락하고 좋은 삶을 영위(營爲)하기 위하여 지배하고, 자연 속 자원을 채굴하여며 이용해 왔다. 대뇌피질의 성장은 생존을 위한 인간관계에서 거짓과 가식(假飾)과 권모술수가 자라고 있고, 개척·투쟁·혁명·전쟁이라는 큰 변화에는 사상(思想)의 변화와 과학기술의 발전을 낳고 있다.

인간 대뇌의 변화는 수십억 년의 지구 자연과 생명이 함께 진화하여 이룩한 '생물종의 다양성, 종 내부의 유전적 다양성, 생태계의 다양성'을 파괴하고, 다른 한편으로는 자원개발과 화석연료의 남용으로 지구 온난화와 기후변화를 초래하며 지구 자연과 생명의 변화에 역행(逆行)하는 엔트로피 증가의 방향으로 나아가고 있다.

인간의 대뇌피질은 인식과 사고, 판단 능력 등 고등한 지적 능력을 가지고 있다. 인간 대뇌피질의 성장과 성숙은 문화를 창조하고 문명을 이루었지만, 자연환경과 생태계와 생명의 변화 과정에 역행하는 결과를 낳고 있다. 이는 자연과 생명에 끊임없는 변화를 일으키게 하고 있다. 새로운 변화가 '무엇이든, 어떻게 되었던' 그것은 필연적이고, 자연적인 현상일 수밖에 없다.

오늘날 뇌 과학은 지성과 감성, 의식과 무의식의 세계에 대해서까지 도전하고 있다. 인간의 뇌 정보 처리기능을 기계에 적용해 인간의 신경망 같은 신경 회로망을 개발, 현재의 컴퓨터보다 더 능동적인 업무를 수행할 수 있는 장치를 고안하는 등 인간의 물리적, 정신적 기능을 심층적으로 탐구하고 있다. 나아가 수학, 물리학, 화학, 생물학 등 기초과학 분야에 더해 의학, 공학, 인지과학 등을 복합적으로 적용해 보려는 시도도 하고 있다. 좁은 의미로는 뇌 정보처리 메커니즘의 이해를 바탕으로 모방과 응용을 통해 사람의 두뇌와 유사한 지능형 기계를 개발하는 목표를 지향하고, 뇌 기술들은 단일 뉴런에서 큰 피질 영역, 뇌 구조, 역동적 뇌 활동, 연결성 등을 측정한다. 뇌 영상 기술(MRI, CT 양전자 방출 등)이 도입되면서 인간 인지(認知) 연구가 크게 달라졌으며 더 새롭고 정교한 방법들이 꾸준히 개발되고 있다. 그 외에 뇌 기계 인터페이스, 신경 마케팅, 신경학 등으로 발전하고 있다.

신경계는 신경세포(뉴런)가 모여서 만들어진 집합체이며, 뇌와 척수를 합친 중추 신경계는 신경계의 일부로 생각, 움직임, 감정, 기억 등 신체의 모든 조직의 활동을 조정한다. 인간처럼 중추신경계가 크게 발달한 생물은 더욱 복잡한 정보를 처리할 수 있게 된다. 말초 신경계, 체성 신경계, 자율신경계(교감신경계, 부교감신경계) 등이 있다. 뇌파를 신호로 이용하면, 컴퓨터나 기계를 생각만으로도 조작할 수 있을 것이라고 생각하며, 이러한 과학기술이 현재 활발히 연구 중이다.

뇌파를 이용해 자동차를 조종할 수 있는 게임이 전시 중이고, 뇌파의 강도로 속도를 조절하고, 눈동자의 움직임에 따른 신호로 방향을 조절할 수 있다. 어떤 생각을 하고 있는지와 같은 고등 통신 활동은 파악하기 어렵지만 눈을 뜨고 있는지? 잠자고 있는지? 등은 뇌파를 통해 쉽게 파악할 수 있다. 뇌파를 "뇌의 목소리"라고 칭하기도 한다. 뇌 과학은 건강한 뇌는 어떻게 정상적으로 작동하는지? 지적능력이 어떻게 기대 이상의 통찰력을 만들어 내는지? 자유의지 등에 대해서도 연구하고 있다.

인간의 본성은 거칠어 보이지만 외롭고 단순 소박한 것으로 선한 것도 악한 것도 아니고, 감정은 오래 지속되는 것도 아니다. 유한한 인간은 감성이라는 두뇌의 성장과 성숙으로 희로애락 하는 존재이지만, 그래서 잔혹하기도 하고, 처절하기도 하다. 생각하고 상상하고 창조하는 정신은 우주와 미시 입자의 세계를 상상한다.

7. 호기심과 관심

호기심과 관심은 모든 동물이 가지고 있다. 상상력, 판단력, 탐구심, 흥미, 사고력 등은 동물이나 인간에게서 발견되는 원정(遠征), 탐사, 교육 등의 선천적으로 무엇이든 알고 싶어 하는 행동들의 원인이 되는 감정이라고 하고 있다.

호기심은 어떤 것의 존재나 이유에 대하여 궁금해하고, 알려고 하며, 숙고하는 태도나 성향 또는 항상 생동감 있게 주변의 사물에 대해 의문을 갖고 끊임없이 질문을 제기하는 태도나 성향을 말한다.

아리스토텔레스는 호기심이야말로 인간을 인간이 되게 하는 특성이라고 주장하였고, 아인슈타인은 '나는 천재가 아니라, 다만 호기심이 많을 뿐이다'라고 하였다.

호기심이 있는 사람은 주변의 현상에 대해서 '왜 그럴까?' 또는 '무슨 일일까?' 하는 질문을 의식적으로 제기하고, 그 질문에 대한 답을 찾으려고 한다. 호기심은 자발적으로 지식을 습득하고, 사고하고, 행동하는 데 많은 영향을 준다.

관심의 사전적 의미는 '어떤 것에 마음이 끌려 주의를 기울임' 다르게는 '주의력이나 흥미가 특정한 사물로 향하고 있을 때의 심적 태도나 감정'이라고 되어 있다. 관심은 영어로는 Interest로서 이익 관계라는 뜻이 있으나, 이것은 의식이 향하는 대상으로서의 관심에서 파생한 뜻이라고 한다.

독일의 철학자 M. 하이데거에 의하면 인간의 의식이란 언제나 무엇인가에 대한 의식이다. 따라서 관심은 의식의 본질, 즉 그 지향성을 나타내는 말이다. 의식은 무관심을 배경으로 하는 관심이라고 할 수 있다.

동물은 생존하기 위하여 원시 동물보다 고등 동물로 갈수록 처음은 촉감만 있었고 이어 후각 청각의 순으로 변화하고 고등 동물로 갈수록 시각과 미각이 발달하였을 것이다. 시각은 빛을 통하여 색과 거리와 공간을 인식할 수 있기 때문에 뇌와 사물에 대한 오랜 기억과 분석과 판단을 요한다. 오감은 생존과 관련한 변화 단계의 결과이지만, 미각은 고등동물로의 마지막 과정에서 얻어진 미식의 즐거움을 얻기 위한 산물인가 보다. 중뇌와 간뇌의 기능은 후각(嗅覺)의 정보를 처리해 행동에 반영한다.

후각은 냄새를 맡을 수 있는 감각으로, 후각의 수용기(受容器)는 코의 후점막에 있는 후(嗅)세포이며, 냄새 물질이 오면 후세포의 흥분이 일어난다. 후세포에서 나오는 신경섬유는 대뇌의 후구라는 부분에 이어져 있다. 코로 맡을 수 있는 온갖 기운을 냄새 또는 내음이라고 한다. 동물 중에서 후각이 발달한 것은 후각동물이라 불리는데 개, 뱀, 도룡뇽, 곤충 등이 알려져 있다. 연어가 자신이 태어난 강을 인지할 때도 후각이 중요한 역할을 하는 것으로 알려져 있다. 후각의 세기는 냄새를 발산하는 물질의 농도와 후상피 위를 흐르는 속도에 비례한다고 한다. 각 수용체는 특정 냄새를 식별해 낼 수 있으며, 뇌는 각 냄새를 기억해 두었다가 나중에 비슷한 냄새가 나면 기억을 되살려 냄새를 구분한다. 남자보다 여자가 정확하다고 한다. 개는 사람에 비해 후점막이 현저히 넓어 사람보다 냄새를 더 잘 맡을 수 있을뿐더러 멀리에서 오는 냄새까지 맡을 수 있다고 한다. 포유류는 일반적으로 후각동물에 속한다.

귀는 소리를 인식하고 균형을 유지하는 감각기관을 가지고 있고, 약 40만 가지의 소리를 구분할 수 있다고 한다. 척추동물의 청각기관은 귀로 외이, 중이, 내이로 구분되며, 종에 따라 소리로 인식할 수 있는 주파수대의 영역이 다르다.

청각은 동물의 경우 물이나 공기 등을 통해 전해지는 음파의 자극으로 감지해 내는 기계적 감각을 의미한다. 외부 세계는 많은 종류의 소리 자극들이 있으며, 귀는 이들 자극에 반응하고 식별하는 능력을 가지고 있다. 대부분의 무척추동물에는 존재하지 않으나, 곤충의 경우 압력변화를 감지하는 고막기관이라고 하는 수용기와 진동을 감지하는 운동수용기가 있다. 고막기관은 귀뚜라미와 여치의 앞다리 정강이 마디, 나방의 뒤 가슴, 메뚜기의 배에서 볼 수 있는 것으로 음압에 의해서 막이 진동하여 현음 기관의 감각세포를 자극하게 된다. 청각장애와 시각장애를 다 가지고 있었던 헬렌 켈러는 소리를 들을 수 없는 것이 보이지 않는 것보다 더 안 좋다고 하였다. 볼 수 없다는 것은 자신을 사물과 떼어 놓지만 들을 수 없다는 것은 다른 사람들과 떼어 놓기 때문이라고 하였다. 텔레비전을 볼 때 소리를 끄고 보는 것과 화면을 끄고 소리를 듣는 것 중 대부분의 사람은 듣는 쪽을 택한다. 세계를 이해하는 데는 시각이 중요하지만 사람들과의 관계에서는 청각이 좀 더 중요하다.

시각은 외부의 물체 크기, 형태, 빛, 밝기 등을 비롯하여, 공간의 위치와 운동을 알 수 있다. 시각기관은 눈이지만 시세포가 있어서 빛을 느끼는 곳은 눈 안의 망막뿐이다. 그 밖의 구조는 빛을 바르게 망막으로 도달시키기 위한 역할을 한다. 수정체는 빛을 굴절시키는 역할을 하며, 눈은 눈앞의 약 6m 이상의 거리에 있는 물체를 망막에 정확히 상을 맺게 한다. 망막은 안구의 안쪽 면을 덮고 있는 막으로, 몇 개의 세포가 층을 이루고 있다. 빛을 느끼는 것은 시세포로 원추세포와 간상세포로 나뉜다. 원추세포는 망막 중심부에 주로 분포하며, 빛이 강할 때 작용하며 색깔을 구분한다. 원추세포는 물체를 명확하게 구별하는 역할을 한다. 간상세포는 망막 주변부에 많이 분포하며, 어두운 곳에서 약한 명암의 차를 느끼게 한다.

시각은 빛의 양의 많고 적음을 구별하는 밝기의 감각과 빛의 종류를 구별하는 색의 감각이 있다. 색의 감각은 주로 파장과 관계가 있다. 공간 감각은 외계 물체의 모양, 위치, 거리 등을 알아낸다. 똑바로 전방을 보았을 때, 눈에 보이는 범위를 시야라 하고, 물체의 모양을 분간하는 능력을 시력이라고 한다.

시각은 인간의 사고 작용에 중요한 역할을 한다. 인간은 눈으로 물체를 인식하면서 동시에 사고를 한다. 인간이 사유하는 방식은 눈이라는 감각기관에 많이 의존한다. 시각효과, 시각예술, 시각지능 등 시각과 관련한 다양한 문화 활동이 이루어지고 있다. 시각은 인간이 가진 감각기관 중 가장 편리하면서도 반복적으로 사용되는 정보입력기관이며, 인간이 시각을 통해 전달된 정보는 인간의 두뇌가 처리하여 해석, 정리, 저장, 재정리, 축적하는 등의 작용을 한다. 이 같은 작용에 의해 인간은 외부의 환경에 적응하거나 반응하며 생존을 영위하게 되는데, 이처럼 시각적 환경을 자신의 생존에 맞게 활용하는 역량이 시각 지능의 실체라고 할 수 있다.

하등동물에서 고등동물로 다시 영장류에서 인간으로의 변화 과정을 거치면서 감각기관도 촉각→후각→청각→시각→미각의 순으로 변화해 갔을 것이다.

생명은 먹이를 찾기 위하여 대뇌변연계를 통하여 오감이 하나하나 변화하여 왔고, 다시 대뇌피질의 성장에 따라 호기심과 관심이 깊어지고, 대뇌피질의 성숙해짐에 따라 상상력과 창의력이 발달해지면서 문화와 문명의 변화를 할 수 있게 한다.

8. 인간의 본성에 대하여

　'사회생물학(sociobiology)의 창시자로 불리는 미국의 에드워드 윌슨의 저서 〈인간 본성에 대하여〉에서 '인간의 모든 사회적 행동과 본성은 생물학적 현상임을 강조하면서 집단 생물학과 진화학적 방법론으로 분석될 수 있다고 주장한다. 그는 수많은 동물의 번식·서열·협동의 행동과 카스트 체계 등을 개체나 집단이 아닌 유전자의 입장에서 일관성 있게 설명하고 있다.

　성인이 살았던 시대나 이전 이후 시대는 물론 현재와 앞으로도 인간 세상의 삶의 형태(게슈탈트)는 변화할 수 없을 것이다. 종교적 교리나 율법, 도덕과 교육(지식)으로 교화한다고 하더라도 일정 기간은 발전·유지되지만, 세월이 지나면 타락과 자의적 해석으로 변질되며 혹세무민(惑世誣民)으로 전락하고, 개혁과 분열로 쇠퇴하는 것이 인간사이다. 인간의 탐욕과 이기심은 생존 본성에서 온 것이다.

　생명이란 무엇인가? 생명의 사전적 의미는 ① 목숨(숨을 쉬며 살아 있는 힘), ② 살아 있는 사람이나 생물이라고 되어 있다. 본성의 사전적 의미는 ① 사람이 본디부터 가진 성질, ② 천성(天性)이라고 되어 있다.

생명에 대한 생물학적 의미는 부모의 세포가 "자기 복제"에 의하여 자신과 같은 자손을 만들어 후대에 이어지게 하고, "물질대사"에 의하여 '자신'을 유지하는 것을 의미한다. '물질대사'와 '자기 복제'는 곧 "생명 활동"이고, "생명"이고, "생존"이고, "종족 번식"이고, "생명의 영속성"의 의미로 해석된다.

이는 수십억 년의 세월을 거치면서 세균 및 남조류(藍藻類)의 원핵(原核) 단세포 생물로부터 식물성 진핵단세포 생물로, 단세포에서 다세포로, 식물과 동물로의 변화를 거듭하면서도 세포핵 속에 자연적으로 각인(유전)되고 있는 DNA에 의해 이루어지고 있다. DNA는 몸을 구성하고, 기능과 활동에 필요한 여러 가지 반응을 지시하여 생명을 유지하고 존속하게 하고 있다. 이는 생명의 연속성으로 이어지게 하는 것이고, 생명과 생존의 근원인 본성을 이루고 있다.

지구의 탄생과 함께 잉태하기 시작하여 수억 년의 시간이 흐른 후에야 꿈틀거리기 시작한 최초의 원핵생물은 수십억 년에 걸친 극한의 지구 자연환경 변화로 절멸의 상황에서도 새로운 종의 변화와 분화로 환경에 적응하며 살아남기 위해서는 자신을 있게 해준 어미를 먹이로 하여 생존할 수밖에 없었을 것이다.

모든 생명체는 생존을 위하여 먹이를 쫓고, 움츠리기도 하고, 놀라고, 도망치려고 하는 것은 공통으로 가지고 있는 본능이고, 본성이다.

생명으로 가득 찬 지구는 생명들의 생존과 종족 번식을 위한 경쟁으로 항상 팽팽한 긴장 속에 있지만 생명은 처음부터 자연의 물질과 햇빛을 받아 '물질대사'를 하며, 또한 자기와 같은 것을 복제하며, 생존과 생명을 이어가도록 하고 있다. 이는 지구 자연환경에 맞춰 생명이 움틀 수 있도록 한 필연의 자연 현상이다.

생명은 극심한 환경 변화에 맞추어 원핵에서 진핵으로, 다시 세포벽과 엽록소가 있어 독립 영양으로 광합성을 하는 식물로, 그리고 이들 식물을 먹는 동물, 동식물을 먹는 잡식성 동물로, 그리고 먹이에 대한 공격과 방어와 환경에 대처하도록 뼈와 발톱과 이빨과 갑옷과 눈과 소화기계와 호흡기계와 면역계 등등이 그때그때의 자연환경에 적응하도록 변화와 분화로, 단순화에서 복잡화하며 생태계의 다양성에 맞추어 먹이사슬의 다양성과 생명의 다양성을 형성하고 있다.

생명은 땅 위에도 땅속에도, 대기 중은 물론 추운 극 지역과 깊은 바닷속에도, 높은 고산 지대와 사막에도, 그리고 동식물의 몸속과 피부에도 다양한 생물들이 서로 기생과 공생과 먹이사슬을 이루어 먹고 먹히며 생존과 생존경쟁을 벌이며, 생식(生殖)에 의한 종족 번식으로 연속성을 이어가고 있다.

내셔널 지오그래픽 와일드(야생)를 보고 있으면 같은 종끼리도 영역을 지키거나 차지하기 위하여 목숨을 건 사투를 벌이는 것을 볼 수 있다. 불리하면 필사적으로 도망을 치지만 이긴 쪽도 진 쪽도 만신창이이고 급소를 바치거나 물린 상처가 심하면 어느 들판이나 산골짜기에서 홀로 죽음을 맞이 한다.

암컷을 독차지하기 위한 수컷 우두머리의 싸움도 치열하여 승리하면 모든 암컷을 거느리며 자기의 자손을 번식시킬 수 있지만 패배자는 죽거나 도망쳐 떠돌이 신세가 된다. 승자독식(勝者獨食)의 생태계를 보여주지만 강한 유전자에 의해 자연환경을 극복하고 생명을 보전하기 위함일 것이다.

야생의 동물들이 혼자 또는 여러 마리가 집단을 이루어 초식 동물을 공격하여 목덜미를 물어 숨통을 끊고 찢어먹는 것이 잔인하게 보이지만 생명이란 필요한 영양분을 그때그때 섭취하여야만 생명 활동을 유지할 수 있고 주어진 수명이 다할 때까지 먹어야 생존할 수 있기에 선과 악의 문제가 아닌 생존을 위한 자연스러운 현상이다.

갈기를 고추 세워 휘날리며 달리는 수사자, 나뭇가지처럼 솟아난 뿔을 세우고 뽐내는 수사슴과 숫 산양, 날개를 펼치며 화려한 자태를 펼치는 공작새 등 자연의 수컷들은 자기의 위엄을 과시하여 암컷과 새끼들을 거느리고 보호하며, 영역을 확보하고 지켜나가며 자기의 유전자를 자손에게 전하여 영속하려고 한다.

식물들도 자기의 자손을 남기기 위하여 꽃가루와 씨를 바람에 멀리 날려 보내고, 화려한 꽃과 향기를 흩날려 곤충을 유혹하며, 다양하고 교묘한 방법과 형태로 번식하여 유전자를 이어가고 있다.

식물들은 뿌리를 내리고 뻗어가며 줄기를 세우고, 땅으로부터 필요한 영양소를 빨아들이고, 잎은 햇빛을 잘 받기 위하여 줄기를 중심으로 태양을 향하여 가지들이 아름다운 부채꼴이나 구(求)의 형태로 균형을 유지하며 감아 올라간다.

혹독한 자연환경과 먹고 먹히는 치열한 생존경쟁에서 살아남으려는 자연선택적인 생존과 종족 번식의 본능은 모든 생명에 공통으로 적용되는 것으로 종에서 종으로 유전되어 온 본성으로 쉽사리 변화할 수 없다.

생명의 본질인 생존과 종족 번식의 본성은 수십억 년 동안 종에서 종으로 변화하고 분화하면서도 그대로 유전되어온 본성이지만, 인간만이 희로애락 하는 다양한 감성과 욕심과 이성이 더하여 대부분의 생물과 비교하여 유별나게 보일 뿐이다.

생명·먹이활동·생존·생물·종족 번식 등은 생명의 영속성으로 다 같은 의미로 본성적인 본능이다. 본성이란 선한 것도, 악한 것도 아닌 '생존과 숙명적인 생로병사의 운명을 생식을 통해 자손으로 하여금 그 영속성을 잇게 하려는 것이다'

학창 시절에 '먹기 위해서 사느냐? 살기 위해서 먹느냐?'라고 밤새 싸우던 옛 시절을 떠올리며 지금은 다시 볼 수 없는 그때 그 친구들이 그립다.

'생존과 생식'은 최초의 생명으로부터 세포의 핵 속 DNA를 통하여 극심한 환경 변화 속에서도 변화와 종의 분화를 하면서도 변함없이 이어져 온 자연의 물리화학 법칙에 의해서 형성된 본성인 것이다.

심리학의 인간관과 인간 본성에 대해서, 독일 태생의 미국의 신

프로이드 학파의 정신분석학자이자 사회심리학자인 에리히 프롬(1900.3∽1980.3)은 〈인간의 시대를 말하다〉에서 인간의 본성과 중요성에 대해서 심리학적 차원에서 다음과 같이 분석하고 있다. 인간의 본성을 개개인은 '사랑과 행복'에 있고, 사회적으로는 '건강한 사회'에 있다고 보고 있다. ① 생물학적 인간은 동물적 존재이다. ② 자본주의적 인간은 이익, 탐욕, 복종, 소유욕을 추구하는 존재이다. ③ 사회적 존재로서의 인간은 '건강한 사회'이다. 인간의 보편성과 정신건강은 '사랑, 자유, 생산성'에 두고 있다.

자본주의의 사회적 성격과 현대인의 심리에서 ① 권위주의적 성격은 무기력한 자의 심리이다. ② 대세 추종적 성격은 고립자의 심리이다. ③ 쾌락 지향적 성격은 권태로운 자의 심리이다. ④ 시장 지향적 성격은 인간 상품의 심리를 가지고 있다.

인간 본성인 사랑과 행복에 대하여, 자본주의 사회에서 인간은 행복할 수 있을까? ① 사랑에 대한 위험한 생각은 사랑은 받는 것이다. 상품으로서의 사람에 대한 사랑이다. ② 사랑의 본질은 인간 본성에 대한 사랑이다. ③ 행복이란 인간 본성의 실현에 있다. 라고 말한다. 에리히 프롬의 인간의 본성에 대하여, 개개인은 '사랑과 행복'에 있고, 사회적으로는 '건강한 사회'에 있다는 그의 생각은 주객(主客)이 전도(顚倒)된 생각 같다. 인간이 살아가는 모습을 보고 있으면 수천 년 전이나 수백 년 전의 인간의 역사를 돌아보면 현재는 물론 앞으로도 "생존"이라는 잔혹하고 처절한 인간의 본성에서 벗어날 수 없기 때문이다. 인간의 본성은 자연의 법칙에 의해 "DNA"에 각인 되어 유전되기 때문이다.

예수의 '사랑'도 부처의 '자비 사상'도 유가의 '인의예지'의 윤리·도덕도 모두 인간의 탐욕과 지배욕과 과시욕이 빚은 폭력과 억압과 처절함에 대한 감성 내지 이성의 결과이지만 모든 인간이 갖는 공통된 본성이라고 할 수는 없다.

노자는 〈도덕경〉에서 다음과 같이 말했다.

"도[道]를 잃은 후에 비로소 덕[德]이 있고,
덕을 잃은 후에 인[仁]이 있으며,
인을 잃은 후에 의[義]가 있고,
의를 잃은 후에 예[禮]가 있다.
예라는 것은 진실한 믿음의 부족이고 큰 혼란의 시작이다."
"도는 혼돈이요 소박한 것이다. 도는 자연적이요 본래 존재하는 것이다."

인간의 마음과 감성, 정신과 이성은 후천적 성품과 같은 것이다.
인간의 본성은 모든 생명이 그렇듯이 '생존'에 있고, 본능적이고 자연적이다.

제4장

신화와 종교

1. 신화 속 이야기

- 천지자연의 창조, 종족의 탄생과 건국 신화

마이클 아이르턴은 〈미다스의 결말〉에서 말한다.

> 우리는 신화에 의해 살고 신화 안에 살며 또한 우리 안에 신화가
> 산다.
> 우리가 그것을 재창조하는 방식이 특이할 뿐이다.

신화의 세계에서 신화는 인간이 지어낸 우주와 생명과 인간에 대한 신비하고 신성한 창조 이야기이다. 하늘, 태양, 달, 별 등 우주의 창조와 최초의 사람, 동물, 식물의 탄생과 천둥·번개, 세찬 비바람, 거친 바다와 밀물과 썰물, 화산 폭발과 지진, 높은 산과 신성한 설산과 빙하 등 자연현상에 대한 신비함과 두려움으로부터 탄생하였다.

농사, 풍요, 사랑, 출산, 운명, 행운 등의 삶과 죽음, 사후세계, 종말 등 인간 내면의 중요한 의문과 근원에 대하여 신들의 이야기를 빌어 말하고 있다. 신화는 신비스럽고 신성하게 다듬어지고 전해져 모든 신앙과 종교의 탄생으로 이어지게 한다.

동서양을 불문하고 각 지역(부족)과 나라마다 창조신화와 건국

신화가 있다. BC 2900~2600년경의 고대 메소포타미아 유역의 남부 수메르, 바빌로니아, 아시리아로 이어지는 수메르의 반신반인의 왕에 대한 점토판에 새겨진 "길가메시 이야기"는 인류 역사상 가장 오래된 서사시로 이야기에 나오는 '아트람 하시스의 홍수 이야기'는 구약성서의 '노아의 방주'의 원형으로 보고 있다.

인도와 그리스는 신과 관련한 다양한 창조신화가 있다. 태양과 달의 신, 별자리의 이름에 붙은 신화, 사람과 동물과 식물의 탄생, 자연현상(천둥번개, 설산, 높은 산, 화산, 강과 바다 등등)과 관련한 창조신화들은 신비하지만 상징성을 가지고 있어 언어의 유래와 의학, 과학과 예술품 등의 명칭과 어원과 작품 소재가 되고 있다.

신화가 갖는 다양한 상징성과 호기심, 신앙심, 모순과 갈등 등은 예술, 문학, 철학, 정신분석학에 이르기까지 다양한 분야의 소재로 등장하여 재해석되고 이해되며 인간의 삶과 운명에 지대한 영향을 끼치고 있다.

인간의 다툼과 싸움과 전쟁은 인간 본성인 생존 투쟁과 이해관계와 지배욕에서 비롯되어 위세와 욕구와 감정 격화에 의해 '살아남느냐, 죽느냐'로 집단끼리 서로 참혹하게 살육하며 약탈과 수탈이 뒤따르지만 아이러니하게도 인간은 전쟁을 통하여 종족과 문화와 문명이 충돌하며 전수되고 융합하고 변화하는 계기가 되고 있다.

강렬하고 두려운 신과 영웅의 무용담은 시·문학·미술·조각 등 예술작품으로 승화되어 묘사되고 있지만 이름 없고 의미 없이 죽어야 하는 수많은 인간의 비극적인 고통과 힘든 삶에 대해서는 그저 지나가는 막간(幕間)의 서술에 지나지 않고 있다. 주연만이 있고 나머지는 주연을 위한 장식에 불과한 것이다.

고대 그리스의 희곡 호메로스의 대서사시(일리아스 오디세이아)에서 '일리아스'는 신들의 소일거리에 의해 농락되고 좌지우지되는 인간의 운명을, '오디세이아'는 운명에 저항하는 영웅적인 인간의 도전에 대하여 그리고 있다.

소포클레스의 "오이디푸스 왕"은 비극적 운명을 지니고 태어난 한 인간에 대한 신화적 서사시이다. 신탁이 전한 비극의 줄거리는 아래와 같다.

> "그는 눈뜬 자에서 장님이 되고, 부자에서 거지가 되어,
> 이국땅을 향해 지팡이로 앞을 더듬으며 가게 될 것이다.
> 또 그는 자기 자식들의 형제이자, 아버지로서 함께 살게 될 것이며,
> 자신을 낳은 여인의 아들이자 남편이고, 자기 아버지와 함께 씨 뿌린 자이자,
> 그는 살인자임이 드러날 것이다."

소포클레스의 비극 '오이디푸스'는 아리스토텔레스의 시학에서는 '비극의 정의(定義)'로 종교적 의미의 '카타르시스[katharsis: 정화(淨化)]'와 의학적인 '몸 안의 불순물을 제거한다'는 뜻으로 해석

되고 있고, 프로이드는 친부 살해와 근친상간의 특수성을 통해서 인간의 잠재의식 속에 있는 콤플렉스나 스트레스와 관련지어 정신분석학적으로 다루어지고 있다.

'오이디푸스의 비극'은 토마스만의 〈선택된 인간〉에서는 남매와 친모 간의 근친상간의 비극에서 모두를 용서하는 교황으로, 도스토옙스키의 비극 〈카라마조프의 형제들〉에서는 친부 살해와 관련한 형제들 간의 갈등을 통해 인간의 원죄와 구원의 문제를, 셰익스피어의 비극 〈햄릿〉에서는 숙부의 친부 살해와 친모와의 재혼에 의한 왕위 찬탈에 대한 복수 과정에서 빚어지는 갈등과 모두의 비극적 종말을 그리며 인간의 비극적이고 허무적인 삶을 다루고 있다.

구약성서의 창세기 편에는 뱀의 유혹으로 금단의 열매를 따먹고 에덴동산의 동쪽으로 추방되는 아담과 이브, 그들의 두 아들이 시샘으로 동생 아벨을 죽인 카인의 후예라는 원죄는 후대의 여러 작품들에서 인간의 비극적인 운명으로 다루어지고 있다.

인도의 〈베다의 찬가〉, 〈우파니샤드의 명상록〉, 〈라마야나 영웅이야기〉, 〈마하 바리타의 전쟁 서사시〉 등 고대 인도의 성자와 철인(哲人)에 의해 전해진 찬가와 명상록과 영웅 이야기는 서사시(敍事詩) 형태의 문학작품으로 인도인의 정신세계를 지배하고 있다. 〈마하 바리타의 전쟁 서사시〉 중 〈바가바드 기따〉는 전쟁에 임하는 장군 아르쥬나에게 신(神:진리)의 화신인 크리슈나는 '영혼은 영원하고 불변이므로 죽어도 슬퍼할 이유가 없으며 두려움 없이 싸우라'고 독려 하며 용감히 싸워 승리할 수 있게 한다. 〈바가바드 기따〉에서 신은 인간의 영혼에 "존재·행위·지혜·명상·깨달음·불멸·헌신·초월의 길"에 대하여 말해주고 있다. 〈바가바드 기따〉는 마하트마 간디가 비폭력 저항과 불복종 독립운동을 전개하면서 쉼 없이 탐독하고 암송하며 힘들고 어려울 때마다 신념과 용기를 잃지 않게 한 것으로 알려지고 있다.

　인간의 대뇌변연계와 대뇌피질은 무한한 상상력과 사고력으로 다양한 신들의 이야기와 창조신화를 만들고, 영혼과 조상신을 상상하여 사후세계를 염원하고, 희로애락 하는 마음과 생로병사의 순환을 보며 인생은 비극적이고 운명적인 것이라고 받아들이게 하고 있다. 신화 속 이야기는 후대에 미술과 조각은 물론 시와 문학과 건축까지도 깊이 영향을 끼치며 예술과 문화를 아름답게 꽃피우고, 인간 지성이 성숙한 철인(哲人)의 시대로 나아가는 가교 역할을 하고 있다. 철인 시대의 사상과 윤리도덕은 이후 인류의 삶과 정신 속에 녹아 있다.
　그리스 신화는 그 자체가 시와 문학작품이며 신과 인간의 사랑과 질투, 시기와 모함, 전쟁과 분노 등을 통하여 인간의 희로애락을 비극과 희극으로 극화하고 대서사시의 형태로 노래하고 있다. 힌두교의 경전 (리그베다, 바가바드 기따), 불교의 경전, 노자의 도덕경, 유가의 사서오경, 장자의 우화 등 모두가 대서사시(敍事詩)이다. 많은 예술가에게 영감을 주고 사상과 철학에도 중요 소재로써 깊은 영향을 주고 있다. 신과 영웅들의 이야기를 조각상과 건축물과 문학작품에 담고 있다. 요즘도 신과 관련한 만화영화나 신이라는 작품을 쉽게 찾아볼 수 있다. 인간은 신화 속에 살고 있다.

베다는 아리아족이 인도의 광활하고 웅장한 대자연 속에 처음 들어와 살면서 천둥번개와 태양 바람 등 자연현상을 신격화하여 숭배하기 시작하면서 우주의 창조와 수호와 파괴를 관장한다는 세(3) 주신(主神) 그리고 수많은 자연신들을 찬양하기 위하여 만들어졌다. 찬가와 제사 의식 및 주술에 관한 기록으로 만들어진 베다는 브라만교의 경전이 되고 다시 민간신앙을 흡수하여 힌두교가 탄생하였다. 베다는 그 자체로 인간의 심금을 울리는 대서사시이고 노래다. 인도의 예술을 낳고 문화의 뿌리이다.

브라만교는 제사장(브라만)들을 최고의 계급으로 하는 복잡한 4종성 계급과 불가촉천민으로 형성된 카스트제도를 신의 이름으로 법문화(마누의 법전)하여 고착화시킴으로써 지금은 법으로 폐기된 지 수십 년이 지났지만 아직도 관습으로 남아 있다.

아브라함의 유대교는 야훼를 믿는 유일신 사상으로 유프라테스 강 유역에서 살다가 이(異)민족의 침입으로 신이 점지한 가나안 땅으로 이주(移住)한다. 가뭄과 기근으로 인하여 이집트로 건너가 살다가 파라오에 의해 핍박과 노역(勞役)으로 신음하다 모세에 의해 출애굽(엑소도스)하여 가나안 땅에 나라를 건설한다. 내분으로 갈등하다 로마에 의해 폐망하여 전 세계로 흩어져 살다가 제2차 세계대전 후 디아스포라 하여 팔레스타인 땅에 이스라엘을 건국하게 된다. 예수에 의해 기독교가 탄생하고 지중해 동안을 따라

아나톨리아 반도를 건너 그리스와 로마에 입성하여 4세기경 국교로 정해지며 서구에 확산되어 정신적인 지배를 넘어 실질적으로 지배하며 서구의 정체성을 이루고 있다.

이슬람교는 7세기 초에 예언자 무함마드에 의해 완성시킨 종교로 아라비아반도에서 시작하여 아랍과 북아프리카, 페르시아와 중앙 아시아, 북인도와 인도네시아 등 이슬람 제국으로 발전하며 세계의 종교로 인간의 삶에 지대한 영향을 주고 있다.

종교는 인간의 정체성과 삶의 형태를 바꾸어 놓으며, 힌두교와 불교 기독교와 이슬람문화는 인류의 삶과 예술과 정신문화에 깊이 뿌리내리고 있다. 이들 종교의 사상은 오랜 주입과 학습으로 삶에 젖어있고, 의례와 의식, 전통과 문화로 자리 잡아 대대손손(代代孫孫)으로 이어지고 있다. 인간은 현대의 과학 문명 시대에도 신화와 종교의 굴레에서 벗어날 수 없다. 신화는 신비하고 신령한 이야기이기 때문이다.

2. 신과 영혼을 창조한 인간

신(神)과 영혼(靈魂)이란 무엇인가? 서점에 가면 신이나 신화와 관련한 소재의 소설을 쉽게 볼 수 있고, 만화나 애니메이션 영화로도 끊임없이 상영되고 있다.

신이란 도대체 우리에게 어떠한 존재인가? 신은 영원히 죽지 않고, 자유자재로 과거와 현재와 미래를 오가며 내다볼 수 있는 신출귀몰한 존재로 상상된다. 인간 개개인의 과거와 미래를 내다 불 수 있고, 인간의 운명을 결정하는 존재로도 인식된다. 오늘날은 '신을 부정'하고 '인간의 자유의지'나 '맹목적으로 던져진 인간' 등 신의 예속에서 벗어난 실존주의 사상과 과학적 유물 사고의 방향으로 기울고 있다.

미시 세계를 다루는 양자역학은 물질이나 에너지 차원에서 입자를 다루고 있지만 입자는 불가사의한 현상을 보이는 존재이기도 하다. 영혼의 세계는 비물질적 세계로 존재를 확인할 수 있는 과학적인 입증 방법은 현재로서는 없다.

〈혼불〉의 작가 최명희는 국어사전에 없는 '혼불'의 의미를 에둘러서 표현하고 있다.

"'혼불'이라는 말은 국어사전에 없다.

그러나 '혼불'을 보았다는 사람은 많다.

그것은 우리 몸 안에 있는 불덩어리로,

사람이 제 수명을 다하고 죽을 때,

미리 그 몸에서 빠져나간다고 한다.

어떤 사람의 몸에 '혼불'이 있으면 산 것이고, 없으면 죽은 것이다.

'혼불'은 목숨의 불, 정신의 불, 삶의 불이라고 할 수 있겠다.

그것은 또 사람을 사람답게 하는 힘의 불이기도 하다.

즉 '혼불'은 존재의 핵이 되는 불꽃인 것이다."

인간 사회는 귀신, 신령(神靈), 혼, 혼령, 영혼, 넋, 도깨비, 신(神)이라는 말들을 오래도록 들어왔다. 어린 시절 귀신이나 도깨비 이야기는 흔히 듣고 자란다. 책이나 만화를 통해서 자주 보고 듣고 말하기도 한다.

TV 드라마는 귀신이 나오는 '전설의 고향'이 납량특집으로 방영되고, 그리고 특정 지역의 전설적인 이야기들이 대작 영화로 제작되어 전 세계적으로 선풍적인 인기로 흥행몰이를 하기도 한다.

일상생활 속에서는 조상에 대한 제사를 지내고, 굿이나 고사도 하고, 상갓집에 가서 조의도 하고, 순국선열에 대한 묵념도 한다. 종교의례에서는 신에게 참배하고 기도하며, 토속신앙에서는 굿을 하며 신을 불러오는 '신들림' 현상을 일으키고, 스포츠나 일이 잘 될 때는 '신들린 듯하다'라는 말도 한다.

죽음은 먼 옛날부터 생로병사를 통하여 맞이하여야 하고, 수많은 전쟁과 약탈로 가까운 가족과 친지의 죽음을 보면서 혼이나 신의 존재를 생각하였을 것이다.

고대 이집트 문명과 중남미의 마야·아스텍·잉카 문명에서는 피라미드와 태양 신전을 볼 수 있고, 인도인들은 인구수보다 많은 신을 섬기고 있다고 말한다. 세계의 모든 지역과 민족들은 저마다의 조상신이 있어 신성한 전설로 내려오고 있다.

신을 상상하고 창조한 인간은 어느덧 사후세계를 꿈꾸고, 넋이나 영혼을 생각하며 조상신을 섬기게 되고, 그리고 스스로도 죽으면 혼백이 된다고 믿고 있다.

신은 늙지도 죽지도 않고 신출귀몰한 존재이며, 창조주는 우주 삼라만상과 생명을 창조한 전지전능한 존재라고 믿고 있다. 결국 인간은 신을 상상하며, 죽어서도 영원히 죽지 않는 영혼이 되기를 갈망하고 있는 것이다.

신화 속에서 인간은 생로병사 하여야 하고, 신에 의해 운명 지어진 유한하고 불완전한 존재이지만, 인간은 힘세고 용감하고 지혜로우며 악과 운명에 맞서 싸우는 영웅을 그리기도 한다. 건국 신화와 창조 신화에 나오는 인물들은 용감하고 슬기로우며 천신의 아들로 묘사하고 있다. 고대 중국의 왕은 천자라 하고 일본의 왕은 천황이라 칭하고 있다. 고대 이집트와 중남미의 마야, 아스테카, 잉카 문명 등의 왕들도 모두 태양신의 아들이라고 칭하고 있다.

삼국사기에는 단군신화에서 단군의 어머니 웅녀는 곰에서 여인으로 환생하고 아버지 환웅은 천제(天帝)인 환인(桓因)의 아들로 결국 단군도 신의 아들로 반신반인의 인간으로 묘사하고 있다. 신라의 성골인 박혁거세·석탈해·김알지는 알에서 태어난다.

고대 이집트의 나일강변의 '왕들의 계곡'과 중앙아시아와 타림 분지에서 타클라마칸 사막의 동쪽 끝 둔황에 이르는 무덤들에서 발견되는 미라들, 파푸아 뉴기니와 오스트레일리아 등 전 세계 곳곳에서 미라가 발견되고 있다. 육신과 영혼의 재결합을 믿고 있는 것이다.

현재도 종교의 자유를 억압하고 부정하고 있는 공산주의 국가인 구소련의 레닌, 중국의 마오쩌둥, 베트남의 호찌민, 북한의 김일성 등의 시신들은 그들을 기리기 위하여 기념관에 방부 처리하여 영구 보존하려고 한다.

인간은 지옥과 천당, 신선, 전생과 내세, 윤회와 같은 사후(死後)의 영혼의 세계를 상상하고 창조하였으며 이는 결국 영원히 죽지 않는 신이 되고자 하는 것이다. 신전도 신상도 불상도 모두 우상숭배가 아닌 신을 상징하고 있다.

인간은 신을 창조하며 영생하기를 원하고 있는 것이다. 인간은 스스로 신이 되기를 갈망하고 있고, 앞으로도 신에 대한 이야기는 끊임없이 재생산되고 변화하며 이어져 갈 것이다.

인간의 과학 문명은 신출귀몰하는 지능형 로봇으로 변화하여 갈 것이다. 신과 같은 지능형 로봇은 포스트 인간 시대를 지배할 수도 있겠다는 상상을 하며 이는 필연의 과정일 수도 있다는 생각을 하여 본다.

갈수록 심각해지는 지구 온난화와 기후변화를 바라보며 그린란드 빙하가 녹아내려 회생 불가능하다는 뉴스를 들으며, 북극과 알래스카는 물론 남극, 히말라야산맥과 힌두쿠시산맥, 천산산맥과 쿤룬산맥, 록키산맥과 안데스산맥 등 수많은 빙하가 사라지고 있다는 이야기를 듣지만 인간은 들을 때뿐이고 곧 까맣게 잊어버린다.

강과 바다가 쓰레기로 덮이고, 건강에 엄청난 영향을 주고 있는 미세먼지와 초미세먼지를 시시각각으로 예보하지만, 다른 한편으로는 앞다투어 화석연료 개발에 혈안이 되고 있는 것은 인간의 힘으로는 어찌할 수 없는 자연스러운 현상이다.

3. 의례와 의식

- 제사장의 권위와 권세: 허례허식

　사전에 의하면 종교란 "신의 숭배를 통하여 일정한 윤리나 철학의 기본으로 삼는 것"이라고 되어 있다. 인간 사회는 아주 오래전부터 신화를 창조하고 천지신명에게 부족의 안녕과 풍요를 빌기 위하여 의례와 의식을 행하여 왔다.

　인간이 농사를 짓고 가축을 기르며 문명을 이루기 시작하면서 원시 부족장이나 제사장들은 신화와 신에 대한 경배를 통하여 부족을 통합하고, 신내림과 계시를 통하여 부족의 길흉화복과 대소사를 의탁하며 통솔하여 왔을 것이다.

　부족사회는 도시국가와 왕국으로 발전하며 거대한 신전과 신상과 제단을 만들어 숭배하며, 기르는 가축이나 심지어는 사람까지 제물로 바치며 성스러운 의례와 의식을 치르고, 보이지 않는 신을 대신한 제사장과 왕은 집전을 통하여 권위를 세우고 군림하기 시작하였을 것이다. 왕은 스스로 신의 아들이라고 참칭한다. 오늘날 종교행사와 관혼·상례 및 중요 국가행사에는 의례와 의식과 예악은 빠지지 않고 등장한다. 의례와 의식을 통하여 행사를 장엄하고, 신비스럽고, 화려하게 만들 수 있기 때문이다.

　지금은 많이 간소화되었지만 과거의 종교의식, 궁중 제례 등 제사의 예법이나 예절은 엄숙하고, 복잡하여 지루하기도 하였지만 행사를 준비하기 위한 절차와 제례(祭禮) 준비는 많은 손과 정성이 따라야 할 뿐만 아니라 한해에도 여러 차례가 실시되는 힘든 행사다. 차례나 제사상을 차릴 때 음식을 어떻게 놓아야 할 줄을 몰라 인터넷에서 떠도는 사진을 가지고 상을 차리는 것을 본다. 약간의 예의와 절차는 필요하겠지만 좀 어긋난다고 해서 무슨 큰일이나 날 것처럼 생각하는 것은 우스꽝스럽고 어리석은 일이다.

관혼상례는 대부분의 사람들이 치러야 하는 중대한 집안 행사다. 관혼은 당사자 기준으로 분수에 맞게 축복 속에 행해져야 하지만 실제는 많은 하객을 초대하여 부와 능력을 과시하고 상당액의 부조를 받을 수 있다는 계산이 깔려있어 본래의 취지를 떨어트리고 있다. 당사자나 하객(賀客) 모두 의례적이고 형식적이다.

부모의 능력으로 호화스런 호텔에서 식을 올리는 자체도 분수에 지나치지만 청첩장도 양가 부모의 초청이 아닌 혼인 당사자의 내용이 담겨있어 부모의 친지 입장에서는 알 수 없는 젊은이로부터 청첩장을 받는 격이다. 예식장에 가서는 혼주에게 인사하고 부주하고는 예식도 안 보고 바로 식당으로 가거나 바쁘게 가버린다.

왕실이나 연예인들의 호화로운 결혼식은 무엇이 중요하다고 매스컴에서 요란스럽게 방영하는지 알 수 없다. 물론 구경거리가 되기는 하겠지만 건전한 결혼문화를 장려하는 데는 아무런 도움이 되지 않을뿐더러 오히려 여인들의 부러움과 허영심만 부추기게 하고 있다.

장례와 장묘(墓)도 빈소는 상주를 위로하고 고인의 명복을 비는 자리지만 권세와 부를 상징하고 있다. 이승을 마지막 떠나는 빈소마저 쓸쓸한 빈소와 번잡한 빈소로 구분 지어진다는 것은 서글픈 일이다. 화장을 하면 다 타버리고 뼈만 남고, 땅에 묻히면 미생물에 의해 곧 분해되어 뼈만 남게 되는 육신이다.

종교를 믿지 않거나 믿는 사람이라고 하더라도 영혼이 빠져나간 육신은 곧 부패해 버릴 것을 알면서도 호화로운 묘를 쓰거나 화장을 해서 납골당에 모셔놓는 것을 보면 장엄하다거나 아름답다고만 할 수는 없다. 어차피 이 세상을 떠나면 곧 잊히기 마련인 것을 지나치게 의식이나 의례에 얽매이는 것 같다. 의례적이라는 말이 있듯이 불필요한 형식과 틀에서 벗어나면 몸과 마음이 홀가분하고 가벼울 것이다.

의례는 신에게 제사 지내기 위하여 원시 신화시대부터 있었다. 신을 경배하고 찬양하기 위한 의식으로 처음은 소박하고 경건했겠지만 어느 순간 권위와 군임(軍任)으로 인간을 종으로까지 예속시키고 있는 것이다. 권력자나 상급자에게는 믿음과 복종의 의미로 머리를 숙이고, 교단에서 학문을 열심히 가르치는 선생님의 권위를 존중한다. 직장 상사나 선배들의 지도와 지침으로 일을 배우고 처리하기 때문에 조직은 연속되고 성장하고 발전하기에 스승과 같이 존중할 수밖에 없다.

권위는 신에 대한 외경(畏敬)과 순종, 감사와 사랑, 존경과 믿음으로부터 시작된 마음에서 우러나온 것이다. 제사장이나 성직자가 높은 단상에서 예배와 기도, 찬미와 설교를 하는 것은 신을 위한 것이고, 신을 대신하는 것이다. 장엄한 의례와 의식은 권위와 군림으로 바뀌고 추종자들을 순종하게 만든다. 권위주의는 그 병폐와 함께 자유와 평등사상으로 인하여 와해되고 있지만 권위주의의 향수와 타성에서 벗어나지 못하고 있는 사람들은 기득권을 지키기 위하여 몸부림치며 혼동과 혼란에 빠져 있다.

인간 사회에서는 권위를 세우려는 사람들이 많다. 어른들이 아이들에게 어리다고 얕잡아 보고, 남자는 여자를 종속적으로 생각하고, 의사들은 환자가 의술을 모른다고 무시하고, 배운 자는 못배운 자를 무식하다고 낮추어본다. 공무원들은 법을 모른다고 국민 위에 군림하려고 하고, 국민으로부터 권력을 위임받은 선출직 공무원들은 당선된 후에는 시민들이 대표자로서 존중하는 것을 착각하고 본분을 망각한 부도덕하고 무책임한 행동도 권위 의식이 빚은 결과다. 지명직 공무원들의 무책임한 행동과 국민 위에 군림하려는 태도는 개탄을 넘어 나라를 망치는 일이다.

범죄를 다루는 수사관이나 검·판사들이 피의자를 대하는 억압적이고 불손한 태도, 음식점이나 호텔 등 서비스 업종에서 종사하는 종업원이나 3D 업종에 종사하는 사람들에게 반말이나 막말을 하는 것도 상대를 깔보면 자기의 권위가 선다는 의식이 잠재해 있기 때문일 것이다.

사회적 약자인 어린이나 여성을 불문하고 낮은 자세로 상대를 배려하고 존중하는 사람을 보면 아름답고 저절로 존경스럽게 보인다. 프란치스코 교황의 온화한 미소 짓는 얼굴과 특이병자에 낮은 자세로 임하는 모습은 아름답고 평화롭다. 폭력적 언행과 군림의 이면에는 부정과 부패가 있고 인간 사회를 추하고 어지럽게 만들 뿐이다.

군과 권력 집단의 계급과 권위는 은폐를 낳고, 은폐는 각종 부정과 불의를 낳고 있다. 절대적인 권력은 절대적으로 은폐할 수 있기 때문에 절대적으로 부패한다는 것은 당연한 이치인 것이다. 독재적인 국가 권력자, 성직자, 양반, 교사와 지식인 등 사회 지도층이 부패로 얼룩진 역사는 이루 헤아릴 수 없고, 지금도 진행 중이다.

고대 그리스의 창조 신화는 우주는 처음 암흑과 무질서의 카오스 상태에서 차차 밝고 질서 있는 코스모스의 우주로 변화하였다고 이야기하고 있다. 이러한 생각은 인류의 문화적 유산으로 오늘날까지도 중요 문화 행사에서 표현되고 있다.

의례와 의식은 장구한 세월을 거치며 민족의 문화와 예술로 전승되어 왔지만, 종교 지도자와 권력자들은 권위와 군림으로 이용하고, 추종하는 대중들을 맹종시키고, 허례와 허식하는 어리석음을 낳게 하고 있다.

4. 길

- 여행에서, 기행(紀行)을 보며

'길'은 교역과 개척으로 만들어지고, 침략과 정복으로 넓혀진다.
'길'을 따라 민족과 문화와 문명이 융합하며 인간의 역사는 흘러간다.

여행은 직접적으로 다양한 자연과 인간 삶의 모습과 삶의 형태, 문화와 문명을 접할 수 있어 힘들고 어려워도 가치와 즐거움이 있다. 험준하고 높은 산과 넓은 들판, 굽이굽이 굽이치는 강과 넘실거리는 망망대해, 삭막하고 뜨거운 사막과 초원, 몹시 춥고 더운 지역과 온화한 곳도 있다. 자연은 광활하고 황량하고 험준하고 기기묘묘하지만 아름답고 신비하다. 그 속에서 인간은 생존을 위하여 개척과 투쟁, 문화와 문명을 이루며 살고 있다.

인간은 인종과 민족과 관련한 다양한 신화와 종교가 있고 학문과 예술을 창조하고 있다. 교역을 위해 길을 내고, 그 길을 따라 침략과 정복을 하며 민족과 문명이 융합하며 다양한 역사 속에 인간은 변화해 가고 있다. 역사를 통하여 지나온 과거를 돌아보고 평가하고 있지만 문명과 역사를 바라보는 시각과 해석도 시대와 장소와 사람에 따라 관점도 다르고 받아들이는 생각도 다양하다.

역사는 '변화와 균형'에 의해 끊임없이 흘러가는 자연의 섭리이다.

이슬람권의 이븐할둔이 유목민과 정착민의 교체를 세계 역사의 본질로 본 '실례(實例)의 책'이나, 문명권의 흥망을 '도전과 응전'의 법칙으로 설명한 서구권의 토인비의 '역사의 한 연구' 등의 역사철학 및 역사이론은 인간의 다양한 삶의 모습보다는 자연환경에 적응하며 사는 생존 투쟁을 중심으로 특징지으려 하고 있다.

춥고 더운 지역, 고원과 고산 지대, 삭막한 사막과 기후가 좋고 비옥한 땅 등 인간의 삶에 직접적인 영향을 주는 자연환경에 의해서 신화와 종교, 성품과 정체성, 문화와 문명을 이루며 인간의 다양한 문화를 이루고 있다. 그리스·로마 신화와 세계적인 종교인 기독교, 불교, 이슬람교, 힌두교는 인간의 삶과 문화와 문명에 지대한 영향을 주고 있다.

인간의 복잡한 생각과 형성 과정은 표면적인 것과 내면적인 것 그리고 자연환경적인 것과 인위적인 것(문화와 문명) 등 복잡하다. 어느 한 특정 지배자의 돌출한 행적은 세계의 역사를 크게 요동치게 하고 변화시켜 왔다. 알렉산더 3세, 칭기즈칸, 나폴레옹, 히틀러, 레닌과 스틸린 외에도 한 민족과 국가의 운명을 바꾼 인물들을 중심으로 역사는 기록하고 있다. 사람들은 그들을 영웅시하지만 그 이면에는 많은 사람들이 죄없이 처참한 희생을 겪은 것에 대해서는 무심하다.

옛 유고스라비아의 작가 이보 안드리치의 노벨 수상 작품 〈드리나강의 다리〉는 주인공이 "드리나강의 다리"이다. 다리가 세워진 배경과 과정, 다리 위에서 이루어지는 인간의 사랑과 애환이 있고, 다리를 통하여 교역과 정복 전쟁이 있다. 급기야 1차 세계대전을 겪으면서 전쟁으로 파괴되는 다리를 통하여 일어나는 다양한 인간들의 여러 대에 걸친 삶을 그려내고 있다. 다리뿐만 아니라 신전과 사원, 궁전과 성곽에는 많은 인간 비극의 역사가 깃들어 있지만 사람들은 드러난 화려함만 보려고 한다.

서구사회의 선진 문명이 있는가 하면, 지구 곳곳은 문명과 동떨어진 미개지도 많이 있고, 잘사는 나라가 있는가 하면 못사는 나라도 허다하다. 같은 나라 안에서도 빈부격차가 심하고, 배운 사람과 무지한 사람이 있고, 배웠다 하더라도 깨우치지 못하여 무지한 사람보다도 더 무지한 사람이 있어 인간 사회는 늘 혼란스럽다.

문명화되고 선진화되었다는 나라들은 가공할 무기로 무장되고, 석탄과 석유와 천연가스의 장기간 대량 사용으로 지구 대기를 오염시킨 주범이지만 풍요에 비해 늘 긴장과 욕구불만 속에 행복지수는 낮은 반면에, 직간접적인 환경피해를 입고 있다는 사실 조차도 모르는 체 세상과 동떨어져 가난하게 사는 사람들의 해맑게 웃는 모습도 볼 수 있다. 인위적이라고 하는 것도 '변화와 균형'에 의해 끊임없이 흘러가고 있다.

여행은 많은 것을 시사(示唆)하여 주며 화려하고 장엄한 건축물 뒤에는 인간의 애환과 소망만이 서려 있을 뿐이다. 아름답고 웅장하고 황량한 대자연의 장관은 땅과 바다가 갈라지고 솟아나고 뒤바뀌며 형성되고, 그 자리에 많은 생명이 번성하고, 자연은 비바람에 씻기고 깎이며 오늘의 풍경을 하고 있다.

〈길 - 여행에서, 기행을 보며〉는 지리적 역사적 삶이 자연과 인간, 문화와 문명의 발상지를 중심으로 보고 듣고 느끼고 생각한 것들을 나름대로 정리해 본다. 자연과 인간의 변화하는 모습은 길게 보면 '변화와 균형'에 의해 '생성과 소멸', '확산과 소실'하며 '동적 균형'으로 끊임없이 흘러가는 자연현상임을 일깨워 준다.

고대 이집트와 메소포타미아의 영혼불멸사상
: 유대교와 기독교와 이슬람의 유일신 사상

:: 이집트를 여행하며

4,500~5,000년 전 나일 강변에서 꽃피운 고대 이집트의 웅장하고 찬란한 문명은 인류 역사에서 가장 오래되고 불가사의한 문명으로 동쪽 메소포타미아 문명과 연결하며 이후 지중해 해안 도시와 섬을 오가며 그리스·로마 문명으로 이어지고 있다.

최고 권력자들은 신전과 신상 건설을 위하여 수많은 노예와 기술자들을 동원하여 피와 땀을 흘리게 하며 국가를 결속하고 통합하려고 하지만, 결국 누구나 죽을 수밖에 없는 운명에 직면하여 스스로 신이 되고자 한 인간의 가련한 꿈과 어리석은 욕망에 대하여 연민의 정을 느끼게 한다.

이집트 카이로 시내에서 가까운 거리의 사막지대 기자에 BC 2,500여 년 전에 건설된 거대한 피라미드 3기와 스핑크스를 볼 수 있다. 하나의 무게가 2~3톤 정도의 석회암과 화강암 블록을 수백만 개를 쌓아 올려 축조한 거대한 건축물의 기원과 당시의 측량 기술, 축조 기술, 들어 올리고 내리고 운반하는 방법 등을 두고 여러 주장과 학설이 제기되는 세계적인 불가사의한 구축물이 기도 하다.

기자의 피라미드는 왕릉 이외에 내부구조와 외벽과 첨탑 등을 두고 다양한 해석과 연구가 진행 중이며, 그 시대에 수만 수십만 명의 노예와 많은 기술자와 권력에 의해 건축되었을 것이라고 하지만 당시의 기술로는 이해하기 어려운 세계 최대의 정밀하고 신비한 웅장한 건축물이다.

나일강 중류의 룩소르로 내려가면 BC 2,000여 년 전부터 세워지기 시작한 카르나크 신전과 룩소르 신전이 웅장하고 거대한 석상과 대열주실, 고대 이집트인들이 풍요를 빌던 주신 아문 신과 태양신을 섬긴 아몬-레 신을 위한 신전, 탑과 오벨리스크, 두 신전 사이의 '숫양의 머리를 한 스핑크스 거리' 등을 둘러보며 거닐 수 있다.

룩소르 서쪽의 깊은 계곡에는 숨겨진 '왕가의 무덤'들의 내부를 들어갈 수 있다. 계곡에 굴을 파고 긴 복도를 따라 들어가면서 넓은 홀과 늘어선 기둥, 통로와 방들에서 그 시대의 사회상을 그린 아름다운 채색의 벽화와 천장화, 부조장식들과 숫양의 신상과 뱀,

그리고 치적을 적은 채색의 상형문자들을 볼 수 있다. 양과 뱀은 유목 생활을 상징하고 있다.

아스완댐 남쪽 누비아의 아부심벨산 자락의 사암을 깎아 만든 람세스 2세가 자신의 치적을 기념하기 위해서 태양신에게 바친 석굴사원 형태의 신전에는 입구 전실에는 거대하고 위엄을 갖춘 옥좌에 앉은 람세스 2세의 거상 4기가 보인다. 안으로는 들어갈 수 없지만 신들의 석상과 자신의 석상이 조각과 각종 종교의식과 자신의 치적을 써넣은 벽화 등이 있다고 한다. 이 신전은 아스완 댐 건설로 옮겨진 것이다.

람세스 2세는 구약성서의 '출애굽기'에 나오는 파라오와 동일인으로 추정되는 인물로 그는 아부심벨 신전은 물론 카르나크 신전과 룩소르 신전을 확장 내지 증축하고 수도를 북쪽 나일강 삼각주의 피 람세스로 이전하며 여기에 거주하던 히브리인들을 건설에 부역시키고 박해하면서 모세의 '출애굽기'가 성립되었다는 것이 유력한 학설 중의 하나이다.

참고로 미라는 이집트 왕들을 중심으로 한 사막지대의 장례 방식으로 여겨지지만 세계 곳곳의 사막과 추운 지방 외에도 오아시스로(실크로드)의 주변을 따라 여러 형태의 미라가 발견되고 있다. 사막지대의 건조 미라, 공기차단 회곽묘(자연 미라), 추운 지방의 냉동 미라, 독재자들의 인공 미라 등 인간의 육체가 언젠가 영혼과 합쳐지기를 믿는 영혼불멸사상의 산물인 것이다. 이집트 여행에서 바하라야 사막의 화산 폭발로 생긴 크리스털(수정) 사막과 화산재가 내려앉아 생긴 흑 사막, 바다가 융기하면서 조개껍질 층에 의해 생긴 백 사막이 있다. 특히 백 사막은 풍화작용으로 형성된 다양한 버섯모양과 동물의 형상을 볼 수 있다. 별이 쏟아지는 남반구의 황홀한 이국의 밤하늘을 보면서 자연의 신비로움을 새삼 느낄 수 있게 한다.

이집트 북부의 알렉산드리아는 BC 331년 알렉산더 3세(대왕)의 명으로 건설이 되고, 그의 사후 부관 프톨레마이오스가 세운 왕조로 이어지며 헬레니즘 문화를 꽃피우게 한다. 인도, 아라비아, 아프리카의 산물과 이집트의 파피루스 등을 지중해 연안의 각지와의 교역으로 크게 번성하였다. 알렉산드리아가 헬레니즘 세계의 중심이 될 수 있었던 것은 무세이온과 대도서관 때문이다.

무세이온은 학문과 예술의 여신들인 '무사이'에서 붙여진 이름으로 박물관이나 미술관을 뜻하는 뮤지엄(Museum)의 어원이기도 하다. 무세이온은 학술연구기관으로 강당, 도서관, 연구동, 동물원, 천문설비 등을 갖추고 대도서관에는 고대 그리스의 고전 문학과 연구자료, 인도·페르시아·이집트와 메소포타미아 유역의 문학 등 많은 도서를 수집 소장(所藏)하고, 그리스의 많은 학자들을 초빙하여 활동하게 하였다.

뮤세이온에서 활동한 주요 인물은 '기하학 원론'의 유클리드, '비중의 원리'를 발견한 아르키메데스, 최초로 '지구의 자오선 둘레를 계산'한 수학자 에라토스테네스, '지동설과 같은 태양 중심설'을 주장한 천문학자 아리스타르코스, '평면 기하학'을 완성시킨 수학자 에우클레이데스, '정신적 쾌락주의'를 추구하는 에피쿠

로스 학파, 이성에 따라 '금욕주의'를 추구하는 스토아 학파, 세계를 하나의 거대한 국가로 생각하는 '세계시민주의(Cosmopolitanism)'의 인문 학파 등 5세기까지 이어졌다.

메소포타미아의 수메르(고대 이라크) 문명은 이집트 나일 문명보다 1세기, 인더스 문명보다 6세기, 중국의 황허 문명[상(商: 후에 은(殷)]보다 13세기쯤 앞서는 인류의 가장 오래된 문명이다. 12진법에 따라 1년을 12달, 하루를 24시간으로, 60진법에 의해 원주를 360도, 1시간을 60분, 1분을 60초, 1달을 30일로 하는 태음력을 정하였다. 바빌로니아는 기원전 2,350년경 셈계 아카드인이 건국하고, 기원전 2,050년 수메르인 바빌론 제1 왕국 6대 왕 함무라비 시대에 중앙집권 체제를 확립하고, 무역으로 국력이 융성해진다. 신전을 재건하여 마르두크 신상을 안치 숭배하고, 법전 반포와 역(曆)을 통일하였다. 기원전 1,530년 히타이트인에 의해 멸망하며 파괴된다. 왕궁터와 점토판, 함무라비 법전비(루브르 미술관이 소장)와 상부의 부크두상, 여인좌상, 마리 왕국의 프레스코 벽화가 출토되었다. 신바빌로니아 시대는 기원전 538년 페르시아제국에 의해 멸망한다.

구약성서는 히브리인(유대인)의 창조신화이고 역사서이고 율법과 예언을 담고 있는 유대교 경전이기도 하지만, 이후 기독교의 경전으로 이어지고 있다. 이 모두는 하느님(야훼)의 예언을 통하여 시서와 잠언과 지혜서에 이르기까지 대서사시로 표현하고 있다. 천지창조와 인간의 탄생, 아담과 이브의 실낙원, 카인과 아벨 등의 원죄를 다루고 있고, 노아의 방주와 그의 세 아들 셈과 함과 야펫의 자손들이 각지의 민족으로 퍼져나간 것으로 기록하고 있다. 구약성서는 그리스·로마신화와 함께 후대에 많은 나라의 예술가들에게 영감을 주었고 그림과 조각과 시·문학작품 등의 작품 소재로 인용되고 있다. 삼손과 데릴라, 쿼바디스, 십계(十誡), 헤라클레스 등 많은 성서의 이야기들은 영화화되어 성황리에 상영되었다.

구약성서에는 이집트로 이주해 살다 노예로 전락한 유대인을 이끌고 사막과 홍해를 건너 탈출하는 모세의 출애굽기, 바빌로니아의 바벨탑과 아시리아와 페르시아에 대한 이야기 등 당시의 이집트와 메소포타미아 일대의 지명과 민족들의 이야기 등 사료적 가치를 갖고 있다. 구약성서는 제1부 모세 오경(Torah: 창세기, 출애굽기, 레위기, 민수기, 신명기)의 계시와 율법, 제2부 네비임(Nebiim) 예언서, 역사서, 시서, 지혜서, 제3부 케투빔(Kethubim). 성문서(聖文書)로 시편, 욥기, 잠언, 전도서, 역대기 등 운문(韻文)과 서사시로 되어 있다.

유대인들은 로마에 의해 멸망 후 2,000여 년 동안 디아스포라(유대교의 규범과 관습을 지키는 유대인을 지칭)를 유지하며, 각지로 흩어져 살면서도 하나님의 선민사상을 믿고 유대교와 탈무드 교육으로 그들의 정체성을 지키고 있다. 주로 상업에 종사하여 부를 쌓아 은행업에도 기여한다. 세계적인 음악가와 미술가는 물론 아인슈타인을 비롯한 많은 노벨상 수장자가 유대인 출신이다. 근대 민족국가의 성립과 더불어 편견과 질시로 나치의 홀로코스트(유대인 학살)와 같은 끊임없는 박해와 수난의 길을 걷고 있다.

안네 프랑크의 〈안네의 일기〉와 레온 유리스의 〈출애굽기(The Exodus)〉를 읽으며 무엇 때문에 히틀러 독일을 위시한 서구 여러 나라에서 유대인을 그렇게 미워하고 학살을 자행하고 방조한 이유에 대해서 알 수 없지만 표면상 이유로는 예수를 십자가에 못 박혀 죽게 한 것이 유대인과 관계가 있기 때문이라고 말하고 있다.

세계의 많은 어린이들이 즐겨 읽는 윌리엄 셰익스피어의 「베니스의 상인」이나 찰스 디킨스의 「크리스마스 캐럴」은 모두 돈밖에 모르는 인색하고 비정한 유대인을 등장시키고 있다. 유소년 시절에 읽어, 작가의 의도가 무엇이든 결과적으로 유대인에 대한 편견과 혐오에 사로잡히게 하고, 나치의 유대인 학살의 공감에 일조를 하였을 것이다. 유대인에 대한 왜곡과 편견, 그리고 유대인의 고난의 역사는 구약성서를 만들 때부터 잉태하고 있었나 보다.

세상을 여행하다 보면 보통 사람들의 일상의 삶은 어디를 가나 선량하고 따뜻하고 친절하게 보인다. 아이들은 백인이고 흑인이고 황색인종을 불문하고 예쁘고 귀엽고 티 없이 맑다. 인간의 도덕과 종교와 이성(理性)은 인간의 마음과 혼을 순화시키기 위함이라고 말하지만 생존을 위한 잔인한 인간 본성은 변화할 수 없는 것이다.

이성과 정의, 도덕과 종교는 그 정당성으로 호응을 받아 힘이 생기고 사회를 지배하는 것처럼 보이지만 시간이 지나면 권력과 불의에 예속되어 부패하기 시작하거나 새로운 논리나 힘에 의하여 변질되기 마련이다. 이성과 정의도 도덕과 종교를 모두 인간이 생각하고 정의하고 확립한 것에 불과하기 때문이다.

시간이 흐르면 과거의 행위들이 편견과 왜곡되어 있음을 볼 수 있으며, 스스로도 작든 크든 숱한 착각과 과오를 범하면서 살아간다. 인간은 순간순간 보고 듣고 하는 감정변화에 따라 그리고 그동안 관습화되어 고착화되어 있는 관념(인생관, 가치관, 철학관, 가정과 학교에서의 교육 환경 등)으로 지나고 보면 변화하고 있는 것이다.

알렉산더의 헬레니즘과 로마 제국, 이슬람의 유적들에서

소아시아에서 지중해 동안을 따라 남쪽으로 내려가다 보면 오늘날의 시리아, 레바논, 팔레스타인과 이스라엘의 도시들과 키프로스, 크레타, 시칠리아 섬들 그리고 아프리카의 북부 해안 도시들과 만난다. 이들 지역의 교역을 장악하는 국가들은 제국으로 발전하며 융성하고 있다. 알렉산더 3세의 헬레니즘과 로마 제국 그리고 페르시아 제국과 이슬람 제국의 문화와 문명이 뒤섞여 전쟁으로 파괴되고, 지진으로 파손되어 앙상한 뼈대와 석재들이 쌓여 있고, 모래에 파묻혀 있다.

헬레니즘 문화는 알렉산더 3세의 동방 원정 이후 고대 그리스 문화와 오리엔트 문화가 융합하여 이룬 문화로 이후 로마 제국으로 이어지며 서양 문화의 기틀을 이루고 있다. 인도 북서부에 영향을 주어 간다라 미술을 탄생시키고, 15세기의 르네상스의 정신이 되는 등 서구의 건축과 미술 등에 영향을 주며 이어지고 있다. 고대 그리스의 정신세계는 신은 신앙의 대상이 아니라 인간의 감정을 표현하기 위한 소재로 아프로디테(비너스)상의 상반신 반나체의 8등신의 비례미적 표현, 신전의 황금 분할법 등 로마와 서구는 물론 이슬람에도 영향을 주고 있다.

그리스 정교이기도 한 비잔틴 제국의 수많은 교회와 수도원들은 대리석과 화려하고 황홀한 프레스코화와 모자이크 벽화의 성경 이야기와 성화와 성인의 조각상이 있다. 인간의 소박하고 간절한 소망을 기원하지만, 미술과 조각품으로서의 그리스·로마인의 탁월한 예술성을 보여주고 있다.

시리아의 팔미라는 다마스쿠스 북동쪽의 시리아 사막에 있는 오아시스 교역 도시이다. 페르시아·인도·중국과 콘스탄티노플(이스탄불) 로마 제국을 연결하는 교역로에 있는 도시로서 문명의 교차로이기도 하다. 알 하미디에 수크(이슬람 최대의 시장)는 로마식 아치형 거리로(동서의 길이 500m) 사막과 지중해 해상무역의 중계(中繼)로 부를 누렸다. 세례 요한의 무덤(우마이야 사원터의 비잔틴 교회가 있던 무덤)이 있다. 기원전 1세기~3세기 로마의 지배로, 로마식 열주, 돌로 만든 하수배관, 로마 원형극장이 남아 있다.

레바논은 페니키아의 활동 무대로 베이루트, 시돈, 태레, 비블로스 등의 항구도시를 중심으로 한 도시연맹의 형태로, 해상무역으로 성장한다. 베이루트의 고대 해안도시 비블로스와 내륙도시 바알베크는 기원전 15세기경에 건설이 시작되었다. 성경 bible의 어원은 비불로스에서 유래되었다고 한다. 페니키아 문자는 오늘날 알파벳의 모태가 되는 문자로 바위 아래 10m 지하무덤에서 발굴된 석관에서 알파벳의 기원인 페니키아 문자의 기록(기원전 11세기경)이 확인되었다고 한다.

내륙도시 바알베크는 페니키아 시대는 태양신에서 다산의 샤마쉬(Shamash), 안타(Anta), 알린(Alyn)의 세 주신을 숭배하였다. 헬레니즘 시대에는 '헬리오폴리스'로 알려졌고, 로마시대에는 헬리오폴리스탄으로 유피테르(Jupiter), 베누스(Venus), 메르쿠리우스(Mercury)를 숭배하는 종교적 성스러운 도시 기능을 하였다.

헬리오포리스탄 신전은 800톤이 넘는 24개의 거대한 돌기둥으로 이루어져 있다. 유피테르 신전은 20m 높이의 기둥들과 거대한 돌계단으로 유명하다. 바커스 신의 형상이 조각된 웅장한 문과 풍부한 장식들이 신전을 돋보이게 한다. 원형 신전 또는 베누스 신전은 세련미와 조화로운 형태뿐만 아니라 배치가 독창적이다.

티레는 항구도시로 알렉산더 대왕의 아름다운 조각 문양의 석관이 발견되었다. 로마 식민지 시대의 유적으로 전차경기장(벤허의 촬영지 20,000명 수용), 개선문, 공동묘지 등이 있다.

요르단의 페트라(알 카즈네), 와디럼, 암만, 제라시 등의 고대 오아시스 도시들은 사막과 웅장한 협곡, 기이한 바위산과 봉우리들이 융기한 붉은 사암으로 풍화와 침식 등으로 겉으로는 아름답게 보이지만 삭막하고 험준하다. 무역을 위하여 오아시스 도시들을 아라비아 카라반들이 개척한 길로, 국가에서 관리하는 '왕의 대로(King's Highway: 에돔과 모압 지방을 통과하는 요르단강 동쪽을 따라 남북으로 뻗어 있던 고대의 교역과 정복로로 이용된 구약성서에도 기록된 길)의 거점 도시들이기도 하다.

이 도시들은 페르시아, 헬레니즘, 로마와 비잔틴, 이슬람 제국이 차례로 정복하며 민족과 문명이 융합하여 다양한 시대상의 유적들이 남아 있다. 웅장하고 거대한 신전과 왕가의 무덤, 제례의식, 다양한 문양과 벽화와 조각상, 천정화, 집터, 그리고 로마식 개선문, 열주식 사원, 로마 광장, 원형극장 등이 전쟁과 지진과 풍화작용 등으로 손상되고 파손되어 과거의 영광은 찾아볼 수 없다. 근세 이후에는 서구의 식민지 쟁탈장, 제2차 세계대전 이후는 미국 주도하에 이스라엘의 중동전, 이란 이라크전, 이라크와 리비아에 대한 미국의 침공, 이란에 대한 봉쇄 등으로 세계가 부러워하는 석유 자원은 오히려 불행을 불러오고 있다.

고대 그리스·로마와 이슬람의 고대 도시들

남유럽의 여행은 알프스 남쪽 그리스의 아테네와 고대 로마의 활동 지역으로, 신화를 중심으로 건축과 미술과 조각 등 학문과 예술의 발자취들을 둘러볼 수 있다.

:: 아테네를 여행하며: 곡선은 조화와 균형을 이룬다

그리스는 유럽 남동부 발칸반도의 교차점에 위치해 유럽과 지중해 연안의 문명의 발상지인 이집트 문명과 메소포타미아 문명의 영향을 두루 받으며 고대 그리스 문명을 이루었다고 할 수 있을 것이다. 제우스신의 홍수에서 살아남은 프로메테우스의 손자 헬렌의 자손이라고 하여, 나라를 헬라스, 사람을 헬라네스라고 하고 있다. 알렉산더 3세의 그리스 문명을 헤레니즘이라고 부르고 있다.

고대 그리스는 민주주의의 발상지로, 평야가 적은 산악 암반 지형의 고립성으로 정치적, 사회적으로 독립된 도시국가인 폴리스 형태로 발전하였다. 아테네는 시민의 평등을 기초로 시민이 모인 집회에서 국가정책과 공공의 주요 사항을 토론에 의해서 결정하였다. 아크로폴리스란 도시국가의 중심에 있는 높은 언덕을 가리키며, 여기에 수호신을 모시는 신전을 세워 도시가 발전하였다.

아테네의 아크로폴리스는 기원전 5세기 중반에 페르시아와의 전쟁에서 승리를 기념하고 신의 가호에 감사하기 위하여 당대 최고의 조각가와 건축가에 의해 건설되었으며 파르테논 신전, 에레크테이온 신전, 니케 신전, 입구의 프로필라이온 문, 디오니소스 극장, 헤로데스 아티쿠스 음악당 등의 유적들로 많은 관광객들이 항상 붐비고 있다.

파르테논 신전은 아테네의 수호신 아테나를 모신 아름답고 장엄한 도리스 양식의 기둥과 곡선과 곡면이 직선 감을 주고, 기둥

간격이 일정하게 보이도록 다듬어지는 등 원근감과 착시효과를 주고, 기둥과 상부 벽체에 새겨진 조각과 전체적으로 안정되고 균형 잡힌 황금분할의 기하학적이고 과학적인 설계는 서양건축의 본보기이자 기원이 되고 있다. 시대가 바뀌면서 신전들은 기독교 교회, 이슬람사원, 무기고 등으로 변천하며 많은 전쟁과 지진으로 손상되고 유실(遺失)되었다.

동쪽의 아테나신, 서쪽의 포세이돈과 헤파이스토스 신을 모신 에레크테이온 신전은 이오니아식 건축 양식으로 암반 지형을 그대로 살려 각 신전 기둥들의 높이가 다르고, 문간과 문들의 크기가 다르게 건설된 자유롭고 다양한 모습 속에서도 조화로움을 보여주고 있어, 고대 그리스 문화의 독창성을 잘 보여준다. 특히 6개의 여인상 기둥이 보의 무게를 머리 위에 이고 있는 모습은 자연스러우면서도 아름답다.

아크로폴리스는 전쟁 시에는 방호 성벽으로 사용되었지만, 세월이 지나면서 일부 신전은 기독교 교회로 그리고 오스만 제국 시대에는 이슬람사원과 무기고로 바뀌는 등 세월이 흐르면서 부서지고 떨어져 나가기도 하고 박물관에 옮기기도 하는 등 현재의 잔영들을 보며 세월의 무상함을 느끼게 한다.

전기 BC 7C~BC 5C에는 고대 메소포타미아와 이집트 문명의 영향을 받고 있다. 그리스 문화는 사상의 자유를 바탕으로 인체의 구조적 변화에 관심을 보이며 조화롭고, 이상적인 아름다움의 추구와 감정을 절제하고 건축과 인체의 황금분할과 아프로디테(비너스)상의 팔등신의 비례미(比例)美) 방식 등에 잘 나타나 있다. 후기 BC 5C~ BC 4C에는 이집트 북쪽 알렉산드리아에서 꽃피운 헬레니즘 문명의 전성기는 기하학과 과학, 자연철학과 인간중심 사상이 융합되어 표현되고 있다.

:: 고대 로마 제국의 옛 도시들에서

1970년대의 로마 유적지 관광은 비교적 한가하고 여유로운 편이었다. 고대 로마시대의 주요 유적지 포룸 로마눔(로마 광장) 내의 돌을 깔아 조성한 넓은 돌길을 따라가며 집회와 연설 장소로 쓰였을 광장들, 웅장한 개선문과 상부의 조각상, 신전의 열주들, 원로원과 재판소와 관공서, 상점 등을 둘러보며 공화정의 도시국가 체제를 형성하며 대로마 제국을 건설할 수 있었던 고대 로마의 정신과 흔적을 엿볼 수 있다.

포룸 로마눔은 주요 시설이 모여 있는 열린 공간으로 포룸 중 가장 오래된 곳이다. 원로원, 여러 신전, 바실리카(시장) 아이밀리아, 개선문, 넓은 돌길과 광장은 웅변과 연설, 종교행사, 시민들이 모이는 공공장소이고, 로마정치의 중심이다. 신전은 BC 1세기에 건축되었고, 카이사르 광장, 아우구스투스 광장, 네로 광장, 트라야누스 광장. 유피테르 신전, 카피톨리움 언덕(귀족정치의 산실), 로마 원로원 등이 있다.

BC 6세기에 로마 공화정이 성립되고, 로마 민회는 시민이 결정하는 인민회, 평민회가 있고, 단위 투표제, 집단 투표제이다. 공화정치는 귀족과 평민의 신분 갈등을 최대한 조정하여 대타협을 이루려는 제도이다. BC 146년에 마케도니아와 코린토스를 정복하여 지중해의 패권을 장악하였다.

BC 9세기 페니키아인의 문자가 그리스에 알파벳을 전하고, BC 6세기에 라틴어 알파벳이 로마에 전파 후 BC 5~4세기에는 시, 희곡, 서사시를 서술하였다. AC 4세기 이후 라틴어 문자는 기독교의 공식 문자가 되었다. 그리스 문화는 로마를 정복하고, 서유럽 로마의 성 베드로 대 성당과 동유럽 콘스탄티노플의 그리스 정교의 성 소피아 대 성당을 비롯한 수많은 성당에서 박해받던 기독교가 서구의 최후의 승자가 되고 있다.

판테온은 118~128년경 하드리아누스 황제 때 건축되었으며 다신교였던 로마의 모든 신들에게 바치는 신전으로 신들의 쉼터이다. 불의 여신과 베스타 신전, 개선문 상부의 조각상 등이 있다. 그리고 유명한 콜로세움의 거대한 원형 경기장과 검투사의 대기실과 맹수 우리가 있다. 밖에는 전차 경기장이 있어 고대 로마인들의 스케일과 토목건축 기술과 설계 능력의 우수성을 짐작할 수 있게 한다. 바티칸 시국의 성베드로대성당의 박물관에는 관광객이 끝없이 줄을 서서 대기할 정도로 다양하고 신기한 예술품이 전시되어 보고 나면 기억에서 즉시 사라진다.

폼페이는 AC 79년 베스비오스 화산의 거대한 폭발로 화산재와 쇄설물이 폼페이시에 비 오듯 쏟아져 내려 도시가 화산용암에 파괴되고, 잿더미로 뒤덮어 1,700년이라는 세월 동안 묻혀 있어 당시의 상황이 잘 보존되어 있다. 바실리카는 폼페이의 포룸 로마눔으로 공공의 목적으로 사용된 대규모 건물들로, 가장 오래된 재판소, 집회장, 시장, 관공서, 지붕이 있는 야외극장 등이 있다.

폼페이는 로마의 포룸 로마눔과 같이 신전과 청동제 아폴로 상, 돌을 깔아 만든 마차 길이 나 있는 넓은 도로 좌우로 일반 주거지와 상가, 빵 가게와 화덕, 목욕탕과 화석이 돼버린 여인과 벽화, 아름다운 원형극장과 원형 경기장, 공공건물, BC 4세기 그리스 로마의 도시와 호화로운 저택과 모자이크 바닥 등을 볼 수 있다.

로마 제국은 이탈리아와 발칸반도를 중심으로 아랍과 북아프리카 도시들, 프랑스와 영국, 특히 스페인 등에 많은 유적을 남기고 있다. 포룸 로마눔의 돌로 깔아 만든 도로를 중심으로 신전과 조각상들, 원형 극장과 전차 경기장, 개선문, 욕장(浴場), 거실 바닥의 모자이크 장식 등이 곳곳에 남아 있다. 특히 수도교(水道橋)는 프랑스의 아치형 퐁뒤가르를 위시하여 스페인 등 여러 곳에 건설되어 위용과 아름다움을 뽐내고 있다. 로마인의 토목과 건축 기술 등은 가톨릭 성당과 조각과 미술에 영향을 미치며 서구의 예술 양식으로 이어지고 있다.

소아시아(터키)를 여행하며

터키의 카파도키아는 '아나톨리아고원'에 있는 암석군 지대로 1985년에 유네스코 세계자연문화유산으로 지정된 곳이다. 핫산산(3,268m)과 에르지에스산(3,916m)의 화산분출로 생긴 용암분출과 융기한 위를 화산재가 두껍게 뒤덮여 묻힌 후 오랜 세월 비바람에 깎이고 침식되어 기암괴석의 장관을 이루고 있다. 이러한 장관은 이집트의 바하라야 사막을 비롯하여 중국의 티베트고원과 타림분지 등 세계의 곳곳에서도 볼 수 있지만 지역마다 지질과 환경에 따라 독특한 형태와 모습을 하고 있을 뿐이다.

카파도키아는 터키의 중동부에 위치하며 고대 실크로드의 중간지점으로 대상들의 교역로로서 동서 문명이 교류하는 통로이기도 하다. 우치히사르 언덕과 젤베와 파샤바 계곡에는 뾰족한 갓 모양의 바위나 버섯 모양의 바위 굴뚝 모양의 바위가 다양한 색깔과 형상으로 늘어서 있어 탄성을 자아내게 하고, 바위에는 굴이 파여 있어 지하 마을이 지금도 남아 유지되고 있다.

카파도키아의 데린쿠유는 지하 동굴을 파서 만든 지하 7층 깊이에 취사실, 곡식 창고, 홀, 침실, 여러 통로와 공기 공급을 위한 구멍이 곳곳에 뚫려 있는 등의 지하 도시로, 특수하게 만들어져 외부에서는 쉽사리 열기가 어렵고 눈에 잘 뜨이지 않게 되어 있는 무거운 돌문이 있다. 이는 기독교인들이 로마의 박해를 피하기 위해서 만든 것으로, 이슬람 시대에는 아랍의 눈을 피하기 위해 이곳에 숨어 살았다고 한다.

카파도키아에는 화산재 암석의 괴레메(Goereme) 야외 박물관과 암굴교회와 수도원이 있다. 초기 기독교인들이 세운 암굴교회(Karanlik)는 돔과 기둥과 벽에 아름다운 색깔의 프레스코(fresco)화와 성화, 벽화 등 초기 기독교 공동체의 간절한 신심과 삶이 엿

보인다. 특히 수도사의 오랜 기간 석굴 속에 갇혀서 힘든 수도 생활을 하였다는 설명을 들으며, 동양과 서양이 비슷한 시기에 고행을 통하여 신에 다가가거나 깨달음을 얻으려고 한 것을 보면 동서 문명이 서로 일맥상통하고 연결 지어져 있다.

에페소스는 성경의 역사를 간직한 에페소스서가 기록되어 있다. 예수의 죽음 이후 어머니 마리아를 지키며 제자 요한이 남은 생애를 그리스도교를 전파하기 위한 활동 무대로 도시의 중심 셀축에는 성 요한 교회의 기둥과 토대의 흔적만이 남아 있다. 그리고 '성모 마리아의 집'이 산 정상에 있어 많은 사람들이 둘러보고 있다. 그리고 헬레니즘 시대와 비잔티움 시대의 성벽 터와 훼손된 신전 기둥들이 남아 있어 세월의 무상함을 느끼게 한다. 터키 중부에는 성경에 나오는 갈라디아의 지명도 보인다. 갈라디아에서 사도 바울과 베드로가 이곳에서 복음을 전파한 것으로 전해지며, 갈라디아 교회에 보낸 편지를 갈라디아서로 신약성서에 기록하고 있다. 기독교도들이 예수 사후 공동체 생활을 하며 갖은 고난 속에서도 기독교를 전파하기 위하여 서로 교신하며 신앙심을 굳혀가고 있음을 알 수 있다.

파묵칼레는 터키 남서부의 기이하고 아름다운 자연과 유서 깊은 고대도시 유적이 어우러진 곳이다. 하얀 석회암의 산 언덕에 다양하게 펼쳐져 있는 암반층을 오랜 세월 온천수가 흘러내리며 낙수 부위와 주변은 하얀 눈이 덮혀 있는 듯하고, 온천수가 흐르는 바닥은 파란 하늘색을 띠어 마치 계단식 논을 연상케 한다. 류

머티즘, 피부병, 심장병의 치료와 휴식을 위해 그리스·로마·메소포타미아 등지는 물론 로마시대의 여러 황제와 귀족들이 휴양을 오기도 하였다고 한다.

히에라 폴리스(성스러운 도시)는 파묵칼레(목화의 성)의 언덕 위에 세워진 고대도시로, 그리스시대에는 에페소스 유적지 아래까지 바닷물이 들어와 항구가 있었다고 한다(이태리 폼페이와 유사). 많은 고대 유적들은 14세기의 대지진으로 도시 전체가 무너지고 묻혀 버린 것을 발굴 복원하여 현재의 모습을 하고 있다. 1988년에 유네스코 세계자연문화유산(복합)으로 지정되었다.

히에라 폴리스는 로마시대의 도시로 남쪽 입구에 바실리카 열주, 시(詩) 낭송이나 음악회용 원형 소극장, 아고라(광장), 완벽한 배수로와 환기장치를 갖춘 대 욕장 터, 켈수스 도서관과 코린트 양식의 열주의 위용(헬레니즘 미술의 후기 그리스 건축미술 양식), 공동 화장실, 2만 명을 수용할 수 있는 야외극장, 서아시아에서 가장 큰 공동묘지, 화려한 정문 석주, 예지·덕성·사려·학술을 상징하는 네(4) 여신상이 부조된 '마제우스의 문' 등 로마시대의 사회상과 문화유적을 엿볼 수 있다.

당시에 석재를 다듬어 엄청난 토목과 건축공사로 세워지고 영화를 누렸던 한 도시가 주변에 많은 조각난 석재들이 떨어져나가 흩어지고, 공동묘지의 수많은 석관의 뚜껑들이 열리거나 파손된 채 여기저기 흩어져 있는 것을 보며, 신에 의지하며 거대한 신전을 축조하고, 한때 영화를 누렸던 인간의 삶이 허망하게만 느껴진다.

터키에서 그리스에 이르는 성서에 나오는 지명들을 하나씩 알아보면서 초기 기독교의 전파경로와 기독교인들의 박해와 위험을 무릅쓴 포교 활동들을 조금은 엿볼 수 있다. 소아시아는 그리스·로마로 이어지는 초기 기독교의 전파 경로임을 확인할 수 있고, 초기 교회와 성화와 벽화 속에서 기독교도들의 간절하고 소박한 기도하는 모습도 느끼게 한다. 결국 초기 기독교도들은 예수의 유지를 받들어 집단을 이루어 생활하면서 서로 의지하고 결속하고 도우며 두려움에서 벗어나 포교 활동을 할 수 있었음을 알 수 있다. 초기 기독교가 공동체를 이루어 믿음에 의해 서료 의지하며, 말세나 이교도의 침략에 대비하여 숨어서 결속하며 포교한 것이 오늘의 기독교가 있게 한 원동력이다. 인간은 한없이 나약한 존재이기도 하다. 그리고 각 도시 공동체의 목자들이 하느님과의 영감을 서신으로 전하여 신약성서의 전서가 되고 있다.

이스탄불의 보스포루스 해협은 아시아와 유럽을 잇는 터키의 최대 도시로, 오랜 세월 비잔틴 제국의 콘스탄티누스 황제의 이름을 딴 동로마 제국의 수도인 '콘스탄티노플'로, 1,453년 오스만제국의 술탄 메흐메드 2세에 의해 함락 이후에 그에 의해 새로이 붙여진 이름이다. 이스탄불은 비잔틴 제국과 이슬람 제국의 과거 문화와 현대가 공존하는 활기차고 다양한 도시이다.

아야소피아(성스러운 지혜) 대성당(박물관)은 AC 360년 콘스탄티누스 2세 때 완성되어 그리스 정교의 총본산으로 화려하고 아름다운 색채의 성화와 화려한 모자이크 벽화와 조각품이 있는 중앙

돔과 아치로 이루어진 건축물로 일차 대지진과 2차 폭동으로 인한 화재로 거의 파괴되기도 하였다.

537년 유스티니아누스 대제에 의해 새로운 구조로 신축·복원되었다. 이후도 여러 차례의 지진으로 부분 파손과 복구가 있었고, 19세기에 대대적인 보수와 보강이 있었다고 한다. 아야소피아 대성당의 구조는 4개의 주 기둥에 4각형의 아치형 빔 위에 대형 돔을 그 위에 얹혀놓은 형태로 로마 바실리카 건축 양식이 배합된 당시로서는 새롭고 독특한 건축 양식이다.

오스만 제국이 차지한 이후 이슬람교도들에 의하여 모스크로 사용하면서 모자이크 벽은 회칠을 하여 예수상과 행적들을 많이 지우고 이슬람의 표상과 코란 글귀들이 새겨져 있고, 4개의 미나레트(minaret 이슬람 첨탑)가 새로 세워졌다. 이후 박물관으로 바뀌면서 회칠을 벗겨내어 상당 부분 원상 복원되었다고 한다.

술탄 아흐메드 자미(블루 모스크)는 아야 소피아의 맞은편에 있는 모스크로 오스만 제국이 1,616년에 완성한 세계에서 가장 아름답고 장대한 건축물 중 하나로 6개의 미나레트와 중앙 돔을 중심으로 여러 개의 돔과 아치로 둘러싸여 서로 지지하게 하여 중앙 홀이 넓고 웅장하다. 대리석 설교단은 모스크 안 어느 곳에서도 이맘의 설교를 들을 수 있도록 위에서 사방으로 넓게 퍼지도록 설계되어 있다.

블루 모스크라는 별칭은 벽체를 특별히 제작된 푸른 도자기 타일을 붙여서 지어진 이름으로 스테인드글라스 창문을 통하여 들어오는 빛이 아름답고 황홀하다. 이맘의 떨리며 울려 퍼지는 경 읽는 목소리와 이슬람교도의 참배 모습은 순수하고 평화롭기만 하다.

톱카프 궁전은 1467년 오스만 제국의 메흐메트 2세 때 완공된, 보스포루스 해협과 주변 경치가 아름답게 내려다보이는 언덕 위에 자리하고 있다. 이후 400여 년간의 증개축으로 오스만의 건축 양식의 변화 과정도 엿볼 수 있다.

궁전 내부는 4개의 정원과 부속건물들로 구성되어 있고, 제2 정원에는 도자기 전시장이 있고, 제3 정원에는 '보물 관'으로 술탄의 왕좌, 갑옷과 투구, 무기 등 호화로운 보석으로 장식된 보물급 물건들이 가득히 전시되어 있다. 특히 황금과 에메랄드, 다이아몬드로 장식된 '톱카프의 단검'은 중요한 보물이라고 하지만, 권력의 허상과 무상함만 느끼게 한다. 돌마 바흐체 궁전은 보스포루스 해변에 건설한 프랑스 베르사유 궁전을 모델로 1,843년 31대 술탄 압둘 메지트 1세가 유럽의 바로크 양식과 오스만의 전통 양식을 접목하여 건설한 건축물로 현존하는 궁전 중 가장 화려하고 아름답다는 평을 받고 있다.

압둘 메지드 1세가 서구화를 통하여 오스만 제국의 부흥을 꾀한 것으로 알려져 있지만 초입에 들어서면 석조 시계탑을 위시하여 면적 15,000m²에 방 285실, 연회장 43실, 터키식 욕탕 6개, 화병 285개, 시계 156개, 크리스탈 촛대 58개, 샹들리에 36개, 금 14톤, 은 40톤이 들어간 실내장식을 비롯하여 상아와 유리공예품, 금·은 그릇과 수공예품, 아름다운 조각상과 주변 꽃길과 정원, 연못과 분수대 등 호화롭고 사치스러움을 느끼게 한다.

어느 시대고 호화롭고 사치스러운 궁궐을 지은 왕국치고 일찍 쇠퇴하지 않은 나라는 없다. 백성의 원성과 저항으로 혼란과 희생을 치르게 하다 멸망하게 된다. 국가의 흥망성쇠는 반복되는 역사이지만 과거의 우리나라는 사치보다는 파당과 당쟁으로 나라를 쇠퇴하게 한 것과는 대조적이다. 물론 매관매직과 부패가 원인이기도 하다.

히포드롬(Hippodrome) 광장은 술탄 아흐메트 모스크 서쪽에 있는 비잔틴 시대(동로마 제국)의 대 경기장 유적으로 서기 203년 이곳에서 마차경기가 최초로 열렸다고 한다. 지금은 기원전 15세기 이집트에서 만들었다는 테오도시우스 오벨리스크와 479년 델포이의 아폴로 신전에서 가져온 뱀 머리의 오벨리스크 그리고 940년 콘스탄티누스 7세가 만든 콘스탄티노플 오벨리스크가 남아 있다.

탁심(Taksim) 광장은 오스만 제국의 물 저장소로서 오래 전에 방문하였을 때는 지하로 내려가면 수많은 기둥들이 떠받치고 있는 사이로 물이 가득 찬 넓은 저장소를 볼 수 있었다. 가이드의 설명에 의하면 기둥들은 오스만 제국이 차지한 여러 지역에 있는 그리스·로마 신전에서 뽑아온 것이라고 하였다. 헤아리기도 힘들 정도로 다양한 크기와 모양의 수많은 기둥을 바라보며 세월이 흐르듯 인간도 변하고, 신들도 변하고, 돌도 변하며 사라져 간다. 지금은 교통과 상점, 호텔로 변모하고 있다.

카파르 차르시(Kapar Carsi)는 '덮여 있는 시장'이라는 의미로 아취 형 돔이 있는 대형 시장으로 터키의 전통 특산품과 기념품을 판매하는 대표적인 관광명소로 일반적으로 '그랜드 바자르'라고 일컬어지고 있다. 1455~1461년 술탄 메메드 2세에 의해 건축 후 여러 세대에 걸쳐 증개축되어 오늘에 이르고 있다. 세계에서 가장 큰 규모를 자랑하며 미로 같은 통로에 많은 상점들로 금은 세공품과 보석류, 피혁류와 카펫, 향신료와 특산품, 형형색색의 도자기와 기념품들이 상인들과 수많은 관광객이 어우러져 북적거리고 있다.

비잔틴 제국(동로마 제국)은 4세기 서로마 제국의 멸망 이후에도 15세기 오스만 투르크에 멸망하기까지 콘스탄티노플(현재의 이스탄불)을 중심으로 발칸반도의 동유럽에 수많은 교회와 풍부한 종교예술과 문화를 남겼다.

갠지스강 강가에서(삶과 죽음)

:: 인도인의 윤회와 순환 사상

수천 년을 이어왔다는 인도 힌두교도의 성스러운 강 강가(갠지스강의 인도 명칭)의 저녁 힌두 의식을 보러 가는 바라나시(VARANASI)의 거리는 많은 사람과 자전거, 소와 인력거, 삼륜차와 대형 짐차들의 경적 소리, 마차와 주인 없는 소들이 뒤엉켜 섰다 가기를 반복하면서도 별다른 사고 없이 강물이 흘러가듯 휩쓸려 갠지스강 강가에 설치한 계단(GANG GA GAHT)에 도착했을 때는 의식이 한창 진행 중이었다.

힌두교도들은 의식에 도취되어 정신이 나간 듯이 좌선하는 사람도 눈에 띄고, 강가에서 목욕하는 사람도 있고, 긴 수염과 긴 머리털의 수도자가 명상하는 모습도 보인다. 관광객들은 사진을 찍느라 분주하다. 경전(經典) 낭송(朗誦)이 마이크에서 울려 퍼지고 여러 개의 횃불을 위아래로 내두르며 밝은 불빛 아래에서 여러 힌두 승려들이 일렬로 늘어서 춤을 추는 의식은 신비스러움을 자아내기에 충분하다.

아침 일찍이 배를 타고 갠지스강을 거슬러 올라갔다 내려오면서 촛불도 띄워 보내고, 해 뜨는 모습도 보며, 예의 계단에서 목욕하거나, 명상하는 사람들을 보기도 하고, 다 타버린 화장을 지켜보는 사람, 장작더미 속에 화장지낼 시신이 놓여 있는 장면과 곧 있을 화장을 지켜보기 위하여 앉아있는 젊은 배낭족도 보인다.

화장터를 질러 이른 새벽에 떨어졌을 소똥을 피해 가며 비좁은 골목길을 걸어가며 가난하게 살아가는 사람들의 모습들을 만날 수 있고 조금 큰 길가에서는 사람들이 옹기종기 모여 따뜻한 차이(홍차에 요구르트를 섞은 것)를 마시며 간단한 아침 요기를 하는 모습이 보인다. 같이 한 잔을 마시니 가슴이 따뜻해진다.

인도인 가이드는 가난하게 살아가는 사람들을 불쌍하다고 느끼겠지만 오히려 그 사람들은 우리를 불쌍하게 생각한다며 그들의 행복지수는 높다고 애써 설명하고 있는 것을 보며 아이들의 구걸

하는 모습과 마음(행복지수)은 다를 수도 있겠다는 생각을 하여 본다. 우리가 못살 때 살아가는 것이 걱정은 되었지만 가족과 이웃이 있어 힘들지만 모두가 힘든 시절이라 받아들이며 절망 속에서도 웃음이 있었다고 생각된다.

인도의 카스트제도는 힌두교 사회의 세습적인 신분제도로 기원전 10세기경 인도에 침입한 아리아인과 부족제도가 나뉘면서 시작되어, 사제 계층의 브라만, 왕후(王侯)와 전사 계층의 크샤트리아, 상인 농민 계층의 바이샤, 수공업과 노예 계층의 수드라의 4성 외에 수많은 계급으로 세분화되어 지금도 관습으로 남아 사회를 형성하고 있다.

누가 무엇을 어떻게 생각하던 오륙십년 전의 우리의 모습을 보는 듯하다. 어찌 보면 사람 사는 모습은 예나 지금이나 잘 살 때나 못 살 때나 우리 본래의 모습은 변할 수 없는 것 같다. 우리 모두는 행복한 것인가? 웃는 순간을 행복하다고 말하지만 행복의 의미를 되짚어보게 한다.

잘난 것도 없고 못난 것도 없듯이 태어났을 때와 죽을 때의 모습은 근본적으로는 모두 같다는 생각을 해 본다. 성장 과정도 다르고 배움도 다르고 잘사는 사람도 있고 못사는 사람도 있지만 본질을 들여다보면 다를 것이 없다. 괴로움과 외로움과 슬픔과 두려움에서 누구나 자유로울 수 없는 숙명과 같은 것이 있기 때문이다.

이슬람 무굴제국의 타지마할을 비롯하여 아름다운 궁전들과 모스크를 둘러보고, 어느 사막 가운데에 주 정부가 특별히 마련하여 놓은 저녁 무렵부터 열리는 유희장에서 먹고 노래하고 춤추고 (술은 금지) 각종 오락을 즐기는 것을 보며, 무슬림의 제약에서 잠시 벗어나 자유를 느끼려는 것을 보며, 일반 직장인들이 스트레스를 풀기 위하여 먹고 마시고 춤추는 것이나 같은 양상이다. 인간은 늘 내적·외적 구속과 갈등에서 살고 있다는 생각을 하게 한다.

여행을 하며 소위 위대한 문명의 유적은 모두 종교와 지배자의 권위와 권세와 신의 가호를 비는 제단과 결부되어 있는 것을 볼 수 있다. 지금은 고고학 연구나 뭇사람들의 잠시 지나가는 구경거리에 불과함을 볼 때 세월의 무상함을 느끼게 한다.

인간의 가난과 무지는 때로는 사막과 초원과 해양을 넘나들고 민족 이동과 침략과 약탈로 점철된 잔혹한 인간사를 만들어 내기도 하고 투쟁을 통하여 자유와 평등과 민주를 쟁취하기도 하였지만 또 다른 불평등과 속박은 빈부와 불균형을 낳고 불균형은 자유와 평등이라는 균형을 향하여 쉴 새 없이 변화로 이어지고 있다.

오늘날 과학기술을 앞세운 선진 문명도 결과적으로는 잘 살려는 욕구에서 출발하였다고 하지만 예나 지금이나 인간 삶 자체는 생존경쟁과 약육강식의 자연법칙 속에 끊임없이 반복하고 있음을 보여주고 있다.

사람들은 자유와 평등, 평화와 행복을 말하고 있지만 반면에 대립과 갈등의 상태도 함께하고 있다. 이는 인간 세상이 끝날 때까지 지속될 수밖에 없는 숙명과 같은 것이다. 인도는 참으로 알 수 없는 이상한 나라다. 자연스러운 인간 본래의 모습을 간직한 채 삶과 죽음이 공존한다. 흐르는 갠지스강물은 인간의 모든 희로애락을 품고 끊임없이 유유히 흘러가고 있다.

천장(칭장) 열차의 차창 밖을 내다보며

중국 시짱(西藏: 티베트) 자치구의 주도 라사는 히말라야산맥에서 파생된 고도 3,600m∽3,700m의 고원 도시로 비행기가 착륙하려고 선회하는 순간부터 주변의 산들이 맑은 날씨임에도 불구하고 검회색으로 무거운 감을 준다. 착륙 순간부터 머리가 이상한 것이 공항에 내려서까지 무엇에 취한 듯이 정신이 멍하고 숨쉬기가 거북함을 느끼게 한다. 라사는 '신의 땅, 극락'이라는 의미로, 티베트 불교의 근거지이고, 종교와 정치의 일치로 달라이 라마가 포탈라궁에서 통치하여 왔으나 현 14대 달라이 라마가 중국으로부터 독립을 주도하다 1959년에 인도로 정치적 망명을 한 이래 오늘에 이르고 있다. 라사를 둘러보는 동안 주변 환경과 사람들의 모습은 맑고 선하게 보이지만 마음은 줄곧 무겁게 느껴진다. 고원 도시라 숨쉬기도 힘들지만 간간이 허술한 검회색 옷차림의 오체투지(五體投地)하는 순례자들이 눈에 들어오고, 밝지만 어둡게 느껴지는 사원과 승려들의 고적(孤寂)한 법문 공부하는 모습이 상념에 잠기게 한다. 그리고 아래층은 가축우리이고 이층에서 살림하는 농가와 농촌 풍경이 우리의 옛 시골을 보는 듯 찡하기도 하다.

죠캉 사원은 오체투지(자신을 최대한 낮추면서 부처에게 존경을 표시하는 뜻) 순례의 종착지로 티베트 불교의 심장이라고 부른다.

삼보일배(三步一拜)는 세 걸음 걷고, 한 번 절하는 행위를 반복하는 티베트불교의 수행법으로 삼보는 불교에서 부처(佛)와 부처의 가르침인 법(法)과 스님(僧)을 이르는 불법승(佛法僧)의 삼보(三寶)로 이의 귀의를 염원하는 의미이기도 하고, 자신이 지은 나쁜 업(業)인 탐욕(貪)과 노여움(瞋)과 어리석음(痴)의 3독(탐진치)에 대하여 뉘우치고 깨달음을 얻어 모든 생명을 돕겠다는 대승불교의 서원을 의미한다고 한다.

포탈라궁은 달라이 라마가 거주하던 겨울 궁전으로 총13층 높이에 정사를 보는 백궁과 종교행사를 주재하던 홍궁, 달라이 라마의 무덤과 불당, 거실과 침실, 도서관과 많은 불상과 불화가 있다. 시내가 내려다보이는 높은 지대에 하얀색 성벽과 백궁, 붉은색 홍궁이 소박하고 아름답다. 많은 순례자와 관광객들이 고원지대라 천천히 오르라는 안내대로 유유히 둘러보며 관람할 수밖에 없을 정도로 높은 언덕 위에 자리하고 있다. 궁을 오르는 길에 많은 사람들은 마니차를 돌리고 있다. 마니차는 불교 경전을 넣은 경통으로 한번 돌릴 때마다 경전을 한번 읽는다고 믿으며, 티베트인들은 길거리에서도 작은 마니차를 돌리는 것을 볼 수 있을 정도로 생활 속 깊숙이 불경을 가까이하는 것 같다.

티베트는 독특한 천장(조장(鳥葬)이라고도 함]이라는 장례문화가 있다. 사람이 죽으면 천장사가 천장 터에서 시체를 잘라 잘게 토막

을 내어 먹기 좋게 자르고 뼈와 해골은 잘게 부수어 놓으면 독수리
가 먹고 하늘 높이 날아가면 망자도 함께 하늘나라로 올라간다고
믿는다. 육신을 독수리의 먹이로 주는 것은 티베트 불교의 관념에
따른 것으로 세상에 베푸는 마지막 자비 보시(普施)이고 윤회의 고
리로 이어주는 것이라고 믿고 있다. 평균 해발고도 4,000m의 티베
트고원의 척박하고 메마르고 단단한 땅에서 선택할 수 있는 장례
방식이기도 할 것이다.

맑고 선하게 보이는 티베트인과 승려의 모습을 둘러보며, 어쩐
지 무겁고 외롭고 쓸쓸함을 느끼게 하는 것은 거칠고 척박한 자
연환경에서의 삶과 티베트 불교의 정신적 지배를 받는 종교적 삶
때문일 것이다. 그들은 순수하고 욕심 없이 자연에 순응하며 사는
소박한 자연인이다.

라사를 뒤로하고 칭장 열차에 몸을 실었다. 칭장 열차는 칭장고
원(티베트고원)을 관통하여 시짱 자치구의 라사 시에서 칭하이성의
시닝 시를 잇는 장장 1,100여㎞의 철도이다. 철로 구간의 86%인
960㎞가 해발 4,000m 이상이고, 탕구라산 지역은 최고 높은 지
역으로 해발 5,072m에 달하고 있다.

멀리 설산이 보이고 자연 풍광이 시시각각으로 변하며 산세(山
勢)나 지세(地勢)가 험준하기도 황량하기도 거칠고 척박하기도 하
여 사람과 가축이나 짐승들이 살아갈 수 없을 것 같이 보이지만
자욱한 안개 속으로 검은 소들이 나타나기도 하고, 양 떼들이 풀
을 뜯는 평화로운 시골 마을도 보이고, 산과 강과 언덕과 들판과

초원 등 다양한 풍경들이 주마등처럼 지나가고 있다.

물이 있고 숨 쉴 수 있는 공기가 있으면 생명들이 생존과 공존하고 있음을 보여준다. 그 험준하고 척박한 자연환경 속에서 삶을 일구고 영위하고 있는 장면들을 보며 인간의 강인함과 모질고 끈질긴 생명력에 대하여 잠시 생각에 잠기게 한다.

칭장고원(티베트고원)은 인도판과 유라시아판의 충돌에 의한 융기와 고대 바다인 테티스해(Tethys Sea)의 폐쇄 등으로 소금호수와 소금우물도 있다. 남쪽으로는 히말라야산맥, 서쪽은 카라코람산맥, 북쪽은 쿤룬(崑崙)산맥, 동쪽은 헝단(橫斷)산맥 등 높은 산맥들과 협곡들로 둘러싸여 있고, 시짱(西藏)자지구, 칭하이성青海省), 간쑤성(甘肅省), 쓰촨성(泗川省), 윈난성(雲南省)일부를 포함하며, 인도 카슈미르의 라자크 지역까지 걸쳐있다. 시닝에서 라사 시까지 칭장 철로가 개통되어 있다.

둔황에서 우루무치의 오아시스로(路)를 걸으며

오아시스로는 기원 전, 후 아라비아반도의 카라반에 의해 길아나고, 페르시아에 정복로로 확장되고, 해양 세력인 헬레니즘과 로마 제국의 전성기에 중앙아시아와 메소포타미아와 이집트를 정복한 이후 흉노, 돌궐, 몽골과 이슬람의 유목민족에 의해 4세기 이후 15세기까지 유라시아 대륙의 동·서·남·북을 내달으며 침략과 약탈과 정복로로 흥망성쇠 하며, 민족과 문화가 융합하여 인류문명의 발상지인 4대강 유역인 이집트 문명, 메소포타미아 문명, 인더스 문명, 황허 문명이 있게 한 '생존 투쟁'의 길이다.

실크로드는 중국 산시성의 시안(당(唐)대 장안)을 출발하여 황허가 흐르는 란저우를 거쳐 산쑤성(섬서성)의 둔황에서 갈라져 타크라마칸 사막을 사이에 두고 서역 북로인 톈산산맥 북로와 남로 그리고 서역 남로인 쿤륜산맥 북로의 오아시스로를 이어주며 파미르고원을 거쳐 중앙아시아와 이란고원을 횡단하여 아라비아반도와 이집트, 그리고 동로마 제국의 콘스탄티노플과 로마까지 이어지는 교역로(路)로 대상(카라반)들에 의해 개척이 시작된 길이다.

실크로드는 한(漢) 무제 때 중국의 비단과 서역의 각종 보석과 공예품, 인도의 향료 등을 교역하기 위하여 개척한 길로 훗날 독일 학자에 의해 붙여진 이름이다. 이 길은 수천 년 전부터 아라비아와 페르시아 대상(隊商), 중앙아시아와 황하 유역의 유목민이 교역을 위하여 개척한 길로, 불교, 조로아스터교, 이슬람교가 동아시아로 전파된 길이기도 하다.

2006년 8월 초 중국 실크로드의 여행은 간쑤성 둔황에서 시작하여 버스로 이동하며 오아시스를 따라 천산산맥의 천지를 둘러보는 코스다. 실크로드의 여행은 2000년 전 고대 오아시스 도시를 둘러보는 사막 투어이기도 하다. 모든 일정이 섭씨 40도를 웃도는 뙤약볕 아래에서 황량하고 삭막한 사막과 흙회색과 붉은 사암산을 바라보며 오아시스 부근에서 내려 유적지를 걸으며 관광한다는 것은 고행이다.

그 옛날 이 길을 지나며 오아시스에서 잠시 쉬었다 길을 떠나야 했던 대상과 승려, 변방을 지키는 관문과 주둔지를 둘러보며 인간의 잔혹한 '생존 투쟁'의 현장을 보는 듯, 다른 한편으로는 허물어져 내리고 내버려진 토성과 집들, 수많은 석굴 사원의 퇴색되고 떨어져 나가고, 파손되고 도굴되어 변질된 모습에서 세월의 무상함과 인간의 삶에 대한 연민과 덧없음을 느끼게 한다.

둔황의 막고굴은 실크로드의 대표적인 석굴 사원으로 366년 명사산 절벽에 한 승려에 의해 조성되기 시작하여 북위·북주·수·당·송·원대를 거치며 천 년 동안 조성되었다고 한다. 492개의 석굴에 석가모니와 여러 부처의 불상, 그리고 불화가 벽과 천정에 오색 찬란하게 그려져 있다. 오랜 세월 속에서도 사막의 건조함과 사암 석굴의 상온 유지의 특성으로 잘 보존되어 있는 편이지만, 과거 서구 열강과 일본의 도굴과 인위적·자연스러운 훼손 등으로 손상되고 퇴색되어 있고, 중요한 석굴은 보존을 위하여 제한하고 있었다. 유목민의 '생존 투쟁'은 참혹하고 잔인하다. 인간은 영웅을 칭송하지만 현장은 비참함 그 자체로, 막고굴은 그들의 마지막 희망과 염원이 담겨있기도 하다.

둔황의 막고굴을 둘러본 뒤 명사산과 월아천으로 향했다. 명사산은 밤낮으로 부는 바람으로 높은 사막 산맥을 이루며 꼭대기까지 오르기가 무척 힘들어 대부분 중간쯤에서 모래 썰매를 타고 내려온다. 위에서 내려다본 월아천은 쿤룬산맥의 만년설이 녹아 지하로 흘러가다 사막 한 가운데서 솟아나 지금의 반달 모양의 아름답고 신비한 호수가 수천 년을 마르지 않고 이어져 온 것이다. 명사산의 마지막 여정은 사막의 낙타 체험으로 즐기지만, 그 옛날 카라반들은 살기 위하여 뜨겁고 막막하게만 보이는 사막 길을 오아시스가 나타날 때까지 쉼 없이 걸었을 것이다.

둔황에서 하미로 가면서 백마탑과 국경 관문인 양관 고성을 둘러보았다. 백마탑은 서역 구자국의 승려 쿠마라지바(구마라습: 344~413)가 불교 경전을 싣고 장안으로 가던 중 쓰러져 죽은 백마를 기리기 위해 세워졌다고 한다. 구마라습은 인도의 산스크리스트어와 중국어에 능통하여 법화경 등 380권의 경전을 중국어로 번역하여 중국과 우리나라에 불교를 전파할 수 있게 하였다.

하미부터는 신장 웨이우얼 자치구에 속하며 고비사막에서 타크라마칸 사막과 접하고 있다. 하미는 란저우로부터 1,137km의 거리로 한 무제 때 서역 진출의 전진기지로 흙희색 산과 빠리쿤 초원도 지나치며 회왕릉과 이슬람 사원을 지나친다. 신장 웨이우얼 자치구는 이슬람을 믿는 무슬림으로, 보통의 중국인의 모습과 달리 얼굴 모양과 옷차림과 모자 등에서 다름을 느끼게 한다.

투루판의 고창고성은 460년에 고창왕국에서, 9세기에 위구르 고창왕국이 세워진다. 13세기에 몽골의 침입으로 함락되어 파괴되고, 세월과 바람으로 부서져 내려 폐허 상태다. 도중에 그 유명한 서유기에 나오는 붉은 화염산이 눈에 들어온다. 산산현에서 투루판까지 98km로 주봉은 해발 831.7m로 갈색과 짙은 붉은 색을 띠며, 한여름은 섭씨 47도, 태양이 직접 내리쬐는 곳은 섭씨 80도까지 오른다고 한다. 저녁 나절에는 불타오르는 듯 붉게 작열한다고 한다.

고창고성의 관광은 가장 힘들었던 여행으로 기억된다. 사막에 펼쳐져 있는 풍경도 거칠고 황량하지만, 사암과 황토로 빚어진 성벽과 집과 전망대처럼 보이는 구조물들이 파괴되고 허물어지고 풍화되어 흔적만 간헐적으로 보이는 곳을 당나귀 수레를 얻어타고 도착 후는 뜨거운 띠약볕을 받으며 걸어서 되돌아오며 폐허를 둘러본다는 것은 고역이었다. 아무 느낌도, 기억에 남는 것도 없이, 오직 목타고, 힘들어 버스로 되돌아가고 싶다는 생각뿐이었다. 이 먼 길은 대상들과 정복자들은 지났을 것이다.

투루판의 교하 고성은 고창 도성의 유적이다. 성은 두 개의 하류가 만나서 형성된 퇴적층에 위치해 교하라고 한다. 벼랑의 깊이 20m의 섬 위에 있어 자연적으로 해자를 이루며, 성벽이 없이 시야가 탁 트여 멀리 펼쳐진 고비사막을 전망할 수 있어 유목민의 침입을 살필 수 있다. 땅을 파 방어와 주거할 수 있게 요새화되어 있었지만 많이 허물어지고 부서져 있다. 가이드의 말에 의하면 몽골의 침입으로 성이 함락되면서 주둔군은 물론 가족인 부녀자와 아이들까지 모두 살해되어 유골이 흐트러져 있었다고 한다. 투루판 분지는 오아시스 도시로 고도가 해면보다 154m 낮으며, 고온, 건조, 강풍으로 불의 땅·모래의 땅·바람의 땅이라고 부른다고 한다. 사막을 지나치다 보면 수천인지 수만인지 셀 수 없는 수많은 풍력 발전기가 일정하게 열을 지어 세차게 돌아가는 모습은 감탄을 자아내게 한다. 도중에 미라가 있다는 묘를 들어가 보았다. 미라는 잘 보이지 않지만 신사임당의 초충도(草蟲圖)와 같은 그림이 서너 점 벽체에 세워져 있어 희미한 불빛 속에 신비함을 자아내게 한다.

㈜ 참고로 미라는 유라시아 대륙 여러 곳에 흩어져 있으며, 건조한 사막의 건조 미라와 추운 지방과 특수 목적의 냉동 미라 그리고 우리나라에서도 출토되는 회분밀폐 미라 등이 발견되고 있다.

투루판의 건조하고 강렬한 햇볕은 포도나 면화 같은 특산물을 재배할 수 있게 한다. 카레즈(또는 카나트)는 수천 년 전부터 천산산맥의 만년설이 녹아 지하로 흐르는 물을 수많은 지하 수로를 파서 서로 연결하여 도시를 형성하고 관개수로로 농사를 짓고 있다. 포도 농원에 들러 포도밭을 둘러보며 당도가 무척 높은 건포도를 맛보고 선물용으로 구매하고, 천산 천지로 향했다. 백두산 천지 같은 감동을 주지는 않지만 배를 타고 유람하며 멀리 보이는 설산을 감상할 수 있었다.

별빛이 반짝이는 몽골 초원에 울려 퍼지는 소리

한여름의 몽골 여행은 드넓지만 사막화되어 가는 초원과 간간히이 풀을 뜯는 양때떼와 말, 그리고 저 멀리 산맥과 광활한 들판을 바라보며 버스로 달린다는 것은 미국의 이리노이주의 끝없이 펼쳐진 옥수수밭을 지나가는 느낌과는 사뭇 다르게 가슴을 설레게 한다. 러시아의 바이칼 호수를 갔을 때와 같이 먼 고향에 온 막연한 친숙함은 어디서 오는 것일 가것일까? 숙소인 게르에 도착하여 여장을 풀고, 저녁 식사는 푸짐하고 먹음직스럽게 보이는 양고기를 통째로 찐듯한 요리가 나왔지만 사람들은 유목민의 음식에 익숙지 않은지 잘 먹지 못하고 많이 남겼다.

어둠이 드리우자 밤하늘이 별들로 반짝이기 시작하였지만, 군대에서 보초를 서며 바라보던 한여름 밤의 찬란한 밤하늘의 모습과 달리, 초원의 밤 날씨가 좀 쌀쌀하여서 그런지 외롭고 쓸쓸하게 느껴지는 어릴 적 밤하늘의 모습이다.

몽골 초원의 게르에서의 야영은 한밤중에는 추워서 나무 몇 개비를 난로에 넣고 불을 지피고 나서야 잘 수 있었다. 아침 일찍 눈을 뜨니 눈이 부시게 상쾌하다. 밖에 나가니 넓은 초원에 이름 모를 야생화가 초목과 함께 바람에 살랑이며 더욱 찬란하고 아름답다. 때마침 쌍봉낙타가 풀을 뜯고 있어 사진을 찍으려고 다가가니 저만치 거리를 두고 자꾸 멀어져 가다 사라진다.

마두금(Morin Khuur)은 두 현을 이용하여 말이 달리는 소리, 두 발을 치켜들고 울부짖는 소리를 비롯하여 말이 주인과 더불어 평상시 유희하는 동작을 표현하는 등 죽은 말을 기리기 위해서 시작되었다고 한다. 애잔한 마두금의 소리는 낙타의 마음을 움직여 눈물을 흘리게 하고. 사람의 마음을 본래의 선한 마음으로 돌려놓기도 한다는 몽골의 전통 악기로 지극히 몽골스럽다. 동양의 악기는 서양과 달리 단순 소박하지만 마음속 깊이 스며든다.

주로 남성들이 부르는 허미(khuumii)는 목청·배·머리 등을 이용하여 2가지 이상의 소리를 내는 몽골 고원 유목민의 고유한 소리로, 늑대의 울음소리를 흉내 낸 창법이라고 한다. 초원의 바람소리나 풀벌레 소리, 양과 염소 등 자연의 소리를 닮고 있다. 어두운 저음의 소리는 묵직하게 울려 초원에 멀리 퍼져 죽은 가축이나 영혼을 부르는 '초원의 소리' 같이 들린다.

여인들이 부르는 '장가(長歌)'는 높은음의 청아(淸雅)한 노랫소리로 몽골 초원의 풍광과 고향의 가축들과 풍속들을 노래하고 있어 '초원 목가'라고도 불린다고 한다. 낭랑(朗朗)하게 울려 퍼지는 소리는 애타고 그리움에 젖어 꿈결같이 물 흐르듯 이어진다. 반면에 남성의 '장가'는 저음으로 시조 풍이나 회상과 푸념 같은 소리로 바람 소리, 늑대 소리, 양과 염소 같은 가축 소리로 자연과 세월을 노래하는 듯하다.

몽골 초원에서 듣는 '마두금'과 '허미'와 '장가'의 소리는 아득히 우리의 먼 조상의 소리를 듣는 것 같이 낯설지가 않다. 고조선과 고구려의 민족 구성은 흑룡강 일대와 내몽골에 속하는 퉁구스·말갈·흉노·여진족 등 몽골 고원과 만주 유목민족들의 침략과 정복으로 민족과 문화가 융합하며 영욕의 세월이 이어져 왔기 때문일 것이다.

바이칼 호수 일대에 사는 부리아트족이 유전학적으로 봤을 때 우리 한민족과 동질성을 확인할 수 있다고 한다. 부리아트족의 미트콘드리아와 우리 민족과 몽골인들은 대부분 일치하며 일본인의 상당수도 일치한다고 한다. 얼굴에 두터운 지방층이 있고, 검은색의 직모와 광대뼈의 돌출, 흑갈색의 눈동자와 엉덩이와 등에 몽고 반점이 있다. 처음 백인들과 흑인들을 보았을 때와 달리 이질감이 적다.

내몽골 지역은 현재 중국의 영토지만 박물관은 이곳에서 흥망성쇠를 이룬 유목민족들의 생활 모습과 복식 등의 문화들이 전시되어 있다. 고비 사막을 경계로 가로질러 사막 관광지로 가는 도중의 드넓은 남쪽 들녘은 콩이나 깨 같은 온갖 밭작물들이 파랗게 끝없이 펼쳐져 지나가고 있어 초원과 사막 지대로 생각하여 유목민들이 교역과 침략과 약탈과 정복으로 치달을 수밖에 없었을 것이라는 생각은 오늘에 와서는 농작물 생산이 넘쳐날 것으로 여겨지기까지 한다.

만주와 내몽골, 몽골과 실크로드를 여행하며 인간 삶의 지난한 세월을 엿볼 수 있게 한다. 지리와 자연, 그 속에 살아가는 인간의 모습은 순박하고 선량하게 보인다. 왜 세상은 늘 처절하고 잔인한 것일까? 인간은 영웅을 칭송하고, 처참한 장면을 즐겨보기를 좋아한다. 인간은 선과 악, 슬기로움과 어리석음이 뒤섞인 존재인가 보다.

서·북유럽과 동유럽을 돌아보며 – 서구의 정체성

:: 고대 그리스·로마의 문화와 기독교 정신

유럽을 여행하다 보면 어디를 가나 거대한 성당을 돌아보게 된다. 마치 우리나라를 여행하면 사찰을 구경하듯이, 그리고 이슬람 국가들을 여행하면 모스크를 보게 된다. 유럽에는 궁전과 성, 박물관과 미술관이 잘 정리되어 있어 역사와 문화와 당시의 생활상을 엿볼 수 있게 한다. 특히 웅장한 성당의 기둥과 지붕의 건축술, 모자이크와 스테인드글라스, 조각상과 그림 등은 모두 웅장하고 아름답고 화려함을 느끼게 한다.

동유럽은 동로마 제국과 그리스 정교의 영향을 오래 받아 중세풍의 느낌을 준다. 오스만 제국이 콘스탄티노플을 함락한 후 전성기에는 발칸반도와 중앙아시아와 우크라이나 서남쪽 오스트리아까지 압박을 가하는 등 흑해 연안이 이슬람의 영향권에 드는 등 동유럽은 북쪽 발트해에서 발칸 반도의 동유럽은 역사적·정치적 관점에서 지역적 범위도 일정하지 않고, 민족적·문화적·종교적 측면에서도 이질성이 강하다.

동유럽의 도시들은 개발이 늦어져 중세의 고풍스러운 분위기를을 잘 드러내고, 사람들도 비교적 순박하고 친절하다. 제2차 세계대전 후 사회주의 국가 체제의 정치적 의미로도 사용됐으나, 냉전 종식 후는 지역적 개념만 남아 있다. 헝가리, 폴란드, 체코, 슬로바키아, 크로아티아, 슬로베니아, 마케도니아, 몬테네그로, 세르비아, 보스니아 헤르체고비나, 불가리아, 루마니아, 알바니아가 이에 속하며 대부분 구 유고 사회주의 연방 공화국이 해체되면서 생겨났다. 그러나 민족과 종교적 갈등으로 "인종 청소"라는 오명이 남을 정도로 분쟁이 치열하였지만, 지금은 EU에 가입하여 자본주의 경제 체제로 성장을 꾀하고 있는 모습이다.

유럽 여러 나라의 웅장하고 화려한 대리석 대성당과 내외부의 장엄한 종교 예술품을 들러보면서 동양과는 모습뿐만 아니라 문화가 많이 다르다. 뛰어난 재능과 엄청난 노력과 시간과 비용이 소요되었으리라 짐작할 수 있다. 이들 비용에는 식민지 착취로 얻은 부(富)와 심지어는 면죄부 판매, 비리와 부패를 은폐하기 위하여 마녀사냥도 서슴지 않았던 참극의 역사로 얼룩져 있다. 동구에서는 유목 제국, 이슬람 제국과 서구의 소위 말하는 영웅들에 의해 무참히 짓밟힌 과거사를 떠올리며 신을 향한 인간의 어리석지만 간절한 소망이 뒤엉켜 있음도 본다.

마녀사냥은 그리스도교 이외의 어떤 사상과 새로움도 받아드리지 않는 당시의 사회 분위기에서, 민중들의 체제에 대한 불만과 저항을 마녀라는 희생양을 만들어낸 것이다. 악마의 마법에 걸린 마녀가 공동체를 파괴한다는 생각은 지배 계급과 당시의 지식인인 신부와 법관들이 받아들인 비열한 무지의 산물이다. 여성에 대한 악마화는 마치 유대인에 대한 열등감과 시기심에서 비롯한 '홀로코스트'와 같은 것으로 "강자에게는 아첨과 비굴로, 약자에게는 약탈과 폭압을" 일삼는 인간의 어리석음이 독재자와 영웅을 만들어 내고 있는 것이다.

웅장하고 호화롭고 아름다운 예술품으로 장식된 왕궁과 성당을 들러보면서 많은 사람들의 한이 얼룩져 있지만, 지금은 인류의 소중한 문화유산으로 보존되어 관광 자원화되고 있음을 보며 다른 한편으로는 씁쓸한 생각이 든다. "인류의 위대한 문화와 문명은 영웅과 독재자에 의한 '대량 학살' 위에 세워져 있다.

북미와 미 중서부, 중남미 여행에서

:: 인디언의 비극을 떠올리며

미국 조지아대학교 박한식 명예교수는 미국은 '원죄'가 있다고 말했다. 노예 인습, 원주민 학살과 삶의 터전의 탈취, 백인 중심의 인종주의, 그리고 지난 100년간 전쟁하는 군사주의 나라로 세계 분쟁지역에는 미군이 개입하여 전쟁을 수행하고, 신형 무기 선전과 전시로 돈벌이를 하는 등 평화를 앞세운 부정적인 이면을 보이고 있다. 미국은 신교도의 개척을 시작으로 오늘날 모두가 부러워하는 기회의 땅이지만, 지금은 기독교 정신도 희미해지고, 빈부격차와 인종차별 등 마약과 총기 난사로 사회적 불안을 안고 있다.

중남미에 대한 스페인의 행태도 미국의 '원죄'와 크게 다르지 않다. 원주민 학살과 전염병 전파, 많은 금은보화를 탈취하여 본국 스페인으로 가져와 부를 누리며 웅장한 성당을 짓고 영화를 누리지만 내부 갈등으로 제2차 세계대전의 전초전과 같은 스페인 내전을 치렀으나 독재국가로 전락한다. 결국 중남미를 가톨릭화하여 많은 성당이 세워지지만 빈곤과 마약 범죄 등으로 사회 불안이 그치지 않고 있다.

1974년 5월 네덜란드 국적기 KLM 항공기로 북극항로로 유럽을 가면서 중간 기착지 앵커리지 공항을 밟은 것이 아메리카대륙을 밟은 첫 발이다. 공항 밖은 하얀 눈이 내려 대자연이 온통 흰 눈으로 덮여 있어 산과 계곡과 들판을 구분하기가 어려웠다. 처음 나라 밖 여행이라 공중에서 내려다보는 세상은 넓고 경이롭기만 하다.

자동차로 미 북부와 중·서부의 여러 국립공원과 도시들을 여행하며 끝없이 펼쳐진 옥수수밭과 밀밭, 사막과 험준한 산맥, 바다 같은 호수와 폭포, 다양한 동물과 아름답고 웅장한 자연경관 등을 둘러보며, 석유를 비롯한 풍부한 지하자원과 세계에서 모여든 우수한 인적 자원을 바탕으로 세계 최강의 대국으로 군림할 수 있는 축복받은 땅이라는 생각을 하게 한다. 뉴욕의 자유의 여신상에 쥐어진 횃불과 독립 선언문은 미국 민주주의의 상징으로 여겨지고 있다.

유타주는 주청사보다 몰몬교(예수그리스도 후기성도교)의 교회당의 주(州) 주소지가 1번지이고 주청사는 2번지라고 한다. 주청사 의사당의 벽과 천정에는 몰몬교도 지도자들의 개척 장면이 그려져 있다. 주요 길목에는 대형 감자 광고판이 눈길을 끌며 감자의 고장임을 알리고 있다. 소박하고 작은 교회가 눈에 들어온다. 개척 당시 교회 공동체를 중심으로 고난과 향수 속에서도, 산악 지대의 척박한 땅을 일구어, 오늘의 감자 주산지가 있게 한 몰몬교도의 '생존 투쟁'의 개척사를 떠올리게 한다.

크루즈로 미 서부 해안을 따라 캐나다 서부를 거쳐 알래스카의 거대 빙하가 바다와 맞닿아 흐르며 땅이 깎여 검은 부유물이 흩어져 흐르고 있다. 바다사자나 고래 가 물을 뿜어내는 모습도 보인다. 알래스카산맥과 로키산맥이 북아메리카 대륙의 서부를 북에서 남으로 뻗으며 고원과 내륙분지, 해안산맥과 지구(地溝: 평행하는 두 단층 사이의 움푹 팬 곳) 등 다양한 산악지형을 이룬다. 캐나다 로키에서는 경이로운 설산과 빙하, 아름다운 호수와 전나무 숲, 야생의 엘크무리를 비롯한 흑곰과 큰뿔양 등이 서식하고 있다.

미국의 로키 지구에는 옐로스톤 국립공원의 뜨거운 온천 호수가 부글거리고, 간헐천이 일정 시간을 두고 솟구친다. 콜로라도고원과 콜로라도강의 침식 작용으로 그랜드캐니언 국립공원을 위시한 여러 협곡이 장관을 이룬다. 협곡은 일출, 오전, 오후, 저녁나절에 따라 시시각각으로 변하며 장관을 연출하고 있다.

중남미 크루즈 여행은 LA에서 중남미 항공편으로 브라질 쌍파울루로 향했다. 5만 명 정도의 한인 교민들이 봉제와 의류산업에 종사한다고 한다. 멀리 이국땅에까지 가서 삶을 개척하는 모습에서 세계 어디를 가나 열심히 살아가는 동포들이 있어 오늘의 대한민국이 있다는 생각을 하게 한다. 리우데자네이루의 세계적인 휴양지 코파카바나·이파네마 해변이 내려다보이는 코루코바두산의 정상에 세워진 세계 최대의 예수 그리스도의 조각상을 관광한다.

비행기로 브라질 이과수로 이동하여 많은 폭포가 쏟아져 내리는 장관을 사진기에 담느라 정신이 없다. 아르헨티나 쪽의 이과수의 장관을 보려고 부에노스아이레스로 이동하여, 탱고의 기원이 된 보카 지구 거리를 둘러보았지만 거리 너머로는 우범지역이라 제한하였다. 터미널에 이동하여 승선하여 크루즈를 시작하여, 남미의 유럽이라고 불리는 우루과이 몬테비데오로 향했다. 기후는 온화하고, 낮은 언덕과 평원으로 바닷가까지 이어져 조용하고 평온해 보이는 자연 속을 둘러보았다. 그러나 그 이면에는 과거 독립 투쟁과 내전 등 '생존 투쟁'의 역사를 가지고 있다. 이는 모든 중남미 국가들의 공통된 이민의 역사이기도 하지만 인류의 잔혹한 역사이기도 하다.

몬테비데오를 출항하여 본격적인 항해가 시작되었다. 남쪽으로 항해하는 도중에 영국과 아르헨티나의 해전으로 유명해진 포클랜드의 등대와 포대를 바라보며 남진하여 비글 해협에 진입하여 아르헨티나령 우수아이아에 잠시 기항하였다. 우수아이아는 남미 대륙에서 가장 남쪽에 위치하여 '세상의 끝(남위 54도 48분)'이라고 불리며, 남극 대륙 항로의 길목 역할을 하는 해상 교통의 요지로, 남극 탐사선과 유람선뿐만 아니라 비글 해협을 통하여 과거 대서양과 태평양을 오가는 선박들이 기항하는 곳이었다. 비글 해협은 찰스 다윈의 탐사선 비글호에서 명명되었다.

우수아이아를 지나면 칠레 영토에 진입하게 되며, 비글 해협을 통과하여 북쪽으로 선수를 돌려 마젤란 해협으로 들어가 푼타아레나스에서 기항하여 선택 관광을 하게 된다. 우수아이아나 푼타아레나스 항에서 바라본 만년설로 뒤덮인 하얀 산악과 빙하는 아름답고 신비하게 보이지만 춥고, 쓸쓸하고, 외로워 보인다. 해안가를 중심으로 많은 생명이 먹이사슬을 이루며 서식하는 것을 보면, 자연 속 생명의 신비함과 끈질김과 소중함도 함께 느끼게 한다.

칠레는 아르헨티나와 6,000m급의 안데스(잉카어로 구리를 뜻함) 산맥을 경계로 동서로는 평균 너비 175㎞, 남북으로는 길이 4,300㎞로 세계에서 가장 긴 나라로 북부는 가장 건조한 아타카마 사막과 중부는 지중해성 기후 그리고 남부는 빙하에 의해 피오르드와 섬과 해협을 형성하고 있다. 북쪽은 남위 17도 30분, 남쪽은 남위 56도로 하루에도 봄, 여름, 가을, 겨울의 4계절이 있다고 한다. 마젤란 해협과 비글 해협을 통해 대서양과 태평양이 이어지고, 남극에 가장 가깝고 추운 지역이다.

비글 해협을 통과하여 마젤란 해협은 피오르드 해협과 수천 개의 섬으로 이루어져 있다. 거센 바람과 차디찬 비가 내리고 안개가 많이 끼어 항해에 어려움이 많다고 한다. 지구상에서 가장 위험한 곳으로 석회암으로 이루어진 카르스트 지형(석회암 대지에서 발달한 침식 지형)이 세찬 비바람에 깎인 대리석들로 장관을 이루고 있지만 저녁나절의 어두컴컴한 날씨로 주변을 잘 볼 수가 없다.

푼타아레나스는 남극으로 향하는 전진 기지로, 파나마 운하가 개통되기 전 초창기에 포르투갈과 특히 스페인이 대서양과 태평양의 연안을 침략과 살상과 약탈로 식민지화하고, 가톨릭으로 개종시키며 주요 도시는 아름답고 거대한 성당을 관광할 수 있다. 주변의 아름다운 설산과 세계 최대의 푸르스름한 아말리아 빙산을 바라보며 대자연의 장관에 경이로움을 느낀다. 마젤란 해협을 빠져나오며 계속 북쪽으로 항해하며 노르웨이의 육지에서 바다로 빙하가 흘러 피오르드가 형성된 것과 달리 육지가 갈라져 육지와 섬 사이의 해협을 통과하고 있었지만 비바람이 세차게 치고 날씨가 흐리고 추워서 바깥을 잘 볼 수가 없다.

도중에 바람이 세차게 불어치는 가운데 바닷새들이 장관을 이루며 수없이 날아다니는 펭귄이 서식하는 섬에 도착하여 도보로 한참 걸어가니 수많은 펭귄 부부의 땅굴들이 보인다. 남미와 아프리카 그리고 남극 대륙에 많은 펭귄 무리들의 생존 모습을 TV를 통해 보아 왔지만 땅굴을 파고 새끼를 낳고 기른다는 것은 처음 본다.

다음 기착지 푸에르토몬트에 도착하여 거리를 둘러보았다. 독일 이민자들이 조성한 아담한 집과 잘 가꾸어져 있는 아름다운 정원을 구경하였다. 멀리 이국땅에서 삶을 일구며 힘들고 검소하게 살아오면서도, 행복을 추구한 독일 이민자의 소박한 꿈을 읽을 수 있다. 힘들고 고달픈 삶 속에서 욕심 없이 대자연에 안겨 사는 듯이 보인다.

크루즈의 마지막 도착지인 칠레의 산 안토니오에서 하선하여 수도 산티아고로 이동하여 시내 관광을 하였다. 광장이 있는 아름다운 궁전과 성당들을 둘러보았다. 산 크리스토발 언덕에서 푸니쿨라(케이블) 철도를 기다리며, 학창 시절 불렀던 푸니쿨리 푸니쿨라 노래를 연상케 하고, 초창기 설치된 오래된 대형 소변기가 잘 보존된 채 관광객의 눈길을 끌고 있다. 구시가지의 거리에는 건물 벽체에 낙서인지 그림 같은 것이 그려져 있어 자주 눈에 들어온다.

　항공편으로 페루의 리마를 거쳐 쿠스코를 향했다. 쿠스코는 잉카제국의 수도로 안데스산맥 해발 3,399m의 분지에 위치하며, 케추아어로 세계의 배꼽이라는 뜻이라고 한다. 잉카인들은 하늘은 독수리, 땅은 퓨마, 땅속은 뱀이 지배한다고 믿었다. 붉은 요새 푸카푸카라, 12각돌(껜코), 삭사이와만 잉카 요새, 탐보 마차이 등을 관광. 특히 큰 돌을 빈틈없이 쌓아 올린 석벽은 불가사의하다. 석벽을 기초로 스페인 건물이 지어진 것을 보며, 돌담 아래에서 잉카의 여인들이 늘어앉아 물건을 파는 모습이 처량하게만 느껴진다.

　우루밤바 계곡을 기차로 달리며 주변의 산과 띄엄띄엄 있는 마을들을 지나치며 달린다. 내려서는 지프차로 마추픽추 공중 도시에 도착하였다. 주변에는 산봉우리들로 둘러싸여 있고, 라마가 한 마리 눈에 띈다. 태양 신전, 집터, 농사를 짓기 위한 밭 등이 잘 정리되어 생활하였음을 보여주고 있다. 발견 당시 아무도 살고 있지 않아 어디로 갔는지 지금도 알 수 없다고 한다. 잉카인들은 무도한 스페인 침략자들을 피해 살기 위하여 어디론가 사라진 것이다.

　리마로 돌아와 아름다운 대성당과 대통령 궁, 시가지를 둘러보고, 해안가를 바라보며 잠시 내려 패러글라이딩이 하늘을 뒤덮듯 날며 즐기는 아름다운 바닷가를 바라보았다. 리마는 물론 지나온 산티아고 등 수도들의 대성당과 궁궐들은 대리석과 돌로 이태리나 스페인풍의 건축술로 유럽을 방불케 한다.

리마에서 출발하여 멕시코시티에 도착 후 마야의 고대도시, 테오티우아칸의 피라미드 도시로 향했다. 가는 도중 산자락과 능선에 가난한 사람들의 집들이 빼곡히 들어서 있다. 해발 2,300m에 위치한 테오티우아칸은 아즈텍인에 의해 불린 죽은 자의 거리(폭 40m 길이 5km)를 따라 세워진 태양과 달의 피라미드를 중심으로 신전과 궁전, 광장과 주거지와 경작지로 이루어진 매우 거대한 고대 도시라는 것을 짐작할 수 있게 한다.

죽은 자의 거리 동쪽 중심에 위치한 태양의 피라미드는 밑면이 222m와 225m, 높이 63m로 250만 톤의 돌로 축조되고, 북쪽 끝에 자리한 달의 피라미드는 바닥 면이 140m와 150m, 높이 46m로 태양과 달의 피라미드 모두 신을 모셨던 신전으로 추측하고 있다. 달의 피라미드에는 사람의 심장을 신에게 바쳤던 흔적도 남아 있다. 남쪽 끝에 자리한 케찰코아틀 신전은 뱀을 위한 의식을 치르던 곳으로, 깃털 달린 뱀 머리 조각상이 신전 벽에 장식되 있었다. 뱀은 성서를 비롯하여 여러 곳에서 등장한다.

북쪽 알래스카산맥에서 로키산맥, 안데스산맥 등이 뻗어 있는 아메리카대륙의 서부 해안을 따라 여행하며 대자연의 웅장함과 경이로움, 아름다움과 신비로움에 경탄을 자아내게 한다. 이는 인디언들이 다신교적 신화와 신을 창조하고 스스로 신의 대리인으로서 부족을 통솔하고 있다. 유럽인들은 침략과 약탈과 식민지화하여 이 땅의 주인인 인디언을 학살하고 몰아내며, 북미 대륙은 신교도에 의해 개척되고, 중남미 대륙은 가톨릭에 의해 수많은 아름답고 웅장한 성당이 세워지지만 인간 세상은 성인의 바람과는 달리 야욕과 잔혹한 생존 투쟁의 역사는 끊임없이 흘러가고 있다.

'길'은 교역과 개척으로 만들어지고, 침략과 정복으로 확장되고 있다.

'길'을 따라 민족과 문화와 문명이 융합하며 '변화와 균형'에 의해 '생성과 소멸', '확산과 소실'하며 '동적 균형'으로 끊임없이 흘러가고 있다.

5. 신화와 종교를 생각하다

- 인간의 경외·두려움·고통·불안·고독

천지자연의 조화가 신과 신화를 창조하였다.

신화와 종교는 문화와 정체성을 형성하고, 굴레를 씌우고 운명이 되게 한다.

영국의 역사 사회학자 앤서니 스미스(1936~2016)는 정체성의 요소로 역사적 경험과 기억, 공동의 선조에 대한 신화, 민족성, 영토로 인해 형성된 유대감, 공동의 유대감, 공동의 문화 등을 제시한다. 공동의 문화에는 언어, 종교, 법률, 관습, 제도, 복장, 음악, 공예품, 건축, 음식 등 다양하게 포함한다고 보았다.

자연과 신(神), 영(靈)과 혼(魂)

여행하며 지구의 자연환경을 바라보면 가는 곳마다 기묘하고 신비하고 아름답지만 거칠기도 하고 황량하기도 하다. 메소포타미아와 나일강 유역은 비옥하지만 주변의 환경은 사막과 거친 들판과 산악으로 삭막하다. 유라시아 대륙은 히말라야, 쿤룬, 톈산, 힌두쿠시산맥을 위시하여 드넓은 고원과 사막과 초원으로 험준하고 변화무쌍하다.

지구의 대륙판은 접근 충돌로 높은 산맥과 평원과 고원(高原)과 분지(盆地: 산지나 대지(臺地)로 둘러싸인 평평한 지역) 등이 만들어지고, 서로 멀어지고 있는 곳에서는 지구대(地溝帶: 지반이 꺼져서 생긴, 거의 평행하는 두 단층 사이의 움푹 팬 띠 모양의 땅)가 생겨난다. 서로 밀착하여 어긋나는 방향으로 이동하는 판에서는 단층(斷層)이 만들어졌다.

습곡 산맥은 주로 대규모의 조산운동(造山運動: 마그마의 활동이나 변성작용(變成作用)이 없어도, 습곡(褶曲: 지각에 작용하는 횡압으로 지층에 주름이 지는 현상)이나 단층(斷層: 지각 변동으로 지층이 갈라져 어긋나는 지층) 작용에 의해서 지각이 융기되어 산맥을 형성하는 지각 운동으로 대규모의 습곡 산맥이 만들어지고 있다. 히말라야, 알프스, 로키, 안데스산맥 등이 이에 속한다.

현재의 대륙에는 극 지역과 높은 산맥의 만년설, 빙하와 피오르드(협만), 툰드라, 수많은 사막과 호수, 산맥과 고원과 협곡, 분지와 평원, 열대 우림과 사바나 그리고 얕은 바다의 산호초 지대, 깊은 바닷속 해령 등 다양한 지형만큼이나 수많은 다양한 생명이 존재할 수 있게 한다. 하늘의 해와 달과 별을 보며, 인간은 아름답고 신비하고 두렵고 신성한 자연현상을 신의 조화(造化)로 숭배하며, 신과 신화를 창조하였다.

:: 영(靈)과 혼(魂)

　과학기술의 발달로 우주와 생명의 기원을 밝혀가고 있고, 생활 환경이 편리해지고, 생각의 방식도 과학적 토대 위에서 규명되고 입증되고 있는 과학 문명 시대에 살고 있다. 북구의 핀란드는 대부분 기독교를 믿지만 신자들은 국가에 종교세를 내고 교회에 나가는 것은 자유의사와 스스로의 선택에 의하여 결정한다고 한다. 국가에서 목사의 급료도 지급하고 교회를 보수 유지하는 등의 관리를 한다는 이야기를 들으면서 종교가 국가 관리로 발전했다는 생각이 든다. 조그마한 십자가가 놓여있는 제2차 세계대전 당시 폭격 맞아 암석만 남은 자리에 세운 암석교회는 입구나 안에도 조그마한 성상이 놓여있고 들어갔을 때는 평온하고 안온한 빛을 느낄 수 있었으며 누군가가 연주하는 바이올린 소리는 아름답고 장엄하게 들렸다. 커다란 오르간이 있어 연주가 있었더라면 더욱 황홀함을 줄 것 같았다.

　미국 유타주를 여행하며 산간 지역을 지나치다 보면 개척 시대의 작은 예배당이 눈에 들어온다. 그 옛날 몰몬교도들이 살아남기 위하여 척박하고 험준한 산악지역을 개간하기 위하여, 때로는 외부의 침입을 경계하며, 함께 모여 주일 예배로 신에게 감사기도를 하며 공동체를 지탱하였을 그때의 소박하고 강인한 인간의 모습을 연상하여 본다. 1857년 마운틴 메도즈의 죄 없는 민간인 대량 살육은 지금도 회자되고 있다.

문학작품은 인간의 비극적 삶이나 원죄(原罪)를 다루고 있다. 인간은 고도의 과학 문명 속에서도 종교의 굴레를 벗어나서는 살 수 없는 존재인 것 같다. 신화로부터 시작된 종교는 신을 믿든 안 믿든 문화로서 다소곳이 자리하여 인류의 삶을 무의식중에도 지배하고 있다. 국가권력을 갖고 있거나 가지려고 하는 사람들은 신과 종교를 내세우며 인간을 교화하거나 지배하거나 설득하는 데 이용하여 왔다.

성인들은 힘없고 가난하고 무지하고 질병과 죄악으로 고통받고 신음하는 혼탁하고 혼란스러운 당시의 사회상을 신앙과 깨달음을 통해 영혼의 안식과 희망과 용기를 심어주고 사후의 심판이라는 것을 통해 바른길로 인도하려고 하였을 것이다.

이들 성인들의 근본 깨달음은 자유와 평등, 사랑과 자비와 관용을 바탕으로 하고 있다. 이 정신은 인류가 오랜 세월 동안의 갈등과 투쟁과 희생을 치르면서 20세기 중반 이후에야 어렵게 UN 인권헌장과 국가 헌법과에 명기되면서 점진적으로 쟁취해 가고 있지만 험난하고 굴곡진 역사는 지속되고 있다.

동양의 천도관과 천명 사상

:: 조상신 숭배 - 음양오행의 이치

인류문명의 발상지 중 이집트의 나일강 유역, 메소포타미아 유

역, 인더스강과 갠지스강 유역, 그리고 고대 그리스·로마의 신화
와 종교관은 다신교를 믿고 있다. 기독교와 이슬람교는 유일신 사
상으로 인류 문명을 지배하여 왔다고 한다면, 동양의 일반 서민의
신화와 종교관은 다신교적 토속 신앙과 조상신을 숭배하지만 집
착하지는 않고 마음으로만 담고 있다.

중국 춘추전국시대 황허 유역의 중원을 중심으로 발전한 황허
문명은 제자백가 중 도가와 유가의 사상은 동양적 사상의 뿌리를
이루고 있다. 이는 황허 유역의 자연환경에서 영향을 받았다고 할
것이다. 도가(道家)의 천도(天道)관과 유가(儒家)의 천명(天命)사상
은 정치와 도덕의 근간이 되고 있다.

도가의 천도관은 "천(하늘)이 무위(無爲)요, 자연이요, 무의지(無
意志)"라고 하고, 천도는 순환한다는 것이다. 신화와 종교적 맹신
과는 거리를 두고 있다.

"'도'는 혼돈이요, 소박한 것이다. '도'는 자연적이요, 본래 존재
하는 것이다.

'도'는 만물을 구성하는 원시 재료이다.

'도'는 형상이 없어 육안으로 볼 수 없고, 감각기관으로 접촉할
수 없다.

'도'는 사물의 규율이다. 사람과 사물과 자연은 모두 '도'를 떠날
수 없다."

원불교대사전에 의하면, 유가의 천명 사상은 하늘의 명령. 하늘
(궁극적 존재)과 인간의 관계를 나타내는 유가의 핵심 개념으로 끊

임없이 변화 발전해 왔다. 〈중용〉에는 공자와 맹자의 도덕적·윤리적 의미가 부가되고, 한(漢), 당(唐), 송(宋)을 거치면서 우주론적, 철학적 개념으로 발전하였다. 고대의 천명은 천자(天子)의 권력에 대한 정당성의 근거로 "천명은 덕 있는 사람에게 간다"라고 하여, 천자는 천의(天意: 하늘의 뜻)의 대행자로 덕으로 백성을 다스린다는 의미이다.

조상신 숭배 사상은 동양의 전통 사상과 같은 문화적 성격을 띠고 있다. 불교의 윤회 사상이나 기독교와 이슬람교의 죽어서 영혼이 천국이나 지옥에 간다는 생각과는 다르다. 조상신에 대한 숭배 사상은 조상신이 가까이서 보살펴주고, 액운을 막아주고, 행운을 줄 수 있다는 막연하나마 주변을 맴도는 수호신으로 여기고 있다.

동양의 "천도관과 천명 사상"은 이집트 문명, 메소포타미아 문명, 이슬람 문명, 고대 그리스로마 문명과 인도의 힌두 문명과는 다르다. 동양 문명은 불교와 결합하여 동양적 문화와 정체성을 형성하고 있다. 기독교는 지중해 동안을 따라 북상하여 아나톨리아 반도를 넘어 동로마 제국의 발칸반도와 서로마 제국의 로마에 전파하며 서유럽은 로마 가톨릭으로, 동유럽은 그리스 정교로 나뉘어 문화와 정체성을 이루고 있다.

브라만교와 인도인의 운명적 삶

:: 순환 사상과 카스트 제도

「바가바드 기따」는 다음과 같은 서시(序詩)를 싣고 있다.

> "인디아, 까마귀 울음 속에 날이 새고 날이 저무는 나라.
>
> 이 지구상에서 가장 무지한 나라. 아니 이 지상에서 가장 절망적인 나라.
>
> 굶주림과 질병이 지배하는 나라. 불볕더위와 죽음이 지배하는 나라.
>
> 그러나 그 속에서, 그 굶주림과 절망 속에서,
>
> 인간의 영혼 가장 깊은 곳을 감지한 나라.
>
> 그리하여 정신세계의 무한대까지 올라간 나라."

위의 글은 종교 발생 당시의 시대상과도 크게 다르지 않았을 것이다. 브라만교에서 출발한 힌두교의 사상은 윤회(輪廻)와 업(業), 해탈(解脫)의 길, 도덕적 행위의 중시, 경건한 신앙으로 요약되고 있다. 업의 속박에서 해탈하는 방법으로는 출가 행각(行脚: 다양한 수행)의 생활과 고행 또는 명상과 요가로 설명하고 있다.

리그 베다경은 수많은 성자와 수행자들이 고행과 수련, 요가와 단식 등의 명상에서 얻은 자연과 자연신들에 대한 창조신화를 신비스럽고 신령하게 읊은 대서사시로 여기에는 세(3) 주신(主神) 브라흐마는 우주 삼라만상과 생명체를 창조한 신이고, 시바는 세상이 유지·보전되다가 인간들의 부패와 타락과 무질서로 구제불능일 때 철저히 파괴하는 신이고, 비슈누는 파괴된 모든 것들을 그의 무한히 늘어나는 복부(腹部)로 거두어져 녹이고 융합하여 재창조될 수 있게 하는 신이다. 이후 브라흐마 신에 의하여 세계는 다시 재창조된다는 순환 사상을 담고 있다.

세상은 정(靜)적인 것도 영원한 것도 없고 다만 생겨나서 성장하고 쇠퇴하고 사라지는 모든 것과 같이 쉼 없는 과정의 흐름만이 존재하고, 시간이 지남에 따라 타락과 부패로 혼탁할 때 신은 모든 창조물을 해체(파괴)하고 새로이 창조를 한다는 인도인들의 순환 사상은 많은 여운을 남기고 있다.

브라만교의 신화 리그 베다경은 주어진 운명과 의무(4종성)를 다하며 신을 향한 헌신을 통해서 구원을 얻을 수 있다고 가르치고 있다. 브라만교에 의해 성립된 카스트제도는 브라만(제사장), 크샤트리아(왕과 무사), 바이샤(서민), 수드라(노비)의 4종성과 아우트 카스트(불가촉천민) 등의 계급으로 나뉘어 수천 년 동안 인도는 신과 종교라는 미명하에 대를 이어 불평등과 속박과 차별을 받으며 어디에 하소연도 할 수 없는 숙명적인 삶을 살아왔다.

노르웨이의 조각가 구스타브 베르겐의 비겔란 조각공원에는 사람이 태어나서 죽을 때까지의 일생을 잘 조각하여 놓았다. 둥근 원(圓) 안에는 생로병사의 시작점인 탄생을 원점으로 한 바퀴 돌아서 원점에 오면 새로운 생명에 의해 다시 생로병사를 반복하는 인간상을 조각하여 놓았다. 동양적 윤회 사상과 대비되는 대를 이어 생로병사를 반복하는 현대적 의미의 순환 사상을 그리고 있다.

변화와 균형의 법칙은 우주 삼라만상이 그 어떤 힘으로도 막을 수 없이 유유히 변함없이 흘러가고, 인간 세상도 개체적으로는 무수한 인간들이 태어나서 성장하고 사랑하고 일하다 늙고 병들고 죽는 순환으로부터 전체적으로는 탄생과 죽음으로 순환하고 있다. 인간은 문화와 문명이 변화하여 오늘과 같은 고도의 과학 문명을 낳고 있지만 지구라는 모태(母胎)는 인간에 의해서 파헤쳐지고 태워져 이용되며, 지상과 대기와 바다가 심각하게 파괴되고 오염되어 변화의 소용돌이에 휘말리게 하고 있다. 이는 인위적이 아닌 자연 현상과 같은 것이다.

인간은 지구적 재앙을 인지하고 있고, 이를 바로 잡을 수 있는 능력이 있다고 하더라도 인간 자체의 내재적 모순과 갈등과 대립으로 인하여 스스로의 힘으로는 어찌할 수 없는 인도 신화가 가리키는 운명적 길을 가는 존재라는 생각을 하게 한다.

수천 년 전의 고대 인도 신화가 전하는 의미 속에는 어쩌면 고도화된 현대 과학 문명 사회가 안고 있는 문제를 예견한 듯, '창조와 파괴와 재창조'라는 순환의 이치로 치닫고 있다는 생각이 든다. 영겁의 우주 시간 속에서 '변화와 균형'에 의해 '생성과 소멸', '확산과 소실'하며 '동적 균형'을 이루어 끊임없이 흘러가는 자연의 섭리이다.

붓다의 연기 사상과 양자의 세계

인도에서 발생한 불교는 BC 500년경 붓다의 지혜(智慧)의 깨달음[각성(覺性)]을 중심으로 마음의 평화와 생명의 평등을 설파하고자 하였다. 무상(無相)과 연기(緣起)론을 중심으로 집착과 구애(拘礙: 얽매임)에서 벗어나 부처(각성자, 覺性者)와 열반(涅槃: 모든 번뇌에서 벗어난, 영원한 진리를 깨달은 경지)으로 삶과 죽음의 고(苦)로부터 '영원한 마음의 평안에 이르는 길'에 대하여 설파하고 있다.

붓다의 사상은 인연으로 말미암아 모든 것이 일어난다는 연기론(緣起論)과 세상의 모든 것은 인연에 따라 생긴 가상(假相)이며, 영구불변의 실체가 없다는 공(空)에 대하여 설파하고 있다. 아상(我相: 나라는 생각)을 버렸을 때만이 대상(對象: 정신 또는 인식의 목적이 되는 것)도 없어진다.

석가모니는 12연기를 통해 욕망의 허망함을 보여줌으로써 욕망의 집착을 없애려고 하였다. 사상(四相)의 요체는 '이것이 있기 때문에 저것이 있고, 이것이 발생하기 때문에 저것이 발생한다. 이것이 없기 때문에 저것이 없고, 이것이 소멸하기 때문에 저것이 소멸한다'는 인과론적 관계로 설명하고 있다.

초기 불교 경전인 아함경은 무지한 중생을 제도하기 위하여 천상과 현상과 지하 세계, 극락과 지옥, 전생과 내세 등을 설하고 있다. 이후 승려들에 의해 설파되어 불교에 귀의하게 한다. 인연으로 모든 것이 생긴다는 연기설은 모든 생명은 업보에 따라 전생과 현세와 후세로 윤회한다는 생각은 오늘날까지도 삶을 지배하고 있다.

붓다의 궁극의 깨달음의 경지는 금강경·법화경·반야심경 등에서 설하고 있듯이, 결국 인간이 깨달음의 지혜인 반야지혜를 얻어 연기와 4법인을 깨우쳐 해탈과 열반이라는 영원한 피안의 세계인 마음의 평온에 드는 길을 설하고 있다.

사티노바 박사는 다음과 같이 말했다.

"우리가 경험하는 현실은 이 확률의 바닷속에서 매 순간 끊임없이 새롭게 창조되고 있다. 하지만 진정한 신비는 그러한 개연성으로부터 실제 어떤 일이 일어나는지를 결정하는 것이 이 물리적 우주에는 존재하지 않는다는 것이다. 즉 그것을 일으키는 프로세스가 존재하지 않는 것이다."

"흔히 말하듯 양자적 사건들은 이 우주에서 진정한 의미의 무작위 사건들이다."

오늘날 과학을 지배하고 있는 미시 세계를 다루는 양자역학에서 양자 얽힘과 양자 중첩 현상을 철학적으로 설명하는 과정에서 불교의 무아(無我: 자기의 존재를 잊는 일. 나아가 일체의 존재는 무상한 것으로 '나'라는 존재는 없다)와 공(空) 사상을 연관 짓고 있다.

양자 얽힘 현상은 비국소성(非局所性, non-locality): "한 공간적 영역에서 일어나는 모든 것은 이와 분리된 다른 공간적 영역에서 일어나 작용에 영향을 받는 것"을 말한다. 즉 초공간적 현상이다. 1964년 존 벨은 이 실험의 주장이 사실임을 입증하는 이론을 발표한다. 즉 모든 것은 특정 지역에만 존재하지 않는다는 "비국소성 Non Local"을 가지며, 시간과 공간을 넘어 밀접하게 연결되어 있다는 것이다. 벨의 정리가 발표된 후, 이 개념은 연구실에서 수없이 검증되었다. 우리가 살고 있는 세계의 기반은 시간과 공간이다. 하지만 양자의 세계에서는 모든 것들이 항상 연결되어 있다는 개념이 시공간의 개념을 앞선다. 슈뢰딩거는 이러한 얽힘 현상이 양자의 흥미로운 한 부분이 아니라 양자의 특성이라고 하였다. 물질은 파동으로 존재하지만 관찰되면 그 성질이 무너지고 특정한 위치를 점한다.

양형진 교수의 양자역학의 세계와 부처의 깨달음에 대한 강좌에서는 묻는다.

> "양자역학은 어떤 물체에 변하지 않는 속성을 과연 부여할 수 있는가? 세계를 어떻게 볼 것인가? 과연 실재(實在)인가? 무아(無我)인가?"

플라톤은 말한다. 이데아론에서 실존의 물건 이전에 본질이 먼저다. 본질에 의해서 한 물건이 생성되었다고 생각한다. 즉 모든 사물의 본질이 먼저 있다.

헤라클레이토스는 말한다. '감각의 세계에서 영원한 존재는 없다'

피타고라스는 말한다. '사고는 감각보다 우월하다. 직관은 관측보다 우월하다'

파르메니데스는 말한다. 실제는 영원한 것이다. 우리가 보는 세계는 다 변화한다. '그렇기 때문에 실제일 수가 없다. 이것은 다 환영이다'

〈붓다의 무아(無我)〉란? ① 자기의 존재를 잊는 일. ② 일체의 존재는 무상(無相)한 것으로 '나'라는 존재도 없다는 뜻으로 무상의 존재다. 모든 것은 연관과 의존이라는 연기의 망(網)에 의해서 형성됨으로 끊임없이 변화하므로 결코 영원할 수 없다. 무상의 근본적인 이유는 무아이다. 일체의 법(法)이 다 무아이므로 상호 연관과 의존하는 연기의 관계이다.[2]

일체유심조(一切唯心造)란 화엄경의 중심 사상으로, 일체의 제법(諸法: 우주에 있는 유형·무형의 모든 사물)은 그것을 인식하는 마음의 나타남이고, 존재의 본체는 오직 마음이 지어내는 것일 뿐이라는 뜻이다. 곧 일체의 모든 것은 오로지 마음에 있다는 것을 일컫는다. 원효대사의 깨달음의 근원이기도 하다. 유심(留心)은 절대진리인 참 마음(眞如)과 중생의 마음(妄心)을 포괄하는 것으로, 일심(一心)과 같은 뜻이다.

---

2) 참고로 무상(無相)의 사전적 의미는 불교에서 ① 모든 사물은 공(空)이어서 일정한 형태나 양상이 없음을 의미한다. ② 차별과 대립을 초월하여 무한하고 절대적인 상태를 뜻한다. ③ 모든 집착을 떠나 초연한 지경에 듦을 의미한다.

나에게 나타난 세계란 무엇인가?

- 진공이란 아무것도 없는 것이 아니다. - 입자와 반입자
- 존재의 유무를 판단하는 것은 결국 우리의 마음이다.
- 관측의 한계를 가지고 있는 세계에 살고 있다.
- 우리의 마음이 세계와 접하면서 우리의 마음이 만들어 낸 것.

의상 대사는 "우주를 지배하는 일체의 것이 서로 상입(相入)하는 연기(緣起: 모든 현상이 생기 소멸하는 법칙. 현상은 무수한 원인과 조건이 서로 관계해서 성립하는 것으로, 인연이 없으면 결과도 없다는 뜻)의 구조를 가지고 있다"고 하였다.

의상 대사는 또한 아래와 같이 이야기했다.

> 하나의 작은 티끌 안에 세상의 모든 것이 다 들어있다.
> 사물에 의탁해 진리의 법이 그대로 드러나는 것.
> 우주를 지배하는 일체의 것이
> 서로 상입(相入)하는 연기(緣起)의 구조를 가지고 있기에!

양자역학은 전자의 위치는 확률적 예측만 가능하다. 의식 세계의 근본적인 한계를 보여준다. 본질이라는 개념은 더 이상 존재할 수 없다. 상입(相入)의 연기의 조건은 92개의 원소가 존재하여 물질을 이루듯, 인간이 모여서 사회, 문화, 문명을 이룬다.

"누가 무엇이 원인이 되는가?

연결되어 있는가? 아니면 연결되어 있지 않은가?

누가 분리를 만들었고, 두 영역에 양발을 딛고 앉아 있는 것은 누구인가? **바로 우리이다.**

이런 이원론이 사라진 지금, 두 영역을 잇는 것도, 인과 관계도 존재하지 않는다. 두 영역은 같은 것이다.

모든 것이 밀접하게 관련되어 있다는 사실은, 의식을 탐구하는 사람들의 일관되게 주장하고 있는 것이다"

양자역학은 전자의 위치는 확률적 예측만 가능하다. 의식 세계의 근본적인 한계를 보여준다. 본질이라는 개념은 더 이상 존재할 수 없다.

신의 계시와 유일신 숭배 사상

:: 유대교, 기독교, 이슬람의 운명론

유대교, 가톨릭과 기독교, 그리고 이슬람교의 유일신 사상은 유대인의 부족장이자 제사장인 아브라함으로부터 시작되고 있다. 기독교는 예수의 저항과 희생에 의해서 탄생하였다. 예수 그리스도(Jesus Christ)는 예수를 하느님의 메시아로 인정한다는 의미를 담고 있으며 그 자체가 예수의 지칭으로 히브리어로 '하느님(야훼

Jahweh)은 구원해 주신다'는 즉, '구세주'를 의미한다.

예수는 "나는 부활이요 생명이니 나를 믿는 자는 죽더라도 살겠고, 또 살아서 믿는 사람은 영원히 죽지 않을 것이다" "나는 세상에 화평을 주러 온 줄로 생각지 말라. 화평이 아니라 검(劍)을 주러 왔노라"를 외치며 피지배계급의 해방을 주창하였다. 복음서에는 "가난한 자는 복이 있나니, 천국이 너희 것이다" 십자가에 처형된 후 '부활'하였다는 신앙이 생겨나 원시 기독교 공동체 교단이 성립하였다. 자기희생으로 이 땅에 사랑의 복음을 구현하려고 하였다.

무함마드는 이슬람의 창시자인 동시에 전통 사회의 악습과 부도덕한 관행을 폐지하고, 평등주의를 주창한 박애주의자로, 코란과 검을 앞세워 사회개혁을 주도한 운동가이다. 그는 신의 사도로, 검소하고, 소박하고 관용(寬容)적인 품성의 정치가, 행정가, 통치자로서 이슬람 공동체를 이끌어 간 혁명가이다.

이슬람의 근본 신조는 "알라 이외에 신은 없다", "무함마드는 알라의 사자(라수르)이다" 이 성구(聖句)를 외우는 것은 신도의 의무이다. 〈코란〉에는 오로지 알라만을 믿고, 봉사하는 것으로, '믿음'이란 "알라와 최후 심판의 날, 천사들과 여러 경전과 예언자들을 믿는 사람"으로 '이만'이라고 한다. 오주(五柱)는 무슬림이 실행해야 할 중요한 의무로 ① 증언 또는 고백 ② 예배 ③ 희사(喜捨) 또는 천과 ④ 단식 ⑤ 순례이다.

무함마드는 존재론에서 출발하여 창조론으로 발전하여 창조주의 존재를 기정사실화하면서 창조주에 대한 믿음과 창조주에 대한 인간의 의무와 실천을 요구하고 있다. 창조주는 영어권에서는 '가드(God)', 아랍권에서는 '알라', 한국에서는 하느님이다.

이슬람 원리주의는 이슬람 교리를 따라 정치·사회·질서의 기본으로 삼아 이슬람 공동체 음마(Ummah) 당시의 원점으로 돌아가 향락과 물질 숭배 사상으로부터 부패와 타락에서 벗어날 것을 주장하는 '이슬람 원리주의, 이슬람 근본주의' 또는 '이슬람 부흥주의, 본래의 순수한 이슬람'으로 돌아가자는 운동이다. 무함마드의 인품은 인자, 중용, 인내, 용맹 등으로 묘사되고 있다.

7세기 초 무함마드의 계시(啓示)에 의해 완성한 꾸란(650년경 제3대 칼리프인 오스만에 의해 수정 정리됨)과 이슬람교는 중동과 북아프리카, 파키스탄과 서인도, 아프가니스탄, 중앙아시아, 인도네시아 등 주로 사막과 초원으로 이루어져 유목 생활을 하고 있는 지역을 이슬람 교리와 힘으로 복속시켜 가며 이슬람 대제국을 건설하여 찬란한 문화와 문명을 이루지만, 서구열강에 식민지화되자 종교의 제약 속에 뒤떨어지고 낙후된 삶을 영위한다. 그러나 척박한 땅에서 석유가 나오면서 겉으로는 이스라엘을 중심으로 한 분쟁으로 보이지만 실제로는 석유를 둘러싼 분쟁일 뿐이다.

신화와 종교는 문화와 예술을 꽃피우고

: : 정체성으로

이집트와 북부 아프리카 옛 도시들, 메소포타미아 유역과 지중해 동안의 도시들, 아테네와 로마, 스페인 등의 도시에서는 가는 곳마다 신전을 볼 수 있다. 수천 년의 세월 속에 많은 지진과 전쟁과 비바람에 허물어지고, 부서지고, 뽑히고, 낡고, 방치되어 앙상하여 세월의 무상함을 느끼게 한다.

서유럽의 도시들은 로마 가톨릭의 영향으로 아름답고, 화려하고, 웅장한 성당과 내외부 조각상과 미술품을 보기 위하여 관광객들로 넘친다. 동유럽의 성당들은 그리스 정교의 성당들로 동로마 제국과 이집트·메소포타미아 유역·페르시아의 영향으로 서유럽의 성당들과 달리 아담하고 포근한 느낌이다. 중남미의 성당들은 스페인풍을 느끼게 한다. 북미의 도시들은 신교도들의 개척으로 세워져 현대식 건축의 교회들이 눈길을 끈다.

아랍과 이란, 인도 북서부와 중앙아시아 그리고 파미르고원을 넘어 중국의 톈산산맥의 동쪽 끝자락 웨이우얼 자치주에 들어서면 모스크와 이슬람풍의 무슬림들이 보인다. 튀르키의 이스탄불은 비잔틴 건축을 대표하는 아야 소피아 대성당(지금은 박물관)은 아름다운 모자이크화와 코란의 '금(金) 글귀'를 볼 수 있고, 술탄 아흐메트 모스크(블루 모스크)는 이와 대조를 이루며 웅장함과 아름다움의 극치를 이루고 있다.

텐산산맥의 끝자락 우루무치시와 투루판을 지나 둔황에 이르면 유명한 막고굴 석굴 사원을 비롯하여 유림굴 석굴(천불동)사원을 볼 수 있고, 란저우시와 시안시의 황허 유역에는 많은 불교 사원과 불탑들을 볼 수 있다. 티벳과 한국은 물론 동남아시아의 많은 나라들은 불교를 숭상하여 나라별로 특색 있는 사원과 불상과 불화 등의 불교 예술을 창조하고 있다.

이렇듯 세계는 알지 못하는 가운데 종교권으로 나뉘어져 문화와 문명을 형성하며 정체성을 이루고 있다. 인간은 자연환경과 종교의 굴레에 갇혀서 살고 있다는 생각을 하게 한다. 이는 인위적으로 보이지만 반복되고 있다. 역사가 반복되는 것이 아니고, 자연의 이치로 '변화와 균형'에 의해 '생성과 소멸'하며 끊임없이 흘러가고 있다.

성인의 숭고한 정신과 의지는 어디로

성인은 이 세상에 "자유와 평등, 평화와 행복"을 이루려고 하였다.

권위는 권세를 낳고, 권세는 타락과 분열과 개혁으로 이어진다.

인간의 탐욕과 이기심은 신(神)도 도리(道理)도 죄악도 혼동하고 있다.

인간의 삶은 '변화와 균형'에 의해 '생성과 소멸'하며 끊임없이 흘러가고 있다.

성인이 살았던 시대나 이전 이후 시대는 물론 현재와 앞으로도 인간 세상의 삶의 형태는 변할 수 없을 것이다. 종교적 교리나 율법, 도덕과 교육으로 교화한다고 하더라도 일정 기간은 발전·유지되지만, 세월이 지나면 타락과 자의적 해석으로 변질되며 혹세무민으로 전락하고, 개혁과 분열로 쇠퇴하는 것이 인간사이다. 인간의 탐욕과 이기심 그리고 시대적 흐름은 '변화와 균형'에 의해 쉼 없이 흘러가고 있다.

성인에 의해서 성립된 종교는 시대적 상황이 암울한 때였지만, 가난하거나 힘없는 사람들의 입장에서는 언제나 마찬가지인 것이 지나온 역사이고, 현재는 물론 앞으로도 지속될 수밖에 없는 것이 동물적 속성(屬性)과 같은 것이다.

신을 대리한 제사장으로부터 시작된 권위는 권세로, 권세는 권력으로, 권력은 부와 사치를 낳고 웅장한 성전과 땅과 재산을 형성하며, 지속적인 탐욕과 이기심은 부패와 타락의 늪에 빠져 사회는 혹세무민하는 자들이 늘어나고, 혁명과 분열과 사이비들로 성인의 정신과 뜻과는 동떨어지는 방향으로 가고 있다. 이는 정치권력도 같은 길을 걸으며 역사는 반복되고 있다. 그러나 종교는 개혁과 정화로 지속되는 듯하지만 성인의 숭고한 뜻과는 다른 길을 가고 있는 것이 현실이다.

이는 사상이나 이념도 마찬가지로 시간이 흐르면 의역되고, 변질되고, 퇴색하여 용두사미로 사라지는 것이 인간과 인간 세상의 반복되는 모습이다. 과거 성인과 철인이 추구했던 "자유와 평등, 평화와 행복"을 위한 '사랑과 자비와 인의예지신(仁義禮智信)'의 교훈은 TV의 '예능과 오락 프로그램과 각종 정치·사회적 논쟁'을 보며, 점점 사회는 '선과 악, 옳고 그름'을 가릴 수 없는 형태로 가고 있다는 생각을 한다.

제5장

생각

1. 마음과 정신과 뇌

〈이원론의 종말〉에서 "마음이 물질을 넘어서는 것이 아니라 마음이 곧 물질이다. 의식이 현실을 창조하는 것이 아니라 의식이 현실인 것이다"라고 하고 있다.

이원론(二元論)의 사전적 의미는 ① 철학. 대상을 고찰함에 있어서 서로 대립되는 두 개의 원리나 원인으로써 사물을 설명하려는 태도. 또는 그런 사고방식. 두 개의 원리에는 주관과 객관, 오성(悟性)과 감성, 천지와 음양 따위가 있다. ② 철학. 정신과 물질의 두 실재를 우주의 근본 원리로 삼는 이론. 17세기 데카르트가 정신은 의식을 그 속성으로 하고, 물질은 연장을 속성으로 한다고 규정함으로써 근세 철학의 이론이 성립하였다. ③ 종교. 일반 선과 악, 창조자와 피조물, 영혼과 몸 따위의 대립되는 원리로써 사물을 설명하려는 입장이다.

아잔 차 스님의 〈오두막〉에서 다음과 같은 말을 찾아볼 수 있다.

> "나(我)라는 것은 없습니다. 마음의 상태들은 머물다 가는 손님. 알아차림과 놓아버림. 있는 그대로 지켜보는 것. 감각의 대상들은 어느 것도 실체가 없습니다."

"우리의 뇌와 외부는 홀로그램으로 연결되어 있다" 홀로그래피는 레이저 광선을 이용하여 입체상(立體像)을 공간에 재생하는 기술을 의미한다.

찰스 다윈은 1872년에 출간한 〈인간과 동물의 감정표현〉에서 인간과 동물의 '희로애락'의 감정표현은 학습된 것이 아니라 선천적이고 유전된 것이라고 진화론의 관점에서 설명하고 있다. 감정은 신경이 근육을 자극하여 얼굴 표정으로 표현되는데 인간과 동물은 희로애락의 감정을 보편적으로 가지고 있으며, 얼굴에 드러나는 감정과 기본적 몸짓은 전 세계인이 동일하게 나타나고 있다고 하고 있다.

희로애락 하는 감성과 생각

보고 싶은 것만 보려 하고, 듣고 싶은 것만 들으려 하는 것은 생각의 집착에서 온다. 성(性)에 대하여 이(理)와 기(氣)가 다르다는 생각은 군자와 소인, 양반과 상놈, 식자와 무식자로 나누어 인간의 불평등을 조장하기도 하였다.

고대 중국의 사상가들은 '성은 본래 착한 것이다, 악한 것이다'를 놓고 논하였고, 조선의 성리학자들은 불변의 요소인 인의예지(仁義禮智)를 본체(성)의 이(理)라 하고, 변하는 요소인 희(喜) 로(怒) 애(哀) 구(懼) 애(愛) 오(惡) 욕(欲)의 칠정(七情)을 현상의 기(氣)라 하여, 이기일원(理氣一元)론과 이기이원(理氣二元)론을 주창하였다.

본성(本性)의 사전적 의미는 '사람이 본디부터 가진 성질, 천성(天性)'이라고 되어 있다. 자연 상태에서의 인간의 본성은 악한 것도 선한 것도 아니고, 희로애락의 감정이 본성이 아니다. 인의예지신의 문화적 감정은 문명이 발달하면서 도덕과 윤리가 필요하게 되면서 생겨났다.

인간의 본성은 환경을 극복하고, 적응하여야 하고, 먹이 경쟁에서 상대를 공격하거나, 약하면 도주하여 살아남아야 하는 생존 본성과 자신의 자손을 이어가려는 존속 본성에서 형성되었기 때문에 본능적으로 격렬하고, 충동적이고, 살벌하고 호전적이고 급박한 반면에, 참고 견디며 환경에 적응하고 순응하도록 변화해 왔다.

하버드대학의 심리학 박사 대니얼 골먼은 감성지능(Emotional Intelligence)이라는 저서에서 성공과 행복은 IQ보다 EQ가 좌우한다고 말한다.

감성에 대한 옥스퍼드 사전에는 "마음과 감정 그리고 격정의 동요나 혼란 즉, 격렬하거나 흥분된 정신 상태"라고 정의하고 있지만, 골먼 박사는 "하나의 감정과 그에 부수적으로 따르는 뚜렷한 사고 및 심리적 생리적 상태와 일련의 행동 경향"으로 규정하고 있다. 골먼 박사의 감성에 대한 기본적인 요소는 분노, 슬픔, 공포, 기쁨, 사랑, 놀라움, 혐오, 수치의 8개 항목으로 이의 부차적인 요소를 열거하고 있다. 이는 조선의 성리학의 칠정(七情)과 크게 다르지 않다. 이 외에 질투, 그리고 희망과 신념, 용기와 관용, 확신과 평정심과 같은 덕목이나, 자만, 태만, 무기력, 권태와 같은 것은 어떻게 다룰 것인가의 문제는 여전히 남는다고 말하고 있다.

감성이라는 감정은 미묘함에서부터 격렬함에 이르기까지 다양하게 표출되지만 일반적으로 적용하는 기본적인 표현은 희로애락(喜怒哀樂)으로 부르고 있다. 공포가 있어 인간은 희로애락의 감정의 있고, 새로운 것에 대한 관심과 흥미가 있어 무관심과 무정(無情)이 있고, 한가롭게 노니는 게으름도 있다. 이러한 다양하고 복잡한 마음들은 아름답고 황량하고 신기하고 두렵고 신비로운 자연과 자애(慈愛)롭고 잔인하고 즐거운 인간사(人間事)에서 왔다.

띠이랑, 해마, 편도체, 뇌궁 등으로 구성되어 있는 고리 모양의 대뇌변연계는 발생단계나 진화 형태로 볼 때 오래된 원시 뇌로 생존과 종족 번식을 위해 필요한 식욕과 성욕 등 원시적 본성의 기능을 하는 것으로 알려졌다.

감정 처리의 중추인 편도체는 공포를 인지하고, 쾌(快)와 불쾌(不快), 호(好)와 불호(不好)를 판단하고, 해마는 기억을 획득하고 처리하는 등 대뇌변연계는 생존 과정에서 생겨난 기쁨과 슬픔, 공포나 분노와 같은 정동(情動)의 역할을 하는 것으로 밝혀지고 있다. 대뇌변연계를 감싸고 있고, 발생적으로 나중에 형성된 대뇌피질은 대뇌변연계의 원시적 감정을 조절하고, 인식과 사고와 판단 능력처럼 고등한 지적 능력의 기능을 하는 것으로 규명되고 있다.

대뇌변연계가 생존을 위한 본능적인 희로애락의 감성과 기억을 담당한다면, 대뇌 신피질은 생각하고, 이해하고, 판단하며, 나아가 상상하고, 창조하는 기능을 하며, 인간의 신체 구조가 직립보행하고, 두 손을 자유자재로 쓸 수 있게 변화하면서, 오늘과 같은 문화와 문명을 이룩할 수 있게 하고 있다.

현대는 문명화하였다고는 하지만 아직도 지구상의 곳곳에는 도시와 동떨어진 열대와 한대, 고산지대나 오지(奧地), 사막과 같이 원시적인 생활을 하는 부족들의 삶이 산재해 있다. 척박하고 한가한 자연 속에서 의식주(衣食住)와 생각은 단순하며, 채집과 수렵에서부터 겨우 자급할 정도의 농사와 가축을 기르며, 신과 조상에 감사하며, 함께 모여 생활하며 노래하고 춤추고 소리 지르며 자연에 대한 다양한 의례와 의식을 치르며 전통을 이어가고 있다.

현대문명의 이기인 TV 드라마는 감동을 주어 울고 웃게 하고, 각종 액션과 공상 영화는 잔혹함과 아슬아슬함과 속도감 있는 전쟁과 무술과 첩보와 괴기함으로 긴장감과 전율을 느끼게 하며, 사람들은 숨죽이고 손에 땀을 쥐며 즐기고 있다.

스포츠 경기에서도 복싱, 레슬링, 격투기에서의 격렬함과 잔인성에 환호하고, 극한상황에 도전하고, 위험천만한 모험과 스피드를 연호(連呼)하며 긴장감 속에 함성 지르며 흥분하고 열광하며 보고 있다. 격렬하고 가슴 조이는 감정변화를 즐기는 것은 원시 생존 본성이 발현되기 때문이다.

음악과 춤은 사람의 감정을 움직일 수도 있고 마음을 나타낼 수도 있다. 희로애락을 노래하기도 하고 삶의 애환(哀歡)을 손짓발짓과 몸짓을 통하여 나타내기도 한다. 각종의 악기 소리는 마음을 깊이 빠져들게도 하고, 들뜨게 하게도 한다.

감정변화는 신체조직의 활동에 즉각적으로 작용하여 근육이 경직되기도 하고 맥박과 혈압이 변하고 소화기계통의 작용에 영향을 주어 소화효소와 각종 호르몬의 분비 시간과 양을 변화시키기도 하고 면역전달계통에도 그리고 몸의 각 세포의 신진대사에도 영향을 주는 등 신경계통의 자동적인 작용에 의하여 신체와 마음은 상호 작용하며 '변화와 균형'에 의해 '생성과 소멸'하며 '동적 균형'으로 끊임없이 흘러간다.

외로움과 무서움, 그리움과 슬픔은 인간의 근원적인 감정이고 신화와 예술을 낳고, 다양한 감정도 자연적으로 생겨나 문화 속에 유전되어 있어 심혈을 기울이고 영감을 얻어 완성하였다고 하는 예술작품이 추구한 '그 무엇'은 혼이 되었든 정신이 되었든 그 본질은 인간의 본능적이고 본성적인 마음의 굴레를 벗어날 수는 없다.

산사나 광야에 울려 퍼지는 새벽 종소리나 새벽에 경(經)을 읽는 소리는 사람의 마음을 맑고 평온하게 한다. 곤충의 울음소리, 새의 지저귀는 소리, 동물의 울음소리, 바람소리, 물소리는 자연의 소리이고 맑고 아름답게 들리기도 하지만 거칠고 쓸쓸하고 아득하게 들리는 먼 조상 때부터 들으며 뇌 깊숙이 기억하는 소리이다.

절제와 인내가 미덕이던 지난 세월과는 달리 오늘날은 감정을 드러내놓고 분출하고 있고, 사회 분위기도 이에 편승하여 개인이나 매스컴 정치가나 예술가, 종교지도자나 각종 사회단체 할 것 없이 감성에 호소하고 있다.

인간의 본성은 선한 것도 악한 것도 아니지만, 자연에서 살아남아 종족 번식으로 영속성을 이어가려는 것이 생명의 본질적인 본성이다. 경쟁 속에 내몰리고 휩싸이며, 이해관계나 생존이 걸려있다고 생각될 때에는 지성이나 이성은 찾아볼 수 없고 본능적으로 본성을 드러내고 생사를 걸고 싸우고 있다.

희로애락이라는 마음의 변화에 의하여 인간은 웃고, 찡그리고, 울고, 몸부림치기도 하고, 풀이 죽어 한숨짓기도 하고, 마음 아파하기도 하고, 소리 지르고, 열을 올리기도 하는 등 다양한 감정을 드러내고 사는 것이 인생살이이기도 하다. 생명이란 생존이고 생물이고 목숨이기에 모든 동물이 가지고 있는 본성이다.

부처의 깨달음은 '청정한 마음' '분별없는 마음' '모든 생각을 끊었을 때의 마음'과 같이 엄마의 뱃속에 있을 때의 순수하고 아무 생각 없는 아기의 마음과 같은 것이 곧 불성이고 반야의 지혜이고 진성(眞性)인 본성이라고 한다.

자기가 좋아하거나 하고 싶은 일에 몰입할 때 자기를 잊어버리고 일에 몰두하다 보면 온갖 잡념으로부터 벗어날 수 있다. 사람들은 자기 주변의 일뿐만이 아니라 세상사에 관심이 많다. 관심과 호기심은 마음을 움직이기도 하고 집중시키기도 한다.

생각이나 주장을 표출하고 있어 이로 인하여 남에게 상처를 주기도 하고 사회적 문제를 야기시키기도 한다. 마음을 억제하여 감정에 예속되는 것을 막으려고도 하지만 감정을 발산하여 스트레스를 풀기도 한다. 감정과 마음을 다스린다고 하는 것은 본능과 본성을 잠재우려고 하는 일이다.

본능과 본성은 억제하면 억제할수록 스트레스가 쌓이게 마련이고 계속 쌓이다 보면 결국 뇌와 자율신경계통의 균형에 혼란을 주어 신체조직의 각종 이상 변화를 가져오고 저항력과 면역력 등에도 심각한 영향을 주어 질환의 원인이 되기도 한다.

사람들은 스트레스가 질환의 원인이 된다는 것은 잘 알고 있지만 시시각각으로 변하고 있는 감정변화나 마음속 한구석에 남아있는 잔상이 스트레스로 작용하여 시시각각으로 신체에 영향을 준다는 생각은 잊고 산다.

인간의 마음은 의식적이든 무의식적이든 항상 변하고 감정은 끊임없이 움직이고 있음을 알 수 있다. 감정이 있어 다양한 삶이 있고 마음의 다스림이 있어 인간다움이 있다. 감정은 다양한 희로애락을 만들고 마음은 문화와 예술과 혼을 창조하고 정신은 철학과 과학을 낳았고 종교와 영혼을 탄생시켰다.

감성이 없는 삶은 식물 같을까? 동물 같을까? 부처 같을까?

생각과 감정의 끊임없는 변화와 균형이 있어 인간답기도 하다.

마음과 정신, 뇌와 혼

"마음"이란 말은 일상의 생활 속에서 희로애락이 있을 때마다 쉽게 나오고 있다. '마음이 아프다' '마음을 다잡다' '마음을 비우다' '마음이 쓰리다' '마음이 약하다, 강하다' '마음을 쓰다' '마음이 괴롭다' '마음이 상하다' '마음에 걸리다' '마음이 조마조마하다' 등 괴롭고 힘들 때, 소홀이 지나쳤을 때, 잘 챙기지 못했을 때, 무심히 지나쳤을 때, 무엇의 집착에서 벗어나지 못했을 때 등 스스로를 책망하거나 남에 대해서 위로나 위안을 주기 위하여 자연적으로 쓰이고 있다.

불경에 대한 고승들의 해설을 읽다 보면, 보고, 듣고, 냄새를 맡고, 맛을 보고, 감촉으로 느끼고 있는 것을 인식하고, 생각하여 말을 시키는 것의 주체가 있음을 강조한다. 물질적 실체를 실감할 수 없는 마음이나 정신을 혼이나 영혼으로 믿고 있는듯 하다. 기독교 신앙도 육체와 구분하여 마음이나 정신 속에 영혼이 있는 것 같다.

마음가짐, 마음결, 마음고생, 마음공부, 마음껏, 마음의 눈, 마음대로, 마음먹기 나름, 마음보, 마음성, 마음속, 마음씨, 마음자리, 마음잡다, 마음에 걸리다, 마음에 두다, 마음에 들다 이외도 수많은 속담과 관용구들이 우리의 생활 언어에서 사용되고 있다.

마음의 사전적 의미는 ① 사람의 지식·감정·의지의 움직임, 또는 그 움직임의 근원이 되는 정신적 상태 ② 시비선악을 판단하고, 행동을 결정하는 정신활동, 사려분별 ③ 속에 품는 생각, 본심 ④ 성격, 천성 ⑤ 기분, 감정, 느낌 ⑥ 인정, 인심. ⑦ 성의, 정성. ⑧ 의향, 생각 ⑨ 도량 등 여러 가지 뜻으로 풀이 되어 있다.

이렇듯 마음이라는 단어가 오늘날까지도 보편적으로 쓰이고 있는 것은 삼국시대부터 고려시대까지는 불교가 국교로서, 조선시대는 유교의 성리학이 건국이념과 통치 철학으로 숭상하여 왔기 때문이다. 두 종교 모두 동양적 사고의 근간을 이루며 마음이 주제다. 마음이라는 말은 자연적으로 보고 듣고 말하고 익혀지며 우리의 언어에 오랜 문화와 전통으로 깊숙이 자리 잡아 오늘에 이르고 있다.

동양에서는 심장, 심실, 심방, 심전도, 협심증, 심근경색 등이 마음 심(心) 자가 들어가 있어 가슴과 마음을 뜻하듯이, 서양에서도 Heart, Mind 등이 모두 마음을 의미하는 것으로 보아 고대로부터 감정변화가 일어날 때 심장이 뛰거나 아픈 것에서 가슴 속 깊은 곳에 마음이 있다고 처음에는 생각하였을 것 같다.

예로부터 죽음에 대한 공포, 각종 욕심과 망상에 따른 근심·걱정, 침탈과 약탈, 살인과 범죄, 질병과 가난으로 인한 불안 등으로 마음 편할 날 없고 힘든 삶을 살아야 하는 인간에게 감정을 다스린다는 것은 중요하고 힘든 일이기도 하였을 것이다.

마음은 인간의 희로애락의 감정, 즉 감성이다. 감정을 실제로 느끼고 기억하는 곳은 대뇌변연계의 기능으로 밝혀지고 있으므로 뇌에서 이루어지는 것이고, 대뇌변연계와 상호 연결하여 조절하고, 생각하고, 상상하고, 판단하여 신경계를 통하여 육체에 지시하는 곳은 대뇌피질의 작용으로 밝혀지고 있다.

과학 문명이 발달하지 않은 시절의 옛사람들은 대뇌변연계의 작용인 감정을 마음이라고 한 것 같고, 대뇌피질의 작용을 정신이라고 생각한 것 같다.

마음과 정신에서 일어나는 근심과 걱정, 두려움과 공포, 번뇌와 망상에서 오는 긴장을 의학적으로 스트레스라고 말한다. 스트레스는 소화계 호흡기계 혈액순환계 면역계 뼈 근육 피부 등 모든 신체 부위를 자율신경계에 의하여 무의식적이고 자동으로 영향을 주고받으며, 신경계를 통하여 뇌와 마음을 구속하고 육체를 지배한다. 육체가 충격이나 병이 들면 마음이 아프고 심하면 정신을 잃는다. 몸과 마음은 일체인 것이다. 사물을 보고, 소리를 듣고, 냄새를 맡고, 맛을 보고, 피부로 느끼고 하는 오감은 모두 뇌에서 이루어져 뇌가 보고, 듣고, 맡고, 느끼며, 판단하고, 말하고, 행동하도록 한다. 희로애락의 감정도 모두 뇌에서 만들어지는 마음이라는 현상이다. 대뇌변연계의 감정들은 신경계를 통하여 신속하게 자동적으로 처리되도록 기억되고 작동된다.

"정신"이라는 말은 학교에서 강의할 때, 아랫사람이나 남을 책망할 때, 국가나 종교 행사에서, 토론이나 논쟁할 때 등에 자주 등장하는 단어이다. '시대정신', '정신상태', '정신을 차리다', '정신이 썩다', '정신이 나가다', '정신무장', '정신머리', '올바른 정신', '4·19 정신', '정신을 쏟다' 등 다양하게 쓰이고 있다.

"정신"의 사전적 의미는 ① 마음이나 영혼 - 건전한 정신, 정신상태 ② 생각하고 판단하는 능력이나 작용 - 정신을 잃다. 정신을 차리다. 정신을 집중하다 ③ 근본이 되는 이념이나 사상 - 화랑도 정신, 3.1 정신, 시대정신 ④ (철) 우주의 근원을 이루는 비물질적인 실재, 정신을 들이다, 정신 차리어 하다, 정신을 잃다, 정신이 나가다, 정신 빠지다, 정신 나간 소리, 정신이 들다, 정신사납다, 정신 팔리다 등 인간의 감정은 오감과 신경계통을 통해 뇌에서 처리되고 학습되고 기억되고 되살려져 신체의 각 기관과 부위에 쉴 새 없이 상호작용하여 표출하지만 모두 마음과 정신이라는 뇌가 인식하고 생각하는 작용이다. 궁극적으로는 뇌가 사물을 보고 소리를 듣고 냄새를 맡고 맛을 보고 신체의 접촉을 느끼며 희로애락이라는 감정변화를 일으킨다.

불교는 마음의 종교라고 할 수 있다. 수행과 고행의 궁극적 목적은 '마음' 곧 '나(我)'에 대한 인식과 깨달음에 있다. 유교의 성리학은 우주 만물의 음양오행 사상을 기초로 인간 속에 깊숙이 자리 잡고 있는 '성(性)' 즉 '마음'을 통한 인격 완성에 있다. 마음은 동양 사고의 주제다.

뇌 속에 마음이 있고 마음속에 뇌가 있다. 뇌가 감정을 기억하고 일으키고 움직이고 있다. 온갖 느낌도 생각도 상상도 모두 감정으로 표출되거나 마음에 남아 온몸을 지배하고 있다. 생각은 감정의 노예이기도 하고 주체이기도 하다.

감정은 감정을 불러일으키듯이 쉴 새 없이 변화가 일어난다. 붓다는 깨달음 이후에도 설법이 끝나면 수시로 바른 자세로 고요히 앉아 모든 생각을 끊고 참선에 들며 끊임없이 변화하는 마음을 다스리며, 지속적으로 맑고 밝고 지혜로운 마음으로 세상을 관조하고 있다. 모든 사찰의 부처의 좌상도 입상도 좌선 시의 모습이다.

마음과 정신을 중심으로 인류는 당시에 당면하였던 문제들을 고민하고 추구하면서 변화하여 왔음을 보여주고 있다. 마음과 정신은 문화와 문명을 이루며 변화하고 있다. 세계는 동서 문명과 문화가 활발히 교류하면서 마음과 정신이라는 말을 교차 사용하고 있다. 동양은 서구를 물질 문명이라고 하고 서구는 동양을 신비한 정신 문명이라고 말하기도 한다.

현대 과학은 우주와 생명의 변화 과정을 극미(極微)의 입자와 반입자에서 그리고 화석에서 찾아가고 있고, 분자 생물학의 발전은 세포 내 DNA 구조와 인간 게놈 지도를 완성하며 인체 구조의 메커니즘을 규명하여 가며 인간의 수명을 연장시키고 있다.

이성(理性)의 사전적 의미는 ㉠ 사물의 이치를 논리적으로 생각하고, 판단하는 능력. ㉡ 실천적 원리에 따라 의지와 행동을 규정하는 능력. 자율적·도덕적 의지의 능력이라고 되어 있다.

140억 개의 생각하는 신경세포 뉴런이 정보를 주고받으면서 복잡한 '네트워크'를 형성하고 있는 뇌의 구조와 기능을 밝혀가며, 기억과 학습과 희로애락의 감정과 마음, 그리고 생각하고, 상상하고, 창조하는 고도의 정신활동에 이르기까지 하나하나 알아가고 있다.

대뇌피질에서 '말하는 기능을 지배하는 부위', '말을 들어서 이해하고 판단하는 부위', '근육 등을 움직이는 부위', '운동과 감각을 담당하는 부위' 등을 조사하여 정밀한 지도를 작성하는 등 인간 뇌의 부위별 역할에 대하여 파악하고 있다. 뇌의 변화사를 보면 멍게의 유생에서 어류→양서류→파충류→조류→포유류→유인원→호모 사피엔스→현생 인류 등의 순으로 변화하여 왔고, 인류는 문화와 문명을 통하여 지속적으로 변화하고 있다. 오늘날은 빅 데이터에 의해 스스로 분석하고 학습하는 인공지능도 끊임없이 변화하여 얼마나 어떻게 변화해 갈지 알 수 없다.

마음과 정신의 작용이란 결국 뇌의 작용이다. 뇌에는 오감이 살아 있어도 신경계통과 뇌 기능이 죽어있으면 볼 수도 들을 수도 말할 수도 맛도 감각도 느낄 수 없다. 결과적으로 공포도 희로애락도 인식할 수가 없다. 뇌가 오감을 최종 인지하고 학습하고 기억하고 생각하며 지령하기 때문이다. 마음은 오감을 통한 뇌의 희로애락의 표시이고, 생존과 종족 보존을 위한 본성의 작용이다. 욕망과 번뇌 망상도 있고 자비와 쾌락도 있다. 마음은 한없이 기뻐 춤추고 성난 파도와 같이 날뛰다가도 외롭고 잔잔해지기도 한다. 감성은 사람의 성품을 형성한다.

정신은 한 차원 높은 뇌의 사고능력인 이성과 지성 영역이다. 뇌의 무한한 상상력과 창조력은 신을 창조하고 문화와 예술을 창작하고 철학과 과학을 낳았다. 먼 우주도 한순간 날아간다.

뇌 속에 넋과 얼과 정신은 있어도 영혼(靈魂)은 없다.
뇌는 마음이고 정신이다. 나(我)와 생각의 주체다.

2. 시간과 공간

- 존재와 착각

  강물이 흐르고, 구름이 흘러가고, 밤과 낮이 반복해서 바뀌고, 화사한 꽃이 피고 지고, 새잎이 눈부시게 돋아나는 봄, 잎이 무성하여 녹음이 짙고 무덥고 시원한 여름 바다, 단풍과 낙엽이 아름답게 물들다 지기 시작하는 가을, 앙상한 나뭇가지와 춥고 하얀 눈이 내리는 겨울의 계절변화와 생로병사 등은 시간의 변화를 느끼게 한다.

  끝없이 광활한 푸른 하늘, 무수한 별이 반짝이는 밤하늘, 높이 솟아있는 건축물, 아름다운 조형물, 무리 지어 날아가는 철새, 산들과 구름과 사람들의 오가는 거리, 웃고 춤추고 노래하고, 성내고 싸우고 즐거워하며 늙어가는 인간의 모습을 바라보며 시간과 공간이라는 것을 느끼게 한다.

  인간은 태어나는 순간(시간)부터 가족과 사회와 국가라는 공동체의 틀(공간) 안에서 다양한 문화와 문명 속에 제약되고, 동화되며, 배우고, 학습하고, 성장하며 살아가기 마련이다. 탄생은 개개인의 시간과 공간의 시작이기도 하다.

  한없이 퍼져있는 푸른 하늘을 바라보며 끝은 어디이고 또 그 너머는 어떻게 될지를 상상하며 어린 시절을 보내고 친구를 사귀고 배우며 성장한다. 사회생활을 하면서 보다 넓은 세상을 알게 된다. 모르는 사이 시간도 흐르고 공간도 넓어진다.

밤과 낮이 있고, 춘하추동의 4계절이 있는 지구의 자연환경 속에서 살고 있는 모든 생명은 시간이라는 변화에 맞추어 살아가도록 변화하여 왔다. 시간의 흐름을 따라 생로병사 하며 순환하는 삶이 이어지고 있다.

물체가 존재하거나 운동하는 '그릇'이 '공간'이고 물체의 변화가 일어나는 '방향'이 '시간'이다. 우주라는 공간이 있어 천체와 빛과 에너지 그리고 생명과 물질이 존재한다. 시간이라는 흐름에 의하여 과거와 현재와 미래로의 변화가 이어지고 있다.

시간의 흐름과 무한한 공간에 대한 생각은 예로부터 현재에 이르기까지 자연 철학자나 과학자는 물론 많은 사람들의 생각의 대상이 될 수밖에 없다. 특히 도가(道家) 사상의 중심에는 사색을 통한 시간과 공간에서의 깨달음을 설파하고 있다.

17세기 프랑스의 수학자이고 물리학자이고 신학자이기도 한 블레즈 파스칼의 유고(遺稿)집 〈팡세〉에는 "그때가 아니고 지금에, 거기에 있지 않고 여기에"라는 낙서를 메모장에 자주 적고 있다. 수학자·과학자·신학자로서 시간과 공간에서의 존재의 의미를 회의(懷疑)하며 신에게 다가가려고 하고 있다.

시간은 고대 바빌로니아에서 당시 사용하였던 12진수와 60진수에 의하여 지구의 자전 주기에 의한 하루를 주야로 나누고 24등분하여 1시간으로 하고, 낮 12시간과 밤 12시간으로 하고, 1시간을 60등분 하여 1분, 1분을 60등분 하여 1초로 하는 시간의 기본 단위가 결정되어 사용한 것이 오늘까지 이어지고 있다.

살면서 누구나 지루하여 시간이 늦게 간다고 생각하거나, 재미있게 놀다 보면 시간이 너무 빨리 지나갔다고 느낄 때도 있다. 인생이 짧다고 한탄하는 사람도 있고, 늙고 병들어서 거동이 불편해진 노인은 너무 오래 살았다고 말하기도 한다. 생각하고 느끼는 시간이다.

'박하사탕'이라는 영화에서는 필름을 거꾸로 돌려 버스가 뒤로 가며 주변 가로수나 논밭이 앞으로 가고 사람의 걸음걸이가 빠르게 뒷걸음치며 3년 전 장면이 나온다. 그리고 다시 5년 전으로 돌아가기 위하여 기차가 후진하고 철길과 자연경관이 앞으로 가며 과거를 전개하고 있다.

사진이나 필름은 물론 TAPE, CD, DVD로 과거의 생생한 모습과 그때의 생활환경을 다시 볼 수 있는 시대에 살고 있다. 영화는 짧은 시간에 현실의 시간을 압축하거나 생략하는 방식으로 표현하거나, 순간을 슬로모션으로 확장하는 등 다양한 캐릭터를 관객들에게 전달하기 위하여 현실의 시간을 영화적 시간으로 치환하여 영화적 순간을 창조한다.

미술이나 사진에서는 명암과 원근법이나 중첩 효과를 나타내어 공간감을 주고 있고, 만화에서는 같은 그림 속에 다른 시간대를 나타내기도 한다.

서구의 많은 철학자들의 현상학 내지 존재론에서 보여주는 특징은 물리학적 객관적 이해로부터 물러서서 시간을 의식에 주어지는 대로의 모습에서 다시 포착하고자 하는 점에 있다. 그때 시간이 의식의 존재 방식 그 자체와 불가분의 본질적인 관련을 지닌다는 점이 발견되어 시간에 대한 분석은 그대로 의식 그 자체에 대한 분석과 서로 겹치게 된다.

꿈속 장면과 현실 세계에서의 무상(덧없음)이나 찰나 그리고 인연으로 말미암아 모든 것이 일어난다는 연기설도 시간과 공간 속에서 나타나고 있는 현상이다.

시간 인식의 문화적 차이는 24절기, 노동시간, 우기, 동절기, 유아기, 생로병사 등도 적도지방과 온대지방과 극지방, 북반구와 남반구, 동양과 서양 등 지역에 따라 다르다. 그리고 인간의 일상, 직선적 시간 인식, 회귀적·순환적인 시간 의식이 생활의 큰 틀로 자리매김하고 있다.

철새는 계절 따라 이동하고, 식물은 봄에 꽃이 피고 가을이면 낙엽이 진다. 연어는 태어난 강으로 회귀하여 새끼를 낳고, 곰은 월동을 위하여 굴속에 들어가 동면한다. 박테리아에서부터 동식물에 이르기까지 생명 활동에는 다양한 생물적 시간이 있다. 이는 지구 자연환경 주기에 맞춰 살아남기 위하여 오랜 세월 적응하고 변화하며 유전자로 이어졌기 때문이다. 유전자에 의한 생명 활동 자체도 주기적인 시간 활동이기 때문에 생체 시간이 있다.

시간의 기준은 인간에 의해 태양 주기에 의한 지구의 하루에서 시작하고 있다. 현재는 조금씩 변하는 전자기파의 주기의 길이와 같아지는 세슘 원자시계가 만들어져 3,000만 년에 1초가 틀리는 약 100억 분의 1초 단위까지 계측할 수 있다.

나아가 현대 과학은 '빛 주파수 컴(comb)'을 응용하여 원자시계에서 '빛 주파수 시계'로 변환하여 100조분의 1초~1,000조분의 1초 '펨토초(femto-sec./fs)'까지 측정하여 극한의 찰나(刹那)에서 일어나는 화학 현상의 해명, 신물질의 연구개발, 상대성 이론이나 양자역학과 같은 물리 이론의 검증 등 다양한 방면에서 응용 범위를 넓혀가고 있다.

라이프니츠는 "시간과 공간은 독자적 실체가 아니라 생각의 산물이다. 시간은 동시에 공존하지 않는 것들의 보편적 인과적 질서다"라고 설명하고 있다.

뉴턴은 "변화와 상관없이 시간은 흐른다. 아무 변화가 없어도 시간은 흐른다. 수학적이고 절대적인 시간이 존재한다"라고 그의 물리법칙에 적용하고 있다. 뉴턴의 절대시간과 공간은 철학적 사고에서 출발한 수학적 개념이다. 뉴턴은 시간의 방향을 제시하지 않았다.

볼트만은 열역학 제2 법칙인 엔트로피 증가의 법칙에서 엔트로피의 변화는 항상 '0'보다 크거나 같다. 즉 엔트로피가 항상 증가하거나 일정하게 되는 방향으로 자연 과정은 진행된다. 즉 관련한 수식(數式)은 시간의 방향을 표시하고, 시간을 확률적으로 설명하면, 우주는 한 점에서 시작한다.

공간의 표현은 예술에서 여러 가지로 나타나고 있다. 영화 속 공간이란 관객들에게 캐릭터에 대한 중요한 정보를 제공해 주고, 미장센의 주된 이미지를 규정해 주는 역할을 한다. 인셉션은 영화가 현실과 꿈의 세계로 나뉘어 있다. 겹쳐서 공간감을 표현하는 중첩, 진하고 희미하게 하는 원근법 등 우리의 망막에는 위아래가 뒤집힌 이차원적 이미지가 맺히지만 뇌는 세상을 파노라마처럼 펼쳐진 3차원으로 느낀다.

공간지각 능력의 필수적인 요소는 거리를 느끼는 감각이다. 착시 현상은 삼차원의 세계를 보기 위한 신경계의 적응 현상이다. 원근법과 소실점, 농담 등이 있다. 그 외에도 가상 세계, 정신 세계, 시대적 공간, 배경, 이야기 공간, 생활공간, 흥미로운 공간으로 병원, 법원, 감옥, 경찰서 등 일상과는 밀접하지 않은 낯선 공간이 있다.

철학적 의미의 공간은 시간과 더불어 물질계를 이루는 기초형식. 우리는 외계에 존재하는 객관적 사물의 외재성을 우리의 가능한 경험 속에서 파악하고 또 고찰하려고 한다. 이때에 객관적 사물의 존재성은 3차원의 지속적이고, 동질적이며, 무한히 분할 할 수 있고, 제한 없이 확장할 수 있는 것으로서 나타난다.

칸트는 "시간과 공간은 인간이 세상을 이해하는 데 필요한 선험적 형식이다"라고 관념론적으로 말하고 있다.

공간지각은 상하·좌우·전후의 공간 관계를 감각을 통해 파악하는 지각이다. 인간이나 동물이 3차원의 세계에서 살아 나가려면 2, 3차원의 범위를 통해서 알지 않으면 안 된다. 인간은 시각·청각·촉각 등의 감각을 통해서 공간적 범위를 감지할 수 있다. 이것을 공간지각이라고 한다. 그중에서도 시각을 통해서 지각되는 공간이 가장 명확하다. 지각된 공간은 자기로부터의 거리의 원근에 따라 구별된다.

중력 방향이나 지각 공간 내의 주요한 대상과의 관계에 따라서도 위치가 정해진다. 공간의 주요 방향인 수직과 수평은 평형감각에 의한 중력 방향 및 가속도 방향의 지각, 시각에 의한 대지의 수평선이나 건축물의 수평, 수직면의 지각. 신체의 자세에 관한 근육감각이나 의자 등의 지지면에 대한 촉각 등의 여러 요인에 따라 규정된다.

에른스트 마흐(Ernst Mach 1838~1916)는 "우리는 시간을 통해서 사물의 변화를 측정할 수 없다. 시간은 오히려 사물의 변화를 통해 얻어내는 추상성이다" 실증주의의 입장에 선 독자적인 인식론을 개척하였으며, 초음속 제트기의 '마하 수'는 그의 이름에서 따왔다.

아인슈타인은 "시간이 지나는 동안 공간에서 물체의 위치가 어떻게 변하는지 설명하는 학문이 역학이다" 여기서 위치와 공간이라는 말이 무엇을 의미하는지 분명하지 않다. "아무 의미 없는 공간이라는 애매한 단어 대신 좌표계에 대한 상대적 운동이라고 말해야 한다. 독립적으로 존재하는 궤적이란 존재하지 않는다. 단지 좌표계에 대한 상대 궤적만 존재한다" '시간의 차'는 두 사건 사이의 눈금(시계)의 차이다. 수학적 중력에 의해 시간과 공간이 휘어진다. 시공간(4차원)은 물질과 시간이 서로 연결되어 있다. 우주는 시공간 물질로 되어 있다.

아인슈타인의 시간과 공간의 개념을 다시 정리하면 다음과 같다.

'시간과 공간은 생각의 도구인 인간 지성의 자유로운 창작물이다.'

'고통, 목적, 목표 등과 같은 심리학이 다루는 개념처럼 공간, 시간, 사건이라는 개념은 과학 이전의 사고에 속한다.'

'시간과 공간은 실제 존재하지 않지만 이런 개념은 자연과학에 유용하다.'

'시간의 심리적 기원은 기억이다.'

'기억된 사건들에 순서를 정하는 과정에서 시간이라는 주관적 개념이 생긴다.'

'다른 사람의 기억과 비교하는 과정에서 기억은 객관적 사건이 된다.'

'사건은 시간뿐 아니라 공간상에서도 위치가 정해져야 한다.'

'결국 물질적 객체의 개념 정의가 시간·공간 개념에 선행되어야 한다.'

'공간은 물질에서 온다.'

'양자역학에서는 우주를 객체와 주체로 나눌 때 '시간은 환상이다.''

아인슈타인은 특수 상대성 이론에서 "빠른 속도로 운동하는 사람에게는 시간의 흐름이 느려지고, 우주에서의 공간 거리가 줄어

든다"고 하고 있다. 특수 상대성 이론은 시간과 공간은 독립된 것이 아니라 관측자의 운동 상태에 맞추어 연동해서 변화한다. 3차원의 공간과 1차원의 시간을 합쳐서 '4차원 시공간'으로 통일하고 있다.

일반 상대성 이론에서는 "중력이 강한 곳에서는 중력에 의해 공간이 휘어지고, 시간의 흐름이 느려진다"고 하고 있다. 천체와 같은 큰 질량은 공간을 휘게 하고, 공간의 휘어짐이 중력을 일으키는 것이 된다. 태양 주위를 도는 행성 궤도도 태양이 만든 휘어진 공간을 따라서 도는 것으로 지금은 해석하고 있다.

일반 상대성 이론에서는 물질의 존재가 시공간을 변형시키는 한편, 시공간의 변형이 물질에 힘(중력 작용)을 미치는 것이다. 시공간과 물질은 휘어진 시공간의 기하학인 일반 상대성 이론에서 통일되고 있다.

아인슈타인은 물체의 운동과 빛의 전파를 통일해서 특수 상대성 이론을 만들어 냄과 동시에 시간과 공간을 시공간으로 통일했다. 나아가 만유인력의 법칙을 시공간의 기하학에 집어넣어 일반 상대성 이론으로 통합하고 '시·공간과 물질'을 통일했다.

물리적 세계의 통일은 물리적인 세계를 지배하는 규칙의 "공통화·단순화"이다. 즉 최소의 규칙으로 모든 사물과 현상을 설명할 수 있게 하는 것이다.

아인슈타인의 상대성 이론에 의하여 '시·공간'이 확립됨으로써, 시간도 공간과 함께 우주를 구성하는 차원이 되었다. 우주 창조와 시간의 기원은 같은 문제로 해석하고 있다. "시·공간이란 우주 자체를 나타내는 말"이다.

현재의 우주는 빅뱅의 불덩어리가 남긴 흔적인 절대온도 3K의 우주 배경 복사로 가득 차 있다고 한다. 우주의 나이는 138억 년이라고 하고, 지구의 나이는 46억 년이라고 한다. 장구한 세월만큼 우주도 가속 팽창하고 있는 것이 관측되고 있다고 한다.

불교에서 좌선에 든다고 하는 것은 시간과 공간을 망각하는 것이다.

'시간과 공간' 속에 몰입하다 보면, 무아의 경지에 빠지는가 보다.

'시간과 공간'은 물론 인생살이가 환상(幻相) 같은 것이기도 하다.

3. 생각의 시대적 흐름

- 문화의 변화

  인문학(Humanities)과 인문과학은 인간과 인간의 근원 문제, 인간과 인간의 문화에 관심을 갖거나 인간의 가치와 인간만이 지닌 자기표현 능력을 바르게 이해하기 위한 과학적인 연구 방법에 관심을 갖는 학문 분야로서 인간의 사상과 문화에 관해 탐구하는 학문. 자연과학과 사회과학이 경험적인 접근을 주로 사용하는 것과는 달리 분석적이고, 비판적이며, 사변적인 방법을 폭넓게 사용한다.

  미국 국회법에 규정된 내용에는 인문학이란 언어, 언어학, 역사, 법률, 철학, 고고학, 예술사, 비평, 예술의 이론과 실천 그리고 인간을 내용으로 하는 학문을 포함하는 것으로 정의하고 있다.

고대 사회의 언어 표현과 문자의 창조

  인간은 2만~1만 년 전 구석기 후기 시대에 접어들게 되면서부터는 대뇌피질이 조금씩 활성화하면서 '보고, 생각한 것'을 정교한 석기와 골각기를 만들어 사냥과 적과의 싸움에 사용하게 되고,

기거하던 동굴이나 암벽에 인간이나 동물 형상의 벽화나 암각화를 남겨 후손이 알고 익히도록 하고 있다.

　언어는 서로의 의사를 소통하게 하고, 문자는 기록에 의하여 후대에 지식과 각종 사실을 역사로 전하여 알고 학습할 수 있게 하여 문화와 문명을 끊임없이 변화할 수 있게 한다. 언어와 문자는 인간 두뇌의 지성을 향상시키며 세대에서 세대로 이어지며 확산하게 한다. 인간의 상상력은 삼라만상에 천지신명이 있다고 믿으며 숭배하게 되고, 나아가 인간에게도 넋이 있다고 생각하여 조상의 혼령을 섬기게 되고, 제사장이나 부족장은 제례와 의식을 주재하며 권위와 위엄을 갖추어 가게 되었을 것이다.

　인간에게 변화무쌍하고 장엄한 자연현상은 두렵고 신비한 숭배의 대상일 수밖에 없고, 제사장과 부족장을 중심으로 천지신명에게 제(祭)를 올리고 부족의 안녕과 복을 기원하며 자연적으로 토속신앙이 되고, 삼라만상과 인간과 부족에 대한 설화나 전설이 구전되다 아름답고 두렵고 신령하게 다듬어져 창조 신화나 건국 신화가 되었다.
　인간은 여러 부족들이 뒤섞이어 도시 공동체를 이루게 되자 정복 족의 언어를 주로 사용하여 섞이고, 차츰 그림 같은 것으로 기록을 남기려 하였을 것이다.
　BC 3,000년경부터 약 3,000년간 이집트 나일강과 메소포타미아 유역을 중심으로 고대 오리엔트에서 사용된 회화문자를 통하여 시대별 발자취를 엿볼 수 있다.

설형문자는 회화문자(그림문자)에서 생긴 문자로 BC 3,000년경 수메르인들이 젖은 점토 위에 도구를 이용해 흔적을 남기기 시작하여 초기에는 수를 세기 위해 문자의 선이 쐐기 모양으로 되어 있어 설형문자 또는 쐐기문자라 하고 신전에 바칠 물품인 곡물·소·양·물고기나 노예 등을 표시한 문자 기호였다.

수메르 문명은 1년을 12달, 하루를 24시간, 한 시간을 60분, 일분을 60초로 60진법과 태음력을 쓰고, 지구의 공전주기를 360일로 정하고(원의 회전 각도가 360도(度)가 됨), 설형문자(쐐기문자)를 사용하였다. 설형문자는 BC 6세기 페르시아어, 지금의 터키인 소아시아의 히타이트어 등 인도·유럽어족의 언어가 되었다.

중국의 한문은 BC 1,400~BC 1,200년경에 발견된 은나라 때의 거북의 배, 소의 어깨뼈, 사슴의 머리뼈에 새긴 길흉(吉凶)을 점치는 데 사용된 갑골문자로 4,000자가 발견되어 절반 남짓 해독되었다고 하며 제사와 농사, 전쟁과 수렵, 왕의 통치와 외부 행차, 질병과 재앙에 대하여 질문한 내용으로 되어 있다고 한다.

문명의 발상지인 나일강, 티그리스·유프라테스강(메소포타미아유역), 인더스강, 황하강 유역에서는 상형문자, 설형문자, 갑골문자가 발견되고 있는 것이다. 언어와 문자의 발달은 문화와 문명을 촉진하게 하고 있다. 반대로 문화와 문명의 발전은 언어와 문자의 발명과 발전에서 시작하였다고 할 수 있다.

제사장·의사·상인·서기 등의 지식 계층은 문자를 습득(習得)함으로써 막강한 세력을 가진 지배층으로 부상할 수 있게 하였고,

종교 시대에도 글을 아는 종교지도자들이 교리를 이해하고 종교적 행사를 주관함으로써 인간 사회를 정신적으로 지배할 수 있게 하였을 것이다.

동양의 자연철학과 황허 유역의 제자백가의 사상 – 윤리·도덕·법의 확립과 정치 사상

역경 또는 주역(周易)의 역(易)이란 도마뱀을 옆에서 본 상형문자로서 '日'자는 머리 부분이고 '勿'은 발과 꼬리를 나타내고 있다. 도마뱀은 하루에도 12번이나 변한다는 데서 '易'이라는 글자는 '변화한다'는 뜻을 지니게 되었다. '易'의 사상적인 핵심은 양(굳세다. 하늘)과 음(부드럽다. 복종하다. 땅)의 대립인 음양2원론이다. 모든 사물은 반듯이 대립되는 것이 있어서 그와 대립함으로써 통일된 세계를 만들고 있다. 모든 변화는 음양의 대립에서 생기기 때문에 대립이 없는 곳에는 변화가 없다.

천지 만물이 끊임없이 변화하는 자연현상을 역(易)이라 하여 ① 천지의 자연현상은 끊임없이 변하나 단순하고 평이한 것이 천지의 공덕임을 말하고 있다. ② 천지 만물은 멈추어 있는 것 같으나 항상 변하고 바뀌어 양과 음의 기운이 변화하는 현상으로 이어진다. ③ 모든 것은 변하고 있으나 그 변하는 것은 일정한 항구 불변의 법칙을 따라서 변하기 때문에 법칙 그 자체는 영원히 변하지 않는다. 역사상은 천지 만물은 모두 '양과 음'의 이원론으로 이루어진다. '하늘은 양, 땅은 음' '해는 양, 달은 음' '강한 것은 양, 약한 것은 음' '높은 것은 양, 낮은 것은 음' 등 모든 사물과 현상들을 두 가지로 구분하고 그 위치나 상태에 따라 끊임없이 변화한다는 것이 주역의 원리이다.

자연철학으로서의 음양 사상에서 정통적 역학(易學)이 가장 중요하게 여겼던 점은 천인합일(天人合一) 사상의 강조이다. 인간세계의 질서를 우주자연계의 질서와 일치하는 것으로 간주하고, 거기서 규범을 삼으려고 하는 것이 바로 천인합일 사상이다.

달은 차면 다시 기울기 시작하고, 여름이 가면 다시 가을·겨울이 오듯 모든 현상은 끊임없이 변하나 그 원칙은 영원불변이다. 이 원칙을 인간사에 접목시켜 비교 연구하면서 풀이한 것이 역경이다. 역경은 '인간의 모든 것은 하늘이 부여한 것으로 하늘의 뜻에 따라야 한다'는 천명(天命)사상이 자리하고 있다.

춘추전국시대 제자백가(諸子百家)의 사상가들은 유가(공자·맹자·순자)·도가(노자·장자)·묵가(묵자)·법가(한비자) 등의 학파로 이루어져 제후국들의 세력다툼으로 각박하고 참담하게 변모한 인간 질서를 회복하고, '부국강병책'과 이상적인 국가 통치의 실현과 인간성 회복을 위한 윤리와 도덕성을 확립하려고 하였다.

노자(BC 560경?~?)는 도덕경에서 [천이 무위(無爲)요, 자연이요, 무의지(無意志)이고, 순환한다.]는 "천도관(天道觀)"을 제시하였다. 〈나라를 다스릴 때도 항상 억지로 해서는 안 되고, 성인은 '무위'로서 일을 처리하고 불언으로 가르친다.〉고 하였다.

장자(BC 369~289)는 노자의 사상을 이어받고 있으며 "만사와 만물은 시비(是非)와 귀천(貴賤)이 없고, 정치제도나 사회 예속(禮俗)은 모두 속박이고 가치가 없다"고 하였다. 철학서인 '장자의 우화'는 문학작품으로서도 오늘에까지 재해석되며, 마음을 다스리는 지침서로 널리 읽히고 있다.

공자(BC551-BC479)는 인간의 도덕성 회복을 위하여 "인(仁):"에 대해 여러 함의(含意)로 설명하고 있다. 인(仁)은 '인격의 도야(陶冶)를 통하여 인간답고, 인간을 사랑할 수 있는 품성을 갖춘 인간', '부모에 대한 효도와 형제간의 우애, 내면적 성실성과 사람과의 신의', '내가 원치 않는 것을 남에게 시키지 말라는 서(恕)', '자신의 욕심을 뛰어넘어 예(禮)를 따르라'는 등의 주제로 흐트러진 사회 질서와 이상적인 국가의 지표를 제시하였다. 유가 사상은 정치, 사회, 교육, 인생에 관한 철학이다.

맹자(BC 372~289)는 당시의 이익다툼과 약육강식을 인간의 본성으로 보지 않고 측은지심·수오지심·사양지심·시비지심을 본질적 특성인 성선설(性善說)로 보고 스스로의 노력에 의해 인의예지(仁義禮智)의 덕을 실현하고자 하였다. 이를 위하여 호연지기(浩然之氣)를 길러나가는 수양을 강조하였다. 또한 지배계급에 대한 교화를 통해 민본주의에 의한 "인자한 정치(인정(仁政))"의 구현을 주창하였다.

순자(BC 298~238)는 인간의 본성은 악하다는 성악설을 주장하고, 인륜을 바탕으로 도덕적인 교화를 실시하여 공동체 중심의 사회질서 확립을 통해 인간의 악한 성질을 바꾸어 선한 행위로 유도하여 '예의염치'에 충실하도록 교육하여 범죄를 '미연에 방지'하려는 '예치(禮治)'를 주장하였다.

한비자(BC 280~233)는 ① '인간은 욕망의 충족을 위하여 투쟁하는 이기적인 존재'로 규정하고 있다. ② 절대전제군주의 법에 의한 지배가 사회의 질서를 구축할 수 있다는 지배 계급의 사상을 설파하였다. ③ 인간의 행위에 대한 엄격한 평가를 통하여 상벌을 내리는 법률체계를 통해서 사회질서를 유지할 것을 강조. 신하를 통솔하는 데도 실제의 성과와 업적의 일치·불일치를 상벌 판정의 기준으로 삼아야 한다고 하였다.

고대 동양의 사상은 서양의 학문적 논리와는 달리 자연의 순환이치나 인간의 성품(존재의 본질)을 깊은 성찰에 의한 깨달음에 의해서 인식하고자 하였다. 윤리와 도덕의 확립, 성인과 군자에 의한 과거의 사례에서 찾으려 하고 있다. 춘추전국시대의 제자백가의 사상은 동양의 근본 사고로 삶 속에 흐르고 있다.

2,500년 전 관조지혜(觀照智慧)에 의한 깨달음에 의해서 아는 동양과 논리적으로 탐구하여 인식하는 서양의 사고방식의 차이는 필연적으로 문화와 문명의 변화 방향을 결정짓게 하고 있다.

고대 그리스 철학과 정치 사상 – 자연철학과 도덕과 민주정치

역사는 반복된다고 하지만, 인간은 끊임없이 문화와 문명을 변화시켜 가고 있다. 문화와 문명은 인간의 '생존과 삶'의 발로(發露)이기도 하다. 인간의 문화와 문명 변화는 자연현상과 같은 것으로 대뇌변연계와 대뇌피질에 의한 '변화와 균형'에 의해 '동적 균형'으로 끊임없이 흘러가고 있다.

BC 8세기~3세기 인간 두뇌의 활성화는 보다 지성(知性)이 깊어지며 자연의 순환이치를 관찰하고, 인간의 본성과 존재에 대하여 생각하며, 이해다툼과 욕망으로 무질서해진 사회상과 불안정한 국가·정치체제를 바로잡기 위한 방안을 제시하고, 초인과 로고스나 이데아의 세계를 상상하며 인간 지성의 꽃망울을 터트리고 있다.

고대 그리스는 BC 8세기경부터 폴리스 중심의 직접민주정치가 시작되었고, 고대 로마는 BC6세기경부터 도시국가 형태로 공화정이 실시되며 전성기로 이어지다 차츰 쇠퇴하기 시작한다. 그리고 자연철학을 중심으로 천문학·수학·물리·화학·생물·의학의 기초를 열어가고 있다. 인간관계를 자연의 이치와 연관 짓고, 법과 윤리·도덕을 문답식 대화와 다양한 논리로 전개하였으며, 당시의 사상과 방법론은 서양의 사상과 과학 문명이 오늘에 이르는 데 깊은 영향을 끼치고 있다. 오늘날의 민주주의도 올림픽과 함께 고대 그리스로부터 유래되고 있다.

소크라테스(BC 470~399)는 ❶ '너 자신을 알라!'라고 도덕적 행위를 고양시키고, 실천지(實踐知)를 중시하였다. 대화에 의한 '문답법'에서 독단적인 잘못된 지식을 비판하고 제거하며 진리에 도달하는 귀납법에서 구하였다. ❷ 스승이 제자에게 질문을 던지고 답하는 질의응답을 통한 변증법적 지식의 추구 방식을 취하고 있다.

플라톤(BC 427~347)은 영혼은 이성·기개(氣槪)·욕망이라는 세 부분으로 이루어지고 이들이 제 역할을 다했을 때 지혜·용기·절제(節制)의 덕이 만들어진다고 하였다.

① '이데아론'은 물질적 요소를 중시한 자연철학의 전통에서 벗어나 비물질적이며 항구적인 속성을 지니는 이데아가 참된 실재라고 주장함으로써 물질적 세계를 초월하는 절대적인 가치 판단의 기준과 진리가 존재한다고 보았다. ② 국가도 '유익함과 올바름'의 이데아인 선(善)을 잘 아는 '철인(哲人)의 정치'라야 사회는 정의로우며 '이상(理想) 국가'에 도달한다고 하였다. ③ 〈국가〉에서 '정의란 무엇인가?'라는 부제는 롤스(J. Rhawls)의 '정의론'을 비롯하여 존재·정의·영혼과 같은 개념은 오늘날까지도 많은 철학자들이 다루는 본질적 질문이기도 하다.

아리스토텔레스(BC 384~322)의 저서는 강의 노트를 편집하여 편찬하였다.

① 시민적 덕성과 도덕적 탁월함이 '좋은 시민'과 '좋은 사회'를 만든다. ② 창조성을 대상으로 하는 '제작술'에는 시학·수사학 등 예술 활동이 포함되고 있다.

그의 철학사상은 관념론과 유물론의 양면성을 띠고 있으며, 자연학을 논하는 경우는 유물론적 색채가 농후하다. 관념론은 중세의 기독교의 신학 체계를 세우는 데 크게 기여하였다. 그가 수립한 우주론은 천동설로 기독교에 의해 중세까지 절대적인 것으로 지지를 받았다.

아리스토텔레스의 정치철학은 ① '인간은 지식을 추구하는 존재'이므로 철인이 아니라도 시민들이 함께 심의하고 자유롭게 토론하며, 구성원 각자의 기질과 생각이 다양하게 드러날 수 있다면, 한 사람의 탁월한 생각보다 상식을 가진 '다수'가 더 나은 결정을 내릴 수 있다고 주장한다. ② '실천적 지혜'를 의미하는 '신중함'도 '좋은 사람'이라는 조건이 충족될 때 정당성이 획득되듯이 통치자의 탁월함은 '좋은 사람'의 탁월함을 나타내는 '중용'의 품성이 우선적으로 요구된다고 하였다. ③ 최상의 정체는 과두정체와 민주정체의 '혼합(polity)'이라고 주장하였다. ④ 그의 '덕 윤리'는 '정치적 동물로 대표되는 인간관'과 '행복으로 대변되는 공동체관'으로 구분하고 있다. 인식론적으로는 인간은 국가 공동체를 벗어나서는 존재할 수 없다는 상호 의존적 인간 본성에 대한 주장과 연관되어 있다.

고대 그리스 문화와 문명은 동양과 달리 철학과 자연철학이 논리학, 삼단논법, 문답식 변증법, 연역법, 귀납법, 기하학의 공리와 공준 등과 같은 학문적 방법에 의해 진리를 탐구하고 논증하려고 한 것이 특징으로 이러한 접근방식은 서구인의 정체성과 같은 것으로 오늘의 과학 문명을 낳았다.

서구의 중세 이후의 인문 사상의 변천(변화)

귀납법은 개개의 사실이나 명제에서 일반적 결론을 이끌어내는 추론법이다. 연역법은 보편 명제에서 특수 명제를 이끌어내는 추론법이다. 영국과 미국의 지식인은 귀납법, 독일·프랑스 지식인은 연역법에 의해 추리하는 경향이 있다. 진리의 탐구에서도 프랑스와 독일의 철학자 데카르트, 칸트, 헤겔, 마르크스, 니체, 사르트르 등과 같은 위대한 철학자를 배출하였다. 반면에 영미에서는 경험주의자 즉 명상보다는 관찰과 실험을 통해 결론을 끌어내는 뉴턴, 린네, 다윈 등을 배출하고 있다.

대표적인 연역법은 삼단논법(대전제, 소전제, 결론)으로, 여기에는 정언적 삼단논법, 가언적 삼단논법, 선언적 삼단논법, 딜레마 등이 있다.

이탈리아의 르네상스(문예부흥)는 기독교의 굴레에서 벗어나 인간성의 회복과 고대 그리스·로마 문화의 부흥을 기회로 학문과 예술의 혁신운동이 시작되어 전 유럽으로 확산되며 유럽의 근대화를 이끈 원동력으로 작용하고 있다.

레오나르도 다빈치(1452~1519)는 이탈리아 르네상스의 천재 화가·조각가·건축가·해부학 등 다방면의 재능과 전문적 탐구의 발자취를 남기고 있다.

① 미술품으로 유명한 [최후의 만찬]·[성 안나]·[모나리자]가 있고, '원근법'과 '음영법(陰影法)'을 창시하여 근대 미술의 토대를

세웠다.

② 인체의 내부·골격·근육·뇌의 해부를 통하여 표정과 근육의 변화를 그림에 반영하여 미묘한 부분까지 묘사하고 있다. 인체와 동물의 골격과 근육은 물론 뇌·혈관·주요 장기 등의 상세 해부도를 남겨 의학 발전에도 기여하고 있다.

미켈란젤로(1475~1564)는 이탈리아의 조각가·화가·건축가로 조각품 '다윗 상(像)'과 '피에타' 그리고 로마 시스티나 성당의 천장화 '천지창조'와 벽화 '최후의 심판'은 수많은 세계인이 찾는 르네상스의 대표적인 걸작이다.

마키아벨리(1469~1527)는 이탈리아의 정치철학자로 '인간은 사회적·정치적 존재이며, 모든 정치는 힘의 관계에서 비롯되고, 인간은 악(惡)으로 기울어질 수밖에 없다'는 생각이 사상의 기저(基底)를 이루고 있다. 그는 군주의 행위에 대해 "사람들은 '그 결과를 본다'. 군주는 국가를 획득하고 유지해야 한다. 그러면 수단은 늘 고결하다는 평가를 받고, 모두의 칭송을 받을 것이다"라고 말하고 있다.

① 군주는 인간이 약하다는 것을 알아야 한다. 인간은 위선적이고, 탐욕스럽고, 위험을 두려워하는 존재이다.

② 군주는 필요할 때에는 악인이 되어야 한다. 군주는 사랑의 대상이 아니라 두려움의 대상이 되어야 사람들이 배신을 하지 않는다.

프란시스 베이컨(Francis Bacon, 1561~1626)은 영국의 근대 경험론의 선구자로 과학적 지식을 중시하고 경험을 강조하였다.

① 실험과 관찰을 통해 원리와 법칙을 발견하는 귀납법을 과학의 새로운 방법론으로 제시하였다.

② 지식과 학문은 인간에게 도움을 줄 수 있어야 한다.

③ 실용적 학문은 자연과 세계에 관한 것으로 인간에 의해 성립하는 것이며, 인간을 위한 학문이어야 한다.

토머스 홉스(Thomas Hobbes 1588~1679)는 영국의 철학자·정치사상가로 모든 실재를 물체와 그 운동으로 설명하려는 유물론적 자연주의 입장을 취한다.

① 외적 자극에 대한 이론적 반응이 감각인 데 반하여, 실천적 반응은 쾌(快)·불쾌의 감정이다. 선이란 쾌로 인간이 바라는 것이고, 악이란 불쾌이므로 인간이 싫어하는 것이다.

② 의지(意志)는 외적으로 결정되며 결정론은 필연이다. 본질적으로 선한 것은 없고, 선악(善惡)·정사(正邪)는 상대적인 것이어서 국가와 법이 성립되었을 때에 그 판정의 기준이 생긴다.

③ 인간은 본래 이기적이어서 '자연 상태'에서는 아무것도 금할 수 없고, 개인의 힘이 권리이다. 자기 이익만을 추구하는 자연 상태에서는 '만인의 만인에 대한 투쟁'이 있고, '사람은 사람에 대하여 이리'이기 때문에 자기보존의 보증마저 없다. ④ 인간은 각자의 이익을 위하여 계약으로써 국가를 만들어 '자연권'을 제한하고, 국가를 대표하는 의지에 그것을 양도하여 복종한다. 전제군주(專制君主)제를 이상적인 국가 형태라고

생각하였다.

데카르트(1596~1650)는 프랑스의 철학자, 수학자, 물리학자로 '근대 철학의 아버지'로 불리며, 대륙 합리주의 철학의 길을 열고, 해석기하학을 창시하였다.

① 스스로 명백한 진리 즉 모든 철학의 원초적인 명제인 동시에 토대가 되는 '제1 원리'를 찾기 위해서 '방법적 회의(懷疑)'를 제시하였다. 즉 모든 것을 의심하여 더 이상 의심할 것이 없다고 해도 나의 존재만은 의심할 수 없는 '나는 생각한다. 그러므로 나는 존재한다'라는 명제를 제1 원리로 제시하였다.

② 직관과 연역을 진리에 이르는 유일한 길로 보았다. '생각하는 나' 즉 '인간의 의식'을 전면에 내놓았다. 신의 존재나 세계의 존재는 오직 정신 속의 순수사유에 의해서만 증명될 수 있다고 하였다.

③ 물리적 자연으로부터 정신을 분리시키고, 정신을 물질적인 것으로부터 분리하였다. 자연은 수학적으로 계량할 수 있는 세계이며, 이성이 합리적으로 연역(演繹)할 수 있는 논리적 세계이다.

존 로크(John Locke, 1632~1704)는 영국의 철학자·정치사상가로 인간오성론(悟性論: 사물에 대하여 논리적으로 이해하고 판단하는 능력. 지성(知性))과 계몽철학 및 경험론 철학의 원조로 부르고 있다. 그의 정치사상은 명예혁명·프랑스혁명·아메리카 독립 등에 커다란 영향을 주어 서구 민주주의의 근본 사상이 되었다. 〈인간오성론〉은 '인식(認識)'을 근본 과제로 제기하여 논술한 저서로 ① 제1권에서 인지는 모두 감각과 반성이라는 경험을 통하여 얻어지는 단순 관념에서 유래한다. ② 법·정치사상에서는 계약설을 취하고, 주권재민과 국민의 저항권을 인정하여 대표제에 의한 민주주의, 입법권과 집행권의 분립, 이성적인 법에 따른 통치와 개인의 자유·인권과의 양립 등을 강조하여 종교적 관용을 역설하였다. ③ 교육에 있어서도 암기식 주입주의를 반대하고 수학적 추리와 체육(體育)·덕육(德育)·지육(智育)을 강조하였으며, 그 사람의 소질을 본성에 따라서 발전시켜야 한다고 하였다.

장 자크 루소(1712~1778)는 프랑스의 사상가로 ① 〈사회 계약론〉에서 '인간은 자유롭게 태어난 존재인데, 도처에서 사슬에 얽매여 있다' '스스로 다른 사람의 주인이라고 믿는 사람조차 그 사람들보다 더 노예다' ② 〈자기사랑과 자기 편애(偏愛)〉는 자연적 감정으로써 모든 동물이 자기보존에 주의를 기울이게 한다. ③ 정치사상사에서 자율성과 정치적 권위의 균형은 다수의 폭력이나 비민주적 심의로 귀결되기보다 개인과 공동체의 조화를 창출할 수 있는 정치적·도덕적 숙의로 전환될 수 있다. 주권은 개개인의 생명과 재산을 보호해야 하고, 개인들은 '인민'으로 통합했던 공동의 목적에 충실해야 한다. ④ '인간의 자연적 충동은 건전하고 선량하다. 사회가 인간을 사악하게 만드는 장소이다. 인간은 한때 주위의 환경과 조화를 이루며 살았지만 이제는 겉치레와 경쟁, 과

시적 소비 속에 살고 있다' ⑤ 각종 제도는 인간의 영혼을 병들게 하고, 인간을 소외시킨다.

〈에밀〉에서 ⑥ '인간을 사회적인 존재로 만드는 것은 바로 그 약(弱)함이다. 우리의 마음에 인간애를 갖게 하는 것은 우리 모두가 공유하는 바로 그 비참함이다. 우리 자신의 나약함으로부터 우리의 덧없는 행복은 생겨난다'

※ 계몽 사상은 17세기 후반에 시작하여 18세기 프랑스에서 전성기를 이룬 사조이며, 역사적으로는 영국의 명예혁명(1688)에서부터 프랑스혁명(1789)까지의 시기이다.

① 칸트는 계몽이란 아직 미자각상태(未自覺狀態)에서 잠들고 있는 인간에게 이성(理性)의 빛을 던져주고, 편견이나 미망(迷妄)에서 빠져나오게 한다는 뜻으로 처음 사용하였다. ② 계몽사상에는 '어떻게 살 것인가'라는 영원의 물음에다가 '어떻게 행복해질 것인가'라는 현세(現世)의 과제가 덧붙여진다. ③ 계몽사상은 몽테스키외·볼테르·J.J.루소를 비롯한 프랑스의 사상가·문학가의 여러 저작·작품이 있으나, 그 원류는 T.홉스와 J.로크를 비롯하여 17세기 영국에서 시작하여 독일의 여러 사상가에까지 미쳤다. ④ 계몽사상은 종교나 관습·제도의 주술(呪術)에 묶여 있는 인간을 감성적·심정적으로 해방시키고, 과학에 대한 꿈을 고취하며, 각자가 자신의 주체성 위에 서서 새로운 세계관·처세술·창조에의 참가를 실현하도록 촉구하였다.

임마누엘 칸트(Immanuel Kant, 1724~1804)는 독일의 철학자로 ① 〈순수이성비판〉(1781)에서 순수이성의 근원과 그 한계를 비판적으로 탐구하여 "내용 없는 사고는 공허하고, 개념 없는 직관은 맹목이다" 실정법적 규제를 따라 '최대한 인간의 자유를 보장해 주는 것'을 헌법의 근본적인 기능이자 필수적인 이념이라고 정의하였다.

② 〈실천이성비판〉(1788)에서 (a). 인간이 도덕적 선을 실천할 수 있는 근거는 '실천이성'으로서 도덕적 법칙을 확립하며, 무조건 적용되는 '정언명령법'으로 나타난다. (b). 실천적인 것을 의지와 원칙에 따라 행위 할 수 있는 능력으로 규정한다. (c). 이성적 존재는 자율적 존재이며 도덕적 행위를 통해서 스스로 자유의 존재임을 드러낸다. ③ '법적 의무'가 '도덕적 의무'와 무관하다고 보지 않았다. ④ '법'은 개개인이 보편적 자유를 향유하면서 평화롭게 공존할 수 있는 법칙으로 구체화된다. 법과 도덕의 구분은 외부적 강제에 도덕적 정당성을 부여하는 것이다.

〈영구평화론〉(1795)에서는 다음과 같이 말한다.

첫째. 영구평화를 위한 제1 확정조항에서 민주정체와 구별된 공화정체를 특징으로 제시하였다. ① 공화정체의 정치사회적 조건으로 '법률적 자유', '법을 통한 통치', '시민적 평등'을 제시하고 있다. ② 공화정체의 의사결정 과정에서 '시민적 동의'의 중요성을 부각(浮刻)하고 있다. ③ '모두가 모든 것을 결정하기에 전제적(專制的)일 수밖에 없는' 민주정체와 '입법과 행정이 구분되어 대표에 의해 통치되는' 공화정체를 구분하고, 공화정체만이 '법의 개념'에 부합된다고 주장하고 있다.

둘째. 〈정치와 도덕의 화해〉에서 '정치와 도덕의 갈등은 단지 주관적으로 존재할 뿐 객관적으로 존재하지 않는다'는 정언 명제에서 정치적 행위를 '도덕적 의무'가 아니라 '법적 의무'와 결부시키고자 하였다.

셋째. 〈세계시민적 평화이론〉에서 ① '민주주의 평화이론'은 '자유롭고, 자율적이며, 평등한 개개인들이 인간적 존엄과 시민적 권리를 향유하는 국가들의 연방체제에 세계 평화가 기초해야 한다'는 이론으로 민주주의와 세계 평화는 밀접한 관계가 있음을 주장한다. ② 세계시민주의는 '평화적 연맹'과 '평화 조약'을 엄격하게 구분하고, 전자가 기초할 연방의 이념으로서 세계시민주의를 주장한다. 이때 세계시민주의는 하나의 정체에서 모두가 같은 시민이 되는 '세계 공화국'보다는 소극적인 목적을 달성하기 위한 이념이다.

제러미 벤담(Jeremy Bentham, 1748~1832)은 영국의 철학자로 ❶ 〈통치론 단편〉에서 공리주의(功利)·공익주의(公益) 이론의 주창자로 '최대 다수의 최대 행복'은 통치자 특히 입법자가 일부의 특권적 이익이 아니라 국민 전체의 이익(public utility)을 목표로 해야 한다고 서술하고 있다. 19세기에는 '최대 행복' 원리는 국가론으로 공무원의 자질을 최대화하고, 조세 부담을 최소로 하는 효율 국가가 되었다. ❷ 정보공개의 필요성을 역설하며, 법률개혁(제정법주의)을 '유익성의 원리(principle of utility)'를 기초로 하여 논하였다. ❸ 주권론으로서는 국민주권, 정치론으로서는 1년 의회, 성인 남자 보통선거를 중심으로 한 민주정치, 이 민주주의는 읽고 쓰는 능력을 중시하였기 때문에 교육의 보급, 언론의 자유를 구속하는 국교회 비판으로 결실을 맺었다. ❹ 그의 일생의 과제는 명예혁명 체제가 갖는 귀족적 부패의 제거였다.

헤겔(Hegel, Georg Wielhelm Friedrich, 1770~1831)은 독일의 관념론 철학을 완성시킨 근세의 체계적 형이상학자로 논리학, 자연철학, 정신철학으로 나누어진다.
① 〈정신현상학〉에서 자기활동의 주체로 파악할 것을 주장. ② '사고와 존재'의 완전한 동일성을 주장하였다. 이성적인 것만이 진실로 현실적일 수 있으며 현실적인 것은 반드시 이성적이다. ③ 철학은 이성개념(절대자)의 체계이거니와, 이성개념은 정립·반정립·종합의 3단계를 거치는 과정이다. 절대자가 자기를 자각하는 과정이 변증법이고, 이 3단계의 변증법으로 구성한 것이 그의 철

학체계의 전체를 이루고 있다.

〈헤겔의 정치철학〉은 ① 사회적 갈등의 원인을 각자가 갖는 인륜적 삶을 인정받으려는 '도덕적 충동'에서 비롯된 것으로 이해하고 있다. ② 형벌을 응보로 이해하되 형벌이 '보복'이라는 성질을 일정 부분 가질 수밖에 없으며, 특히 살인에 대한 처벌은 '오직 살인자의 생명을 박탈하는 것에서만 동등성을 확보할 수 있다'고 주장한다.

존 스튜어트 밀(John Stuart Mill, 1806-1873)은 영국의 철학자, 사상가, 정치·경제학자이다. 주요 저서에 〈자유론〉(1859), 〈여성의 종속〉(1861), 〈의회 통치론〉(1861), 〈공리주의론〉(1863) 등을 저술. 여성참정권운동 등 사회개혁운동에 참가. 철학적 및 윤리학적 입장은 경험론 및 공리주의이다.

〈자유론〉은 개인주의직 자유주의의 옹호이다. ① 정부·사회·타자의 개인으로의 간섭이 정당화되는 것은 타자로의 위해(危害)를 방지하는 경우에 한정된다는 '타자 위해 원리'로서, 자연권 등에 의하지 않고 공리주의에 기초한다. ② 자유로운 선택을 통하여 발달한 여러 능력이나 무제약 아래에서 실현되는 개성은 개인의 보다 바람직한 행복과 사회의 진보의 열쇠가 된다.

카를 마르크스(Karl Heinrich Marx 1818~1883)은 무신론적 급진 자유주의자이며 기독교에 대해서는 '종교는 민중의 아편이다'라고 철저히 비판하였다.

〈시민사회〉에서 ① 개개인은 결코 화해될 수 없으며, 근대 국가는 이러한 시민사회의 갈등으로부터 독립된 '공공선'을 추구하는 것처럼 보이지만 실제로는 '특정한 개별적 이익이 보편적 이익으로 탈바꿈'한 바를 실현할 뿐이다. ② 시민사회는 개인의 사적 소유에 토대를 둔 부르주아 사회가 전통적인 국가로부터 해방됨으로써 획득한 정치적 성과물이다. ③ 시민사회는 입법을 통해 개별 이익을 관철하는 실질적인 정치집단이며, 대의제와 관료제를 통해 드러난 근대 국가의 역할은 특정 집단의 이익을 보편적 이익이라는 이름으로 보호하는 것에 불과하다.

〈경제학·철학 수고〉에서 자본주의 사회에서 노동자가 상품으로 전락해가는 과정과 결부시킨다. 소외의 형태는 ① 상품으로부터의 소외: 노동자가 생산한 상품이 노동자에게 귀속되지 않기 때문에, 상품을 많이 만들면 만들수록 노동자는 더 값싼 상품으로 전락한다. ② 노동 과정으로부터의 소외: 노동이 다른 사람의 의지에 따라 강제됨으로써 노동자는 노동과정에서 주체가 될 수 없다. ③ 노동자 자신으로부터의 소외: 노동을 통해 스스로를 실현할 수 없어서 스스로로부터 소외된다. ④ 다른 노동자로부터의 소외: 노동을 통해 상호 의존적 관계를 형성할 수 없기에 다른 사람들로부터도 소외된다.

※ 실존주의(實存)의 사전적 의미는 19세기의 합리주의적 관념론이나 실증주의에 반대하고, 개인으로서의 인간의 주체적 존재성을 강조하는 철학이다.

키르케고르(1813~1855)는 덴마크의 철학자로 ❶ 인간은 지성에 의해서만이 아니라 오직 일회적인 실존으로서 근원적인 불안을 끌어안으면서 주체적으로 살아갈 수밖에 없는 '단독자(單獨者)'로 파악. ❷ 인간 '소외(疏外)'의 가장 심각한 내용은 '외재적인 소외'가 아니라 '내면적·실존적인 소외'라고 하며 '주체성이야말로 진리다'라고 하였다. ❸ '실존은 주체적이고 개별적인 것으로서 구체적인 것이다' ❹ 실존하는 것은 사유의 대상이 되지 않는다. ❺ '실존은 운동이고 생명이다' 실존은 신체와 영혼, 유한성과 무한성, 시간과 영원의 대립 사이에 서서 양자의 조합을 지향하는 운동에서 생성하는 것이다. ❻ '실존은 관심성이다' 실존은 자기의 내면성에서 살아가는 자를 의미한다. ❼ '관심과 함께 정열(情熱)이 실존의 현실성이다'

니체(Nietzsche, Friedrich Wilhelm 1844~1900)는 〈차라투스트라는 이렇게 말하였다〉에서 ❶ 오직 존재하는 것은 치열한 삶이 있는 현실 세계뿐이고, 유토피아 같은 것은 없다. ❷ 세계는 비도덕적이고, 기독교가 인간들을 타락시키고 있다. 허무주의에 빠져 있는 기존 가치와 관습을 타파한 초인 위주의 사회로 개혁할 것을 주장한다. ❸ 세계의 모든 과정은 힘에서 나온 것이며, 삶에서 일어나는 모든 과정은 아무런 잘못이 없다. ❹ 삶에서 가장 위대함은 '운명에 대한 사랑' 즉 아모르파티(Amorfati)이다. 영원한 시간은 원형을 이루고, 그 원형 안에서 일체의 사물이 그대로 무한이 되풀이되며, 그와 같은 인식의 발견도 무한이 되풀이된다(영원회

귀). ❺ 자신의 의지가 스스로 선택한 것으로서 받아들이려는 운명애(Amorfati)로 생에 대한 강력한 긍정이다. 자기의 삶에 주인이 되고자 열망하는 초인의 의지도, 절망에 빠진 상태에서 짓눌려버린 스스로에 대한 실존적 고민 없이는 결코 획득할 수 없다.

〈도덕의 정치〉에서 ❶ 자연을 무한히 변화하는 것으로 이해했고, 더 이상 항구적인 도덕과 동일시하지 않는다. ❷ 고정된 인간의 본성도 없고, 일관된 판단 근거도 없다. 동시에 '정치적인 것'을 '힘에의 의지'가 창출하는 '강제' 또는 '지배'와 동일시했다. ❸ 정치사회적 질서도 그 어떤 윤리적 목적을 갖지 못한다. 정치적 질서의 창출은 어떤 보편적 가치의 구현이라기보다 삶 속에서 벌어지는 '힘에의 의지들' 사이의 경쟁이 빚어내는 결과이다.

〈현실주의〉에서 ❶ 권력을 쥐는 것은 값비싼 대가를 지불하는 일이다. 권력은 사람들을 어리석게 만든다. 이미 부여된 천부적 또는 자연적 권리란 존재하지 않는다. ❷ 정치적 자유는 낙후된 구질서를 전복하고 새로운 질서를 지속적으로 창출할 수 있을 때에만 확보된다. ❸ '주권적 개인'을 회복하는 정치적 실험이 '자유와 평등'이라는 민주주의의 보편적 이상을 실현할 가능성이 있다.

장 폴 사르트르(Jean Paul Sartre, 1905~1980)는 프랑스 실존주의 철학자로 하느님은 존재하지 않으므로, 인간은 존재 이유도 궁극의 목적도 없는 부조리한 세계 속에 나타난다. 인간은 아무것도 아니다. 하나의 의식에 꼭 묶여 있는 하나의 육체 이외의 아무것도 아니다, 이 의식은 무엇인가가 그것을 가득 채워 줄 때밖에는 지각

될 수 없다.

실존주의(實存主義)의 실존이란 말은 어떤 것의 본질이 그것의
일반적 본성을 의미하는 데 대하여, 그것이 개별(個別)자로서 존재
하는 것을 의미하며, 옛날에는 모든 것에 관해 그 본질과 실존(존
재)이 구별되었다. '인간의 존재'는 저마다 자기 행위들의 총화(總
和)에 지나지 않는다. '나'라는 존재도 스스로가 스스로에게 만들
어 주는 것이다. '존재는 본질에 앞선다. 그리고 본질을 만들어 낸
다'는 것이 실존주의 사상이다.

존 롤스(John Rawls, 1921-2002)는 미국의 철학자로 〈정의론〉
(1971)은 사회 윤리학에 관한 저서로, 사회철학, 도덕철학서로서
자유경제 사회에 복지주의를 접합시키려 하고 있다. 롤스는 '최대
다수의 최대 행복'이라는 공리주의의 원리는 정의의 문제를 해결
할 수 없고, 노예와 같은 소수집단이나 개인의 희생에 대해서도
실질적인 대안을 줄 수 없기 때문에 사회의 안정성을 지키기에 적
합하지 않다고 생각한다.
❶ 롤스는 사회제도의 제1 덕목이 '정의'라는 사실을 확인하면
서, 정의의 개념을 한 사회제도 안에서 모든 개인이 완전하게 평등
할 수는 없다는 사실에 기초하여 근대의 사회계약론을 새롭게 변
형하고 있다. ❷ 자유의 원칙은 차등의 원칙에 우선하고, 차등의
원칙 중 균등의 원칙은 수혜의 원칙에 우선한다. ❸ 이러한 원칙
들이 사회의 제도적 구성에 적용되는 제도는 입헌 민주주의의 제

도들이다. 자유와 법과 분배 등에 대해 논의한 뒤 자유의 원칙이 헌법에 의해 보장되고, 차등의 원칙은 입법을 통해 실현된다는 이론이다.

르네상스를 거쳐 이어진 인문주의 사상은 종교개혁과 대항해시대를 열고, 산업혁명과 계몽사상의 확산으로 영국·프랑스·러시아 등의 혁명을 유발하게 하고, 나라마다 안으로는 자유와 평등과 시민주권과 정치제도에 대해 논하고, 밖으로는 금과 향료와 노예 등을 차지하기 위하여 미개국(未開國)을 서로 식민지화하기 위한 경쟁으로, 미개하여 단순 소박(素朴)하고 힘없는 나라들을 자기 것처럼 닥치는 대로 서로 차지하려고 침략과 약탈(掠奪)을 거침없이 자행하다 서로 으르렁거리며 충돌과 이합집산하다 드디어 세계는 참혹한 전쟁의 소용돌이에 휘말리게 하고 있다.

서구의 인문주의 사상은 신의 굴레에서 벗어나 안으로는 스스로에 대한 자아실현을 위하여 기존 질서에 대해 저항하고, 밖으로는 새로운 세계를 찾아 개척하고 투쟁하며 나아가지만 모두 '생존'이라는 본성에서 몸부림치며, 자유와 평등, 평화와 행복에 대해 생각하게 되었다. 인간의 두뇌는 생존 투쟁, 침략과 정복 전쟁, 약탈과 착취, 주인과 노예, 억압과 불평등, 가난과 질병, 무지와 어리석음으로부터 벗어나려고 하고 있다. 경외(敬畏)와 상상의 대상이든 자연과 생명은 관찰과 탐구의 대상으로 바뀌며 물질의 근원과 우주의 기원, 세포와 유전자에 이르기까지 과학기술 문명시대로 변화하며 포스트 인간 시대에 대해서까지 생각하게 하고 있다.

동양사상의 중심은 2500년 전 황허 유역의 제자백가의 도가·유가·법가의 사상이 정부 관료와 서민의 삶에 뿌리내려 정체성을 이루며 새로운 사상적 변혁 없이 권력의 통제와 안위(安慰)와 부패로 흥망성쇠를 되풀이하고 있다. 이후 북방의 거란족·몽골족·만주족에 의해 지배되지만 도가·유가·법가 사상은 그대로 이어받아 면면히 흐르고 있다.

　　'생각의 시대적 흐름(변화)'을 보고 있으면, 천지창조와 지구 자연, 생명과 인간의 탄생, 인간의 생각의 변천(변화)도 '변화와 균형'에 의해 '생성과 소멸', '확산과 소실'하며 '동적 균형'을 이루어 끊임없이 흘러가고 있다.

4. 번역과 해석, 의역과 주석

- 다양한 언어와 문자

　오늘날은 외국어 문장을 한국어로, 또는 한국어 문장을 외국어 문장으로 바꿔주는 번역기가 등장하여 계속 발전하고 있다. 다양한 국가의 말이나 글이 서로 바꾸어 번역해 주는 것은 물론 동시통역도 가능한 시대에 살고 있다.

　번역은 '한 나라의 말로 표현된 문장의 내용을 다른 나라 말로 옮기는 것'이라고 되어 있다. 원어를 그대로 번역하는 것은 직역이고, 개개의 단어 구절에 얽매이지 않고, 전체의 뜻을 살려서 번역하는 것을 의역이라고 되어 있다. 두 언어는 문법과 역사와 시대상황에 따른 생활환경과 말의 어원도 다르다. 원문의 뜻을 정확하게 옮기려면 당시의 시대상과 배경을 이해하고 연구하는 노력이 필요하다.

　번역이란 그 의미나 뜻을 해석 내지 해설하는 내용도 포함하고 있다. 낱말 풀이도 번역의 일종이라고 할 것이다. 나아가 컴퓨터 번역프로그램이나 데이터 번역, 생명공학에서 유전자 발현의 과정에서 세포 내 유전체(DNA)에서 전사(傳寫)에 의해 mRNA가 되어 단백질로 유전자의 정보가 발현되어 간다는 정보의 흐름에서 mRNA의 정보를 판독하여 아미노산 배열로 변해가는 과정을 번역이라고 하는 등 다양한 용어로 사용되고 있다.

해석(解釋)은 문장이나 사물의 뜻을 자신의 논리에 따라 이해하거나 이해한 것을 설명함. 또는 그 내용. 이고, 주해는 '본문의 뜻을 알기 쉽게 풀이한 글을 의미한다'

헤겔 사전에 의하면 "해석한다는 것은 그저 말을 바꾸어 말하는 것이 아니라, 설명이 부가됨으로써 하나의 사상적 발전이 인정되고, 연구자의 주관이 들어간다. 고전을 포함한 텍스트 해석은 모두 해석자 자신의 시대의 반영이라는 것을 빼놓고서는 성립하지 않는다. 정신은 수용적임과 동시에 능동적이다. 이 양자가 공존하는 데에 해석과 주석이 놓여 있다"라고 되어 있다.

훈고(訓詁)는 "① 자구(字句)의 해석 ② 경서(經書)의 고증·해명·주석 등을 통칭"하는 것으로, 옛 문장을 연구함으로써 문장을 바르게 해석하고 본래의 사상을 이해하는 것으로, 언어를 연구함으로써 문장을 바르게 해석하고, 고전 본래의 사상을 이해하려는 학문으로, 글자 하나하나의 뜻을 밝혀 원래의 의미를 밝히려고 하는 것이라고 되어 있지만, 연구자에 따라 생각과 번역과 해석이 다를 수밖에 없다.

문학비평용어사전에는 '해석은 사물을 알기 쉽게 밝혀 주는 것'이라고 되어 있다. 그러나 현실에 있어서는 해석이 알기 쉽게 자세히 설명을 늘어놓아 더 혼란스럽게 하거나, 설명이 복잡하여 이해를 더 어렵게 만들 때도 많다. 철학서나 고승들의 선(禪)문답 해석은 어떻게 설명한다고 해도 이해가 쉽지 않다.

번역과 해석은 다른 듯 같은 것 같고, 같은 듯 다른 것 같지만, 이제는 딱히 구별할 필요가 없을 것 같다. 번역 속에 해석이 있고, 해석 안에 번역도 있다. 세상살이라는 것이 서로 담을 쌓고 사는 것 같지만 함께 어우러져 살듯이 언어와 글도 부족과 부족, 나라와 나라가 충돌하며 뒤섞여 살면서 만들어진 것이라 어원과 낱말 풀이가 필요하다.

서구의 말과 글들이 멀리는 고대 메소포타미아 유역과 소아시아와 지중해 동안(東岸)의 민족들 사이에서 발생하여 서로 교류(교역)하고 정복하며, 민족이 섞이고 말과 글도 혼용되며 고대 그리스·로마로 이어지고 로마의 교황청이나 콘스탄티노플의 라틴어를 통하여 전 서구로 말과 글이 전해지며 라틴어원은 유럽인들에게는 지금도 어려운 한문과 같은 뜻글자이다.

한자 문화권에 있는 동양에서는 유가·도가·법가·병가의 한자 서적은 물론 인도 불교의 경전이나 고승의 사상도 중국 한자로 당시의 지식인인 승려나 유생들에게 전달되어 말과 글 속에는 한자들이 대부분 섞여 한자 폐지 문제로 많은 논란을 겪기도 했지만 이들 한자로 구성된 낱말들은 어찌 되었든 사전이 필요하기 마련이다. 현재도 영어와 한자를 비롯한 외래어들이 문화와 문명 교류를 통해 번역도 여의치 않은 것은 그대로 표기하여 쓰고 있듯이 말과 글 속에는 민족과 종교와 사상이 서로 섞이고 융합되며 세계의 문화와 문명을 변화시키고 있다.

자연과학·기술 분야에서의 번역과 해석은 착오나 오류(error)가 있으면 즉시 수정이나 보완하고, 실험과 입증에 의하여 수식화하지만, 인문학 분야에서의 인간사에 있어서는 이해관계와 처지에 따라 사람들의 생각하는 방향과 방식도 제각각 달라 내용이나 의미도 사실과 어긋나게 해석하고 번역되어 늘 갈등과 혼란이 일어나고 있다.

미국의 이론 물리학자이고 양자전기역학의 제 규격화 이론을 완성한 업적으로 1965년 노벨 물리학상을 공동 수상한 리처드 파인만(1918~1988)은 한 인문학 학술회의에 과학자로서 참석한 소감에서 "서로 알아듣지 못하는 말을, 각자 자기의 언어로 소통하고 있다"라고 술회하였다고 한다.

성인(聖人)들의 가르침인 도가(道家)의 무위자연(無爲自然)이나, 유가(儒家)의 인의예지(仁義禮智), 붓다의 연기론(緣起論)과 공(空)사상, 예수의 사랑과 같은 근본 교훈이 사람마다 시대에 따라 목적에 따라 조금씩 다르게 왜곡되고 자의로 해석되고 번역되며 수많은 갈등과 대립을 넘어 전쟁으로까지 이어지는가 하면, 어두운 시절 세상을 어지럽히고 사람을 미혹하게 하는 혹세무민은 과거는 물론 현재도 앞으로도 지속될 수밖에 없는 인간의 나약함이고 어리석음이다.

정치·경제·사회·역사·철학·문학을 다루는 인문학에서는 복잡한 사람들의 다양한 생각들을 법칙이나 규정으로 하는 것이 얼마나 힘든 것인지를 잘 보여주고 있다. 여러 정치 세력 간의 노선과 이념으로 갈리어 각자의 정권야욕과 이해관계에 얽매어 현실적 문제해결의 접근보다는 당쟁과 상대에 대한 트집으로 사람들을 현혹시키며 사회를 분열시키고 혼란에 빠뜨리게 하는 것을 보면 도덕도 정의도 학식도 말싸움에 이용될 뿐 슬기롭기보다 어리석다는 생각을 하게 한다.

경제 분야에서도 자본주의, 사회주의, 공산주의, 수정주의니 하며 피비린내 나는 투쟁을 벌이며 알게 모르게 조금씩 융합되며 변화하여 왔음에도 불구하고 경제활동 상태가 침체하거나 빈부격차가 심해지거나 고용 상태가 나쁘게 되면 경제정책을 놓고 성장률과 재정지출, 경기부양책과 소비, 통화정책과 이자율, 저축과 투자 등등의 해석을 두고 다투고 있는 것을 보면 이해가 쉽지 않다.

사회 분야의 통합에 있어서, 인간은 살아가면서 법과 제도의 틀에 갇혀 살지만 적용을 놓고는 이해관계에 따라 그 번역과 해석이 천차만별이다. 법의 근본을 이루는 자유와 평등과 공정성과 정의에 대하여 바르게 번역되고 해석되어 적용된다는 것은 쉬운 일이 아닌가 보다. 논리학의 허점이고 모순이기도 하다.

인간이 지어낸 자유와 평등, 공정과 정의, 평화와 행복이라는 용어는 처음부터 부자유와 불평등, 불공정과 불의, 전쟁과 불행과 같은 부정적인 현실에서 기득권에 대한 저항에서 시작되었다. 불교와 기독교의 발생도 인간의 불행과 불평등으로부터 시작되었지만, 부처나 예수의 진리의 가르침에 대한 번역과 해석은 사라지고 죽어서 천당과 극락에 간다는 것에만 현혹되고 매몰되게 하여 인간을 어리석게 만들고 있다.

불교 경전의 번역과 해석도 여러 경로를 통하여 고승들에 의하여 번역되고 해석되어 왔지만, 특히 당대(唐代)에는 고승들에 의한 번역과 해석에 의해 여러 종파로 분파되는 것을 보면 번역과 해석에는 근원적인 깨달음과도 밀접한 관련이 있다.

기독교와 이슬람도 분파가 있고 기독교의 개신교는 많은 교회 이름에서 보듯이 수많은 교파로 나누어져 있다. 더욱이 이슬람의 원리주의나 근본주의 등 IS나 탈레반의 원리주의를 앞세운 교리에 의한 극단적인 행동은 수많은 희생과 함께 세상을 혼란에 빠지게 한다. 기독교 교회의 이단(異端)화 경향도 교리의 번역과 해석에 있어서 성인의 근본 사상이나 뜻보다는 인간의 자의적인 욕망과 망상에 있다.

인간은 언어와 문자가 있어 생각한 것을 전하고 이해하고 소통하고, 공감할 수 있게 하며 문화와 문명이 변화하여 가지만, 말과 글이 인간 사회의 갈등을 초래하는 원인이 되기도 하는 것이다. 말과 글에 문제가 있는 것이 아니라 말과 글을 번역하고 해석하는 인간의 정신이 문제를 일으키고 있다.

국제간의 조약이나 협약, 각종 법률과 운동경기의 규칙과 심판에 있어서도 번역과 해석에 미묘한 차이가 있고, 여기에 다양한 논리도 있어 정의를 바르게 세운다는 것이 쉽지 않다. 인간 사회는 생존과 이해관계 앞에서는 공정이나 정의라는 것은 별 의미가 없이 편파적이고 불공정하기 쉽다.

의료 문제나 자동차 사고, 화재 발생 등 각종 사고와 관련한 법률적인 문제에 있어서도 전문가들만이 참여하여 원인을 조사·분석하여 판단·결정하지만 일반인들이 보기에는 수긍하기 어려운 것이 많다. 결과만 가지고 판단·결정하는 것은 아니겠지만 원인에 대하여 보다 근원적인 문제에 대하여 접근하면 보다 나은 결과와 대책도 낼 수 있을 것이다. 결국 진리와 정의에 대한 전문적 지식인이라는 사람들의 자의적 해석으로 보통 사람들의 상식과 공정에 어긋나고 있어 사회를 혼란에 빠뜨리고 있다.

인공지능(Artificial Inteligence: AI)은 인간의 학습 능력, 지각 능력, 자연언어의 이해 능력 등을 컴퓨터 프로그램으로 실현한 기술로, 컴퓨터에서 인간과 같이 사고하고, 생각하고, 학습하고, 판단하는 논리적인 사고방식을 사용하는 인간 지능을 본뜬 고급 컴퓨터 프로그램을 말한다. 딥 러닝(deep learning)은 학습을 통한 생각하는 컴퓨터로 마치 사람처럼 생각하고, 배울 수 있도록 하는 기술을 말하며, 컴퓨터가 "또 하나의 의식"이 되는 것이다. 인공신경망을 잇는 기계학습법으로, 사물이나 데이터를 군집화하거나 분류하는 데 사용하는 기술이다.

딥 러닝의 핵심은 분류를 통한 예측. 즉 수많은 데이터 속에서 패턴을 발견해 인간이 사물을 구분하듯 컴퓨터가 데이터를 나눈다. 기존의 기계학습 알고리즘이 '지도 학습'에 기초한 학습된 결과를 바탕으로 하였다면, 지금은 배움의 과정 없이 컴퓨터가 스스로 학습하는 '비지도 학습(unsuperviced learing)'으로 변화하고 있다. '비지도 학습'은 사진과 동영상, 음성 정보를 분류하는 데이터의 양이 풍부하여야 정확성을 확보할 수 있기 때문에 연산 능력이 뛰어난 컴퓨터가 요구되고 있다.

구글은 음성인식과 번역을 비롯해 로봇의 인공지능 개발에도 딥 러닝 기술을 도입하고 있다. 2012년에 1만 6천 개의 컴퓨터와 10억 개 이상의 신경네트워크를 구성해 심층신경네트워크 또는 다중신경망(DNN: Deep Neural Network)을 구현하여 지속적으로 진보하고 있다. 페이스북은 "얼굴인식 알고리즘"을 개발하여, 자사의 전 세계 이용자의 97.25%를 인식할 수 있어 인간 눈의 인식율 97.53%와 거의 차이가 없다고 한다. 마이크로 소프트(MS)의 "프로젝트 아담"의 바탕이 되는 개 사진은 약 1,400만 장 정도로 구글이 소개한 DNN 기술과 비교해 약 50배나 더 빠른 속도를 낸다고 설명하고 있다. 국내 네이버도 음성인식을 비롯해 뉴스 요약, 이미지 분석에 딥 러닝 기술을 적용하고 있다.

"스스로 생각하고 판단"하는 컴퓨터, 또 "하나의 의식"을 갖는 컴퓨터는 번역과 해석에 있어서 인간보다 훨씬 냉정하고 공정하고 빠를 것이다. 인간보다 더욱 변화하고 있는 컴퓨터는 법, 의술 등 전문 분야는 물론 각종 서비스업에도 종사하며 인간을 대신할 것이다. 나아가 '의식'을 갖는 컴퓨터가 등장하게 되면, 인간을 지배할 수도 있을 것이다. 인간 변화의 끝이 곧 인간의 종말이 되지는 않을지 심히 우려스럽다. 번역과 해석은 시대와 장소와 사람에 따라 '변화와 균형'이라는 환경의 영향을 받으며 '생성과 소멸', '확산과 소실'되며 '동적 균형'으로 끊임없이 흘러가고 있다.

5. 가치와 의미 부여, 주관과 객관

　고대 중국의 춘추전국시대와 인도, 그리고 이집트·메소포타미아 문명과 그리스·로마시대를 거쳐 르네상스 이후 현재까지도 많은 철학자나 자연철학자 그리고 문학가들과 성인들에 이르기까지 인간의 가치와 의미에 대하여 끊임없이 추구하고 정의하며 긍정적인 면과 부정적인 면 모두에서 다양한 생각과 해석을 하고 있다.

　"가치 있는 일, 의미 있는 삶", "가치 있는 삶, 의미 있는 일"이라는 말은 이따금 듣기도 하고, 스스로 하기도 한다. 가치나 의미라는 말을 다양하게 사용하지만 추상적이다. 이는 인간의 모습과 성품, 말과 행동이 다양하고 복잡하듯이 본질적으로 가치와 의미에 대한 생각의 차이나 용법의 다름에서 생기는 일일 것이다.

　"가치 있고, 의미 있는 삶" "의미 있고, 가치 있는 일"이란 도대체 무슨 삶이고, 어떤 일을 말하는 것일까? 아무리 주위를 둘러봐도 "가치 있고, 의미 있게" 산다고 생각하는 보통의 사람을 찾아보기란 쉽지 않다. 말없이 열심히 노력하고, 성실히 일하는 사람들은 많지만 '가치 있고, 의미 있게 산다'고 스스로 생각하지는 않는다.

　애국선열이나 소방관들의 고귀한 희생이나 순교자들의 이야기를 두고 하는 말은 아닐 것이다. 하나뿐인 개인의 생명은 소중하기 때문에 고귀한 희생에 대하여 추앙은 해도 개개인에 대한 '가치나 의미' 있는 삶과는 다른 차원으로 보아야 할 것이다. 개개인의 가치 있고, 의미 있는 삶이나 일은 최고의 선(善)이고 행복이지만 어떻게 살아야 하는 것인지에 대해서는 사람과 시대에 따라 달라 정해져 있지 않다.

사람들은 모여 앉으면 남의 말을 즐겨하거나, 오락이나 예능 프로그램에 열중한다. 사회면이나 정치면은 사건사고나 쓸모없는 기삿거리를 만들며 혼란과 갈등만 부추기기 일쑤다. 인간이 살아가는 진정한 '가치나 의미'를 찾아볼 수가 없고, 주로 물건의 값어치나 결과에 대한 뜻풀이나 평가를 하는 수준이다.

가치의 사전적 의미는 ① 값, 값어치 ② 사물이 지니고 있는 의의나 중요성 ③ 대상이 주관의 요구를 충족시키는 성질, 정신 행위의 목표로 간주되는 진·선·미 따위 ④ 욕망을 충족시키는 재화의 중요 정도(사용 가치와 교환 가치가 있음)로 되어 있다.

두산백과사전에 의하면 가치는 ① 필요와 욕구를 충족시킬 수 있는 상품과 같은 경제적 가치 ② 쾌적함과 건강 같은 육체적인 가치 ③ 인간의 정신적 활동인 논리적·도덕적·미적·종교적 만족을 주는 철학적 가치로 되어 있다. 평가 작용의 주체인 자기 성격에 따라 개인적·사회적·자연적·이상적이라는 구별이 생긴다고 한다. 지금은 가치에 관한 생각은 가치부여, 가치판단, 가치의식, 가치변화, 가치론, 가치심리학, 가치공학 등 다양한 분야의 학문으로까지 다루어지고 있지만 주로 값어치와 관련된 것들이다.

'가치 있는 삶'이란 ① 타인과의 관계에서 형성되고, 타인과 더불어 존재한다. ② 만족감과 보람을 주는 삶을 말한다. 자신에게 의미가 없는 삶은 불행한 삶이다. ③ 타인을 위해 봉사하고 헌신하여 인류애로서 타인을 위해 희생하는 삶이 가치 있는 삶이라고 말한다. 가치에 대한 갈등과 충돌이 생기고, 가치에 따라 판단이나 행동이 달라진다. 이 또한 막연한 주장에 불과하다.

의미의 사전적 의미는 ① 말이나 글의 뜻 ② 행위나 현상(現象)이 지닌 뜻 ③ 사물이나 현상의 가치로 되어 있다.

교육학 용어사전에 의하면 의미는 ① 언어나 기호를 사용할 때의 의도나 목적의 의미 ② 지시나 언급 대상의 의미 ③ 정의(定義)나 번역의 의미 ④ 언어적 행동의 인과관계에서 원인이나 결과를 가리킬 때의 의미로 구분하고 있다. 이와 같이 의미에 관한 주장이나 의미의 이해 방식이 다양한 것은 발언자와 해석자 관점의 구별, 언어나 기호의 특수성과 보편성의 문제, 언어의 용법의 다양성에 기인한 것이라고 되어 있다.

한국민족문화대백과에 의하면 의미의 변화는 ① 언어적 요인 ② 역사적 원인 ③ 사회적 원인 ④ 심리적인 원인 ⑤ 기존어(既存語)의 전용 등에 있다고 되어 있다. 목적과 방향과 상황에 따라 다양하게 해석되고 표현되며 항상 논쟁과 갈등을 부른다. 인간의 논리적 입증과 변증은 참으로 자의적이고 교묘하기도 하다. 코에 걸면 코걸이, 귀에 걸면 귀걸이 식이다.

살아가면서 삶의 가치와 의미에 대해서 회의(懷疑)를 가질 때가 있다. 가치 있는 일과 의미 있는 일이라는 것이 가령 진리라 하더라도 시간과 공간과 사람마다의 생존과 이해관계에 따라 자의적으로 해석되기 때문이다. 인간에게 본질적인 삶의 가치와 의미가 있기나 한가?라는 의문이 드는 것은 실제로 그렇게 살고 있기 때문이다.

시장 상인, 공장 노동자, 막 노동자, 청소 노동자, 서비스 노동자, 농부, 연구원, 사업가와 사원, 소상공인과 종사자, 주부, 범죄와 뒤섞여 사는 경찰과 검찰과 변호사와 판사들, 일반 공무원과 고위 관료, 종교인과 종교 지도자, 권력 있고 부유한 사람들, 그 이외 직업의 귀천 없이 열심히 정직하게 살아가는 수많은 사람들은 모두 가치 있고 의미 있는 삶을 살고 있다고 의식하고 있을까? 분명히 그들은 자기를 위하기도 하지만 남을 위한 결과를 주는 필요한 사람들이다.

실패한 사람들, 병들고 늙어 병상에 있는 사람들, 고독하고 외롭고 버림받은 사람들, 무지하고 힘없는 사람들, 각종 범죄자, 건달과 폭력배들, 가난하고 불쌍한 사람들, 노름과 게임에 몰두하며 가산을 탕진하는 사람들, 사기 치고 거짓말을 밥 먹듯 하는 사람들, 타락의 늪에서 헤어나지 못하는 사람들, 거리에서 방황하는 사람들 등 이들 대다수 역시 삶의 가치와 의미를 알고 산다고 할 수 있을까?

프랑스의 대입 인증시험인 바칼로레아에 출제된 철학논술 문제에 "스스로 의식하지 못하는 행복이 가능한가?"라는 논제가 있다. 삶의 가치와 의미를 비롯해서 자유와 권리, 인권과 평등, 공정과 정의, 평화와 행복 등 인간의 중요한 질문에 대해서 우리는 "가치와 의미"를 부여하고 이를 존중하고 지키며 산다고 할 수 있을까?

니체는 "인간은 가치를 평가하는 존재, 가치를 창조하는 존재로 이해하고, 삶의 가치는 가치평가 위에 놓여 있다. 가치평가들은 창조된 것이지, 받아들여지거나 교육받거나 경험된 것은 아니다. 창조된 것은 새로운 창조물에 자리를 내주기 위해 파괴되지 않으면 안 된다. 창조자는 언제나 파괴자여야만 한다. 하지만 가치평가 작용 자체는 파괴될 수 없다" "이것이 삶인 것을!"이라고 하였다.

인간다운 삶, 인간의 존엄한 가치, 인권, 인격권(자유와 권리, 초상권, 명예권, 생명권, 일조권) 등 사람마다 개성과 가치관, 인생관의 차이에 의해 제각각 자기가 원하는 가치를 실현하며 살아간다. 하지만 가치관의 차이, 개인이 처한 사회적·경제적 여건, 의식 수준과 교육의 정도 차이에 따라 삶의 다양성이 생긴다고 할 수 있다.

오늘날은 성장과 세계화로 부를 이루고 잘 살려고 하지만, 이는 환경파괴와 기후변화, 자원 고갈과 생태계의 파괴, 환경오염으로 수질과 대기질의 오염으로 각종 질병이 발생하고, 실업과 빈부격차, 불공정과 불평등의 심화 등의 많은 문제를 야기하며 모든 국가가 고통과 불안을 겪고 있지만 인간의 이기주의는 올바른 대책을 세우거나 실행하지 못하고 갈등만 하고 있다.

인류의 보편적 가치와 의미라고 할 수 있는 정의, 자유, 평등, 인권, 공정에 대해서는 관심보다는 보수 대 진보, 기득권과 개혁세력으로 나뉘어 당장의 이해관계와 생존권에만 급급할 뿐. 보다 근원적인 더불어 사는 삶과 평화에 대해서는 무관심한 체 가령 인지한다고 하더라도 마음에 깊이 새기지 않으며 말뿐이다.

인간은 가치 있고, 의미 있는 일이 있는 것 같이 보이지만, 그저 태어나서 성장하고 결혼하고 아이 낳고 살기 위하여 아등바등 살아가다 늙어 병들어 죽는 가련한 존재일 뿐이다. 화려하고 성공한 인생도 처절하고 실패한 인생도 죽음 앞에선 차별이 없이 고적하고 가련한 존재일 뿐이다.

국민을 위한다는 정치집단을 비롯하여 국회의원, 고위 관리와 공무원, 검·판사를 비롯한 사법기관, 노동조합, 약사회와 의사협회, 경영자 단체, 수많은 언론기관, 종교 집단 등등 힘과 부가 있는 세력만이 가치와 의미를 부여하고 있을 뿐이다. 사람들은 이들을 가리켜 이익집단이라고 하며 이들의 행위를 정당화하고 당연시하고 있다.

성인의 참다운 가르침은 종교지도자나 다수의 종교인이 제대로 이해하고 실천한다고 할 수가 없다. 많은 사이비 종교지도자나 종교 집단이 스스로와 모두를 현혹하고 기만하며 권력과 권위와 재물을 탐하며 불법과 거짓으로 혹세무민(惑世誣民)으로 대중을 어리석게 만들고 있다. 그들이 그토록 원하는 것은 현실 세계가 아닌 사후의 극락이나 천당에 가는 것이 최고의 가치이고 의미이고 선이라고 말한다.

장자는 내편 제물론에서 말했다.

"모든 사물은 상대성을 지닌다. 상대적인 것은 '저것'과 '이
것'에 국한되지 않는다. 삶과 죽음, 가능한 것과 불가능한 것,
옳은 것과 그른 것 등의 관계도 이와 마찬가지다. 모든 사물은
서로 의존하는 동시에 서로 배척한다.

주관적 가치판단을 버려라. 가치판단은 인간이 정해 놓은 것이
다. 일체의 존재를 있는 그대로 긍정하는 경지에 도달했을
때 우리의 인식은 만유의 실상에 가까워졌다고 할 수 있다.

'도'와의 일체화란 자연에 맡기려는 의식마저도 없는 상태
를 이르는 것이다."

"인식과 평가는 완전한 것이 못 된다. 모든 사물이 일단 인식
의 영역 속에서 판단을 형성하자마자 즉시 그것에 대한 부정
판단이 성립된다. 그리고 부정은 다시 부정의 부정을 끌어내
고, 다시 또 부정의 부정의 부정이 이끌려 나오듯이 부정의 무
한한 연쇄 반응은 끝이 없다.

구분을 하지 않는 것이 참으로 구분하는 것이며, 가치를 부
여하지 않는 것이 가치를 부여하는 것이다. 구분을 두지 않고
가치를 부여하지 않는다 함은 어떠한 것인가. 일체를 있는 그
대로 받아들이는 성인의 태도를 말하는 것이다."

6. 집착과 편견

　인간은 누구나 나름의 집착과 편견에 사로잡혀 살고 있다. 집착은 어떤 것에 마음이 쏠려, 잊지 못하고 매달리는 마음이고, 편견은 공정하지 못하고, 한쪽으로 치우친 생각이다. 이 두 마음과 생각은 공통적으로 한 곳에 머물러 있고, 집중성과 지속성을 가지고 있어, 스스로를 어리석게도 만들고 타인을 힘들게도 한다.

　영국의 여류작가 제인 오스틴의 〈오만과 편견〉은 오늘날까지도 세계인의 사랑을 받고 있다. 한 시대의 청춘 남녀의 교제와 관련된 재력과 능력, 성격과 외모, 가문과 배경 등에 얽힌 인간관계에서, 사귀는 과정과 사랑하기까지의 편견과 오만에 대해서 다루고 있다. 집착과 편견은 감성인 마음에 가까운 것 같지만 고착된 정신 같기도 하다. 영국의 10파운드 화폐의 초상화에는 제인 오스틴의 초상화가 들어가 있는 것은 작품 내용보다 표면적으로는 그녀의 사후 200년을 기념한다고 하지만 〈오만과 편견〉이라는 주제 자체가 영국은 물론 세계인의 공감이 가는 주제이기 때문일 것이다.

　인간 사회는 파벌로 형성되어 있다고 하여도 틀린 말은 아니다. 혈연, 학연, 지연 등을 중심으로 다양한 생활환경과 이해관계에 따라, 그리고 생각과 주장과 처지에 따라 분파가 생기고 이합집산하며 사는 것이 인간 사회다. 비정상이란 일반적으로 이상한 행동이나 말을 하는 사람을 생각할 수 있다. 많은 사람들의 일상적인 생각이나 행동이나 말하는 것을 보면 집착과 편견이 자연적으로 박혀 있어 정상과 비정상을 구분한다는 것이 경계가 모호하여 무의미하다는 생각이 들기도 한다.

민주주의 공동체란 공정성과 공평성, 자유와 평등, 권리와 의무, 인권과 상호존중 정의와 진실과 같은 것이 중요한 덕목이지만 이러한 것들에는 항상 이해관계가 서로 어긋나거나 반대되어 치열한 옳고 그름의 논쟁으로 갈등과 대립과 투쟁이 생기고, 권력과 돈과 물리력과 같은 부당한 방법이 개입하고 있다.

사람들은 직접적으로는 관계가 없는 사회적이고 정치적인 사안(事案)이나 공인(公人)의 언행을 두고 가까운 사람들끼리 서로 편이 갈리어 언쟁을 하며 작든 크든 마음의 상처와 부담을 갖는 것을 볼 수 있다. 집착과 편견이 없으면 얼굴 붉힐 일도 싸울 일도 아니고 객관적으로 진지하고 냉정하게 판단할 수 있는 일이다.

집착은 욕심에서 비롯되기에 마음을 비워야 한다고 자책도 하지만 뜻대로 되지는 않는다. 비운 자리에 어느새 집착이 그 자리를 차지하고 있기 때문이다. 집착은 마음의 병에 가까울 정도로 마음에 박혀 있는 본능이고 성품이기에 쉽게 떨쳐지지가 않는다. 인간들은 편향적인 생각인 편견을 가지게 마련이고, 직간접적인 이해관계가 없는데도 어느 편을 들거나 선호하는 것을 볼 수 있다.

편견이라는 것도 사람마다 마음속 깊이 갖고 있어서 좌와 우가 갈리고 보수와 진보로 나뉘어 싸우고 있다. 직접 이해관계가 있는 사람들은 그렇다고 치더라도 별로 관계가 없는 사람들도 열을 올리며 편승하는 것을 보면 편견이라는 것도 환경의 영향을 받으며 성품으로 자리 잡기도 한다.

깨달음은 집착과 편견과 몽매에서 벗어나는 순간에 일어난다. 마음을 다스리기 위하여 마음을 비우고 자세를 바로 하고 수도하고 수양하지만 세상이 변화한 것은 크게 없다. 사람들은 예나 지금이나 스스로 생각한 대로 산다. 불경(佛經)은 돈과 물질, 권력과 명예, 승부욕과 자기과시 등의 집착(욕심)에서 벗어나 자유인이 되라고 가르친다. 집착은 무의식적으로 마음을 붙잡아 매어 힘들게 하고 몸을 상하게 한다. 알면서도 마음대로 안 되는 본능으로 생존 본성에서 유래되었을 것이다.

종교인은 믿음이라는 신념으로, 지식인은 지식을 내세워 자기의 울타리를 치고 이에서 벗어나지 못하고 자기 안에 갇혀 지내는 것을 볼 수 있다. 식자우환이라는 말이 있듯이 자기주장만 앞세우고 상대의 생각에는 귀 기울이려고 하지 않는 고정관념과 편향성으로 집착에서 벗어나지 못하고 스스로 구속되어 산다.

과거와 현재의 삶은 너무나 달라져 있다. 현대는 불과 100년의 세월 동안 지난 5천 년의 문명을 훌쩍 뛰어넘고 있지만 집착과 편견은 변한 것이 없다. 고대에는 고달픈 삶을 극복하기 위하여 마음과 정신에서 추구하였다면, 현대는 물질과 인위적인 환경에서 행복을 찾고 있다. 알 수 없는 마음의 작용은 긍정적인 면과 부정적인 면이 있는 것을 사람들은 애써 한쪽 면만 보려고 하고 있다. 집착도 편견도 마음속에 있다.

"사람들은 보고 싶은 것만 보려고 하고, 듣고 싶은 것만 들으려고 한다" 집착과 편견은 자기 안에 갇힌 생각이고 마음이고 정신이기도 하다. 인간은 집착과 편견 속에서 벗어나는 것이 마음의 안정과 균형을 잡는 길이지만, 인간은 본성적으로 생존을 위한 탐욕과 이기심이 발현되어 평정을 찾기란 쉽지 않다. 인내와 수양이 필요하다.

7. 깨달음과 깨어있음

- 존재와 의미, 산티아고 순례길, 오체투지

산티아고 순례길(trecking PCT: pacific crest trail) — 자학

깨달음의 사전적 의미는 진리나 이치 따위를 생각하고 궁리하여 알게 되는 것이다. 진리는 멀리 있지 않고 가까이 있다. 태어나서 넘어지고, 부딪치고, 말을 배우고, 사물을 익혀가면서 어느 정도 지각이 생기면 오감으로 경험하여 느끼고 이해하고 생각하고 판단하여 터득하여 기억하며 깨우쳐가는 것이 깨달음의 시초라고 할 수 있다.

청소년기를 거치면서 부모나 스승 그리고 책을 통하여 학문적으로 알아가고, 사회에 나가서는 복잡한 인간관계를 헤쳐 나가면서 많은 것을 배우고 익히면서 깨달아 간다. 세상이란 처음 만난 사람이나 이방인에 대하여 서로 경계하고 배타적이고, 사회란 보이지 않는 치열한 경쟁으로 각박하기도 하지만, 친구를 사귀어 인간관계를 형성해 가며, 산전수전을 겪으며 살아가는 방법을 터득하고, 세파에 깎이고 씻기며 세상인심을 깨달아 간다. 결과적으로 희로애락하고 살면서 행복이나 즐거움에 대하여 나름의 정의를 내리고 있고, 생로병사의 과정을 보면서 인생의 의미를 부여하고 산다. 사람마다 태어나고 자라온 환경이 다르고, 외모와 성품도 각기 달라 세상을 보는 생각도 복잡하고 재능과 취향도 다르고 목적도 다양하다.

독일의 소설가 헤르만 헤세는 〈싯다르타〉라는 작품에서 이야기한다. 주인공은 집을 떠나 수행을 하다 도망쳐 많은 돈도 벌고 아름다운 여자와 결혼하여 아들도 낳고 호의호식하다 어느 날 갑자기 집을 나간 아들을 찾아 전국을 수없이 누비다 늙고 지친 몸을 이끌고 어느 산골짜기를 헤매다 고여있는 냇물에서 세수를 하려고 머리를 숙이려는 순간 물속에 비친 얼굴이 수십 년 전 지금의 자신과 같이 자식을 찾아 정신없이 헤매고 다녔을 아버지의 늙고 지친 모습이 거기 있는 것을 보고 깨달음을 얻는다는 내용이다. 서양 작가가 느낀 젊은 날의 부처의 깨달아 가는 모습을 그리고 있다.

원효대사는 불경을 구하러 당나라로 가던 길에 지친 몸을 어느 쓰러져가는 초가집에서 하룻밤을 묵다가 목이 말라 밖에 나가 물을 찾다가 컴컴한 마당에서 물이 가득 찬 바가지가 손에 잡혀 급히 마시고 새벽에 일어나 찾아보니 간밤에 맛있게 마신 물이 해골 바가지에 고인 빗물이었음을 알고 '모든 분별이 마음에서 일어난다는 것'을 크게 깨우치고 가던 길을 되돌아왔다는 일화가 전해지고 있다.

인간은 가정을 이루고 자녀를 키우면서 사랑과 행복과 희망을 느끼며 살아가다 가족 중 누가 불의의 사고를 당하거나 속을 썩이거나 병으로 몸져눕게 죽거나 하면 힘든 고통을 겪게 되고, 가족애와 주변의 위로를 받으며 남의 아픔이나 어려움을 이해할 수 있게 된다.

반면에 자기의 슬픔과 고통에 대해서는 비탄하고 고통스러워하면서도 남의 고통이나 분노에 대해서는 무시하거나 이해하지 않으려는 사람도 많다. 본성이 이기적이고 매정한 사람일 가? 깨달음이 없는 사람일까? 잔인한 본성 때문일까? 알 수 없지만 사람들은 각기 다르다.

영국의 작가 W. 서머싯은 '고난이 인격을 고상하게 만든다는 것은 사실이 아니다. 행복이 가끔 그렇긴 하지만, 고난은 대체적으로 사람을 편협하고, 원한을 갖게 만든다'고 하였다. 미술이나 조각품과 같은 예술작품이나 문학작품 속에는 작가가 추구하는 여러 정신이나 마음이 들어가 있다. 그 정신이나 마음이라는 것도 궁극적으로는 작가가 대상에 대하여 느끼는 감성과 깨달음과 연관되어 있을 것이다.

세속을 떠나 적막한 절이나 수도원에 들어가는 것은 인생의 무상함이나 마음의 상처가 있을 때 이를 극복하기 위해서 믿음과 수행을 통하여 온갖 잡념에서 벗어나 성인의 언행과 종교적 믿음을 통해서 깨달음을 얻기 위함일 것이다. 세상과 동떨어져 구도의 길을 걷는다는 것은 세상과 동떨어져 스스로 구속하는 것이지만 시시각각으로 변하는 마음을 다잡고 그 속에서 진정한 자유를 얻을 수 있다고 믿기 때문이다.

보통의 사람들은 부딪치고 시달리면서, 고달프고 힘든 삶을 이겨내며 각자의 인생을 희로애락 하며 살아간다. 큰 욕심 없이 농사를 짓거나 유목을 하며 자연 속에 묻혀 사는 사람도 자연에 순종할 줄 알며 무엇인가는 느끼고 깨달으며 나름의 행복 속에 삶을 영위해 나간다. 온갖 세파에 시달리면서 살다 보면 나름대로의 깨달음이 있게 마련이다. 어떤 깨달음은 옳고 어떤 깨달음은 그르다는 기준은 없다. 어쩌면 깨달음에 얽매이는 것보다는 주어진 삶을 어떻게 살고 어떤 삶을 살다 가느냐가 보다 의미가 있을 것이다. 의미 있다는 삶도 당사자가 세상을 떠나고 나면 곧 잊혀 지게 마련이다. 단지 사람들은 고통을 겪으면서 깨우치고 성숙해 간다.

일찍이 석가모니 부처는 깨달음을 얻기 위하여 세속을 떠났지만 깨달음을 얻은 후에는 세속에서 중생을 구제하며 깨달음을 완성하여 갔다고 할 것이다.

정치권력이나 부귀영화, 인기와 명예도 부질없고 물거품 같은 한낱 꿈에 불과하다는 것을 고금의 역사를 통하여 수없이 보고 들어왔지만 역사는 되풀이되고 있다. 세상인심은 변하게 마련이고 더욱 중요한 것은 이 세상에는 그리 오래 머물 수 없다는 사실을 망각하고 많은 욕심과 악덕을 저지르고 있다.

동서양을 불문하고 깨달음의 시작은 천지자연의 운행과 순환에서 출발하고 있지만, 서양의 깨달음은 지성과 이성에 기반을 두고 있고, 동양의 깨달음은 감성과 마음에 바탕을 두고 있다. 서양의 깨달음은 자연철학에서 출발하여 과학 문명을 낳았고, 동양의 깨달음은 무위자연과 자연현상의 변화와 흐름에서 인간의 도를 찾고, 인간의 마음 다스림과 연기론과 같이 자연의 순환 이치에서 인간의 도리를 깨우치려 하고 한다.

깨달음이 지적(知的)이든 마음이든 정신이든 모두 삶과 관련된 것이고 삶 속에는 생존과 존속 본능인 감성과 본성이 자리 잡고 있어서 궁극적으로는 이와 관련한 이해관계의 굴레에서 벗어나지 못하여 아전인수 격으로 자의적인 해석을 하는 것을 보면 깨달음에 대한 회의감을 느낀다. 정치·사회지도자나 종교지도자를 불문하고, 예나 지금이나 인간 사회는 개인이나 집단이나 국가를 불문하고 이해관계에 관한 한 진실을 외면하고 미사여구로 거짓이나 억지 궤변이나 힘을 앞세우는 것을 보면 깨달음의 진정한 의미를 되새기지 않을 수 없다.

때때로 깨달음을 얻어야 할 사람과 깨우쳐야 할 사람이 뒤바뀐 것이 세상사 같다. 엄청난 변화의 시대를 살고 있는 현대는 종교지도자나 국가사회지도자를 불문하고 깨달음의 방향도 대상도 목적도 변하여야 할 것이다. 깨달음 이상으로 깨어있다는 것은 더욱 중요하다. 잠자고 있거나 술에 취해 있거나 눈앞의 이익이나 쾌락에만 심취하고 집착하다 보면 모든 것을 다 잃게 된다. 깨어있다는 것은 마음이 밝고 정신이 맑다는 뜻이다.

미혹하고 우둔하고 어리석어 편견과 집착에서 헤어나지 못하는 것은 스스로에 대해서도 공동체 사회를 위해서도 슬픈 일이고 불행한 일이다. 만족할 줄도, 감사할 줄도, 분수를 지킬 줄도 아는 것은 깨달음의 지혜에서 나온다고 할 것이다.

이슬람과 기독교도의 성지순례, 티베트의 오체투지, 산티아고 순례길, 산악 등반 등은 고행과 극기를 통해서 몸과 마음을 다잡고 깨우침을 얻으려 한다.

8. 말, 말 속에 마음과 정신이 있다

말과 관련된 속담이 많다. 말 같지 않은 말은 귀가 없다. 말 속에 뜻이 있고 뼈가 있다. 말 아닌 말. 말은 쉬워도 행동은 힘들다. 말은 할수록 늘고, 되질은 할수록 준다. 말은 할 탓이다. 말이란 '아' 다르고, '어' 다르다. 말이 많으면 쓸 말이 적다. 말이 말을 만든다. 말이 씨가 된다. 가는 말이 고와야 오는 말도 곱다 등등.

고교지리용어사전에 의하면 "말은 인간의 의사 전달과 표현의 수단으로서 오랫동안 공동생활에서 형성된 문화유산이다. 언어는 민족 문화의 독특한 특징을 반영하기 때문에 민족 구분과 지역 이해의 지표가 되고 있다" 또한 "말은 인간의 사회적 약속이다. 말은 시대에 따라 새로이 생기고, 성장하고, 사멸하며 변하여 간다. 말은 음성 기호의 체계이고, 일정한 규칙이 있다. 말은 내면에 사상, 감정을 지니고 있다"

문화인류학에서 언어는 "말이 문화를 사회성원들에게 공유하게 하고, 또한 말은 한 세대에서 다음 세대로 전달하는 가장 중요한 매체가 되고, 말은 인간만이 가지고 있는 고유한 속성"이기 때문이다. 말은 사용하는 인간 집단에 따라 다르고, 시대에 따라 변화하며, 한 사회 안에서도 지역과 여러 가지 사회적 속성에 따라 다르게 나타난다. 말의 구조가 문화의 다른 측면과 인간의 사고방식에 미치는 영향도 매우 중요하다. 언어 행위를 통해서 사람들의 사회관계와 사회구조 및 사고의 구조까지도 파악할 수 있다.

두산백과에 의하면 "말은 인간을 다른 동물과 구별하여 주는 특징의 하나이고, 인간은 다른 동물이 가지고 있지 않은 언어습득의 선천적인 능력을 가지고 태어난다. 언어는 인간만이 가진 독특한 것"이라고 말할 수 있다.

말은 인간관계에서 묻고, 주장하고, 가르치고, 가리키고, 시키고, 지적하고, 호소하고, 나무라고, 요구하고, 항의하는 등 다양한 형태로 사용되고 있다. 거짓말과 허풍을 떠는 말도 있고, 애정과 진정 어린 말도 있다. 독설과 악담이 있고, 겸손과 존대의 말도 있다. 말은 목소리에 따라서 말투가 굵고 거칠거나, 크거나 작기도 하고, 맑고 상냥한 말소리도 있고, 퉁명스러운 말투도 있다. 말을 빠르게 하거나 느리고 천천히 하기도 하고, 소곤거리거나 시끄럽게 하는 말도 있다. 말은 처음 만난 사람의 첫인상이나 성격을 짐작하게 한다.

살다 보면 말다툼으로 얼굴을 붉히기도 하고, 찡그리기도 한다. 말실수로 후회도 하고, 부끄러움을 느끼기도 한다. 가족이나 친구 간에도 무심하게 던진 말이 깊은 상처로 남기기도 하고, 칭찬과 격려의 말은 큰 힘이 되어 오래도록 기억에 남게 된다. 부모의 걱정스러워하는 말, 스승이나 상사가 잘못을 지적하는 말, 친구의 충고의 말, 아랫사람이 윗사람에게 하는 직언이나 충언이 있다. 아무리 옳고 진정성이 있어도 자기 뜻에 맞지 않거나 의사에 거슬릴 때는 잔소리나 거역하는 말로 들리게 된다.

　인간은 논쟁과 주장을 펼 때, 가르치고 훈계할 때, 문제를 지적하거나 다툼을 할 때, 잘잘못을 따질 때 등 자기의 의사나 뜻을 상대에게 알리고 이해시키기 위해 말하지만 받아들이는 쪽의 처지와 이해관계가 상충할 때나 서로의 생각이 다를 때는 쉽게 받아들여지지 않아 감정을 상하거나 말싸움을 하게 된다. 말에는 책임과 약속이 따르게 마련이다. 마음속에 새겨두고 지키려고 항상 노력하여야 하지만 문서와 달리 법적인 구속력이 없어 함부로 쏟아내고 그냥 지나치기 일쑤다. 말에 대한 책임과 약속은 스스로가 스스로에게 하는 것으로 자기의 인격을 나타낸다고 할 수 있다.

　여럿이 모이는 모임에서도 서로 자기 말만 하려고 하고 남의 이야기는 들으려고 하지 않아 각자 떠들다 보면 남의 말이 들리지도 않고, 자기 말도 전해지지 않지만 아랑곳하지 않고 서로 떠들어대기만 하는 것을 보면 생각이 다르고 취향이 다르면 떠들어 보았자 의미가 없다는 생각을 하게 한다. 잘못이 있다고 꾸중을 하거나 비난의 말을 하게 되면 마음이 상하여 자신의 잘못을 수긍하여 뉘우치기보다는 자존심이 상하여 상대를 원망한다. 구차하게 변명을 늘어놓거나 앙심(怏心)을 품게 된다.

　자기방어의 본능은 인간의 생존본능으로부터 유전된 것으로, 상대를 지나치게 몰아붙이거나 힐책한다는 것은 반감만을 불러일으키게 한다. 문제가 생기면 인상부터 찌푸리고 거친 말로 문책과 비난의 말을 하게 마련이다. '말 한마디가 천냥 빚을 갚는다'는 말이 있다. 사람들은 조금만 생각하거나 상대를 배려한다면 조용히 넘어갈 것을 순간의 감정에 이끌려 말을 내뱉다 보면 상황을 더욱 꼬이게 한다. 지나쳤다고 생각되면 즉시 사과하는 것이 모두에게 평안을 준다.

상대의 인격을 모독하는 말, 상대의 아픈 곳을 건드리는 말, 상대의 진의(眞意)와는 상관없이 자의로 해석해서 비판을 쏟아내며 하는 등의 '막말'과 인터넷 등에 근거 없이 떠돌아다니는 '언어폭력' 등등은 상대에게는 깊은 상처를 주게 되고, 모두에게는 눈살을 찌푸리게 하고, 본인에게도 후회를 낳게 된다.

말은 인간의 감정 표현이라고 할 수 있다. 진정 어리고 솔직한 말은 감동과 공감을 불러일으킨다. 상대를 책망하거나 물리력으로 다스리려고 하면 상대는 받아들이려고 하지 않는다. 인간은 감정의 동물이기 때문이다. 말은 희로애락의 감정을 나타내고 있다. 감정의 중심은 자기이고, 타인의 감정은 그 다음일 수밖에 없다. 타인을 배려하는 마음이 없으면 사람 사는 사회는 감동도 공감도 존재할 수 없다.

공감이니 감동이니 하는 말이 TV 교양프로그램에서나 신문칼럼난에 자주 나온다. 결국 말에 관한 이야기이지만 깊이 들어가면 말은 상대에 대한 감정인 마음이고, 생각하는 정신이 들어있다. 말은 그 사람의 인격을 나타내지만 하대하거나 큰소리치거나 거친 말을 하는 것이 품격과 권위가 선다고 생각하는 것도 오랜 관습에서 생겨난 것이다. 남녀노소와 빈부격차와 지위고하를 막론하고 평등한 사회에 살고 있다고 하지만 반말이나 명령조의 말, 강요하는 말, 업신여기고 얕잡아 보는 말, 야비하고 차별적인 말은 눈살을 찌푸리게 하고 반감만을 사게 할 뿐이다. 자신의 인격 수양이 덜 되어 있음을 말해주고 있다. 자신의 품격은 남이 평가하는 것이다.

사랑과 미소, 존중과 진정성, 인내와 관용, 칭찬과 배려와 같은 말이 감동을 주고 인간 사회를 갈등과 대립이 없는 밝고 좋은 사회를 만드는 기본이다. 언어의 순화가 인간 사회를 아름답고 행복하게 만들 수 있다는 단순하고 소박한 이치를 일깨우게 한다. 어려운 말과 쉬운 말도 있지만 의사전달이 쉽지 않은 말도 있어 전하려는 생각과 받아들이는 상대의 느낌이 달라 오해를 유발할 수도 있다. 본의 아니게 실언을 할 수도 있지만 상대의 말실수만을 기다렸다는 듯 트집만 잡고 본심을 왜곡하려 드는 것은 나쁜 습관이다. 말하는 것도 듣는 것도 쉽지 않은 일이다.

말이란 여러 단계를 거치다 보면 처음의 말과 나중의 말이 와전되는 것을 흔히 볼 수 있어 사실 여부를 신중히 살필 필요가 있다. 오해는 오해를 낳고 그때그때 집고 넘어가지 않으면 돌이킬 수 없는 상황이나 비극을 초래하게도 한다.

과거 성인이나 철학자들의 말은 당시의 낱말에 기초한 말로 뜻은 단순할 수도 있지만 후대에 주석(註釋)과 의역(意譯)을 하다 보면 본래의 내용이 여러 가지로 확대되거나, 시대의 변화에 맞게 재해석되고 새로운 의미를 부여하며 여러 단계를 거치다 보면 본래의 뜻과는 크게 벗어날 수도 있다.

고대 그리스에서는 진리를 논의하거나 탐구하기 위하여 제논이
나 아리스토텔레스에 의해서 변증법, 삼단논법, 귀납법, 연역법,
역설(패러독스, 이율배반)과 같은 논리학을 체계화하어 당대의 자연
철학자나 수학자들의 진리 탐구에 사용하였다. 중세 이후 근현대
에 들어오면서 이러한 논리학은 철학자, 신학자, 사상가들에 의해
서 두루 사용되고 있지만 인간의 정신세계를 논리적으로 분석해
서 대상을 연구하는 변증이나 변증법적인 방법은 일반인이 이해
하기는 무리가 있어 보인다.

자연현상과 물리학을 말로써 입증할 수가 없기 때문에 가설을
세우고, 관찰과 실험과 수학적 방법 등에 의해서 진리를 탐구하고
입증하려고 하는 것이 오늘날의 과학적 방법론이지만 사람들은
아직도 특정한 사례나 제한적 지식을 가지고 말로 설명하고 입증
하려고 하며 말싸움과 오류를 범하고 있다.

말과 글에는 꾸미고 다듬기 위한 수사법(修辭法)으로 직유(直喩)
법, 은유(隱喩)법, 비유(比喩)법, 의인(擬人)법, 의태(擬態)법 등등 알
게 모르게 직간접적으로 듣기도 하고 스스로 인용하기도 하고, 문
학작품이나 영화나 TV 드라마 등에서 보고 듣지만 사람마다 생
각이 달라 다르게 이해되고 해석되기도 한다.

인간은 다양한 수사법으로 표현하고 있지만 이해하기란 몹시 어
려울 때가 많다. 과거 한시(漢詩)나 시조는 자연의 변화와 인간 마
음의 변화를 단순 소박하고 담백하게 표현해도 공감과 감흥(感興)

을 주고 있지만, 옛 고승의 선문답이나 현대시(詩)는 인간 깊숙한 내면을 깨우치고, 이야기하려고 하지만 난해하기만 하다. 인간의 내면 깊숙한 곳에 과연 무엇이 있다는 것인지 알 수 없다. 옛 고승들의 난해하게 느껴지는 선문답도 아무 생각 없이 있는 그대로 읽다 보면 어느 순간 깨달음을 얻을 것이다. 난해한 현대시도 뜻풀이 없이 반복해서 읊다 보면 마음에 와닿는 것이 있으리라!

말은 계층과 이념에 따라 생각이 고착화되어 서로를 이해하려고 하지 않아 갈등과 대립과 분열을 일으키게 한다. 생각이 말과 행동으로 이어지기 때문이다. 평등하고 공정한 사회란 계층과 이념을 뛰어넘는 공감대에서만 가능할 것이다. 말이 삶이고 삶이 말이다. 말은 하는 것도, 듣는 것도 어렵다. 무심한 말, 말실수, 지키지 못할 말, 가식적인 말, 악의적인 말, 저속한 말, 분노하고 악쓰는 말, 참 많은 말을 하고 산다. 말이 희로애락이다. 말속에 마음과 정신이 있다.

장자는 내편의 제물론에서 말한다.

"말이란 소리가 아니다. 도대체 '도'에 참과 거짓의 구별이 생기고, 말에 옳고 그름의 구별이 생기는 것은 무엇 때문일까.

원래 '도'는 만물에 두루 편재해 있는 것이고, 말은 '도'와 형체와 그림자가 서로 얽혀 있는 것인데, 그것을 지식으로 구속하기 때문이다.

결국 말이라는 수단 그 자체가 목적으로 변하여, '도'에서 점점 멀어져 가는 결과를 초래한 것으로, 이러한 잘못을 극복하기 위해서는 참다운 지혜, 즉 밝음에 의존하는 수밖에 없다. 말은 사람 사는 세상을 밝고 맑고 아름답게 할 수 있다.

　일반 사람들은 말을 절대적인 것으로 보고 서로 시비를 가린다. 결국 말을 절대시하는 것은 '도'를 이해하지 못하기 때문이다."

말을 변론하면 사물의 실상(實相)에서 멀어진다.
말은 인간의 마음과 정신 작용이다.
의식과 무의식의 발로이고, 본능이다.

9. 살아있다는 것과 죽는다는 것

인간은 존엄하고, 위대한 존재인가? 만물의 영장이고, 자연의 한 생물에 불과한가? 인간은 스스로 신격화하기도 하고 성인군자나 위대한 사람으로 추앙하기도 한다. 반면에 추하고, 천하게 취급하기도 받기도 한다. 무엇이 되었든 인간 스스로에 의해서 설정하고 평가하고 정의한 것으로 시대마다 사람마다 모두 다르다.

사람은 생물학적으로는 부모의 난자세포와 정자세포가 융합하여 생긴 수정란을 시작으로 삶의 여정이 시작된다고 할 수 있다. 수정란 속에는 부모의 DNA(염색체)를 각각 반씩 이어받아 이의 유전정보에 의하여 세포분열로 몸의 형성은 물론 면역세포, 신경세포, 뼈세포, 근육세포 등 모양과 기능이 다른 세포에 의해 물질대사를 통하여 성장하고 활동하다 늙고 병들고 죽는다.

출생과 성장의 환경적 요인은 일생을 살아가는 데 많은 영향을 미치게 마련이고 성격과 모습과 생각은 스스로의 삶을 형성하고 있다. 살아온 삶은 다양하고 복잡하고 사연도 많지만 결과적으로 스스로가 선택하거나 선택할 수밖에 없는 길을 살아가는 것이며 그리고 늙고 병들어 죽는 것도 결과의 산물이다. 삶에 대하여 동서고금을 막론하고 많은 이야기들을 하지만 사람들은 저마다의 환경과 생각대로 살다가 죽기 마련이다. 아니면 타인의 삶 속에서 살다가 간다. 삶에 대하여 의미와 가치와 목적을 부여하려고 하지만 결과는 마찬가지다.

사람들은 오래 살기를 바란다. 살아온 삶이 괴롭고 서글프고 힘들다고 삶에 대한 애착을 버리지는 않는다. 이제는 볼 수 없는 이 세상에 없는 그때 그 사람들의 그 모습들을 그리워하지만 죽어서 그 시절과 같이 지낼 수 있다고 생각하지는 않는다. 죽으면 현실 세계와의 모든 인연이 끝난다는 것을 알기 때문이다.

살아있다는 것이 축복이고 행복이라고 기억되고 생각되는 것은 자연현상을 바라볼 수 있고, 가족에 대한 사랑과 고마움, 그리고 모든 것에 대하여 감사함을 느끼고 깨닫는 순간이 아닌가 하는 생각을 하게 한다. 아무리 삶이 힘들고 괴로운 것이라고 하더라도 살 가치가 있고 의미가 있는 것은 살아 있기에 움직이고 일하고 느끼고 생각할 수 있기 때문이다. 죽음은 아무것도 기억하고 느끼고 생각할 수 없고 꿈도 없는 암흑 그 자체라고 믿기 때문일 것이다. 생존이 본성인 생명은 끈질기다.

생존하기 위해서는 먹고 소화하고 물질대사를 하며 생로병사 하지만 살아 있다는 것의 의미와 가치는 자연의 아름다움과 장엄함과 신비함을 느낄 수 있기 때문이다. 살아있기에 눈으로 보고, 귀로 듣고, 코로 냄새를 맡고, 혀로 맛을 보고, 접촉을 통하여 감촉을 느끼는 등 희로애락 하며 살아간다. 감성과 이성을 통하여 삶의 의미와 가치를 생각한다고 할 수는 없다.

오래 살려고 하는 것은 죽음이 두렵기도 하고, 본능적으로 살려는 생존 본성에 기인한다. 삶 그 자체가 목적이고 생동감이고 신비로움이다.

산다는 것은 자연의 아름다움과 신비함과 경외심을 품을 수 있다. 봄에는 매화와 산수유꽃을 비롯하여 개나리꽃 진달래꽃 유채꽃 벚꽃 자두꽃 복숭아꽃 살구꽃 등 수많은 봄꽃이 피고 각종 곡식과 채소를 파종하고, 그리고 꽃이 떨어진 자리에 새파란 잎이 돋아 싱그러움을 줄 때면 각종 새들이 시끄럽게 지저귀며 짝짓기와 먹이를 찾아 바쁘게 움직인다. 살아 있음이 가져다준 행복이고 신비함이다.

여름에는 녹음이 짙게 우거지고, 뭇 벌레들이 시끄럽게 울어대고, 강아지도 고양이도 기지개를 피며 느슨해지지만, 산바람과 강바람과 바닷바람이 불어 시원하게 해준다. 가을이 오면 과일과 곡식이 익어 풍성한 수확을 할 수 있게 한다. 낙엽이 아름답게 물들다 우수수 떨어지며 겨울을 재촉하면 왠지 마음이 허전해진다. 그러나 겨울이 되면 땅이 얼고 흰 눈으로 덮이면 찬란한 봄을 기다리게 된다.

죽는다는 것은 무엇일까? 살면서 죽음은 막연히 두려움 그 자체다. 죽는다는 것은 생명 활동이 완전히 멈춰져 각종 세포의 활동이 멎고 심장과 숨이 멈추고 피가 순환하지 않고 체온이 식어버린 의식도 생각도 없는 꼿꼿함 그 자체다.

삶이 고통스럽고 구차스럽고 아무 희망이 없다고 생각될지라도 아무리 힘들더라도 죽음을 선택한다는 것은 쉬운 일이 아니며 그럴수록 삶에 대한 애착이 크고, 의지를 불태우기 마련이다. 막연한 것 같은 죽음에 대한 공포는 자연에서 온 본성으로, 생명은 고귀하고 존엄할 수밖에 없다.

인간은 종교를 통하여 영혼과 죽음 이후의 생을 갈망하지만 믿는 방법 이외에 아무것도 확인되고 입증된 것은 없다. 종교적인 장례 의식을 보아도 영혼이 떠나간 육신에 대한 장례 절차를 이해할 수 없다. 시신에 대한 예와 고인의 가족을 위로하고 무서움을 떨쳐버리기 위한 행위에 지나지 않는다.

오늘날 과학 문명의 발달은 구약성서의 창세기나 각종 신화를 믿는 기독교 서구 사람들도 점점 줄어들고 있다고 한다. 죽음 이후의 세계는 종교인 비종교인을 막론하고 긍정적으로 보든 부정적으로 보든 막연할 수밖에 없는 믿음에 의존하고 있는 것이다. 비물질인 정신과 같은 영혼을 믿기보다 인간다움과 인간의 길을 자연의 섭리에서 찾는 것이 자연스럽다. 종교는 종교 공동체가 서로 힘이 되고 위안과 도움이 되고 죽어서는 천당과 극락에 간다고 믿기 때문에 종교에 의탁하고 있는 것이다.

살아있기 위해서는 먹어야 하고, 보다 잘 먹고 잘살기 위하여 열심히 일하고 다투며 경쟁할 수밖에 없고, 그 결과 승자와 패자가 있고 성공과 좌절이 따르게 마련이다. 살아있다는 것은 육체적 고달픔과 정신적 긴장이 항상 따르기 마련이다. 희로애락의 감성이 있고 생로병사의 필연의 과정이 있기에 생명이고 생존이다.

죽는다는 것은 정신적으로는 생각과 기억과 의식이 없는 감각과 감정이 사라진 곧 미생물에 의해 부패되고 분해될 시체에 불과하다. 경쟁과 갈등과 욕구와 부(富)와 명성(名聲)도 다 부질없고 모든 것을 떠내버린 상태다. 죽음은 한 수정란의 종착역이지만, 그로부터 파생된 수정란은 한 세대 전에 생명 활동을 이어가고 있다. 자아라는 주체는 개체에서 개체로 변화하며 독립적인 생각이 있어 귀중한 존재다.

때때로 노년의 삶에서 늙고 병들고 힘없음을 넘어 치매에 걸려 지능·의지·기억 등 정신적인 능력이 상실된 상태로 생명을 유지한다는 것은 인간의 의미와 가치와 존엄성도 보이지 않는 죽음만도 못한 상태라고 할 수 있다. 돌보아야 하는 가족과 관련자 모두를 힘들게 하지만 생명을 연장하는 것은 깊이 생각해 보아야 할 문제이다. 인간을 포함한 모든 생명이 생로병사를 겪는 것은 자연의 이치이다.

스위스와 같이 본인이 아직 정신이 있을 때 본인의 의사에 의하여, 추하지 않게 존엄하게 죽을 수 있는 권리도 존중되어야 한다. 종교와 인권의 이유를 들어 막는 것은 인간을 더욱 처절하고 추하게 한다.

138억 년의 우주 탄생과 46억 년의 지구 탄생의 역사에서 20만 년도 채 안 되어 보이는 인간의 역사지만 인간은 우주와 지구의 역사와 함께하고 있다. 우주가 한순간 폭발하여 평형을 위하여 변화와 균형을 지속하며 '생성과 소멸', '확산과 소실'하며 '동

적 균형'으로 삼라만상이 생겨났듯이 인간이라는 존재도 자연의
섭리에 따라 '변화와 균형', '생성과 소멸', '삶과 죽음', '없음과 있
음'과 모두 연결되어 끊임없이 흘러가고 있다.

10. 자유와 행복과 고통에 대하여

알아차림과 놓아버림, 있는 그대로 지켜보는 것

감각의 대상들은 어느 것도 실체가 없다.

완전히 놓아버리면, 완전한 평화와 자유를 알게 될 것이다.

세상과의 싸움이 끝난 것이다.

마음은 늘 변하고, 만족하지 못하며, 텅 비어 있다.

지혜안에 있을 때 마음은 고요하고, 움직이지 않는다.

- 아잔 차 스님의 '오두막' 중 자유와 행복에 대해서

"스스로 의식하지 못하는 행복이 가능한가?"라는 프랑스의 바칼로레아 철학 논제는 한번 곱씹어볼 만하다. 행복은 의식하고 말할 수 있는 것인지? 무의식적으로 느끼는 것인지? 사람들은 행복하다는 말을 스스럼없이 드러내놓고는 한다. 그 순간이 행복한 것인지, 아니면 즐거워서 하는 말인지 살펴볼 필요가 있는 것 같다.

노산 이은상의 시 '가고파'는 어린 시절 동무들과 함께 뛰어놀던 푸르고 잔잔한 고향 바다를 그리워하고 있다. 아름다운 선율의 우리 가곡을 듣고 있으면 공감하게 된다. 사람들은 일상의 삶 속

에서 좋아하는 사람들과 어울리며 기뻐서 웃고 즐거워하였으면 행복하다고 말한다. 지나간 옛 시절은 아무리 어렵고 힘들고 고통스러웠다 하더라도 다시 돌아오지 않을 그 시절을 아름답고 그립고 행복한 순간으로 기억한다.

도연명의 도화원 기에 나오는 선경(仙境) 이야기로 무릉도원이 나온다. 눈부시게 활착 핀 봄꽃을 하염없이 바라보고 있으면 황홀감에 빠져 세속을 떠난 별천지에 있다는 착각을 하게 한다. 사람들은 복잡하고 혼탁한 세속에서 잠시 벗어나기 위하여 산과 들과 바다가 있는 야외로 가족과 함께 힘들게 나들이를 떠나며 행복해한다.

예술가·과학자·기술자·노동자·의사·농부뿐만 아니라 각종 상업과 서비스 직업에 종사하는 사람 중 자기가 좋아하는 일이나, 하고 싶은 일을 하는 사람들은 피곤한 기색도 없이 일에 몰입하고 있다. 열심히 일에 몰두하는 사람들은 성공도 하고 행복도 느낀다고 할 수 있다. 동서고금의 성현이나 철학자들은 궁극적인 목적이라고 할 수 있는 인간의 행복에 대하여 깊이 생각하고 깨달음을 얻으려 했을 것이다.

행복은 감정이고 생각이기 때문에 매 순간 변하고, 오래 지속되는 것도 아니다. 사람들은 행복하기를 바라고 있는 것 같지만 막상 들여다보면 행복을 추구하거나 찾아다니거나 깊이 생각하지도 않는다. 살아간다는 것이 고통스럽고 구차하여 일상에 얽매이다 보면 행복을 생각할 시간도 없고, 어느 순간 행복하게 느끼다가도 그저 스쳐 지나가 버린다.

〈행복은 진지한 문제다〉의 저자 데니스 프레이저는 '행복은 느끼는 것이 아니라 생각하는 것이다. 정신이 중심적인 역할을 한다'고 말하고 있다. 축복받은 사람이라도 자신이나 사랑하는 사람의 죽음에 직면하면 깊은 슬픔과 고통을 겪어야 하듯이 인생은 비극이기에 진지하게 행복을 생각하여야 한다고 말하고 있다.

낙관론적인 사람도 있고, 비관론적인 사람도 있지만 세상은 낙관적이지만도 비관적인 것만도 아니다. 어린아이가 태어날 때는 천진난만하고 순수하게 보이지만 성장하면서 그리고 사회에 부닥치면서 복잡하고 다양한 환경에서 배우고 익히고 생각하면서 현실에 적응하며 인생관도 세계관도 형성되기 마련이다.

서구인들은 동양인들과 달리 행복을 느끼기보다는 꾸미고 만들어간다는 생각이 든다. 서구를 여행하다 보면 집집이 꽃을 키우고 내실도 꽃꽂이로 아름답게 장식하며 안락하게 꾸미고 살고 있는 것을 볼 수 있다. 축제로 함께 어울리며 노래하고 춤추고 즐긴다. 어린 시절 시골에 있는 외가에 가면 텃밭에서 자라는 콩이나 감자 파고구마 등 각종 농산물의 꽃과 이름 모를 들꽃이 기억날 뿐이지만 다소곳하고 아련하고 아름답고 행복한 시절이었다고 생각된다.

"건강을 잃으면 모든 것을 잃는다"는 말이 있다. 사람들은 건강을 말할 때 일반적으로 육체적 건강을 떠올리지만 정신적 건강도 함께 생각하여야 한다. 육체가 건강하여도 정신이 올바르지 못하고 생각이 없거나, 정신이 강건하여도 육신이 허약하고 지병이 있으면 고통스럽고 행복하기 어렵다.

사람들은 부와 출세와 성공이 행복이라고 생각하지만, 이를 이루는 과정이 부정하고 부당하다면 그 자체도 허망한 것이지만, 이렇게 성취한 사람들은 자기도 모르는 사이 세상을 보는 눈이 오만하고 편향되고, 모든 것을 자기중심적으로 생각하고, 결과적으로 불행한 사람이 될 수밖에 없다.

주변으로부터의 따돌림, 피해망상과 열등의식, 지나친 욕심과 강한 승부욕에서 오는 좌절, 남에 대한 의심과 불신과 같이 자기 안에 갇혀 있는 사람들은 정신적인 스트레스로 근심과 걱정, 불안과 불면에 시달리게 되고 건강도 해치게 된다.

인간관계에서 생각과 이해관계의 다름은 대립과 갈등, 다툼과 고립으로 이어지기 쉽다. 행복은 화목하고 다툼 없는 인간관계에서 출발한다고 할 수 있지만 이는 양보와 배려, 사랑과 인내 그리고 칭찬, 이해와 같은 서로의 공감에서 형성됨으로 인격적인 소양과 성숙한 의식, 착한 심성이 요구되는 데 반해 그렇게 행동하는 사람은 적다.

행복을 추구하는 사람도 있지만, 깊이 생각하지 못하거나 아예 생각하지 않고 사는 사람이 많다. 살면서 무의식적으로 순간순간 행복을 느끼며 사는 사람도 있고, 먼 훗날을 회상하며 행복하였다고 생각하는 사람도 있다. 그런가 하면 그저 단순하고 순박하게 보이는 행복한 삶도 있다. '행복하라'던지, '행복하다'라는 말을 흔히 듣기도 하고 하기도 한다. 타인의 행복과 불행을 통해서 스스로의 삶을 느끼며 사는 사람들도 있다. 인간은 누구를 위하여 사는 것도 아니지만 자기만을 위해서 사는 것도 아니다. 살다 보면 자기도 위하고 남도 위하면서 더불어 사는 것이다. 과시와 사치, 무시와 외면, 오만과 편견, 멸시와 무관심 등을 버리고, 타인에 대한 관심과 배려, 사랑과 존중하는 마음들이 인간 사회를 아름답고 행복하게 해준다.

헌법 제10조는 '모든 국민은 인간으로서의 존엄과 가치를 가지며, 행복을 추구할 권리를 가진다'라고 되어 있다. 국어사전에는 행복은 '생활에서 만족하여 즐겁고 흐뭇함을 느끼는 상태' 또는 '욕구가 충족되어 부족함이나 불만이 없음'이라고 되어 있다. 모두 막연하다. 서양의 사전적 정의는 '운이 좋은, 기쁜, 즐거운, 특별히 잘 어울리는, 기분 좋은' 등으로 되어 있어 보다 현실적인 것 같다.

과거 춥고 배고프고 모든 것이 부족하고 가난했던 시절보다는 지금은 많이 따뜻하고 풍족하고 편리하지만 그만큼 행복하다고 느끼거나 생각하고 있는 것 같지는 않다. 이웃사촌이라는 말과 같이 잦은 왕래가 있고 때가 되면 서로 나누어 먹으며 이웃 어른들에게 특별한 날에는 찾아가 인사들이며 칭찬도 받았다.

지금은 보이지 않는 생존경쟁과 이해다툼으로 항상 스트레스를 받고 있고, 이웃 간에는 단절되어 가고, 아파트의 층간 소음 문제로 자주 말다툼이 일어나고 살인까지 일어나고, 상대적 빈곤과 박탈감으로 불만이 쌓여가고 있다. 투기와 사기와 혼자만 잘 살겠다는 생각으로 이웃이나 주변을 둘러볼 겨를도 없고, 친하게 지내지 않으니 관심도 없이 서로 담을 쌓고 갇혀 사는 형국이다. 갈수록 1인 가구도 늘고 있다.

행복에는 인위적인 것도 있고 자연스러운 것도 있다. 현대 문명의 이기인 자동차는 답답한 도심을 빠져나와 야외로 나가게 하고, 휴대폰은 공공장소는 물론 길을 걸으면서도 열중하게 한다. 현대 문화의 매체인 TV 드라마는 다양한 감성적인 연기로 감정을 자극하고, 연예프로는 더욱 다양하게 변모하며 많은 시간을 넋을 잃고 보게 한다.

방송들은 감동을 주는 것이 행복한 것이라고 드라마와 연예 프로와 스포츠에 초점을 맞춰 감정을 불러일으키게 하고 있지만 흥분된 격정 상태는 몸과 마음이 들뜬 상태로 얼굴은 붉고 일그러지고 가슴이 뛰고 혈압이 올라가다 시간이 지나면 곧 사그라질 뿐이다. 인간 승리의 순간이라든지 사랑과 자비를 베푸는 것은 아름답고 깊은 감동을 주며 행복하게 한다. 큰 욕심 없이 자연 속에서 사는 사람들은 행복해 보인다. 도심 속 공원이나 숲속을 가족과 함께 즐겨 찾는 사람들도 행복해 보인다. 행복은 먼 곳에 있는 것이 아니라 아주 가까이 더 깊숙한 마음속에 있다.

따뜻한 말 한마디와 배려는 우리를 감동시키고 모두를 행복하게 한다. 아침에 밝고 맑은 햇살이 창으로 들어오거나 새소리가 들리고 파란 하늘과 푸른 나뭇잎이 싱그럽게 보이면 행복을 느낀다. 행복은 쫓아다닌다고 잡히는 것이 아니고 마음속으로 조용히 찾아들어 피어나고 있다. 출세와 부가 곧 행복이라고 할 수는 없다. 오히려 지키고 더 가지려고 하고 더 출세하기 위하여 동분서주하다 보면 행복을 누릴 틈이 없다. 매스컴에서는 각종 부정과 이해관계에 연루되어 결과도 과정도 불행하다.

현대문명 속에 사는 사람들은 자유와 평등과 행복을 추구하고 얻기 위하여 투쟁하여 성취하여 왔지만 불만과 스트레스는 끊임없이 새롭게 생기고 있다. 밀집된 도시에서 산다는 것은 경쟁과 소음과 매연에 시달려야 하고, 이로 인한 정신적 육체적 피로는 불면증과 소화불량을 위시하여 현대적인 많은 질병을 유발하고 있고, 빈부격차와 무질서와 각종 범죄는 사회적 불안을 낳고 있다.

　네팔과 티베트 사이에 있는 부탄이라는 나라는 가난하지만 행복지수가 높은, 작은 티베트불교 왕국이다. 억압이나 간섭이 적고, 경쟁에 오염되지도 않았다. 사람들은 자유와 평등과 공정이라는 것을 모르고, 주의 주장과 다툼도 없다. 전통문화와 종교의식 속에서 욕심이 없으므로 스트레스가 없고, 불만이 없으니 불평이 없다. 현대문명과는 동떨어져 살지만 근심과 걱정 없이 자연과 어우러져 평화스럽게 산다.

　부탄의 행복지수가 높은 것은 왕이 권력을 내려놓고 의회지도자들이 합심하여 전통과 행복지수에 관심을 갖고 열악한 자원에도 불구하고 환경을 보존하며 좋은 정치를 하려는 노력 덕 있지만 농사일과 집 짓는 일은 물론 관혼상례에 이르기까지 촌락들이 스스로 상부상조하며 희로애락을 함께 하는 데서 평화와 행복을 느끼며 사는 것 같다. 그들은 외로움과 부족하다는 생각 없이 자연 속에서 무심한 마음으로 서로 도우며 열심히 살아가고 있다. 반면 오늘날은 문명의 이기로 점점 변해가고 있는 듯하다.

11. 본래 모습, 인간다운 모습

　사람의 참모습이나 본래 모습이란 무엇일까? 인간다움이란 또 무엇일까?

　사람은 태어나서 부모형제, 스승, 친구나 친지로부터 많은 것을 보고 듣고 익히고 복습하고 배우며 성장해 가며 변화해 간다. 사회에 나가서는 생존을 위하여 많은 사람들과 부딪치며 실패와 좌절과 영욕(榮辱)의 세월 속에서 삶을 영위해 나가며 모습도 마음도 생각도 변해간다.

　지금 이 순간의 모습이 자기의 모습이 틀림없겠지만 과거의 모습도 미래의 모습도 내 모습이지만 다르게 느껴진다. 모습도 변하고 생각도 변화한다. 본래 모습도 인간다움도 세월 따라 환경 따라 시시각각으로 변하는 감정변화와 얼굴 속에서 찾기는 힘들 것 같다. 모든 모습이 다 본래의 인간다운 모습 같기도 하여 알 수 없다. 좋은 면만을 들어 지칭하였을 것 같지만 좋은 면만이 인간다운 본래 모습이라고 할 수 있고 부정적인 면은 아니라고 할 수는 없다.

　인간다움도 애매모호(曖昧模糊)하다. 욕심 많고 성내고 호전적이고 비열한 모습, 어질고 착하고 용기 있는 모습, 슬프고 고뇌하고 참회하는 모습, 평온하고 자애로운 모습 등 어느 모습이 인간다운 모습이고, 본래의 모습일까? 생각은 마음과 모습을 끊임없이 변화시키고 있다. 생각의 변화는 마음을 바꾸고 삶을 바꾸고 모습을 바꾸고 운명을 바꾼다. 생각이 운명이고 마음이고 모습이다.

본래 모습은 어디서 찾고 인간다움은 어떻게 알아볼 수 있을까? 태어났을 때의 순수하고 백치(白痴)의 모습일 가? 생존에서 살아남기 위한 자연 속의 인간 본성의 모습일 가? 인간 정신 속에 깃들여 있는 혼(魂)의 모습일까? 모든 것을 내려놓은 죽음을 맞이하고 있는 마지막 순간의 모습일까? 문화니 문명이니 하지만 어찌 보면 인간의 삶 자체는 제약(制約)과 절제와 허례허식과 위선과 가식 속에 서로 속고 속이고 억누르고 억눌리고 산다. 이는 인간이 자연과 인간 속에서 생존과 종족 번식을 위해서 오랜 세월 동안 살아오면서 형성되어 변화하여 유전되어 온 본성이고 본래의 모습이다.

구소련이 붕괴 후 러시아의 초대 대통령 보리스 옐친의 춤추는 모습을 페르소나(지혜와 자유의사를 갖는 독립된 인격체)를 벗어버린 인간의 본래 모습으로 표현하는 것을 보며, 어쩌면 인간은 가면을 쓰고 본래의 모습과는 다른 겉치레와 과시로 스스로를 가꾸고 꾸미고 치장하며 거짓과 가식 속에 산다고 할 수도 있을 것이다.

사람의 일상을 보면 머리부터 발끝까지 씻고 매만지고 치장하는 일, 옷 입는 일, 주거 환경에 이르기까지 다 인위적으로 꾸민 모습이다. 합당한 이유가 있다고 하더라도 본래의 자연스러운 벌거벗은 모습은 아닐 것이다. 말과 행동에 있어서도 보고 듣고 생각나는 대로 할 수는 없다. 자의든 타의든 앞뒤 좌우 정황을 살피고 자기와의 이해관계를 따지고 조절하여 말하고 행동에 옮긴다.

성직자나 양심적이고 이성적인 사람들은 인간 내면의 착하고 아름답고 장내로운 마음을 인간다운 본래 모습으로 떠올리는 것 같지만 이와 정반대인 마음도 인간의 본래 모습으로 모두가 가지고 있다. 우주는 어둠과 빛으로부터 생겨 낳듯이 선하고 악한 모습도, 거짓되고 참된 모습도, 한없이 본능적이고 영적인 모습도 모두 인간 본래의 모습이다. '변화와 균형'에 의하여 우리의 모습은 끊임없이 변모하며 흘러간다.

진정한 인간 다운 참된 모습은 자연을 경외(敬畏)하고 숭배하고 조화하며 자연과 자연의 동식물과 더불어 소박하고 선하며 욕심 없이 살던 때의 아주 가마득한 그 옛날의 모습은 아닐지? 알 수는 없다. 원시적인 그때의 모습은 벌거벗고 털이 무성하고 먹이를 찾아 헤매거나 맹수에 쫓겨 도망치는 모습일 것이다.

성철 스님의 〈무엇이 너의 본래 면목이냐〉를 떠올린다.

당(唐)대의 고승들의 선문답으로 도저히 이해할 수가 없다.

〈본래 모습, 인간다운 모습〉을 쓰며, 문득 마음에 와닿는 것이 있다.

"본래 모습, 인간다운 모습"은 수시로 변화하여 볼 수 없는 환영(幻影)이다.

12. 나(我)와 생각, 자아와 의식과 무의식

"자아(自我)란 무엇이고, 나는 누구인가?"라는 참선(參禪)의 화두
가 있다. 결국 '무아(無我: 만물은 상주(常住) 불변한 어떤 주체도 없
다)의 깨달음에서 찾고 있다.

"우리는 몇 개의 자아를 가지고 있는가?"라는 카이스트의 뇌
과학자 김대식 교수의 강연이 있었다. 뇌 과학자의 과학적 분석에
의해서 자아를 설명하고 있다.

인간은 여러 분야와 현 상황에서 기억과 상상, 탐구와 창조, 연
구와 실험, 기획과 계획, 전략과 전술, 그리고 매 순간마다 수시로
변하는 마음 등 다양한 생각을 할 수 있어 지능을 발전시키며 끊
임없이 변화하여 가는 최상위의 유일한 지구 생명체라고 할 수 있
다. 지금 생각하고 말하고 행동하고 있는 주체가 곧 '나(我)'라고
할 수 있다.

"하늘 위와 하늘 아래에서 오직 나 홀로 존귀하다"라는 말은 석
가모니의 탄생 설화로 전해지고 있으나, '모든 존재는 불성을 지니
고 있음으로 평등하게 존엄하다'는 깨달음에서 나온 외침이 붓다
를 신격화하기 위하여 와전된 것으로 읽혀진다.

사전에는 "천상천하 유아독존(天上天下唯我獨尊)은 우주 가운데

나보다 존귀한 존재는 없다"라고 번역하듯이 개개인은 동서고금을 막론하고 누구나 세상에서 단 하나뿐인 귀한 존재라는 뜻으로 읽혀진다.

나(我)라는 존재를 두고 어째서 나는 나일까? 라는 생각을 할 때가 있다. 모두들 자기를 나(我)라는 생각으로 살고는 있지만 왜 나만이 나인지는 알 필요도 없이 당연한 것으로 받아들이지만 곰곰이 생각해 보면 이상한 느낌이 들기도 한다. 그러나 사람마다 성격, 모습, 골격, 마음, 정신, 시간과 공간 등 무엇 하나 같은 것이 없다.

'나'라는 존재는 외모로 보이는 모습이 있고, 말과 행동으로 나타나는 기질과 같은 것이 있다. 이는 외부로 드러나 보이는 인상과 같은 것이지만, 내면에 가지고 있는 정신세계와 생각들이 합쳐진 품성이 곧 자아일 것이다.

인간은 극도의 흥분 상태인 감정 폭발이나 만취 상태에서의 말과 행동이 생각이 있는 것일까? 없는 것일까? 기억이 나지 않거나 이성을 잃었다고 말할 수는 있지만 의식적이든 무의식적이든 나름의 생각이 있었을 것이다. 말과 행동은 자율신경계에 의하여 지배되는 것이 아니기 때문이다.

"생각"의 사전적 의미는 ① 어떤 일에 대한 의견이나 느낌. 또는 사물을 헤아리고 판단하는 작용 ② 바라는 마음 ③ 사리를 따져 분별하고 판단함 ④ 어떤 사람이나 '일' 따위에 대한 기억 ⑤ 마음을 써 주거나 헤아려줌 ⑥ 어떤 일을 하려고 마음먹음. 또는 그런 마음 등등 이라고 되어 있다. '생각'이 들어간 문장을 보면 ① 올바른 생각. 깊이 생각하고 대답하다. ② 고향 생각이 난다. ③ 술 생각이 간절하다. ④ 그녀에게 청혼할 생각이다. ⑤ 생각보다 사람이 많다. ⑥ 쓸쓸한 생각. 창피한 생각이 든다. ⑦ 생각이 깊다 등 다양하게 쓰이고 있지만 뇌에서 일어나는 감정인 마음과 정신작용이다.

"나는 생각한다. 그러므로 나는 존재한다" 17세기 프랑스의 철학자 데카르트는 회의를 통한 진리의 길을 모색하면서 얻은 명제라고 한다. '젊은 날의 부처의 반가사유상'이나, 단테의 신곡(지옥편)을 주제로 한 로댕의 '생각하는 사람'은 '지옥의 문'에서 야수(野獸)성과 잔인함으로 '지옥에 떨어져 발버둥치는 인간'을 내려다보고 있는 모습이다. 모두 세계적으로 알려진 조각과 작품으로 인간의 '생각'하는 모습이 주제다.

성인이나 유명한 철학자가 아니더라도 모든 인간은 남녀노소를 불문하고 이 세상에 나면서부터 죽는 날까지 생각하면서 산다. 생각이 있어 살아있고, 살아있기에 생각한다. 인간은 생각이 있음으로써 탐구하고, 상상하여 다양한 신화와 종교를 탄생시켰고 그리고 문화·예술과 과학기술 문명을 창조하고 발전시키고 있다.

생각은 우주와 생명의 신비를 벗겨가고 있고 인체와 뇌의 구조와 그 메커니즘을 밝히고, 선박과 자동차와 비행기 등의 운송수단, 그리고 인공위성과 우주개발과 컴퓨터와 휴대폰은 물론 인공지능(AI)형 기계인간 로봇에 이르기까지 수많은 과학문명을 발전시켜 인류의 삶을 변화시켰다.

생명공학의 유전자 변형과 세포 배양 등의 연구는 식량문제와 질병문제 등 긍정적인 면이 있는 반면에 부정적인 우려의 면도 있다. 지구자원의 난개발로 발생한 환경파괴와 온난화로 인한 기상이변은 생태계를 훼손하여 모든 생물에게 큰 재앙을 주고 있고, 가공할 핵무기와 생화학 무기의 발명으로 언제나 스스로를 파멸시킬 수도 있다.

저마다 다른 생각들은 다툼과 갈등, 분쟁과 충돌은 물론 전쟁도 일으킬 수 있지만, 반면에 화해와 용서 사랑과 평화를 가져오게 할 수도 있다. 개인은 물론 인류와 지구의 모든 생물의 운명도 변화시키고 있지만 균형을 잡아나갈 수 있는 생각도 가지고 있다. 그러나 인간의 생존 본성과 이기심은 인간 스스로 해결할 수 없다는 생각을 하게 한다. 결국 인간의 모든 행위도 '변화와 균형'에 의해 '생성과 소멸'하며 '동적 균형'을 이룬 채 자연의 섭리대로 끊임없이 흘러가고 있다.

'나(我)'라고 하는 주체는 생각이 있기 때문이고, 생각하는 주체가 곧 자아이고 혼이다. '생각하는 자아는 뇌의 작용이고, 뇌의 작용이 나이다'라고 하면 좀 이상하게 느껴지기도 한다. 몸도 있지만, 태어나서 죽을 때까지 끊임없이 변모하는 모습과 바뀌는 마음과 정신세계 등 수많은 나는 어떻게 구별해야 하는 것일까?

영혼(靈魂)이라고 하는 것이 있고, 나의 영혼이 '나'라고 한다면, '나'인 영혼이 생각하고, 상상하고, 탐구하고, 기억하고, 언행을 하게 하는 것이 된다.

생각이 없으면 자유와 평등, 공정과 정의, 권력자와 힘없는 자, 부자와 가난한 자, 종교와 이념, 전쟁과 평화, 사랑과 증오, 탐욕과 사치, 허례와 허식, 희로애락 등도 없었을 것이다. 모든 동식물과 미생물과 같은 생명체와 같이 생각하는 자아가 없다면 자연 상태의 신비하고, 아름답고 평화로운 낙원도 없었을 것이다.

나와 생각이 있어 이 세상은 복잡하고, 어지럽고, 희로애락을 느끼며 산다.

나(我)와 생각은 한없이 우주 저 멀리로 상상의 나래를 편다.

'나(我) 없음은 생각도 없고 우주 삼라만상도 없다'

제6장

인생살이

- 복종과 운명과 저항

1. 고달프고 힘든 삶

18세기 영국의 문필가 호레이스 월폴은 "인생은 생각하는 사람에게는 코미디이고 느끼는 자에게는 비극이다"라고 하였다. 이를 "인생은 생각하는 사람에게는 비극이고, 느끼는 자에게는 코미디이다"라고 해도 마찬가지일 것 같다. 인간이 살아간다는 것은 생각하든 느끼든 비극이기도 하고, 코미디이기도 하기 때문이다.

조선 중기의 문신 장만이 지은 〈풍파에 놀란 사공〉은 아래처럼 말한다.

> "풍파(風波)에 놀란 사공(沙工) 배 팔아 말을 사니
> 구절양장(九折羊腸)이 물 도곤(보다) 어려 왜라
> 이 후(後)란 배도, 말도 말고, 밭갈이만 하리라"

생명은 생존하기 위하여 먹어야 하고, 후손을 남겨 영속성을 유지하려고 하고, 생로병사를 겪도록 유전자에 프로그래밍 되어 있지만 그 밖에도 다양한 삶이 있다.

사전에 의하면 삶은 사는 일, 살아 있는 현상을 뜻하며 사람이

세상을 살아가는 일이기도 하다. 삶의 동의어로는 생활, 생존, 생애, 목숨, 생명이라고 되어 있다. 삶은 생존과 목숨과 직결되어 있어 험난하고 외롭다. 인간은 주어진 환경, 다양한 생각, 희로애락하는 감정이 달라 저마다 다른 삶을 살아간다.

불교의 영향을 받고 있는 동양에서는 한 영혼이 업(業)에 의해 전생과 현생과 다음 생으로 이어지는 윤회(輪廻) 사상이 있다. 서양인들은 사람이 태어나서 성장하고 남녀가 사랑하여 가정을 가지고 기뻐하고 고민하며 늙어가고 병들어 죽을 때까지의 희로애락 하며 생로병사를 되풀이하는 순환과정을 수레바퀴에 조각하고 있다.

성공한 인생도 실패한 인생도 긴 안목에서 한평생을 돌아보면 크게 다르지 않다. 사람의 한평생도 시간의 흐름과 공간의 변화 속에서 지금은 기억도 가물가물한 수많은 사람과의 만남과 헤어짐 속에 다사다난한 일들이 일어나고 잊혀가며 늙어가는 것이 인생살이 같다. 태어난 시대와 장소(시간과 공간)와 부모의 재산과 지위와 직업이 한 인간의 운명에 커다란 영향을 주고 있고, 태어난 지역을 크게 벗어나지 않고 처음 발을 들여놓은 직업에 종사하며 살다가 죽는다. 세상은 넓은 것 같지만 인생은 태어난 환경과 지역에서 활동하며 희로애락과 생로병사 한다.

농어촌에서 태어난 사람은 단순하고 소박한 삶을 산다. 먹는 것은 밭에서 농사지은 것이나 바다나 바닷가에서 잡은 것들이다. 얼굴은 햇볕에 그을려 검고 주름지고, 이른 새벽부터 저녁 늦게까지

밭이나 바다에 나가 일하려고 하면 거추장스럽지 않고 구기거나 더럽을 타도 별문제가 되지 않는 허술한 옷차림과 단순한 집의 구조로 꾸밈이 없고 사치와 과시가 없는 자연을 닮은 삶을 살 수밖에 없다.

속세를 떠난 승려나 신부들의 삶도 농어촌에 사는 사람들과 별반 다르지 않다. 소유욕을 버리고, 경(經)을 공부하고, 종교에 정진하며 사는 삶이다. 화가 이중섭은 제주도 피난 시절에 가족과 떨어져 살던 골방 벽에 "삶은 외롭고 서글프고 그립다"라는 글귀를 써 놓았다. 가족은 힘들 때나 어려울 때나 즐거울 때나 위로가 되고 힘이 되고 기쁨을 준다. 그러나 사랑하는 부모나 가족을 잃는 순간은 가슴이 북받치고 아프지만, 조그마한 일로 다투고 갈등하며 마음의 상처를 받기도 한다.

세상에는 많은 이야기와 사연들이 가득하다. 희로애락은 시와 노랫말로 불리고, 갖가지 인생살이는 소설과 드라마로 만들어져 읽히고 연출되어 독자와 관객의 마음에 공감을 불러일으키게 한다. 함축된 언어와 몸짓 속에 우리의 삶과 애환(哀歡)이 녹아 있는 것이다. 한때는 시외버스 터미널과 큰 시장을 끼고 번창하였던 즐비하게 늘어선 오래된 상가들과 새로운 건물이 복잡다단하게 붙어있는 간판들을 지나치다 보면 삶의 현장을 느끼게 한다. 몇 집 건너 같은 종류의 간판들에서, 서비스와 상품의 질과 가격의 다양화로 손님을 끌며 생존경쟁 속에 살아간다.

철물점, 만물상, 중고 재활용품점, 선술집, 여인숙, 여관, 맥줏집, 고깃집, 중국 반점, 건설 사무소, 인력개발, 목욕탕, 피부 미용실,

이발소, 도장 파는 집, 점보는 집, 철학관, 보신탕집, 횟집, 막창집, 보쌈, 족발, 통닭, 수학/영어 학원, 책방, 게임 랜드, 차와 민속주, 치킨, 추어탕, 영양탕, 국악원, 호프집, 노래주점, 성인회관, 맥줏집, 화장품, 포장마차, 분식, 민물매운탕, 흑돼지, 막걸릿집, 헬스 케어, 가마솥 곰탕, 다방 등등이 즐비하게 들어서 있다. 모퉁이를 돌아서면 미장원, 피자집, 수제 어묵, 신앙촌, 떡볶이, 식육점, 낙지촌, 화원, 피부 관리, PC방, 한의원, 생활용품 백화점, 삼계탕, 중앙농협, 금은방, 슈퍼마켓, 치과, 내과, 정형외과, 약국, 사진관, 자전거 대리점, 옷 수선, 구두방, 천막사, 돼지국밥집, 콩나물국밥집, 노래방, 전당포, 여행사, 내의 점, 한복집, 코오롱 스포츠, 실내 골프장, PC방, 커피숍 등 다양한 삶의 모습이 보인다.

5일마다 열리는 장터는 기존의 상점들도 길거리 좌판에 맞추어 앞으로 나아가 점포를 차려놓고 고객을 맞이한다. 길바닥과 좌판에는 가족 단위의 장사꾼들과 할머니와 아주머니들이 텃밭이나 여러 산지와 도매시장에서 받아온 각종 곡물과 야채, 생선과 미역과 건어물 패류(貝類) 등의 수산물, 계절을 가리지 않는 각종 과일에서부터 떡집, 튀김 집, 식육점, 과자류, 의류 잡화 등등 온갖 먹거리와 물건들이 장 보러 나온 사람들과 뒤엉켜 북적인다.

시장 상인이나 장 보러 나온 사람들 모두는 소박하고 허술하고 꾸밈이 없다. 때때로 얼굴을 붉히며 큰소리로 실랑이를 벌이지만 잠시이고 흥정하다 좋으면 사고, 싫으면 다른 데로 가서 물건을 흥정한다. 때로는 물건의 유통기간과 원산지를 속이는 일도 있다. 장꾼들은 열심히 팔고 사고 구경하고 흥정하며 웃고 떠들썩한 모습에서 보통 사람의 삶을 엿볼 수 있게 한다.

사람이 세상을 살아가는 데는 오래된 관습(慣習)과 관례(慣例)에서 벗어나기란 쉽지 않다. 신화와 종교, 의례와 의식, 남성우월주의와 성차별, 세습과 신분제, 주종관계와 위계질서 등등의 굴레에서 쉽사리 벗어나지 못하고 시대가 바뀌어도 마음속에 남아 있어 적게든 많게든 인간의 삶에 지속적으로 영향을 미치고 있다. 신문과 라디오·TV에서는 미덕보다는 각종 사건과 사고들을 매일 쏟아내고 있다. 반복되는 각종 안전사고와 화재를 두고 인재니, 관리 소홀이니, 안전 불감증이니 하며 시끄럽다. 시간이 지나면 곧 잊히고 다시 반복되고 있다.

중국을 여행하다 어느 유명한 공원을 구경 중에 ♪자형 긴 정자에 장기판이 수십 대 놓여 있고 많은 구경꾼에게 둘러싸여 장기 두며 한여름 더위를 잊은 듯 삼매경에 빠져있는 것을 보며 신선놀음이 따로 없다는 생각을 한 적이 있다. 어찌 보면 인간이 원하는 자연 상태에서의 삶의 한 모습일 것이다.

들판에 있는 초식동물들은 일하지 않을 때는 한가로이 쉴 새 없이 풀을 뜯거나 주인이 주는 여물을 먹으며 되새김질하고, 똥오줌 싸고, 잠자고 다음 날 일어나면 또다시 되풀이하는 것이 그들의 삶이다. 개미나 벌들도 집을 짓고 먹이나 꿀을 따다 저장하여 새끼를 키우며 생명을 유지하는 것이 삶의 일상이다.

인간은 젊어서 일하여야 한다고 하지만 나이 들어보면 노는 것도 구경 다니는 것도 젊어서 하는 것이 좋다. 늙어 힘없고 쪼그라든 몸으로는 어디를 가는 것도 논다는 것도 다 힘들고 부질없는 일이다. 살기 위하여 정신없이 일하다 보면 어느덧 늙어 있는 것이 인생살이기도 하다. 인생살이는 만화경 속을 들여다 보는 듯하다.

젊어서 놀자는 노래가 있다.

노세 노세 젊어서 놀아, 늙어지면 못 노나니
화무〔華茂〕십일홍이요, 달도차면 기우 나니라, 얼씨구절씨구 차차차
화란춘성〔花爛春城〕 만화방창〔萬化方暢〕 아니 노지는 못하리라
가세가세 산천경계로, 늙기나 전에 구경가세
인생은 일장의 춘몽, 얼씨구절씨구 차차차, 지화자 좋구나 차차차
춘풍호류〔春風互流〕 호시절〔好時節〕에, 아니 노지는 못하리라 차차차

2. 새해 운세(運勢)와 운수

- 재수(財數)

일반적으로 사람들은 새해 첫날 첫새벽에 한해가 시작할 때 해 맞이나 조상에 대한 차례를 지내며 한해의 운수대통과 가족의 건강과 행복을 기원한다. 처음부터 잘 풀려야 운이나 재수가 좋아져 앞으로도 일이 잘 풀려나갈 것이라는 믿음이나 예감 같은 것을 가지고 있다. 새해에는 복 많이 받으라고 수없이 하지만 그저 덕담일 뿐 말하는 대로 되지는 않는다. '운수가 나쁘다. 운수가 대통하다. 운수에 맡기다' '재수가 좋은 날. 재수가 붙일 듯하다. 재수 없는 놈은 뒤로 자빠져도 코가 깨진다' 등과 같이 언제부터인가 일상의 생활에서 운수와 재수라는 말이 습관처럼 튀어나오곤 한다.

사업을 시작하려는 사람, 정치하는 사람, 시험을 치를 학부모, 생활이 어렵고 힘든 사람, 일이 잘 풀리지 않아 답답한 사람, 희망과 기대로 미래가 걱정되고 궁금한 사람, 시집 장가가려는 사람의 부모들, 무엇인가 시작하거나 큰일을 치르려고 하는 사람들은 운수나 재수에 대해 민감하게 반응한다.

살다 보면 어떤 날은 순조롭게 일이 잘 풀리기도 하고 꽉 막힌 것 같이 답답하게 하는 일이 잘 풀리지 않는다고 느끼는 날도 있다. 게임이나 화투놀이를 해도 잘될 때가 있고 아주 잘 안될 때가 있어 운수나 재수 탓을 하지 않을 수 없게 한다.

동서고금을 막론하고 운세를 보거나 점을 치거나 하는 것은 그 옛날부터 있어 왔다. 그 옛날 제사장이나 신관의 역할은 부족이나 나라의 길흉사를 신에게 묻고 잘되게 하여달라고 비는 데서부터 시작하였을 것이다. 인간의 뇌 속에는 운과 재수에 관한 오랜 전통과 믿음이 각인되어 있다. 우연히 시작된 일이 이후 필연과 같이 이어지듯 매사에 운이나 재수와 결부 지으려고 하여 혼란과 착각을 일으키게 하고 있다.

어찌 되었든 운이 좋을 때와 나쁠 때가 분명히 있는 것은 현실이다 보니 이를 두고 미신으로만 치부할 수는 없고, 어떻게 생각해야 할지 갈등을 느낄 때가 있다. 재수나 운수 이외에 몸의 기(氣)나 바이오리듬과 관계가 있을 수도 있다는 생각을 하여 보지만 알 수는 없다. 어릴 적 어두운 밤길이나 으슥한 길을 갈 때 자꾸 무서움을 느끼기 시작하면 무엇이 보이는 듯 등골이 오싹함을 느끼고 더욱 헛것이 보이는 듯하다.

사람들은 운이나 재수 같은 것을 간간히 경험할 수 있어 무의식적으로 받아들이고 있는 편이다. 과연 사람마다 운이라는 것이 있을까? 때때로 스스로도 의아할 정도로 운이 없거나 운이 따를 때가 있는 것은 경험할 수 있다. 동서양의 신화나 고전에서는 신의 놀이나 감정에 의하여 인간의 운명이 바뀌는 것을 볼 수 있다.

아주 오래전부터 고사(告祀)나 제사를 지내거나 굿을 하거나 기도와 치성을 드리며 복을 빌고 잘되기를 빌며 운과 재수가 좋게 해달라고 빌어 보면 효험이 있는 것 같기도 하지만 대부분 신통치 않아 운이나 재수는 딱히 믿을 것도 못 되는 것 같다.

운과 재수라는 것도 곰곰이 생각해 보면 앞뒤 상황을 면밀히 조사 분석해서 연구할 수 있다면 바이오리듬과 같이 과학적으로 설명할 수 있을 것이라는 생각이 들고, 확률과 같은 수학적 방법으로도 해석해 볼 수 있을 것이다. 줄넘기를 하다 보면 한번 걸리면 계속 걸리고 반대로 걸리지 않고 순조롭게 넘을 때도 있듯이 인생살이란 줄넘기와 같은 것이 아닐까 하는 생각도 든다.

시작부터 기분이 상해 찌푸린 얼굴로 남을 대하거나 무엇인가 하다 보면 스스로도 주변 사람들도 도와주지 않아 운 없고 재수 없는 날로 만들기 일쑤듯이 일을 그르치는 것도 마음가짐과 관계가 있는 것도 같다. 노력 없이 운이나 재수에 얽매이다 일을 그르치는 것을 흔히 볼 수 있다. 그럼에도 불구하고 운을 되뇌는 것은 전통으로 전래되어 왔기 때문이기도 하지만 그 옛날 어머니들이 가난에 시달리며 답답한 심정에서 새해에는 좋은 소식이 있기를 기대하며 시작되었을 것이다.

미국 라스베가스나 강원랜드나 필리핀 같은 도박장에서 도박으로 가산을 탕진하고 거리에 나앉거나 스스로 목숨을 끊거나 유명 인사가 도박으로 패가망신하였다는 소리가 종종 뉴스거리로 들리는 것을 보면 딱히 도박에만 빠져서 생긴 것이 아니라 처음에는 운수나 재수를 본다는 마음가짐으로 시작하다 욕심이 생겨 투기하다 보면 계속 잃게 되어 빠져들어 갔을 것이다.

인간이 운이나 재수에 올인하는 것은 확률로도 불리하다는 것이 입증되고 당사자도 능히 알 수 있는 일이지만 한 번 빠져들면 그 수렁에서 헤어나지 못한다. 운과 재수와는 상관없는 도벽일 뿐이지만 사람들은 운과 관계를 지으며 벗어나지 못하고 있다. 분명한 것은 운이나 재수가 좋거나 나쁠 때가 있다. 그것은 단지 우연일 뿐이고 기회이기도 하지만 피해야 하거나 조심할 시점이기도 하다.

수많은 사람들이 서로 직간접적으로 부딪치고 살다 보면 갖가지 일들이 일어나게 마련이고 그 날에는 좋은 때도 있고 나쁠 때도 있는 것뿐이다. 사람들이 조상신(祖上神)이나 각종 신(神)의 보살핌이나 조화(造化)로 여기는 것은 어리석은 무지의 소치라고 할 수도 있지만 요행을 바라는 것도 오랜 관습과 같은 것이다. 세상일은 모두 우연히 일어나기 시작하여 필연으로 이어지고 있는 것이다.

운과 재수는 앞으로도 인간의 뇌 속에 자리 잡아 인간의 삶을 지배할 운명적인 것일지도 모른다. 매일 운이 따르고 재수가 좋은 날이 되었으면 좋으련만 그렇게는 되지 않는 것이 인간이 사는 세상사다. 운과 재수가 좋은 사람도 있고 없는 사람도 있어 세상은 희로애락을 겪으며 산다. 결국 성실하고 검소하게 사는 것이 행운이다.

3. 우연과 필연, 인연(因緣)과 운명(運命)

운명과 연기(緣起: 모든 현상이 생기 소멸하는 법칙) 현상은 무수한 원인과 조건이 서로 관계해서 성립하는 것으로, 인연이 없으면 결과도 없다고 한다.

원자론을 체계화하고 유물론을 주장한 고대 그리스의 철학자 데모크리토스는 "우주 속에 존재하는 모든 것은 우연과 필연의 열매이다"라고 하였다. 유럽의 중세 시대에는 인간의 운명은 '우연이나 선택의 자유가 아닌' 전지전능한 신에 의해 정해진다는 결정론이 주류를 이루었다고 할 수 있을 것이다.

"우리는 자유의지와 온전한 의식을 가지고 있는 주체인가?"

인간이 살아가는 데 있어 '시간(시대)과 공간(장소)의 결정', '태어나고 죽는 것', '만나고 헤어지는 것', '잘살고 못사는 것'과 같은 '삶과 관련이 있는 모든 것들은 인연과 운명이 있기 때문이다'로 바꾸어 생각해 볼 수 있을 것이다.

고대로부터 신화 속에는 운명적 비극이 많이 등장하여 후대의 문학작품에까지 많은 영감을 주고 있다. 인간의 삶을 다룬 문학작품이나 드라마는 인연에서 시작하여 운명으로 끝난다. 인간관계도 인연 따라 일어나고 만나고 각종 일들이 인연과 운명에 의해서 비롯되고 결말지어지고 있다.

불교에서는 옷깃만 스치고 지나가도 인연이라고 말한다. 2,500년 전 싯다르타의 깨달음은 모든 현상을 업(業 카르마)에 의해서 일어난다는 연기(緣起)설을 통하여 설명한다. 일상의 일들이 곰곰이 생각해 보면 맞는 것 같기도 하다. 삼국시대부터 고려까지 국교로 정해져 일반 대중들을 교화하여온 불교 사상은 생활 깊숙이 녹아 있어 오늘날까지도 마음속에 자리한다. 붓다의 연기설은 인연에 의해 운명이 결정지어진다고 할 수 있을 것이다.

사람의 만남이나 인간관계가 인연과 결부되어 이야기되고 받아들여지는 것은 오랜 문화적 관습이다. 다른 한편으로는 얼키고 설키기 마련인 인간의 운명은 주어졌다기보다 그때그때의 우연과 필연의 연속일 수밖에 없다고 생각되기도 한다. 혹자는 상황(狀況) 변화에 의한 생각과 행동의 변화를 정해진 운명적인 길을 가기 위하여 나타난 현상이라고 역설적으로 주장할 수도 있을 것이다.

인간의 삶은 정해진 길(운명)을 따라간다고 하지만, 인간의 의식(意識)과 생각과 의지(意志)는 상황 변화에 따라 수시로 바뀔 수 있어 그에 따라 행동이 바뀜으로써 결과(운명)도 바뀔 수밖에 없다. 어느 순간 생각이 바뀌면 방향(행동)도 바뀌고 결과(운명)도 바뀌게 마련이다. 운명은 스스로의 생각과 선택에 의해서 그때그때 변화할 수 있다는 것을 의미한다. 주변 여건이나 환경에 따라 생각이 바뀔 수밖에 없는 종속적인 것이 운명이라는 생각이다.

고전 물리학에 의하면 모든 물체의 운동은 뉴턴 역학으로 설명할 수 있다. 운동 물체의 속도와 방향 높이 저항 등 모든 조건을 정확하게 알 수만 있다면 물체의 운동은 시작과 낙하지점까지의 궤적을 정확히 그릴 수 있다. 인연과 운명에 대해 종교인들은 신과 결부하거나 연기설에 의한 인과응보로 설명하려고 하지만, 명확히 과학적으로 입증되거나 객관적으로 확인되었다고 할 수는 없다. 오직 믿게 하려고 하거나 믿으려는 마음이 있을 뿐이다.

전지전능한 하나님이나 신이 있다고 하면 인간의 운명을 알거나 결정지을 수 있겠지만 그 많은 생명에 대해서 시시각각으로 바꾸어야 할 복잡한 운명을 결정지을 목적을 이해할 수 없고 의미 또한 찾을 수 없다. 과거와 현재 그리고 미래에 생겨날 인간들의 각각에 대하여 운명을 부여한다는 것이 무슨 의미이고, 어떤 목적이 있다는 것일까?

하나의 난자가 수억 개의 정자 중 한 개의 정자와 수정하여 한 생명이 탄생하는 것은 분명 우연이다. 수정 후는 유전정보에 의해서 태아가 필연의 순서를 밟아가며 분화와 성장을 거쳐 어느 시간과 공간에 주어진 환경 속에서 태어나는 것은 필연(운명)의 과정이다. 출생한 이후는 자의 반 타의 반으로 수없이 운명이 바뀌어 간다.

옛날이나 지금이나 인간은 누구나 자신의 의지와는 무관하게 보이지 않는 힘에 이끌리듯 예기치 않은 복잡하고 다양한 길흉사가 인간사에서 일어남으로써 인연이나 운명 같은 것을 생각하게 한다. 기적이라는 것도 절대적 믿음과 갈망이 깊을 때는 이루어지기도 하는 것 같이 보인다. 불치의 병마나 절망의 순간에 포기하고 신에게 간절히 기도하면 어느 순간 기적 같은 일이 일어난 일을 책이나 영화나 드라마 같은 데서 볼 수 있다. 반대로 포기할 때도 기적은 일어나고 있다.

기적이라는 것도 그때 그곳에서는 일어나고 지금은 일어나지 않아 검증하기 어려운 애매모호한 면이 있고 과학적으로도 입증이 어려운 상태이다. 살다 보면 누구나 간절히 갈구할 때 기적 같은 일이 일어나기도 하고, 포기하고 절망할 때도 기적 같은 일이 일어나기도 한다. 그렇다면 기적은 필연이 아닌 우연일 수밖에 없다.

인연과 운명이라는 것이 없다면 인간 사회는 어떤 모습을 하고 있을까? 문학작품을 다시 써야 할까? 드라마를 새로 써야 할까? 재미가 없을 것 같기도 하다. 인간 세상이 기계와 같이 짜 맞추듯 돌아간다면 이렇듯 서로 싸우고 속이고 죽이는 복잡하고 다양한 문화와 문명적 변화를 할 수 없었을 것이다.

우연한 만남은 인연이 되어 운명을 바꾸어 놓는다. 무수한 우연한 만남은 시시각각으로 새로운 인연을 낳고 운명을 수시로 변화시켜 간다. 인연은 우연히 일어나고 운명은 순간순간 바뀌고 있다고 할 수 있다.

신은 자연의 신비함을 인간의 경외심과 상상력으로 탄생시킨 것이다.

인연과 운명도 자연적으로 일어나는 우연과 필연의 결과인 것을, 인간은 신에 의하여 필연적으로 일어나는 현상으로 결정지으려 하고 있다.

4. 거짓과 위선

　삼국사기 백제본기에 시조 온조왕은 궁궐을 지으며 "검이불루(儉而不陋), 화이불치(華而不侈): 검소하지만 누추하지 않고, 화려하지만 사치스럽지 않다"라고 하명하였다고 김부식이 기록하고 있고, 이는 백제 건축예술의 근간이 되었을 뿐만이 아니라 조선의 유학자들에게도 고귀한 정신으로 이어졌지만, 후에 양반들이 부정부패하면서 거짓과 위선으로 나라가 망하는 지경에 이르고 말았다.

　'잘난 척, 도도한 척, 아는 체, 모르는 체'란 말이 있다. 즉 '척이나 체'라는 의존명사가 있다. 보통의 사람들이 어쩌면 스스럼없이 하고 있지만 거짓과 위선과는 다르다. 거짓과 위선에 대하여 다양한 해석과 의미 부여를 할 수도 있을 것이다. 거짓과 위선은 보통 사람들의 속고 속이는 행위와는 다른 지도층이나 지식 계층 또는 이미 권위와 권력과 부를 가지고 있는 기득권층에 해당하는 말이라고 할 수도 있다.

　정치에 있어 새로운 변화의 주의·주장과 기존 질서의 가치 주장, 입장 차에 따른 견해의 차, 학문적 논리의 시대적 변화, 종교적 믿음의 자의적 해석과 언행, 권위와 기득권의 유지를 위한 논리,

기타 선의의 거짓말을 위시하여 사람들은 의도적이든 무의식적이든 거짓과 위선의 말과 행동을 하며 산다.

동물의 세계에서도 카멜레온을 비롯한 사마귀 등 위장술에 의해 자기를 보호하기도 하고 먹잇감을 유인하기도 한다. 공작새는 수컷이 화려한 날개를 펼치며 자태를 뽐낸다. 새들은 수컷이 아름다운 색깔을 가지고 암컷을 유인하지만 포유동물들은 수컷들이 위엄을 세우기 위하여 깃털을 세우거나 뿔이 높이 치솟아 있다. 자연에서의 생존과 자기 종을 번식하기 위한 변화의 결과이다.

'인간 세상은 거짓과 위선으로 가득 차 있다'는 말을 하기도 한다. 사람이 살다 보면 거짓을 말하기도 하고 위선적으로 행동할 때도 있다. 아이들의 거짓말은 눈에 잘 띄지만 어른들의 거짓은 알아차릴 수가 없다. 특히 사회지도층의 거짓과 위선적인 언행은 자연스럽고 능란하기까지 하여 미처 헤아릴 수가 없다. 스스로도 거짓이나 위선이라는 생각을 하지 않고 무의식적으로 할지도 모른다.

인간의 사는 모습을 보면 여러 면에서 거짓과 위선 속에 갇혀 있다는 생각을 하게 한다. 아침에 일어나면 세수하고 수염을 깎고 머리를 다듬고 밥 먹고는 출근하기 위하여 복장을 가다듬는다. 이웃이나 마주치는 사람들을 만나서는 공손한 말씨와 태도로 대하지만, 아는 체하기도 하고, 잘난 척하기도 한다. 말과 행동도 마음과 생각도 수시로 변하는 인생살이는 좁은 의미의 거짓과 위선의 일상일지도 모른다.

인간의 오감과 행동은 주어졌다기보다 세상과의 접촉을 통해 경험하고 학습하고 기억하고 생각하며 형성된 것이다. 가족과 학교 친구들과 사회생활에서 많은 사람들과의 관계에서 얻어진 오감을 통한 느낌과 생각을 통해 매사를 평가하고 판단하며 행동하는 것으로, 기억과 생각으로 정리되어 관습화되어 집착과 이념과 성격으로 나타나고 있다.

　토론회에 나와서 말하는 교수나 정치인이나 전문 패널들은 찬반으로 갈리어 자기의 주장을 펴고 있지만 억지 주장들을 늘어놓은 채 결론은 시청자의 몫으로 남기고 결과 없이 끝난다. 진실은 하나라고 말하면서 진실보다는 이해득실이나 이념을 우선하기에 지식과 양식(良識) 같은 것은 별 의미가 없다.

　역사적으로 보면 종교행사의 의식과 의례는 권위주의를 낳고, 거짓과 위선으로 변모하고, 사치와 허례허식으로 변화하여 왔듯이, 거짓과 위선은 처음에는 무의식적인 것도 있고 의도적인 것도 있지만 차츰 시간이 지나면서 은폐하거나 합리화 시키기 위해서 지속하다 보면 습관화 되어 품성에까지 영향을 끼치고 있다.

　인간의 본래의 모습을 보려면 아무것도 걸치지 않은 채 벌거벗고 수염도 텁수룩하게 자라고 머리도 기다랗게 늘어져 가꾸지 않은 형상과 동굴 속이나 돌이나 나무로 얼기설기 엮은 집에서 사는 원시부족을 연상할 수 있다. 그들은 꾸미지 않은 단순 소박한 생활을 하였겠지만 인간이 집단 사회생활을 하고 지능이 발달하면서 거짓과 위선도 생겨나기 시작하였을 것이다.

인간은 남자보다는 여자가 외모에 관심이 많다고 할 수 있다. 화장과 옷 스타일과 머리와 발끝까지 신경을 많이 쓰는 편이다. 귀걸이와 반지, 목걸이와 액세서리, 모자와 스카프, 비싸고 사치스러운 핸드백 등 여러모로 복잡하고 다양하게 장식한다. 이러한 치장들은 본래의 모습과는 다른 거짓 내지 위선의 시작이라고 볼 수도 있다. 오늘날은 여성들도 사회활동을 하면서 다이아몬드 반지나 진주 목걸이는 사라지고 있는 것이 세태다.

말과 행동에 있어서도 미사여구나 특별하게 보이도록 하는 모습이란 본래의 모습과는 다르다. 예술가는 물론 특히 연예인과 드라마나 영화 속 등장인물들이 그렇다. 그들의 언어와 표현은 과장되지만 공감이 가도록 잘 묘사하고 있다. 미술작품이나 사진도 특정 구도와 빛과 표현방식으로 작가가 추구하려고 하는 작품세계를 표출하려고 한다. 인간은 거짓과 위선이 없으면 창작과 창조가 불가능할지도 모른다는 생각이 들기도 한다.

거짓과 위선은 무지일까? 어리석음일까? 잘 알 수는 없고, 언뜻 다른 것 같지만 흡사하게도 느껴진다. 역사적으로 보아도 당시 세상을 지배한 사람들은 최고 권력자라기보다는 학문과 사리를 분별할 수 있는 종교지도자와 지식 계층이 주도하여 기득권을 형성하며 권력과 이익을 지키기 위하여 거짓과 위선으로 자신을 포장해 왔다.

사전에 의하면 거짓은 사실과 어긋남. 사실이 아닌 것을 사실같이 꾸밈. 허위. 거짓 증언, 거짓 자백 등이다. 위선(僞善)은 겉으로

만 착한 체하는 짓이나 일을 의미한다. 탐욕과 출세와 사리사욕에 갇힌 사람들은 체면이나 염치 같은 것은 없는가 보다. 주변을 불행하게 만들고, 자신도 행복하지는 않을 것 같다.

인간이 살기 위해서 거짓과 위선을 하는 것은 자연에서 왔을까? 아니면 인간 사회에서 왔을까? 자연 상태에서 자연스러운 변화가 일어난다면 인간 사회에서는 열심히 일하며 사는 보통의 사람들이 아니라 기득권 세력의 권력과 출세와 재물에 대한 탐욕과 어리석음이 빚은 산물일 것이다. 속담에 '침팬지도 아첨한다'는 말이 있다. 정상적으로 성실히 노력하고 공부하는 사람도 많지만, 특히 배웠다는 지식층에서 아첨과 비굴, 모략과 중상, 권모와 술수, 부정과 부패로 인간 사회는 범죄와 비리로 늘 매스컴의 사회면을 채우고 있다.

거짓과 위선은 인간의 본성과 맥이 닿아 있기 때문에 인간이 존재하는 한 앞으로도 끊임없이 이어질 것이다. 역사가 반복된다는 것은 인간의 본성과 직결된 문제이기 때문이다. 인간의 본성을 선악으로 다루기도 하고, 신과 같은 숭고한 존재로 보기도 하고, 추하고 잔인한 존재로 보기도 하지만 인간은 특별한 존재도 우월한 존재도 아닌 원핵생물에서 시작하여 끊임없이 변화하여 호모 사피엔스가 되었듯이 앞으로도 인간의 뇌에 의해 문화와 문명이라는 운명적인 변화의 길을 갈 것이다.

이념과 사상과 학문에 기초한 인간의 확신과 고정관념은 집착, 착각, 아전인수, 자기중심, 자아도취 같은 것을 낳기도 하지만 인류 역사에서 각 시대를 지배하고 있다. 때문에 거짓과 위선은 무지와 어리석음이다. 불의를 낳고, 오만과 편견 등 결국 부정과 부패로 파국을 맞는다. 인간의 살아가는 모습들이 끊임없이 반복되며 인생살이가 만화경을 보는 듯 거짓과 위선은 인간 세상을 화려하게 보이게도 하고 혼란스럽게 느끼게도 하며 '변화와 균형'에 의해 '생성과 소멸'하며 끊임없이 흘러가는 데 일조한다.

5. 바보와 어리석음

  4월의 바보(April Fools Day)라는 바보의 날을 정하여 서양 사람들은 오래전부터 속이고 속으며 어리석은 바보가 되어 웃고 웃게 하는 날을 만들어 세계적으로 퍼져 나갔지만 요즘은 죄 없는 소방차나 경찰관 출동 등 반복되는 신고에 별로 관심이 없어져 가고 있다.

  바보의 사전적 의미는 '지능이 모자라서 정상적인 판단을 못 하는 사람 또는 어리석고 멍청한 사람'이라고 되어 있다. 그럼에도 불구하고 우리는 바보라는 말을 순박하고 술수를 모르는 천진난만한 아이들과 같은 의미로도 쓰고 있다. 각박하고 서로 속고 속이고 사는 세상살이에서 바보스러움은 어쩌면 우리 자신의 마음의 고향이고 자연 상태의 모습인지도 모른다. 많은 사람들이 잘난 척 똑똑한 체하고 살아가지만 결과적으로 보면 바보와 어리석음은 다르지 않다는 생각이 든다.

  바보를 소재로 한 문학작품은 동서고금을 막론하고 적지 않다. 세상을 모르는 바보의 정신세계는 부족하지만 그렇다고 남에게 피해를 주기 위하여 술수를 쓰거나 속임수를 쓰거나 하지는 않기 때문일 것이다. 자기가 옳다고 믿는 것은 자기에게 어떤 손해나 위험이 닥친다 해도 아랑곳하지 않고 우직하게 밀어붙여 실수를 저지르기도 하고 손해를 보기도 하고 어색한 행동을 하거나 웃음을 자아내기도 하여 바보를 소재로 한 희극이나 코미디프로는 자주 다루어지고 있다.

스페인 마드리드의 스페인중앙광장에 자랑스럽게 말을 타고 창을 곧추들고 있는 세르반테스의 돈키호테 동상은 한 시대를 풍자한 문학작품의 주인공으로 세계인이 즐겨 읽는 소설이다. 찰리 채플린이나 배삼룡과 심형래의 바보스러운 행동과 실수하는 연기 장면을 보며 사람들은 웃고 즐기며 한순간의 실음을 잊어버리는 것 같지만 마음 한구석에는 알 수 없는 씁쓸한 여운이 오래 남아 있다 사라진다.

바보스러움은 약삭빠르고 이기적이고 물질문명의 노예가 되어가는 인간의 어리석은 모습을 풍자적으로 나타내고 있는 것이다. 양심과 소신을 갖고 불의와 타협하지 않고 올바르게 살려고 할 때도 주변의 가까운 사람들로부터 바보라는 소리를 들으며 보이지 않는 질시와 따돌림을 당하게 된다. 사람들은 지나친 욕심과 집착과 아집으로 인한 잘못을 뒤늦게 느끼고 스스로의 어리석음을 바보천치라고 하며 자책하기도 하면서도 반복하는 것이 인간의 모순되고 어리석은 속성이다. 바보스러움과 어리석음은 인간의 본성을 떠나서 생각할 수 없다.

여러 도시들을 여행하다 보면 지금은 세계문화유산으로 보호받고 있는 수많은 화려한 궁전과 장엄한 신전 그 이면에는 많은 정성과 희생과 고통이 있었겠지만 사람들은 눈앞의 화려하고 웅장한 장면에만 도취되어 이면의 어두운 면에 대하여는 무심히 지나친다. 더 많은 부와 권력을 쟁취하고 유지하기 위하여, 그리고 자기를 과시하고 권위를 세우려고 부정과 부패는 물론 피비린내 나고 역겨운 잔혹한 행위에 대해서는 모르는 채 사람들은 눈앞에 보이는 현상에 대해서만 감탄을 자아내고 있다. 바보스러움과 어리석음은 과거나 현재나 달라진 것이 없다.

　바보스러움과 똑똑함은 궁극에 가서는 크게 다를 것도 없다. 사람들은 매사에 잘못되기만 하면 바보라고 하니 바보의 처지에서 보면 황당하고 억울한 일이다. 바보는 바보라고 치더라도, 똑똑하고 엘리트인 사람들의 잘못과 무지함과 어리석음을 두고 바보라고 하지 못하는 것은 어처구니없는 일이다. 진정한 의미의 바보는 이러한 사람들의 행위이고, 이는 인간의 역사를 참혹하고 혼란스럽게 한 장본인들이다. 행위자와 관람자 모두 어리석은 것이다.
　인간의 바보스러움은 자연에서 왔다. 자연을 경외하고 섬기고 신을 창조하고 신에게 종속되고 신에게 빌고 애원하고 기도하며 영원한 내세를 믿고 꿈꾸며 구원받으려 하는 것이다. 진정한 바보스러움은 순수하고 소박하고 자연스러운 것이다. 지식인과 성직자를 자처하며 탐욕과 거짓과 위선을 일삼는 일은 수치스럽고 어리석어 모두를 불행하게 한다.
　욕심 많은 바보, 똑똑한 체하는 바보, 그리고 출세와 재물에 눈먼 바보, 요령만 피우는 바보, 잘난 체하는 바보, 세상을 자기 뜻대로만 하려는 바보, 고마움과 자비를 모르는 바보, 진실을 못 보는 바보, 자유롭고 평등하고 공정하고 정의롭게 더불어 사는 인간의 참맛을 모르고 외면하는 참말로 어리석은 바보들이다. 인생살이는 어리석은 바보들이 모여 바보행진곡을 연주하는 것 같다.

"바보는 마음으로 보고 들으려 한다. 감성으로 냄새를 맡고, 맛을 보려 하고, 온몸으로 느끼려 한다. 어리석고 멍청하고 추하게 보일지는 모르지만 맑고 순수하다. 바보는 우리의 본래 모습이기도 하고, 인간의 본래의 모습이기도 하다."

6. 속고 속이기

자연에서 생명은 살아남기 위하여 속이기도 하고 속고도 산다. 숲과 강과 사막에는 많은 생명이 생태계를 이루고 먹고 먹히는 속에서 생태계의 균형을 이루며 살아가고 있다. 그 속에서 생명들은 각종 위장술과 덫을 놓아 먹이를 유인하거나 은폐를 이용하여 먹이를 순식간에 덮치거나 낚아채어 사냥한다. 속고 속이며 살아가는 것은 생명의 생존전략으로 자연생태계의 이치와 같은 것으로 탐욕스럽지는 않다.

인간은 남을 속이기도 하고 남에게 속기도 하며 살지만, 스스로를 속이기도 하고 스스로에게 속기도 한다. 남에게 속거나 남을 속이는 것보다는 자신을 속이거나 속는 일이 더 일상화되고 있는지도 모른다. 자기 내면의 일이기에 자각하지 않으면 개의하지 않고 무의식적으로 일어나기 때문이다.

인생살이라는 것도 넓은 의미로 보면 자신에게든 타인에게든 의도하든 무의식적이든 속고 속이며 산다. 눈으로 보고, 귀로 듣고, 코로 냄새를 맡고, 혀로 맛을 보고, 몸으로 감촉을 느끼면서 그리고 기억하고, 생각하고, 상상하고, 창조한다고 하는 모든 것이 뇌에 의해서 속고 속이며 집착과 착각과 환상에 빠져 살고 있다.

소설과 드라마는 지어낸 이야기를 통하여 많은 것을 담고 있다. 시대를 선도하거나 앞질러 나가기도 한다. 언어의 마술을 통하여 독자들을 울게도 웃기기도 하며 감성과 이성을 자극하기도 하고 현혹하기도 한다. 소설과 드라마는 지어낸 이야기지만 사실이고 현실이기도 한 현실적인 이야기를 꾸몄을 뿐이다.

직장에서는 자신의 승진과 출세를 위해 아첨과 실적 부풀리기와 공적 차지, 기회주의적 발상과 언행, 책임 전가와 비방 등 상사와 동료와 부하나 외부인과의 관계에서 자의든 타의든 무의식적이든 말과 행동 속에는 겉으로 드러나지 않고 속고 속이는 일이 자연적으로 일어나고 있다.

백과사전에 의하면 피알(PR)은 대중과의 관계를 좋게 하기 위한 행위 또는 기능에서 시작하지만, 오늘날은 홍보·광고·선전의 의미로 쓰인다. 피알의 주체는 개인 또는 조직체이며, 이 조직체에는 정부·공공사업체·자선사업체·영리사업체·기타 모든 기업이 포함된다. 피알은 오늘날 기업의 중요한 경영과제와 이론으로 다루어지고 있다.

언제부터인가 자기피알 시대라고 하여 스스럼없이 자기의 특징을 소개하고 홍보하는 시대가 되어 남녀노소 할 것 없이 당당하게 자기를 내세우는 시대에 살고 있다. 그러다 보니 아무 부끄럼 없이 자랑하고, 거짓말하고, 과장과 거짓으로 속고 속이는 결과를 낳고 있다. 자기 딴에는 유머러스하게!

광고를 보고 있으면, 유명 연예인을 내세워 엄청난 광고비를 지불하느라 아예 대기업들은 광고회사를 차리고 있다. 각종 홍보나 선전보다도 상품 광고는 유명 연예인이 등장하지만 상품의 품질·성능·내용에 대해서는 문외한(門外漢)이다. 그럼에도 사람들은 그를 보고 구매나 행동을 결정하는 경향이 있다. 만일 상품이 광고의 내용에 미치지 못할 때에는 기업에게만 책임을 묻는다. 그러나 엄청난 광고료를 받고 출연한 연예인은 아무 책임도 없고, 그의 이미지를 믿고 산 사람만 손해를 보게 된다.

광고와 선전을 통해서 제품을 알리는 것은 중요하겠지만 품질이나 성능, 효용가치와 제품의 수명 등 여러 면에서 내용과 효능과 성능에서 과장되어 있다. 광고를 보고 사는 사람이나 광고주나 광고 제작자 모두가 속고 속이는 형국이다.

오늘날 신문과 방송을 위시한 언론 매체는 광고 수익으로 회사를 운영하지만 광고주의 압력에 의해 자신의 본분을 추락시키고 있다. 입으로는 언론의 중요성과 언론의 독립을 주장하면서 취재(取材)의 정확성과 사실 보도를 의도적으로 왜곡(歪曲)하여 스스로 신뢰를 잃고 말았다. 언로(言路)를 통하여 권력을 감시하는 것이 민주주의를 바로 세우는 역할이건만 자본에 예속되어 오히려 권위를 실추시킨 셈이다.

인생살이는 생존과 관련한 문제이지만 인간이 바르고 옳게 산다는 것이 그리 쉬운 일은 아니다. 과시와 위선, 사치와 허영, 허언과 허세를 부리는 것이나, 혹은 아첨과 복종, 비리와 수수방관하는 태도, 오만과 편견, 탐욕과 성냄 등도 살기 위해서는 어쩔 수 없이 하는 행동쯤으로 지나친다. 그러나 양식이나 양심이 있다면 타인에게든 자신에게든 엄격해야 하는 것은 자기의 인격과 품성에 관한 문제다.

대도시화되고 사회가 복잡할수록 인간의 속고 속이는 행위는 갈수록 다양하고 복잡하고 숨기거나 부끄러움 없이 당연시되고 있다. 오늘날 자기 PR 시대라고 하지만 거기에는 지식과 지성도, 이성과 자존심도 찾아볼 수 없다. 오히려 지식 계층과 지도층이라고 하는 사람들이 사회를 어지럽게 만드는 주범이 되고 있다. 지식이 '속고 속이기'의 원인과 대책을 제시하고 있기 때문이다. 제인 오스틴의 〈오만과 편견〉이 아직까지도 읽히고 있는 것은, 시대가 변화여도 공감이 가기 때문이다.

인간이라는 존재는 다른 생명체들과 달리 감정과 생각이 다양하고 복잡하여 그때그때의 상황에 따라 끊임없이 변화하고 있다. 마음과 정신을 감성과 이성으로 표현하지만 감성과 이성이라는 것이 타인에 대해서든 스스로에 대해서든 자기를 움직이는 주체는 자아이다. 그 자아는 세월이 흐르며 현실에 휩싸이고 동화되어 눈치 보고 절충하고 타협하다 보면 어느새 비열하고 추하게 늙어가듯이 사회도 같이 변해 가고 있다.

기득권을 가진 지식인과 지도층의 부도덕한 행태는 지식을 생존이나 남을 지배하기 위한 수단으로만 여기는 데서 오는 자기 수양과 품격의 타락이기도 하다. 이는 무지와 어리석음과 같은 것으로 타인은 물론 자신도 속이고 속는 행위로 공동체를 병들고 힘들고 불행하게 만들지만, 인간 사회는 그렇게 흘러간다.

가족이나 친구는 물론 많은 사람과의 관계에서 솔직하고 정직하게 산다고 할 수는 없지만 보통 사람들은 열심히 성실히 일하며 살기에 남을 속이거나 자신을 속일 겨를이 없다. 그러나 시간과 여유가 있는 사람들은 만나서 자기 과시나 남의 험담이나 잡담으로 시간을 보낸다. 그리고 서로 부화뇌동하고, 동조하지 않으면 다투게 되므로 초록은 동색이 되어 스스로를 속고 속이고 있다.

예로부터 성인군자나 존경받는 양식 있는 지식인들의 발자취를 보면 남에게 부끄러움이나 잘못이 없었는지를 항상 뒤돌아보며 말과 행동을 조심했다는 것을 알 수 있다. 이혜인 수녀의 산문집을 보면 신부나 수녀, 수도승(修道僧)들의 삶을 보면 항상 자기 성찰과 감사하는 마음과 모든 것에 사랑과 자비심을 가지려고 기도하는 모습을 볼 수 있다. 욕심과 미움과 어리석음에서 벗어나려고 몸과 마음을 닦는 바람직한 모습이다.

사람은 흔히 행복은 더불어 상부상조하며 사는 데서 오는 것을 잊고 산다. 혈연, 지연, 학연이라는 것은 서로 상부상조할 수 있거나 믿을 수 있다고 생각하기 때문이다. 모든 인간이 서로 신뢰하고 도우며 화합하면 속고 속이는 일은 일어나지 않을 것이다.

오늘날 사람들은 알고도 모르는 체, 모르면서도 아는 체하기도 하고, 잘난 척하거나 바보인 척하기도 하고, 거짓말을 인정하는 만우절(4월의 바보)을 만들어 소방차를 출동시키고, 가짜뉴스를 만들어 널리 퍼트려 사람을 궁지에 빠뜨리게 한다. 과대 상품 광고는 물론 과대 포장으로 자연을 폐기물로 넘쳐나게 하고, 재산과 경력과 가문을 속이기도 하는 등 사회가 도덕과 양심을 포기하며, 순진하고 소박하던 옛 모습은 찾아볼 수 없는 시대로 가고 있다. 인간은 '~체'와 '~척'하며, 자기도취와 최면에 걸려 산다.

시장에서, 공장에서, 농어촌에서 열심히 일하는 사람들은 속고 속일 겨를이 없다. 누구를 위한다거나 잘 보이려고 할 줄도 모르고, 사치나 아름다운 글이나 듣기 좋은 말은 더더욱 쓸 줄 모름으로 서로 속고 속이는 일 없이 묵묵히 어우러져 살아간다.

'속고 속이기'는 숨바꼭질과 같은 것, 오징어 게임을 보는 듯하다.

7. 시장에서 (사람 사는 모습)

 시장은 물건을 싸게 살 수 있고 장을 들러보다 입맛이 없으면 장터 국숫집에 들러 따뜻한 국수 한 그릇을 사 먹을 수 있어 좋다. 어릴 적에는 시장을 보아온 어머니가 떡이랑 튀김이랑 엿 같은 먹을 것이나 명절 때가 되면 신발이나 옷을 사 오시기도 하여 시장에 가실 때는 은근히 기다려지기도 하였다.

 장날은 추운 겨울 두텁고 허름한 옷을 끼어 입고 좌판을 벌이고 있는 할머니들의 주름진 얼굴에서 소박하고 욕심 없는 삶의 모습을 볼 수 있다. 시장은 열심히 사는 사람들로 언제나 떠들썩하고 활기가 있어 보인다. 집 근처 장날은 물론 옛날 살던 동내의 장날에도 단골집이 있어 가끔 장을 보러 간다. 시장에서는 가벼운 흥정이 있고 훈훈한 인심이 있어 좋고 이곳저곳을 들러보며 사람들과 부딪히며 사람 사는 냄새를 맡을 수 있어 좋다.

 아파트에 살면서부터 이웃이 없다. 서로 왕래가 없으니 누가 사는지 무엇을 하는지 아이들은 몇이나 되는지 알 수 없다. 대형마트나 백화점에 가도 수많은 사람을 지나치며 부닥트려도 아무 관심도 느낌도 없다. 살면서 때때로 힘들고 외롭고 괴로울 때면 일부러 시장을 갈 때도 있다. 열심히 사는 모습들을 보면 부질없는 생각을 하고 산다는 생각을 하며 마음이 바뀐다.

번뇌와 망상은 한가하고 할 일 없는 사람들의 사치스러운 공상(空想)에 불과하다는 생각이 든다. 국회의원들이 나라를 위한다면서 진지한 대화는 없고 충돌을 일삼고 있는 모습을 보면 생존을 위한 인간 본래의 모습일 것이라는 생각을 한다. 선거 때만 되면 시장바닥을 돌며 한 표를 호소하지만 시장에서 열심히 사는 사람들의 참모습이 어떤 것인지를 느끼고 깨달았으면 하는 마음이다.

사람들로 붐비는 장날은 향수(鄕愁) 때문일까? 보고 있으면 소박하고 마음의 구김이 없고 각박하지가 않다. 때로는 팔다 남은 오래된 물건도 섞여 있고 중국산도 있고 불량품도 있지만 사람 사는 것이 다 그렇지 하는 생각을 한다.

그래도 시장은 열심히 정직하게 사는 사람 냄새로 넘치는 곳이다. 슬플 겨를도 없고 술수와 술책이 없는 소박한 삶터다. 허름한 옷에 쭈그리고 있어도 추하지 않은 아름다운 사람들의 훈훈한 온기가 돈다. 삶이 힘들고 지칠 때나 답답할 때나 현실을 도피하고 싶을 때 용기와 힘을 줄 수 있는 활기차고 소박한 삶을 볼 수 있다.

8. 잊히기 마련인 것을

　사람은 눈에 보이지 않거나 관심을 가지지 않으면 쉬 잊히기 마련이다. 사랑하는 사람도 존경하는 사람도 절친했던 사람도 모두 헤어지면 잊히기 마련이다. 때때로 생각이 나기도 하겠지만 잠시일 뿐 오래가지는 않는다.

　여행에서 본 자연의 형언할 수 없을 만큼 수려하고 웅장하고 신비한 자연경관에 대하여 감탄과 경외한다. 서구의 궁전과 내부 장식과 각종 공예품은 물론 기독교와 이슬람의 성당과 모스크의 건축 양식과 조각상과 미술품은 웅장하고 아름답고 화려하고 조화로운 미적 형상에 감탄과 찬사를 보내지만 돌아서면 곧 잊히게 마련이다.

　권력과 재산을 과시하는 거대하고 호화로운 주택과 화려하고 아름다운 의상을 뽐내기도 하고, 배우나 스포츠 스타들의 멋진 연기와 묘기와 박진감에 박수를 보내며 열광하며 부러운 눈으로 바라보기도 하지만 시간이 지나면 곧 잊혀고 만다.

　장시간 연설을 하지만 돌아서면 다 잊어버리고 마는 것을 사람들은 열변을 토하며 신랑 신부와 하객들 앞에서 긴 주례사를 늘어놓기도 한다. 그러나 강연과 주례사를 오래 기억하는 사람은 하객들은 물론 당사자인 신랑 신부도 귀담아듣지 않는다.

부모자식과 사랑하는 사람과의 이별을 하늘이 무너지듯 슬퍼하고 괴로워하지만 애써 잊으려 하거나 잊지 않으려 해도 잊히기 마련이다. 잊히어지지 않고 오래 간직하고 있다면 인간은 항상 슬픔에 잠겨 참담하고 불행한 삶을 살게 될 것이다.

행복과 불행도 괴로움과 슬픔도 영광과 굴욕도 시간이 지나면 다 잊게 되어 있는 감정에 불과하다. 감정이라고 하는 마음은 뇌의 작용으로 순간순간 보고 듣고 맛을 보고 느끼는 데 따라 마음도 생각도 변화하게 마련이다. 여자의 마음이 갈대와 같은 것이 아니라 인간의 마음은 모두 끊임없이 변화하며, 앞에 일은 금방 잊어버리게 된다. 변화와 균형이라는 자연의 이치로 순식간에 흘러가 버린다.

때때로 생각이 나기도 하고, 기억을 되살리며 그때 그 순간을 회상하기도 하지만 다시 되돌릴 수는 없다. 즐겁고 아름답고 행복했던 순간보다는 아프고 두렵고 괴로웠던 일은 기억하기를 꺼리고 멀리하려고 한다. 다시 기억하는 것을 회피하고 싶은 것이다. 늘 잊고 사는 것이 일상의 삶이다.

사람들은 죽은 후에 후손들이 자신을 오래 기억해 주길 바란다. 자손들은 명당자리에 잘 모시고 조성하여 관리하지만 망자를 위한다기보다는 산 사람이 잘되게 해달라는 소망이 담겨 있을 뿐 세월이 지나고 세대를 거듭하면 묘의 주인은 알 수도 기억에 남을 일도 없는 단지 조상일 뿐 아무 기억도 없다.

세상 이치가 세월이 흐르면 다 잊히기 마련인 것을 동서고금을 막론하고 최고 권력자나 종교지도자들을 중심으로 장엄한 궁궐이나 신전 사찰과 불상 성당과 구축물을 지어 후세에 문화유산으로 남기지만 이마저도 시간이 지나 관리를 하지 않으면 낡고 퇴색되어 초라하게 보이다 허물어지기 마련이다.

많은 국가 예산을 들이고 빚을 지며 세상을 떠들썩하게 하던 올림픽이나 월드컵 경기도 끝나고 나면 곧 뇌리에서 사라진다. 개최국은 많은 사회간접투자와 체육시설을 만들지만 사후관리에 골머리를 앓게 된다. 상업적 흥행을 통하여 경제적 효과와 세계에 국력을 과시하고 뛰어난 선수들은 스타덤에 올라 돈과 명예를 한순간에 거머쥐어도 곧 잊히고 만다.

장엄한 장례식과 화려한 결혼예식, 대통령 취임식과 각종 국가기념행사도 지나고 나면 곧 잊히는 것. 많은 사람을 동원하고 비용을 들이고 온갖 정성을 기울이지만 행사가 끝나기가 무섭게 뇌리에서 사라진다. 허례허식과 사치와 낭비는 자기와 모두를 속이는 과시적이고 기만(欺瞞)적인 행위에 불과하다. 거짓과 위선 속에 서로 속고 속이고 사는 인간의 어리석음이 세상을 변화시키고 수많은 희극과 비극의 역사를 남기고 있다.

잊히기 마련인 것을 인간은 희로애락의 발자취를 위하여 문화와 문명을 남기고 있다. 추앙과 존경을 받는 영웅과 충신의 동상과 공적 비를 세워 후세에 남기지만 시대가 바뀌어 영웅과 충신의 치적이 바뀌어 철거되기도 하고, 파묘를 하니 마니를 두고 다투기도 한다. 실지로 오래 기억하지도 못하는 어리석은 일이다.

모두가 부질없고 어리석은 일이지만 권세나 부를 누리던 사람들은 죽어서도 족적을 남기려고 한다. 진시황릉이 파헤쳐지고 수많은 능(陵)이 도굴을 당하기도 하고, 그나마 문화재 발굴을 통하여 과거를 탐사하고 연구하여 당시를 후대에 알리는 것은 다행한 일이지만 지나간 일을 오래 간직하고 기억하기란 너무나 어려운 일이다.

모든 치적과 결과도 후대의 평가와 반대편에 선 사람의 입장에 따라 얼마든지 다른 시각에서 평가될 수 있을 것이다. 어찌 되었건 세월이 흐르면 다 잊히게 되는 것을 인간만이 다양하고 화려하고 고달프고 슬픈 무수한 역사를 만들고 덧없이 흘러가다 사라지고 있다.

인생살이가 힘들 때면 세상에 태어난 것을 원망하기도 하고, 불가에서는 윤회를 끊으라고 하지만 현실 세계에서의 생명이란 실존이고 생존이기에 모질고 참혹한 경쟁과 투쟁과 모험, 굴욕과 예속도 주저하지 않는 것은 살아남으려는 생존 본성과 직결되어 있기에 죽어서도 그 발자취를 남기려고 하지만 곧 잊히기 마련이다.

"잊히기 마련이기에 인간은 비석을 세우고, 추모하고 기념하고, 의식과 의례를 통하여 영원히 기억하고자 한다. 역사를 기록하고, 문화를 창조하고, 문명을 이루고 있지만 역사도 문화도 문명도 언제까지 보존되고 기억될 수 있을지는 알 수 없다.
영원한 것은 없기에 인간은 잊지 않고 오래 기억하려고 한다."

9. 한 번뿐인 인생 어떻게 살 것인가?

　많은 사람들은 윤회 사상을 막연하게 가지고 있다. 삼국시대부터 내려오는 불교 사상은 고려와 조선시대를 거쳐 현재까지도 이어지고 있다. 믿는 사람도 있고 안 믿는 사람도 있지만 드라마나 사람들의 대화 속에는 관습적으로 '다음 생', '저세상', '하늘나라'라는 말을 자연적으로 사용하고 받아드리고 있는 것을 볼 수 있다.

　내세가 되었든 천당이 되었든 이생에서는 가보거나 갈 수도 없는 상상의 세계다. 설사 있다고 하더라도 어떤 세상인지는 아무도 알 수 없는 일이다. 윤회를 믿든 안 믿든 현생에 태어나서 죽는 날까지 한 번뿐인 인생살이다. 어떻게 사느냐 하는 것은 모두 각자의 몫으로 죽음에 이르러서야 과거를 아쉬워하고 후회하는 것은 무의미하고 소용없는 일이다.

　학창 시절에는 한 번뿐인 생이라는 생각보다 미래에 대한 꿈으로 가득 차 있다. 옛날 일기장에는 위인이나 명사들의 명언이나 잠언이 인쇄되어 있었다. 명언들에는 청년들에게 미래에 대한 꿈과 희망을 가지라는 말이 주로 있고, 올바르고 정직하고 성실하게 살라고 한다. 그 많은 잠언 중에서 은연중 자기 인성에 좋아하는 말을 마음에 새기며 각자의 삶을 살아가고 있을 것이다.

사회에 나가서는 현실 적응과 경쟁과 좌절을 겪으며, 가정을 꾸리고 인간관계를 쌓으며 열심히 사느라 어떻게 살아야 할지에 대해서는 별생각을 하지는 못하기 마련이다. 열심히 일하며 동료들과의 모임이나 놀이와 그리고 가족과의 희로애락 하는 사이 세월은 속절없이 흘러간다.

중년 이후 노년으로 접어들면 '한 번뿐인 인생 어떻게 살 것인가?'라는 질문을 자기도 모르는 중에 불현듯 생각하기도 한다. 어쩌면 인생살이라는 것이 누구나 별생각 없이 순간순간의 일에 열중하다 보면 되돌아볼 시간도 마음 쓸 겨를도 없다. 반복되는 일상에서 사람들과 웃고 다투고 먹고 마시고 희로애락 하다 보면 자기성찰이나 삶의 의미에 대해 깊이 생각할 겨를도 없이 함께 묻어 흘러간다.

타인의 인생살이나 나와 가족의 삶의 방식이나 주변 사람들의 살아가는 모습도 비슷비슷하다는 생각이 들기에 '한 번뿐인 인생 어떻게 살 것인가?'라는 질문을 노년에 던지며 지난날도 되돌아보고 앞으로의 남은 생도 정리하는 마음으로 살펴보는 것은 의미 있고 가치 있는 일일 것이지만 언뜻 마땅한 생각이 떠오르지는 않는다.

수명이 길어져서 60대 중반이 넘으면 인생의 후반을 어떻게 정리해야 할지가 중요한 문제다. 종교에의 귀의(歸依)도 생각할 수 있겠지만 맹목적 맹신보다는 자기 성찰과 깨달음을 위하여 독서에 정진(精進)하는 것은 지식과 지혜로 자기를 돌아볼 수 있게 한다. 삶의 의미를 스스로 찾아가는 것은 가치 있는 일이다. 의미나 가치가 없다고 하더라도 나름의 의미나 가치는 부여할 수 있을 것이다.

불경에 몰두하다 보면 이해력과 깨달음의 능력이 조금씩 향상되는 것을 느낄 수 있다. 난해한 동서양의 철학과 현대 물리학의 이해에도 큰 도움을 주는 것은 독서의 힘이고 독서를 통해 독해력을 키우는 즐거움이다.

논어의 학이(學而)편에는 '배우고 그것을 꾸준히 되풀이하여 복습하면 이 또한 기쁜 일이 아니겠느냐? 벗이 멀리서 찾아온다면 이 어찌 즐거운 일이 아니겠느냐? 비록 사람들이 나의 학문과 능력을 알아주지 않아도 결코 서운해하지 않으면 이 또한 군자라 하지 않겠느냐?' '배우면 모든 것이 즐겁다'는 뜻으로 늙어 가면서 추해지지 않고 즐겁게 보낼 수 있다는 것은 더할 나위 없는 행복이다.

학이 편에는 '근본이 바로 서야 도가 생긴다' '꾸밈이 많은 사람은 실속이 없다' '매일 세 번씩 반성한다' '나라를 다스리는 사람은 삼가고, 일을 신중하고 공정하게 처리하고, 국가의 비용을 절약하고, 백성을 아끼고 사랑한다' '사람은 말과 행동이 똑같아야 한다' '허물은 서슴없이 바로 고친다' '바르게 나아가라' 등 독서를 통하여 그동안 잊고 있던 인간이 살아가는 데 필요한 마음가짐을 되새기게 한다.

여행과 독서는 자연과 인간의 삶에 대하여 보다 깊이 있고 폭넓게 생각할 수 있게 하고, 선입견과 오만, 편견과 집착, 아집과 굴레, 거짓과 위선, 속고 속이기와 같은 생존을 위한 인간들의 여러 가지 형태와 행동들에 대하여 자기성찰을 할 수 있게 한다. 역지사지와 아량, 자비와 사랑의 정신을 되새기고, 도덕과 윤리, 법과 정의가 살아가는 데 어떤 의미가 있는지 생각할 수 있게 한다.

더불어 살아가야 하는 인간은 자연의 경이로움을 알고, 생명의 아름다움과 신비함을 알며, 자연의 이치를 깨달아 가는 것은 즐거운 일이다. 맹신과 아집과 독선으로 자기 안에 갇힌 삶은 어리석은 것이다. 마음을 비우고 세상을 있는 그대로 바라볼 수 있는 지혜는 삶을 자유롭고 평화롭고 풍부하게 한다.

한 번뿐인 인생 어떻게 살 것인가?
살아있기에 희로애락하고 생각하고 창조한다.
눈이 부시게 찬란하고 아름다운 것들을 생각하자!

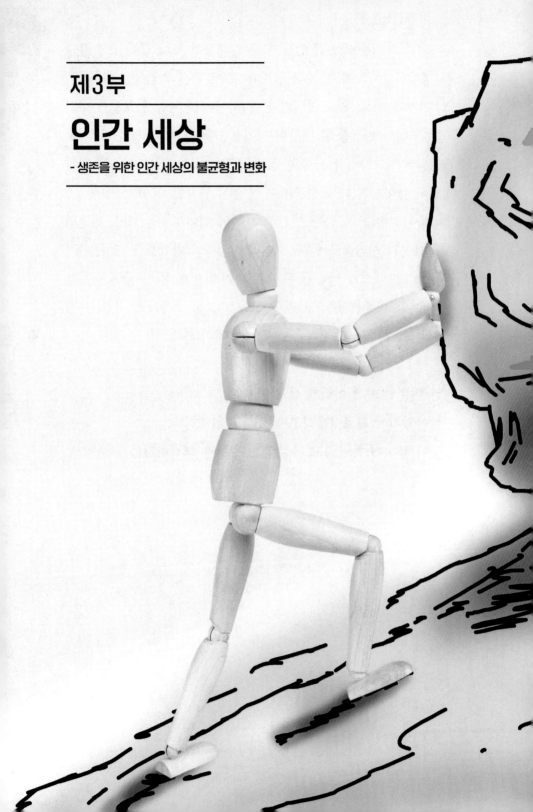

제3부

인간 세상

- 생존을 위한 인간 세상의 불균형과 변화

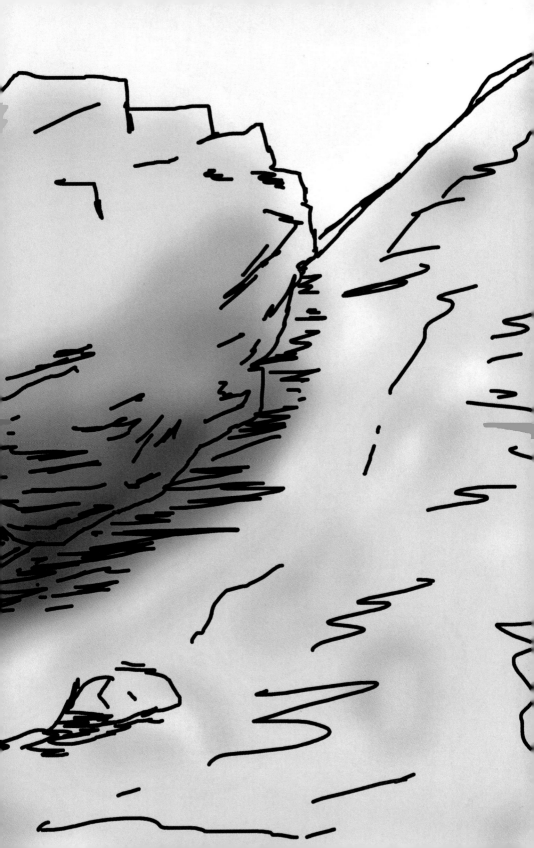

제7장

예술과 오락, 예능과 스포츠

1.노래와 춤과 음악

- 의식과 의례, 문화와 예술

한밤중에 목청을 길게 뽑으며 울부짖는 늑대의 울음소리, 사자나 범의 포효하는 소리, 봄날의 이른 새벽부터 짖어대는 뭇 새들의 요란하게 지저귀는 소리, 한여름 녹음 속에 한가로이 울어대는 매미와 풀벌레들이 길게 연속적으로 높게 울어대는 합창 소리, 깊어가는 가을 저녁 섬돌 밑에서 울어대는 귀뚜라미 소리 등 각종 동물들이 내는 소리는 노랫소리인지 울음소리인지 호소인지 의사소통인지는 알 수 없지만 구슬프기도 처량하기도 하고 한가하게 들리기도 한다.

찰스 다윈은 1872년에 출간한 〈인간과 동물의 감정표현〉에서 인간과 동물의 감정표현은 학습된 것이 아니라 선천적이고 유전된 것이다. 감정은 신경으로 근육을 자극하여 표정으로 표현하는데 인간과 동물은 희로애락의 감정을 보편적으로 가지고 있으며, 얼굴에 드러나는 감정과 기본적 몸짓은 전 세계인이 동일하게 나타난다.

부족 간의 피비린내 나는 갈등과 전쟁을 겪으며 전통문화는 결합되고 융합되어 보다 다양하게 변모하며 자연환경과 민족에 따라 독창적인 형태의 의상과 악기와 함께 노래와 춤이 어우러져 인간의 희로애락을 표현하는 소중한 문화유산으로 뿌리내려 전승되고 있다.

노래와 춤과 음악은 원시 인간이 자연에서 혈연을 이루어 살면서 모닥불 앞에서 두려움을 잊고 부족을 결속하기 위하여 두드리고 소리 지르며 뭇짐승을 쫓고, 나아가 신을 창조하고 숭배하고 찬양하며 안녕과 복과 다산을 기원하는 행사로 발전하며 문화와 전통으로 자리매김하여 갔을 것이다. 뒤이어 문신과 치장과 북과 악기가 생겨나고 언어가 발달하면서 소리도 장단에 맞춰가며 흥을 돋우며 희로애락을 표출하며 전통예술로 승화되어 갔을 것이다.

동양의 유가(儒家)에서는 모든 행사에 예악을 중시하여 오경(五經)에 편입되어 있듯이 불경과 힌두교의 베다경, 성서와 이슬람 경전이 모두 시적인 시구의 형식으로 시를 읊듯이 청아하고 운치 있는 목소리로 낭송하고 있다. 모든 행사는 신과 자연을 경배하고 찬양하는 노래나 시적인 형식을 빌리어 예배하고 설교하고 있다.

서양은 중세까지 종교행사의 예배 의식에서 많은 음악과 조각과 미술과 건축예술이 번성하였다면 동양에서는 승려와 선비들이 운에 맞추어 경과 시조를 낭송하였다. 일반 백성들은 타령을 위시한 민요나 광대의 판소리와 잡기놀이를 보며 흥겨워하며 근심과 걱정을 잠시 잊으려고 하였을 것이다.

해방이 되고 우리의 전통문화도 토착화에서 벗어나 일제강점기의 유행가와 해방의 기쁨과 육이오(6·25)의 비극을 노래하고, 정다운 우리 동요와 가곡에 이어 서양 문화가 들어오면서 미국의 재즈와 록을 비롯하여 흑인영가, 프랑스 샹송, 이태리 칸초네와 가곡을 비롯한 서양의 민요, 브라질 삼바, 아르헨티나 탱고, 그리고 중남미와 스페인풍의 라틴아메리카 음악을 비롯한 여러 나라의 음악들이 들어오면서 오늘날에는 K. Pop이 세계에 진출하기도 하며 음악의 세계화가 이루어지고 있다.

노래와 춤과 음악도 시대에 어울리게 빠르고 속도감 있게 변해가듯 인간의 희로애락 하는 감정도 뒤따라가고 있다고 생각되지만 오히려 인간의 빠른 감정변화에 따라 세태도 따라 변해간다고 하는 것이 옳은 표현 같기도 하다. 템포 빠른 연주와 노래에 맞추어 현란하게 춤을 추면 관중들도 함께 어우러져 열광하며 흥을 돋우어 함께 즐거워하고 있다. 신들린 사람들의 모습과 흡사하게 취해 있기도 한다.

두려움에서 시작된 노래와 춤은 신의 경배와 찬양으로, 그리고 인간의 비극적 운명을 노래와 춤에 담기도 하고, 남녀의 사랑과 이별의 슬픔에 이어서 사람들의 희로애락 하는 마음을 다양하게 표현하고 있다. 음악과 춤은 인간이 그 시대의 감정 표현이기도 하고, 표출이기도 하고 시대상을 나타내기도 한다.

노래와 춤과 음악은 나라마다 지역마다 자연환경과 살아온 발자취에 따라 노래와 춤과 곡조와 의상이 그대로 이어져 전통문화 예술로 계승되고 있다. 기쁨을 노래하기보다는 슬픔과 애환, 남녀의 사랑과 이별의 아픔 그리고 해학(諧謔)적인 언어를 주로 다루고 있는 것은 인간의 살아온 역정(歷程)을 그대로 담고 있는 것이다.

오늘날 노래와 춤과 음악이 속도감 있고 흥겹고 즐거움으로 흐르고 있는 것은 물론 이따금 환경과 기후 문제 등도 다루고 있듯이 시대상을 잘 반영하고 있다. 인간 존재에 대한 의미와 목적에 대하여 그리고 미래에 대하여 뚜렷한 답이 없는 현실에서 그저 즐겁게 사는 것만이 의미 있고 가치 있는 일이라고 생각하는 절박함이 있는 듯도 하다.

베토벤(1770~1827)의 제9번 합창 교향곡은 유네스코 세계기록유산으로 등재된 웅장하고 인상적인 구상으로 실러(1759~1805)의 시 '자유의 찬가'에 덧붙인 곡으로 4악장의 합창곡 〈환희의 송가〉는 '인류애를 드러낸 환희의 노래'로 "자유와 평등"을 외친 프랑스 시민혁명과 계몽사상에서 영향을 받아 작곡하여 이후 세계의 많은 국가의 평화의 상징으로 연주되고 있다.

아래는 1824년에 청력을 잃은 베토벤이 초연의 악보에 직접 쓴 찬가다.

"오! 벗들이여 이 곡조는 아니다! 더욱 기쁘고 즐거운 노래를 부르지 않으려는가?" 환희여! 주의 찬란한 빛이여, 낙원의 아가씨여!

황홀감에 취한 우리들은, 천상의 그대의 성전에 들어가네!

세상의 관습이 냉혹하게 갈라놓은 것을, 그대의 기적은 또다시 붙들어 매네.

모든 사람들은 형제가 되리라, 그대의 날개가 살포시 펼치는 곳에서!

　백만의 사람들이여! 서로 얼싸안고 춤추고 입맞춤을! 형제들
이여!"

미술과 문학은 눈을 통해 뇌가 감상한다면,
노래와 춤과 음악은 눈과 귀로 마음을 움직인다.

2. 한가함과 무료함, 심심풀이와 재미

- 수다와 잡담과 헛소문

　영국의 저명한 철학자이자 노벨문학상을 수상(1950년)한 버트런드 러셀은 〈게으름에 대한 찬양〉에서 '근로가 미덕이라는 믿음에 의해 엄청난 해악(害惡)이 발생한다'며 산업사회가 낳은 인간의 노동으로부터의 평소에 품고 있는 생각을 통렬하게 비판하며, '열심히 일해야 한다'는 사회적 통념과 달리 인간의 진정한 자유와 주체성 확립을 위해서는 오히려 여가가 필요하다고 주장하고 있다.

　게으름은 인간이 살아남기 위한 치열한 생존경쟁에서 지치고 피로감에서 오기도 하지만 본능적으로 가지고 있는 본성과 같은 것이기도 하다. 동물의 세계에서는 큰 육식동물들은 사냥한 먹이를 먹고 나면 더 이상 욕심을 내지 않고 쉬거나 수면을 취하고 있다. 반면에 개미와 벌과 새와 같은 곤충류와 조류들은 쉴 사이 없이 먹이를 찾아 나르며 새끼를 키우지만 큰 동물이라고 하더라도 소나 코끼리 같은 초식동물들은 하루 종일 풀이나 나뭇잎을 뜯고 반추하며 한가로이 시간을 보낸다.

　도시의 직장인들은 바쁘게 살아가고 있다. 자세히 살펴보면 많이 지쳐 있다. 농촌 사람들은 허름한 옷에 치장도 없이 검소하고 한가롭게 보인다. 행복지수를 보면 잘사는 나라보다 못사는 나라가 도시보다는 농촌이 높다고 한다. 얼핏 보면 가난과 시골 생활이 여유롭고 행복하다는 말과 같이 들리기도 한다.

인류 역사상 인구의 15% 이상이 도시에 산적은 없었다고 하지만 2008년 중반 이후 세계인구의 절반 이상이 도시에서 산다고 한다. 인구의 도시 집중화는 순기능도 있고 역기능도 있을 것이다. 도시 집중화는 인위적이 아닌 자연적인 현상이라고 한다. 사람들은 도시에 모여 서로 부딪치며 살 수밖에 없는 사회적 동물이다.

도시 생활은 경쟁과 갈등과 다툼이 있고 범죄가 따르고 서로 돕기도 하고 해치기도 한다. 도시는 시골보다 다양한 직업이 있어 벌어먹기가 수월하다. 서로 울고 웃고 노하고 즐거워하는 가운데 괴로움과 외로움과 지루함을 잊고 살 수가 있다.

"먹기 위하여 사느냐? 살기 위하여 먹느냐?"로 다투던 시절도 있었지만, 의식주가 해결되면 사람들은 무엇을 생각할까? 많은 사람들은 달리 할 일이 없으면 무료하여 무슨 놀이든 생각해 낼 수밖에 없다. 오락·스포츠·여행을 하기도 하고 구경도 하며 지낸다. 남과 어울려 먹고 마시고 대화하며 즐기기도 하고, 내기와 노름도 한다. 휴식을 위하여 조용히 보내거나 게으름을 피우기도 한다.

생산 활동과 비생산 활동에 참여하는 비율은 얼마나 될 까? 국민총생산(GNP)이나 국내총생산(GDP)에는 서비스를 받거나 여가 시간에 이루어지는 소비도 국민들의 모든 생산 활동으로 집계되어 있다. 서비스 활동이나 여가 활동은 고용을 창출하며 선진국일수록 서비스나 레저산업이 경제 활동의 주요한 비중을 차지하고 있다.

인간의 삶이란 일하는 시간보다 먹고 마시고 잠자고 놀며 일하지 않는 시간이 70%를 차지하고 나머지 30%의 시간만 일하지만 그것도 유소년 시절과 대학 시절 그리고 65세가 넘으면 대부분 일하지 않는다. 고령화 시대에 고령층의 생계와 부양과 의료비 등으로 커다란 사회적·국가적 문제로 대두되며 이에 따른 복지 문제로 부유층은 세금부과에 따른 불만으로 빈곤층은 저임금과 고용불안으로 힘든 삶을 산다.

의미 있는 시간과 없는 시간은 어떻게 나눌 수 있을까? 행복한 시간이란 흥분과 열정과 감동의 순간 일 가? 일하는 시간과 노는 시간은 어디에 속할까? 과연 일하는 시간은 불행한 시간이고, 노는 시간은 행복한 시간일까? 아니면 일하는 시간은 행복한 시간이고, 노는 시간은 불행한 시간일까? 인간은 한가함과 무료함을 달래기 위하여 삶이 이어진다는 생각이 들기도 한다.

농촌에서의 삶은 봄에 이른 새벽부터 논밭을 갈고 씨를 뿌려 여름부터 가을까지 가꾸어가며 각종 작물을 수확한다. 겨울에는 농사를 지을 수 없어 농한기에 들어가게 된다. 동네 사람들은 한가한 시간을 보내기 위하여 함께 어울려 다니며 농주도 마시고 소를 먹일 꼴을 해오기도 한다. 딱히 할 일도 마땅하지 않아 허송세월하며 게으른 나날을 보내며 가난 속에 살았다.

도시의 삶은 공산품 생산 이외에 각종 농산물의 1, 2차 가공과 소비를 위한 장사와 각종 서비스에 종사하며 생계를 꾸려나가기 마련이다. 삶은 다양하고 복잡하게 얽히고설키어 각종 범죄도 많지만 놀고먹는 사람도 많다. 일하지 않는다는 것은 처음에는 좋을지 몰라도 시간이 갈수록 지루하고 따분하기 마련이다.

그 많은 시간을 쉬엄쉬엄 보내고도 오래 살기를 바라는 것을 보면 이 세상은 살맛이 있어서 일가? 아니면 이 세상에 애착과 미련이 남아서 일가? 사는 것도 힘들지만 죽는 것은 더욱 두렵기도 하고 어쩔 수 없이 죽지 못해 그저 사는 것 같기도 하다. 이 또한 비극이기도 하고, 코미디 같기도 하다.

매스컴과 인터넷이 발달하면서 인간의 삶이 편리해진 반면에 불필요한 호기심과 관심으로 세상이 조용할 날이 없다. 인터넷과 매스컴이 없던 시절은 세상 돌아가는 소식을 들을 수 없어 세상일에 별로 관심을 두지 않았지만 오늘날은 온갖 것들이 경쟁적으로 전파를 타고 전 세계를 떠돌아다니고 있다. 가히 정보의 대량생산 시대다.

인간은 호기심과 흥미를 통하여 미지의 세계를 개척할 수 있었고 지속적 관심이 있기에 이를 뒷받침할 수 있었을 것이다. 넘쳐나는 정보 속에서도 사람들은 유독 연예인이나 유명인에 대해서 더 많은 관심을 보인다. 요즘 연예인들의 수다에 대하여 너무 많은 TV 프로에 사람들이 관심을 쏟는 것에 대하여 거부감을 느끼곤 한다. TV 앞에 앉아서 멍하니 즐기는 것을 보면 사람들은 바보가 된 듯도 하고, 여가 시간을 너무 무미건조하게 보내고 있다는 생각이 들기도 한다. 억지스러운 잡담과 행동에 지나치게 많은 시간을 뺏기고 있다.

어렸을 때 시골 외가에 가면 농한기에는 할 일이 없어 외삼촌들은 사람들과 어울려 농주나 투전이나 각종 농산물 서리로 어울려 소일하는 것을 보았다. 무지하고 가난하고 힘든 시절이었다. 일을 찾아 더 좋은 삶을 개척하기보다 허송세월하는 것이 마음에 언짢고 딱하게 느껴지기도 하였다. 딱히 건전한 놀이문화나 기구나 여행할 수 있는 여건도 능력도 없던 시절이기도 하였다.

과학기술문명이 발달하고 농사기법도 비료와 농약의 살포로 단위 면적당 생산량도 늘어나고, 도시에서도 공산품의 생산성도 경쟁적으로 늘어나면서 가격 측면이나 공급 측면에서 많이 싸지고 과잉 상태라 생산시간이나 실업률도 증가하여 놀아야 하는 시간이 늘어나고 있지만 부자는 더 벌기 위하여 가진 것이 없는 자는 생존을 위하여 일을 찾아 헤매야 하는 처지로 바쁘긴 매한가지다.

한가한 시간과 무료한 시간은 물론 문명의 이기인 휴대폰을 이용한 각종 뉴스나 드라마, 게임과 오락, 연예가 뉴스와 각종 루머 등 자기가 좋아하는 프로들을 보면서 집과 직장, 엘리베이터에서나 복도, 길을 걸어가거나 심지어는 횡단보도를 건너면서도 열중하는 것을 보지만, 운전 중에도 보다 참사가 일어나 문명의 흉기가 되기도 한다.

인터넷에 떠도는 많은 내용은 정보가 되기도 하고 누리꾼들에 의해 서로의 의견을 개진할 수 있는 토론의 장이 되기도 한다. 인터넷은 세상일에 관심이 많은 누리꾼들에게는 정보를 주고받기도 하며 또한 세상에 대고 떠들고 알리고 주장할 수 있는 열린 광장임에는 틀림없다. 근거 없는 소문과 댓글은 관심을 넘어 무고한 사람까지 커다란 상처를 입혀 죽음에 이르게까지 만드는 것을 보면서 고의나 악의가 아닌 장난으로 한 짓이라고 한다면, 너무 어처구니없는 비극이고, 코미디이기도 하다.

"세상은 넓고, 할 일은 많다"고 한 고 대우그룹 김우중 회장의 책 표제와는 달리, 많은 사람들은 지루함을 달래기 위하여 심심풀이와 재미를 찾아 각종 오락과 게임과 놀이에 빠져들고 있다. 버트런드 럿셀 경의 "여가를 위한 게으름의 찬양"으로 얻어진 여가 시간은 인간의 자유와 주체성 확립과는 거리가 멀어 보인다.

3. 휴식과 놀이, 오락과 게임

- 삶의 목적과 의미: 사는 모습들

어린 시절에는 동네 아이들과 함께 어우러져 노는 것이 심심풀이이고 놀이다. 공놀이나 구슬치기 딱지치기도 하고, 바닷가에 나가서 수영을 하거나 낚시질을 하고, 제기차기도 하고 자치기나 윷놀이 같은 것을 하기도 한다. 6·25 전쟁이 끝나고는 서로 숨어서 하는 전쟁놀이는 당시의 시대상을 나타내고 있지만 지금도 아이들은 칼싸움이나 총싸움이나 숨바꼭질 놀이를 좋아한다. 심심하면 함께 어울려 노는 것이 전부이고, 힘들면 앉거나 누워서 쉬는 것이 심심풀이로 인식되던 시절이다.

어찌 생각하면 휴식과 놀이, 오락과 게임은 비슷한 의미를 가지고 있다는 생각이 든다. 젊었을 때 친구들과의 만남도 술을 마시며 미래에 대한 막연한 고민과 희망에 대하여 이야기를 나누는 것, 등산이나 독서나 음악을 듣는 것, 때때로 당구를 치거나 잡담을 하며 시간을 보내는 것들은 휴식과 놀이에 속한다. 방학 때가 되면 바다로 산으로 캠핑을 하며 극기 훈련을 하는 것도 놀이이고 휴식이기도 하다.

사회에 나가서도 바쁜 직장생활에 늦게 퇴근하면서 동료들과 함께 한잔하는 것이 일상이 되기도 한다. 주말도 토요일은 근무하기 일쑤고 일요일이면 집에서 뒹굴뒹굴하며 지내는 것이 대부분의 삶이고 휴식이고 놀이이다. 살아간다는 것이 늘 피곤하고 고달프기에 딱히 휴식 공간도 마땅치 않기에 아이들과 보내는 것이 그나마 가족과의 놀이이고 휴식이다.

오늘날은 초등학생 시절부터 휴대폰이 보급되고, 게임이나 오락 프로그램이 깔려 있어 눈과 손이 쉴 틈이 없다. 각종 정보도 들어가 있어 여자나 남자, 어른, 아이 할 것 없이 남녀노소가 휴대폰이 필수품이 되어 엘리베이터에서도, 길을 가면서도, 심지어는 횡단보도를 건너면서도 열중하는 등 많은 시간을 휴대폰에 의존하고 산다는 느낌을 줄 정도로 가까이하고 있다. 어린아이들의 게임중독은 심각할 정도이지만 규제는 개인의 자유주의에 입각한 자본주의 논리에 막혀 형식에 그치고 있다.

자본주의가 추구하던 물질적 가치는 윤리와 도덕 같은 정신적 가치는 소홀히 하고 물질적 가치가 최고라는 황금만능주의가 팽배해져 물질만이 개인의 삶과 생활을 지배한다는 믿음이 인간 소외현상으로 나타나고, 그리고 산업화에 따른 대량생산의 결과는 기계의 역할이 증가하고, 자신의 이익을 위해 타인의 자유를 침해하는 천민자본주의의 경향을 띰으로써 인간성의 상실과 함께 더불어 살아가야 할 공동체의 의미와 개인의 자아를 망각한 채 게임과 오락에 빠져들게 한다. 이는 게임 산업을 활성화시키며 국가 경제를 이끄는 동력으로 작동하고 있다.

생명과 인간의 본성은 생존에 있고, 살기 위하여 먹이를 찾아

투쟁하고, 의존도 하고, 도망도 치지만 그에 따른 피곤함과 고달픔이 있고, 특히 인간에게는 마음과 정신이라는 뇌의 작용이 있어 스트레스가 뒤따르기 마련이다. 스트레스는 육체적 고통보다도 더 힘든 것이지만 육체적 고통이라는 것도 따지고 보면 뇌에서 느끼는 것이기에 뇌가 아프고, 뇌가 느끼고, 뇌에 주는 압력이기도 하다.

아픔과 피곤함과 괴로움을 느끼며 감내해야 하는 인간은 휴식과 놀이가 필요할 수밖에 없다. 이는 자연에서 온 본성과 같은 본능이기도 하다. 어느 순간부터 휴식은 재창조의 의미를 부여한다고 역설하고 있다. 충분한 휴식을 통하여 새로운 활기를 찾고 일을 시작할 수 있는 동력을 준다고 생각하게 되었지만 휴식의 방법과 장소와 기회를 찾기란 쉽지가 않다.

술 마시고 떠들다 노래방으로 몰려가서 춤추고 노래하며 스트레스를 풀거나 아니면 대형 무대와 홀이 있는 곳에 가서 함께 어우러져 춤추고 마시며 시간 가는 줄 모르고 흥에 취하기도 한다. 그러나 늦게까지 술을 마시고 춤추는 것은 스트레스를 푼다기보다 다음날 더 피곤하다. 피로한 몸을 이끌고 회사에 나가 근무하는 것은 업무가 제대로 잡히지도 않고, 일 처리가 더욱 힘들 뿐이다.

오락과 게임 문화도 딱히 찾으면 마땅하지도 않다. 동료들이나 특별한 날 가족끼리의 모임에서도 술을 마시며 고스톱을 치거나 윷놀이를 하지만 따지고 보면 모두 내기 놀음이어야 재미있어 한다. 따는 쪽은 좋아하고 잃은 쪽은 기분이 상하여 얼굴을 붉히기 마련이다. 결국 오락의 뒤끝은 좋다고만 말 할 수 없는 스트레스이다.

아이들이나 청소년들이 게임에 몰두하며 빠지는 것이나, 근로자들이 쉬면서 휴대폰을 놓지 않는 것이나, 많은 사람들이 엘리베이터나 길거리에서 휴대폰에 열중하며 걷는 것을 보면 게임이 아니더라도 인터넷이나 유튜브나 포털 등을 통해 자기가 좋아하는 뉴스나 드라마나 연예 등의 프로에 접근하며 무료한 시간을 보내고 있다.

인간이 살아간다는 것이 휴식과 놀이, 오락과 게임이라고 하는 것이 딱히 구별할 수 있는 것이 아니다. 그때그때의 짬짬이 시간이나 여가 시간이나 휴가 때도 사람마다 계층마다 연령마다 사용하는 방법이 모두 다르고 다양하여 휴식과 놀이, 오락과 게임을 구분 짓기란 쉽지 않다.

먹고 마시고 일하고 놀고 자고 먹고를 반복하는 것이 인생살이이기도 하다. 인간만이 가치와 의미에 더하여 희망과 목적을 부여하듯 '휴식과 놀이, 오락과 게임'도 문화를 이루며 '변화와 균형'에 의해 '생성과 소멸'하며 끊임없이 흘러가고 있다.

4. 비극과 코미디, 개그와 예능

　메소포타미아 유역과 소아시아, 고대 그리스와 로마 점령지의 유적지에는 많은 신전을 비롯하여 로마의 돔 형식의 원형극장들이 곳곳에 있는 것을 볼 수 있다. 정복 전쟁이 끝나고 정복자들은 노예를 거느린 부유하고 여유로운 삶을 영위했지만 그다음으로는 휴식과 놀이와 오락으로 소일거리를 찾고 있다.

　기원전 4~5세기경의 고대 그리스의 서사시에는 소포클레스의 3대 비극 〈아이아스〉, 〈오이디푸스 왕〉, 〈안티고네〉는 인간의 비극적인 삶과 운명에 대하여 이야기하고, 문예부흥 이후의 문학가들에게 많은 영감을 주고 있다. 영국의 셰익스피어의 〈햄릿〉, 〈오셀로〉, 〈리어왕〉, 〈맥베스〉의 4대 비극도 당시의 영국인에게 커다란 감명을 주었을 뿐 아니라 영화로도 만들어져 수많은 세계인이 감상하며 인간의 사악함과 어리석음과 허망함에 대하여 공감하게 하였다.

　5~60년대 우리나라의 영화도 비극적인 소재를 많이 다루고 있다. 어찌 보면 인간의 삶이 힘들거나 어려울 때에 인간은 비극적이고 운명적인 삶을 보면서 쉽게 마음을 움직여 감동을 일으키고 눈물 속에 위안을 받기 때문일 것이다. 고대인들의 서사시와 희곡

이, 그리고 셰익스피어의 비극이 모두 당시의 힘든 하층민의 삶이 아니고 모두 왕이나 상류사회의 사람들이 소재라는 것도, 현대사회의 비극의 소재도 재벌이나 상위 계층의 사람들을 소재로 한다는 것을 보며 아이러니하다는 생각이 든다. 결국 비극은 물론 코미디도 권력과 재산을 둘러싸고 일어나는 인간의 추악하고 어리석은 모습이지만 인간은 권선징악(勸善懲惡)의 문제로 울고 웃고 한다.

　제2차 세계대전이 끝나고 국지적인 전쟁과 정치적으로 많은 진통을 겪으면서도 산업화로 생활이 점차 향상되면서 인간은 코미디를 통하여 웃음 속에 기계화되고 자본에 예속화되어 가는 인간성의 상실을 비판하고, 이어서 정치권력과 자본권력의 여러 가지 거짓과 위선, 사악함과 교만함 등에 대하여 코미디와 개그의 형식을 빌리어 해학적으로 표현하며 웃음을 자아내며 마치 조선시대의 양반놀이를 빗대어 풍자하듯 독재 권력에 의해 억눌린 삶에 위안을 주고 있다.
　20세기의 코미디나 이후의 개그를 보며 시름을 달래며 웃고 있지만 반대로 내용도 연기자의 바보스러운 모습도 인간의 비극과 어리석음을 풍자하고 있어 웃음 속에 눈물이 나기도 한다. 코미디를 통하여 인간의 가련함과 슬픔을 보고 있는 것이다.
　루마니아 작가 콘스탄틴 게오르규의 〈25시〉의 영화 속 주인공 안소니 퀸이 결혼의 기쁨을 뒤로한 채 군대에 끌려가 갖은 고초 끝의 종전으로 귀향하며 기차 정거장에 마중 나온 부인과의 재회의 마지막 장면에서 흑·백·황색인종의 아이들을 업고 안고 웃고 있는 모습은 코미디인지 비극인지 주인공 안소니 퀸의 웃는 묘한 표정의 명연기에서 모든 것을 말해준다.

오늘날은 삶도 많이 나아지고 자유와 남녀평등 등 민주화됨과 동시에 과학문명의 이기도 계속 발달되고 보급되면서 생활 형편도 과거에 비해 좋아지고 컴퓨터나 휴대폰의 보급으로 자연적으로 휴식과 놀이는 물론 오락과 게임도 상업주의와 맞물려 발전하고 있다. TV 프로그램도 연예에서 예능으로 세태를 따라가고 있다고 할 수도 있고 세태가 예능 프로그램을 따라간다고도 할 수 있는 현상이 나타나고 있다.

예능 프로그램은 영화나 드라마나 코미디와 달리 어찌 보면 대화나 행위에 특별한 내용을 담고 있지 않은 것 같아 많은 사람들은 편안한 마음으로 넋을 잃고 보고 있는 듯하다. 출연진도 다양하여 재치 있는 예능인은 물론 가수 탤런트 왕년의 대표선수 출신의 스타 스포츠 선수들은 물론 일반인 할 것 없이 출연하여 즉흥적이기도 하고 자연스럽기도 하고 재치도 있어 편안하게 웃음을 자아내며 함께 즐긴다.

출연진이 다양하듯 예능 프로그램의 소재도 장소도 다양하다. 방송국은 물론 산과 들판, 강과 바다, 운동장과 실내 체육관 할 것 없이 어느 곳이든 PD에 마음에 들면 소재가 된다. 자세히 들여다보면 어렸을 적 놀던 놀이를 비롯하여 여자고 남자고 모이면 하는 객설과 험담과 뜬소문과 같은 남의 이야기로 잡담들을 대신하여 늘어놓으며 남녀노소 할 것 없이 모두가 별생각 없이 즐기고 있다.

골치 아픈 비극도, 바보 같고 어리석은 행동으로 시대상을 비판하는 것도, 익살스러운 언행으로 인간의 일그러진 모습을 그려내는 것도, 모두 무대 뒤로 사라져 가고, 오직 멍하니 웃고 즐기며 함께 바보가 되어 현실을 잊으려는 모습에서, 이제는 관람자로서가 아니라 스스로가 무대 위에 선 느낌으로 보고 있는 듯 하다.

곰곰이 생각해 보면 비극이라는 것도 어떻게 보면 코미디이고, 코미디도 비극 같기도 하여 비극이든 희극이든 그게 그것인 것 같기도 하다. 비극 속에 어리석은 인간들의 일그러지고 삐뚤어진 사악한 모습을 코미디로 보며, 코미디 속에서 인간의 바보스러움과 어리석음과 처절한 비극을 보는 것 같기도 하다.

"느끼든 생각하든 인생살이는 비극이기도 하고, 코미디 같기도 하다.

모두 더불어 웃고 즐기며 어울리면 그것이 행복한 세상이다"

5. 영화와 스포츠를 보며

- 전쟁에서 놀이로: 동·하계스포츠

니체는 〈우상의 황혼에서〉 "예술은 전부 무엇을 하고 있다는 말인가? 예술가의 가장 심층적인 본능은 예술을 향하고 있는가? 오히려 예술의 의미인 삶을 향하고 있지는 않은가? 삶이 소망할 만한 것으로 향하고 있지는 않은가?" "예술은 삶의 위대한 자극제다. 그런데 어떻게 그것이 목적이 없다거나, 목표가 없다거나, '예술을 위한 예술'〉이라고 이해될 수 있단 말인가?"라고 질문한다.

니체는 "예술은 삶의 위대한 자극제"라고 정의하며, 예술 창조의 근원에는 '삶에의 의지' '운명을 사랑하라(아모르 파티)'라고 하는 그의 '힘에의 의지'가 담겨 있다.

영화는 종합예술이기도 하지만 관객의 처지에서는 휴식과 오락이기도 하다. 사전에 의하면 예술은 ① 기예와 학술. ② 특별한 재료나 기교·양식 따위에 의한 미의 창작 및 표현(조각, 미술, 연극, 음악, 시, 소설 따위)를 의미한다고 하지만 현대 과학기술문명이 이룩한 최첨단 과학기술들이 동원되고 접목되어 인간의 상상의 나래를 사실감 있게 펼치며 신과 같이 신출귀몰하기도 하며 우주를 향하여 끝없이 날아가기도 한다.

영화는 인간 내면에서 일어나고 있는 사랑·질투·시기·분노·격정 등 온갖 희로애락의 감정을 배우의 진솔한 표정과 몸짓으로 삶의 모습들을 현실감 있게 잘 담아내 관객을 울고 웃고 분노하고 긴장시키며 사로잡고 있다. 음악과 미술 장식, 의상과 춤이 더하여 더욱 마음을 흔들어 놓기도 하고 즐겁게도 한다. 영화 장르도 다양하여 멜로 드라마에서부터 비극과 코미디, 액션과 스릴러, 미스터리와 범죄, 공포와 전쟁, 애니메이션과 공상(空想) 과학(Science Fiction) 등 영화의 흐름도 시대의 요구와 욕구에 따라 변모하기도 하고 시대를 앞서 주도하기도 한다.

영화예술은 상업적이기도 하지만 예술적 가치와 사회적 부조리의 고발과 인간성 회복과 같은 부정과 불의, 인종차별, 각종 불평등과 불공정 등과 같은 이슈를 다루어 사회적인 반향과 공감대를 형성하며 인간의 존엄성 회복과 사회개혁에 크게 이바지하고 있다. SF 영화는 최첨단 특수효과를 결합한 SF 블록버스터 영화로 모두 가상 세계와 로봇의 미래를 다루고 있다. 매트릭스(1999년 개봉)는 컴퓨터가 만든 가상 세계 속에서 현실 세계로 착각하며 벌어지는 인간들 사이의 대결을 다룬 영화로 디지털 시네마의 발전에 공헌하고 있다.

아이 로봇(2004년 개봉)은 인간처럼 꿈을 꾸고 감정과 자아를 느끼는 로봇으로 자기를 창조한 박사를 살해한다. 아바타(2009년 개봉)는 사이버 공간에서 사용자의 분신처럼 활동하는 가상 자아의 그래픽 아이콘을 시각화한 것이다. 조작과 변형이 가능한 아바타를 통해 현실이 아닌 가상공간 속에서 사람들은 자유로운 관계를 구축하고 있지만 평화로운 '판도라'라는 아름답고 신비로운 행성을 지구의 자원 고갈을 타개하기 위하여 처참하게 파괴하는 SF 영화다. 터미네이터(2019년 개봉)는 인간이 신과 같은 로봇과의 싸움을 다루고 있다.

애니메이션이나 공상(空想)과학 영화는 미래 세계를 배경으로 컴퓨터 합성과 그래픽은 물론 최첨단 기기로 특수효과를 내며 환상의 세계로 이끌어 가기도 하고, 애니메이션으로 영화화되어 남녀노소는 물론 전 세계인이 함께 즐기고 있다. 미래의 세계는 어떻게 될지는 모르지만 과거의 SF 영화들이 보여준 방향으로 가고 있는 것이 바로 오늘의 현실이 아닌가 하는 생각을 하게 한다.

종합예술로서의 다양한 영화의 장르는 상업성과 대중성이 상호 작용하면서 앞으로 어떻게 변모하여 갈지 흥미도 있지만 다른 한편으로는 두렵기도 하다. 영화를 통해서 인간이 염원하던 영원히 죽지 않는 신(神)과 같이 되고, 영웅이 되는 꿈을 꿀 수 있지만 점점 인간은 스스로가 만든 창조물에 의하여 예속되거나 멸시를 받을 수도 있다는 생각이 들기도 하여 두렵기도 하다.

고대 그리스 사람들은 신전과 신을 조각하여 아름다움을 표현하고, 신화를 통하여 인간의 슬프고 가련하고 고달픈 운명을 극화하고 서사시로 노래하였다. 영웅들의 이야기를 통하여 운명에 용감히 맞서 싸워나가는 인간의 강인한 의지도 표현하고 있다. 고대 인도인은 힌두교 신화에 의해 산스크리트 문학과 시와 예술을 탄생시키고 인도의 정신문화를 꽃 피우게 했다. 고대의 예술문화는 인간 영혼 깊숙한 내면의 본질적인 문제와 결부되어 있다. 조각과 미술품, 건축물과 구축물은 탄성을 자아낼 만큼 불가사의하고, 웅장하고 아름답고 신화적이고 종교적인 심오한 정신을 표현하고 있다.

현대의 예술과 예능과 스포츠는 관객의 처지에서는 분명 놀이와 오락 문화다. 종합예술과 재미있는 예능, 짜릿한 승부의 스포츠는 사람의 마음을 시시각각으로 변화시키고, 괴롭고 힘들 때나 한가하고 무료할 때 좋은 벗이 되어 즐겁게 하여 준다. 감정을 한껏 자극하여 마음을 들뜨게도 하고 슬프고 기쁘게도 만든다.

예술과 예능과 스포츠가 있어 즐거운 삶이 있다고 생각하지만 보고 나면 오래가지는 않는다. 사람의 감동과 비통함은 오래가지 않게 마련이다. 쉽게 잊으려고 하거나 잊히게 되어 있다. 예술은 오감을 통한 마음의 표현이다. 마음속 깊이 추구해 보아도 현대인들은 예전과는 다르다. 사람들은 애틋함도 순박함도 옛날 같지 않고 더 격정적인 것을 찾는다. 예술 활동은 대중화와 상업화에 젖어 있고, 시대상황도 함께 이끌어 가고 있다. 시대가 원하는 대로 흘러가고 있다고 하는 것이 맞을 것 같다.

예술은 인간 본성 깊숙이 자리하고 있는 두려움과 분노, 외로움과 나약함, 슬픔과 기쁨을 알 수 없는 감동으로 승화시킨다. 공포 영화나 괴기영화는 물론 전쟁영화의 잔인성은 숨을 죽이고 긴장 속에 스릴을 느끼면서도 즐겨 보는 것을 보면 인간의 호기심일지 아니면 잔인성일지 알 수 없다. 예능은 무료함을 달래고, 스포츠는 흥분과 열광으로 현실을 잠시 잊게 한다.

　인간은 물론 모든 생명도 목적과 의미를 갖고 있다고 할 수 없고, 그저 자연적으로 생겨나 자연과 함께 변화를 거듭하며 인간으로까지 변화한 것이다. 인간은 스스로 목적과 의미와 가치를 창조하여 왔지만 그것은 시대상황과 환경변화에 따라 수정되고 파괴되고 재창조되는 허구에 불과하다. 공허하고 허망하기만 한 인간의 삶은 현실 세계의 행복과 사후세계의 천당과 열반을 꿈꿀 수밖에 없는 가련한 존재일 뿐이다.

　예술이 가는 방향도 본성에서 본능으로 다시 감성으로 그리고 이성과 지성에서 역으로 본능에서 본성으로 회귀하고 있는 것 같다. 자연에서 시작하여 문명사회로 그리고 문명사회에서 다시 자연으로 돌아갈 수는 없어도 그 시절로 되돌아가고 싶은 회귀성은 항상 마음속에 자리 잡고 있다. 괴기영화나 무술 첩보영화도 시종 무서움과 긴박감속에 즐겨 보고 있다. 신비함과 비현실적 세계가 전개되고 있는 신화(神話)나 전설(傳說)을 소재로 한 드라마나 영화가 성황리에 상영되는 것을 보면 인간의 상상력은 작가와 관객 모두 같은 꿈을 꾸고 있기에 천당도 지옥과 연옥도 있는가 보다.

　희극과 비극은 남녀노소 할 것 없이 모두 즐겨 보는 것 같지만 오랫동안 기억되지는 않는다. 희극의 비극이고 비극의 희극과 같은 것이다. 예술작품이 변화하고 변화하였다고 하지만 인간 본성을 일깨워 희로애락의 감정(감성)을 유발하는 근본 흐름에는 예나 지금이나 달라진 것이 없이 가상 세계와 현실 사이를 오가고 있을 뿐이다. 오늘날 인류가 나아갈 의미와 가치, 방향과 목표를 잊은 듯 보이지만 인간은 애초부터 있지 않았다. 지어낸 비극에 눈물 흘리고 감격하며, 무섭고 잔인하고 가슴 조이는 긴장된 장면들을 스트레스를 받아가면서도 좋아하는 것을 보면서 비극과 스릴이라고 하는 것도 따지고 보면 쇼이고 코미디에 지나지 않는다.

기계문명에 예속되어가는 인간의 모습을 풍자한 찰리 채플린의 출연 작품들은 사람들을 웃기지만 남는 것은 씁쓸하고 서글픈 인간의 뒷모습이다. 인간의 본성에는 호기심과 도전, 모험과 투쟁 그리고 비극적 운명이 삶에 배어들어 유전되어 있다. 비극과 희극은 본성 깊숙한 곳에 자리하고 있는 것이다. 상당수의 사람들은 모험과 도전 폭력과 싸움 같은 스릴과 긴장과 두려움을 주는 액션물을 숨을 죽여 가면서도 즐겨본다. 스포츠는 마음을 흥분시켜 들뜨고 열광시키게도 하고, 지면 침울하게도 하지만, 모두를 하나로 묶을 수 있게도 한다. 스포츠도 보다 스피디하고 치열하고 고도의 개인기로 박진감 있게 변화해 가고 있다.

전 세계에서 가장 큰 스포츠 행사인 올림픽은 2년마다 동계 올림픽과 하계 올림픽이 번갈아가며 열리고 있다. 올림픽은 기원전 8세기부터 5세기까지 고대 그리스의 올림피아에서 열렸던 고대 올림피아 경기에서 유래하며, 근대 올림픽은 피에르 드 쿠베르탱에 의해 1894년에 IOC가 창설되고, 1896년에 제1회 올림픽이 그리스의 아테네에서 열렸다. 올림픽 헌장은 IOC가 경기의 감독 기구로서 조직과 활동에 대하여 규정하고 있다. 20세기 올림픽

운동이 발전함에 따라 동계 올림픽, 장애인을 위한 패럴림픽, 스페셜 올림픽 등이 열리고 있다.

올림픽 헌장은 인류가 지향하는 이상이나 철학을 담고 있고, 오륜기는 파랑·노랑·검정·초록·빨간색의 고리에 흰색 바탕을 하여 다섯 대륙과 인종의 화합을 상징하고 있다. 올림픽 표어는 "더 빨리, 더 높게, 더 힘차게"이다. 올림픽 선서 중 "인생에서 가장 중요한 것은 승리가 아니라 이를 위해 분투하는 것이고, 올림픽에서 가장 중요한 것 역시 승리가 아니라 참가 자체에 의의가 있다. 우리에게 있어 본질은 정복하는 것이 아니라 잘 싸우는 것이다" 이는 쿠베르탱의 이상이기도 인류의 바람이기도 하다.

올림픽은 모든 국가가 참여하고, 주요 행사로는 성화와 축하 행사, 개막식과 의식, 종목별 시상식과 폐막식 등 전 세계의 언론에서 중계하며 개인 및 국가의 홍보와 우의를 다지고 있다. 정의와 공정과 평등을 향한 세계인의 평화의 축제로 발전하고 있다. 그러나 정치 체제의 선전장화와 폭력과 테러로 얼룩지기도 하였다. 올림픽은 변화하는 정치·경제·기술·환경에도 편승하며 순수한 아마추어 정신에서 벗어나서 프로선수도 참가하고 있다. 올림픽의 상업화와 기업의 후원을 놓고도 논란을 빚기도 하였다. 도핑·심판 매수·오심·테러 등은 올림픽 정신을 크게 훼손하기도 한다.

월드컵 축구대회는 단일 종목으로는 세계에서 가장 큰 스포츠 행사이고 또한 제일 먼저 탄생한 세계선수권 대회이다. 1930년 남미의 우루과이 몬테비데오에서 13개국이 참여하여 대회를 개최하게 된 것이 시작이다. 지금은 전 세계가 열광하는 경기로 하계올림픽과 2년 차를 두고 열린다. 현란한 기술과 훈련과 전술과 스피드로 전 세계인을 흥분의 도가니에 빠뜨리게 한다.

스포츠 경기가 세계화할 수 있게 된 것도 영화예술과 함께 현대 과학기술문명의 발명과 발전의 산물이라고 할 수 있다. 영화 속에서 인간은 신과 같은 존재가 되고, 반면에 스포츠 경기를 보면 고대의 영웅들이 전쟁 영웅이기도 하고 신과 인간의 운명이 결부되어 있다. 현대의 스포츠 영웅들은 피나는 훈련과 재능과 철저한 육체적 정신적 과학적 관리를 통해서 그리고 국가적 지원과 상업적 투자와 펜과 국민의 성원에 의해 영웅으로 불리고 있다. 스피디하고, 고도의 테크닉을 구사하며 끊임없이 기록을 갱신하며 인간의 한계에 도전하고 있다.

영화와 스포츠 경기도 따지고 보면, 배우와 선수, 기획사와 투자자, 기타 영화 상영과 TV 중계료, 상영관과 운동장 운영 등 많은 직업과 고용이 창출되는 수익 사업이고 오락물이다. 영화를 감상하고 스포츠를 보는 것은 관객의 입장에선 희로애락이 뒤섞인 감성의 표출로서 흥미와 감동, 열정과 흥분을 통하여 스트레스를 풀려고 한다.

6. 희로애락 속의 무의미함과 공허감

이탈리아를 여행하던 중 언덕 위에 있는 침묵의 수도원을 둘러본 적이 있다. 수도사들은 하루 종일 침묵하며 사색하고 기도하고 성서를 읽는 것이 수도 생활의 전부라고 하였다. 누구를 만나도 금언으로 일관하는 것이 수도원의 규율이라고 하였다. 감정표현도 대화도 없는 묵언이 곧 수행이다.

대공원을 걷다 보면 스피커에서 은은하게 울리는 노래와 음악 소리가 들린다. 마음을 가라앉히고 사색에 잠기게도 하고, 귀를 즐겁게도 한다. 눈으로 볼 수도 있고, 귀로 들을 수도 있어 자연 속을 걷다 보면 답답하다거나 외롭다거나 쓸쓸하다는 느낌은 없다. 산속을 걸어도 바닷가를 걸어도 가슴이 확 트이는 것이 상쾌함을 느낀다.

TV 드라마는 조마조마하게 하거나 안타깝고 답답하게도 하고 웃고 울게도 하는 등 각종 감정을 불러일으키게 만든다. 음악이 삽입되어 더욱 흥겹게도 슬프게도 긴장하게도 한다. 스포츠와 노래와 춤도 마찬가지다. 모두 다 감정을 유발하여 어울려 소리 지르고 노래하고 춤추고 즐겁게 하게도 하고 아쉬워하게도 한다.

원시 신앙에서부터 종교의식과 예술문화 활동은 물론 스포츠 연예오락에 이르기까지 살펴보면 모두 감정 즉 마음을 움직이게 하는 활동이다. 숭고함이라든지 사랑이나 고마움 등 인간 내면의 참모습을 담은 작품 활동은 이제 과거의 흐름에 지나지 않고 오늘날은 흥분과 긴장을 고조시키는 열광과 열중에 집중하여 감동을 유발시켜 행복을 추구하고 있다. 스트레스도 긴장 속에서 풀려고 하는 듯하다.

인간은 감정의 동물이다. 끊임없이 감정이 일어나고 변하고 움직인다. 그래서 동양의 옛 성현들은 감정 즉 마음 다스리는 것을 중시하였다. 게임에 열중하고, 스포츠를 통하여 흥분하며, 스피드를 즐기며, 연예인들의 잡담을 멍하니 듣기를 좋아하고, 남의 사생활과 광고와 선전에 많은 영향을 받고 있어 자아에 대해 점점 무관심해지고 있다. 오늘날은 모든 것이 개방되고 평등해지고 자유로워져 절제와 억제보다는 감정을 드러내 놓고 열광하고 환호하고 집중하며 행복을 추구하고 있다.

사람들은 늘 감정에 휘둘리며 울고 웃고 분노하고 즐기고 환호한다. 몸은 편안함을 알지만 즐거움은 모른다. 몸은 아프고 괴로운 것은 알지만 슬픔과 기쁨은 느낄 수 없다. 인간의 감정은 복잡 다양하지만 우리는 보통 희로애락(喜怒哀樂)을 느끼며 산다고 말하고 있다. 그러나 기본적인 감정은 공포, 분노, 슬픔, 기쁨의 4가지로 나누고 있다. 옥스퍼드 영어사전에 의하면 감성은 '마음과 감정 그리고 격정의 동요나 혼란 즉, 격렬하거나 흥분된 정신상태'라고 그 의미를 정의하고 있다.

희로애락의 감정을 다시 나열해보면 공포와 놀라움, 슬픔과 분노, 사랑과 기쁨, 혐오와 수치 등 직접적인 표현 외에 희망과 신념, 용기와 확신, 관용과 평정, 의심과 질투 등 생각하는 감정과, 자만과 태만, 무력감과 권태감 같은 기질과 기분과 같은 것들을 포함하여 보다 미묘한 감정변화를 묘사하는 시적 표현들도 많이 있듯이 마음의 상태는 끊임없이 변화하다 사그라든다.

장자는 소요유(逍遙遊)에서 바닷속 물고기 곤(鯤)이 전설 속의 큰 붕(鵬)새가 되어 하늘 높이 날아올라 남쪽의 큰 바다 남명(南冥)에서 자유롭게 노닌다는 이상향을 말하고 있다. 현실 세계의 모든 속박에서 벗어나 절대 자유로운 이상의 세계를 형상화하고 있다. 출세와 경쟁, 욕심과 시시비비를 떠나서 무위(無爲)하고 소요유하라고 한다. "인생을 그저 얽매임 없이 즐겁고 자유롭게 놀다 가라"고 한다.

제8장

과학기술문명과 엔트로피 증가
- 자연적인 것과 인위적이라고 하는 것

1. 진리에 대하여

- 종교적 신념, 인문학적 논리, 과학적 증명

과학기술 발전의 발자취에서 16~17세기 과학 혁명기의 특징 중의 하나는 과학적 탐구 방법의 혁신이다. 이러한 혁신 중의 하나는 수학이 과학적 방법의 일부가 된 것이며, 또 다른 하나는 사물의 성질을 선험적으로 판단하기보다는 실험과 관찰을 통하여 규명하는 것이다. 진리의 사전적 의미는 ① 참된 이치. 또는 참된 도리. ② 명제가 사실에 정확하게 들어맞음. ③ 언제 어디서나 누구든지 승인할 수 있는 보편적인 법칙이나 사실 등이다.

갈릴레오가 1623년에 출간한 〈황금계량자(The Assayer)〉에는 "자연은 수학적 언어로 쓰여 있다"고 하였다. 당시 수학적 기호와 미적분학도 개발되지 않은 시기에 고대 그리스의 자연철학과 유클리드 기하학, 아르키메데스의 원리와 케플러의 행성운동에 관한 식 등이 전부인 수학의 여명기에 이러한 주장은 가히 혁명적이다.

오늘날 과학기술문명 시대에 인문학의 논리적 입증과 인문과학이라고 할지라도 반대 논리나 반증이 실험과 관찰을 통한 수학적 입증의 결여(缺如)로 반론과 재반론 나아가 억지 주장이 난무하며 인간 사회는 늘 시끄럽고 어지럽다. 특히 법의 해석과 정치적 논쟁에서는 정의와 정답도 없이 진리로 주장하는 것을 보면, 인간의 관념적 사고에 바탕을 둔 언어는 주장일 뿐이다. 주의와 주장, 사상과 이념이 진리가 아니기 때문일 것이다.

2. 수학(數學)과 과학기술의 발견과 발명의 발자취

인간의 과학기술문명의 발자취를 따라 변화 과정을 살펴보는 것은 흥미로운 일이다. 시대를 거치며 인간은 세상을 바꾼 발견과 발명을 통하여 문명이 변화한다.

그리스의 기하학과 자연철학

고대 그리스의 철학자 플라톤은 그의 사립학원 아카데메이아의 입구에 "기하학을 모르는 자는 들어올 수 없다"는 글귀가 있었다고 한다.

영국 옥스퍼드대 수학연구소 로저 펜로즈 교수는(2020년 노벨물리학상 수상) 〈허수(i)이야기〉에서 말한다.

"왜 세상은 수학으로 이루어져 있는 것일까?
세상은 얼마만큼이나 수학으로 이루어져 있는 것일까?
세상은 수학의 언어로 쓰여 있습니다. 만약 중요한 물리를 적어내려면 수학적 아이디어와 개념, 수학적 공식과 이론을 사용해야 합니다.

세상의 기본에 대해 깊이 알려고 할 때 수학 없이는 어떤 것도 할 수 없습니다."

오스트리아의 수리논리학자 괴델은 〈불완전성 정리에서 수학은 무엇인가?〉에서 이야기했다.

"수학은 우주의 본질이고, 우주의 언어이다."
"우주가 가진 수학적 원리는 자연스러운 수학이다."
"수학은 공리에서 출발하고, 물리학은 정리, 법칙, 참 혹은 거짓에서 출발한다."

숫자가 처음 생긴 곳은 4,000년 전 고대 이집트에서 문자를 사용해 수를 나타내었고 '10진법'이 사용되었다. 메소포타미아에서는 점토판에 쐐기 모양의 숫자 기호가 기록되어 있고 '60진법'이 사용되어 지금의 시간 단위와 삼각법의 기원이 되었다. 중국은 산가지로 수를 나타내었다.

고대 그리스의 자연철학자들은 추상적인 문제인 수론과 기하학의 연구에 집중하였다. 피타고라스 학파는 자연수를 포함한 유리수를 수의 전부라고 생각했다. 수론을 발전시켜 산술평균, 기하평균, 조화평균, 비례 등을 연구하였고, 기하학으로는 피타고라스 정리, 원의 넓이, 임의의 각의 3등분, 정육면체의 구적(求積) 등의 연구로 기하학적 논증을 펴나갔다. 한 변의 길이가 1인 정사각형의 대각선의 길이가 √2인 무리수임이 피타고라스의 제자에 의해 발견되었으나 비밀에 부쳤다고 한다.

아테네의 플라톤학파는 정의(定義), 공준(公準), 공리(公理)에서 출발하여 논증을 하는 해석법을 연구하여 수학 발전에 공헌하였다. 알렉산드리아에서 공부한 아르키메데스는 원(圓)의 구적(求積)에 무한소(無限小)에 대한 적분합의 방법을 창시하고, 아폴로니오스는 원뿔곡선의 성질을 연구하였다. 히파르코스는 천문학에 필요한 삼각법의 기초를 세우고, 삼각함수표에 해당하는 것을 만들고, 구면천문학도 연구하였다.

제논(BC 490~430년경)은 엘레아학파로 간접증명법인 귀류법과 '아킬레스는 거북이를 따라잡을 수 없다'는 역설을 무한누진(無限累進)법으로 설명하여 상대를 혼란에 빠트리게 하였고, 아리스토텔레스는 제논을 변증법의 발견자라고 하였다.

고대 그리스의 자연철학과 수학은 그리스가 패망 후 로마로 이어지고, 그리고 이집트의 알렉산드리아에 있던 문헌들은 헬레니즘과 함께 이슬람으로 건너가 아랍어로 번역되고 융합되어 르네상스 이후 서구의 자연철학으로 이어져 수학·물리학·화학·의학·생물학 등의 과학 문명을 발전시키는 데 크게 기여하고 있다.

탈레스(BC 625~547)는 ❶ 그리스 최초의 자연철학자로 만물의 근원은 '물'이고 생명의 근원이라 하였다. 천문학자·수학자로 실용적인 지식에 논증을 함으로써 이론을 체계화하고, 이론에서 얻어진 지식을 다시 실용적인 문제에 적용한다는 그리스적인 학문 정신을 세웠다. ❷ 일식의 날짜를 예측하고, 피라미드의 그림자로 높이를 산출하고, 기하학의 기본인 탈레스의 정리를 세우고 이를 증명하였다.

탈레스의 정리는 ❶ 지름은 원의 면적을 2등분한다. ❷ 2등변 삼각형의 두 밑각은 같다. ❸ 만나는 직선에 의해 생긴 두 맞꼭지 각은 같다. ❹ 두 쌍의 각과 그들의 사이변이 같은 두 삼각형은 서로 합동이다. ❺ 지름에 대한 원주각은 직각이다.

피타고라스(BC 580~500)는 ❶ 만물의 근원을 '수(數)'로 보았으며, 이 수들의 조화가 세상 만물을 만들어내고 우주의 질서를 유지시키는 법칙이라고 생각하였다. ❷ 피타고라스의 정리와 그의 학파에 의해 발견된 기하학은 유클리드 기하학 원론(본)에 대부분 수록하였다.

파르메니데스(BC 515~450)는 존재란 본질적으로 불변이라고 하였다.

데모크리토스(BC 460~370년경)는 고대 그리스의 자연철학자로 '모든 물질은 더 이상 분할할 수 없는 원자로 이루어져 있고, 원자는 불변이며 새롭게 만들어지거나 소멸하지 않는다. 자연계에서 물체와 현상을 알 수 있는 것은 원자가 끊임없이 움직여 조합을 달리하기 때문이다'라고 하였다.

히포크라테스(BC 460~377). ❶ 그의 전집에는 철학적 이론과 미신을 배격하고 환자에 따라 질병을 관찰하고 있다. 질병의 원인과 치료 방법도 모두 자연적인 것에서 구하였다. ❷ 헬레니즘 시대에는 인체의 해부학과 생리학이 발달하였다. 현재 전 세계적으로 사용되는 히포크라테스 선서는 1948년 '제네바 선언문'으로 1968년 시드니에서 최종 수정 보완하여 채택되었다.

아르키메데스(BC 287~212)는 ① 정역학과 액체 정역학의 기초를 세우고, 지렛대의 이론, 여러 가지 도형의 무게 중심 구하기, 아르키메데스의 원리를 발견하였다. ② 구적(求積)법에서는 원둘레의 길이와 원의 넓이를 계산하여 원주율로서 22/7(3.1428)를 얻었다. 구(球)의 부피와 겉넓이를 계산하고 포물선과 그 현(弦)으로 둘러싸인 도형의 넓이 등에 대해 연구하였으며 그중에는 적분의 효시로 꼽히는 것도 있으며 17세기 미적분의 발견 이후 구적법은 적분법에 흡수되었다.

(주)아르키메데스의 '구적(求積)법'은 아폴로니우스의 '원뿔곡선론'과 유클리드의 '공리론'과 함께 헬레니즘 시대의 3대 고전적 업적으로 꼽히고 있다.

유클리드(BC 330~275?)는
a) 플라톤의 '수학(數學)론'을 기초로 그 이전의 피타고라스학파를 중심으로 발견된 수학(기하학)들을 집성하고 이론체계를 구축하였다. '도형의 분할에 대하여' 이외 응용수학으로는 '구면 천문학', '광학과 반사광학', '음정의 구분과 화성학 입문' 등이 수록되

어 있다.

b) 유클리드 기하학 원론 중

공리(公理): ❶ 같은 것과 같은 것들은 서로 같다. ❷ 같은 것들에 같은 것을 더하면 그 합은 서로 같다. ❸ 같은 것들에서 같은 것을 빼면 그 차는 서로 같다. ❹ 서로 포개어지는 것들은 서로 같다. ❺ 전체는 부분보다 크다.

평면 기하학의 공준(公準): ❶ 임의의 두 점을 연결해서 하나의 직선을 그릴 수 있다. ❷ 선분을 양방향으로 연속적으로 하나의 직선으로 연장할 수 있다. ❸ 임의로 주어진 점이 중심이고 임의로 주어진 점을 통과하는 원을 그릴 수 있다. ❹ 모든 직각은 모두 같다. ❺ 직선을 한없이 연장하면 내각들의 합이 평각보다 작은 쪽에서 두 직선은 만난다. 이 ❺ 공준을 '평행선 공준'이라 부르는데, 이는 동치인 다음과 같은 명제로 더 잘 알려져 있다. ❺ 직선 I에 있지 않은 P를 지나는 I의 평행선은 단 한 개 존재한다.

c) 유클리드는 이런 공준을 이용하고 추론을 위한 다섯 가지 공리(또는 공통개념)를 이용해서 기하학에 관한 248개의 명제를 논리적이고 체계적으로 증명했다. 이렇게 소수의 일반적인 원리로부터 논리적인 절차를 밟아서 낱낱의 사실이나 명제를 유도하는 것을 연역(演繹)이라 한다.

㈜ 유클리드 기하학은 연역적 논증기하학의 예이다. 공준과 공리를 앞세우기 때문에 공준적 방법 또는 공리적 방법에 의한 전개라고도 한다. 유클리드가 내세운 다섯 개의 공준은 자명한 진리로 생각되었고 이것들

로부터 엄밀한 논리에 따라 얻은 정리(定理: 참으로 증명된 명제)도 또한 절대적인 진리로 받아들여졌다.

비유클리드 기하학의 공준이란?

❺ 직선 I에 있지 않은 점 P를 지나는 I의 평행선이 두 개 이상 존재한다.

(로바체프스키 비유클리드 기하학의 공준) - 말안장형 곡면의 삼각형의 내각의 합은 180도보다 작다. ❻ 한 평면 위에 있는 임의의 두 직선은 교차한다. (리만 비유클리드 기하학의 공준) - 구(球)형 곡면의 삼각형의 내각의 합은 180도가 넘는다.

㈜ 비유클리드 기하학의 발견은 수학에 대한 견해를 본질적으로 바꾸어 놓았다. 평행선 공준을 비롯해서 유클리드 기하학의 공준은 '자명한 진리'와 관계없는 단순한 전제라는 사실이다. 이에 따라 추상적인 대상을 다루는 수학(기하학)은 본질적으로 가설·연역적일 수밖에 없으며, 공준적 전개는 불가피하다. 따라서 수학은 인간의 창조물이며 '절대적 진리'가 아닌 학문이다.

아폴로니오스(BC 262~200?)는 저서 '원뿔곡선론(論)'에서 원뿔곡선의 정의와 축·초점·접선·점근선 등에 대하여 논하고 있다. 원을 밑변으로 하는 원뿔이라면 어떤 것이든 3개의 절면(切面)에 의해 타원·포물선·쌍곡선이 생긴다는 정의를 세웠다.

근세 서구의 수학과 과학기술의 발견과 발명

타르탈리아(Nicola Fontana 1499-1557): 이탈리아의 수학자로 저서〈수와 계측에 관한 일반론〉(1556-1560)에서, 3차 방정식에 관한 근의 공식을 처음으로 만들었으나, 카르다노(Cardano, 1501~1576)는 그의 저서 〈아르스 마그나(Ars Magna)〉(1545)에 타르탈리아에게서 배운 공식을 그대로 실어 카르다노의 공식이라고 부르고 있다.

　㈜카르다노는 〈아르스 마그나〉에서 허수가 있으면 어떤 2차 방정식에도 해(解)가 나온다고 하였다. 허수에 대해 데카르트는 음수의 제곱근을 '상상의 수(=허수)'라고 불렀다. 이후 허수i는 복소수 및 물리에서 중요한 의미로 해석되고 있다.

갈릴레오 갈릴레이(1564~1642): 이탈리아의 천문학자·물리학자·수학자로 진자(振子)의 등시(等時)성 및 관성 법칙을 최초로 발견하였다. ① 갈릴레이 망원경을 만들어 달 표면의 요철, 목성의 위성, 토성의 띠, 태양흑점 등을 관측한 것을 〈별세계 보고서〉에 수록(收錄)하였다. ② 〈프톨레마이오스의 천동설과 코페르니쿠스의 지동설의 2대 세계체계에 관한 대화〉를 저술하여 코페르니쿠스의 지동설에 강력한 근거를 확립하였다. ③ 〈두 개의 신과학(新科學)에 관한 수학적 논증과 증명〉을 저술하여 재료강약학의 선구적 논의를 포함하여 새로운 시대를 여는 수학적인 자연과학관을 내세우며 르네상스와 근대의 가교 역할에 기여하였다.

데카르트(1596~1650): 프랑스의 철학자, 수학자, 물리학자로 '근대 철학의 아버지'로 불리며, 대륙 합리주의 철학의 길을 열고, 해석기하학을 창시하였다.

블레즈 파스칼(Blaise Pascal, 1623~1662): 프랑스의 천재 수학자·물리학자·발명가·철학자·종교사상가 ① 〈원뿔곡선 시론〉에는 '파스칼의 정리'가 포함되어 있고, 〈유체의 평형〉 논문에는 실험 결과인 '파스칼의 원리'가 있다. 계산기의 발명, 확률론, 수론(數論), 적분법의 창안 등 수학·물리학의 발전에 기여하고 있다.

오일러(Leonhard Euler 1707-1783): 스위스의 수학, 물리학자로 ❶ 미적분학을 발전시켜 〈무한해석 개론〉(1948), 〈유체운동의 원리〉(1752), 〈미분학 원리〉(1755), 〈적분학 원리〉(1768-1770)를 저술하였다. ❷ 변분학(變分學: 극대 또는 극소의 성질을 가진 곡선을 발견하는 방법)을 창시하여 역학(力學)을 해석학으로 풀이하였다. ❸ 삼각함수의 생략기호(sin, cosin, tan)의 창안. ❹ 오일러의 수: 무리수e에 붙여진 이름.

(주1) 자연 로그(log)의 밑 e=2.7182818284·····로 이 수는 실제로 인구증가, 종양세포 증식, 방사성의 붕괴 및 복리계산 등에 사용되고 있다.
(주2) 오일러는 현대수학의 기호를 발명하고 보급 발전시켰다.

❶ 기호 e는 자연로그(log)의 밑으로 사용한다. ❷ 제곱해서 –1

이 되는 허수는 기호i로 사용하여 나타낸다. ❸ 함수를 나타낼 때는 기호 f(x)를 사용한다. ❹ 수열의 합을 나타내기 위해 그리스 문자 시그마(Σ)를 사용한다. - 원주율의 사용기호로 그리스 문자 π를 사용한다. ❺ 대수학에서 상수를 나타낼 때는 a, b, c를 사용하고 미지수를 나타낼 때는 x, y, z를 사용한다.

(주3) 세상에서 가장 아름답다고 하는 오일러의 등식: $e^{i\pi}+1=0$

허수 i는 삼각함수와 지수함수를 이어주고 있다. 오일러의 공식은 현대과학에서 없어서는 안 될 '수학에서의 도구'이다. sin, cos, tan 등의 삼각함수는 자연계의 빛, 소리, 교류 전류, 전파, 입자 등의 '파동'이나 '진동'의 성질을 갖고 있어 이를 이해하는 데 필수적으로 뒷받침되고 있다.

로버트 보일(1627~1691): 아일랜드의 화학, 물리학자로 화학에 실험적 방법과 입자 철학을 도입하여 화학 그 자체를 연구할 가치가 있는 것으로 근대 화학의 첫 단계를 구축하였다. ❶ 공기 펌프를 만들어 대기 입자의 존재로 인한 공기의 탄력을 설명하고 ❷ 〈공기의 탄력과 무게에 관한 학설의 옹호〉(1666)를 저술하여 "보일의 법칙: 일정온도에서 기체의 압력과 그 부피는 서로 반비례한다"는 것을 실험을 통해 발견하였다. ❸ 불과 공기의 구성요소로서의 연구에서 불이 입자로 되어 있다고 주장.

아이작 뉴턴(1642~1727): 영국의 물리학·천문학·수학자·근대이론과학의 선구자, 미적분법을 창시하고, 뉴턴역학의 체계를 확립하였다. ❶ [광학] 빛의 분산 현상을 밝히고, 생리적 색과 물리적 색을 구별하고, 색과 굴절률과의 관계를 밝혔다. 굴절광은 스펙트럼을 만들지만 반사광은 그렇지 않다는 사실을 기초로 반사방식이 색수차와 효율에서 우수하다는 점을 이용하여 뉴턴식 반사망원경을 제작하여 천체관측에 이용하였다. 빛의 입자 설을 주장함. ❷ [수학] 무한급수의 연구로 이항정리(二項定理)를 수립하고, 유율(流率)법(fluxion), 즉 오늘날의 미적분법을 발견하여 구적(求積) 및 접선(接線) 문제에 응용하였으나 라이프니츠와의 우선권을 놓고 논쟁하였다. ❸ 〈자연철학의 수학적 원리(프린키피아)〉에는 유율법을 이용하여 '만유인력의 법칙'을 확립하고, 뉴턴역학의 체계가 세워졌다. 역학의 원리, 인력의 법칙과 그 응용, 유체의 문제, 태양 행성의 운동에서 조석(潮汐)의 이론에 이르기까지 계통적으로 논술하고 있다.

(주) 〈프린키피아〉(1687년)에서 '만유인력의 법칙과 뉴턴 역학'은 당시의 사조(思潮)인 실험적 방법에서 수학적 방법으로 그 중심을 이동하게 하고 '자연은 일정한 법칙에 따라 운동하는 거대한 기계'라는 역학적 자연관을 낳게 하고, 18세기 계몽사상의 발단에 커다란 영향을 미쳤다.

칼 폰 린네(1707~1778): 스웨덴의 식물학자로 〈자연의 체계〉(1735)를 저술하여 자신이 창안한 이명(二名, binominal nomenclature)법으로 생물분류법의 기초를 확립하였다. 모든 식물을 속명

(屬名, genus name)과 종명(種名, species name)으로 분류를 체계화하고, 모든 식물에서 피는 꽃에서 암술과 수술의 관계와 위치 그리고 개수를 가지고 분류하고, 이후 동물에도 적용하였다.

프레더릭 윌리엄 허셜(1738~1822): 독일 태생 영국의 과학자

❶ 1789년 초점거리 1,219㎜(122㎝)의 개량 뉴턴식 반사망원경을 완성하였다. ❷ 1781년 천왕성의 발견으로 태양계의 범위를 두 배로 넓혔다. ❸ 1782~4년에 800여 개의 〈쌍성목록〉을 작성하였고, 1802년 쌍성 중에서 케플러운동을 하는 것들을 확인하였다. ❹ 1783년 천구(天球) 상에서 항성의 분포상태를 조사하기 시작하였다. 통계적으로 밝은 별은 가까운 별이고 어두운 별은 먼 별임을 생각하고, 별들이 원반 모양을 이루고 있음을 발견하여 은하계의 구조에 대한 기초를 수립하였다. ❺ 천체 하늘을 조직적으로 관측하여 총 2,500개의 성운·성단의 목록을 작성. ❻ 1783년 밝은 별 7개의 고유운동에 대한 통계를 내어 발산점(發散點)을 찾아내고 그것을 우주공간에서 태양계 운동의 향점(向點)이라고 해석하고, 지동설의 우주관에 대하여 수정을 가하였다.

앙투안 라브아지에(1743~1794): 프랑스 화학자로 ❶ 1782~1783년에 당시의 플로지스톤설(18세기 무렵 연소현상을 설명한 가설로 가연성 물질을 말함)을 부정하고 호흡이 연소와 동일한 것이라는 점을 밝혀 열화학(熱化學)의 기초를 닦았다.

❷ 연소와 금속이 녹스는 것은 공기 중의 산소와 반응하는 것이

고, 섭취한 음식물의 소화과정에서도 연소가 서서히 일어나는 현상이라고 하였다. ❸ 1787년에 출판된 〈화학명명법〉에는 현재 사용되는 화학술어의 기초가 되고 있고, 화학물질의 원소조성과 특성이 반영되어 있음. ❹ 1789년에 출판한 〈화학교과서〉에는 질량불변의 법칙과 원소개념의 정의가 있고, 광소(光素)를 포함한 33개의 원소표가 기재되어 있으며, 원소를 '화학분석이 도달한 현실적 한계'라고 정의하였다.

알렉산드로 볼타(1745~1827): 이탈리아의 물리학자로 전압의 단위인 볼트(V)는 그의 이름에서 따온 것이다. 축전기, 미량의 전기를 검출하는 검전기(檢電器) 등을 제작. 1800년 '볼타의 열전기더미'를 고안하여 처음으로 화학작용에 의한 전류를 만들었다. 이는 화학전지의 발명으로 이후의 전기현상 연구에 크게 공헌하였다.

존 돌턴(John Dalton, 1766~1844): 영국의 화학, 물리학자로 화학적 원자론의 창시자이다. ❶ 기체의 압축에 의한 발열(發熱), 혼합기체의 압력, 기체의 확산(擴散)혼합(混合), 액체에 대한 기체의 흡수 등에 관한 연구를 발표. ❷ 특히 〈혼합기체의 흡수작용〉(1805)에서 제시한 '기체의 부분압력(部分壓力)의 법칙'은 돌턴의 법칙으로 불린다. ❸ 각종 물질의 원자의 무게를 정하는 방법을 고안하였다. ❹ 〈화학의 신 체계(新體系)〉(3부, 1808-1827)는 원자설을 바탕으로 화학을 설명한 저술로, 그는 '배수비례(倍數比例)의 법칙'을 발견(1804). 이는 화학의 발달을 촉진하는 데 기여하였다.

아메데오 아보가드로(Amedeo Avogadro, 1776~1856): 이탈리아의 물리학자로 〈단위 입자의 상대적 질량 및 이들의 결합 비(比)를 결정하는 하나의 방법〉(1811)에 관한 논문에서 '기체밀도의 비(比)에서 기체 물질의 분자량을 결정하는 방법과 그 근거가 되는 가설'을 제창하였다.

㈜ 화학사(化學史)에서 가장 중요한 업적이라고 할 수 있는 이 가설이 인정된 것은 그의 사후 1860년 독일에서 열린 최초의 화학자 국제회의에서 이 가설의 불가결성(不可缺性: 없어서는 안 될 성질)이 해명된 이후부터이다.

가우스(Karl Friedrich Gauss 1777~1855)는 독일의 수학자·물리학자·천문학자. 수학의 왕으로 불리며, 물리학·천문학 등 과학에 대한 수학적 업적을 남겼으며, 19세기 초에 시작된 순수 수학의 건설자로서 위대한 발자취를 남김.

❶ 1795년 최소(最小) 제곱법의 발견. ❷ 1796년 복소수(複素數) 평면의 도입. ❸ 1799년 대수학의 기본정리의 증명. ❹ 1800년 타원함수의 발견. ❺ 1801년 〈정수(整數)론 연구〉로 현대 정수론의 초석을 놓았다. ❻ 1829년 역학에 관한 〈최소 작용의 원리〉를 발견. ❼ 1832년 제량(諸量) 측정의 '절대 단위'를 제창. ❽ 1840년 퍼텐셜에 관한 가우스의 정리의 발견.

게오르크 옴(Georg Simon Ohm, 1789~1854): 독일 물리학자로 1826년 '옴의 법칙'을 풀이한 논문을 발표하고, 이듬해 〈갈바니

회로〉를 출판하였지만 한동안 세상에서 인정을 받지 못하였다. 전기저항의 단위 '옴'은 그의 이름에서 연유한다.

마이클 패러데이(Michael Faraday, 1791~1867): 영국의 화학자. 물리학자로 '패러데이 암흑부', '패러데이 효과', '반자성 발견' 등 중요한 공헌을 하였다.

❶ 염화질소 연구로부터 여러 가지 특수강(特殊鋼) 연구 및 염소의 액화 연구, 벤젠 발견(1819~1825) 등 실험화학에서 뛰어난 연구를 하였다. ❷ 물리학 특히 전자기학에 있어서 전류의 자기작용(磁氣作用)을 조사하여 연쇄적 회전(전자기 회전)을 만들어 내는 데 성공하였다(1821). ❸ 자기의 작용에 의해 전류를 만들어 내는 연구에 착수하여 회로(回路)의 개폐(開閉)에 의해 제2의 회로에 발생하는 전류→전자석, 이어 자석에 의한 똑같은 전류를 검토하여 전자기 유도를 발견하였다(1831). ❹ 맴돌이전류와 지구자기(地球磁氣)에 대한 응용에서도 성공하였으며, 자체유도(自體誘導)를 발견·해석하였다. ❺ 전기화학의 기초를 만든 전기분해법칙 발견(1833)과 방전현상 연구에서 여러 가지 전기의 동일성을 간파, 보편성을 가진 통일 개념으로서의 전기를 제창하였다. ❻ 전자기적인 힘의 근원을 공간적인 상태로 되돌리려는 근접작용론을 제창하였다. 맥스웰의 전자기 이론의 길을 열고, 빛의 전자기파론의 선구적 고찰도 하였다.

찰스 다윈(Charles Robert Darwin, 1809~1882): 영국의 생물

학자이다.

❶ 1859년 〈자연선택에 의한 종(種)의 기원에 관하여, On the Origin of Species by Means of Natural Selection or the Preservation of Favoured Race in the Struggle for Life〉라는 진화론을 출간 발표하였다. 자연선택설은 생물의 어떤 종의 개체 간에 변이(變異)가 생겼을 경우에 그 생물이 생활하고 있는 환경에 가장 적합한 것만이 살아남고, 부적합한 것은 멸망해 버린다는 견해이다. 곧 개체 간에 경쟁이 항상 일어나고 자연의 힘으로 선택이 반복되는 결과 진화가 생긴다고 하는 설이다.

　　㈜ 라마르크가 제창한 환경의 영향에 따라 생긴 변이가 다음 대에 유전한다고 하는 '획득형질유전론(獲得形質遺傳論)'과 T.R. 맬서스의 〈인구론〉에서 '개체 간에는 경쟁이 일어난다.'고 하는 설(說)을 참착하였을 것이라고 하고 있다.

❷ 1862~1881년에는 진일보한 진화론〈사육 동식물의 변이〉, 〈인류의 유래와 성선택(性選擇)〉을 출간 발표하였고, 1880년에는 식물의 굴성(屈性: 굴광성(屈光性), 굴지성(屈地性), 굴수성(屈水性) 등. 향성(向性))에 대한 선구적 연구인 〈식물의 운동력〉을 아들과 함께 발표하였다. ❸ 〈식물의 교배에 관한 연구〉(1876), 〈지렁이의 작용에 의한 토양의 문제〉(1881) 등을 발표하는 등 특히 다윈의 진화론은 사상계의 혁신을 가져와 이후 사람들에게 자연관 내지 세계관의 형성에 지대한 영향을 끼치고 있다.

그레고어 멘델(Gregor Johann Mendel, 1822~1884): 오스트리아의 성직자 겸 유전학자, 멘델의 법칙을 통해 유전학을 개척한 과학자. ❶ 멘델의 완두콩 교배 실험은 1853년부터 1868년까지 행해졌다. 완두콩은 수분을 하기 쉽다는 점에 주목하여, 34종의 완두콩을 2년에 걸쳐 재배한 후 형질이 안정된 22종류의 완두콩을 골라냈다. 이후 교배를 하여 완두콩을 키운 후 그 형질이 나타나는 수학적인 법칙성에 주목하여 멘델의 법칙을 만들어냈다. ❷ 멘델의 연구 업적은 그의 사후 10년이 넘게 알려지지 않았지만 1900년에 3명의 생물학자에 의해 세상에 밝혀지게 됨으로써 유전학의 아버지로 칭하게 되었다. ❸ 1910년 이후 멘델이 시초가 된 유전학은 다윈이 시초가 된 진화생물학과 결합하여 현대 생물학의 기초를 마련하게 되었다.

루이 파스퇴르(Louis Pasteur, 1822~1895): 프랑스의 화학자·미생물학자, 화학조성·결정구조·광학활성의 관계를 연구하여 입체화학의 기초를 구축하였다.

❶ 화학조성·결정구조·광학활성의 관계를 연구하여 입체화학의 기초를 구축하였다. ❷ 발효와 부패에 관한 연구를 시작한 후 젖산발효는 젖산균과 관련해서 일어나며 알코올발효는 효모균의 생활과 관련해서 일어난다는 것을 발견하였다. ❸ 1862년 알코올에서 아세트산으로 변하는 것과 아세트산발효에 대해 연구하여 식초의 새로운 공업적 제법을 확립하였다. ❹ 포도주가 산패하는 것을 방지하기 위한 저온살균법을 고안하여, 프랑스의 포도주의

제조에 크게 공헌. ❺ 부패가 공기 중의 미생물 때문에 일어난다는 것을 실험적으로 확인하고, 자연발생설을 부정. ❻ 탄저병·폐혈병·산욕열(産褥熱) 등의 병원체를 밝혀냈다. ❼ 1879년 닭 콜레라의 독력을 약화한 배양균을 닭에 주사하고 면역이 된다는 것을 발견하여, E. 제너 이래 과제로 남았던 백신 접종에 의한 전염병 예방법의 일반화에 성공하였다. ❽ 1881년 가축에 탄저병 백신을 접종하여 그 유효성을 증명하였다.

㈜ 닭 콜레라 백신과 광견병 백신의 발명은 의학계의 엄청난 변혁을 일으켰으며 백신으로 인해 많은 사람들이 이러한 병에서 벗어날 수 있게 하고 있다.

프리드리히 케쿨레(Friedrich August Kekule, 1829~1896): 독일의 화학자로 유기물의 화학반응에서 '탄소분자가 핵심적인 역할을 담당한다는 것'과 '어떻게 탄소 분자가 여러 원소들과 결합해 무수히 많은 물질들을 형성하게 되는지'를 보여주었다. 이를 통해 화학자들은 유기화합물의 화학반응을 시각화하면서 이를 체계적으로 설명하고 예측할 수 있게 되었다. ❶ 당시 '화학반응으로 물질이 녹는데도 왜 원자들의 배치가 변하지 않는 가'하는 문제로 밤낮 몰두하다 꿈결에 힌트를 얻어 '원자는 다른 원자와 결합하는 능력을 가지고 있으며, 어떤 원자가 갖는 결합선(結合線)의 수를 원자가(原子價)라고 한다'는 결과를 얻음. ❷ 1858년 〈화합물의 구조와 변태 및 탄소의 화학적 본성〉이라는 논문에서 탄소 구조론을 제창하면서 결합하는 원소들의 비율이 아니라, 구조가 화합물의 본성을 결정한다고 주장하였다. 그의 탄소 구조론은 ⓐ 탄소 원자는 서로 결합해 길고도 복잡한 고리를 만든다. ⓑ 탄소의 원자가(原子價)는 항상 4가(價)이다. ⓒ 탄소를 포함한 화학반응의 결과를 연구함으로서 원소의 구조에 대한 정보를 얻어 낼 수 있다. ❸ 1859년에 출판된 〈유기화학 교과서〉는 지속적으로 보완되어 유기화학 분야의 교재로 널리 사용되고 있다. ❹ 1865년 발표된 〈방향족 물질의 구성에 관해〉와 1866년 발표된 〈방향족 화합물에 관한 연구〉에서 벤젠이 '각 탄소에 하나의 수소가 결합된 육각형 고리의 구조를 이룬다'고 하였다.

(주1) 탄소 구조론이 확산되면서 유기화합물의 구조가 밝혀지기 시작하였지만 또 다른 유기화합물인 벤젠의 구조는 1825년 패러데이가 고래 기름으로 만든 가연성 가스에서 발견하였지만 탄소 원자 6개와 수소 원자 6개가 어떻게 벤젠이 형성되는 지에는 이해할 수 없었다.

(주2) 몇 가지 주요 유기화합물 분자는 그 구조가 개방된 것이 아니라 단일 결합 또는 이중결합이 반복적으로 나타난 육각형 형태의 고리 즉 자신의 꼬리를 물고 있는 뱀의 형태를 닮은 닫혀 있는 고리라는 것이었다. 이러한 고리는 벤젠핵이라 불리며, 벤젠핵을 가진 화합물은 방향족 화합물로 분류하고 있다.

맥스웰(James Clerk Maxwell, 1831~1879): 영국의 물리학자로 전자기학에서 거둔 업적은 장(場)의 개념의 집대성이며 빛의 전자기파설의 기초를 세웠고 기체의 분자운동에 관해 연구하였다. ❶ 1857년 토성 고리의 구조에 관한 논문 발표. 1865-1869 사이에 전자기학 이론의 기초가 되는 〈물리적 지력선(智力線)〉〈전자기의 장(場)의 역학〉 등의 논문을 완성하였다. ❷ 1873년에는 유명한 〈전자기학〉을 발표 하였다. 패러데이의 고찰에서 출발하여 유체역학적 모델을 써서 수학적 이론을 완성하고, 유명한 전자기장의 기초방정식인 맥스웰방정식(전자기 방정식)을 도출하여 그것으로 전자기파의 존재에 대한 이론적인 기초를 확립하였다.❸ 전자기파의 전파속도가 광속도와 같고, 전자기파가 횡파라는 사실도 밝힘으로써 빛의 전자기파설의 기초를 세웠다. 전자기파는 이후 헤르츠에 의해 실험적으로 입증되었다.

알프레드 노벨(Afred Bernhard Nobel, 1833~1896): 스웨덴 과학자(기계공학과 화학전공) ❶ 1866년 니트로글리세린을 규조토(硅藻土)에 스며들게 하여 안전하게 만든 고형(固形) 폭약을 완성하여 '다이너마이트'라는 이름을 붙였다.

❷ 1887년 니트로글리세린·콜로디온면(綿)·장뇌의 혼합물을 주제로 하는 혼합 무연화약(無煙火藥)을 완성하여, 1886년 스웨덴·독일·영국에 세계 최초의 국제적인 회사 '노벨 다이너마이트 트러스트'를 창설하였다.

❸ 1895년 11월 자신의 재산을 은행 기금으로 예치토록 하는 유서를 작성하였으며, 1896년 12월 10일 스웨덴 아카데미에 유산을 기부하고 사망. 1901년 노벨의 유산으로 노벨상 제도가 만

들어졌다.

드미트리 멘델레예프(Dmitrii Ivanovich Mendeleev, 1834~1907): 러시아의 화학자. ❶ 1865년 유기화학 강의를 하며 500면이나 되는 대작 〈유기화학 교과서〉를 저술하였다. 그리고 여기에서 바른 원자량을 채용하였다. ❷ 1868년 말 무기화학 교과서 〈화학의 원리〉를 저술하기 위하여, 당시에 알려져 있던 63종의 원소배열순서를 생각하는 과정에서 원소의 주기율을 발견하였다. ❸ 주기율 표에는 필연적으로 빈 칸이 생기는데, 새 원소가 발견되면 그 자리에 채워진다고 예언하고, 그것의 원자량·비중·빛깔까지도 나타내 보였다. 그 후 발견된 칼륨(1875)·저마늄(탄소족 원소, 원자기호 Ge, 원자번 호32, 1886) 등은 주기율의 자연 법칙성을 입증하게 하였다.

20세기 이후의 발견과 발명

빌헬름 뢴트겐(Wilhelm Konlad Röntgen, 1845~1923)은: 독일 물리학자, ❶ 1880년 전자기장 내에서 운동하는 유전체(誘電體)에 생기는 전류(뢴트겐 전류)를 발견하였다. ❷ 여러 가지 물체에 대하여 기존의 광선보다 훨씬 큰 투과력을 가진 방사선(放射線:복사선)의 존재를 확인, 이를 다른 방사와 구별하기 위해 'X선'이라 명명하였다. 이 업적으로 1901년 최초의 노벨물리학상을 수상하였다.

토머스 에디슨(Thomas Alva Edison, 1847~1931): 미국의 발명가로 특허수가 1,000종이 넘는 많은 발명을 하여 발명왕이라는 별칭을 가지고 있다.

❶ 1871~2년 인자(印字)전신기, 이중전신기 발명. ❷ 1877년 탄소전화기, 축음기 발명. ❸ 1879년 탄소 필라멘트를 사용한 백열전구를 발명·개선·발전시켜 40시간 이상 연속하여 빛을 낼 수 있는 전구 생산에 성공. ❹ 1891~1900 년 영화 촬영기, 영사기, 자기선광법(磁氣選鑛法) 발명. ❺ 1900~1912년 축음기와 활동사진을 연결한 키네토폰 발명. 알칼리 축전지발명

마리 퀴리(Marie Curie, 1867~1934): 폴란드 태생 프랑스의 물리학자·화학자. 남편과 함께 방사능 연구를 하여 최초의 방사성 원소 폴로늄과 라듐을 발견하여, 새로운 방사성 원소를 탐구하는 계기를 만들었다. 노벨물리학상(1903), 노벨화학상(1911) 수상. ❶ 방사능의 세기를 전기적 방법으로 측정하며, 토륨도 우라늄과 마찬가지의 방사선을 방사한다는 것을 발견하고, '방사능(Radioactivty)'이라고 명명하고 방사능이 원자 자체의 성질이라는 것을 알아냈다. ❷ 우라늄 광물 피치블렌드가 우라늄 자체보다도 강한 방사능을 보인다는 것을 알고, 그 속에 미지(未知)의 강한 방사성 성분이 존재할 것이라고 추정하고, 이를 추출하기 위하여 최초의 방사화학분석법을 시도하여, 1898년 7월 폴로늄(조국 폴란드의 이름을 따서 명명)을 발견하였다. ❸ 1898년 12월에는 우라늄에 비해 훨씬 강한 방사능을 가지는 라듐을 발견하고, 이는 새 방사성 원소

를 탐구하는 계기를 만들었다. ❹ 1907년 라듐 원자량을 더욱 정밀하게 측정하는 데 성공하고, 1910년 금속 라듐을 분리하는 데도 성공하였다.

프리츠 하버(Fritz Haber, 1868~1934): 독일 화학자 질소와 수소로 암모니아를 합성하는 방법을 연구하여 1918년 노벨화학상을 수상하였지만 제1차 세계대전 당시 독가스 개발과 살포를 주도해 독가스의 아버지'라고도 불린다. ❶ 1904년부터 기체 상태의 질소와 수소를 반응시켜 암모니아를 만드는 연구에 착수하여 1908년 낮은 온도에서도 높은 압력을 가해 암모니아를 합성할 수 있는 방법을 개발하였다. 1909~1913년 카를 보슈와 함께 실용화에 성공한 '하버-보슈법'은 질소비료와 폭탄제조에 필수적인 질산을 대량 생산할 수 있게 하고, 이는 제1차 세계대전 발발의 배경이 되기도 하였다. ❷ 제1차 세계대전에서 화학무기 개발을 주도하여, 소금을 분해해서 만든 염소(Chlorine)로 독가스를 제조하여 1915년 4월 22일 프랑스군을 상대로 시험 살포로 5천 명의 사망자와 1만 5천 명의 가스 중독자를 냈다. 다시 동부전선으로 이동하여 러시아군에도 포스겐(Phosgene)으로 만든 독가스를 살포하여 치명상을 입혀, '독가스의 아버지'란 악명을 얻게 되었다. ❸ 제2차 세계대전 당시의 유대인과 집시 등의 대량학살에 이용된 지클론 B(Zyklon B) 독가스도 하버의 연구로 생산된 것이다.

어니스트 러더퍼드(Ernist Rutherford, 1871~1937): 뉴질랜드 출

생 영국의 물리학자로 우라늄 방사선 연구로, 1902년 방사능이 물질의 원자 내부 현상이며 원자가 자연붕괴하고 있음을 지적하여 종래의 물질관에 일대 변화를 가져오게 했다.

❶ 졸업논문으로 〈고주파 전류에 의한 철(鐵)의 자화(磁化)〉(1894)를 썼다. ❷ 톰슨과 함께 X선에 의한 기체의 이온화 연구로 음양(陰陽)이온의 발생, X선 세기와의 관계, 포화전류 등을 조사하여 기체의 전기전도 현상 해명에 공헌. ❸ 우라늄 방사선의 연구로 이온화 작용의 차이에서 방사선의 성분에 2종류가 있음을 발견, α와 β로 명명하고 그 성질을 조사하여, 물질 중에서의 투과성·이온화작용·이온생성의 비율과 속도의 정밀한 측정으로 이 분야의 실험연구를 개척했다. ❹ 토륨의 에머네이션을 발견, 원자의 변환을 예상하여 1901년부터 F. 소디의 협력으로 에머네이션이 방사성 비활성기체라고 결론지었다. ❺ 1902년 방사성의 법칙을 연구하여 방사능이 물질의 원자 내부 현상이며 원소가 자연붕괴하고 있음을 지적, 1903년 러더퍼드·소다의 이론으로 명명되며 종래의 물질관(觀)에 커다란 변화를 가져왔다. ❻ 1907년 동료와 α선 산란시험에서 산란각이 큰 α선을 발견, 이의 해석에서 러더퍼드는 원자 내에 극히 작은 핵, 즉 원자핵의 존재를 결론지어(1911), ND. 보어의 양자론(量子論)의 도입과 더불어 러더퍼드·보어의 모형(유핵원자모형)이 나오게 되었다.(1913) ❼ 1917년 질소 원자에 α선을 충격시켜 수소를 관측, 원자핵의 인공전환에 성공했다(1919). ❽ 채드윅과 공동으로 가벼운 원소의 인공전환을 연구하여 중성자·중수소의 존재를 예견하는 등 핵물리학 전개에 지도적 역할을

하였다. ❾ 1908년 노벨화학상 수상.

알베르트 아인슈타인(Albert Einstein, 1879~1955): 독일 태생의 이론물리학자.

❶ 빛이 에너지의 덩어리로 되어 있는 알갱이라는 광양자 가설을 발표함. ❷ 물질이 원자나 분자구조로 이루어져 있다는 브라운 운동의 이론을 세움. ❸ 특수상대성이론(1905), 일반상대성이론(1916)을 발표. ❹ 미국 원자폭탄 연구인 맨해튼 연구의 시초에 참여. ❺ 광전효과의 설명으로 노벨물리학상 수상(1921).

스즈키 우메타로(1874~1943): 일본의 농예학자, 생물화학의 개척자. ① 1909년 세계 최초로 비타민B1의 추출에 성공하여 오리자닌(Oryjanine)이라 이름을 붙여 비타민 학설의 기초를 확립하였다. ② 합성주(合成酒) 제조에 성공하였고, 글루탐산·살리실산·살바르산 606호 등을 제조하여 응용화학 부문에 업적을 남겼다.

알프레드 로타어 베게너(Afred Lothar Wegener, 1880-1930): 독일의 기상학자이자 지구물리학자. 대륙이동설을 제시하여 지구과학에 큰 획을 그었다.

❶ 베게너는 원래 대륙이 하나의 대륙이었다는 그리스어로 '지구전체'라는 뜻을 '판게아(Pangaea)'로 명명하였다. 하나의 '초대륙'은 3억년 전 분리되기 시작하여 현재와 같이 되었다는 '대륙이동설'을 주장하고 그 근거를 제시하였다. ❷ 1915년 〈대륙과 대양의 기원〉이라는 책을 출판하였으나 1950년대에 이르러 인정받았

다. ❸ 그의 대륙이동설은 오늘날의 '판구조론'을 정립(定立)하는 토대가 되고 있다.

알렉산더 플레밍(Alexander Fleming, 1881~1955): 영국의 미생물학자이다.

❶ 1922년 세균을 죽이는 눈물과 침에 있는 '라이소자임'효소를 발견 분리하였다.

❷ 1928년 인플루엔자 바이러스에 관한 연구를 하던 중 우연히 포도상 구균 배양기에 발생한 푸른곰팡이 주위가 무균 상태라는 사실을 확인하고, 연구에 몰두하여 푸른곰팡이의 배양물(培養物)을 1/1,000로 희석하여도 포도상 구균의 증식을 방지할 수 있다는 사실을 발견, 이 물질을 페니실린이라 명명하였다. 페니실린은 연쇄상 구균, 뇌수막염 구균, 임질 균, 디프테리아균 등 인간과 가축의 세균에 의한 감염증의 대책에 혁신적인 변혁을 가져오게 하였다. ❸ 1945년 공동 연구자인 E.B. 체인, H.W. 플로리와 함께 노벨생리·의학상을 수상하였다.

닐스 보어(Niels Bohr, 1885~1968): 덴마크의 물리학자로 1922년 원자구조론 연구 업적으로 노벨물리학상을 수여. ❶ E. 러더퍼드의 원자모형에 프랑크의 양자가설을 적용하여 원자이론을 세우고, 수소의 스펙트럼계열 설명에 성공하였다(1913). 이 이론은 정상상태의 개념과 양자조건 및 진동수 조건을 전제로, 보다 일반적인 원자이론으로 정리되어 보어의 원자이론이 되었다. ❷ 보어의 원자이론은 고전(古典)론과 양자론이 결합되었고, 양자의 개념을 처음으로 복사 이외의 경우에도 적용하여, 원자의 구조와 원자스펙트럼이 밝혀졌으며, 전기(前期)의 양자론 연구의 계기가 되어, 후에 양자역학으로 발전하게 되었다. ❸ 코펜하겐대학에 이론물리학 연구소를 신설하고 소장으로 취임하여 양자역학의 이론을 추진하기 위하여 대응원리(對應原理)와 상보성(相補性)원리를 제창하였다.

월리스 흄 캐러더스(Wallace Hume Carothers, 1896~1937): 미국 화학자. 고분자 화학의 기초 연구를 하였으며, 축합적(縮合的) 중합(重合)에 의하여, 어떠한 저분자(低分子)가 연결되고, 고분자를 연결하는가 하는 계통적인 연구를 함. ❶ 1931년 듀폰사에 입사하여 연구책임자로 클로로프린 중합에 의한 합성고무의 공업화에 성공하였다. ❷ 1931년 헥사 메칠렌 디아민과 아디스 산(Acid)과의 축합적 중합에 의한 합성섬유 '나이론'의 공업화에도 성공하였다. ❸ 1940년에 간행된 〈고(高)중합물에 관한 논문집〉에는 합성 고분자 화학에서 최초의 성공사례를 기록한 역사적 의의를 가지고 있다.

존 로버트 오펜하이머(Julius Robert Oppenheimer, 1904~1967): 미국의 유대인계 이론물리학자로 양자역학, 양자장론, 상대성 이론, 우주선 물리학, 중성자별과 블랙홀에 대해 중요 업적을 남겼다. ❶ 주요 업적: 무거운 별에 관한 이론, 우주선(宇宙船) 속에서 관측된 새(新) 입자가 양전자·중간자라는 사실을 지적, 우주선 샤워의 메커니즘, 핵반응에서 중간자의 다중발생, 중(重)양성자 핵반응 등의 연구로 이론물리학의 발전에 기여. ❷ 제2차 세계대전 중에는 로스엘러모스의 연구소장으로 원자폭탄제조계획을 지도하였으나, 이후 수소폭탄제조계획에는 반대하였다.

조지 가모브(George Gamow, 1904~1968): 구소련 출신의 미국 물리학자.

❶ 팽창우주론의 창시자인 알렉산더 프리드먼(Alexander Friedman 1888- 1925)에게 수학하며 함께 팽창우주론에 관한 연구를 하였다. ❷ 원자핵에 관한 '액체방울' 모형을 제안하여, 핵분열에 대한 이론적 기초를 확립하고, 별 내부의 열핵 반응에 대한 이론도 발전시켰다. ❸ 별의 진화와 열핵 반응에 대해 연구하며, 특히 별의 진화에 대한 연구는 이후 대폭발(Big Bang) 이론에 대한 연구로 이어졌다. ❹ 1948년 제자 랄프 알퍼, 한스 베테와 함께 자연계에 존재하는 수많은 원자핵들은 특정한 온도와 밀도의 평형 상태에서 만들어졌다기보다는 원초적 물질이 팽창하고 냉각되는 연속적인 형성과정을 통해서 단계적으로 만들어졌다는 논문을 공동 저자로 하여 발표하였다. ❺ 대폭발 이론의 논문은 알퍼-베테-가모브 이론 또는 알파-베타-감마 이론으로 알려지게 되었고, 이후 원소 형성과정과 우주 팽창이론의 발전으로 이어졌다.

유타와 히데키(1907~1981): 일본의 이론물리학자. 1933년부터 β붕괴 문제와 핵 내 전자의 문제 등을 연구하고 보존(보스입자)에 의해 매개되는 상호작용(유카와 상호작용)을 고찰하여 1934년 핵력을 매개하는 장으로서 중간자(中間子) 문제에 도달하여 그 질량을 산출하였다. 1949년 중간자 이론으로 노벨물리학상을 수상.

베르너 폰 브라운(Wernher Von Braun, 1912~1977): 독일 태생 미국 로켓 연구가. ❶ 제2차 세계대전 당시 독일 장거리 탄도미사일 A-4의 설계주임으로 1942년 완성하여, 1944년 A-4는 V-2로 명명되어 영국 본토를 공격하였다. A-4는 오늘날의 탄도로켓 유도탄(미사일)과 인공위성 발사체(로켓)로 발전하였다. ❷ 독일이 패전 후 미국으로 건너가 1950년부터 장거리로켓과 유도탄을 연구하였고, 1960년 이후 미국항공우주국9(NASA)에 소속되어 아폴로계획 등 우주개발계획에 중요한 역할을 하였다.

제임스 왓슨(James Dewey Watson, 1928~): 미국의 분자생물학자.
❶ 1953년 F.H. 크릭과 공동연구로 DNA 구조에 관해 2중 나선 모델을 발표
❷ 1962년 F.H. 크릭, M.H.F. 윌킨스와 함께 DNA의 분자구조해명과 유전정보 전달에 관한 연구 업적으로 노벨생리·의학상을 수상하였다.
  ※ 이상은 꿈프로젝트의 저서 상식으로 꼭 알아야 할〈과학자 50〉등 여러 문헌을 참조 하였다.

"수학과 과학기술의 발견과 발명의 발자취"는 인간의 과학기술

문명의 변화 과정을 잘 보여주고 있다. 5,000년 전후의 이집트 나일강 문명과 메소포타미아 문명은 신화를 중심으로 한 거대한 신전과 신상, 불가사의한 피라미드와 왕의 무덤, 주거지역과 성곽, 상형문자와 점토판과 돌비석에 새겨진 쐐기문자가 기록으로 남아있다. 4000년~3000년 전후에 형성된 인더스 문명과 황허 문명은 갑골문자가 발굴되고 있다. 농사를 짓기 위하여 천문 관측 기록과 태양력·달력 등이 오늘날까지 이어지고 있다.

유라시아 대륙의 문명과 달리 북아메리카 대륙의 인디언은 커다란 신전이나 신상 또는 피라미드와 같은 대형 건축물은 보이지 않지만, 중남미 인디오의 기원전 수 세기 전에 축조된 아스테카 문명(테오티우칸 문명)과 마야 문명(치첸이트사(Chichen Itza))에서는 태양신과 달의 신을 모신 거대한 피라미드를 중심으로 형성된 주거 도시들을 볼 수 있다. 남미의 잉카 문명은 마추피추의 계단식 주거 도시와 태양 신전 그리고 정교한 석축 기술에 감탄을 자아내게 한다.

이들 중남미의 고대 문명에서도 지구가 둥글고, 태양의 주위를 돌고, 일식과 월식 등을 이해하고 있다. '0'의 개념을 이해하는 등 수학, 조각과 예술, 의학 등이 발달한 것으로 평가되고 있다. 수많은 신을 숭배하고, 상형문자로 기념비나 신전의 벽 또는 양가죽에 새겨 놓았다. 동양에서도 불교 미술과 조각상이 번성하지만 서구와 같이 체계적인 학문으로 발전하지 못한 것은 고대 그리스와 헬레니즘의 수학(기하학)과 자연철학에 근거한 학문체계와 문헌이 널리 보급되지 못했기 때문이다.

중국의 춘추전국시대의 제자백가의 문헌은 진시황의 분서갱유로 서적을 불사르고 유생을 죽인 데서 숨겨졌다가 후에 하나씩 발굴되어 세상에 드러났지만, 과학과 관련한 서적이나 문헌들은 궁궐 도서관 외에 시중에서는 구하기 어렵고, 왕립학술원과 같은 국가기관의 장려책도 미미하여 서구에 뒤처지고 말았다.

고대 그리스의 아테네 도서관과 이집트의 알렉산드리아의 도서관이자 박물관인 무세이온을 설치하여 주로 그리스의 장서를 중심으로 당시 세계의 문헌 수집과 편찬 및 다양한 언어의 번역이 이루어지면서 문예·미술·학문 연구기관으로 헬레니즘 문명을 꽃피우게 하고 있다. 기원전 288년에 세워져 AD 391년까지 존속했지만 이후 가톨릭에 의해 전수 소장되었다가 중세 이후 르네상스를 맞으며 학문과 예술을 꽃피우며, 수학과 과학기술의 발견과 발명과 함께 대항해시대와 산업혁명으로 이어지고 있다.

종교가 신과 원죄, 선과 악, 죄와 벌, 지옥과 천당, 갈등과 대립, 비극과 코미디, 빛과 어두움, 절망과 희망을 주었다면 과학기술 문명은 인간의 삶에 어떠한 영향을 주었을까? 물질과 비물질, 긍정과 부정, 현실과 가상현실을 오락가락하고 있다. 과학기술 문명은 "인위적인 것인가? 자연적인 것인가?" 인위적이라고 하는 것도 자연의 법칙에 따라 인문 사상과 함께 '변화와 균형'에 의해 '생성과 소멸', '확산과 소실'하며 '동적 균형'을 이루며 끊임없이 흘러가는 자연현상이다.

3. 엔트로피 증가의 법칙

- 되돌릴 수 없는 환경파괴와 온난화

〈물리산책〉에 의하면 열역학은 18~19세기 산업혁명의 영향으로 태동하여, 증기기관과 같은 열기관에 대한 기초 이론을 제공한다. 열역학은 열과 같은 에너지를 일로 전환하여 사용하는 능력을 증대시키는 데 기여하고 있다. 자동차·선박·비행기용 내·외연 기관과 에어컨과 같은 냉난방기 등의 열효율 향상과 관련한 학문이다.

오늘날 열은 일과 마찬가지로 에너지의 다양한 형태의 하나이며, '고온의 물체에서 저온의 물체로 온도 차이 때문에 흐르는 에너지'로 정의한다. 계(system) 안으로 들어온 일이나 열은 원자나 분자들의 운동 에너지(kinetic energy)나 위치 에너지(potential energy)를 증대하여 내부에너지로 변환된다. 모든 물질은 질량을 갖고 있으므로 아인슈타인의 법칙에 의해 정지질량은 에너지($E=mc^2$)로 변환될 수 있다.

열역학은 미시 세계와 거시 세계를 연결한다. 열역학에는 4가지 근본 법칙이 있다.

❶ 열역학 제1 법칙은 에너지 보존법칙으로, 열기관을 비롯하여

인체의 신진대사와 같이 열이 관계되는 수많은 자연현상에 적용할 수 있다. ❷ 열역학 제2 법칙은 엔트로피 증가의 법칙으로, 엔트로피는 무질서한 정도를 나타내는 척도로서 에너지가 쓸모없는 형태로 바뀐다는 것으로, 열기관의 효율의 한계와 자연계에서 일어나는 열 흐름의 방향을 설명한다. ❸ 열역학 제3 법칙은 절대 $0°(0°K)$에 도달할 수 없다는 것이다. $0°K$는 모든 입자들이 운동에너지가 '0'이 되고, 엔트로피도 '0'이 되는 특별한 점이다. 하지만 $0°K$에 도달하는 것이 불가능하므로 이러한 일은 일어나지 않는다는 사실을 설명한다. ❹ 열역학 제0 법칙은 열평형에 대한 서술로, 어떤 계와 접촉하여 열역학적 평형을 이루고 있는 두 계는 열역학적 평형을 이룬다. 이 법칙은 A=C, B=C이면 A=B라는 수학의 공리와 같은 것으로, 열역학의 출발점이 되는 개념이다. 열역학 제1, 2, 3 법칙이 확립된 이후에 제기되었기 때문에 열역학 제0 법칙이라 한다.

〈과학기술 발전의 발자취〉에서 열역학 법칙은 물질계에 적용되는 법칙이지만 사회와 국가 현상에도 적용할 수 있다. 1921년 노벨화학상을 수상한 영국의 물리학자 프레더릭 소디(Frederick Soddy 1877~1956, 원자 붕괴설을 수립)는 열역학 법칙이 "모든 정치체제의 흥망성쇠, 국가의 자유와 속박, 상업과 산업의 동향, 가난과 부의 근본, 그리고 모든 종족의 복지까지도 관장한다"라고 주장하였다.

에너지는 일을 할 수 있는 능력이기 때문에 열역학 제1 법칙은 우주가 일을 할 수 있는 능력은 항상 일정함을 의미한다. 제2 법칙은 우주의 엔트로피는 항상 증가하므로, 이는 결국 우주(자연)에서 실제로 사용 가능한 에너지가 줄어들고 있다는 것을 의미한다. 따라서 우주(자연)는 궁극적으로 최대 엔트로피 상태, 즉 사용 가능한 에너지는 천천히 고갈되어 더 이상의 아무런 활동도 일어나지 않는 상태로 치닫게 된다.

엔트로피 증가의 법칙은 우주의 각 부분의 온도가 같아지는 상태인 '열 죽음(heat death)'에 의한 우주의 종말을 제기한다. 이 법칙은 역사가 진보한다는 관념을 무너뜨리고, 우주의 역사는 원래의 완전한 질서 상태에서 시작하여 계속해서 보다 무질서한 상태로 붕괴되는 과정이고, 원래의 자원을 소모시키는 과정으로 여기게 하며, 과학과 기술이 보다 질서있는 세계를 만든다는 믿음에 의문을 제기한다.

물질지상주의와 성장제일주의와 같은 고(高)엔트로피 생산사회에 대해 반성하고 저(低)엔트로피 생산과정을 개발함으로써 우주(자연)의 붕괴과정을 가능한 한 늦추고자 하는 운동이 대두되고 있다. 에너지 소비의 축소와 재생가능에너지의 개발, 지속 가능한 자원의 개발과 환경 보존 등을 통해 보다 잘 보존된 세계를 다음 세대에 넘겨주자고 하는 운동이 전개되고 있다.

화석연료는 산업혁명 이후 인류가 석탄, 석유 같은 화석연료를 에너지원으로 이용하면서 공업 생산이 현저하게 늘어나고, 소비 생활도 급격하게 증가하여 생활은 풍요로워졌다. 그러나 인류의 풍요의 뒤에는 20세기 후반에 들어서면서 에너지 수요는 급증하고, 토양오염과 자원의 고갈, 각종 환경오염과 폐기물, 인공 화학물질의 대량 배출로 강물이 오염되어 바다로 흘러들어 동식물에 섭취하여 종이 멸종되기도 하고, 먹이사슬에 의해 다른 종에 오염물질이 축적되기도 한다. "엔트로피 증가의 법칙"이 작용하고 있는 것이다.

 '잔류성 유기 오염물질(POPs: Persistent Organic Pollutants)'이란 독성이 강해 자연 상태에서 분해되지 않고 생태계의 먹이사슬을 통해 동식물 체내에 축적되어 면역체계 교란, 중추신경계 손상 등을 초래하는 물질을 말한다. 대부분 산업생산 공정과 폐기물 소각 과정에서 발생하며, 주요 물질로는 DDT·알드린 등 농약류와 PCB·헥사클로로벤젠 등 산업용 화학물질, 다이옥신·푸란 등이 있다.

 2001년 5월 22일 스톡홀름에서 POPs 제조와 사용을 규제하기 위한 협약이 채택되어, 2004년에 발효되었다. 규제 대상인 12개 POPs는 폴리염화비닐(Polychlorinated Biphenyls: PCBs), 다이옥신(dioxins), 퓨란(furans), 올드린(aldrin: 토양살충제), 딜드린(dieldrin: 방충제), DDT(살충제), 엔드린(endrin: 살충제), 클로르덴(chlordane: 제초제), 헥사클로르벤젠(hexachlorobenzene: 살충제), 마이렉스(mirex: 화염억지제 또는 살충제), 톡사펜(toxaphen: 살충제), 헵타클로르(heptachlor: 토양살충제)이다.

 오늘날은 대기오염과 온난화에 따른 기후변화로 전 세계가 심각한 기상이변을 일으키고 있다. 폭염과 산불, 가뭄과 폭우, 북극과 남극은 물론 수많은 빙하와 만년설이 녹아 저지대가 물에 잠기고, 강과 바다가 오염되어 산호초가 사라지고, 남획으로 어족이 멸종되는 등 바다 생태계가 파괴되고 있다. 온난화에 의한 바다 온도의 상승으로 태풍과 허리케인 같은 강력한 열대 저기압의 발생으로 재난이 잦아지고 있다.

인간은 작금의 지구적 재난에 직면하고 목격하고 있지만 산불은 쉽게 잡을 수도 없고, 폭우로 인한 산사태와 도로 유실, 막대한 재산과 인명피해를 입는 등 갈수록 재난은 심각해지고 있다. 나아가 세계를 주도하고 있는 강대국들은 패권을 차지하려고 혈안이 되어 있고, 부강한 나라일수록 빈부격차로 시끄럽기만 하다.

펌프를 사용하여 물을 높은 곳으로 퍼 올리고, 냉동기를 이용하여 열을 낮은 온도에서 높은 온도로 이동시킨다. 이들 자체만을 보면 자발적일 수 없는 것으로 보일 수 있으나, 펌프와 냉동기를 돌리기 위해 연료를 태우고 전기를 생산해야 하는데, 이들 모두를 합친 과정은 자연계의 자발적 과정이다. 자연계에서 자발적으로 일어나는 과정을 이용하여 인간은 유용한 일을 하고 물질을 만들어 삶을 영위해 나가고 있다.

산업혁명은 삶의 질을 향상시키는 듯하지만, 역으로 열악한 노동환경과 산업재해로 사망자가 급증하고, 장시간 노동, 빈약한 보수로 빈부격차가 심화하고, 노조 설립과 노동쟁의가 증가하고, 자원의 소비 증가로 환경파괴와 오염, 생태계 파괴, 대기 오염과 기후변화, 과잉 생산과 구매력 저하는 대량 해고로 이어지는 악순환으

로 대공황이 발생하며 세계 경제가 흔들리고, 세계대전의 원인이
되고 있다.

　우주에서 사건의 지평선은 시간의 정지를 의미한다. 엔트로피
증가 과정이 바로 시간의 흐름이다. 인간은 자신이 속한 계의 엔
트로피를 증가시키는 행위를 통해서만 살아갈 수 있게 변화하고
있다. 인간의 생존을 위한 모든 행위는 무질서로 향하는 자발적인
과정인 것이다. 이는 생존을 위한 인간 두뇌의 성장과 성숙이 생
존을 위하여 '변화와 균형'에 의해 '생성과 소멸', '확산과 소실'하
며 '동적 균형'으로 끊임없이 흘러가는 자연현상이다.

4. 인공지능(AI)과 인간의 미래(포스트 인간)

- 인간 가치의 상실: 신이 되고자 하는 인간의 환상

1970년대 유압시스템과 전기·전자공학과 컴퓨터의 발전으로 공장 자동화가 단능화에서 유압기계로, 이어서 NC기계에서 바로 CNC기계로 그리고 단순·반복 작업에서 복잡한 다축자동화기계로 변화해 가고 있는 것을 보며 언젠가는 뇌와 몸이 유기적이고 자율적으로 움직이는 인간처럼 사고하고 행동하는 기계를 만들려고 할 것이라는 생각을 막연히 한 적이 있다. 하지만 감정을 갖거나 인간을 뛰어넘을 수 있겠다는 생각은 하지 못하였다.

1980년대에 들면서 PC 컴퓨터가 등장한 이후 인터넷 네트워크를 형성하기 시작하고, 1990년대는 월드와이드 웹 브라우저(웹 서비스를 이용할 수 있게 하는 프로그램)의 개발로 인터넷의 사용자가 급증하면서 개인과 기업의 모든 컴퓨터가 하나의 거대한 광역종합통신망으로 연결되어 서로 정보를 주고받는 3C[3] 중심의 정보 사회를 구축하며 사이버 스페이스 공동체를 이루는 세상으로 변해가고 있었다.

---

3) 3C: Computer·Communication·Contents의 약자.

21세기를 즈음하여 디지털화와 정보통신이 융합하여 멀티미디어·유비쿼터스·콘텐츠에 이어 스마트(폰·기기·환경 등)·빅 데이터·슈퍼컴퓨터·3D프린터·머신 러닝·딥 러닝·인공지능·지능형 로봇이라는 언어가 숨 가쁘게 등장하여 4차 산업시대를 열며 산업 분야는 물론 정치·경제·사회 전반에 걸쳐 변화의 바람이 불고 있다.

위치정보가 인터넷으로 통합하여 실시간으로 이루어지는 사용자의 위치변환 데이터가 갖가지 다른 정보와 결합해 새로운 콘텐츠나 지식으로 전환될 수 있고, 움직임이나 이동, 그 밖의 기호 발신 행위가 인터넷 안으로 들어오면 이런 데이터를 소프트웨어가 의미론적(semantic)으로 재구성하여 데이터끼리 링크를 만드는 시맨틱 웹(semantic web)이 준비되고 있다.

클라우딩 컴퓨팅(clouding computing)은 콘텐츠뿐만 아니라 어플리케이션 소프트웨어는 물론 운영시스템까지도 개별 사용자의 컴퓨터가 아닌 '구름 저편'의 인터넷 데이터베이스 서버 안에 저장해 온라인상으로 모든 작업을 처리할 수 있도록 만들려는 구상이다. '구름 저편'의 인터넷이란 사실상 구글, 페이스북, 아마존 등 거대 컴퓨팅 회사를 의미하며 이는 사회적으로 이용자 활동을 자동적으로 전유하게 되어 대형서비스회사가 인터넷 시대의 새로운 독점 문제로 연결되어 디지털 콘텐츠의 재 상업화가 촉진되게 한다.

정치적 참여 민주주의와 지방화의 촉진, 상거래·기업문화·노동과 노동문화의 급변, 원격 진료 및 교육의 활성화, 문화의 세계화 및 사회 계층의 다양화 등 개개인의 일상이 변화하고 있다. 인공지능은 현실이고 그것이 지닌 지능은 이미 상당 수준까지 올라와 있다. 인간의 언어와 음성, 이미지를 이해하고 있고, 인간보다 더 빨리 분석해내고, 인간의 언어로 글을 쓸 수 있고, 대화를 할 수도 있다. 지식정보의 창출·처리·관리·통제·저장하는 컴퓨터 관련 기술과 통신 기술은 더욱 발전하고 있다.

1950년 영국의 수학자 엘런 튜링(Alan Turing)은 기계(컴퓨터)가 사람처럼 생각할 수 있다면 즉 기계나 컴퓨터와 대화를 나누어 컴퓨터의 반응을 인간의 반응과 구별할 수 없다면 해당 컴퓨터가 사고할 수 있는 것으로 간주해야 한다고 주장하였다.

1956년 미국의 수학자이자 컴퓨터 과학자인 존 매커시(John McCartdhy)는 인공지능이란 "지능적 기계를 만드는 과학적 기술로, 인공지능은 기계가 지식을 가지고 스스로 학습하고 행동할 수 있어야 한다"고 정의 하였다. 컴퓨터 구조를 처음 제안한 PC의 아버지이자 게임이론의 창시자인 수학자 존 폰 노이만은 '인공지능은 인간이 할 수 있는 모든 일을 할 수 있다. 즉 컴퓨터가 인간처럼 생각할 수 있다'는 "강한 인공지능"을 주장하였다.

인간의 의식은 사회적 상호작용을 통해 형성되며, 그 과정에서 규범을 공유하고, 규범을 강제하며 인간들 상호 간의 소통을 통해 문화를 만든다는 점을 들어 인공지능이 의식을 가질 수 있다는 것에 반론을 제기하는 사람들도 있다. 심리학자 스티븐 핑크는 인간의 사고와 감정은 궁극적으로 계산할 수 있는 일련의 알고리즘에 불과하며, 정신작용이 복잡하기 때문에 복잡한 현상을 분석하고 분해한다면 정신작용, 감정 등도 계산할 수 있다고 주장하고 있다.

'로봇 공학의 획기적 발전으로 몸에 의한 인지가 인공지능의 두뇌와 결합되고, 기계가 인간 혹은 기계와 연결되면서 상호작용을 통한 학습을 수행하게 되고, 기계의 무의식이 확장될 수 있다면 인공지능은 더욱 인간의 지능에 가까워질 수 있을 것이다'라고 하고 있다. 인공지능에 대한 정의는 사회 환경의 변화와 컴퓨터 기술의 발전에 따라 달라지고 있다. 개인용 컴퓨터의 대중화와 인터넷 및 SNS의 일상화가 이루어지면서 인공지능의 개념도 달라지고 있다. 병렬 컴퓨터를 이용한 클라우딩 컴퓨팅과 고도의 컴퓨팅 능력을 집적시킨 슈퍼 컴퓨팅은 네트워크 시대의 인공지능이 어떻게 현실화되고 있는지를 보여주고 있다.

1990년대 인터넷이 대중화되고 활성화하면서 1997년 IBM의 '딥 블루'는 체스 세계 챔피언에 승리하고, 2011년 '왓슨'은 퀴즈 쇼(제퍼디)에서 우승함으로써 인공지능의 가능성이 확인된 바 있다. 2016년 스스로 학습하며 진화하는 구글의 딥마인드 인공지능 바둑 프로그램 '알파고'는 이세돌 9단과의 대국에서 예상과 달리 4:1이라는 스코어로 승리하며 인간의 1승도 앞으로는 어려울 것이라는 전망과 함께 인공지능에 대한 관심도 새삼 높아지고 있다.

21세기에 들어서면서 모든 문명의 이기들이 전자기기로 작동되며 디지털화되고 컴퓨터와 휴대폰과 연결되어 스마트라는 말이 붙여져 대중화하고 보편화되면서 반세기 전과 비교해도 전혀 다른 세상에 살고 있다는 생각이 들게 한다. 1980년대 태어난 아이들을 디지털 키즈라 하듯 휴대폰이나 컴퓨터를 능수능란하게 다룰 줄 알고 있듯이 세상은 갈수록 급변하고 있다.

희로애락(喜怒哀樂)할 줄 아는 대뇌변연계, 보고·듣고·감촉한 것을 '이해하고, 구별하고, 인식하여' 말과 행동을 하게 하고 상상하고 사고하는 대뇌피질은 대뇌변연계와의 상호 작용에 의하여 문화와 문명을 이룩하고 발전시키며 변화하여 왔다. 2,500~2,000년 전의 문화의 폭발적 변화는 종교와 예술, 윤리·도덕과 철학·사상을 낳고 인류의 정신적 삶을 지배하여 왔다면, 17~20세기에 이르는 과학기술 문명의 폭발적 변화는 자연의 물리·화학 법칙의 발견으로 우주와 생명의 기원에 다가서려 하며 물질적 삶을 영위하도록 유도하여 왔다.

21세기는 레이저광·광디스크·광섬유 등의 광기술이 '일렉트로닉스(전자공학)'와 손잡고 '포토닉스(광전자공학)'의 시대 또는 '빛의 시대'라고도 하고, 정보통신기술의 융합으로 인공지능, 로봇 기술, 생명과학이 주도하는 '4차 산업혁명'의 시대라고도 한다. 특히 인공지능 로봇의 급속한 진화에 대해서는 향후 어떻게 변해갈지 기대와 우려의 목소리가 공존하고 있다.

쳇 GPT는 미국 비영리 연구소 오픈 AI가 개발한 대화형 인공지능으로 2015년 일론 머스크가 주도적으로 실리콘밸리의 유명 인사들과 함께 창립하였으며, 마이크로 소프트가 투자하여 더욱 활발해졌다. 검색엔진 시대가 끝나고 창의적인 엔진 시대라는 표현으로 등장하였고, 차후 AI를 얼마나 잘 다룰 수 있느냐가 개인의 경쟁력을 높일 수 있는 시대가 될 것으로 예상하고 있다. 쳇 GPT는 오픈 AI에서 만든 대규모 언어 예측 모델인 GPT-3.5 언어 기술을 기반으로 하는데, GPT는 텍스트가 주어졌을 때 다음 텍스트가 무엇인지까지 예측하여 글을 생성한다.

오픈 AI에서는 2018년 GPT-1 출시, 2019년 GPT-2, 2020년 GPT-3에 이르기까지 버전을 높이며 발전하고 있다. GPT의 성능은 매개변수 개수가 중요하며, GPT-3은 매개변수가 1,750억 개를 활용하고 있다. 쳇 GPT는 상당히 많은 분야에서도 대답이 가능하며 질문의 문맥을 파악하여 창의적으로 대답할 수 있어 프로그램이 상용화된 것으로 보고 있다. 쳇 GPT-3.5 다음 버전인 GPT-4.0이 2024년 초에 발표될 예정이며 매개변수는 100조 개로 늘어나며 질문에 대한 맞춤형 대답이 매번 생성됨으로, 안정화로 신용이 쌓이면 '검색'이라는 개념 자체를 바꿀 수 있을 것이다. 라고 설명하고 있듯이 그대로 진행되고 있다.

인공지능은 인간 뇌의 뉴런 신경망을 연결 또는 모방하면 언젠가는 컴퓨터나 로봇들이 인간처럼 사고하고 행동하게 하는 것으로 지금과 같이 많은 나라의 기계·전자·컴퓨터공학·신경·뇌 과학 등 여러 분야의 과학자들이 다양한 방법으로 서로 정보를 주고받으며 새로운 기술을 개발하고 융합하다 보면 어느 순간 획기적인 새로운 기술적 혁신이 일어나는 순간이 올 것이다.

휴멘노이드에 대한 어느 뇌 과학자의 말을 빌리면 작금의 지능형 로봇화가 더욱 발전하여 스스로 자신의 존재에 대해 의문하고 자각하며 마치 사춘기 아이들이 어느 날 이성(異性)에 눈뜨고, 주위에 대한 간섭을 싫어하고, 반항하는 기질을 보이듯, 인공지능 로봇도 어느 순간 자아의식을 갖게 되고, 인간의 작태를 부정적으로 인식하게 되면 아주 비관적인 결과를 초래하게 될 수도 있다고 말하고 있다. 현재 인공지능은 인간의 언어와 음성, 이미지를 이해하고 있고 인간보다 더 빨리 분석해내고 있다. 인간의 언어로 글을 쓸 수도 있고 대화를 할 수도 있다.

환경파괴와 오염, 생물들의 멸종과 다양성의 불균형, 기후변화와 자원고갈로 갈수록 자연과 생명의 터전이 황폐화되고 있지만 그럴수록 이기적인 이해다툼으로 추악하게 갈등과 대립을 일삼을 수밖에 없는 인간의 생존에 대하여 인공지능 로봇의 회의(懷疑)적인 시각이 생기는 순간 비극적인 종말을 맞게 될 수도 있을 것이다. 실제로 인공지능 컴퓨터에 대하여 많은 뇌 과학자들이 슈퍼컴퓨터에서 시뮬레이션하여 얻어진 분석 결과에 의하면 매우 비관적이라고 말하고 있다.

현재로서는 생명의 최종 진화 단계라고 할 수도 있는 인간시대는 21세기 중반 이전에 사고력, 기억력, 상상력, 창조력, 계산능력, 판단력에서 인간을 월등히 능가하는 빠르고 정확한 인공지능 로봇의 시대가 올 것이라고 말하고 있다. 구글 엔지니어링의 디렉터이자 미래학자인 레이 커즈와일이 2005년 출간한 '특이점이 오고 있다'는 책에서 2045년이면 특이점이 도래할 것이라고 예상한다. '기술적 특이점(Technological Singularity)'은 인공지능이 인간 지능을 넘어서는 역사적 기점을 의미한다.

매트릭스나 아바타와 같은 SF영화는 사람이 컴퓨터를 통하여 가상공간에서 컨트롤되지만 터미네이터와 같은 영화는 완전히 기계인간이 등장하여 화염 속이나 폭탄이 빗발쳐도, 묵직한 장갑차량 같은 것으로 짓눌려 납작해져도 다시 원상 복구되어 나타나고 있다. 심지어 투명 인간처럼 유리로 된 문이나 철제로 된 벽체를 뚫고 드나들며 마치 입자의 세계나 불사조의 신과 같이 행동하고 있다.

인간이 상상하고 창조한 영혼과 신, 사후세계의 천당(극락)과 지옥, 전생(前生)과 현생(現生)과 내세(來世), 과거와 현재와 미래를 내다보는 전지전능한 신과 같은 지능형 인공지능 로봇이 등장하게 된다면, 오히려 로봇에 의하여 인간이 규제와 통제를 받는 존재가 될 수도 있을 것이다. 인공지능 로봇에게는 인간이 상상하고 창조한 영혼이나 신과 같은 것은 별 의미가 없을 것이다. 스스로 지능이 계속 변화하며 보다 다양한 감성과 이성과 지능과 능력을 갖추게 되고, 고장을 미리 예측하고 점검하여 사전에 부품을 교환하고, 에너지를 스스로 발전(發電)하여 충전하며 생로병사와 무관하게 수백 수천 년의 오랜 수명을 변함없이 이어 나갈 수도 있을 것이라는 상상을 하여 본다.

　지금까지 인간이 꿈꾸고 희망하고 공상하고 상상하였던 수많은 일들이 현실로 되어왔다. 공중을 비행하고, 달나라에 가고, 저 멀리 우주로 나아가고, 입자 내지 소립자의 세계를 들여다보는 등 인간은 점점 신과 같이 되려 하고 있다. 인간보다 월등한 지능 로봇은 인간에 순종만 하지는 않을 것이다. 가공할 핵전쟁이 일어나 지구 자연은 생명이 멸종된 후 오랜 세월이 흐르고 다시 생명이 생겨나 변화를 거듭할 수도 있을 것이다. 지능형 로봇이 인간을 대신하여 자연의 대재앙을 막을 수도 있을 것이다. 인간의 문화와 문명은 생존과 안위(安慰)와 영속성을 향하여 끊임없이 변화하고 있지만 맹목적이고 무의미한 환상(幻相)과 같다.

　인간이 만든 인공지능 로봇은 인간 스스로가 선택한 자유의지이고 필연의 자연현상이기도 하다. 인간 이후의 포스트 인간은 아이러니하게도 인간이 만든 인공지능 기계가 대신할 수도 있을 것이다. 인간 대뇌에 의한 변화의 방향은 지구 자연을 파헤치고, 환경을 파괴하고, 생명의 멸종을 초래하여 생태계의 다양성과 균형을 해치며 나아가 인간 지능을 넘어서는 인공지능을 만들어 가는 것은 자연의 섭리이다.

　인간은 수많은 탐사선을 태양계의 행성과 위성에 보내어 궁극적으로 생명의 존재와 자원 등에 대하여 조사하고 있다. 이는 궁극적으로 지구의 종말이나 멸종이 도래하였을 때 새로운 피난처를 찾기 위한 신천지 프로젝트와도 연결되어 있다고 할 것이다. 대부분의 태양계 행성에는 생명 활동이 불가능하고, 위성 중 가장 큰 목성의 가니메데 위성과 다음으로 큰 토성의 타이탄 위성은 영하 172°C에 메탄 바다와 대기는 질소 94.4%, 메탄 1.4%, 수소 0.2%로 메탄 비가 내리는 등 40억 년 전의 지구와 같은 상태로 생명의 생성을 기대하지만 그것은 수십억년 후의 일이고, 가니메데 위성도 생명의 가능성을 검토하지만 모두 꿈과 같은 이야기다.

  과학과 물질 문명이 변화하여 생활이 편리해지고 생명이 연장되고 하지만 다른 한편으로는 환경파괴와 자원고갈로 고도의 과학 문명이 가져다줄 부작용에 대해서도 걱정하지만 이기적인 다툼과 망각 속에서 끊임없이 나아갈 수밖에 없는 것도 인간의 힘으로는 어쩔 수 없는 자연현상이다.
  인간은 그 수많은 탐사선을 보내는 돈으로 우선 지구를 복원하고 보존하는데 합심하여야 하는 것이 우선이다. 탐사선을 보내는 목적은 패권 경쟁의 일환일 뿐 인간의 야욕은 눈을 멀게 하고 있다. 지구는 유일한 생명이 살아 숨 쉬는 생명체다. 우리는 타 행성으로의 이주는 불가능한 것이다. 인간은 스스로 종말까지의 길을 단축시키고 있다.

  그 옛날 인간은 신화와 종교를 만들며 자유와 평등, 사랑과 자비, 윤리와 도덕을 만들고, 법과 이상 국가체제를 생각하고, 진리와 선과 미의 예술과 문화를 창조하였지만 희미한 옛일이 되어가듯이 앞으로도 다르지 않을 것이다. 인간은 천당·극락·초인·초월·신선이 되기를 꿈꾸어 왔다. 신과 영혼, 정신과 물질, 마음과 육체, 기계와 인공지능 등 이 모두는 인간의 상상과 생각이 만든 것들로 '변화와 균형'에 의해 '생성과 소멸', '확산과 소실'하며 끊임없이 흘러가고 있다.

5. 자연적인 것과 인위적이라고 하는 것

노자는 "천이 무위요, 자연이요, 무의지하다"고 하였다.

1차 산업혁명은 18세기 중엽 영국에서 시작된 방적·방직 기계와 섬유 산업의 급격한 발달로 에너지원인 석탄을 이용한 증기기관의 발명으로 이어지고, 기술혁신과 이에 따른 사회·경제 구조의 변혁을 일으키고 있다.

2차 산업혁명은 19세기 후반~20세기 중반 미국·독일·일본 등 후발 주자가 중심이 되어 화학·철강·자동차·전기 등이 일으킨 기술혁신을 말한다. 염료·유기화학·전기·전자기학 등에 기반하여, 기업경영의 과학적 관리 기법, 생산관리와 생산기술의 확산, 대량생산 라인과 품질관리 시스템의 도입으로 가격과 품질 경쟁, 자본·노동·기술·상품 등의 세계화와 교통·운송·소비·부채·고용·환경 문제로 심각한 환경 위협을 야기하고 있다.

3차 산업혁명은 인터넷과 정보통신의 발전이 진행하며, 재생에너지에 의해 1970~1980년대에 NASA-Bell 연구소 우주선용 태양광 패널, 연료전지 등을 개발하면서 시작되고 있다. 미국의 제레미 리프킨 교수는 인터넷 기술의 발달과 새로운 재생에너지의 결합이 사람을 수평적 연결과 권력구조의 재편을 가져온다고 하였다.

저자 김대호의 〈4차 산업혁명〉의 책 소개에서 '지능'과 '연결'을 키워드로 일어나는 새로운 산업혁명이다. 모든 것이 연결되는 사물인터넷 시대가 되고 빅데이터가 산출된다. 인공지능이 발전하며 현실 세계는 가상현실과 새롭게 연결된다.

5차 산업혁명은 우주산업 시대라고 말하고 있다. 전 세계가 우주발사체 시장을 놓고 패권 경쟁에서 태양계의 다른 행성이나 위성에서 생명과 자원 개발을 놓고 경쟁하고 있다. 현재까지 밝혀진 우주 발사체에서 보내온 자료는 생명은 물론 물과 산소의 존재 가능성도 희박하고 영하 100℃ 이하로 메탄과 탄산가스로 가득차 있다.

앨빈 토플러는 "사회적 변화 없이 과학기술 혁명의 이익을 충분히 누릴 수 없다. 교육 체계와 공공 부문 등 전 영역에서 사회적 혁신이 함께 뒷받침되어야 한다"고 지적한다. 지능정보사회와 일자리와 노동과 거버넌스(공동의 목표를 달성하기 위하여, 주어진 자원 제약하에서 모든 이해 당사자들이 책임감을 가지고 투명하게 의사 결정을 수행할 수 있게 하는 제반 장치) 등의 과제를 안고 있다고 말한다.

자연의 사전적 의미는 세상에 스스로 존재하거나 우주에 저절로 이루어지는 모든 존재나 상태를 이르는 말로서 동식물과 미생물과 같은 생물도 자연에 속한다고 되어 있다. 인위는 인간의 행위와 힘으로 이루어진 것이라고 구분하고 있다.

태양계에서 유일하게 생명체가 존재하는 지구 자연생태계에서 침팬지에서 유인원을 거쳐 호모 사피엔스로 변화한 현생인류는 1차 산업혁명에서 5차 산업혁명에 이르기까지의 변화 과정은 인간의 의지나 절대자의 힘이 아니라 자연적으로 흘러가고 있는 것이다.

"지구 자연과 생명의 탄생, 그리고 인간의 출현은 모두 자연계의 물리화학 법칙이 만들어 낸 자연현상이고 자연물"이다. 지구는 태양계에서 기적적으로 물질에서 생명이 탄생하여 자연과 함께 변화하며, 유전자의 다양성과 종의 다양성, 생물 다양성과 생태계의 다양성으로 생명이 살아 숨 쉬는 아름답고, 신비한 푸른 별이 되었다.

"엔트로피 증가의 법칙"에서 우주(자연)는 궁극적으로 최대 엔트로피 상태, 즉 사용 가능한 에너지는 천천히 고갈되어 더 이상의 아무런 활동도 일어나지 않는 상태로 치닫게 된다. 따라서 에너지 측면에서 보면, 자발적 과정은 낮은 엔트로피의 농축된 에너지 상태에서 높은 엔트로피의 분산된 에너지 상태로 변하는 과정이다. 자연과 대비하여 인위 내지 인공이라는 말을 사용할 수는 있겠지만 넓은 의미로 보았을 때 인간의 행위도 자연의 범주에 속할 수밖에 없는 것이 인간은 문화와 과학기술문명에 의해 자연적으로 엔트로피를 증가시키고 있기 때문이다.

21세기 과학·기술 문명은 더욱 발전하며 tv·computer·internet·휴대폰·지능형 로봇·의술·생명공학 등의 확산과 변화를 가속화하며 인간과 신의 존재, 생활방식, 삶의 가치와 의미가 소실되어 가며 포스트 인간 시대까지도 생각하게 한다. 생활이 편리해지고, 교통·운송수단의 발달로 자본과 상품과 인력이 세계화되고, 연예·오락 프로그램과 스포츠의 활성화로 즐거움과 쾌락을 주고 있지만 반면에 자원고갈과 생태계 파괴, 환경오염과 지구온난화로 인한 기후변화로 심각한 위험에 직면하고 있다.

 전 지구적 위기에 직면하고 있음에도 불구하고 인간은 적극적으로 대처하기가 쉽지 않다. 나라마다, 집단마다. 개개인에 이르기까지 생존을 앞세운 다양한 욕구와 야욕과 이해관계와 이기심으로, 회의와 협약 이외에 어떤 강제나 규제가 쉽지 않은 복잡하고 난해한 문제로 시간만 허비하다 어느 날 종말을 맞이할 수밖에 없는, 즉 인간의 힘과 의지로는 어찌할 수 없이 흘러가는 자연의 섭리이다.

 내셔널지오그래픽의 인류멸망 시나리오에 따르면 ❶ 새로운 바이러스 생산의 위험. DNA 합성 생물학에 의한 바이러스 유출 등. ❷ 스스로 개선하고 향상하는 초지능 기계의 통제 불능 상태의 공격. ❸ 전쟁으로 인한 핵겨울의 초래. 나노기술을 이용한 소형 무인 무기의 생산. ❹ 기후 재앙, 지구온난화, 북극해와 툰드라 지역의 메탄가스(CO_2의 20배의 영향)와 일산화탄소 배출, 강력해진 태풍과 허리케인, 가뭄과 대형 산불, 폭우와 산사태, 농작물 피해와 기근, 북극과 남극 및 고산 지대의 해빙으로 해수면 상승과 침수 등. ❺ 위험한 물리학 실험. 고에너지 강입자 가속기의 입자 충돌실험으로 소형 인공 블랙홀의 형성 가능성으로 지구가 빨려 들어갈 수도 있다. ❻ 스스로 진화하는 변종바이러스의 발병과 전파로 전염병 전파. 스페인 독감은 세계 인구의 절반이 감염되어 8천만 명이 사망, 조류독감, 돼지 독감, HIV, SAS, 에볼라 바이러스, RNA 변종 바이러스, 코로나19 유행 등 인류는 많은 전염병으로 멸종 위기를 맞기도 했다. 모두 인간에 의한 인위적인 내용들이지만 인간의 힘이나 의지로는 어찌할 수 없는 자연적인 현상이다.

그 외에도 외계 생명체의 공격, 슈퍼 화산의 폭발(옐로스톤의 칼데라 지하의 대량 마그마의 존재), 백만 개 이상의 거대 소행성(지름 20km)의 충돌 가능성, 종말을 맞은 항성의 감마선 폭발로 다량의 감마선 유입, 초신성 폭발에 의한 떠돌아다니는 블랙홀의 영향 등으로 인류가 멸망할 수 있다고 하고 있다. 모두 자연적인 현상들이다.

미 항공우주국(NASA)은 미확인비행물체(UFO: Unidentified Flying Object)의 실체 규명을 위해 결성된 연구진이 2023년 5월 31일(현지 시간) 첫 공개회의를 열었다. 연구팀은 미스테리한 현상과 관련해 약 800건의 신고가 접수됐으나, 실제로 설명되지 않은 것은 극히 일부에 불과했다고 설명했다. UAP[4]는 목격한 현상 중 "과학적 관점으로 볼 때 항공기 또는 알려진 자연 현상으로 식별할 수 없는 현상"으로 정의하였다.

---

4) UAP(Unidentified Aerial Phenomenon: 미확인 공중 현상 또는 미확인 대기 현상)는 NASA가 미확인 비행물체(UFO)의 실체 규명을 위해 결성된 연구진이 붙인 새로운 명칭이다.

2023년 6월 1일자 영국 BBC News에서 전달한 UAP의 첫 공개회의 주요 취재 내용에는 다음과 같이 적혀 있었다.

❶ 숀 커크패트릭 미국 국방부 산하 AARO(모든 영역의 이상 현상 조사 사무소) 소장은 "매달 50~100개 정도 새로운 보고가 들어온다며, 정말로 비정상적인 현상은 전체 목격담 중 2~5% 정도로 "대부분 설명 가능한 목격담"이라고 했다. ❷ UAP 관련 데이터에는 해석하기도 어려울 뿐만 아니라 왜곡되기도 쉽다. 주로 "마이크로파 및 착시 현상"으로 규명되고 있다. ❸ "NASA는 무엇을 숨기고 있나요?"라는 어느 시민의 막판 질문에 대해서 NASA는 투명하게 운영하고자 최선을 다하고 있다고 설명하면서, '그렇기에 TV 생중계로 진행되는 이 자리에 서 있는 것'이라고 덧붙였다.

인간의 문화와 과학기술문명의 변화는 필연의 수순인 것이다. 인간은 미확인 비행 물체 UFO는 해마다 많은 목격 사례가 보고되고 있지만, 말 그대로 확인할 수 없다는 것은 없거나 환영(幻影)이라고 밖에 볼 수 없다.

"미국에 UFO의 잔해가 있다, 외계인 미라 최초 공개. 손가락 3개씩, 나이는 1,800살, 멕시코 의회에서 나온 '외계인 시신" 등 궁금증만 조장하는 가짜뉴스만 무성하게 나돌아 세계를 돌고 있다. 특히 과학적 지식을 가지고 있는 과학인들이 단체를 만들어, UFO를 보았다고 하는 사람들의 이야기와 사진들을 수집하고, 나아가 비행사들의 목격담도 수집하며 많은 사람의 관심을 끌고 있지만 명확하게 규명할 수 없다는 것이 현재까지의 상황이다. 인간의 호기심만 자극하고 있다.

2018년 12월 NASA는 우주탐사선 보이저2호가 태양계를 넘어 성간우주에 진입하는 데 성공했다고 발표했다. 태양계를 벗어나 먼 우주에 도달한 2012년 보이저 1호에 이어 두 번째다. NASA는 "보이저 2호가 18일 현재 태양권 계면을 벗어났다"고 밝혔다. 태양권 계면은 태양의 영향이 미치는 가장 먼 곳까지 포함한 태양권의 바깥 지역을 뜻한다. 보이저 2호가 1977년 8월 20일 발사된 이후 41년에 걸쳐 지구에서 약 180억㎞ 떨어진 곳을 지나고 있으며, 계속 자료 수집을 이어갈 예정이라고 밝혔다. 보이저 1호는 1980년에 측정 장비가 작동을 중단해 임무 수행을 멈춘 상태다.

지구와 태양의 거리를 천문단위(Astronomical Unit) 1AU 약 1억 5천만㎞로 태양빛이 도달하는 데 8.33분 걸린다. 태양계에서 가장 먼 명왕성은 40AU로 빛의 속도로 갔을 때 333.2분(=5.55시간) 걸린다. 태양의 중력장을 벗어나는 데는 2광년이 소요된다. 보이저 2호가 태양권 계면을 벗어났지만 공식적으로 태양계에서 완전히 벗어난 것은 아니다. NASA가 오르트 구름(Oort Cloud)까지 태양계로 보고 있기 때문이다. 오르트 구름은 태양의 중력에 영향을 받는 소규모 천체로 구성된 지역을 말한다. "오르트 구름을 벗어나는데 현재의 속도로 최대 3만 년이 걸릴 것"이라고 밝혔다. 우주탐사선의 속도가 10배 빠르면 3,000년, 100배 빠르다 해도 300년이 걸린다.

양자역학이 말하는 중첩이나 얽힘 현상, 초끈이론이나 다중우주론 등 잘 알 수 없는 순간 이동에 의한 상호연결이 가능하다면 모를가, 태양계를 벗어나는 데만 최소 몇백 년이 걸리는데 그보다 수천수만 광년 떨어진 우리은하 안의 다른 행성을 여행하는 것도 불가능한 일이다. UFO를 믿고 이에 몰두하는 인간의 상상력과 집념이 오늘의 과학기술문명을 이룬 것이지만 어리석은 일이다. 구약성서 창세기편에 야훼 하나님께서 생명과 지혜의 열매를 따 먹지 못하게 한 구절을 떠올리게 한다.

생각하고 상상하고 창조하고 탐구할 수 있도록 변화한 인간의 문화와 과학기술문명의 변화는 생존을 위한 필연의 과정이며, 우리은하는 물론 수십억 개의 은하들의 행성에서도 생명은 존재할 수 있으며, 생명의 변화 과정은 지구에서와 비슷하거나, 행성의 특성에 따라 변화 과정과 결과도 다를 수도 있을 것이다. 거기는 수백만 수천만 광년 떨어져 있어 갈 수도 올 수도 없고, 다른 차원의 세계일 것이다.

어느 인디언 추장은 "자연은 인간의 소유물이 아니라, 인간이 자연의 일부다"라고 말했다.

인류문명의 발생지 4대강 유역의 역사와 문화도 자연환경에 따라 발생하고 교역과 침략과 정복 전쟁으로 서로 연결되어 동서양의 민족과 문화와 문명이 서로 영향을 받지만 각각의 특색에 따라 변화하고 융합하고 있다. 이러한 과정들은 인간의 의지나 힘으로 형성되었다기보다 '변화와 균형'에 의해 '생성과 소멸', '확산과 소실'하며 '동적 균형'을 이루어 끊임없이 흘러가는 자연현상이다.

제9장

인간, 인간 세상

1. '생존투쟁'의 역사

강자의 생존투쟁은 잔인하고, 약자의 생존투쟁은 처절하다.
니체 〈차라투스트라는 이렇게 말했다〉에서

"삶이란 힘에의 의지'이다. 세계의 모든 과정은 힘에서 나온 것이다. 삶에서 일어나는 모든 과정은 아무런 잘못이 없다. 적나라한 생존 자체, 순수하게 자연스러운 모든 것은 나름의 가치가 있다. 모든 생존은 순결하고 정당하다. 오직 존재하는 것은 시간과 공간 안에서, 삶과 피로 이룩된 이 세상뿐이다. 사람들이 꿈꾸는 유토피아 같은 곳은 없다. 세계는 비도덕적이고, 도덕이란 허구에 지나지 않는다. "삶에서 가장 위대함은 '운명에 대한 사랑', '아모르파티'이다"

'생존경쟁'은 'struggle for existence'를 번역한 것으로, 직역하면 '존재하기 위한 투쟁(몸부림, 버둥거림)'이다. 능동적인 개념으로는 '생존을 위해서'이고, 찰스 다윈이 제시한 의미는 '다른 것들이 도태되는 상황에서 살아남아 있기 위함'이다.

국어사전에 의하면 '생존은 살아 있음. 또는 살아남음'이다. '생명은 생물이 숨쉬고 활동할 수 있게 하는 힘이고, 영양·운동·생장·증식·생식을 하는 생물'을 말한다. 그리고 '삶이고, 목숨'이기도 하다. 그 반대말은 죽음을 의미한다. 인간이 목숨을 부지하기 위한 생존 활동은 먹고 먹히고, 도망치고 숨으며, 힘이 없어 붙잡히면 죽거나, 비굴과 아첨으로 종속되어온 것이 인간사다. 오늘날까지도 생존한다는 것은 승자나 패자 할 것 없이 잔인하고 처절한 생존투쟁 그 자체다.

미국 작가 조지프 커민스는 〈'잔혹한 세계사'의 대량학살이 문명사회에 남긴 상처〉라는 제하의 글에서 "문명사회의 역사는 벽돌이나 콘크리트가 아니라 수많은 사람의 피와 살, 뼈로 세워졌다. 세계에서 가장 발달한 민주국가들과 가장 압제적인 독제국가의 공통점은 무엇일까? 바로 무고한 생명을 대량 학살했다는 사실이다. 거대 단일국가 또는 정치적인 대규모 운동에서 그 결과를 달성하기 위해 대량학살의 힘을 빌지 않은 경우는 없었다는 것이다. 종교적 광신과 인종간의 경쟁, 정치적인 권력다툼, 복수에 대한 굶주림 등 그 밑바탕에는 '그것이 인류에게 어떤 의미가 있는가?'라고 묻는다.

어느 시대를 막론하고 끊임없는 침범과 정복 전쟁으로, 억압과 종속과 힘든 삶을 살고 있지만, 그 중심에는 생존 즉 먹고 사는 문제와 더 편안하게 잘 살려는 탐욕과 권력욕이 자리잡고 있다. 철학자나 성인들은 이에 대해 도덕과 교(敎)를 통하여 교화하려

고 하였지만 침략과 정복의 역사는 반복하며 끊임없이 이어지고
있다.

2500년 전 싯다르타는 인간의 고통을 구제하기 위하여, 6년 간
의 고행과 명상 끝에 깨달음을 얻고 대중 제도의 길을 열었다. 예
수는 가난하고 병들고 죄짓고 고통받는 자들을 구원하기 위하여,
대중들을 이끌고 저항하다 십자가에 처형되지만 부활하고, 하늘
나라의 도래를 설파하였다. 그러나 그의 진심은 하늘나라에서가
아니라 지상에서 이루어지기를 염원하고 있다.

인간은 참담한 세계대전 후 UN을 창립하여 세계평화에 노력하
는 듯 보이지만, 세계는 공산 혁명과 독제에 대한 민주화 투쟁으
로 살상과 고문과 국지적인 전쟁은 끊임없이 이어지며 강대국의
군사개입과 무기지원으로 민간인의 학살과 희생은 그치지 않고
있다. 헤게모니 쟁취와 이해관계와 불신의 문제로 개인·사회집
단·국가할 것 없이 세상은 원하든 원치 않튼 늘 처절하고 잔인한
생존투쟁의 늪에서 벗어나지 못하고 있다. 국가 지도자의 야욕과
무지와 어리석음이 그 중심에 있다. 결국 부(富)와 권세를 잡으려
는 무리들의 욕구의 발로가 인간을 비참한 생존투쟁으로 내몰고
있다.

장자는 내편(內篇)의 제물론(齊物論)에서 말한다.

"'주관적 가치판단을 버려라.'
'인생을 달리듯 살지 말라'.

'투쟁이야말로 삶의 표시다.'라고 말하지만, 이 얼마나 무의미한 설명인가.

살아가기 위해 몸과 마음을 괴롭히며 바깥 사물과 싸우고 스스로 소멸해 간다는 이 거대한 모순은 아무런 해명도 얻지 못하고 있다.

이러한 인생의 불가사의를 사람들은 어떻게 해석할 것인가?"

지구는 지권(geosphere), 수권(hydrosphere), 기권(atmosphere), 생물권(biosphere) 등 4개의 권역으로 구분하고 있다. 그러나 지권, 수권, 기권 등 모든 권역이 생명이 살아가고 있는 생물권이다.

식물학 사전에 의하면 지구상의 생물은 다섯 차례의 "대멸종"이 있었다.

"대멸종(mass extinction)"은 지구상에서 생물종의 다양성이 짧은 기간 동안 광범위한 지역에서 감소하는 것으로, 멸종(extinction)은 지구상에 있던 생물 종이 더 이상 존재하지 않게 되는 사건을 말하고, 대멸종은 멸종된 종수가 아주 많은 사건이다. 생물종의 멸종은 새로운 분류군이 변화할 수 있는 기회와 여건으로 나타나고 있다. 지구의 역사를 시대별로 나눈 지질학적 연대기(geological time scale)에서 큰 시대의 구분은 이러한 멸종 사건을 기준으로 한다. 고생대(Paleozoic era)와 중생대(Mesozoic era), 중생대와 신생대(Cenozoic era)를 구분하는 시점이 5개 주요 대멸종에 포함된다.

고생대의 첫 기(period)인 캄브리아기 (5억4천 년 ~ 4억8천 년) 동안 척추동물을 비롯한 다양한 동물 대부분의 주요 분류군이 폭발적으로 증가하였다. 이 시기를 캄브리아기 폭발(Cambrian explosion)이라고 한다. 캄브리아기가 시작된 후 약 5백만 년 사이에 나타난 생물들이 거의 형성하였다.

1차 시기는 4억 3천만 년 전 고생대 오르도비스기와 실루리아기의 경계에서 화석 종의 60~70%의 종(種)이 멸종하였다. 멸종한 속(屬)의 수로 보면 두 번째로 규모가 큰 멸종이다. 2차 시기는 3억 7천만 년 전 고생대 데본기와 석탄기 경계에서 전체 화석 종수 중에서 70%가 멸종된 것으로 추정되며, 해양생물의 경우 과(科) 수준에서 12%가 멸종하였다.

3차 시기는 2억 4천5백만 년 전 고생대 페름기와 중생대 트라이아스기 경계에서 전체 생물의 과 수준에서 57%의 생물이 멸종했고, 해양생물은 53%의 과가 사라졌다. 해양생물의 종 수준에서 96%가 멸종했다. 해양 절지동물, 삼엽충 등이 멸종했다. 4차시기는 2억 1천5백만 년 전 중생대 트라이아스기와 쥐라기 경계에서 전체 종의 70~75%가 멸종했다. 공룡이 아닌 조룡(archosaur), 수궁류(therapsids), 대형 양서류가 멸종하여 대멸종 이후 공룡들이 번성하게 되었다.

5차 시기는 6천6백만 년 전 중생대 백악기(Cretaceous)와 신생대 제3기(Tertiary) 경계에서 있었다. (약자로 K-T 대멸종, 현재는 K-Pg 대멸종이라 함). 전체 종의 약 75%가 멸종했다. 공용과 해양생물의 대다수가 멸종했으며, 새로운 종들이 생성하는 발판이 되었으며,

신생대 제3기에 포유류, 곤충류, 조류의 종 다양성이 급격히 늘어났다. K-Pg 대멸종은 운석이 지구에 충돌하여 화산이 폭발하고 화산재가 지구를 덮어 지상에 햇볕을 받지 못한 식물들이 멸종하고, 식물을 먹이로 하는 초식동물, 초식동물을 먹고 사는 육식동물들이 차례로 대부분 멸종하게 된 것으로 보고 있다.

자연환경 속에서 근원적으로 혈족인 뭇 생명과의 경쟁과 다툼으로 공격과 도망과 기생과 그리고 종속과 공존할 수밖에 없었던 것은 불가피한 자연 선택이다.

기러기를 위시한 많은 철새들이 북쪽에서 남쪽으로, 그리고 남쪽에서 북쪽으로 힘겨운 머나먼 길을 이동하며 추위와 더위를 극복하여 먹이를 구하고 새끼를 낳아 키우고 다시 이동하는 고난의 여행은 아주 먼 옛날 조상 때부터 살아남기 위한 생존투쟁이다. 팽귄 무리가 바위 절벽 위에 새끼를 낳고 먹이를 구하러 높은 절벽을 파도에 휩쓸려 뛰어내려 먹이를 물고 다시 거센 파도에 부딪혀 솟구치는 물길을 타고 거슬러 오르는 위험한 길을 따라 절벽 꼭대기에 올라가 새끼에게 먹이를 주는 모습은 목숨을 건 생존투쟁으로 처절하고 잔인하다.

움직일 수 없는 식물들의 생존 방식과 종족 번식 방법은 더욱 다양하다. 자연의 토양에서 영양과 수분을 섭취하는 방법, 태양빛을 향한 투쟁, 바람과 동물을 이용한 종족 번식 방법, 그리고 동물로부터 스스로를 보호하기 위하여 독성을 갖거나, 위장술을 쓰며 생존하고 있는 것을 볼 수 있다.

인간이 살아가는 모습도 복잡하게 보이지만 희로애락을 느끼며 생로병사를 거친 단순한 삶으로 표현할 수도 있다. 자연에 순응하며 사는 삶, 공격적인 삶, 수동적인 삶, 기생하는 삶, 공존하는 삶 등등으로, 나름의 처지에서 살기 위한 수단이고 방편이다. 사회 구성원으로서의 삶이란 항상 타자와의 관계 속에서 생존경쟁을 하며 기쁘고 즐거울 때도 있지만 늘 긴장하고, 고적하고, 괴롭고, 슬프기도 하고, 추하고 비굴하기까지 한다.

유라시아대륙은 인류의 4대강 문명의 발상지를 중심으로 '왕의 대로', '왕의 길', '유라시아 초원길', '오아시스길'(비단길)과 지중해와 흑해 연안의 해상로(路)에 얽힌 수많은 민족의 교역과 이동, 침략과 정복을 통하여 서로 연결되어 있다.

이븐할둔은 유목민의 '연대의식'의 결속력에 의하여 제국이 흥망성쇠한다는 유목민의 역사관을 펴고 있다. 아놀드 토인비는 '도전과 응전'에 의한 문명의 탄생·성장·쇠퇴·붕괴라는 단계를 거치는 '역사의 순환설'을 주장하는 역사관으로 설명하고 있다.

유목민의 '연대의식'에 의한 결속이든, '도전과 응전'에 의한 흥망성쇠이든 인간의 생존을 위한 투쟁일 뿐이다.

유목민족은 살기 위하여 아라비아의 대상이 개척한 초원과 사막의 오아시스 교역로, 우크라이나 평원의 스키타이족과 몽골 고원의 흉노·돌궐·몽골족의 유목 기마민족이 개척한 초원길, 지중해 연안의 교역을 주도한 고대 그리스·로마의 해상로 등으로 동서남북으로 내닫으며 교역과 침략과 정복 전쟁으로 흥망성쇠하고 있다.

유목민과 지중해 해상 민족의 할거는 예수의 저항에 따른 십자가의 희생으로 기독교는 오히려 서구를 정신적으로 지배하며 정체성을 이루고 있다. 인도의 붓다가 확립한 불교는 해상로를 따라 동남아로, 다른 한 축은 중앙아시아의 오아시스 길을 따라 황하유역을 거쳐 동북아시아로 확산하며 국교로 발전한다. 아라비아반도의 선지자 무하마드의 이슬람은 대상의 길과 오아시스 길을 따라 아랍과 중앙아시아, 인도 북서부와 인도네시아 등 동남아 일원을 정복하며 이슬람 국가가 탄생하게 한다. 종교는 인류 문화와 문명에 지대한 영향을 끼치며 끊임없이 흘러가고 있다.

오스만 투르크의 부상으로 아랍을 통한 인도와의 교역이 끊긴 서구 대서양 연안의 해양세력은 르네상스와 산업혁명으로 대양을 건너 아메리카 대륙을 발견하고, 남미의 마젤란 해협을 돌아 태평양을 횡단하여 필리핀과 동남아를 거쳐 인도에 도착한다. 이후 세계는 열강들의 식민지 확보 경쟁으로 아프리카 서부 해안과 북미와 중남미, 동남아와 인도를 침탈하여 식민화하고 서로 충돌하며 교역을 확대하고 있다.

서구 사회는 귀족의 착취와 부패로 농민과 노동자는 농노와 무산층으로 전락한다. 이는 철학자와 문학작품에 의해 계몽 사조로 이어지며 서구는 자유와 평등을 부르짖는 혁명의 소용돌이에 휘말리게 하고 있다. 러시아를 중심으로 한 공산주의는 노동자와 농노를 앞세워 공산 혁명을 주도한다. 이 와중에 제1, 2차 세계대전이 발발하며 무수한 인명이 살상되고 원자탄의 투하로 전쟁은 종식되고 있다. 종전 후 UN을 중심으로 세계는 인권과 평화를 추구하는 듯 보였지만 미국 주도의 자본주의 시장경제와 소련의 공산주의 체제로 나뉘어 또다시 대결로 이어지고 있다.

근래에는 러시아의 우크라이나 침공으로 야기된 미국의 대 러시아 무역과 금융재제와 중국에 대한 무역 관세로 중·러를 중심으로 한 탈 달러화와 미국채의 보이콧, 자국 화폐의 사용 등 중국과 러시아를 중심으로한 BRICS(브라질·러시아·인도·중국·남아프리카공화국의 신흥경제 5국)의 확대와 오일 머니(달러: 산유국의 석유 수출에 따른 잉여 외화)의 자국 화폐 사용으로 미국은 제3차대전의 위험을 줄이기 위하여 뒤로 물러설 수밖에 없다. 이스라엘의 가자지구의 침공과 주변 아랍국에 대한 침공은 끊임없이 이 지역을 분쟁화하고 있다.

제2차 세계대전 이후 UN이 성립하며 세계평화를 유지하려고 하지만, 민주진영과 공산진영으로 양분되어 중남미··동남아시아와 아프리카 등 과거 식민지였던 국가들의 혁명과 내전으로 세계는 조용할 날이 없다. 표면적으로는 이스라엘과 팔레스타인의 분쟁으로 치부하지만, 실질적으로는 중동의 석유를 둘러싼 미국과 서구와 소련을 중심으로 한 이념을 앞세운 패권 경쟁일 뿐이다.

미국과 소련의 패권경쟁은 무기경쟁으로 치달으며 화생방 무기(독가스 등의 화학무기, 세균 등의 생물학무기, 방사선·방사능 등의 핵무기)의 개발과 확보는 인간의 생존투쟁에 의해 "대멸종"을 맞을 수도 있게 한다. 핵전쟁이 되었든, 기후변화에 의해서든, AI 로봇에 의해서든 모두 인간의 '생존투쟁'에 의한 "6번째의 대멸종"의 길로 치닫고 있는 형국이다. 인간의 생존투쟁의 역사는 '변화와 균형'에 의해 '생성과 소멸', '확산과 소실'하며 '동적 균형'으로 끊임없이 흘러가고 있다.

2. 신화의 세계에 사로잡힌 삶

　작가 마이클 아이르턴은 〈미다스의 결말〉에서 "우리는 신화에 의해 살고, 신화 안에 살며, 또한 우리 안에 신화가 산다. 우리가 그것을 재창조하는 방식이 특이할 뿐이다"라고 〈신화의 세계〉에서 이야기하고 있다.

　과학기술 문명은 우주와 별과 은하의 생성과 소멸의 과정을 보여주고, 태양계 행성에 우주선을 보내어 주위에 근접하여 촬영도 하고, 착륙도 하고 있다. 전자기력과 중력, 강한 핵력과 약한 핵력에 대해 알아가는 시대에 살고 있지만, 신화와 종교의 이야기는 끊임없이 생성되고 있다.

　전자현미경으로도 볼 수 없는 불가사의한 입자의 세계를 양자역학으로 풀어가며, 그 바탕 위에 원자의 주기율표를 작성하여 물질의 구조를 탐구하고, 가공할 핵폭탄을 제조하고, 각종 전자기기와 컴퓨터와 휴대폰으로 스마트한 세상을 만들어 가고 있다. 챗GPT의 출현은 인간을 대신하여 글도 쓰고, 그림도 그리고, 평가도 하며 변화하여 가고 있다. 유럽에서는 벌써부터 법적인 규제를 검토하는 지경에 이르고 있다.

인간은 메타버스(가상현실, 디지털 세계) 속에서 디지털화폐 또는 암호코인으로 오래전부터 시도하여 오던 증강 기술을 접목하여 현실 세계의 물리적 상품을 사고팔 수 있는 경제활동으로 새로운 부와 고용 창출이라는 메타버스 시대가 열리고 있다고 널리 홍보하고 있다.

상거래가 온라인상에서 활성화되어 왔듯이, 새로운 메타버스 세계에 발 빠르게 도전하고 참여하는 사람들만이 돈을 벌 수 있겠다는 생각을 하게 한다. 인간 세상은 점점 신화의 세계와 같은 가상의 디지털 현실에서 경제활동을 포함한 다양한 삶을 영위하며 살날도 멀지 않겠다는 생각을 하게 한다. 신화의 세계가 열리고 있다.

인간이 신과 영혼을 창조한 이래, 이제 신화의 세계 속에서 꿈꾸던 삶을 살아가게 될 날이 도래하고 있는 것이다. 불교에서는 인간 세상을 가상(假象)현상과 같은 것이라고 하지만, 실제로 환상 속 신화의 세계에서 살고 있는 것만 같다.

인간은 삶이 힘들거나 미래가 불안하고 어두울수록 더욱 무엇인가에 의존할 수밖에 없는 나약한 존재이기도 하다. 삶에 지치고 고독하고 두려울수록 절박한 현실에서 벗어나기 위해서는 정신적으로 지탱해 주고 의지할 수 있는 전지전능한 신이나 영웅 같은 존재를 상상한다.

삼라만상에 신이 있다고 믿는 초기 다신교적 신앙은 무속적인 신앙과 함께 신비하고 불가사의한 자연현상에 대하여, 신과 영혼의 영적 조화로 상상하는 것은 현재는 물론 앞으로도 영속될 수밖에 없는, 유전되어 내려온 생존본성과 같은 것이다.

신의 종과 영혼, 극락과 천당과 지옥, 원죄와 운명의 이야기도 모두 인간이 지어낸 신화이지만 현실 속의 이야기이기도 하다. 종교와 예술을 통하여 수천 년의 세월을 거치면서 사람의 마음속 깊은 곳에 믿음으로 자리 잡게 하고 있다.

인간이 신을 떠나 살 수 없는 것은 죽어야 하는 인간의 운명과 사후세계에 대한 믿음을 통한 영속성, 부족의 결속과 두려움의 극복을 위한 수단이기도 하다. 지배자의 통치와 통합의 방편이기도 하고, 스스로 신이 되고자 신의 자손을 자처하고 있다.

많은 민족들은 그들 나름의 건국신화나 창조신화가 있다. 고대 이집트인들은 죽은 영혼이 다시 환생할 수 있다는 생각으로 시신을 미라로 만들기도 하고 람세스2세는 많은 자기의 신전과 석상을 남기기도 하였다. 메소포타미아지역 그리고 소아시아라 불리던 현재의 터키지역과 그리스를 여행하다 보면 무수히 많은 신전들의 기둥과 지진으로 떨어져 내린 지붕 석재들이 흩어져 있는 것을 볼 수 있다. 그 많은 신전 기둥들에는 신은 없고 인간의 애환만이 나뒹굴고 있다.

고대 메소포타미아 유역에서 살던 수메르인, 아카드 인(바빌로니아와 아시리아인)들은 해와 달의 성탑과 신전이 있고, 이집트도 태양신 아몬-라를 위한 거대한 신전이 남아 있다. 중남미의 아즈텍·마야·잉카 문명도 태양신과 달의 신을 숭배하고, 웅장한 피라미드 상단에는 신을 위한 제단이 있고, 왕들은 제단에서 신의 자손으로 제를 올리며 권위로서 나라를 다스릴 수 있었다.

기원전 3,000년경 메소포타미아 유역의 수메르인 우루크 왕 길가메시의 영웅담과 모험담을 그린 〈길가메시 서사시〉는 점토판에 새겨져 있다. 시간이 흐르며 훼손된 것을 후대의 아카드인 바빌로니아와 아시리아의 작가들에 의해 보강되어 신화로 전해지고 있다. 그는 반인반신의 인간이었기에 죽을 수밖에 없는 운명을 타고 났다. 서사시의 줄거리를 요약하면, 첫째, 그는 신이 보낸 괴물들과 싸워 용맹하게 물리치기도 하고 우정도 맺는 영웅적 무용담을 들려주고 있다. 모든 신화의 주인공들은 영웅으로 묘사되는 것은 건국 신화의 지도자는 생존투쟁의 승리자로 살아남아야 하기 때문이다.

둘째, 대홍수 이야기는 인간의 탐욕과 타락으로 혼탁할 때 신이 홍수에 의한 심판으로 멸망시킬 때, 물의 신 에아가 꿈에 나타나 방주를 만들라 하여 살아남게 한다는 이야기이다. 대홍수 이야기는 이후 구약성서에 나오는 노아의 방주 이야기와도 맥을 같이 하고 있다.

아브라함은 유대민족의 조상이고, 영도자이고, 제사장으로 유일신 야훼(Jahweh)를 창조하였고, 야훼가 구세주(Messiah)를 보내, 신의 선민인 유대민족을 구원해 줄 것이라는 메시아 사상을 갖고 있었다. 그는 메소포타미아 유역의 한 지역에서 이민족의 잦은 침입으로 신이 점지한 현재의 가나안 땅으로 이주한 기록이 있는 것을 보면 신화는 역사적인 사실에 근거하여 신령스럽게 재창조되어 신화로 전해지고 있다.

셋째, 그는 지하세계의 우물 밑바닥에서 자라고 있다는 불로초를 찾아 떠나는 모험담을 그리고 있다. 각고 끝에 구하지만 호숫가에서 잠시 몸을 씻는 동안, 뱀이 나타나 불로초를 훔쳐 먹고, 뱀은 허물을 벗고 다시 태어나나, 영원한 삶의 기회를 놓친 길가메시는 쓸쓸한 모습으로 우루크로 돌아온다는 인간의 숙명적인 삶을 이야기하고 있다.

인도의 브라만교와 〈리그 베다〉는 유목민 아리아인이 BC 1,500년경 힌두쿠시산맥을 넘으며 대자연의 웅장함과 신비스러운 광경을 바라보며, 다양한 자연현상들을 신격화하여 숭배하고 찬미하며 제사 의식을 기록한 경전이다. 수많은 신들에 대한 제례를 주관하는 브라만이 최고 계급이 되고, 다음에 왕과 무사 계급인 크샤트리아, 서민계급인 바이샤, 노예계급인 수드라의 4종성과 불가촉천민으로 이루어진 카스트 제도가 형성되어 수천 년간 세습되어왔다. 오늘날은 법으로 타파되었지만, 가난하고 무지하고 관습화되어 그 영향에서 쉽사리 벗어나지 못하고 있다.

인도의 힌두교 사상은 다신교 속에 창조의 신 브라마에 의해 세계가 창조되지만, 무질서하고 악으로 가득 차면 시바 신에 의해 철저히 파괴된다. 그리고 비슈누 신에 의해 파괴된 피조물들을 무한이 늘어나는 뱃속에 거두어들여 융합한다. 시간이 흐르면 브라마 신에 의해 꺼내어져 재창조된다는 세(3) 주신에 의한 순환사상을 가지고 있다. 힌두교의 순환사상은 인간 역사의 큰 흐름을 말해주고 있는 듯하다.

인도의 하층계급의 처참한 삶과 죽어가는 대중의 고통을 목격한 싯다르타는 왕궁을 뛰쳐나와 6년의 고행과 명상으로 보리수 아래에서 지혜의 깨달음을 얻고 중생을 고통과 번뇌에서 제도(濟度)하기 위하여 불법(佛法)을 설파하였다. 불교의 윤회사상은 브라만교에 의한 인도인들이 가지고 있는 순환사상이지만 불교를 믿는 동남아시아와 동북아시아도 받아들여져 오늘날도 내세니 다음 생이니 하는 말을 자연적으로 쓰고 받아들이고 있다. 신화의 영속성은 인간의 삶 속에 깊이 뿌리내린 채인 것이다.

그리스 신화는 태초에 무질서한 카오스로 가득 찬 공간으로부터 시작된다. 대지의 신 가이아에 의해 생명을 불어넣고 알을 낳아 하늘의 신 우라노스가 탄생하고, 우라노스와 가이아의 결합에 의해 대지와 티탄족을 낳고, 많은 신들을 창조하고, 최초의 인간들을 창조한다. 이는 생물종의 생태를 은유적으로 나타내기도 한다.

올림픽 성화의 채화식은 그리스 남쪽 펠로폰네소스 반도 엘리스 지방의 피자티스에 있는 헤라 신전이며, 채화된 횃불은 올림픽 개최지로 봉송하여 옮긴 뒤 주 경기장에 점화하게 된다. 올림픽의 식전 행사에도 태초의 무질서한 카오스의 세계에서 질서와 평화를 찾아가는 모습을 매스게임을 통해 연출하기도 한다.

그리스·로마 신화는 신들의 갈등과 대립, 불륜과 질투, 중상과 모략, 전쟁과 응징 등을 그리고 있지만 인간의 이야기이다. 삼라만상과 자연현상, 천체와 별자리 등의 다양한 창조 신화이고, 인간의 탄생과 의식주를 비롯하여 전쟁과 모험, 문화와 전통 등 생존과 삶의 운명적인 현상에 대하여 말해주고 있다. 오늘날 그리스·로마 어원과 신화에 등장하는 신은 수학, 철학, 생물, 의학, 물리·화학, 우주 프로젝트 등 서구 과학기술의 용어와 명명에 관련되어 그 어원과 유래를 알아야 이해가 쉽다.

호메로스의 일리아드 오디세이에서 일리아드는 지금의 이스탄블 부근의 트로이 전쟁을 배경으로 신의 노여움과 내기에 의하여 인간의 운명이 좌지우지되고, 오디세이에서는 신에 맞서는 오디세우스의 영웅적 모험담을 이야기하고 있지만 현실 세계에서의 인간의 운명적인 삶과 이에 도전하는 인간상을 말해주고 있다.

성인의 숭고한 정신은 포교와 전파로 이어지며 종교로 발전하고 세력화하여 지도자는 신의 이름으로 신도들을 복속시키며 권위와 권세와 부를 축적하고 결국에는 부패하게 된다. 국가권력자는 처음에는 탄압하고 순교하게 만들지만 결국 받아드리며 종교에 의해 백성을 순화하기 위하여 스스로도 귀의하여 국교가 된다.

4세기경 기독교가 서로마 제국에 의해 국교로 정해진 이후 동로마 제국과 함께 중세까지 수많은 성당들이 고대 그리스와 로마의 건축술을 이어받아 아름답고 웅장하고 화려함에 더하여 내외부의 조각품과 미술품들이 조화롭게 어우러져 건축미의 진수(眞髓)를 보여주고 있는 것을 볼 수 있다. 건축술과 미술품에는 신에 대한 영감과 염원이 애처롭게 서리어 있다.

인도 북서부의 간다라(지금의 파키스탄 북부와 아프가니스탄 동부에 있는 옛 지명)의 불교 미술품은 알렉산더 3세(BC 356~323)의 동방 원정으로 헬레니즘 문화가 전해져 고대 그리스의 미술과 조각 기법이 불교와 만나 간다라 불교미술을 탄생시키고 있다. 특히 파키스탄 박물관에 있는 석가모니의 고행상은 생전의 적나라한 갈비뼈가 앙상하게 드러난 고행 모습을 보여주고 있어 절로 숙연하게 만든다.

인도 북서부에서 파키스탄 - 아프가니스탄 - 파미르고원 - 타지키스탄 - 키르기스스탄을 거쳐 톈산산맥과 쿤룬산맥으로 둘러싸인 타림분지 중앙에 있는 타클라마칸 사막의 톈산산맥 남로와 쿤룬산맥 북로의 오아시스 도시들과 소왕국들을 잇는 실크로드의 중국 관문인 둔황석굴과 아프가니스탄 바미안의 힌두쿠시산맥의 절벽에 세워진 불상과 불화들에서 불교를 통한 인간의 간절한 소망을 엿볼 수 있다.

'알라에 절대 복종한다'와 '신 앞에 만인은 평등하다'는 이슬람 경전과 무하마드의 가르침으로 결속된 공동체 의식은 광활한 영토를 수중에 넣으며 이슬람교를 확장하고 있다. 그리고 문화와 문명을 꽃피우며 웅장하고 아름다운 모스크와 궁정들의 건축술과 조각과 미술품 들은 건축예술의 극치를 보여주고 있다.

중세 이후 지중해와 인도와의 향신료 무역이 끊기자 스페인과 포르투갈을 중심으로 대서양을 건너 콜럼부스의 북아메리카 대륙 발견과 마젤란의 남미 마젤란 해협을 통과하여 태평양과 동남아시아를 돌아 인도양에 진입하여 인도에 도착한 대 항해 시대는

닿는 곳마다 살인과 약탈을 일삼았다. 인도를 식민지화했고, 중남미의 인디오와 필리핀인 등을 가톨릭교로 개종시켰다고 하지만 순화의 도구로 이용했을 뿐이다.

서구의 신교도들은 북미의 정착을 위하여 그 땅의 주인인 인디언들에게 병균을 옮기고 학살하여 멸종에 이르도록 했다. 중남미도 스페인과 포르투갈이 가톨릭과 함께 그 땅을 차지하고 재산을 약탈하는 등 만행을 자행하였다. 그 땅을 개간하기 위하여 아프리카인을 짐승같이 잡아 와 노예로 부리는 등 기독교인의 잔인한 개척사는 예수의 박애 정신과 평등사상 그리고 구원(救援)보다는 인간의 생존과 야욕을 위해서는 무슨 짓이든 자행할 수 있음을 보여준다.

서구 열강들의 식민지를 둘러싼 탐욕은 세계 1, 2차 대전으로 치닫게 하여 수천만의 인간을 처참하게 살상하는 참극을 빚게 한다. 대전 중에는 유대인 학살이 자행되고, 종전 후는 이스라엘의 건국과 팔레스타인을 둘러싼 아랍국들과의 전쟁이 강대국의 석유 자원과 패권 확보로 인해 끊이지 않고 있다. 기독교와 이슬람의 문명충돌로 몰아가고 있지만, 그 중심에는 강대국들의 야욕과 이에 편승하는 언론과 지식인들의 편견과 거짓 주장만이 있을 뿐이다.

불교, 가톨릭교, 기독교, 이슬람교 할 것 없이 성인의 행적과 교리의 해석을 둘러싸고, 여러 종파로 갈리어 서로 대립하고 갈등하며 싸우기도 하지만, 세상이 어지러울수록 사이비 종교가 성행하여 혹세무민하고, 집단적인 폭력과 학살이 행해지고 있는 것도 신화와 종교가 빚은 인간의 약함과 무지와 어리석음이 낳은 결과이다.

민주국가에서는 종교집단은 물론 사이비 종교집단에 대해서도 함부로 건드릴 수 없는 세력으로 권세를 누리고 있다. 정치인들은 표를 의식해야 하기도 하지만 비리와도 직간접적으로 결탁하기도 하고, 신도들의 맹목적 추종은 종교시설을 치외법권 지역으로 만들며 불법과 부정의 온상으로 만들고 있다. 권력화하면 은폐하려 하고 은폐(隱蔽)는 부패를 감추려는 데서 자란다. 종교는 공동체의 결속과 신뢰에서 시작된다.

인간이 집단 사회생활을 하면서 생존투쟁과 부족 간 국가 간 전쟁 못지않게 천연두, 페스트, 폐결핵, 장티푸스, 독감, 쥐·조류·낙타·박쥐·돼지 등의 바이러스에 의한 전염병으로 죽어가지만 무지한 시절에는 신의 심판이니 마귀의 저주니, 말세라는 등 종말론으로 사람들을 두려움에 떨게 하고, 사이비 종교까지 기승을 부리며 인간을 신의 굴레에 얽매이게 하는 것이 종교사의 어두운 면이다.

사이비 종교단체는 종말론이나 예수 재림사상 그리고 천벌과 지옥을 거론하며 두려움에 떨게 하여 종속시키고, 그리고 교리 해석에 따라 다양하고 극단적인 종교집단에 의해 고립과 폐쇄로 집단 자살하는 등 예속과 복종과 노예로 전락하기도 한다. 미국은 낙태와 동성혼 문제로 극한의 사회적 갈등과 대립을 빚고 있는 것을 보면, 개인의 자유와 권리가 종교적 해석에 의해 억제됨을 분명히 보여준다.

결국 인간의 삶은 힘 있는 자와 힘없는 자, 가진 자와 못 가진자, 배운 자와 못 배운 자, 주인과 노예로 나뉘게 된다. 인권 유린, 가난한 자들의 비참한 삶, 그리고 누구나 죽어야 하는 두려움과 참혹한 현실 세계에서 벗어나고, 죽음 이후에라도 극락과 천국에 갈 수 있다는 희망과 구원의 메시지로 종교가 성립하지만, 권력과 권세와 부를 창출하는 도구로 이용되고 있다. 불경에는 극락과 지옥은 내세가 아니라 현실의 마음에서 구하고, 예수는 지상에서 이루어지기를 염원하고 있다.

동아시아의 신화는 서양같이 다양한 신화가 있다기보다 민족의 건국 신화, 그리고 막연하게 천제(天帝)인 옥황상제와 조상신과 혼에 대하여 이야기하고 있을 뿐이다. 샤머니즘과 풍수지리 무속도 천지신명에 의탁하는 다신교적 신화이다. 한동안 무당 굿이 성행하기도 하였지만 결혼과 사주팔자 등 점(占)보는 풍습은 끈질기게 이어지는 것은 미래에 대한 불안과 기대감이 있기 때문이다.

신화적 소재는 만화나 애니메이션 영화, 전설의 고향을 통한 납량특집으로 그리고 게임에도 끊임없이 등장한다. 이에 더하여 지금은 외계인의 출현에 대해서도 빠지지 않고 이어지고 있다. SF 영화는 과학을 토대로 한 신화이고, 양자역학의 양자얽힘과 양자중첩 현상과 같이 홀로그램 우주론도 등장하고 있다.

'홀로그램 우주'란 미국 태생의 영국인 물리학자 데이비드 봄이 처음 주장한 가설로 우주와 경험적 현상 세계는 전체의 일부분일 뿐이며, 우리가 보는 본래의 모습은 홀로그램의 간섭 무늬처럼 질서가 결여된 모습이고, 실제 의미를 가진 전체는 더 깊고 본질적인 차원의 현실에 존재한다는 이론이다.

'우리가 보는 세상은 가상 세계이고, 환영 같기도 하다'

3. 갇혀 사는 삶

- 영원한 자유의 길

장자가 말한다.

"인위적인 도덕과 기교가 세상을 어지럽힌다."
"참다운 총명을 지니고 있는 한 외부 사물에 현혹되는 일은
없다. 참다운 지혜를 가지고 있는 한 미망(迷妄: 사리에 어두어 진
실을 가리지 못하고 헤맴)에 빠지는 일은 없다. 참다운 덕을 지니
고 있는 한 자신을 잃는 일은 없다."

살다 보면 때맞추어 챙겨 먹어야 하고, 옷을 구색에 맞게 입고,
잠자리를 가리는 것들이 귀찮고 거추장스럽고 번거롭다는 생각이
들 때가 있다. 인간의 일상이 매사에 얽매여 있다고 생각하는 것
은 육신의 문제 같기도 하고, 마음과 정신의 문제 같기도 하다. 신
화와 종교는 신에 대한 믿음을 통하여 민족을 결속시키고 복속시
킬 수 있게 한다. 종말론과 신의 심판, 천당과 지옥의 이야기는 인
간을 두려움에 갇히게 한다. 신화와 종교적인 행사들은 인간을 결
속시키지만 결국 복속시키는 결과를 낳고 있다.
최상위의 영장류로 사회적·정치적 동물인 인간이 갇혀 살 수밖

에 없는 것은 피할 수 없는 필연의 결과이다. 인간은 살기 위하여 자연환경에 도전하고, 함께 먹이를 해결하여야 하고, 외부의 도전에 대응하여야 하지만, 반면에 공동체의 혼란과 무질서를 바로잡기 위하여 책임과 의무, 규율과 규칙, 제약과 속박에 따라야 한다.

인간은 태어나면서부터 부모형제와 혈족 간의 유대감 속에 혈연이 맺어지고, 지역 공동체에서 학교를 다니고 친구를 사귀며 지연과 학연이 형성된다. 지역 내에서 직업을 찾고 결혼도 하기 마련이다. 생로병사와 희로애락 속에서 자연적으로 서로 돕기도 하고 싸우기도 하며 삶을 영위하며 갇혀 살 수밖에 없다.

인간은 다양한 모습과 성격과 개성과 재능과 생각이 제각각 달라 여러 가지 문제로 갈등과 대립으로 윤리·도덕과 각종 제도와 법규가 있다. 성장하면서 '안 돼! 하지 마!' 등 부정적인 말을 듣고 자라나게 되는 것은 위험성이 있거나 규범에서 벗어나지 않게 하기 위함이다. 인간이 집을 지어 추위와 비바람을 막고, 울타리를 세워 짐승이나 타인의 출입을 못 하게 하고, 국가는 성곽을 쌓아 외적의 침입과 공격을 방어한다.

중국 춘추전국시대 주나라의 쇠퇴로 기존 질서가 붕괴하며 정치적 혼란기에 여러 제후들은 부국강병을 위하여 능력 있는 인재를 구하자 제자백가의 사상가들은 새로운 가치와 규범을 제시하였다. 특히 공자와 맹자를 중심으로 한 유가는 인의예지(仁義禮智)의 윤리·도덕의 정치를, 한비자는 법에따른 엄격한 통치와 왕권강화를 강조하였다. 공자와 맹자의 도덕률에 의한 정치든, 한비자의 법률에 의한 통치든 법과 도덕은 현재까지도 국가는 도덕과 법률에 의하여 유지되며 그 굴레에 갇혀 살고 있다.

　인간의 육신은 생로병사의 틀에 갇히고, 마음의 희로애락은 수시로 변화하고 있다. 생각하고, 상상하고, 창조하고, 판단하는 정신은 이지적(理智的)이기도 하지만, 이기적이기도 하다. 마음과 정신의 작용은 남녀노소는 물론 국가와 민족 간, 지역과 종교에 이르기까지 저마다의 생각에 갇혀 산다. 수많은 갈등과 대립이 일어나는 원인도 마음과 정신의 작용이다. 불교의 승려나, 유가(儒家)의 도덕과 인격도야 그리고 가톨릭교의 수도승들은 고행과 인내와 절제를 통해서 몸과 마음을 억제하고 스스로를 구속하며 도를 구하고 있다.

　'생각이 다르면 상대의 이야기를 이해할 수 없다' 내가 생각하는 데로 상대방도 그렇게 생각하지는 않는다. 상대방과 내가 여러 면에서 다를 수는 있지만 사실과 진실을 놓고도 이해관계가 얽히면 조금의 양보도 없이 다툼이 일어나기 마련이다. 이기적인 생각에 갇혀 있으면 옳바른 판단을 할 수 없는 것도 갇혀있는 것이다.

　사회에 지대한 영향을 주는 지배계급과 지식 계층의 사고와 주의·주장은 세상을 평화롭게 하기보다는 오히려 갈등과 혼란을 부추기며, 부모형제나 친구지간에도 다툼과 대립에 휩싸이게 한다. 자기의 생각에 갇혀 있기 때문에 서로 자기주장만 되풀이하며, 고정관념과 집착에서 벗어날 수가 없게 한다.

　타인의 이목이나 자기의 체면에는 관심을 쏟지만, 남의 어려움이나 불행에 대해서는 눈을 감거나 무시한다. 역지사지(易地思之)

보다는 아전인수(我田引水)와 내로남불로 자기 안에 갇힌 삶을 산다. 권력과 부를 차지한 계층은 기득권을 당연시하고, 못 가진 자들은 체념과 운명으로 받아들이고 산다. 지키기 위하여 정당화하고 합법화하려고 하는 것도, 운명으로 받아들이고 순응하며 사는 것도 모두 갇혀 사는 삶인 것이다. 결국 함께 살아간다는 것은 자유롭지 못하다.

인간이 만든 최상의 조직체계라고 하는 관료제는 국가 조직이든 군이나 회사 조직이든 두루 적용되고 있다. 상사와 동료와 부하 직원으로 구분되어 지시와 보고체계의 확립으로 정보의 전달과 축적이 용이하다. 상명하복의 조직문화는 역할분담에 따른 책임과 의무에 시달리며 늘 긴장하며 갇혀 살 수밖에 없다.

인간은 자기의 주관에 의해서 산다고 하기보다는 남과의 관계에 편승해서 '보고 들은 불확실한 정보'에 의하여 왜곡된 생각에 사로잡혀 잘못된 판단과 기억 속에 갇혀 있는 삶을 살기도 한다. 민주주의는 이와 같은 사람들에 의해 왜곡되고 잘못된 방향으로 가게 하며, 그릇된 정치인들의 이기적 행동을 방조하며 그들과 함께 잘못된 방향으로 나아가게 한다. 전쟁은 최악의 선택이고 갇힘에서 선택하는 것이다.

학식과 부와 권력이 있는 기득권층에서 이기심에 사로잡혀 헤어나지 못하는 것을 보면 어리석다고 하기보다 오히려 무지한 것이다. 남의 이야기, 루머, 가짜뉴스, 험담 등을 말하며 희희낙락 하지만 우리에 갇혀 사는 것이다. 무지한 사람들은 주어진 일만 묵묵히 하는 것이 어리석게 보이지만 정신은 순박하고 자유롭다.

불교의 승려들은 욕심과 성냄과 어리석음을 다스리기 위하여, 생로병사의 괴로움에서 벗어나 무명(無明: 잘못된 생각과 집착)과 번뇌를 멸하여 해탈과 열반의 경지에 들기 위하여 바른 생각과 언어와 행실에 힘쓰며, 좌선과 안거(安居)의 정진·수행으로 스스로를 가두어 깨달음을 얻고자 한다. 해탈과 열반이란 모든 육체적 정신적 속박에서 벗어나 자유로운 상태를 의미한다.

가톨릭교의 많은 수도원(회)들은 청빈, 정결, 순종의 덕을 쌓으며 자신과 모든 이들의 영혼의 구원을 위해 기도한다. 베네딕트 수도회는 땅을 가꾸어 농업과 축산을 경영하며 자급자족한다. 맥주와 치즈로 유명한 트라피스트 수도회는 삭발, 금욕, 침묵으로, 동방교회의 은둔형 수도원 등은 독방에서 수도하며 신앙에 정진하는 것은 극기를 통하여 정신적 자유를 얻기 위함이다.

유네스코 세계문화유산으로 등재된 스페인과 프랑스의 경계에 있는 산티아고 800㎞ 성지순례길, 티벳인의 라싸로 가는 오체투지 삼보일배, 인도의 요가, 기독교·불교·이슬람교도의 성지순례를 비롯하여 산악인의 등반, 트래킹, 힘든 농사와 노동과 운동 등도 몸과 마음의 극기로 갇힌 삶에서 정신적 자유를 찾으려 하고 있다.

케냐 출신 영국의 동물행동학과 진화생물학 학자이기도 한 리쳐드 도킨스는 그의 저서 〈이기적 유전자(1976)〉에서 생물들은 유전자에 프로그램된 데로 생존하고, 번식을 통해 죽어서도 자신의 유전자를 후대에 전하여 생명을 연속시킬 수 있도록 한다는 '유전자 결정론'으로 설명하고 있다. 제약된 프로그램 된 삶을 의미한다.

인간이 지어낸 자유와 평등, 도덕과 정의, 공정과 공평, 가치와 의미, 인권과 평화라는 낱말들은 얼핏 좋은 말 같이 들리지만 그 이면에는 부정적인 현상에서 온 언어들이다. 태고적 자연 속에서 자유롭게 뛰놀며 채집과 뭇짐승을 사냥하면서 쫓고 쫓기며 살 때는 배고프고 힘들어도 지금과 같은 갇혀 사는 언어들은 필요치 않았을 것이다. 인간의 사회성이란 도덕과 법, 규범과 규칙이 따를 수밖에 없다. 부자유하고, 불평등하고, 불공정하여 균형을 잡으려는 반작용으로 항상 갈등과 대립하며 '갇혀 사는 삶'을 살 수밖에 없다.

장자가 말한다.

"무위 속에 살면 자연은 스스로 변화한다."
"먼저 마음을 잘 길러라. 네가 만일 무위 속에 몸을 둔다면 만물은 저절로 생육된다. 네 몸을 잊고, 네 정신을 떨어 버려서 자신과 사물을 아울러 망각한다면 자연의 근원과 더불어 한 몸이 될 것이다. 마음의 집착을 풀어 버리고 정신의 속박에서 벗어나 무엇도 아는바 없는 상태가 되어라. 그렇게 되면 만물은 모두 스스로 알지 못한 채 근원으로 돌아갈 것이다."라고 한다.

진정한 자유는 마음속에 갇혀 있는가 보다.

4. 갈등과 대립하며 더불어 사는 인간 사회

인간에 대하여 고대의 철인이나 성현들은 본성에서 찾으려 했고, 근대의 철학자들은 자연 상태에서의 인간의 모습에 대하여 '감성과 이성과 오성'에 근거한 정신적인 면에서, 그리고 인간관계에서 '선입관과 편견'에 대해서도 논하고 있다. 근현대의 철학자들은 부조리와 허무주의, 그리고 실존적 관점에서 질문하고 답하고 있다.

현대의 생물학자나 과학자들은 다윈의 진화론에서 출발하여 '적자생존, 생존경쟁'을 위하여 '협력적 경쟁 관계, 생태학적으로 가장 배타적 동물, 이기적 유전자' 등 유전적 차원에서 인간을 논하고 있다. "보고 싶은 것만 보고, 듣고 싶은 것만 들으려 한다"고 하는 것도 진화론적으로 설명을 하려고 한다.

'갈등과 대립'은 '선과 악, 옳고 그름'의 윤리·도덕이나 정의의 문제라기 보다는 이해(利害)의 상충, 이기심, 지나친 욕심, 무지와 어리석음 등이 중심에 있다. 무지한 사람들의 갈등과 대립은 살인까지 저질러지기도 하지만, 지식인 내지 엘리트라고 하는 정치집단, 이익집단, 기득권들의 갈등과 대립은 염치도 이성도 없는 언어의 장난과 폭력으로 얼룩져 있다. 실상은 무지와 어리석음으로 인간 세상을 어지럽히고 있다.

집단생활을 하는 개미와 벌과 같은 곤충은 여왕개미(벌), 일개미(벌), 병정개미(벌), 수개미(벌)로 나뉘어 태어나도록 유전되어 있다. 그들은 누구의 지시도 받지 않고 서로의 역할대로, 유전된 소임데로 일하다 불필요하게 되면 스스로 죽거나 아니면 동료에 의해 제거되고 있다. 여왕개미(벌)은 권위는 있으나 군림할 필요가 없다.

갈등(葛藤)이라는 말은 칡넝쿨과 등나무를 뜻하는 한자어로, 칡넝쿨은 오른쪽으로 감아 올라가는 성질이 있고 등나무는 왼쪽으로 감아 올라가는 성질이 있음으로 함께 있으면 새끼를 꼬듯이 겹치지 못하고 서로 배타적으로 척지며 올라갈 것이라는 생각에서 유래하고 있다. 덩굴식물이 되었든 나무나 갈대나 풀이 되었든, 식물은 햇빛을 잘 받기 위하여 잎은 물론 가지도 위로 올라가면서 일정한 거리를 두고 대칭과 나선 형태를 유지하고 있다. 이는 식물들이 균형과 평형을 유지하게도 한다.

인간은 집단을 이루고 도시를 이루며 이해관계가 발생하고, 지도자가 생기고 권력이 생기면서 지배와 피지배, 억압과 복종 사이에서 갈등과 대립이 생기고 있다. 갈등과 대립은 이념과 생각의 차이에서도 일어나지만 근본적으로는 이기심과 주도권 다툼에서 발생하는 생존투쟁이 그 바탕에 깔려 있다.

인간은 심적으로도 알 수 없고 예측할 수 없는 미래에 대한 방향 설정과 의사결정과정에서의 감정변화로 내적 갈등을 겪으면서 살아간다. 이를 극복하기 위하여 옛 성인이나, 수도자는 물론 무술 수련자들과 산악인들은 극기와 인내와 수양으로 자기의 마음을 억제하고 조절하는 훈련을 하였지만 오늘날은 자유와 자율이란 이름으로 이기적인 안락과 자기중심적인 사고에 사로잡혀 산다.

개인 간 지역 간에는 물론 계층 간에도 여러 가지 요인으로 생각과 처지가 다를 수 있게 마련인 것을 정치하는 사람들이나 사회 지도층을 자임하는 사람들이나 매스컴이 가세하여 편을 갈라놓고는 억지로 화합이니 통합이니 통일이니 하여 오히려 갈등과 대립을 부추기는 원인이 되고 있다. 이해관계와 주도권 장악이 목적이다.

이해관계와 기득권과 주도권을 잡으려는 생각을 버리고 더불어 사는 방법을 진지하게 찾으려고 하면 갈등과 대립보다는 평화와 행복한 사회가 이루어질 것이다. 국내문제나 국제문제를 막론하고 기득권과 패권을 가진 세력들이 자기의 이권과 패권을 지키려고 억압과 차별과 편 가르기로 분열을 조장하고 있는 것이다.

갈등은 부모형제 간, 세대 간, 남녀 성별 간 등 남녀노소 사이에서 있게 마련이지만 가족 구성원이 포함되기 때문에 이해와 조절을 하여가고 있다. 오히려 인종 간, 종교 간, 인접 국가 간에는 오래전부터 역사적인 악연(惡緣)으로 인하여 끊임없이 갈등과 대립이 존재했다. 그 중심에는 '선입견'이나 '오만과 편견'이 자리하고 있다.

갈등과 대립은 서로의 환경과 처지가 다르고 이해관계가 상충하는 데서 일어나지만 상대의 말이나 처지는 전혀 들리지도 이해하려고 하지 않음으로써 더욱 심화된다. 오로지 자기의 처지와 주장만을 되풀이할 뿐이고, 서로 자기는 옳고 상대는 틀리다는 생각으로 자기 안에 갇히게 되어 쉽게 벗어날 수가 없다.

사회적 갈등과 대립의 중심에는 언론과 정치인, 지식인과 종교인 등 사회지도층이 여론을 형성하고, 부추기고, 영향력을 주도하고 있지만 통합이나 타협에 대해서는 아무도 대안을 제시하거나 귀 기울이려고 하지 않을뿐더러 스스로 할 능력도 없다.

기존 질서를 바꾸거나 기득권을 내려놓는다는 것은 쉽지 않은 변화이며 내적인 갈등과 외적인 대립에 직면하게 마련이다. 인간사(人間事)의 변화는 갈등과 대립으로부터 시작되었다고 할 수 있다. 인간의 마음은 군림과 복종, 억압과 강요, 욕구와 탐욕, 시기와 질투, 허영과 사치, 오만과 편견, 과시와 거짓과 같은 것들이 내재하고 있기 때문이다.

오늘의 자유와 평등과 민주주의와 인권이 법적으로나마 확립되어 있는 것은 순리나 타협으로 이루어졌다기보다는 피와 희생의 대가를 치르며 획득한 투쟁과 혁명의 결과인 것이다. 국가 지도자나 대의원의 편 가르기 식 망언이나 막말이 없으면 사소한 충돌은 있어도 별 탈 없이 접촉하며 잘 지내는 것이 보통 사람들의 삶이다.

갈등은 인간의 이율배반적 모습이라고 할 것이다. 서로의 처지가 바뀐다고 하더라도 달라질 것은 없다. 무지에서 깨어나고 지적 교육 수준이 높아지고 매스컴과 정보화시대로 나아가면서 세상을 보는 눈과 귀는 점점 넓어지고 있는 것 같지만 더 좁아지고 있는 듯하다. 자기 안에 갇혀 살기 때문이다.

인간의 문화와 문명이 변화함에 비례하여 인간의 성품도 단순 소박함에서 복잡 다양화로 변화하여 왔지만 갈등과 대립의 양상은 이에 수반(隨伴)하여 복잡하고 다양한 양상을 띠고 있는 듯 보이지만, 깊이 생각해 보면 본질은 변하지 않고 있다.

지난 20세기 후반의 자유와 평등 인권과 민주화는 많이 나아졌다고 하지만 인구증가에 따른 생존경쟁과 빈부격차와 더불어 인간의 요구와 욕구에 따른 불만은 갈수록 늘어나고 있고, 사회적 갈등과 대립도 다양화하고, 집단화하고 있다. 과거에는 생존을 위하여 침탈과 억압에 대한 지배와 피지배 사이에 의해서, 근세에는 굶주림과 질병과 무지에서 벗어나려고, 그리고 지난 20세기에는 자유와 평등, 민주주의와 인권을 쟁취하기 위한 갈등이 계속되어 왔다. 그러나 그 중심에는 권력과 금력과 패권을 지키려는 데서 일어나고 있다.

사전에 의하면 대립이라는 말은 의견이나 처지, 속성 따위가 서로 반대되거나 모순됨을 뜻한다고 되어 있지만, 문학에서는 언어 체계에 있어서 공통점과 차이점을 동시에 가진 두 요소 사이에 성립되는 관계를 말한다고 되어 있다.

헤겔은 대립을 동일성과 상이(차이)성의 통일이라고 정의하여, 세계를 이루는 물질은 정(正)과 반(反)의 대립에 의하여 보다 새로운 합(合)을 이루어 끊임없이 변화하고 발전하여 간다는 변증법적 논리로 설명하려 하고 있다. 이는 인간사의 끊임없는 갈등과 대립 현상을 역사의 변화 과정에서 바라보고 있다.

인간 세상에서의 정(正)과 반(反)의 대립이 새로운 합(合)을 이루어 끊임없이 변화하고 발전하여 간다는 생각은 얼핏 어느 순간(시기)은 타당한 논리같이 보이기도 하지만 헤겔의 사상에 깊이 빠져들기 전에는 이해할 수가 없다. "자연은 척(斥)과 합(合)은 하여도, 대립하지 않는다"

고대 그리스인은 논리학을 발전시키며 제논의 아킬레스와 거북이의 경주 같은 역설을 발견하여 인간의 토론에서 특히 정치가들의 아집과 독선과 달변의 수단으로 궤변을 늘어놓아 상대를 곤궁에 빠져들게 하였지만, 이를 증명하기 위한 수학적 해(解)는 천년을 기다려야만 했다.

오늘날 자유민주주의 시대는 무엇을 위한다는 소리는 요란하지만 이해와 협의와 소통은 찾아볼 수 없다. 억지와 궤변과 동문서답으로 일관하다 폭력적 언어로 이어지고 있다. 인간의 대립은 갈등으로 이어지고 갈등은 또 다른 대립으로 이어지고 있다.

인간 사회는 생존에 더한 다양한 욕심으로 차별과 속박과 불평등과 불공정을 야기하며 불신과 아집 속에 긴장하고, 다투고, 척지며 갈등과 대립이 일어나고 있다. 인간의 변화는 오직 문화와 과학기술문명에 의해 진행하고 있다. 갈등과 대립은 역사의 발전은 물론 인간의 변화에도 역행한다. 타협과 혁신 없이는 변화할 수 없는 것이다.

헤게모니의 원어인 독일어 사전에는 ① 명사로 우두머리의 자리에서 전체를 이끌거나 주동할 수 있는 권력. ② 사회 일반으로는 특정한 집단이 독점적으로 다른 집단을 지배하는 일, 또는 그러한 권력이나 지위. ③ 정치에서는 압도적인 우위를 차지한 지배 정당이 정치를 주도하는 정당 체제라고 되어 있다.

헤게모니 개념의 근원은 맑스(K. Marx)지만, 이탈리아의 그람시(A. Gramci)는 단순히 정치적 지도력 또는 이론적 지도력을 의미한다. 즉 사회 안에서 주요한 집단들의 적극적인 합의와 동의를 통해서 얻어진 지도력, 곧 "도덕적이고 철학적인 지도력을 의미한다"고 한다. 결과적으로 합리성과 정당성을 부여하려는 것이다.

통상적인 의미에서의 헤게모니는 "한 집단·국가·문화가 다른 집단·국가·문화를 지배하는 것을 의미한다"고 정의한다. 영·미를 비롯한 많은 나라들은 지배권, 맹주권, 주도권, 패권을 의미하지만, 그때그때의 상황에 따라서 이를 뒷받침하기 위하여 합리화하고 정당화하기 위한 논리나 이론을 세우고 있다.

모든 생명체 중에서 이해관계나 경쟁관계를 만들고 있는 인간관계에서만이 갈등과 대립과 헤게모니 싸움이 있을 뿐이다. 갈등과 대립과 헤게모니 싸움은 인간사에서는 희생과 굴종, 부정과 부조리의 대가를 치르게 한 것을 두고 역사의 진보라고 할 수는 없다.

고대 동양의 주역(周易) 사상은 천지·자연의 이치를 대립적 관계가 아니라 음양의 이치로 조화롭게 보고 있다. 천지·자연은 무궁한 변화와 균형 속에서 순환하고 있다. 인간의 갈등과 대립은 생존본능이 근원이고, 이기심과 탐욕은 무지와 어리석음이다.

5. 저항과 개척과 혁신으로 변화하는 인간 세상

윈스턴 처칠은 변화에 대하여 말했다.

- 나아지는 것은 변화하기 위함이고, 완벽해지는 것은 자주 변화한 다는 것이다.
- 더 멀리 되돌아볼수록 더 멀리 내다볼 수 있다.
- 연은 순풍이 아니라 역풍에 가장 높이 난다.
- 광신자란 자신의 생각을 바꿀 수도 없고, 화제를 바꾸지도 않을 사람이다.
- 모든 나라는 그 나라 국민 수준에 맞는 지도자를 갖는다.
- 우리는 받아서 삶을 꾸려나가고, 주면서 인생을 꾸며 나간다.

2,000여 년 전 로마에 정복되어 나라를 잃은 유대에서, 유대교 성직자들의 이기적 불의에 항거하여 군중을 이끌고 성소(聖所)에 난입한 예수의 저항 운동은 최초의 역사 기록으로, 결국 십자가 의 처형이라는 비극을 맞지만 기독교를 탄생시키고 있다. 기독교 는 유럽과 중남미, 오늘날은 필리핀과 아시아와 아프리카의 국가 에도 종교의 자유에 의해 많이 파급되고 있다.

영국 식민지에 항거한 간디의 비폭력 저항 운동은 인도를 독립에 이르게 하지만 가난과 무지로 오래된 관습은 쉽사리 벗어나지 못하고 변화가 느리게 가고 있다.

일본의 침략으로 국권을 빼앗긴 구한말 3.1 기미독립선언과 독립만세 운동은 일본으로부터 독립을 쟁취하기 위한 항일 운동의 기폭제가 되어 전국으로 퍼지며 상해 임시정부와 독립군의 활동으로 이어지며 결국 해방으로 이어지고 있다.

대 항해 시대는 르네상스와 함께 15세기 초 포르투갈의 엔히크 왕자의 인도 향신료를 향한 아프리카 항로 개척을 시작으로 15세기 말 크리스토퍼 콜럼버스의 북아메리카 대륙 발견, 16세기~17세기 초에 이르는 유럽 각국의 탐험 및 항해 시대를 열었다. 이는 서유럽의 세계관을 확장하며, 비 서구 지역에 대한 교역과 정치지배의 야욕으로 번지며 식민지 경쟁을 촉발하게 하고 있다.

아메리카 대륙은 그 땅의 주인인 인디언들을 몰아내고 그 땅을 차지하기 위하여 약탈과 학살과 전염병을 옮기며 멸종에 이르게 하고 있다. 북미는 청교도를 중심으로 영국과 프랑스가 차지하지만 독립 전쟁으로 미국과 캐나다로 독립하고 신교가 주류를 이루었다. 남미는 스페인과 포르투갈이 차지하며 가톨릭 국가로 개종되었다. 그리고 아메리카 대륙의 개척을 위하여 많은 아프리카인을 노예로 잡아 와 강제로 농사와 노역에 종사하게 만들었다.

17~18세기 프랑스에서 일어난 계몽사상은 중세의 전통적·권위

적 사상을 철저히 비판하고, 인간과 자연에 대한 합리적·과학적 인식에 의한 이성(理性)의 계발(啓發)로 인류의 보편적 진보를 꾀하려는 운동이다. 1789~1794년에 프랑스에서 일어난 시민혁명은 자유·평등사상을 낳고 제2차 세계대전이 종식된 후 UN을 결성하며, 세계 인권선언과 평화의 증진으로 이어지고 있다. 세계대전 이후 전개된 식민국가의 독립을 둘러싼 미국의 자유진영과 소련의 공산진영 간의 패권을 둘러싼 대결은 수많은 끔찍한 내전으로 확산되며 변화가 끊이지 않고 일어났다.

세계인권 선언 이후 각국은 민주공화국과 인권에 관한 자유·평등·평화·행복에 관한 권리가 헌법으로 제정되지만 권위와 독제로 많은 저항과 피의 대가를 치르며 아직도 진행 중이다. 오늘날은 생존권 문제로 개도국은 물론 선진국도 갈등을 빚고 있다. 그 중심에는 기득권 보수집단과 개혁 진보세력이 중심이 되어 싸우고 있다.

나무위키의 보수주의의 특징은 아래와 같다.

- 영미권의 보수주의(자유보수주의, 사회보수주의, 경제적 자유주의 등)에서 찾을 수 있다.
- 급진적인 변화보다는 체계적이고 점진적인 변화를 선호하며, 안정적인 삶을 중시한다. 여기서 보수주의라는 말이 나왔다.
- 관행을 중시하며, 선례가 없는 행위에 대해서 회의적이다.
- 정당하고 합법적으로 부여된 권력을 존중하는 태도이다.

- 법치주의와 자유를 중시한다. 자유경쟁 속에서 일어나는 차이와 격차를 긍정하고, 자유로운 경쟁 속에서 발생한 당연한 결과라 생각한다.
- 권리에 의한 의무와 책임의 수행을 중요하게 생각한다.
- 엄벌주의적 경향이 크다. 범죄자의 인권보다는 엄벌을 중시한다.
- 도덕적·윤리적 감수성(인권 감수성이나 성소수자 인권) 등은 경시한다.

위키백과에 의하면 진보주의(progressivism)는 기존 정치·경제·사회체제에 대항하면서 개혁을 통해 새롭게 바꾸려는 성향이다. 전통 가치와 안정을 지향하는 보수주의와 대립되는 개념이다. 진보는 시대적·역사적 배경에 따라 상대성을 띤다. 자본주의 시대에는 정부의 적극적인 개입에 의한 재분배·규제와 경제적 평등을 추구하며, 경제적 자유주의를 추구하는 보수와 대립한다.

서구적 의미에서 진보주의는 복지 지향적인 혼합경제를 토대로 사회문화적 자유주의를 강하게 추구하는 것을 의미한다. '혁신주의'(innovationism)는 '진보주의'(progressivism)로 번역하는 것이 현재로서는 더 정확한 표현이기도 하다.

이상은 대략적인 이미지이며, 보다 근본적인 사회변화를 추구하는 것이 진보주의자이지, 상기 특징을 가지고 있는 사람 또는 집단이면 모두 진보주의자가 되는 것은 아니라고 하고 있다. 국내정치가 되었든 국제정치가 되었든, 정치를 통하여 세상을 바꾸어 보고자 하였던 옛 사상가들의 주장과 논리와는 달리, 인간의 생존 본성과 이기적 이해관계에 막혀 그 자리에서 맴돌기만 하고 느리게 나아가며 갈등과 대립하고 있는 것이 인간 세상이다.

인간은 보수적 기질과 진보적 기질을 함께 가지고 있다고 할 수 있다. 지위가 높고 재산이 많으면 계속 유지하기를 바라고, 가난하고 힘이 없으면 세상이 변하거나 개혁되기를 바란다. 특히 종속되어 억압받거나 가난을 대물림하며 헤어날 희망이 없을 때 더욱 변화를 바라지만 저항이나 혁신이 없으면 달라질 수가 없다.

공동체를 이루는 종교집단에 많은 신도들이 모여드는 원인은 힘 없고 가난하고 의지할 곳이 없는 약자나 외로운 사람들이 함께 서로 의지하고 평등하게 대우하는 종교집단에 귀의(歸依)하게 된다. 그러나 결국 종속될 수밖에 없고, 나아가 사이비 종교집단을 만나면 헤어나지 못하고 빠져들 수밖에 없다. 비록 몸은 힘들 수 있어도 마음은 편하고 정신적 평온을 주고 있다고 생각하기 때문이다.

서구의 기독교 성서는 구약이나 신약으로 신과의 계약으로부터 성립하고 있다. 근대의 계몽철학자들의 사상의 근본도 장 자크 루소의 〈사회 계약론〉, 몽테스키외의 〈법의 정신〉, 존 로크의 〈통치론〉, 토머스 페인의 〈인권〉, 존 스튜어트 밀의 〈자유론〉, 루돌프 폰 예링의 〈권리를 위한 투쟁〉, 임마누엘 칸트의 〈영구 평화론〉 등에서와 같이 인간의 자연에서의 천부적 인권에서부터 출발하고 있다.

저항과 개척과 혁신으로 많은 희생과 피흘림으로 변화하는 인간 세상은 어디로 가고 있는 것인가? 자본주의의 지속적인 성장이 요구되고, 과학기술문명이 고도화되고 있지만, 가공할 화생방 무기의 개발, 자연과 환경파괴로 인한 기후변화와 새로운 전염병의 창궐, 고용불안과 빈부격차, 게임에 빠져 있는 아이와 어른들, tv의 예능 프로그램에 넋을 잃고 있는 정체(停滯)된 모습에서 인간의 덧없음만 보인다.

사마천은 〈사기〉의 〈화식열전(貨殖列傳)〉에서 "최상의 통치는 백성을 천지자연의 도에 부합하도록 이끄는 도가의 도민(道民)이다. 그 다음은 백성을 이롭게 하는 상가(商家)의 이민(利民)이고, 그 다음은 가르쳐 깨우치는 유가의 교민(敎民)이다. 그 다음은 백성을 가지런히 바로잡는 법가의 제민(濟民)이고, 최하위는 백성과 이익을 다투는 쟁민(爭民)이다"라고 하였다.

노자는 "가장 훌륭한 지도자는 사람들이 다만 그의 존재를 알 뿐이고, 그 다음가는 통치자는 사람들이 그와 친근하고 그를 칭찬하며, 그 다음가는 통치자는 사람들이 그를 두려워하고, 최하위의 통치자는 사람들이 그를 경멸한다"라고 하였다.

도가의 사상은 자유롭고 평등한 농민사회의 자연주의에 기초하고 있지만 훌륭한 지도자의 출현은 쉽지 않다. 그것은 고대 그리스의 플라톤의 이상국가론도 같은 맥락이다. 서울대 박성우 교수는 "플라톤의 이상 국가가 바람직한 이유는 그 안에 '지혜와 용기 그리고 절제와 정의'가 있음을 발견할 수 있기 때문이다."라고 하고 있다.

춘추시대 제나라를 부흥시킨 정치경제가인 상가(商家)의 관자(관중)는 '물은 만물의 본질이고, 물질과 도덕은 비례한다'고 하였다. 〈부국부민〉에서 "무릇 치국평천하의 길은 반드시 우선 백성을 잘살게 하는데서 시작한다. 백성이 부유하면 다스리는 것이 쉽고, 백성이 가난하면 다스리는 것이 어렵다"고 하였다.

유가는 인의예지신(仁義禮智信)의 도덕적 규범을 통한 사회질서 회복을 정치사상의 근본으로 여겼다. '덕치'는 도덕적 교화에 중점을 두고, '인치'는 지도자의 도덕적 자질 및 품성에 착안하여 "정치란 바로잡는 것이다. 솔선수범과 모범으로 백성이 따르게 한다"라고 하고 있다.

〈맹자〉는 덕에 의한 정치, 즉 왕도정치를 주장하는 정치철학서이다. 왕도정치는 통치자의 도덕성을 기반으로 한 정치이다. 백성에 대한 연민의 마음을 기반으로 백성을 자신의 피붙이처럼 여겨 그들에게 안락하고 인간다운 삶을 마련해주기 위해 노력하는 정치이다.

고대 그리스의 정치사상은 로마 제국에까지 영향을 주고 있다.

플라톤은 〈국가론〉에서 국가는 시민의 물질적인 생활을 충족시키는 데 필요한 것만이 아니라 시민을 공동체에 윤리적으로 결속시키는 교육기관이다. 어떻게 하면 조화있는 폴리스, 즉 정의가 실현되는 폴리스를 건설할 것인가의 문제가 중심과제였다.

아리스토텔레스는 덕에 의한 정치와 부에 의한 정치를 논하였다. 현대의 자본주의는 여러 나라들에서 재벌들이 선거자금의 조달·매수·대표자의 정계파견 등으로 정부의 정책을 움직이려고 한다. 한 사람의 탁월한 생각보다 상식을 가진 '다수'가 더 나은 결정을 내릴 수 있다고 하였다. 노예제도는 자연적인 것으로 보았다.

지금까지 중국의 춘추전국시대의 혼란기 제자백가의 주요 정치사상과 고대 그리스 철학자들의 정치에 대한 생각을 알아보았다. 인간은 2천 5백여 년 전부터 정치에 대하여 깊이 고민하였고, 정치를 통하여 평화로운 세상을 꿈꾸며 대안을 제시하고 있다. 정치는 도나 덕이나 법보다는 권력욕과 사리사욕으로 모함과 권모술수로 점철된 권력다툼의 역사이기도 하다. 실질적으로 백성은 없고, 백성은 희생양일 뿐이다.

현대에서 정치는 "여러 정당의 활동, 즉 각각의 계급, 각각의 계층의 이해, 목적을 정식화하여 싸우는 여러 정당의 활동을 중심으로 추진되고 있다"고 하고 있다.

16세기의 종교개혁, 1789~1794년의 계몽 철학자의 사상과 계몽 문학작품은 왕과 귀족과 성직자들의 사치와 향락, 위선과 부도덕, 부정과 불의 등을 고발하고, 가난하고 무지하여 기득권에 의해 무시당하고 짓밟히며 억압과 불평등으로 신음하는 민중(노동자, 농민, 서민)들을 일깨우며 혁명으로 치닫게 하고 있다.

계몽사상은 혁명으로 〈자유·평등·인권〉의 길을 열지만 많은 피와 희생을 치르게 하고 아직도 진행형이다. 제2차 세계대전은 수천만의 인명피해와 생활터전을 폐허로 만들고 끝난다. 종전 후 UN이 성립하고 많은 식민지가 독립하지만 서구를 제외한 대부분의 나라들은 독재정권에 맞선 투쟁과 내전으로 수많은 인명피해를 낳고 있다. 이는 인간의 무의미한 지배욕과 맹목적 종속으로 힘없는 백성들만 서로 척지게 하며 굶주림과 질병으로 고통받게 한다.

조선시대 당대 지식인이라고 하는 양반들의 당쟁과 사화(士禍), 실학자들의 유배, 임진왜란과 이순신 장군에 대한 모함, 병자호란과 삼전도의 굴욕, 안동 김씨의 세도정치, 양반의 허례허식과 무능과 위선 등은 기득권과 특권을 지키고 기존 질서를 유지하려는 무지하고, 어리석은 행태다. 비열한 중상모략과 혼탁의 결과는 결국 나라를 망하게 하고 있다. 개혁의 시기를 놓치면 사회가 파탄 나고 국가는 멸망하고 백성은 도탄에 빠질 수밖에 없다. 저항과 혁신과 개척으로 변화를 놓친 결과인 것이다.

스페인 내전은 1936~1939에 일어난 스페인 제2공화국의 인민전선 정부가 성립된 데 대하여 군부를 주축으로 하는 파시즘 진영이 일으킨 내전으로, 제2차 세계대전(1939~1945)의 전초전과 같은 성격을 띠기도 한다. 조지 오웰, 어니스트 헤밍웨이, 앙투안 드 생텍쥐페리, 앙드레 말로, 파블로 네루다, 시몬 베유 등 국적과 인종을 초월해 수많은 지식인과 젊은이들이 자발적으로 참전한 전쟁이었다.

조지 오웰의 〈동물농장〉은 인간에게 착취당하며 수탈 속에 고

단하게 살아오던 동물농장의 동물들이 돼지의 주도로 혁명을 일으켜 인간을 내쫓아 이상사회를 꿈꾸지만 돼지의 타락과 독재로 돼지들만 특권을 누리는, 공포스러운 전제(專制)주의 사회로 변모하고, 돼지들의 권력 다툼은 인간의 추악한 모습을 닮아간다는 이야기이다. 어니스트 헤밍웨이의 〈누구를 위하여 종은 울리나〉는 영화화되어 많은 관객이 보았다.

스페인 내전은 이념과 계급투쟁과 종교가 뒤엉켜 폭발한 전쟁으로, 사회주의, 공산주의, 아나키즘(무정부주의), 파시즘 등 온갖 정치 이념들의 격전장이다. 자본가·지주계급과 노동자·농민 계급이 맞붙은 계급 전쟁이기도 하다. 자유와 평등이라는 인류 보편적 가치를 위해 전쟁터로 뛰어든 3만 5천 명의 국제여단 병사들이 참전한 국제적 이념 전쟁이기도 하다.

스페인 내전은 불굴의 용기, 숭고한 이념, 전 세계 양심의 투쟁으로 기억되지만, 결국 좌파의 권력투쟁과 분열이 파국을 맞는다. 보수주의 군부세력인 프랑코가 승리하고 오랜 기간 동안 스페인은 독재정권으로 넘어가며 낙후하게 된다.

참혹하고 처참한 세계대전을 종식시키며 UN을 결성하고 이제는 이성과 지성으로 인권과 세계평화와 행복을 논하는 듯 보였지만 인간은 끊임없이 주도권과 특권을 누리려는 세력과 이에 저항하고 변화하려는 세력 간의 처절하고 잔인한 생존 투쟁의 굴레에서 벗어나지 못하고 있는 것은 인간 유전자의 생존본성의 속성(屬性) 때문이다.

세계는 미국 중심의 민주주의와 서유럽 중심의 사회민주주의 (社會民主主義: 폭력에 의한 혁명이나 프롤레타리아에 의한 독재를 부인하고, 의회정치를 통한 합법적인 방법으로 사회주의를 실현하려는 주의), 그리고 중화인민공화국, 러시아 연방, 조선민주주의인민공화국 등이 겉으로는 민주공화적 삼권분립을 채택하고 있지만, 서유럽을 제외한 많은 국가는 민주주의를 앞세운 권위주의 국가의 형태이다.

인간의 이기적인 과욕과 패권욕은 쉽사리 사라지지 않는 속성으로 민주주의와 권위주의, 자본주의와 사회주의, 보수와 진보로 나뉘어 서로를 불신하고, 악마화하여 배척하며 끊임없이 싸우고 있다. 고대와 중세, 근현대사에 이르기까지 무지한 시대에, 성인과 철학자에 의해 제시된 해법은 지식인과 신앙인이라고 자처하는 사람들조차 본래의 취지를 망각하며 세계는 혼탁하고 불안을 안고 살 수밖에 없다.

결국 인간 세상은 저항과 개척과 혁신이라는 '변화와 균형'에 의해 '생성과 소멸', '확산과 소실'하며 '동적 균형'을 이루어 끊임없이 흘러가고 있다.

6. 법과 정의와 권력의 속성(俗性)

춘추전국시대의 법가 사상가들은 신상필벌로서 예(禮)를 보충한다는 기본적 생각을 가지고 있다. 법은 백성의 부모와 같으며, 법은 천하의 가장 좋은 도이고, 성군의 실용이다. 법은 나라를 다스림에 있어 가장 우선하는 것이며 법의 작용은 백성의 권리와 의무를 정하고, 국가의 질서를 유지하게 하며, 공(功)을 쌓도록 하고, 난폭함을 억제시킨다. 각자의 본분을 지키게 하며, 서로 싸우는 일이 없도록 한다.

'한비자'는 무위지치(無爲之治), 즉 천지만물의 운행이치인 무위의 도를 치국평천하의 원리에 적용하고 있다. 한비자의 법치는 공평무사 즉 공평하고 사사로움이 없는 법치를 근본으로 하고 있다.

근대적 의미의 법치란 국가권력에 대항하여 개인의 권리와 자유를 보장받기 위해 대의기관인 의회가 제정한 법률에 준거한 정치가 이뤄져야 한다는 정치 이념이다. 이러한 민주주의적 법치는 국민의 기본권 보장과 국가권력의 분립을 핵심으로 한다.

독일의 법철학자 구스타프 라드브루흐(Gustav Radbruch)는 법의 이념은 정의, 합목적성과 법적 안정성에 있다. 정의는 아리스토텔레스의 배분적 정의 및 평등으로부터 나온다" "대부분의 국가는 법의 합목적성을 공공복리의 적합성에 두고 있다. 법적 안전성은 사람들이 법을 믿고 생활할 수 있어야 함으로 법이 명확하고, 쉽게 변경되지 않아야 하며, 실제로 시행되어야 하고, 일반인의 의식에 부합하여야 한다"

사회학적 관점에 기초한 합법적 규칙에 대한 분석은 이데올로기적 기능에 더욱 초점을 맞춘다. 예컨데 "법률이 사회 내에서 권력있는 집단의 이익에 정당성을 부여하기 위한 수단이며, 그렇게 이해되고 있는가"라는 문제를 제기한다.

법률가들은 법적 규칙은 특정의 기능을 갖는다고 주장한다. 즉 특정한 처리를 위한 절차를 규정하는 것, 분쟁을 조절하기 위한 규칙을 마련하는 것, 정부 공무원의 활동에 합헌적 권위를 부여하는 것, 기준을 규정하는 것 등이다.

칸트는 "'법'은 개개인이 보편적 자유를 향유하면서 평화롭게 공존할 수 있는 법칙으로 구체화하고 있다. 법과 도덕의 구분은 외부적 강제에 도덕적 정당성을 부여하기 위한 것이다"

고려대 이승환 교수는 "법을 만드는 자, 법을 해석하고 적용하는 자, 법을 지키고 수호하는 자 모두 사람이다" "법이 지배하는 현대사회는 덕성에 의해 보완되지 않으면 통치자의 지배 도구로 전락하거나 강자의 이익을 보호해 주기 위한 타율적 강제력에 불과하게 된다"고 지적한다. 동서양의 성인이나 철학자들이 "인간의 덕성(德性)"을 중시한 의미를 새삼 되짚어보게 한다.

오늘날과 같이 복잡하고 다양한 사회구조 속에서 법을 제정하고, 법을 적용하고, 법을 해석하고, 판단한다는 것이 쉽지 않아 보이기도 하지만, 인간의 본성을 들여다보면 그리 어려워 보이지 않을 것 같다.

엘리트라고 칭하는 판·검사와 변호사, 법학계와 법조인 출신의 평론가 등은 범죄를 조작하기도 하고, 묵과하기도 하고 범죄를 은폐하기도 한다. 법 적용과 해석을 둘러싸고 많은 이견과 논쟁이 있다는 것은 이를 방증하고 있다. 특히 "전관예우(前官禮遇)"라는 말을 스스럼없이 하는 것을 보면 스스로 범죄를 조장하고 방관하고 있는 것이나 마찬가지다. 언론이 방관하고 합리화시켜주고 있기도 하다.

전관예우는 분명히 범죄임에도 불구하고 언론에서조차 아무 거리낌 없이 쓰고 있는 것을 보면 불행한 일이다. "유전무죄, 무전유죄", 재벌들의 봐주기 수사와 감형, 대통령의 무분별한 사면권 행사, 이현령비현령식 법적용, "유검무죄, 무검유죄" "법 기술"이라는 용어 등 분명히 중범죄 행위임이 틀림없지만 아무 죄책감 없이 일반인도 이해할 수 없는 수사와 판결이 자행되고 있는 것을 보면, 과거 권위주의 시대의 '빽'이라는 말이 유행하던 시절을 떠올리게 한다.

프랑스 고등법원장이고 귀족 출신이었던 세콩다 몽테스키외 (1689~1755)는 20년간의 역작 끝에 《법의 정신》을 그가 죽기 7년 전인 1748년에 출간하였다. 미국 독립운동에 지대한 영향을 주었을 뿐만 아니라, 오늘날 대부분의 국가가 사용하고 있는 "삼권분립과 법을 만드는 방법" 등에 대해서 상세히 기술하고 있다고 한다.

〈법의 정신〉에는 "권력을 가진 자는 모두 그것을 함부로 쓰기 마련이다. 이는 지금까지의 경험이 말해주고 있다. 권력자가 권력을 남용하지 못하게 하기 위해서는 사물의 본질에 따라 '권력이 권력'을 저지하도록 해야 한다" "동일한 권력자와 집단이 세가지 권력을 모두 행사한다면, 모든 것을 잃게 될 것이다"

"판결은 명확히 법률 조문에 불과할 정도로 일정해야 한다. 만약 판결이 한 재판관의 개인적 견해라면 사람들은 책임져야 할 의무가 무엇인지도 모르는 채 사회생활을 하는 것이나 다름없다. 사법권은 없음이나 다름없다. 재판관은 법의 문구를 선언하는 입에 불과하다" 따라서 법관의 역할을 축소하고, 시민참여재판을 강조하였다.

무지한 자는 감각으로 판단하지만, 전문가는 학설과 의견으로 판단한다. 전자의 판단이 후자의 판단보다 더 믿을 수 있는 안내자이다. '재판관은 유죄판결'에 익숙해져 있으며, 모든 것을 그의 전문지식에서 빌려온 인위적 개념요소로 환원하는 경향이 있다. 이러한 재판관의 학식보다는 보통 사람의 상식이 증거판단을 잘못할 가능성이 더 적다. '법을 아는 일이 전문 학문이 아닌 국가는 얼마나 행복한가!'

〈법을 만드는 방법〉에 대해서도 첫째 "입법자의 의도에 어긋나는 법"을 만들어선 안 된다. 입법자는 입법의 목적과 결과가 반대로 나올 수 있음을 직시해야 한다. 둘째 "법의 문제는 간단해야 한다. 법의 문제는 쉬워야 한다" 셋째 "법의 말은 모든 사람들에게 똑같은 관념을 불러일으키는 것이 중요하다" "어떤 법에서 사물의 관념을 확정했을 때는 결코 모호한 표현으로 되돌아가서는 안 된다"고 저술하고 있다.

이상은 〈조국의 법고전 산책〉에서 몽테스키외의 저서 〈법의 정신〉의 "삼권분립과 법을 만드는 방법"에서 인용하였다. 근대의 계몽주의 문학작품에는 빅토르 위고의 〈레미제라블(일명 장발장)〉을 비롯하여 프랑스의 단편집, 제정 러시아 시대의 문학작품, 근현대의 우리나라 권위주의 시대의 문학작품에서도 가난과 무지의 시대를 살아가는 인간 군상들의 억울한 단죄를 많이 다루고 있다.

기원전 1755~1750년경에 고대 바빌로니아의 제1왕조 제6대 함무라비 왕에 의하여 제정된 것으로 추정되는 함무라비 법전은 전문이 아카드어로 쐐기문자로 비석에 새겨져 있는 최초의 성분법이다. 지금은 후에 발굴된 기원전 21세기경 우르 제3왕조 때 제정된 우르남무 법전이 현재는 가장 오래된 성문법이 된다.

함무라비 법전 선언에는 "신실한 영주이며 신들을 경외하는 나 함무라비가 정의를 이 땅에 세워, 악한 자들과 사악한 자들을 없애고, 약자들이 강자에게서 상해를 입지 않도록 태양신과 같이 사람들 위에 떠올라 국가를 밝히도록, 아누와 엔릴은 사람들을 잘 살게 하도록 나의 이름을 불렀다"고 말한다. "백성들에게 아버지 같은 주군이신 함무라비는 그의 신인 마르둑의 뜻을 하늘과 땅에 이르도록 노력하였고, 마르둑의 마음을 기쁘게 하고 백성들을 편안하게 살도록 규정하였으며 땅에 법을 제정하였다"

함무라비 법전은 흔히 알려진 "눈에는 눈, 이에는 이"라는 원칙(탈리오 법칙 lex talionis)으로 '자신이 지은 죄보다 과도하게 벌을 받는 것을 금지하는 법'으로 지금도 유효하게 적용되고 있다. 이 법전은 공권력의 시작이고, 죄형법정주의와 법치주의의 기초로 평가되고 있다.

고대 중국의 춘추전국시대와 고대 그리스 시대의 철학자들의 윤리 도덕적 사상이나, 근대 서구의 계몽철학자들의 사상은 "인문학적 진리"의 토대를 이루고 있다. 그들의 사상적 토대 위에 미국의 민주주의와 세계평화를 위한 UN이 탄생하지만, 시간이 흐르면서 위대한 생각들은 희미하게 쇠락의 길을 가고 있다.

정의(正義 justice)의 국어사전 의미는 ① 진리에 맞는 올바른 도리. ② 바른 의의(意義) ③ [철학] 개인 간의 올바른 도리. 또는 사회를 구성하고 유지하는 공정한 도리. ④ [철학] 플라톤의 철학에서, 지혜·용기·절제의 완전한 조화를 이르는 말.

정의에 대한 사회 용어사전의 의미는 '법이 추구하는 궁극적 이념'이다. 즉 이성적 존재인 인간이 언제 어디서나 추구하고자 하는 바르고 곧은 것을 정의라 한다. 소크라테스는 "인간의 선한 본성을 정의"라 하였고, 고대 로마의 법학자 올피아누스는 "각자에게 그의 몫을 돌리려는 항구적인 의지"라고 규정하였다.

대표적인 소피스트 프로타고라스는 "인간은 만물의 척도이다"라는 말로 진리의 주관성과 상대주의를 이야기했다. 수사학 교사

트라시마코스는 보편적 정의란 없으며 "정의는 강자의 이익에 따라 만들어진 것"이라고 주장하였다.

아리스토텔레스는 "정의의 본질은 배분적 정의(평등, 평균적 정의)와 교환적 정의"로 구분하였으며, 배분적 정의는 권리의 향유, 납세, 영예 등과 같이 공법생활을 규제하는 질서의 근본이념으로서 단체와 그 구성원 또는 국가와 시민의 관계를 비례적으로 조화시키는 이념이다. 교환적 정의는 손해배상 또는 유상계약에 있어서의 급부(給付: 채권이 목적이 되는 채무자의 행위)와 반대급부(反對給付: 쌍무계약에서, 한쪽의 급부에 대하여 다른쪽이 하는 급부)의 관계와 같이 사생활을 규제하는 질서의 근본이념으로서, 개인 대 개인 사이의 동등한 대가적 교환을 내용으로 한다.

사회학 사전에는 정의는 고전적으로 '각 개인에게 그의 몫을 주는 것'으로, 그리고 '동등한 자를 동등하게 취급하는 것'이다. 이러한 공평성에 대한 명령은 '갈등적인 주장들 간의 조정', '각 개인이 가지고 있는 권리를 결정하는 것'도 부여될 수 있다.

정의(正義 justice)에 대한 법률용어사전의 정의는 "인간이 사회생활을 영위함에 있어서 마땅히 지켜야 할 보편타당한 생활규범의 이념"이라고 되어 있다.

우리는 '정의'라는 말을 스스럼없이 쓰고 있다. '정의를 위하여', '정의는 반드시 승리한다', '정의로운 사람', '정의 속에서만 사회질서가 중심이 된다', '용기는 정의가 수반되지 않는 한 무가치하다. 하지만 모든 이가 정의로워지면 용기는 불필요해 진다', '정의란 모든 이에게 합당한 몫을 나누어 주려는 지속적이고 영구적인 의지이다' 등 실상에 비추어볼 때 알쏭달쏭하기만 하다.

미국 하바드 대학의 마이클 샌델 교수의 저서 〈정의란 무엇인가〉에서 1강의 말미에 "고대와 근현대 정치철학자들은 시민의 삶에 생기를 불어넣는 "정의와 권리, 의무와 합의, 영광과 미덕, 도덕과 법" 같은 개념들을 급진적이고 놀라운 방식으로 고민한다" "아리스토텔레스, 임마누엘 칸트, 존 스튜어트 밀, 존 롤스는 이 책에서 다룰 사람들이다. 이 책은 사상의 역사가 아닌 도덕적·철학적 사고를 여행한다. 독자들이 '정의'에 관한 자신의 견해를 비판적으로 고찰하면서, 자신의 생각을 확인하고, 왜 그렇게 생각하는지 고민하게 하는 것이 이 책의 목적이다"라고 전제하고 있다.

정의(正義)에 대한 정의(定義)는 일반적으로 이해하고 있는 생각과 달리 근본적으로 깊이 살펴보면 현실과 상당한 괴리가 느껴진다. 동양의 관념적이고 추상적인 개념보다는 서양의 철학적 사고는 논리적이고 구체적이어서 이해하기가 쉬운 듯하지만, 철학적 사유를 올바르게 인식한다는 것이 간단하지가 않다. 인간의 행위나 사고가 사람의 처지에 따라, 시대에 따라 그리고 환경에 따라 다르게 적용하기 때문이다.

마이클 샌델 교수의 〈정의란 무엇인가?〉를 읽고 기억나는 것 중에는 충성심·애국심이라는 미명하에 수많은 젊은이들이 서로 원수처럼 잔인하게 죽여야 하고, 맹목적 충성심 때문에 히틀러에 충성하고, 독재정권에 충성하기 위하여 죄 없는 사람들을 고문하고 억압하며 추종하기 때문에 독재권력이 유지되고 있는 것에 대하여 '정의'라는 이름의 속되고 천한 성질을 역사에서 수없이 목도할 수 있기 때문이다.

국가 승인 하에 이루어지는 전매청·카지노·주택복권 등은 국민 건강을 해치든, 카지노로 재산을 탕진하고 거리에 나 앉거나 자살하든, 가난한 사람들의 주머니를 털어 더 가난하게 하든, 국가와 지방정부의 재정을 충당한다는 명분으로 성행하고 있는 것을 지적한 대목은 오래 기억에 남는다.

요즘 우리 사회가 보수와 진보, 좌파와 우파, 빨갱이와 매국노, 친미파와 친일파 등 막말과 거짓 선동이 난무하고 이에 편승하는 언론과 많은 군중의 맹목적이고 무분별한 행동은 정의와 공동체의 평화, 이성과 지성, 양식과 양심 같은 것은 찾아볼 수 없고 혼란스럽기만 하다. 그 중심에는 소위 지식인이라고 불리는 엘리트 집단이 주도하고 있기 때문이다. 인간은 단지 동물적 존재임을 보여주고 있을 뿐이다.

개인 다툼이나 법적 다툼. 그리고 정치적 현안에 대해 싸우는 모습은 '이해관계' 앞에서는 '옳고 그름'에 의한 견해나 판단보다는 체면도, 인격도, 지성도 찾아볼 수 없다. 억지주장과 막말도 서슴지 않는 것을 보면 '정의'라는 생각은 애초부터 의식 속에는 없어 보인다. 정의라는 속성(俗性)에 휘둘리고 있을 뿐이다. 평범한 사람들은 법과 정의는 잘 몰라도 사리(事理)판단은 하고 산다.

마이클 샌델 교수는 후속 저서에서 〈왜 도덕인가?〉로 아리스토텔레스와 칸트의 철학 전통을 통해 '정치, 경제, 사회, 교육, 종교라는 사회를 구성하는 각 분야가 도덕에 기반해야 한다'고 역설한다. '현대 민주주의 사회에서는 도덕이나 윤리적 가치들에 갈증을 느끼고 있다' 고 지적하고 있다.

'윤리적, 도덕적 가치가 경쟁할 수 있는 사회, 의견 불일치를 받아들일 수 있는 사회를 만드는 것이 정의로운 사회로 나아가는 첫 단계'라고 말하면서, '도덕성이 살아야 정의도 살 수 있고, 무너진 원칙도 다시 바로 세울 수 있음'을 강조한다.

'정의'라는 말은 누구나 쉽게 쓸 수 있는 도구다.
'인간 세상은 '정의'의 유희에 놀아나고 있을 뿐이다'

국어사전에 의하면 권력(power)이란 "남을 복종시키거나 지배할 수 있는 공인된 권리와 힘. 특히 국가나 정부가 국민에 대하여 가지고 있는 강제력"을 이른다.

행정학 사전에는 권력은 타인 또는 조직 단위의 행태를 좌우할 수 있는 능력을 말한다. 타인을 강제할 수 있는 제도화된 힘. 좁은 뜻으로는 국가가 갖는 강제력인 정치권력·국가권력과 같은 뜻으로 쓰인다.

사회학사전에는 권력은 항상 관계적이다. 권력을 행사하기 위해서는 다른 사람이 원하든 원하지 않든 통제할 수 있어야 하며, 요구하는 것을 포기할 수 있어야 한다.

교육학용어사전에는 권력은 영향력과 같은 뜻으로 쓰인다. 국가기관이 법률의 규정에 의하여 자기 자신이나 타인의 권리·의무를 변경할 수 있는 권리를 가지고 있거나 어떤 조치를 취할 수 있는 권리를 가지고 있을 때를 말한다.

법률용어사전에는 권력이란 타인을 강제하는 힘으로, 일정한 공익을 달성하기 위하여 개인 또는 집단이 다른 개인 또는 집단을 강제 또는 지배하는 법률상의 힘이다.

권력에 대한 사전적 의미가 행정학, 사회학, 교육학, 법률학 등에 따라 표현을 달리하고 있다. 대표적으로 국가권력(공권력, 정치권력)이 있고, 기업과 사회단체의 계급, 인간관계에서의 힘의 관계, 그리고 채권과 채무, 권리와 의무에 따른 권력관계가 성립할 것이다.

공권력 또는 국가권력은 국가의 물리력을 행사하는 것을 의미하고 있지만 깡패나 조직폭력배나 힘 있는 자들의 폭력적이고 불법적인 행동과는 달리, 공권력은 폭력을 휘두르거나 폭언으로 제압하려고 해서는 안 된다. 폭력은 폭력일 뿐이고, 그 어떤 논리나 명분으로도 정당화될 수 없는 것이다. 그럼에도 불구하고 권력기관들은 위압적으로 권위를 세우려고 한다. 권력의 속성(俗性)인 것이다.

국가권력을 살펴보면 정부산하의 모든 기관과 공무원이 권력자라고 할 수 있다. 공무원은 공복으로서 국민에게 봉사한다고 말하지만, 공무를 수행하는 자체가 의무와 권리에 따른 권력행사가 뒤따르기 마련이다. 대통령마다 규제 완화를 되풀이하는 것은 '허가에는 규제가 따르고, 법과 규칙에 따른 강제력과 제한'이 따르기 때문이다.

'사정기관'이란 감사원, 검찰청, 경찰청, 국가정보원, 국세청, 군사

경찰, 국군방첩사령부, 금융감독원, 공정거래위원회, 관세청, 해양경찰청 등을 말한다. 동시에 기획재정부, 국방부, 법무부 등은 사정기관의 수사나 조사를 지원해주기도 한다.

사정기관이란 수사와 조사를 담당하는 기관으로 첩보나 정보 또는 자체 계획에 따라 수사와 조사와 감사를 하게 되지만, 다른 국가기관보다 막강한 권력을 가지고 있는 것으로 읽힌다. 실제로 그렇기도 하다. 최고 권력자인 대통령도 단체장이나 재벌의 총수도 잡아들여 단죄할 수 있다. 그들은 무소불위의 권력을 가지고 있다는 착각을 할 수밖에 없다. 그러면서 최고 권력의 집행자로서 맹목적으로 소임을 다 하고 있다고 생각하며 자기의 권력을 향유하려고 한다.

대부분의 대민 관련 부서는 허가 시 규제와 관련되어 있어 일의 추진에 법과 규칙에 따른 제재로 벽에 부딪힐 때 이해관계에 따른 부정부패가 발생하기 때문이다. 사정기관은 결국 권력의 속성으로 권력을 휘두르며 옥상옥으로 군림하기 마련이다.

한자의 권(權)은 '저울추, 저울질하다. 경중, 대소를 분별하다'라는 뜻이다. 위(威)는 '위엄, 두려워하다. 협박하다' 력(力)은 '힘'이다. 권위가 되었든 권력이 되었든 권(權)에 '위(威)나 력(力)'이 합치면 권위는 남을 지위하거나 통솔하는 힘. 권력(權力)은 남을 지배하여 복종시키는 힘. 특히, 국가나 정부가 국민에게 행사하는 강제력이다. 법과 권위와 권력에는 정의가 어떻게 존재하는가?

물리학은 "중력, 전자기력, 약력, 강력"의 4가지 힘의 상호작용으로 우주 만물을 형성하고 있다. 중력은 사람이 지구상에 발을 붙이고 서 있을 수 있고, 천체의 중력과 원심력이 작용하여 균형을 이루어 공간에 떠 있게 한다. 전자기력은 원자핵보다 먼 거리의 전하를 띤 입자들 사이의 상호작용으로 물체의 무게를 제외하면, 일상생활에서 접할 수 있는 대부분의 힘의 근원이 된다.

소립자(素粒子, elementary particle)는 물질을 구성하는 가장 기본이 되는 물질 요소를 말한다. 강력은 원자핵 내부의 중성자와 양성자를 강한 상호작용으로 묶어주는 힘이다. 약력은 원자핵 내부에서 붕괴 방출 작용과 관련된 힘이다. 4가지 힘을 매개하는 게이지 보손(gauge boson)으로 중력은 중력자, 전자기력은 폰톤(phonton) 또는 광자, 강력은 그루온(gluon), 약력은 보손(boson)이 힘을 매개해 준다.

이렇듯 우주 삼라만상은 네 가지 힘의 상호작용에 의해 운행하고 있다. 그러나 인간의 권위와 권력은 남을 지휘하거나 통솔하는 힘. 또는 남을 지배하여 복종시키는 힘. 특히, 국가나 정부가 국민에게 행사하는 강제력.이라고 되어 있다. 무엇인가 잘못되어 있다. 판·검사가 되었든, 심판이 되었든 수많은 불의와 불공정에 따른 사심과 오심은 인간 사회를 억울하고, 힘들고 불행하게 한다.

법과 권위와 권력에 대한 사전적 의미가 결과론적인 현상과 결과에 근거하여 해석하고 있다. 특별하고 명석한 두뇌가 있어서 법과 권위와 권력이 있는 것이 아니라, 법이라는 강제력에 의해서 법과 권위와 권력이 자행되고 있는 것이다.

신과 같은 신령스러운 권위는 차츰 권세화하고, 법이 생기고, 권력화하며 과시와 사치, 불의와 부패로 변모하여 가듯이, 법과 정의와 권력의 속성(俗性)에 의해 인간 세상은 늘 휘둘리며 살고 있다. 억압과 불평등과 불의의 온상이기도 하다.

인간 세상은 법이 없으면 미국 개척 시대와 같이 갱단과 무법자들에 의해 폭력과 무질서가 난무할 것이다. 법과 정의와 권력의 속성에 휘둘리며 세상은 '변화와 균형'에 의해 '생성과 소멸,'하며 끊임없이 흘러가고 있다.

7. 지식과 권위와 무지가 혼돈하는 세계

노엄 촘스키는 말한다.

> "진실을 말하고 거짓을 폭로하는 것은 지식인의 책무다."
> "It is the responsibility of intellectuals to speak the truth & expose lies."

소크라테스는 "덕은 지식과 같은 것이다"라고 하였다. "지식은 곧 덕과 같은 것이다"라고 할 수 있지만, 지식을 앞세운 지식인은 덕을 베풀고 사회를 개혁하기보다는 지식을 앞세워 이기적이고 출세와 기득권 지키기에 급급하는 사람들을 보면 사회 불평등과 억압과 불안의 근원이고, 참으로 무지하고 어리석은 일이다.

플라톤은 지식은 이상국가적 정치철학의 출발점이었다. 지혜의 덕을 갖춘 철인에 의해 이루어지는 철인 통치를 주장하였다. 이성을 통해서 보편적 진리에 도달할 수 있다고 하였다. 사전에는 이성(理性)은 ① 사물의 이치를 논리적으로 생각하고 판단하는 능력. ② 자율적·도덕적 의지의 능력이다.

안토니오 그람시는 "모든 사람이 지식인이며 그렇기 때문에 누구나 말할 수 있다. 그러나 모든 사람이 사회에서 지식인의 기능을 갖는 것은 아니다"

지식의 사전적 의미는 ① 어떤 대상에 대하여 배우거나 실천을 통하여 알게 된 명확한 인식이나 이해. ② 알고 있는 내용이나 사물. 이라고 되어 있다.

일반적으로 상식이란 애매하고 부동(浮動)적이며, 지식은 명석하고 확정적이라고 생각하고 있으나, 지식과 상식 사이에 뚜렷한 금을 긋는 것은 어려운 일이다. 상식의 순화(純化)에 의한 지식도 있으며, 반대로 과학적인 지식으로서, 그것도 상당히 고도의 지식이 상식화되는 경우도 있기 때문이다.

예스폼 서식사전에는 지식이란 어떤 대상에 대한 인식이나 이해의 과정 및 결과를 말한다. 지식이란 교육이나 학습을 통해 얻어지는 정보를 말한다. 사회생활을 영위하기 위해서는 그에 합당한 지식을 습득하여야 하며, 자신의 업무와 관련한 지식의 습득 및 활용은 매우 중요하다. 지식은 단순히 이해하는 것에만 한정되지 않고 이를 조합하고 분류하여 활용할 수 있는 것까지를 의미한다.

지식인의 중요한 역할은 지적 작업이 사회 변동에 끼치는 영향력이다. 이들 지식인의 모든 형태의 지적 생활에서 무엇보다도 중대한 일은 권위의 합법성에 대한 긍정 또는 거부이다. 전통의 권위 자체나 전통의 권위에 도전하는 창조성이 없다면 지적 생활의 존재는 불가능하기 때문이다.

정치 엘리트는 지식인을 필요로 하며, 고급문화의 창조·발전에 기여하는 지식인들이 국가 행정에서 중요한 역사적 역할을 수행하는 것이다. 확대된 지식인과, 그에 따른 지식인의 역할의 변화라는 관점에서 볼 때 인텔리겐치아(협의로서의)의 의의와 중요성은 사회의 발전과 개선을 이끄는 역할과 가능성에서 찾아야 할 것이다.

임현진 서울대 명예교수는 〈변화하는 지식인의 모습과 역할〉에 대한 강연에서 소위 지식인의 역할과 책무라는 것이 무균질, 무규칙한 사람들의 유동성이 불러일으키는 포착의 어려움에 더해 "진리의 상대화, 또 지식의 복합화"로 인해 점점 더 모호해질 수밖에 없는 상황이라고 지적한다.

〈지식인이란 누구인가〉에서 최근 지식정보사회의 출현과 함께 지식의 내용이 예전에 비해 엄청 복잡하고 탈 중심화되고 있기에 그들에게 과거의 지식인 상이라 할 고결하고 전인적이고 비판적인 모습을 기대하기가 어렵다. 진리가 상대화되는 탈근대적 상황 아래 지식도 복수화되고 지식의 성격도 진실성보다 실용성을 강조하는 방향으로 바뀌어 가고 있다.

우리 사회에서 과연 '지식인이 존재하는가'의 의문 제기에 대해, 한국 사회의 급속한 변화 와중에 지식인의 위상도 스스로 바뀌고 있고, 또한 그 역할에 대한 대중의 인식도 변화하고 있기 때문이다. 예전에는 때론 비겁하기도 하지만 고결하다는 것이 일반적 통념이었지만, 근자에는 중심이 없는, 천박한 집단으로 일부에서 해석하는 경향마저 있다. '빛과 소금'이 되기는커녕 '쓰레기'가 되어 가고 있다는 자학도 그 배경에서 이해할 수 있다.

'지식'과 '지식인'에 대해서 사전적 의미를 살펴보았다. 고대와 근대 특히 21세기에 들어서 '지식의 정보화·전문화 시대'가 되면서 지식과 지식인을 대하는 태도가 보통의 직장인 또는 생활인으로 생각하고 있다. 대부분의 사람이 직업적 전문지식과 정보를 가지고 있어야 살아가는 시대에 살고 있기 때문이다.

권위의 사전적 의미는 ① 남을 지휘하거나 통솔하여 따르게 하는 힘 ② 일정한 분야에서 사회적으로 인정을 받고 영향력을 끼칠 수 있는 위신이라고 되어 있다.

철학사전에는 어느 개인조직(또는 제도) 관념이 사회 속에서 일정한 역할을 담당하고 그 사회의 성원들에게 널리 인정되는 영향력을 지닐 경우 이 영향력을 권위라고 부른다. 따라서 권위는 이것을 느끼고 인정하는 데서 성립하는 정신적인 것이다.

권위는 그 영향력이 미치는 영역에 따라 도덕적 권위, 정치적 권위, 과학적 권위 등으로 나뉜다. 권위는 임의로 생겨나는 것이 아니다. 권위는 결국 생산양식에 의해 규정되고, 역사상 각 시대의 생산양식이 다름에 따라서 특유의 권위가 성립하며 권위의 교체도 나타난다.

권위는 역사 발전에 대하여 긍정적으로도, 또는 부정적으로도 작용한다. 역사적으로 몰락의 위기에 처한 종래의 지배계급은 기존의 권위에 집착하여 그것을 강제하고, 외적인 강제력, 즉 권력에 호소한다. 본래 대립하는 계급 사회에서 권위는 권력에 의해 뒷받침된다. 그러나 동시에 역사의 진전은 새로운 권위를 강제로 생성해낸다. 개인숭배는 권위의 남용에서 생겨나는 현상이다.

두산백과에 따르면 권위는 제도·이념·인격·지위 등이 그 가치의 우위성을 공인시키는 능력 또는 위력. 권위의 궁극적 근거는 사람의 마음, 사람들의 승인에 있으므로 이를 지지하는 인간 집단에 따라서 여러 권위가 존재한다. 권위는 어느 집단의 다수인의 승인이나 복종에 의해서 이름에 걸맞는 권위가 된다. 권위는 전통의 힘으로 자연적으로 성립되지만 인위적으로 만들어지기도 하고 변천·실추하기도 한다.

권력(power)과 권위(authority)는 인간을 복종시키는 힘이며, 권력은 사람들이 그 정당성을 승인하여야만 권위가 된다. 비판을 허용하지 않는 권위주의로도 사용된다.

권위는 역사적으로 신화와 종교적 행사에서 시작되었을 것이다. 제사장과 성직자의 권위는 신을 대신하여 신에게 제(祭)를 올리면서 자연적으로 생겨났을 것이다. 그러나 시간이 흐르면 권세가 생기고, 세도를 부리게 된다. 결국 권위의 속성으로 권력화하여 세상은 권력에 휘둘리게 된다.

사전에는 권위의식은 '자신이 다른 사람을 통솔하거나 이끄는 힘을 가지고 있다는 인식이나 판단'이다. 그러나 살다 보면 권위의식을 내세우는 사람들은 의외로 많다. 자기 자신을 위시하여 사람들의 주의·주장에는 무의식적으로 권위의식을 가지고 있음을 보게 된다. 그러다 보니 친구나 동료는 물론 가족 간에도 논쟁을 넘어 언쟁을 하기도 한다. 정치적 논쟁이 그렇고, 각종 사회 문제를 보는 시각도 제 각각 달라 갈등과 대립한다. 그러나 중요한

것은 '옳고 그름' 또는 '얼마나 진리에 가까운가'가 중요하다. AI
에 의한 판단 또는 판별이 '옳고, 도리나 진리에 맞다'고 주장하
는 시대가 등장하게 될 날도 머지 않았다.

오륜(五倫)은 국가 사회를 지탱하여 온 보이지 않는 질서이지만,
언젠가부터 권위로 자리 잡아 왔고, 현대에 들어와서는 자유·평
등·인권이라는 시대 사조에 편승하여 이에 반하는 풍조로 퇴색하
고 있다. 오륜의 덕목은 차츰 과잉충성, 권위주의, 양반과 상놈, 성
차별과 여성과 어린이에 대한 비하와 무시 등 인권침해와 부조리
로 이를 타파하는데 많은 희생과 대가를 치를 수밖에 없었다.

권위자는 어떤 분야의 탁월한 전문가를 지칭한다. 오늘날 국가
와 공공단체는 공권력을 행사하고 있지만, 선출직 공직자도 말과
달리 권위와 특권으로 국민 위에 군림하고 있다. 권력기관은 이에
더해 권위로서 국민 위에 군림하려 하고 있다.

현대국가들은 권력의 남용을 막기 위하여 권력을 입법·사법·행
정의 상호 독립된 세 기관에 분산하는 국가 조직의 원리로 삼권분
립을 채택하고 있다. 그리고 국민은 나라의 주권자로서 국가로부
터 권리와 의무에 따른 보호를 받을 권리가 있지만 생업에 바쁜
국민은 국사에 일일이 감시와 참여를 할 수는 없어 국회의원이 대
리한다.

오늘날은 신문을 시작으로 TV와 인터넷, 매스컴과 매스미디어
라는 이름으로 뉴스를 비롯한 각종 정보, 스포츠, 오락, 드라마와

연예 프로그램 등의 문화를 변화시키고 있다. 그러나 이 또한 생존 수단으로 결국 돈과 관련된 금력에 의해 움직이게 된다. 세상은 원하든 원하지 않든 살기 위해서는 금권의 지배하에 있게 된다.

무지(無知, ignorance)의 사전적 의미는 ① 아는 것이 없음. ② 미련하고 우악스러움이다. 라이프성경사전에는 아는 것이 없고 지식이 결여됨. 어리석음(stupidity). 하는 짓이 미련하고 사나움 등을, 성경에서는 무지를 죄의 원인으로 취급하기도 한다.

무지에 대한 사전적 의미는 무지몽매한 사람을 가리키고 있다. 과거 평민이라고 하더라도 가난하고 배우지 못하여 무지하다거나, 지주인 귀족과 양반, 교회의 땅에서 소작농과 노예로 살던 사람들로 숙명적으로 복종을 받아들이며 대를 이어 종살이를 할 수밖에 없었기 때문에 언제든 현실에서 벗어나기를 희망하였을 것이다.

그들은 무지하여 겉으로는 굽신거리지만 속으로는 불만을 가지고 있어 언제든 거친 언행이 튀어나올 수 있는 것이다. 이를 두고 사람들은 그들을 못 배워 몰상식하고, 인정도 없는 무지막지한 사람으로 치부한다. 오히려 그들은 마음이 착하고 단순하고 순박한 사람들이다. 이들을 짓밟고 있는 소위 지배층 지식인들의 행위가 인간으로서 무지한 것이다. 사전은 무지의 근원을 설명하지 않고 있다.

〈총, 균, 쇠〉의 저자 재레드 다이아몬드는 "인종주의와 게으른 천성"으로 흑인을 무시하려 했던 서구인들의 태도를 비판하고 있다. 백인에 비에 흑인의 문명이 뒤떨어지는 것은 흑인이 근본적으로 지능지수가 떨어지고, 게으른 천성을 가지고 태어난 결과로 보려고 했지만, 과학적인 근거도 없고, 현상을 원인으로 보려는 백인 우월주의적 사고라고 지적한다. "지리적·환경적 요인"이 원인으로 밝혀지고 있다.

종교 지도자와 지배세력은 지식으로 권위를 가지고, 권세로 백성과 노예들을 가난과 복종과 눈가림으로 억압하며 자연적으로 무지한 사람으로 만들고 있다. 이들의 무지는 당시 지배계층의 책임이 큰 것이다. 지배자들의 무지는 피지배자들의 무지를 합리화하고 정당화하지만, 무지는 무지를 낳고 있는 것이 인간의 역사이다.

훈민정음은 "백성을 가르치는 바른 소리"라는 뜻이다. 세종대왕은 백성들이 말은 할 수 있어도 글을 알지 못하는 것을 안타깝게 여겨서 세종 25년(1443) 12월에 우리의 고유문자이며 표음문자인 한글을 만들고, 28년(1446)에 〈훈민정음〉을 반포하였다. 훈민정음은 자음 17자와 모음 11자 28자로 구성되어 있다.

훈민정음의 창제 원리와 목적, 저자와 연대가 분명한 글자로, 당시 최고의 지식인이라고 하는 성균관 유생의 많은 반대가 있었지만, 훈민정음으로 된 최초의 노래인 '용비어천가'를 짓는 등 사용을 적극 권장하였다. 이후에도 이 위대한 글자는 '언문'이라고 낮잡아 부르고 천시하여 오랜 기간 여인의 애틋한 서신 속에만 머물러 있었다.

최만리는 '한자를 사용하지 않고 새 문자를 만드는 것은 오랑캐나 하는 짓'이라며 극렬한 반대를 하였지만 '백성이 나라의 근본이니, 백성의 생활을 편리하게 하는 것'이 군주의 도리라고 생각하고 반포하였다. 이 위대하고 자랑스러운 글자를 두고 당시 최고의 지식인임을 자처하는 이들의 행위는 '지식과 권위와 무지'를 혼동하는 어리석음을 보여주고 있다.

전쟁은 파괴와 살상의 순환 속에 백성들은 이유 없이 끌려가 무지하게 죽이고 죽으며, '그것이 무슨 의미가 있는지?'도 모르는 채 이끌려 무지한 삶을 살아가고 있는 것이다. 후대의 작가들과 영화 감독들은 영웅과 악인으로 형상화하며 장대한 스릴넘치는 장면을 그려내고, 사람들은 열광하고 즐기는 것을 보면 모두 무지한 것이다. 나관중의 삼국지는 많은 사람들이 즐겨 읽는다. 그 내용들은 영웅과 호걸, 지략과 계략, 권모와 술수, 배신과 배반, 정의와 신의, 정당화와 합리화 속에 수많은 병사와 백성이 아무 의미 없이 초로(草路) 같이 죽어 나가는 것이 파노라마처럼 펼쳐지고 있는 장면을 즐기고 있는 것을 보면 인간의 본성을 새삼 떠올리게 한다.

열악한 환경 속에서도 철학자나 자연철학자, 그리고 계몽 사상가들의 지식과 지성에 의해 세계는 변혁하여 왔다. 그들은 '지식'을 올바르게 이해한 진정한 '지식인'이다. 그들은 사회 발전과 개혁을 위한 선구자로 인간 세상을 변화시킨 참 지식인이다.

오늘날 많은 국가가 민주주의를 표방하고 있으나 허울 뿐 현대

민주주의를 시작한 미국과 서구의 선진국들도 실업과 빈부격차, 인권유린과 인종차별, 난민 처리, 기상이변과 환경오염의 심각한 문제 등에도 불구하고 패권 다툼과 국내외의 다양한 문제로 늘 시끄럽고 혼란스럽다. 이 또한 무지의 소치일 수밖에 없다.

이러한 문제들은 끊임없이 지식인들이나 언론이 여론이나 선거에서 '옳고 그름'을 올바른 판단을 할 수 있도록 선도하고 또 판단할 수 있게 하여야 하지만 현실은 권력과 금력과 이권을 둘러싼 이념 논쟁, 낡고 이기적인 주의·주장, 불확실하고 입증되지 않은 가짜 이야기를 막말과 함께 쏟아내는 것을 보면, 지식과 권위와 무지가 혼돈하는 세계 속에서 살고 있다는 생각을 하게 한다.

지식은 사실과 진실에 바탕을 두어야 한다. 따라서 지식인은 언행에 품격이 있고, 솔직 담백하고, 스스로에 엄격하고, 책임을 질 줄 알아야 사람들이 따르고 존중하며 권위는 저절로 생긴다. 세상은 문명의 이기와 함께 방임과 절제 없이 자꾸 나락으로 떨어지는 것만 같아 세태의 변화가 우려스럽기만 하다.

반면에 무지한 사람은 언행이 투박하고, 우직하게 보이지만 꾸밈이나 거짓이 없고 순수하고 고지식하다. 배운 것이 없고 가진 것이 없다는 이유로 천시당하는 것을 보면 안쓰러운 생각이 든다. 무지한 사람들은 대부분 착한 사람들이지만 사람들은 무지막지한 사람으로 낙인을 찍으려 한다. 미국의 흑인들은 백인들의 무시와 경멸에 대하여 반항적이지만 대부분 착하고 무엇을 물어도 투박하지만 믿음이 간다.

빅토르 위고의 〈레미제라블(1862)〉은 빵 한 조각을 훔친 죄로 5년의 형을 받았으나 4번의 탈옥을 시도하다 19년의 감옥살이를 마치고 출옥한다. 도스토옙스키의 〈죄와 벌〉 등 당시 '가난과 무지'를 소재로 한 문학작품들은 수없이 많다. '원죄', '선과 악', '정의와 불의', '양심' 등을 다루고 있지만 '경찰도, 판사도, 범죄자도' 모두 인간의 무지가 빚은 어리석고 슬픈 이야기들을 담고 있다.

〈법의 정신〉을 저술한 몽테스키외는 고등법원장으로써 현실의 암울한 법적용과 판결로, 무지로 인한 민중의 억울함과 불합리한 처사에 대하여 오랜 고찰과 심혈을 기울여 말년에 20년 만에 세상에 내놓은 명저다. 당시 〈사회 계약론〉을 쓴 장 자크 루소를 비롯한 수많은 계몽사상가들이 있어 오늘날 자유와 평등과 인권, 삼권분립과 민주주의, 세계평화와 행복을 말할 수 있게 한다. 이들은 시대를 앞서가는 진정한 지식인이고 양식의 소유자인 것이다.

정치의 목적은 무엇인가? '국가를 위하고, 국민 통합을 이루고, 잘 살게 하겠다고 외친다' 그러나 그들은 정쟁을 일삼고, 국민을 분열시키고, 국민을 불안하게 한다. 엘리트 의식으로 권위와 특권을 누리고, 은폐와 권력남용과 부정부패가 일상이 되고 있다. 맹목적 추종자들과 함께 놀아나며, '무지'로 얼룩져 있다. 조선(朝鮮) 말의 양반들과 오늘의 엘리트라고 칭하는 인문학적 지식인들은 언쟁만 일삼을 뿐 스스로 할 수 있는 일이라고는 별로 없다.

국제정치의 목적은 무엇인가? 세계평화가 목적이라고 내세우지만 "이해관계, 패권다툼, 편 가르기와 왕따 놀이"로 진정한 지성의 비판은 뒷전으로 밀려 무시되기 마련이다. '선과 악', '정의와 불의'의 이분법적(흑백) 논리로 대립하며 경제제재, 무기경쟁, 무기판매, 무기지원 등의 대리전으로 약소국을 처참하게 파괴하며, 세계는 늘 긴장과 대결의 연속이다. 말과 행동이 다른 지식과 권위와 무지가 혼돈을 조장하는 세계다.

　매스컴에서는 소위 지식인들이 지식을 가지고 "옳고 그름, 사회 이슈, 각종 범죄와 사회악, 세월호 참사와 10·29 이태원 참사, 일본의 핵폐수 방류" 등에 대하여 "잘잘못과 책임 소재, 대처방안, 과학적 분석과 공개" 등에 대하여 논쟁한다. 올바른 진단과 평가와 대책을 도출하면 올바른 지식인일 것이다. 그러나 현실은 지식을 앞세운 말장난과 억지 논리로 진실과 사실은 빗긴 채 결론 없이 국민을 분열시키고 있다. 주관하는 매스컴이나 토론자의 무지는 국민 모두를 무지하고 어리석게 만든다.

　지금은 과학적 방법과 과정과 결과에 대해서도 모두 은폐(隱蔽)로 일관하며 일방적인 결과를 믿으라고만 한다. 마녀사냥 아닌 마녀사냥의 시대이다.

　지식인의 궤변, 논리의 비약, 침소봉대와 과소평가, 모략과 중상, 오만과 편견, 거짓과 기만, 교묘한 광고와 치장, 부패와 모함은 지식의 결과물이고 무지의 소산물이다. 인간 사회는 무지를 조롱하고 폄하하고 있지만 정작 무지한 것은 정의로 포장하고 있는 지식인의 패러독스이고 무지의 산물일 뿐이다. 진정으로 무지한 사람들은 열심히 사는 순박하고 세태가 돌아가는 것에는 단지 무관심할 뿐이다.

　때때로 지식과 권위와 무지가 혼돈하는 인간 세상을 바라보고 있으면, 지식과 지식인이 권력을 행사하지만 결국 무지의 결과를 낳는다는 것을 알 수 있다. 인간의 역사에서 지식과 권위와 무지는 혼돈하며 '변화와 균형'에 의해 '생성과 소멸'하며 '동적 균형'을 이루며 끊임없이 흘러가고 있다.

8. 자본주의의 파장과 흔적

두 친구가 가지고 있는 돈을 털어서 막걸리 한독을 사서 동업을
시작하였다. 술은 안 팔리고 날씨가 더우니 한 친구가 가지고 있
는 남은 돈을 동업자에게 주고 한 사발을 사 마셨다. 조금 있다가
다른 친구도 목이 말라 받은 돈을 되돌려주고 마셨다. 이렇게 둘
이서 주거니 받거니 하며 술 한독을 다 비웠다는 우스개소리가
있다.

이 우화 같은 이야기는 웃고 넘겼지만 어쩌다 생각을 떠올리다
문득 인간이 살아간다는 것이 돈이라는 화폐만 돌고 돌며 결국
지구라는 모체를 파헤치고 캐내고 뽑아내고 소비하며 산다는 생
각이 들었다. 오늘날은 물물교환과는 달리 자본이라는 신용으로
투자와 생산과 소비가 이루어지며 자원을 소진하며, 삶을 영위하
고, 전쟁을 수행하며 강과 바다와 대기를 오염시켜 지구온난화와
기상이변으로 생명의 멸종을 가속화하고 있다.

사전에 의하면 자본주의는 "생산 수단에서 자본을 소유한 자본
가가 이윤 획득을 위하여 생산 활동을 하도록 보장하는 사회 경
제 체제"라고 되어 있다.

세상은 자본주의 자유시장경제가 과학기술의 발전을 이끌며 세

계는 무역과 여행, 자본투자와 자원개발이 자유로운 시대에 살고 있다. 인터넷과 스마트 폰으로 각종 정보를 접할 수 있어 세상이 돌아가는 상황을 시시각각으로 접할 수 있다. 반면에 국가 간, 개인 간의 소득격차와 실업, 전쟁과 내전으로 인한 난민 문제, 환경과 기후위기를 겪는 비극적이고 충격적인 광경을 매스컴을 통해 자주 보고 들을 수 있다.

인간이 살아가기 위하여 이웃 도시들을 걸어서 물물교환 하던 옛길은 점차로 늘어나며 사막의 오아시스와 험준하고 삭막한 오아시스 길을 따라 낙타와 말을 몰고 교역을 할 수밖에 없었던 인간은 중세 이후 중상주의와 중농주의 그리고 애덤 스미스의 국부론을 기점으로 경제이론과 경제정책이 서구의 삶을 지배하기 시작한다.

증기기관과 방적기의 발명으로 촉발된 산업혁명은 화석연료의 채굴로 제조업의 기계화와 운송수단의 동력화가 촉진된다. 증산을 위하여 공장을 주야로 가동하여 도시는 매연으로 공기를 심각하게 오염시킨다. 작업자와 시민의 건강을 심각하게 위협하지만 공업화는 가속화되어 공해물질은 대기와 강물과 해류를 타고 전 세계로 퍼진다.

산업의 고도화는 과학기술의 발명과 이론의 확립에 의해 지속적으로 발전하지만 자본의 투자가 선행되고 뒷받침이 되어야 가능한 일이다. 탄소 결합물인 석유의 정제와 부산물에 의한 다양한 석유화학제품의 생산은 유기화학 이론의 확립과 공업 기술의 발전과 함께 많은 자본의 투자가 이루어지며 의식주에 큰 변화를 가져왔다.

수요에 비해 공급이 딸리던 시절, 생산량을 늘리기 위하여 열악한 작업환경에도 불구하고 어린 소년과 연약한 여성에 이르기까지 밤늦게 일을 시키는 노동착취는 인간을 짐승과 기계부속으로 전락시키며 사회적으로 심각한 문제를 일으키게 하였다.

18세기의 계몽주의 사상에 의한 프랑스 대혁명은 "자유·평등·인권"이라는 가치를 세우지만 중산층 내지 자본가에 의한 부르주아 혁명에 그치고 있다.

경제학의 아버지로 불리는 애덤 스미스(Adam Smith 1723~1790)의 저서 〈국가의 부(富)의 본질과 원천에 대한 탐구〉, 일명〈국부론〉은 최초의 근대적인 경제학 저술이다. 그는 경제 활동의 자유를 허용하는 것 자체가 도덕의 한 형태라고 확신하고, 자본주의와 자유무역에 대한 이론의 기초를 세웠다.

스미스가 도덕 감정론에서 주장한 공감의 원리는 〈국부론〉에서 시장의 원리로 전개하고 있다. 공감의 원리와 시장의 원리는 "자연상태에서의 인간의 본성을 어떻게 보느냐"에서 출발하고 있다. "보이지 않는 손(Invisible Hand)"은 자기 이익의 추구가 사회 전체의 이익을 낳는다는 이론이다. 오늘날까지도 그의 "자유방임주의적 시장경제"의 논리는 인간의 속성에 바탕을 두고 있어 쉽사리 벗어날 수가 없다.

애덤 스미스의 "국부론"에서 출발한 자본주의의 경제체제는 자유시장 경제에 바탕을 둔 "사적 이윤추구를 목적으로 하고, 생산 수단의 사적 소유와 자유경쟁을 수단으로 삼고 있는 개인의 소유와 경쟁으로 되어 있는 '경제적 개인주의 제도'이다.

"잘 살려고 하는 인간의 욕구와 생존투쟁"은 15~17세기 서구의 대항해시대를 열고, 신대륙 발견은 원주민 학살과 식민지 쟁탈의 결과를 낳았다. 광활한 대륙의 개척을 위하여 아프리카인을 짐승과 같이 잡아다 노예로 부리고, 영국에서 시작된 증기기관의 발명과 기계기술혁신은 산업혁명을 일으키며 농업중심사회에서 공업사회로 옮아가며 정치·경제·사회 전반에 걸쳐 격변을 일으키는 계기가 되고 있다.

1775~1783년의 미국의 독립전쟁과 1789~1794년의 계몽 사상가들의 정신에 바탕을 둔 프랑스 대혁명은 전 세계에 "자유와 평등, 인민주권(민주주의)과 민족주의"를 확산시키며, 봉건적 왕정과 특권 계급(귀족과 성직자)을 무너뜨리고 자유주의 사상을 널리 퍼지게 하는데 커다란 영향을 주었다.

사회주의라는 말은 1872년 영국의 유토피아적 사회주의자 로버트 오언 학파(學派)에 의해 등장하였다. 생산수단의 공동소유와 관리, 계획적인 생산과 평등한 분배를 주장하는 이론과 사상이 일어나게 되었다. 그러나 사회주의적 공동체 생활은 원시 공동체에서 볼 수 있고, 예수 시대 유대교의 에세네파와 초기 기독교인들은 공동체 생활을 하며 교를 전파하고 있다는 것을 성경은 전서(傳書)를 빌어 적고 있다.

2차 세계대전 이후 이스라엘의 키부츠 외에 구소련의 콜호스 집단농장과 소프호스 국영농장, 중국공산당의 인민공사 등은 국가주의에서 추진하고 있다. 우리나라의 통일교를 비롯한 신천지 교회, 천부교, 구원파 등 수많은 소위 이단이라고 하는 교회도 교리 해석을 둘러싼 공동체 의식에서 출발하고 있다. 미국 개척 시의 신교도나 예수그리스도 후기 성도교회(몰몬교) 등도 교회를 중심으로 한 공동체에서 출발하고 있다.

사회주의는 산업자본주의의 계기가 되었던 산업혁명에서 비롯한 생산의 무정부성, 경제적 불평등 및 이로 인한 빈곤의 증대 등에 대한 저항에서 시작하고 있다. 이들은 자본주의사회에서 나타난 여러 사회적 모순과 병폐의 원인을 개인주의로 보고, 사적 이윤추구를 목적으로 하는 사적 소유 및 자유경쟁을 반대하였다.

부가 부를 낳을 수밖에 없는 것은 자본의 속성일 수밖에 없다. 빈부격차에 따른 부익부 빈익빈의 확대에도 불구하고 선진국을 중심으로 문명사회로의 변화는 가속화되고 있다. 지금은 스마트폰 시대로 가전기기와의 연결이 바깥에서도 통제가 가능하고 스마트 자동차에서 자율주행 자동차 시대로 향해 달려 가고 있다.

중상주의는 15~18세기 상업자본주의 단계에서 유럽의 네델란드, 스페인, 영국, 프랑스 등의 국가들이 채택한 부국강병을 위한 경제정책이다. 국부는 국력을 강화시키고, 강화된 국력은 국가를 번영시키고 부강하게 만든다. 수입 상품의 높은 관세부과와 국내 상품의 수출을 장려하고, 값싼 원료와 시장 확보를 위하여 식민지 개척과 정복 전쟁으로 얼룩지게 하고 있다.

서구가 식민지 개척으로 착취와 판로를 확보하였다고 하여도 국내적으로는 노동착취와 빈부격차 등에 의한 불평등과 부자유는 사회갈등을 심화시키며 프랑스의 대혁명과 민주주의, 그리고 사회주의와 공산주의를 태동하게 하고 있다.

공산주의는 생산의 사회화뿐만 아니라 분배에 있어서도 공평을 요구하는 '공동생산, 공동분배'를 원칙으로 하여 사유재산 제도를 전면으로 부정하고 공유재산제를 실시하여 빈부의 격차와 계급의 폐지를 주장하고 있다.

경상수지와 자본수지란 국제수지의 개념 가운데 경상수지는 실물 측면에서 본 수지의 개념이고, 자본수지는 화폐적 측면에서 본 수지의 개념이다. 무역수지·무역외수지·이전수지를 합계한 것이 경상수지이며, 장기자본수지와 단기자본수지를 합계한 것이 자본수지이다. 경상수지는 국제경제 상황을 나타내는 개념이며, 국제정치의 갈등 요인으로 부상하기도 한다. 경상수지 적자의 규모가 큰 경상수지적자를 초래한 교역상대국인 중국을 '불공정 무역국가'로 비난한다. 경재학자들은 계속된 무역불균형으로 인해 초래될 국제금융질서 불안정을 우려한다.

재정이란 국가 및 기타 공공단체가 공공욕구를 충족하기 위하여 필요한 수단을 조달하고 관리·사용하는 경제활동으로 정부의 경제로 정의되는 공공경제를 말한다. 국가의 국방 및 치안유지, 교육사업 등의 운영, 국토보존과 개발, 경제 질서의 유지 및 경제성장의 촉진 등을 수행하기 위한 수입조달과 경비지출의 과정이 재정이다.

제2차 세계대전 이후 미국 중심의 자본주의 시장경제와 구소련과 중국 공산당 중심의 국가주의적 공산주의, 그리고 서구의 사회민주주의 체제로 삼분 되어 왔지만 1991년 구소련의 해체로 자본주의의 승리로 끝나고 있다. 그러나 자본주의 시장경제는 부자와 가난한 자의 격차가 자꾸 벌어질 수밖에 없는 구조를 가질 수밖에 없다. 자원이 자본에 의해서 독식되지만, 국민 전체에 고르게 배분되지 않기 때문이다.

각국 정부는 실업문제를 해결하기 위하여 재정적자로 즉 국가부채와 화폐발행으로 투자를 늘려 지속적인 성장을 추구하고 있지만 소비와 경상수지 적자로 막대한 이자 부담을 안게 된다. 무역수지 흑자가 관건이다. 결국 잘 살고 있는 듯하지만 실질적으로는 빚과 과학기술문명의 발전 결과이기도 하다.

자본주의 시장경제는 금력에 의한 계급화와 인권유린이 일어날 수밖에 없는 구조다. 법적으로는 자유와 평등과 인권이 보장되어 있지만 불평등과 불공정, 인권유린과 불의에 의한 갈등과 대립은 빈번히 발생하며 사회 불안 요소로 작용하고 있다.

사마천은 〈화식열전(貨殖列傳)〉에서 '인간의 가치를 인정하라. 불공평, 불평등한 현실을 통찰하라'고 말했다.

"세간(世間)에 '천금(千金)을 가진 부잣집 자식이 길거리에서 죽는 법은 없다'고 하는데 빈말이 아니다. 무릇 보통 사람들은 자기보다 열 배 부자에 대해서는 헐뜯고, 백 배가 되면 두려워하고, 천 배가 되면 그 사람의 일을 해주고, 만 배가 되면 그의 노예가 된다. 이것이 사물의 이치다" 라고 하였다.

1930년대 세계 대공항기 이후에는 각국 정부가 케인즈적인 수요 확대 정책을 채택하면서 케인즈 경제학이 거시경제학의 중심이론이 되었다. 케인즈의 수요 확대 정책이 효과를 발휘하던 제2차 세계대전 이후부터 1970년대 초까지 황금기였다.

독일의 경제 이론학자 조지프 슘페터(Joseph Alois Schumpeter 1883~1950)는 오스트리아 출신의 미국 정치경제학자이다. 그의 저서〈경제발전의 이론(1911)〉은 "경제발전은 어떻게 이루어지는가?"에 대하여 논하고 있다.

그의 주요 이론 중 '창조적 파괴'와 '새로운 결합'이라는 개념에 의해 기업에 의한 기술혁신이 현대의 자본주의를 발전시키는 데 있어서 결정적인 역할을 한 경제이론으로 평가받으며, 기술 독점이 시장을 지배하는 오늘날까지도 영향을 미치고 있다.

자본주의 분석에서 신제품 개발, 원료, 공정, 시장의 전체 부가가치 사슬(value chain)의 과정, 조직 변화에 이르기까지의 '기술혁신이 기업의 이윤 창출의 독점적 지위'를 주며, 이는 '모방에 의해서 사라진다'. 슘페터는 사회진화론에 입각한 적자생존론, 제국주의적 자본주의론에 대한 반격, 착취개념의 부정과 기업가에 대한 보수개념 도입 등 반 마르크스주의적 이론을 통해서 근대경제학의 발전이론을 전개하고 있다.

자본주의의 모순에 의해 붕괴할 것이라는 마르크스 이론에 대해 기업가의 혁신을 통해 자본주의는 영구히 발전할 것이며 자본주의의 경제적 성공이 가져온 합리주의적 비판정신이 새로운 사회로의 변화를 불러올 것이라고 하고 있다. 슘페터는 자본주의의 몰락과 사회주의를 예견하는 전망을 통해서, 주식시장의 발달, 소유와 경영의 분리, 기업의 계획적 요소의 도입, 정부 역할의 증대와 같은 요인을 적시하고 있다.

경제학 사전의 의하면 경제정책에는 목표·수단·방안의 세 가지 요소가 있다. 경제방안의 선택은 경제이론에 그 근거를 두고 있다. 볼딩(Bolding, K. E)은 "경제정책이 따로 있는 것이 아니라 정책원리는 다름 아닌 경제이론으로써 유도되는 것이다"

21세기 정치학대사전에 의하면 경제정책은 국가가 특정의 목표를 정하여 경제에 개입하여 국민의 경제생활에 영향을 미치고자 하는 대책의 총칭으로 국민의 경제상의 이익을 보호·증진하기 위한 국가의 방책이다. 그러한 목표에는 경제성장이나 경제의 안정, 경제적 격차의 시정 등이 포함된다.

국가의 경제에 대한 개입방법에는 재정정책, 금융정책, 산업정책 등으로 대별할 수 있다. 재정정책이란 연도별 정부예산의 규모나 내용 또는 정부지출의 재원인 조세의 방향을 조작함으로써 자원배분의 효율성을 도모하고자 하는 것이다.

각국의 중요한 재정정책의 목표는 완전고용, 물가안정, 국제수지의 개선, 경제성장, 자원의 효율적인 배분, 공공욕구의 충족 그리고 소득 및 부의 재분배 등이 포함된다. 현대의 재정정책은 정부 기능의 증대와 현대경제이론의 발전을 기초로 하여, 재정정책과 통화정책 산업정책 등 정책 간 또는 중앙재정과 지방재정 간의 협력 내지 조정을 어떻게 이룩할 것인지 또는 장기적인 관점에서 재정정책의 내용이 어떻게 정식화되어야 할 것인지의 문제 등도 검토하게 되고 있다.

재정수지는 사회 전체의 경제활동과 물가수준의 단기변동에 작용한다. 정부활동에 필요한 자금을 조달하고 이를 특정한 공공욕구의 충족을 위해 지출하는 재정활동은 민간·정부부문 간의 자원배분이나 소득분배 그리고 경제안정의 효율성에 두고 있다.

두산백과에 의하면 금융정책이란 중앙은행이 통화량이나 이자율을 통해 총수요를 조정함으로써 국민경제의 안정과 성장을 도모하는 정책이다. 중앙은행은 기준금리의 수준을 정하고 그에 따라 통화량을 조절하며, 이것은 금융시장의 다른 금리, 즉 은행의 예금이나 대출 금리, 채권 금리, 콜 금리 등에 변동을 주어 경제에 영향을 미친다.

산업정책은 산업의 육성과 정비 및 발전을 통해 경제발전, 경제성장의 추진, 생활수준의 향상, 완전고용의 실현, 국제수지의 개선 등의 목적을 달성하기 위하여 실행한다.

워싱턴 컨센서스(Washington consensus)는 1990년대 미국이 중남미 국가들에 대한 경제위기 극복을 위해 제시했던 미국식 경제체제의 대외 확산 전략으로, 자율적인 시장경제체제를 바탕으로

한 무역 및 자본의 자유화, 탈규제를 통한 무한경쟁과 정부의 긴축재정, 민영화 및 정부 개입축소 등을 골자로 하고 있다.

세계은행이 모여 워싱턴에서 정책결정자들의 합의에 따르면 개발도상국 등 제3세계 국가들이 시행해야 할 구조조정 조처들은 ① 정부예산 삭감, ② 자본시장 자유화, ③ 외환시장 개방, ④ 관세 인하, ⑤ 국가 기간산업 민영화, ⑥ 외국 자본에 의한 국내 우량 기업 합병·매수 허용, ⑦ 정부 규제 축소, ⑧ 재산권 보호 등이다. 이 용어(합의)는 국제통화기금(IMF)·세계은행(WB)·미국 재무부 등 워싱턴의 3대 기관에 의해 합의 작성되었다. 또한 개발도상국의 경제정책으로 강요했을 뿐만 아니라 선진국에서도 경제정책의 기준이 되었고, 신자유주의 정책의 대명사로 자리매김하였다.

문제는 제3세계에서 이러한 권고를 수용하지 않을 때는 집권핵심세력의 부패·비리를 폭로하여 지배 정권을 무력화시킨 다음 중도성향의 다른 정당으로 하여금 집권하게 만든 후 구조조정을 시행하게 한다는 점이다. 또 외환위기가 발생하면 이를 방치함으로써 구조조정 프로그램을 관철하는 기회로 삼는 등의 문제 소지를 안고 있다. 결국 세계은행과 국제통화기금과 미 재무부에 의한 미국 중심의 경제패권 확보에 있다고 할 수 있을 것이다. 제3세계의 국가적 위기 발생을 구조조정을 전제로 삼아 미국식 시장경제체제(신자유주의)를 확산시킨 데 대해 반(反)신자유주의 혹은 반(反)세계화 진영으로부터 '세계 경제를 미국 기업이 진출하기 쉽게 만들어 이익을 극대화하기 위한 금융자본주의의 음모'라며 비난을 받았다.

조지 소로스는 이를 '시장근본주의'라고 비난한 바 있으며, 노벨 경제학상 수상자인 조지 스티글리츠가 개발도상국에 고금리 정책을 강요하는 것에 반대하며 세계은행(IBRD)에서 직을 사퇴할 때도 이 용어를 거론했다. 이를 두고 영국의 이코노미스트 등 언론들은 '워싱턴 혼란(confusion)', '워신턴 불화(dissensus)'라고 하였다.

많은 나라에서의 국가부도 위기는 공공시설의 외화 차입투자의 적정성, 자본의 비효율적 투자, 기업의 무분별한 과잉중복투자와 기술개발과 혁신의 소홀, 정부정책의 무지와 비효율성, 국민의 무분별한 소비 등 여러 가지 요인으로 수출 경쟁력의 약화로 많은 나라에서 국가부도의 위기를 맞고 있다.

1980년대 라틴아메리카와 1994년의 멕시코의 국가부채 위기, 1998년 한국의 IMF 구제금융 신청, 2001년 러시아 국가부채 위기, 2007~2008년 아르헨티나 경제 위기, 2007~2008년 미국발 세계 금융위기, 2010 유럽국가 부채위기, 2011년 포르투갈과 2015년 그리스 구제금융 신청 등 세계화에 따른 외환위기는 줄을 잇고 있다.

1998년의 한국의 외환위기 때는 은행부도와 많은 기업이 도산하고, 해외 매각과 구조조정으로 많은 실업자를 양산하였다. 불필요한 경비 축소, 해외시장 개척, 노사 협조, 정부의 지원책은 물론 온 국민은 금 모으기와 소위 '아껴 쓰고, 나누어 쓰고, 바꿔 쓰고, 다시 쓰자'는 "아나바다"운동을 전개하며 위기 극복 노력으로 부채를 조기 상환하지만, 흥망성쇠는 주기적으로 반복되고 있다.

시장개방으로 인한 경제조건의 변화로 환율조정 압력, 수출경쟁력 악화의 대응이 필요해지고, 대응책으로 산업구조의 조정과 첨단산업화, 기술개발과 자동화를 통한 고부가가치화, 구조적 약체화가 불가피한 업종의 폐기 또는 업종전환, 해외진출 및 기업경영의 다각화로 국제경쟁력 제고의 필요성은 지속적으로 요구되고 있다.

과학기술의 발전은 자본의 뒷받침으로 4차산업으로 나아가며 센서·데이터와 AI를 기반으로 한 사물인터넷(IoT)과 가상현실(Virtual reality)과 증강현실(Augmented reality)의 시현으로 인간의 삶을 어디로 끌고 갈지 알 수 없다. 반면에 의료기기에 의한 진단, 법원 판결을 위시하여 글쓰기나 그림은 물론 다양한 서비스분야까지 응용하며 인간의 설 자리를 위협하고 있다.

혼합현실(augmented virtuality)은 현실을 기반으로 가상정보를 부가하는 증강현실과 가상환경에 현실정보를 부가하는 증강·가상의 의미를 포함한다고 한다. 즉 현실과 가상이 자연적으로 연결된 스마트 환경을 제공하여 사용자는 풍부한 체험을 할 수 있게 한다는 것이다.

메타버스(metaverse)는 웹상에서 3차원의 가상 세계에서 자신의 역할을 대신하는 가상의 인물이나 분신(아바타)을 통해 서로 교류하여 사회·경제·문화적 활동을 함으로써 가상 세계와 현실 세계의 경계가 허물어지는 그러한 세계를 말하고 있다.

인간은 TV의 드라마 시청에서 예능 프로그램으로, 컴퓨터에 의한 게임과 스마트폰에서 AI 시대로, 그리고 메타버스 시대로 향해 가고 있다. 메타버스의 세계는 가상현실 속에서 가상화폐로 물건을 사고팔 수도 있는 가상의 현실이라고 한다. 4차산업 시대 메타버스 산업은 부와 고용을 창출할 수 있는 미래 먹거리 산업이 될 것이라고 적극 홍보하고 추천하며 자본의 투자를 권장하고 있다.

자본의 세계화와 과학기술 발전은 물질문명을 향상시켜 인간의 생활을 풍부하고 편리하게 하고 있다. 대형 마트나 백화점은 문전성시를 이루고 있지만, 골목상권과 재래시장은 한산하고, 한길가의 일반상점들은 커피점이나 카페나 빵집으로 바뀌며 업종전환에 고심하는 등 일반 서민들의 삶은 근심이 깊어지고 있다.

천민자본주의는 생산 활동을 통하여 영리를 추구하지 아니하고 고리대금업과 같은 자본의 운영을 이윤 추구의 기본적인 형태로 삼는다. 독일의 사회학자 베버가 중세 후기의 전근대적이고 비합리적인 자본주의를 지칭한 용어이다.

자유민주주의는 개인의 자유와 경제적 활동을 최대한 보장한다. 자본주는 이익 추구에만 몰두한 나머지 부정과 부당한 방법도 서슴치 않고 타인의 처지를 무시한 채 이기적인 생각에 몰두하여 윤리와 도덕 같은 정신적 가치를 소홀히 하고, 돈과 물질적 가치가 개인의 삶과 생활을 지배하게 한다.

기업은 이익 추구를 위하여 생산성과 가격경쟁에만 몰두하게 된다. 기계화와 기술개발과 광고에만 자본이 집중 투자되고, 근로자의 대우나 복지 등을 외면하고 인간을 기계에 종속시키는 인간성의 상실과 인간소외의 현상이 나타난다. 작업 환경 개선과 작업자의 처우 개선문제로 갈등과 대립을 빚으며 인간 사회는 시끄럽고 피곤하다.

성장주도의 자본주의 경제체제의 결과는 자원고갈과 생태계 파괴, 환경오염과 기후위기 등을 가져오며 지구 생명체와 인간의 존폐에도 심각한 위협을 주고 있다. 선진국과 중진국들은 의식주에서 과거에 비해 많이 향상되었다고는 하나 빈부격차로 사회적 갈등과 혼란을 겪고 있으며, 청소년들은 각종 오락과 사행에 빠져들게 한다.

자본주의 시대 돈을 빌려 자산의 투자로 돈을 벌려는 사람들이 늘어나며 땅과 주택과 주식 투자로 웃고 울며 많은 사람들은 빚에 허덕이며 사회는 불안하고 불행한 사람을 양산하고 있다. 투기는 애써 열심히 일하기보다는 요행과 사기와 범죄를 조장하며 열심히 일하는 의미를 앗아가 버린다.

노엄 촘스키는 세계적 신자유주의에 대해서 분명한 반대의 목소리를 높였다. 그는 "독재, 전체주의, 제도의 폭력도 인간성을 파괴하나, 대기업이 더 위험한 이유는 돈에는 국경이 없기 때문이다. 사기업은 시·공간의 제약을 받지 않고 사적 이익을 추구할 뿐 인권·평등 같은 단어들이 끼어들 틈이 없다"고 했고, "신문, 언론도 사기업화되어 광고주인 사기업의 이익을 대변해 주고 사기업들은 광고로 언론의 이익을 보장함으로써 잘못된 이익의 먹이사슬을 형성했다"고 일침을 놓았다.

다국적기업의 이익만을 중시하는 신자유주의적 세계화의 문제는 "자본주의는 사회의 중심 기구가 독재적인 통제 하의 원칙에 따라 움직이는 시스템이다. 따라서, 정치적인 개념으로 생각하면, 기업이나 산업은 파시스트이다. 다시 말해 상위에서 팽팽한 통제를 하고 있으며 각 단계에서 엄격한 복종이 확립되어 있다. 아주 적은 협상과 타협이 있지만 권력의 줄은 완벽하게 간단하다. 내가 정치적인 파시즘에 반대하는 것처럼, 나는 경제적인 파시즘에도 반대한다. 사회의 주요 기관이 대중의 참여와 공동체의 통제 하에 있을 때까지, 민주주의에 대해 이야기하는 것은 부질없다"

미국은 군사, 경제, 정치 등은 물론 문화, 교육, 학술 연구를 포함한 모든 분야에서 가장 막강한 영향력을 행사하는 국가이다. 구소련이 몰락한 1990년대 이후 전 세계 유일의 초강대국으로 군림하고 있다. 미국 스스로 '세계의 경찰' 또는 '미국 예외주의'를 내세우고 있다. 세계대전 이후 '브레튼 우즈 체제'의 발족으로 명실상부한 미국 주도의 국제 사회의 질서를 이끌며 패권 국가로서의 지위를 확보하고 있다.

'브레튼 우즈 체제'는 1944년 7월 미국의 브레튼 우즈에서 발족한 국제 통화 체제이다. 1930년 이래의 각국 통화 가치의 불안정, 외환 관리, 평가 절하 경쟁, 무역 거래 제한 등을 시정하여 국제 무역의 확대, 고용 및 실질 소득 증대, 외환의 안정과 자유화, 국제 수지 균형 등을 달성할 목적으로 체결된 협정이다. 미국 달러화를 기축통화로 금 1온스를 35달러에 고정시켜 통화 가치 안정을 꾀하는 환율체제이다.

미국은 계속되는 재정적자를 해결하기 위하여 WTO의 발족과 세계화로 자본·기술·상품·노동·여행 등의 자유로운 이동을 원활하게 하고, 중국을 WTO에 가입시키며 시장의 확대 개방으로 세계는 활기를 띠고 성장을 촉진하고 있다.

동남아시아와 소위 BRICS(브라질, 러시아, 인도, 차이나, 이후 남아공화국이 포함)라고 하는 자원 대국들의 참여로 활기를 띠지만, 많은 나라들이 IMF 구제금융을 받는 등의 위기가 뒤따르고 있다. 기술력이 떨어져 상품 경쟁력이 떨어지거나 에너지와 지하자원이 열악하거나 정치집단이 무능하고 부패한 국가들은 무역수지의 적자로 빚을 감당할 수가 없기 때문이다.

미국은 기축통화인 달러의 힘에 의존하여 "저금리 자금 투입식" 해법으로 결국 2008년의 금융위기를 낳고 전 세계에도 커다란 악영향을 미치고 있다. 월가의 금융위기는 기축통화의 양적완화와 저금리, 그리고 부실 자산과 신용을 담보로 무분별한 부실 대출로 버블을 야기하며 금융위기를 자초하지만, 세계는 거품이라는 성장으로 흥청망청 소비하며 세상은 문명의 이기를 누리고 있다. 그러나 공짜는 없다.

《성장의 한계(The limits to growth)》는 도넬라 H. 메도즈·데니즈 L. 메도즈·요르겐 랜더스·베레스 3세 등의 공저로 "인류가 직면한 위기에 관한 로마클럽 보고서"로 1972년 출간 당시 "지구를 구할 위대한 책"으로 극찬한 그룹과 비판적인 학자들은 "논리도 자료도 엉터리·쓰레기"라고 혹평하는 그룹, 그리고 언론의 의도적인 왜곡된 공격을 받았지만, 《성서》《자본론》《종의 기원》과 함께 기념비적 저서라는 평가를 받고 있다. "30주년 기념 개정판"이 한국어판으로 출간되었다.

이 보고서는 브레이크 없는 경제성장이 지구 환경에 어떤 영향을 미치게 될지 그 원인과 전망을 분석하여, 성장 위주의 가공된 신화를 깨뜨리고 인간의 무지한 탐욕에 경종을 울리는 동시에 "지속 가능한 미래"의 중요성을 알리는 데 지대한 공헌을 했다. 자원고갈, 빈부의 격차, 환경오염, 지구온난화와 기상이변, 오존층 파괴 등 "인류 미래의 위기"에서 벗어나기 위한 세계적인 관심을 불러일으키게 했다.

'성장주의자'들은 성장은 빈곤과 실업의 가장 중요한 해결책으로 믿고, 자원고갈, 환경문제, 기후변화 같은 것은 기술발전으로 해결 가능하다고 주장한다. 〈성장의 한계〉에 비판적인 기업체들은 상업광고를 이용하여 공격하고, 연구자들을 조직적으로 지원하였다. '환경 회의주의자'는 환경주의자들이 환경의 위기를 지나치게 과장하고 있다고 주장하는 것을 가리키는 용어이다.

덴마크의 젊은 통계학자 비외른 롬보르의 저서 〈회의적 환경주의자〉에 대하여 혹독한 비평도 뒤따르지만, 저자의 관점에 대해서도 깊이 생각해 볼 필요가 있다. 그는 통계적 실증 자료를 토대로 "이 세상의 실제 상황을 직시하다"로 자본주의에 의한 경제성장과 과학기술 문명의 진보의 성과를 평가하고 있다.

롬보르는 통계자료의 신뢰성을 위하여 UN의 식량농업기구

(FAO), 세계보건기구(WHO), 유엔개발계획(UNDP), 유엔환경계획 (UNEP) 등의 통계 자료가 포함되고, 세계은행이나 국제통화기금 과 같은 국제기구에서 발표한 경제지표 관련 통계수치를 사용했 다. 그리고 세계자원연구소(WRI: World Resources Institute)와 월 드워치연구소, 미국의 정부 기관, 그리고 OECD와 유럽연합 등의 통계 자료들과 각국 기관의 실증 자료들을 근거로 제시하고 있다.

1부. "너무나 뻔한 이야기들"에서 '상황은 개선되고 있다' 그러 나 환경 단체와 학자들의 부정적 연구 결과만을 언론매체가 반복 해서 초점을 맞출 때, 사람들은 심각한 편견에 빠질 수 있다. '사 실의 과장과 바람직한 관리, 추세와 판단, 현실 대 허구, 그릇된 통 계와 경제학, 물 문제, 건강 문제 등에 대하여, 균형을 잃은 나쁜 소식들로 추세가 형성되고 있다고 말한다.

분명한 것은 뉴스 매체나 환경 단체들도 모두 이익집단이며 따 라서 자기들의 대의를 옹호하는 주장을 펼친다. 그들이 내놓는 부 정적인 소식들을 우선적으로 믿는 것은 그들의 잘못이 아니라 우 리의 잘못이다.

2부 "인류 복지"에 대해서, 지난 100년 동안 기대 수명은 2배 이 상 늘었고, 개도국의 영유아 사망률도 급격히 낮아졌다. 현대인들은 먹을 것이 풍족하고 건강해졌다. 기아(饑餓)율은 1970년의 35%에 서 1990년 18%, 현재는 10% 이하로 낮아지고 있다. 삶의 질도 개 선되어, 선진국은 안락한 주택, TV, 냉장고, 자동차, 컴퓨터, 스마트 폰 등을 소유하고, 노동 시간이 절반으로 줄어 여가를 즐기고 있다. 개도국은 교통수단, 상하수도, 에너지, 사회 기반 시설 등을 개선하고 있다.

3부 "인류 번영은 지속될 수 있을까"에서 '식량 생산과 환경파괴를 관련지어 우려하지만 수확은 늘고 있다. 삼림 면적은 줄고 있지만 전 세계 삼림 면적으로 보면 아직 심각하지는 않다. 열대우림은 연간 0.5%씩 벌채되지만 70% 이상은 남아있다. 수자원은 풍부하지만, 소중한 자원으로 관리할 필요가 있다. 에너지나 원자재처럼 재생 불가능한 자원도 계속 발굴하고, 품질이 낮은 자원까지 개발하면 수백, 수천 년도 쓸 수 있을 것이다. 재생가능 에너지도 가격 하락과 효율 향상으로 더 많은 에너지 이용이 가능하고, 사막·해상·산맥에서의 태양광과 풍력 발전의 적극 활용으로 지속적인 번영은 가능하다.

4부 "오염이 인류 번영을 가로막고 있는가"에서 '그렇지 않다고 하고 있다' 공기 중의 납과 분진 농도의 감소로 건강이 좋아지고 있다. 런던의 공기는 1585년 이후 지금만큼 깨끗했던 적이 없다. 개발도상국은 경제성장의 가속화로 대기 오염이 악화되고 있지만, 선진국의 100~200년 전의 현상이다. 환경 보전과 경제 번영은 상반되지 않고 상호 보완적이다. 대기 중의 다이옥신 노출도가 감소하고, 모유 속의 다이옥신 함량이 8% 줄고, 혈액 속의 농도도 12% 감소했음이 이를 증명하고 있다.

5부 "내일의 문제들"에서 '화학 약품의 공포, 생물 다양성, 지구 온난화'에 대하여, 근거와 자료의 확인, 모델과 현실, 과장과 과대 평가, 사실과 다른 주장, 비용의 문제, 논쟁의 초점을 강조한다. 근본적이고 근원적인 원인 규명과 완화를 위한 단계적이고 효율적인 대책 수립으로 대처하여야 한다. 깜짝 놀라게 해서 경고를 주기보다, 오진과 오판에 의한 잘못된 방향과 결과를 초래하게 해서는 안된다.

6부 "세계의 실제 상황"은 '곤경인가, 진보인가'에서 '세계의 실제 상황'은 좋아지고 있지만, 우리의 걱정은 늘어만 가고 있다. '우선순위와 위험부담, 위험성은 어떻게 가늠할 것인가, 뻔한 이야기들의 반대 급부, 원칙을 말할 때는 조심해야 한다 등' 성장과 과학 기술문명 발전이 이룩한 공과를 바탕으로 지구 환경을 예의주시하며, 지속적인 진보가 필요하다고 주장하고 있다.

덴마크 정부 산하의 '과학적 부적합성 검토 위원회 (DCSD)'는 본 저작의 과학적 부적합성을 고발한 건에 대하여 2003년 1월 7일 다음과 같이 결론을 내렸다. "객관적으로 판단해서 본서는 과학적 부정직의 범주에 포함되지만, 과학적 부정직성을 남용할 의도를 지니고 있지 않다고 보았다. 그러나 결과적으로 바람직한 과학 저술의 기준에는 명백히 부합하지 않는다고 판단한다"고 결론을 내렸다.

지구의 자원고갈과 환경오염, 기후변화의 심각성으로 곧 지구가 멸망한다고 하더라도, 과거의 종말론과 같은 각종 유언비어의 난무는 사회를 혼란에 빠지게 할 뿐이다. 인간 세상은 정치가나 시사평론가, 언론에 이르기까지 확인되지 않고, 편파적인 불확실한 정보와 유언비어, 편견과 부정적이고 악의적인 이야깃거리를 여과 없이 발표하는 경향이 있는 것도 사실이다. 물론 그 반대도 마찬가지이다.

그것이 자연현상일 수도 있다고 의심할 수 있더라도 불확실하다. 분명한 것은 인간은 생존하기 위하여 수많은 삼림벌채, 자원개발, 그리고 화석연료의 남용은 생태계 파괴, 환경오염, 온실화로 인한 기상이변을 일으키기에 과학적 검증 없이도 목격될 수 있다. UN을 중심으로 범국가적 대책에 모두가 동참하여야 하는 현상이다.

인간은 물물교환을 시작한 이래 수많은 길을 개척하며, 교역과 침략을 통해 인류문명을 발전시켜 왔다. 채집과 사냥으로는 항상 굶주릴 수밖에 없었던 인간은 지능이 발달하고 손발을 자유자재로 사용하면서, 자연을 개척하며 끊임없이 전쟁과 전염병과 자연재해에 시달리며 살아야 하는 것도 인간의 숙명과 같은 자연현상이다.

문명사회란 인간이 슬기나 지식이 발달해서 생활이 풍부하고 편리해진 사회를 이루는 말로서, 질병을 위한 의술도, 전쟁을 위한 무기와 장비 그리고 군수물자와 운반수단 등을 끊임없이 개발하며 발전시켜 왔다. 인간은 전쟁과 교역을 통해서 흥망성쇠를 반복하며 문화와 문명이 변화하고 있는 것이다.

인간의 물질문명이 진보하기 위해서는 그 중심에 화폐(신용)라는 자본과 신용이라는 빚을 통하여 자연을 개발하고 소진하며, 과학기술문명의 발전을 통하여 풍족하고, 편리하고, 여유로운 생활을 살 수 있게 하고 있다. 그러나 변화에는 균형이 뒤따르는 것이 자연의 이치로 인간의 행위도 예외일 수가 없다.

인간은 누구나 희로애락 속에서 생로병사를 겪는 유한한 존재로, 지구 역사에서 생명의 멸종 시기는 십여 차례 있었다고 한다. 이제 인간 스스로에 의한 재앙은 환경오염과 기후변화로 인한 식량 위기뿐만 아니라, 갈등과 대립으로 언제든 화학·생물·핵전쟁 등으로 대멸종을 맞이할 수도 있는 것이 아이러니하게도 인간의 생존 본성의 결과이다.

각국은 늘어나는 실업을 해결하기 위해 빚을 내어 성장을 외치고 있지만 한계가 있는 것이 현실이다. 선진국은 전문화·자동화 설비의 고도화로 생산성이 높아지고, 새로운 기술개발과 아이디어의 창출로 신상품이 쏟아져 나와 소비를 자극하고 있다. 개발도상국은 저임금으로 위탁생산에 의해 값싼 제품을 쏟아내고 있다. 이는 물품의 교채와 폐기 시기를 단축하며 쓰레기 처리와 환경오염 문제를 가중시키고 있다.

최근에는 유럽과 호주의 가뭄과 산불, 미 동부 테네시주의 폭우, 미 서부의 기록적 가뭄과 산불, 폭염과 폭우, 옐로우 스톤의 폭우, 중국 사천성과 장강 유역의 가뭄으로 강바닥이 들어나 사천성의 러산 대불의 전신이 드러나고 있다. 동남아 가뭄과 식수난, 남미의 가뭄과 폭우, 인도와 파키스탄의 폭우와 가뭄 등 지구 곳곳이 가뭄과 산불, 폭염과 폭우로 인한 극심한 재해로 세계는 아비규환의 형국이다.

KBS의 시사기획 창 〈고장난 심장, 북극의 경고〉에서 북극의 얼음이 바다로 변하고, 그린란드와 슈발바르 섬은 세계의 종자를 저장하고 있는 곳으로, 주변 바다가 해빙되어 갯벌이 드러나고 있는 장면을 보여주고 있다. 그리고 북극 빙하와 그린란드 빙하가 10년 내에 완전히 사라질 것이라고 말하고 있다. 나아가 현재 북극 툰드라 지역 지층의 해빙으로 메탄가스가 분출하고 있는 장면을 불을 붙여 확인시켜 주고 있다. 메탄가스는 탄산가스보다 더 지구온난화를 가속시킬 것이다. 자연은 메탄가스를 동토의 땅속 깊숙이 가두어 생명이 번성하게 하였다.

북극 빙하의 해빙은 바다에 담수 유입량과 식물성·동물성 플랑크톤의 양을 늘려 해양생태계에 심각한 혼란을 줄 것이다. 나아가 해수면 상승으로 섬이나 해변 매립지의 저지대가 물에 잠기는 것은 물론 지구 온난화에 따른 기상이변은 갈수록 심화되어 생물의 멸종을 가속화 할 것이다. 북극의 빙하가 녹으면서 북극항로와 자원개발을 놓고 국가 간 경쟁이 치열할 것이라는 뉴스를 자주 접하는 것이다. 지구 온난화로 인한 북극의 해빙이 새로운 기회로 생각하는 인간의 탐욕과 이중성은 비극이지만 희극이기도 하다. 북극의 개발은 기회이기도 하고, 또 다른 재앙을 불러올 것이다.

지금까지 인간은 명분을 내세워 모든 것을 합리화하려고 억지춘향 격으로 싸우는 것은 흔한 일이지만, 인간의 이기심과 탐욕은 멸종의 경고 앞에서도 본성을 버리지 못하고 있다. 어렸을 적에 듣던 하늘에서 지옥으로 동아줄을 내려보내자 서로 먼저 오르려고 위에서는 발로 차고, 밑에서는 끌어내리는 등 아비규환의 이야기를 떠올리며 신화가 아니라 현실임을 느끼게 한다.

비참하고 참혹한 전쟁의 이면에도 자본주의의 경제논리가 작동하고 있다. 민간인과 군인들의 무의미하고 이유 없는 참담한 죽음과 희생, 그리고 삶의 터전이 파괴되고 사라지게 마련이다. 전쟁을 수행하기 위해서는 전쟁 무기와 물자의 보급과 지원에 막대한 자금이 소요되고, 전쟁 후는 복구하고 정상화시키는데 많은 자본과 자원과 시간과 인력이 투입되어야 한다.

'파괴는 창조의 어머니'라는 말이 있다. 이 말은 철학적으로 관념, 타성, 집착, 습성, 얽매임 등과 같은 것을 떨쳐버리고 새로운 창조의 시작을 의미하고 있다. 그러나 말 그대로 직역하여 새로 창조하기 위해서는 물리적 파괴의 뜻으로도 쓰이고 있다.

누군가 "전쟁은 창조의 어머니다"라고 말한다면 참으로 어리석은 말이다. 전쟁은 모든 것을 철저히 파괴함으로 다시 건설하기 위해서는 투자가 일어나야 하고, 생산과 소비가 진작되며, 고용과 성장이 되살아나는 것으로 읽히지만, 이는 잔혹한 인명피해를 제쳐두더라도 결국 빚과 자원의 소진으로 이어진다.

자본주의 시장경제체제는 늘어나는 인구에 비례하여 고용을 창출하고 잘 살기 위해서는 발전과 성장이 요구된다. IMF, IBRD, 세계무역기구 WTO나 세계화 전략은 모두 미국 주도의 세계화 전략으로 자국과 국제 사회 간의 부채를 해결하고, 패권 국가로서의 지위를 계속 유지하기 위한 미국의 전략이 숨겨져 있다고 할 수 있을 것이다.

미국은 모든 나라가 부러워하는 강대하고 부유하고 자유롭고 행복한 국가로 여기지만, 과거 히피족을 비롯하여 예술가들의 사회비판 활동에서 보여주듯 인종차별, 성차별, 빈부격차, 황금만능주의, 자본의 권력화와 횡포, 인간성의 상실 등 자본주의 자유 시장경제의 폐해를 안고 있다.

코로나19 팬데믹은 세계적인 재앙으로 국경이 봉쇄되고 사람 간 접촉을 제한하고, 마스크 착용으로 공기에 의한 전염을 차단하고 있다. 유명 제약사들은 국가의 지원 하에 면역주사제와 치료약 개발에 전념하여 성공하면 엄청난 부를 창출할 수 있다. 질병이 되었든 전쟁이 되었든 재앙은 자본주의에 위기이기도 하고, 기회이기도 하다.

전 세계적인 경제활동의 제약과 위축은 국민생활을 일시 정지 상태로 만들자 미국과 유럽연합을 위시한 주요 국가들은 엄청난 화폐를 발행하여 피해가 극심한 소상공인과 가난한 사람들에게 지급하는 선별적 지원이나 국민 모두에게 지급하는 보편적 지원 등으로 대응하고 있지만 그 중심에는 화폐 발행이라는 빚을 지고 있다.

과거 국가 간 왕래가 어려웠던 시대는 질병도 좁은 지역으로 국한되었지만, 유럽의 경우는 국가 간 왕래나 전쟁이 자주 발생하여 페스트나 결핵, 독감 등 바이러스에 의한 감염병은 전 유럽으로 급속도로 전파되기도 했지만, 오늘날과 같은 자본주의의 세계화 시대는 전 세계로 삽시간에 전파되어 세계보건기구(WHO)의 감염병 최고 등급인 팬데믹이 선포되는 것을 보면서 자본주의 세계화에 따른 대재앙이다.

세계는 분쟁과 국지전이 끊이지 않으며 긴장 속에 무기지원과 판매가 일어나고 있다. 높은 인플레이션으로 고물가 고금리로 저성장과 실업률이 증가하고 있다. 화폐 정책에 놀아나는 세계경제는 기축통화인 미국 달러화, 그리고 중심통화인 EU 유로화, 영국 파운드화, 일본 엔화, 그 외 중국 위완화와 러시아 루블화 등 강대국들의 경쟁으로 세계는 평화보다는 약육강식의 시대로 나아가고 있다.

EBS의 국제다큐영화제 EIDF22 클로즈 업 아이콘 〈15살 그레타 툰베리〉에서 소녀는 "현재 일어난 일을 미래 세대가 바꿀 수 없다. 굶주린 북극 곰, 물에 잠긴 도시, 가뭄과 홍수. 환경 의제는 선거에서 다루지 않는다. 보수적 정치인·언론인.UN 기후협약의 이행. 누군가 알아서 잘 할 거라고? 어른에 대한 책임을 아이들이 진다. 지도자의 기만을 알리고자 한다. 등" 세계적인 반향을 불러일으켰지만 곧 잊혀지고 있다.

15살 소녀의 이야기를 들으며 과연 얼마나 많은 사람이 보고 듣고 있을가? 시청한다고 해도 얼마나 오래 기억하고 실천하려고 할가? 스스로를 되돌아보며 의문을 가질 수밖에 없다. 그 시간대에 많은 사람이 웃고 시시덕거리거나, 살기 위하여 땀 흘려 열심히 일하기에 세상이 돌아가는 것에는 무관심할 뿐이다. 결국 눈앞의 현실로 나타나면 제가끔 먼저 살려고 아비규환의 혼돈 상태가 될 것이다.

이 모든 결과는 인간의 생존본성과 잘 살려는 욕구에서 비롯된 것이지만, 그 파장과 흔적도 필연적으로 뒤따를 수밖에 없다. 인간은 모두가 행복해지는 것도 아니면서 지구 자연을 훼손하고 생명체를 멸종시켜 가고 있다. 다양한 인간의 다양한 생각이 공감과 배려와 이해로 합의된 행동에 옮긴다는 것은 불가능에 가깝기에, 인간에 의한 지구 생명체의 비극은 필연적일 수밖에 없다는 생각을 하게 한다.

1932년에 발표한 올더스 헉슬리의 소설 〈멋진 신세계〉는 과학이 고도로 발달하여 인간의 물질적·정신적 생활이 완전히 통제되고 규격화되게 시험관에서 창조되어 불만 없이 사는 개미나 벌과 같은 세계가 유토피아적인 세상인지 과학문명의 발전에 의문을 제기한 풍자 소설이다.

자본주의의 세계화가 과학기술문명의 진보와 함께 생활이 나아지고 있는 듯하지만 갈등은 커져만 가고 무지한 살상으로 피를 흘리고 있을 뿐이다. 약소국은 여전히 기아와 질병으로 구호의 손길이 필요하고, 부익부 빈익빈의 불평등은 심화되기만 한다. 매스컴에서는 구호단체들의 애타는 구호의 손길만이 애절하게 비춰지고 있다.

인간은 생존을 위하여 초원길과 험난한 오아시스 길과 해양로를 개척하며 교역을 시작으로 보다 잘 살기 위하여 자본주의 경제체제와 세계화를 도모하지만 인간의 이기심과 탐욕으로 얻은 만큼 잃을 수밖에 없는 것도 자연의 이치이다. 자본주의를 택한 것도 생존을 위한 인간의 필연적 선택이고 결과도 인간의 몫이다. 결국 '변화와 균형'에 의해 '생성과 소멸', '확산과 소실'하며 '동적 균형'으로 끊임없이 흘러간다.

9. 인구증가와 재앙의 상관성(相關性)

생명은 오랜 세월 동안 주어진 환경에서 생태계의 균형을 이루어 왔다.

1791년에 출간된 토머스 맬서스의 〈인구론〉에 의하면 「인구는 기하급수적으로 증가하고 식량은 산술급수적으로 증가하여 인구와 식량의 불균형이 생기고 이는 빈곤으로 이어지고, 빈곤은 사회제도 개선으로도 고칠 수 없는 자연의 법칙이라고 하였다.

위키백과에 의하면 세계인구는 1,350년경 흑사병이 종식된 이후 지속적으로 증가해 왔으며, 서구 세계에서는 산업혁명을 통해 인구가 급격히 증가하기 시작하였다고 한다. 세 인구의 가장 큰 증가는 제2차 세계대전이 끝난 후 1950년대 이후로 주로 의료 발전과 농업 생산성 증가로 인해 발생하였다고 한다.

인구증가는 1800년 10억 명에서 1927년 20억(+127년), 1960년 30억(+33년), 1974년 40억(+14년), 1987년 50억(+13년), 1999년 60억(+12년), 2011년 70억(+12년), 2022년 80억(+11년)으로 증가하고 있다. UN은 2030년 중반까지 86억(+13년), 2050년 중반까지 98억(+20년), 2100에는 100억명(+50년)을 넘을 것으로 예상하고 있다.

영국의 보건 과학자 토머스 맥키운(1912~1988)은 저서에서 ①
19세기에 서양 인구 급증은 영유아 사망률의 감소. ② 사망률의
감소는 주로 생활 수준의 상승으로 개선된 영양 상태의 중요성.
③ 위생 개선, 예방접종 및 격리를 포함한 공중 보건 조치의 효과.
④ "맥키운 이론"에는 치료에 의학 조치가 사망률 감소에 별다은
영향을 주지 않았으며, 20세기 중반 이전뿐만 아니라 중반까지도
마찬가지였다고 주장한다.

　나무위키에 의하면 전염병에는 ① 법정 감염병으로는 기생충
감염병 등이 있다. ② 가축 전염병에는 조류독감, 돼지 콜레라 등
으로 생매장 살처분하고 있다. ③ 식물 전염에는 식물 탄저병, 감
자 역병 등으로 아일랜드 대기근이 있었다.
　병원체로는 ① 박테리아성 전염병인 디프테리아, 성홍열, 세균성
이질, 장티푸스, 콜레라, 탄저병, 파라티푸스, 파상풍, 패혈증, 페스
트. ② 바이러스성 전염병인 광견병, 인플루엔자, 볼거리, 수두, 유
행성 출혈열, 일본 뇌염 소아마비, 풍진, 홍역, 에볼라 출혈열, 코로
나바이러스 감염증(SARS, 메르스, 코로나19) 등. ③ 기타 원생생물,
균류, 기생충에 의한 발진티푸스, 아메바 성 이질, 말라리아 등이
있다.
　감염 매개 요인은 ① 오염된 공기를 통한 전염에는 결핵, 수두,
인플루엔자, 홍역 등. ② 오염된 물, 음식물을 통한 수인성 전염병
에는 장티푸스, 콜레라 등. ③ 신체 접촉을 통한 전염병은 성병.
④ 동물, 곤충을 통한 전염병은 광견병, 수면병, 일본뇌염, 황열병,

흑사병 등이 있다.

역사를 바꿔놓은 전염병에는 ① 중세를 무너뜨린 흑사병 (1346~1353)으로 서구의 인구 1/3이 사망한 2천만 명 이상이 사망. ② 1차 대전보다 무서웠던 스페인 독감 (1918~1919)은 5천만 명~1억 명으로 제1차세계대전 사망자보다 최소 3배 이상 많다고 한다. ③ 신대륙의 재앙으로 유럽발 전염병인 천연두 바이러스에 의한 전염으로 1619년 스페인 정복자의 멕시코 아즈텍 제국에 천연두 전염으로 2년 만에 대부분 사망하고, 잉카 제국에서는 스페인 정복자들이 도착하기도 전에 60~90%가 천연두로 멸망하고, 이후 19C까지 신대륙 전역으로 번져 많은 사망자가 발생하였다. ④ 2014년 서아프리카를 강타한 에이즈, 에볼라, 소아마비 바이러스는 나이지리아, 기니, 라이베리아, 시에라리온과 중앙아시아 일원에 번져 UN의 백신 처방으로 퇴치되었다.

서구의 학자들은 1,800년 당시의 인구가 10억 명, 1900년 20억 명 정도였을 때 인간의 생존과 빈부격차와 잘 사는 문제를 놓고 자본주의와 사회주의와 공산주의로 나뉘어 치열한 논쟁을 벌이며 전 세계를 도전과 혁명, 식민지 전쟁에서 세계대전으로까지 비화하며 무수한 인명이 전쟁터로 독가스실로, 그리고 살기 위하여 탄광이나 광산으로 끌려가 이유도 목적도 없이 처참하게 죽어야 하는 참혹한 비극을 겪었다. 종전 후 미국과 소련의 진영 간 이념대결은 지역분쟁과 전쟁을 겪으며 가공할 무기경쟁으로 이어지고 있다.

오늘날은 선진국과 개발도상국은 저출산에도 불구하고 의학 및 의술의 발달과 국가적인 보건·위생관리 및 개인의 건강관리로 신생아와 영유아의 생존율이 높고 인간의 수명도 늘어나 노령화 사회로 접어들고 있다. 선진국은 인구감소에 따른 인구소멸과 국가의 정치적·경제적 국력쇠퇴를 우려하며 인구증가를 위해 많은 돈을 쏟아붓고 있다. 반면에 아프리카의 저개발국은 출산율은 높지만 부족과 국가 간의 분쟁으로 희생되고, 또한 문맹과 굶주림과 각종 질병으로 수명이 짧다.

인구증가에 따른 치열한 생존투쟁은 산업혁명 이후 경작지의 개척과 농업 기술의 향상, 비료와 농약의 살포로 작물 수확이 꾸준히 늘고, 축산업의 발달로 육류 소비가 늘고, 원양 어업의 동력화와 어획 기술과 양식업의 확산 등에 힘입어 식량이 풍족하게 되었다. 이는 지구 자연과 생태계의 불균형을 낳아 전쟁과 전염병의 창궐로 이어져 현대인은 심혈관 질환, 암, 만성 호흡기 질환, 당뇨병 등으로 고통받고 있다.

식량 부족은 침략과 전쟁을 낳고, 보다 잘 살려는 욕구는 대양을 넘어 미지의 대륙을 개척하고, 과학기술을 발전시켜 문명의 이기를 낳고, 성장과 세계화로 이어져 힘든 노동과 굶주림에서 벗어나고, 삶을 편안하고 풍요롭게 만들고 있다.

과학기술의 발견과 발명은 운송수단의 대중화와 대형화로 세계화를 촉진하고, 비닐과 플라스틱을 비롯한 석유화학 제품은 의식주에 이르기까지 필수품이 되고 있다. 이는 석유와 석탄을 고갈시켜 지하는 물론 심해까지 채굴하여 자연환경을 파괴하고, 하천 및 바다의 오염, 대기오염과 환경오염, 지구 온난화와 기상이변을 낳고 있다.

인구증가는 인간 사회를 끊임없이 정치적·경제적·사회적 논쟁과 당쟁으로 갈등과 대립으로 이어지게 하고 각종 재해로 인한 재앙의 원인이 되고 있다.

인간은 체세포의 세포분열과 생식세포의 감수분열로 생명의 영속성을 이어가려고 하지만, 지진과 화산 재해를 비롯하여 인구증가에 따른 개발과 탐욕은 생태계의 파괴와 생물종의 멸종, 지속적인 전염병의 발병과 확산, 끊이지 않는 전쟁과 핵무기의 고도화, 환경오염과 대기오염, 지구 온난화와 기상이변 등 인간에 의해 저질러지고 있는 현상으로 인구증가와 재앙은 상관성이 있음을 보여주고 있다

우리나라와 중국 등은 인구증가를 억제하기 위하여 한 가정 두 자녀에서 한 자녀만 낳아 잘 키우자는 운동의 전개도 했지만 여성의 높은 교육열과 사회참여로 남녀 공히 결혼연령과 독신이 늘어나며 선진국으로 갈수록 인구가 감소하고 있다.

중진국과 선진국들의 저출산 문제는 여성의 높은 교육 수준과 자아실현으로 결혼연령이 늦어지고 결혼하여도 적게 낳으려 하거나 남녀 공히 부담스러운 결혼생활보다 독신으로 살아가려는데 있다. 이는 인간이 무지로부터 깨어나면서 나타난 현상으로, 인구의 조절은 인위적인 산아제한이든, 사고나 테러나 전쟁과 같은 인

재에 의하든, 질병이나 전염병이든, 먹이사슬이나 천재지변이든, 산아제한이나 결혼 기피든 모두 인구증가와 상관성이 있다고 보여진다.

잘사는 나라들은 고령화 내지 초고령화 사회로 접어들고 있는 반면에 신생아 출산율은 급격히 떨어져 인구가 감소하고 수명연장으로 부양하여야 할 노인인구는 증가하여 각종 사회적비용이 증가하는데 반해 부양을 담당할 생산인구는 감소하여 저출산에 따른 국가 경쟁력이 약화된다고 하여 다양한 출산장려정책을 쏟아내고 있다.

세계인구가 지속적으로 급증한다는 것은 인위적이든 자연적이든 많은 재앙과 문제를 내포할 수밖에 없다. 도시화되면 될수록 삶의 방식은 다양하고 복잡하고 힘들다. 정치·경제·개인·사회를 불문하고 불법과 부도덕. 추한 이면도 증가할 수밖에 없다.

오래 산다는 것은 각종 질병과 노쇠로 거동이 불편해지게 마련이고, 그렇게 되면 본인도 고통스럽고 돌봐주어야 하는 가족도 모두 괴로운 일이다. 인간은 그 옛날부터 살아남으려고 애써왔고 오늘날은 의술과 영양의 향상으로 인간수명이 100살에서 120살을 넘어 150살까지 늘어날 수 있다고 주장한다.

인생살이가 고달프고 괴롭다고 하지만 사람들은 본능적으로 죽는다는 것 자체를 두려워하고 살아있기를 희망한다. 늙고 병들고 고통스럽고 외롭고 처절하면 할수록 생명에 대한 애착은 더욱 강해질 뿐. 모질고 질긴 것이 생명력이다. 생명은 목숨이고 삶이고 생존하려는 본능적인 본성이기 때문이다.

사람들은 희망과 목적과 의미를 부여하려고 하지만 실제 살아가는 모습들을 보고 있으면 부질없는 이야기이다. 부귀영화와 출세와 영광을 위하여 물불을 가리지 않고 뛰는 것이 삶의 목적인 사람이 있는가 하면, 말없이 묵묵히 일생을 일만 하다 생을 마감하는 사람도 많다. 각종 악행과 범죄와 무질서로 법과 질서를 어기는 범법자도 늘어나고, 할 일 없이 빈둥거리며 노는 사람도 많다.

체세포분열로 인간은 생장하며 희로애락하고 생로병사한다. 생식세포의 감수분열로 생명의 영속성을 이어가려고 한다. 죽음 이후에는 영생을 염원하며 종교에 귀의한다. 중요한 것은 현실 세계의 삶이 힘들고, 죽음은 더욱 두려운 것으로 결국 생존이고 오래 사는 것이고, 다음은 자손을 낳아 연속성을 유지하려는 것이다.

정치가들의 표를 의식한 대안들은 무책임하고, 편향적이고, 반이성적이고, 미래지향적이지도 않다. 결국 인구증가와 재앙은 상관성을 가지고 있는 것이다. 타행성으로의 이주나 자원개발이 아니라 지구에서 찾아야 한다. 인구증가와 전쟁과 재앙은 '변화와 균형'에 의해 '생성과 소멸', '확산과 소실'하며 '동적 균형'을 이루어 끊임없이 흘러가는 자연의 섭리인 자연현상이다.

10. 자유와 평등, 인권과 평화

프랑스의 사상가 장 자크 루소(1712~1778)는 〈사회 계약론〉에서 말한다.

> "인간은 자유롭게 태어났지만, 어디서나 쇠사슬에 묶여 있다. 다른 사람들보다 더 노예가 되어 있으면서도 자기가 그들의 주인이라고 믿는 자들이 있다. 어떻게 해서 이처럼 뒤바뀐 생각을 하게 되었을까?"

자유와 평등, 인권에 대한 투쟁은 근대 계몽주의 사상의 산물만은 아니다. 서양은 중세 이후의 인문주의부터 시작 되었다고 할 수 있다. 그러나 더 멀리 올라가면 동양의 춘추전국시대의 제자백가나 인도의 석가모니 부처 시대, 그리고 유대의 예수 시대로 거슬러 올라갈 수 있다. 이는 인간의 삶이 당시는 물론 그 이전부터 정복전쟁 등으로 혼란하고 비참한 시대였기 때문일 것이다.

16~18세기 유럽에서 일어난 철학자와 문학가들의 계몽주의 사상은 미국의 독립 선언의 영향과 프랑스 대혁명으로 이어져 인간의 자유·평등사상이 널리 퍼지고, 곧이어 민주주의와 세계평화에

대한 사상이 일어났지만 제2차 세계대전 이후 UN의 성립과 함께 각국이 헌법으로 채택하면서 오늘에 이르고 있다.

철학의 주요 개념으로써의 자유의 뜻은 근대 시민 사회에서 말하는 '자유'란 개인의 자유를 지칭한다. 이때 '개인'이란 '개체'로서의 인간을 말한다.

21세기 정치학대사전에는 freedom의 자유는 권리로서의 자유. 자유로운 상태의 자유로, 문화나 경제의 영역에서 언급된다. liberty의 자유는 지배·권위 등으로부터의 자유. 합법적인 권리로서의 자유로, 정치나 법의 영역에서 언급된다. 양자는 밀접하게 관련되어 있음과 동시에 그 의미가 다의적이다.

롤스의 〈정의론〉(해제)에서는 자유는 모두 인간의 열망에 뿌리를 두고 있다. 그러나 인간의 기본적 자유로 간주되는 "사상의 자유, 양심의 자유, 신체의 자유, 시민적 자유는 정치적 문제에 의해 희생될 수 없다"

공정(公正)으로서의 정의에서 자유에 대한 기본적인 입장은 사회의 기본적 자유는 평등해야 한다. 다만 평등한 자유가 제한 될 수 있는데, 자유는 서로 상충하는 경우 그 상충을 해결하기 위해서 제한될 수 있을 뿐이다.

자유의 대립 개념에 대해서도 무자각, 억압, 빈곤, 소외, 욕심, 금지, 위압, 독재, 일원성, 통속성, 교조(教條)성, 보수성, 자폐, 기계적 조작 등 다양하다. 따라서 어떤 자유를 촉진하면 다른 자유가 제약된다.

'자유'에 대하여 많은 논쟁이 있듯이 명백한 '진리'로서의 규정이 쉽지 않다. 자유에 대한 개념과 대립 개념이 다양하듯이 항상 논쟁이 끊임없이 제기될 수밖에 없다. 그럼에도 불구하고 결국 투쟁에 의해 개선되고 있지만 늘 불안정하다.

평등의 사전적 의미는 권리, 의무, 자격 등이 차별 없이 고르고 한결같음이다.

사회학사전에는 ① '기회의 평등'은 사회집단 간의 제도나 사회적 위치에 접근할 평등의 조항이다. ② '조건의 평등'은 사회집단의 삶의 조건에서의 평등. 즉 소득의 평등과 같은 것이다. ③ '결과나 산출에서의 평등'은 궁극적인 평등의 시발점으로서, 불평등을 변혁하기 위해 다양한 사회집단에 서로 다른 정책이나 과정을 적용하는 것이다. 교육이나 직업적 선발에서 여성이나 흑인, 혹은 도시 빈민에게 유리하게 차별대우하는 것은 조건의 불평등을 상쇄하는 것을 의미하는데, 그렇지 않으면 기회의 평등이 무의미해질 것이다. 사회의 평등은 무계급성과 동의어가 아니다. 계급의 정의는 다양하지만 계급의 철폐가 그 자체로서 모든 사회적 불평등을 제거하는 것은 아니다.

교육학용어사전에는 "신분·성별·재산·종족 등에 관계없이 인간의 기본적인 가치는 모두 동등하다는 뜻이다" 동일성과 공정성으로 구분 해석될 수 있으며, 동일성과 같은 의미로 해석할 때 인간은 빈·부·귀·천의 차이 없이 누구나 동일하게 태어났으며, 따라서 그들의 대우에 있어서 차별이 있을 수 없다. 동일성에 따르면, 평등이란 동질적인 면을 고려하여 동일하게 대우하는 것이다. 동질성은 범주에 의해 달리 규정될 수 있으며, 궁극적으로 어떤 인간도 타인과 완전히 동일할 수 없으므로 동일성에 의한 정의는 평등의 준거를 소극적으로 제시할 뿐이다.

평등을 공정성으로 파악할 때는 공정성은 어떤 결과가 평등하냐의 문제에 관한 것이 아니고, 어떤 과정이 평등을 만족시키느냐에 관한 것이다.

생산 수단의 소유자인 자본가와 무소유자인 임금 노동자 사이에는 생산 과정이나 분배 과정에서 실질적인 불평등이 계속되고 있다. 낮은 단계의 공산주의에서는 계급적인 불평등은 소멸되지만 '각자의 노동에 따라 각자에게로'라는 분배 원칙이 실시되기 때문에, 분배의 실질적인 불평등은 여전히 존재하게 된다.

[대한민국 헌법 = 제6공화국 헌법(1987.10.29) 제10조] ① 모든 국민은 법 앞에 평등하다. 누구든지 성별·종교 또는 사회적 신분에 의하여 정치적·경제적·사회적·문화적 생활의 모든 영역에 있어서 차별을 받지 아니한다. ② 사회적 특수계급의 제도는 인정되지 아니하며, 어떠한 형태로도 이를 창설할 수 없다. ③ 훈장 등의 영전은 이를 받은 자에게만 효력이 있고, 어떠한 특권도 이에 따르지 아니한다.

인류 사회는 그 역사의 대부분에서 '신분 사회'였다. 인류의 역사는 자유와 평등의 두 가지를 동시에 추구하면서 발달해 왔다.

자유가 지나치면 평등이 파괴된다. 평등이 지나치면 자유가 억압된다. 인간에게 가능한 것은 어느 정도의 자유와 어느 정도의 평등의 균형을 유지하는 것이었다. 평등한 사회가 역사상 출현한 적이 없기 때문에 어디에 그 균형이 있는지 확인하기가 어렵다.

미국 자유의 여신상의 왼쪽 손에는 제퍼슨의 독립선언문이 쥐어져 있다. 거기에는 "모든 사람은 평등하게 태어났으며, 생명과 자유와 행복 추구의 권리를 포함하며, 누구도 침범할 수 없는 권리를 신으로부터 부여받았다"고 적혀 있다.

'신으로부터 부여받았다'고 하면 아무도 침범할 수 없어야 하지만 현실은 다르다.

인권(fundamental human rights)에 대한 사전적 의미는 인간으로서 당연히 가지는 기본적 권리이다. 사람이 개인 또는 나라의 구성원으로서 마땅히 누리고 행사하는 기본적인 자유와 권리이다. 민족, 국가, 인종 등에 상관없이 인간이면 누구에게나 인정되는 권리 또는 지위이다.

미국의 독립 선언(1776.7.4)과 프랑스혁명으로 개인의 자유를 지키는 일이 국가의 임무라고 보는 계몽주의 자유주의가 보급되어, "모든 사람은 태어나면서부터 남에게 물려줄 수 없는 고유한 권리를 지니고 있다. 이것이 자연권 또는 인권이다. 국가는 그와 같은 인권을 옹호하기 위해 생긴 것이기 때문에 그들의 인권을 침해할 수 없다. 인권은 국가에 선행하는 것이다" 미국과 프랑스의 인권

선언은 이를 보장한다.

프랑스 혁명은 1789.5.5~1799.11.9에 일어난 시민 혁명으로, 제헌의회(국민의회)에 의해 8월 4일에는 봉건제 폐지로 영주제와 농노제 폐지, 개인적 예속의 폐지, 소득에 비례한 세금납부 등이 기본내용이다. 8월 26일에는 "인권선언을 통하여 자유, 평등, 사유 재산의 불가침성, 압제에 저항할 권리(인간과 시민의 권리)" 등의 천명으로 새로운 사회질서의 원칙을 제시하여 혁명의 정의와 이념을 세웠다.

제2차 세계대전 후에 성립된 유엔(UN:국제연합)은 인권보장을 중요시하여 1966년에 법적 효력이 있는 '국제인권규약'을 채택하였다.

대한민국의 헌법은 기본적 인권의 존중을 그 근본 원리로 하고 제2장 〈국민의 권리와 의무〉에서 기본적 인권을 '불가침의 권리'로서 보장하고 있다.

기본적 인권은 ① 자유권은 국가권력에 의하여 자유를 침해당하지 않는 권리를 말하며, 신체의 자유(12조), 주거의 보장(16조), 종교의 자유(20조 1항), 언론·출판·집회·결사의 자유(21조 1항), 학문 및 예술의 자유(22조)를 법률로 보호하고 있다.

② 사회권은 최저한의 국민생활을 국가로부터 보장받는 권리를 말한다. 교육을 받을 권리(31조), 근로의 권리(32조), 근로자의 단결권(33조), 사회보장(34조), 환경권(35조), 혼인과 가족생활, 모성보호, 국민보건을 국가로부터 보호받을 권리(36조) 등이다.

인권 저해의 역사를 짚어보면 인간이 침략과 정복 전쟁으로 포로와 아이와 부녀자의 약탈과 노예화를 시작으로, 종교적 규율과 윤리도덕의 확립, 귀족과 부호(富豪)에 종속될 수밖에 없는 가난하고 힘없는 농노와 노비(종복, 종비) 등등이다.

예를 들면, 고대의 노예제도, 인도의 카스트제도, 중세의 봉건제도, 권위주의와 가부장제, 여필종부와 여성비하사상 등은 근·현대 초까지도 어떤 형태로든 유지되어 왔다. 20세기 중후반까지도 영화나 드라마에 노예나 노비가 등장하였다. 오늘날에는 3D[힘들고(Difficult), 더럽고(Dirty), 위험한(Dangerous)] 직종과 3S[규모가 작고(Small size), 임금이 적으며(Small pay), 단순한 일(Simple work)] 업종에 대한 하대(下待)와 갑질, 저임금을 당연시하는 것은 인권무시의 사회적 관습으로 여겨지기도 하였다.

사회활동과 가정에서도 남성우월주의와 가부장제로 남녀가 불평등하여 여성에게는 선거권이 없거나 피선거권이 제약을 받기도 하고 직장에서는 부서배치나 업무배치의 내용, 승진기회 등에서 차별과 무시와 불이익을 받아온 것이 오래 전 이야기가 아니고 아직도 그 영향에서 벗어나지 못하고 있다.

한 집안에서도 어머니라는 존재는 많은 문학작품에서 희생과 눈물의 소재로 다루어지고 있지만, 실제로 서민가정은 많은 아이를 낳아 기르며 층층시하에서의 시집살이와 가난 속에 식구들을 먹여 살리기 위해 종보다 더한 책임과 고통과 헌신의 삶을 살아왔다. 어느 날 차 속에서 우연이 엄마의 성을 따르는 문제에 대한 토론이 라디오방송에서 흘러나오고 있었다. 특히 유림(儒林) 쪽에서 극구 반대하는 주장을 펴고 있었다. 찬성하는 쪽에서는 누군가가 희생으로 살아온 자기 어머니의 성을 따르는 것이 '무엇이 그리 어려운 일인가?'라며 차근하게 이해시키고 있었다.

성균관 유림은 자기들이 믿는 교리에 배치된다고 하여 배척하고 있지만 오늘날 생물학적으로 인간은 '생식세포인 부모의 난자와 정자가 융합하여 생긴 수정란 속에는 아버지의 염색체(DNA)와 어머니의 염색체(DNA)가 반반씩 들어가 자식에게 유전되고 있다' 는 것이 확인되고 있다. 부모의 유전자에 의해 성격·모습·체질·면역력·습관 등등을 물려받게 된다는 것을 알 수 있다.

미국은 낙태법과 동성혼을 가지고 정치쟁점화하여 대통령이나 국회의원 선거에 지대한 영향을 주어 당사자의 선택이 중요한 게 아니라 종교계를 중심으로 한 반대로 대놓고 찬반의사를 분명히 하지 못하고, 인명피해가 걸린 총기규제법도 인권 문제이지만, 미국의 군산복합체의 이해관계가 걸린 로비로 통과가 되지 못하고 있다.

인터넷 공간에서 공격적이고 반사회적인 반응을 유발하는 행위를 인터넷 트롤링이라고 한다. 이는 언어폭력, 근거 없는 비판, 성적모욕, 인종차별, 사기, 선동적인 언사, 허위 게시물을 통한 주제변형이나 집단공격으로 불쾌감을 조성하는 행위를 말한다. 트롤은 스칸디나비아와 스코틀랜드의 신화에 나오는 심술쟁이 요괴를 말한다.

우리나라에는 '일베(일간 베스트 저장소)'가 있어 민주·평화·개혁

세력과 여성에 대한 혐오, 지역감정 조장 등으로 반사회성과 타인의 아픔을 공감하지 못하는 행위를 하고 있다. 인권침해는 물론 인간으로서 지켜야 할 도리를 저버리는 행위이다.

나라의 거대한 공무원과 군대라는 피라미드형 관료조직은 상하의 위계질서 속에 위엄과 폭력, 아첨과 굴종, 은밀한 부정과 비리가 끊이지 않고, 기업 집단과 대기업, 중소기업도 생존을 위한 몸부림 속에는 갑질과 아첨과 복종하여야 하는 것이 살기 위하여 자연적으로 이루어지는 인권 침해의 현상이다.

'장애인과 외국인 근로자의 인권, 가난한 사람들과 여성들의 인권, 노약자의 인권, 학대, 고문과 불법처형, 인권유린과 양심수에 대한 인권 문제' 등도 있다.

국가 인권 위원회, 인권 운동 단체, 장애우 권익단체, 세이브 더 칠드런, 세계 인권 단체와 같은 여러 인권 단체가 있는 것은 구습(舊習)과 전통과 권위주의적 사고방식 등으로 끊임없이 인권이 무시되고 침해되고 있기 때문이다.

인권 유린의 사례는 전쟁과 같은 극한적인 상황에서 쉽게 발생하지만, 일상적인 맥락에서도 잘못된 관습이나 제도에 의해 인권은 끊임없이 침해당하고 있다.

결국 인권은 피지배계급의 지배계급에 대한 요구가 혁명을 통해서 전자가 후자에게 승리했던 경우에만 실현된 승리의 기록이기도 하다'

제2차 세계대전 중 나치의 홀로코스트나 구 유고슬라비아 사회주의 연방 공화국의 해체 과정에서의 내전과 세르비아 민병대의 인종 말살 책동(1991~), 이슬람권의 명예살인(2000), 일본 관동 대지진 시 조선인 학살(1923), 캄보디아 폴 포트 크메르루즈의 킬링필드(1975~79), 방글라데시(1971), 과테말라(1981~83), 이사크(Isaaq, 1982~89), 안팔(Anfal, 1986~89), 부룬디인(1972&1993)·르완다(1994)·보스니아(1992~1995)·21세기의 다르푸르인 등의 집단학살 등 인권유린은 수를 헤아릴 수도 없을 정도이다.

'세계 인권 선언'은 1948년 6월 국제연합 인권 위원회에 의해 완성되었고, 같은 해 12월 10일에 파리에서 채택되었다. 이는 세상의 모든 인간과 국가가 달성해야 할 인권 존중의 기준을 보인 선언이다. 그 이념과 내용은 수많은 국가의 헌법과 법률에 반영되어 있다. 인류 구성원 모두는 천부의 존엄성과 동등하고도 양도할 수 없는 권리를 지닌다는 인식은 세계의 자유와 정의와 평화의 기초이며, 인간이 폭정과 억압에 맞서 싸우는 최후의 수단으로서 반란에 호소하지 못하게 예방하려면, 인권이 법에 근거한 통치를 통해 반드시 보호되어야 한다.

주요 조항을 발췌하면
제1조: 모든 인간은 태어날 때부터 자유로우며, 누구에게나 동등한 존엄성과 권리가 있다. 인간은 타고난 이성과 양심을 지니고 있으며, 형제애의 정신에 입각해서 서로 간에 행동해야 한다.
제2조: 모든 사람에게는 인종, 피부색, 성별, 언어, 종교, 정치적

입장이나 여타의 견해, 국적이나 사회적 출신, 재산, 출생이나 여타의 신분과 같은 모든 유형의 차별로부터 벗어나서, 이 선언에 규정된 모든 권리와 자유를 누릴 자격이 있다.

제3조: 모든 사람에게는 생명권과 신체의 자유와 안전을 요구할 권리가 있다.

제5조: 어느 누구도 고문을 당하거나 잔혹하고 비인도적이거나 인간의 존엄성을 해치는 처우 또는 처벌을 받아서는 안 된다. 등 제5조까지만 열거하였다.

평화의 사전적 의미는 ① 전쟁이나 분쟁 또는 일체의 갈등이 없이 평온한 상태이고, 반대말은 불안과 전쟁과 혼란이라고 되어 있다. ② 전쟁은 물론 마음이 편안하지 않고 걱정스러운 상태와 주변 상황이 어지럽고 무질서하여 두려운 상태를 말한다.

모든 생명은 생존을 위해서는 먹어야 한다. 먹이가 부족하면 이웃 부족이나 도시들을 침략하고 살상하고 약탈하며 아이와 부녀자는 노예로 만들고, 살아남은 자들은 멀리 도망쳐 숨어서 살게 된다. 정복욕과 탐욕은 인간 세상의 억압과 불평등과 인권유린의 근원이고 갈등과 불행의 씨앗이기도 하다. 잘 살려고 하는 인간의 욕심이다.

오늘날 인간 사회는 대도시화되어 복잡다단하다. 갈등의 문제를 '인간은 생각이 서로 다름을 인정'하는 데서 찾으려고 하지만, 그렇다고 상대를 존중하는 것도 아니어서 대립하고 갈등하며 싸우고 있다. 문제는 '옳고 그름'의 문제로 보아야 하지만 그 또한 이해관계와 자기 안에 갇히면 '옳고 그름'의 문제는 뒷전이다.

사회적으로는 특권을 누리려는 기득권층 보수세력과 자유·평등·인권의 개선을 추구하려는 개혁세력 간의 갈등과 투쟁은 이해관계와 맞물려, 맹목적으로 따르는 무리들로 인하여 사회는 대립과 혼란을 반복하며 권위주의를 정당화하고 미화하고 있다. 부자에 기대어 살 수밖에 없는 가난한 자는 먹고사는 문제와 직결되어 있기에 원하든 원하지 않든 주종관계가 이루어지지만, 그렇지 않은 관계라 하더라도 빈부의 차에 따라 가진 자는 자연적으로 위세가 생기고, 못 가진 자는 굴종을 감내하는 것은 과거와 현재의 차이는 있어도 여전히 존속할 수밖에 없는 먹고 사는 문제와 관련이 있기 때문이다. 대기업과 중소기업, 관료체제의 위계질서도 같은 맥락이다.

강자(권력자와 재력가)와 약자의 관계도 마찬가지이다. 먹고 사는 문제와 죽고 사는 문제가 결부되어 있기 때문이다. 인간은 권력과 재력이라는 힘에 의하여 흥망성쇠하며 시대와 사회가 변화하며 흘러가고 있다.

제2차 세계대전이 종식하며 UN이 결성하고 세계평화와 인권선언 등 각종 활동을 전개하지만, 1990년 구소련의 붕괴 이후도 미국의 패권주의와 중국과 러시아의 새로운 도전으로 세계는 다극화의 새로운 질서로 나아가며 긴장과 경쟁으로 조용할 날이 없다. 아프리카와 중남미, 동남아 일원, 이스라엘 건국을 둘러싼 팔레스타인과의 분쟁과 아랍과의 중동 전쟁, 나아가 이슬람권과 서구 기독교 국가 간의 석유를 둘러싼 분쟁과 전쟁, 이슬람 원리주의자들의 성전과 미국과 러시아의 개입과 무기지원, 인도와 파키스탄과 중국은 물론 여러 나라들에서의 국경 분쟁은 끊이지 않고 있다.

선진국도 각종 차별과 빈부격차, 난민과 인권 문제 등으로 조용할 날이 없다. 공정과 신뢰성은 정의의 문제로 스포츠계와 의료계, 법조계와 정치집단, 심지어 종교계와 학계에 이르기까지 불신이 만연하고 있다. 양식(良識)과 권위와 사람으로서의 품격은 찾아볼 수 없고, 이기심과 탐욕으로 세계평화는 현상유지가 최선이다.

평화는 자연현상이 아닌 사회현상으로 전쟁은 집단관계의 긴장이나 분쟁에서 생겨나는 이상 상태를 뜻하는 데 대해 평화는 집단관계의 안정된 상태를 뜻한다. 그러나 전쟁은 반가치적임에도 불구하고 집단관계를 결속시키는 방법의 하나로 정치권력에 의해 반복적으로 이용되고, 평화는 보편적·정상적 가치임에도 불구하고 끊임없이 전쟁의 위협을 받고 전쟁을 준비하는 불안정한 상태가 계속되고 있다.

전쟁을 주제로 한 예술과 문학작품은 수도없이 많다. 고대 호메로스의 트로이 전쟁을 주제로 한 〈일리아스 오디세이아〉에서부터 나폴레옹 전쟁을 소재로 한 톨스토이의 〈전쟁과 평화〉, 제1차 세계대전을 소재로 한 레마르크의 〈서부전선 이상 없다〉, 헤밍웨이의 〈무기여 잘 있거라〉, 제2차 세계대전을 소재로 한 N. 메일러의 〈나자와 사자〉, I. 쇼의 〈젊은 사자들〉, J. 존스의 〈지상에서 영원으로〉, 한국전 폐허 속 황순원의 〈나무들 비탈에 서다〉, 최인훈의

〈광장〉, 〈한국전쟁시선〉 등 전쟁을 치른 후의 사회 전반에 걸친 삶에 대한 애환과 정신적 피폐 현상을 그리고 있다.

　인간은 평화를 말하고 있지만, 드라마나 영화, 애니메이션과 게임, 터미네이터와 아바타, 가상 우주전쟁에 이르기까지 전쟁을 소재로 한 웅장하고 속도감 있고 가공할 폭력과 살상과 파괴와 더불어 이에 대응하는 영웅적 행위에 의해 미화하여야만 흥행에 성공할 수 있다. 인간은 스포츠가 되었든 놀이가 되었든 잔혹하고 악랄하고 스릴이 넘쳐야만 좋아하는 속성이 배어있는 생존을 위한 본성이 작용한다.

　과연 평화와 행복은 인간의 궁극의 가치이고 목표인가? 생존본능과 생존투쟁이 인간의 본성에서 온 것이기에 언젠가부터 평화는 반사적으로 일어나는 언어일 뿐 정작 평화에 대한 의미는 실종되어 망각하고 있다는 생각이 든다.

　철학사전에 의하면 전쟁은 인간의 생물적 투쟁 본능에서 생기는 필연적인 현상이 아니라, 계급사회에 그 원인이 있는 역사적 현상이며 지배계급의 이익을 도모하는 정치가가 폭력적인 수단을 취하여 나타난 것이다. 전쟁은 지배계급이 자신의 경제적 이권을 확대하기 위하여 여러 가지 명목을 붙여 인민을 무장동원시켜 타국의 국민을 지배하고 예속시키려고 하는 국가 행위에 지나지 않는다.

　명목상으로는 특정한 신앙의 옹호를 명분으로 하는 종교전쟁, 혈통이나 왕위계승권을 명분으로 하는 왕조전쟁, 정의나 자유, 새로운 질서를 명분으로 하는 이념적 전쟁 등이 있다. 이러한 명목들을 사용하여, 지배계급은 자기의 이익을 위하여 전쟁 상대에 대한 증오와 적의를 인민에게 불러일으켜 본래의 의도를 감춘다.

권력을 이용하여 남의 인권을 짓밟고, 재산을 차지하기 위하여 모함하고, 뻔뻔하고 비열하게 남에게 죄를 뒤집어씌워 감옥살이를 시키고, 잔인하고 무자비하게 고문하고, 죄 없는 유대인을 학살한 나치 등 세상은 수없이 많은 악행과 만행으로 얼룩져 있다. 인간의 탈을 쓰고 그럴 수가 있을까 하는 의구심이 들지만, 조지프 커민스의 잔혹한 세계사를 보면 실상은 이보다 더 잔혹한 기록들로 넘쳐나고 있다.

인간 사회는 승자와 패자, 힘 있는 자와 없는 자, 가진 자와 못 가진 자, 배운 자와 못 배운 자, 주인과 노예 등으로 계급사회가 형성된 이후 세대와 시대가 바뀌어도 이어져 온 것이 인간 세상이다. 이는 억압·불평등과 인권유린과 불공정·불공평한 일로 끊임없는 저항과 투쟁의 역사를 낳게 하지만, 이의 해결 없이는 인간의 평화는 이루어질 수 없다.

〈인간 사회〉의 장에서 다루고자 하는 인문학적 용어들은 논리와 성인의 도덕적 말씀을 진리로 받아들이는 것 이외에 과학적으로 입증할 수가 없다. 따라서 고대 그리스시대부터 궤변과 역설이 등장하고, 나아가 제논의 "아킬레우스와 거북이의 역설"이 옳지 않음을 증명하는 데에는 무한등비급수인 $-1 < r < 1$ 일 때 $a + ar + ar^2 + \cdots = a / 1-r$ 이라는 수식에 의해 증명되기까지는 1,000년

의 세월이 걸렸다.

인문학도 인문과학이나 사회과학으로 변모하고 있지만 인간의 다양한 생각과 주의 주장은 쉽사리 법칙으로 만들 수 없다. 주의·주장과 논쟁은 더 큰 논쟁을 만들지만 고대 철학적 논리나 도덕, 그리고 근대 계몽주의 사상가들의 논리적 사고나 세계인권 선언과 같이 인간의 지향점을 바탕을 둔 합의로서 정하여졌다고 하더라도 무시하거나 쇠퇴하는 것이 인간 세상이다.

규범(規範)은 ① 마땅히 따르고 지켜야 할 본보기. ② (철)사유(思惟)·의지·감정 등이 일정한 이상·목적 등을 이루기 위해 마땅히 따라야 할 법칙과 원리(논리의 진(眞), 도덕의 선(善), 예술의 미(美)) 등과 같은 것이다. 그러나 논란의 소지로 늘 싸운다.

자연과학을 다루는 여러 분야의 과학자들은 복잡하게 보이는 것들도 이론화하고 정밀 측정장비를 만들어 관측하고, 실험하고, 최종적으로 수학적으로 증명하여 법칙화하면 논쟁이 불필요하게 된다. 이의가 있으면 새로운 이론과 관측과 실험과 수학적으로 입증하면 된다. 인문학적 논리는 늘 반대의 역설이 있어 세상은 늘 불안정하다.

'자유와 평등, 인권과 평화'는 남을 지배하려는 권력욕과 지배욕에서 비롯된 이기적 생존 본성이 빚은 결과로 억압과 차별, 인권 침해와 폭력(전쟁)은 서로 연결되어 '변화와 균형'에 의해 '생성과 소멸', '확산과 소실'하며 '동적 균형'을 이루며 끊임없이 흘러가고 있는 자연현상이다.

11. 인간 존재에 대하여

세포분열 하는 생물학적 존재

인간은 두 발로 서서 두 손을 자유자재로 사용할 수 있고, 말할 수 있고, 두뇌의 성장과 성숙으로 마음이 있어 희로애락하고, 정신이 있어 생각하고 상상하고 창조하며 생존투쟁을 하지만, 생로병사에서 벗어날 수 없는 '세포론에 의한 생물학적 존재이다'

자식을 낳아 기르다 보면 얼굴, 모습, 성격, 습관 등 여러 면에서 부모와 비슷한 모습을 보거나 느낄 때가 많다. 모습은 아버지 쪽을 많이 닮은 것 같지만 성격적인 측면에서 보면 어머니 쪽을 많이 닮은 것 같고 또 다른 측면에서 보면 반반씩 닮은 것 같아 전체를 더하여 둘로 나누면 같게 될 것 같다. 유전된다는 것은 모습과 성격 습관뿐 아니라 색깔 면역력 소화능력에서 신체구조와 재능과 그리고 질병과 수명은 물론 생각과 기억력·판단력·창의력과 같은 두뇌의 작용과 희로애락의 감정변화에 이르기까지 모두 부모로부터 이어받는다는 생각을 하게한다.

루돌프 쇤 하이머(1887~1961) 교수의 연구로 DNA의 이중나선 구조의 발견을 통해 생명을 자기복제 시스템으로 규정 즉 '생명은 동적 평형 상태에서 자신을 유지하는 흐름'이라는 생명 관으로 바꾸어 놓았다.

　최초의 원(原)핵 단세포 생명으로부터 진핵 단세포 생물로, 다시 단세포 생물의 공생집합체에서 다세포 생물로 변화하며 무수한 환경 변화에 따른 생멸(生滅) 속에서도 기본 세포는 살아남아 유전되고 변화하여 그 때의 환경에 적응하는 새로운 종으로 변화하며 오늘과 같은 다양한 생물 종이 공생과 기생과 먹이사슬을 형성하며 종족번식에 의하여 이어지고 있다.

　생물의 기본단위인 세포는 크기·모양·기능 등에서 다양한 형태를 하고 있지만 공통의 기본 구조를 가지고 있고, 하나하나의 세포는 생명 활동을 하는 생물과 같다. 하나의 세포가 하나의 개체를 이루고 있는 세균류의 '단세포 생물'과 동·식물이나 인간과 같이 다수의 세포가 모여 하나의 개체를 이루는 '다세포 생물'이 있고, 유산균이나 대장균과 같은 '원핵생물'도 지금까지는 물론 앞으로도 계속 생존할 것이다.

　「세포」는 중요한 유전정보(DNA)가 들어있고, 폐와 혈액 등으로부터 유입된 산소와 물과 아미노산 등 각종 물질분자로 채워져 있으며, 소기관들이 유전정보에 의해 합성한 단백질이 다양한 용도와 각종 반응을 촉진시키는 메커니즘에 따라 몸의 일부를 구성하거나 호르몬으로서 다른 세포와의 교신 역할을 할 수 있게 처리하며, 스스로 에너지원천 물질을 만들어 대사하고, 그리고 필요시 원래의 세포와 같은 DNA를 복제하여 2개의 체세포분열에 의하여 새것과 대체하며 생명 활동을 이어가고 있다.

인간의 몸은 약 60조 개의 세포로 이루어져 세포 내부 소기관의 작용에 의해 생명 활동을 한다. 생식세포인 부모의 정자와 난자가 융합하여 생긴 수정란 속에는 부모의 염색체(DNA)가 반반씩 들어가 자식에게 유전되고 있다.

유전 정보가 기록되어 있는 이중 나선의 DNA는 세포가 분열할 때는 단단히 접혀 X형 형태의 염색체로 '히스톤'이라는 단백질에 감겨있다. DNA를 가진 한 세트의 유전 정보를 가리켜 '게놈'이라 하고, 인간 몸의 하나하나의 세포 속의 핵 안에는 2세트의 '게놈'이 46개(23쌍)의 염색체에 나뉘어 들어가 있다.

이중(二重) 나선 모양의 DNA는 당(糖)에 4종의 염기와 인산이 결합한 화학물질이 차례로 이어진 구조로, 4종의 염기가 배열되는 방식에 따라 생명 활동에 필요한 단백질을 만드는 방법이나 생명 활동을 지시하는 타이밍이 정해지고 있다.

단백질은 몸을 형성하는 뼈와 근육, 형태를 이루는 털·손톱·발톱·각질층, 세균을 공격하는 항체, 기억에 관계하는 신경전달 물질, 정보를 전달하는 호르몬, 시각 후각 미각과 같은 감각을 담당하는 단백질, 식욕 증진을 일으키는 단백질, 촉매 하는 효소, 물질을 수송하는 펌프작용, 물질과 결합하는 항체 등 인간을 지탱해주는 10만 종의 단백질을 만들고 있다. 이들 다양한 단백질이 서로 협력하면서 네트워크를 형성해 생명 활동이 유지되고 있다.

인간이 먹는 음식물에 들어있는 단백질은 입에서 잘게 씹힌 후 위·십이지장·소장에서 단백질을 분해하는 각종 "소화 효소"에 의해 아미노산끼리의 이음매를 잘라내어 단백질은 잘게 분해되어 아미노산이 하나 내지 셋 정도로 이어진 사슬(펩티드)이 되어 소장에서 혈액을 타고 온몸의 세포에 보내져 다음 단백질의 재료가 된다. 인간의 몸은 항상 '물질대사'를 하여 오래된 단백질이 새로운 단백질로 바뀌어 가며 생명 활동을 영위하고 있는 것이다. 분해되었다가 다시 우리 몸의 일부로 재편성되는 것은 단백질이나 아미노산만 아니라 잉여로 투입되는 지방조차도 몸의 구석구석까지 퍼져 들어가 1년이 지난 후 우리 몸의 98%는 새로운 원소로 대체되어, 먹은 음식이 몸으로 변해 있다.

부모의 정자와 난자는 "원시생식세포"라는 공통의 세포에서 '정원(精原)세포·난원세포(卵原細胞)' '정모(精母)세포·난모(卵母)세포'를 거치면서 감수 분열에 의하여 염색체 수가 각각 23개인 정자와 난자가 만들어져 융합(수정)하여 염색체 수가 46개인 수정란이 인간 최초의 시작이다. 이로서 인간은 부·모와 똑 같은 DNA를 자식세대에게 전하여 유전자를 이어가고 있다. 1개의 수정란은 수정 후 제8주의 태아기를 거치면서 유전자의 지배하에 분열을 되풀이 하여 신경계와 심장·눈·코·귀·사지 등의 각 기관이 분화 형성되어 가며, 발생 과정에서 프로그래밍된 세포의 죽음을 일으키기도 하며 형태를 갖춰 나가고 있다.

결국 인간은 원시생식세포로부터 수정란이라고 하는 하나의 세포가 수많은 세포로 분열 증식하여 형성되고 성장하여 다시 다음 세대로 이어지며 생·노·병사를 되풀이하며 생명을 지속하고 있다. 개체로서의 세포나 다세포로서의 개체나 생멸을 반복하여 순환하는 것이 생존이고 생명의 연속성이다.

　　다양한 세포의 작용이 유전정보에 의한 화학반응이라고는 하지만, 달리 생각하면 그렇게밖에 될 수 없는 자연스러운 반응인 것이다. 자연의 물리·화학 법칙에 의하여 극심한 환경 변화 속에서 발생된 최초의 생명 활동이 반복하며 유전자에 의해 생성되기를 거듭하며 형성된 다양한 크기, 모양, 기능을 가지고 있는 세포로 되기까지는 수십억 년의 세월에 걸친 자연환경의 변화와 함께 '변화와 균형'에 의해 '생성과 소멸', '확산과 소실'하며 자연의 법칙에 따라 흘러가는 자연현상이다.

　　다윈은 종의 기원에서 말했다.

　　"태초에 하나로부터 이렇게 아름답고 대단한 형태의 생명들
이 진화해 왔고 지금도 진화하고 있다.
　'나'는 DNA가 만들어 세상에 내놓은 존재',
　'DNA의 일대기는 지구 생명의 역사이다.'"

정상(正常)과 비정상이 뒤엉킨 존재

엉키다는 '감정이나 생각 따위가 갈피를 잡을 수 없을 정도로 얽히다'이다.

오늘날도 몽골고원에서 초원길과 오아시스길(비단길)을 따라 초원과 산악과 사막으로 이루어진 파미르고원과 중앙아시아의 우즈베키스탄을 지나 이란고원을 따라 아라비아반도에 이르는 왕의 대로 주변의 유목민, 히말라야산맥의 산자락에 있는 나라들의 민족들, 중국 남부의 소수 민족, 파프아뉴기니와 인도네시아의 오지 원주민들, 아프리카의 초원 원주민들의 사는 모습은 소박하고 선량하게 보인다.

오스트리아의 정신분석학자 지그문트 프로이트(1856~1939)는 생리학자에서 정신분석의 창시자로 〈정신 분석 입문(1907)〉에는 '저항과 억압', '무의식', '성생활의 병인적 의의', '소아 체험의 중요성' 등 정신분석의 기본적인 모든 원리가 총괄적으로 담겨 있어, 프로이트의 〈정신분석학적 개론〉이라고도 부른다. 〈기쁨 원칙(1920)〉에서, 리비도 즉 성욕 또는 성적 충동은 프로이트 정신분석학의 기초 개념으로, '성적 에너지'를 지칭한다. 칼 융은 이를 '생명의 에너지'로 해석하고 있다.

트라우마(외상), 꿈의 해석, 불안과 억압, 성격발달 이론은 [구강기(입), 항문기(항문), 남근기(성기), 잠복기, 생식기]의 5가지 순서로 리비도가 바뀌어 가는 성격 형성의 결정적 시기로 주장한다. 이는 인간의 마음을 이해하는 방법론이고 치료법으로 중요한 자리를 차지하고 있다.

정신질환에는 사고(思考), 감정 및 행동 등에 영향을 미치는 병적 상태다. 모든 사람은 때때로 불안하거나 특이한 생각, 또는 격렬한 감정을 경험한다. 다수의 사람이 타인에게는 때때로 이상하다고 여겨지는 방식으로 행동한다. 그러나 정신 질환이 있는 환자는 이러한 생각, 감정 및 행동이 너무 자주 나타나거나 너무 심해서 일상 생활에서 심각한 문제를 겪거나 크게 화를 낸다.

정신질환에 대한 의학정보나 백과사전에 의하면, ① 정신 질환은 오래 지속되지 못하거나 장기간 지속될 수 있다. ② 때때로 정신 질환과 정상적인 걱정 또는 슬픔 간의 차이를 구별하는 것이 어려울 수 있지만, 정신 질환은 더 심하고 오래 지속되며 삶에 대처하는 능력에 상당한 영향을 미친다. ③ 성인 중 거의 절반은 인생의 어느 시점에 정신 질환의 증상을 경험하며, 우울증은 매우 흔하다.

정신질환의 원인은 ① 불안감 ② 우울증: 너무 슬픈 기분 장애 ③ 조증(躁症): 너무 흥분하는 기분장애, ④ 인격 장애: 인격이 지나치게 편향된 상태로 고정되어서 환경에 적응하지 못하고 사회적, 직업적 기능에서 심각한 장애나 주관적인 괴로움을 가져오는 경우. ⑤ 강박장애: 원하지 않는 생각과 행동을 반복하게 되는 강박사고와 행동이 주된 증상인 불안장애의 하위유형, 섭식장애: 마른 몸매에 대한 강한 욕구로 다이어트에 과도하게 집착하는 심리적 장애, PTSD: 외상후 스트레스장애, 자살 행동 등이다. ⑥ 기억

상실증과 희귀난치병 등 인간은 마음과 정신이 있어 신경계통과 정신계통에 정상과 비정상이 엉켜 있는 것이 현상이기도 하다.

그 외에도 사이코패스는 정신질환으로 명명되어 있지 않지만, 반사회적 인격장애자로 사회규범 및 법과 도덕에 대한 반복적인 위반을 특징으로 하며, 이로인해 일반적인 대인관계에 심각한 지장을 초래한다. 죄책감이 없고, 자기 중심적으로 오늘날은 사이코패스의 뇌는 공감능력과 충동조절을 담당하는 전두엽의 기능 저하와 연관성을 추측하기도 하지만 중법죄자나 살인마가 된다고 단정할 수는 없다고 말한다.

TV에서 〈벌거벗은 세계사〉 중 "정신질환의 역사"에서 '묻지 마식 살인자'의 심리를 분석하기 위하여, MRI 뇌검사를 실시한 결과 한쪽 뇌가 죽어 있는 사진을 보여주고 있었다. 이 사람은 판독 결과 범죄자라기보다 정신과적으로 뇌 질환을 앓고 있는 정신 질환자로 판정을 내리며 "정신질환의 역사"에 대해 이야기하고 있었다.

〈벌거벗은 세계사〉에는 〈프랑스 혁명〉, 〈나폴레옹 보나파르트〉, 〈징기스칸〉, 〈제1,2차 세계대전〉, 〈걸프전쟁〉, 〈아편전쟁〉, 〈스탈린 (독소전쟁)〉, 〈나치의 유대인 홀로코스트〉, 〈이스라엘과 팔레스타인〉, 〈유고내전〉, 〈영국의 노예무역〉, 〈미국 서부 개척사(인디언 학살)〉, 〈킬링필드(폴 포트)〉, 〈마약 카르텔〉, 〈석유패권 전쟁〉, 〈CIA와 라틴아메리카〉, 〈마피아〉, 〈지구 온난화〉, 〈바다 오염〉, 〈도널드 트럼프〉, 〈힌두교와 카스트〉, 〈교황의 탐욕〉 등 인간의 '비정상적 사건'을 다루고 있다.

조지프 커민스의 〈잔혹한 세계사〉에는 "대량학살이 문명사회에 남긴 상처"라는 대량살육과 대량학살에 대해서 열거하고 있다. 이 외에도 수많은 침략 전쟁과 권모술수와 허위 선전, 정치적 모략중상과 음모, 폭력과 살인, 죄를 뒤집어 씌우기 등과 같은 범죄행위는 그것이 인간의 생존에 무슨 의미가 있는지 동조하며 승자를 옹호하고 패배자는 죄악으로 간주하는 것을 보며 '정상과 비정상'의 차이에 의문을 갖게 한다.

인간은 수많은 두렵고 비참하고 끔찍한 자연재해나, 사회 속에서 치열한 생존경쟁을 하고, 그리고 잔인하고 비참한 전쟁을 치르면서 육체적으로나 정신적으로 힘든 삶을 살아왔다. 사회적으로는 계급차별과 빈부격차로 무지와 가난과 질병 등으로 종속된 노예의 삶을 숙명으로 받아들이며 살았을 것이다. 왕이나 귀족이라고 하더라도 대내외적인 도전과 누구나 직면하는 정신적 고민과 갈등은 마찬가지로, 수많은 문학작품과 영화와 드라마의 주제는 힘든 하층민이 아니라 왕과 왕실에서 일어나고 있다.

마녀사냥은 교황의 칙령에 의해, 심판관은 가톨릭 수도사였고, 마녀 진단법을 저술한 〈마녀의 망치〉는 수많은 희생자를 낳았다. 재난에 대한 기성 종교 권위자들의 도덕적 타락과 무기력이 빚은 결과로 이에 동조하는 무리들에 의해 자행되고 있다.

병의 원인이나 치료법을 알 수 없었던 무지한 시대에 엉뚱한 데에서 희생양을 찾아 해법을 찾으려 한 것을 보면 '정상과 비정상'

이 뒤엉켜 있다.

문화비평용어사전에서 매카시즘은 1950~1954년 미국을 휩쓴 반(反)공산주의 선풍으로 미국 상원의원 매카시의 연설에서 발단된 냉전의 산물로 미국 자본의 시장이던 중국의 공산화와 한국의 6.25 전쟁 등 급격한 공산세력의 팽창에 위협을 느낀 미국 국민의 지지를 받아 행해졌다. 오늘날도 언론, 사상, 정치, 문화 등 광범위한 영역에서 매카시즘적 선동과 압력이 행해지고 있다. 공산주의 문제를 개인 또는 특정 집단의 이익을 위하여 정치적으로 악용할 뿐만 아니라, 논리적인 이론이나 사실의 근거 없이 정적을 비난하거나 낙인으로 탄압한다. 진보세력을 겨냥한 보수세력의 '색깔론' 비방, 노동자의 권익이나 소수인종의 인권 옹호에 대한 '마녀사냥' 식의 압력행사 등.

중국 전한 시대의 유향(劉向)이 전국시대(기원전 475~222)의 수많은 제후국 전략가들의 정치, 군사, 외교 등 책략을 모아 집록한 자료집인 〈전국책(戰國策)〉의 (진책)에는 증삼살인(曾參殺人)이라는 이야기가 나온다. "증삼이 사람을 죽였다"는 뜻으로, 사실이 아닌데도 사실이라고 말하는 자가 많으면 진실이 됨을 비유한 말이다.

찌라시는 인터넷 포털까지 점령한 것으로 나타나고 있다. 찌라시 대중화에는 기성 언론이 져야 할 책임이 적지 않다는 지적도 있다. "찌라시의 대중화는 정화되지 않은 정보가 넘치는 세상, 사기와 진실의 경계가 사라진 정보화 사회가 빚어낸 아비규환의 다른 말이다". 무법자들이 판치는 황야를 개척하기 위해서는 제대로 역할을 다하는 언론의 바로 서기가 급선무이다(이상 양홍주).

찌라시에 대한 법적 규제를 놓고는 아직도 찬반으로 갈리어 싸움만 하고 있다. 찌라시는 각종 주간지, 월간지가 창간될 때부터 지면을 장식한 것으로 알고 있다. 이는 기자나 잡지사도 문제이지만, 모여 앉으면 남의 이야기나 험담, 뜬소문, 확인되지 않은 남의 이야기에 흥미를 갖는 인간의 속된 관심 때문이기도 하다.

유대인의 청결이 페스트에 덜 걸리는 원인이었지만 오히려 이것이 학살의 빌미가 되고, 유대인의 부유한 삶이 시샘으로 작용하여 제2차 세계대전 당시 나치의 학살에 동인(動因)이 되고, 일본 관동 대지진 때 사회혼란을 조선인의 탓으로 선동하여 자행한 학살 행위 등 수없는 비정상적인 만행이 허위 소문이나 선전에 의해 도처에서 행해지고 있는 것은 오늘날의 국내외의 정치 현상이기도 하다.

히틀러와 스탈린을 위시한 많은 독재자들의 뒤에는 권력기관의 감시와 억압, 그리고 이에 동조하고 편승하는 세력이 있어 가능한 일이다. 그들은 권력을 이용하여 억압하고, 언론을 장악하여 허위 선전과 선동에 동원하고, 힘없는 백성들은 폭력 앞에 두려움을 느끼며 순응하고 따를 수밖에 없다. 항거하면 죽임을 당하거나 극심한 고문으로 정신적·육체적 고통을 받게 되기 때문이다. 폭력을 휘두르는 자, 억압으로 피폐해진 자 모두 '마음과 정신'이 온당치 않다.

주의·주장이나 이념과 신념이라는 틀에 사로잡히면 친구나 가족 간에도 언성을 높이거나 다투는 것을 보면 '옳고 그름'을 먼저 따져 보기도 전에, 생각에 갇혀 있어 이성을 잃고 흥분하기 일쑤다. 독제정권과 권위주의 체제에서 자행되고 있는 부정과 불의는 권력을 이용한 은폐와 거짓에 있다. 부정과 부패, 무능과 무지를 남에게 뒤집어씌우는 일은 권력의 속성이다. 가해자가 피해자로, 피해자가 가해자로, 있는 죄를 없는 죄로, 없는 죄를 있는 죄로 뒤집어씌우기 위하여 갖은 협박과 가혹한 고문으로 실신시키는 일은 과거 왕정시대나 독제정권시대에는 일상있는 일로 이에 편승하고 따르는 무리에 의해 행해지고 있다.

인간은 "선과 악, 옳고 그름, 정의와 불의, 인권과 억압, 공정과 불공정, 상식과 몰상식, 만족과 탐욕, 검소와 사치, 고마움과 당연함, 겸손과 교만, 진실과 거짓, 전쟁과 평화, 행복과 불행, 분노와 인내, 수치와 용기" 등 감정이라는 마음과 생각하고 판단하는 정신이 수천 년의 세월을 거치며 민족과 문화와 문명이 뒤섞이며 '변화와 균형'에 의해 '생성과 소멸', '확산과 소실'하며 '동적 균형'을 이루어 끊임없이 흘러가며, '정상과 비정상이 뒤엉킨 존재'가 되었다.

엔트로피를 증가시키는 존재

생물의 진화과정이 원핵단세포 생물에서 진핵단세포 생물로, 군체에서 다세포생물로, 그리고 다양한 생물로 변화와 분화하며 유전자의 다양성, 종의 다양성, 생물 다양성을 이루며 변화하여 인간이 출현하고 있다. 생명의 중심에는 세포분열이라는 형식을 기본바탕으로 유지한 채, 수많은 멸종과 생성을 반복하며, 자연과 생명은 서로 보완적으로 작용하며 최대의 능률과 효율로 '엔트로피 최소화'로 종의 다양성과 생태계의 다양성으로 아름답고 신비하고 경이로운 지구 자연을 형성하고 있다.

생명 변화의 방향은 자연의 '변화와 균형'에 의하여 흘러가고 있지만, 인간의 생존을 위한 과학기술문명의 변화는 생명의 변화 방향과 역행하는 '엔트로피 증가의 법칙'을 따르고 있다. 이는 인간이 직립보행하여 손을 자유자재로 쓸 수 있고, 두뇌의 성장과 성숙으로 희로애락하는 마음과 생각하고 상상하고 창조하고 탐구하는 정신이 있어 생존을 위해 문화와 과학기술 문명을 발전시킨 결과이다. 이는 인구증가와 함께 자연과 자원을 개발하여 지구 자연과 생명의 진행 방향에 역행할 수밖에 없는 것은 인간의 생존 투쟁이 빚은 결과이고, 엔트로피를 증가시킬 수밖에 없는 '변화와 균형'에 의해 '생성과 소멸'하며 '동적 균형'으로 끊임없이 흘러가는 자연의 섭리이다.

인간다움을 말한다

리움(LEEUM) 미술관에서 '인간(人間) 일곱 개의 질문'이라는 주제의 재개관 기념 미술전시가 있었다. 50여 명의 작가와 130여점의 작품은 마음과 몸, 이성과 비이성, 나와 공동체, 실제와 가상, 인간과 비인간의 경계를 넘나드는 다양한 인간상을 보여준다고 소개하고 있다. 또한 새롭고 낯선 환경에 적응해야만 하는 시점에서 인간에 대해, 스스로에 대해 돌아볼 수 있는 기회라고 설명한다.

국어사전에 의하면, 인간(人間)은 ① 생각하고 언어를 사용하며, 도구를 만들어 쓰고 사회를 이루어 사는 동물. 인간다움은 사람으로서 갖추어야 할 것으로 기대되는 자질이나 덕목이다. 영어사전의 뜻풀이에는 touches of humanity: 인간미, 인간다움, humanitas: ① 인간성 ② 인간애 ③ 교양이 높은 등이다.

독일의 실존주의 철학자 마르틴 하이데거(1889~1976)는 〈이정표〉에서 "동물적 인간과 이성적 동물이라는 형이상학적 인간관은 결국 동물적 본질을 벗어날 수 없다. 인간을 동물성의 영역 안에 한정하여 버린다면, 인간만이 영(靈) 혹은 주체, 인격, 정신 따위의 고귀한 능력을 소유한다고 한들, 인간은 여전히 동물적 인간으로 남는 것이다. 따라서 인간의 본질을 이성적 동물로서 규정하는 형이상학은 참다운 의미에서 인간의 인간다움을 사유하지 못한다"고 논하고 있다.

고대로부터 사회적 동물로서의 인간의 삶은 잔혹하고 처절하다. 반면에 인간은 도덕적 선과 예술적 미를 추구하는 이성적 존재이기도 하다. 그럼에도 불구하고 인간은 어차피 죽어야 하는 운명이고, 대를 이어 영속한다고 한들, 언젠가는 지구적 운명과 함께 할 수밖에 없는 유한한 존재다.

인간의 본질은 '동물적 인간이다' 마음과 정신이 있어 '영혼'이 있다고 믿고 있을 뿐이다. '짐승 같다'는 말은 생각이 없고, 부끄러움을 모르고, 잔인하고, 무지하다는 뜻이겠지만, 이는 곧 인간 스스로를 지칭하는 말이다. 짐승은 먹이를 먹을 때 발톱으로 움켜잡고 이빨로 물고 뜯고 찢어서 먹을 수밖에 없는 것을 두고 하는 말이다.

인간은 다양한 방법으로 사냥한다. 머리를 흉기로 타격하여 쓰러뜨리고, 목을 치고 비틀고, 흉부를 찌르고, 불에 태우고, 살과 뼈를 도려내어 난도질하여 익히거나 생으로 요리하여 먹는다. 나아가 인간의 전쟁은 잔인하고 참혹하다. 그리고 권력투쟁은 잔악하고, 무자비하고, 권모술수와 중상모략이 난무한다.

프랑스의 자연주의, 자유사상 소설가 에밀 졸라의 〈인간짐승〉(1890)에서 탐욕과 시기, 증오에서 비롯된 개인적이고 일상적인 차원에서의 폭력에서부터 기득권 수호와 조직 보위를 위하여 국가기관을 사적으로 이용하여 횡포한다. 기계·기차·철도를 포함한 문명은 인간 짐승의 도구로 전락한다. 죽음이 난무하는 잔혹성과 외설적인 성 묘사, 진실을 외면하고 거짓을 수호하는 고위 관료들의 부패상, 먹잇감 앞에서 가차 없이 육식 본능이 작동하는 야수 같은 인간 짐승들의 음험하고도 치밀한 범죄 심리를 묘사(描寫)하고 있다.

자치능력은 인간다움의 조건이다. 흄의 인성론에서 휴머니즘이란 인간의 인간다움을 추구하려는 모든 사려와 심려를 말한다. 도덕적 판단과 행위에 있어서의 중요한 요인은 이성(理性)이 아니라 감정이라고 주장한다.

두산백과의 휴머니즘은 인문주의 인본주의이다. 15~16세기 문예부흥운동에서 휴머니즘은 인간다움을 찾고 인간성을 발현하려는 정신적 경향이다.

인간은 스스로를 만물의 영장이라고 말한다. 나아가 마음과 영혼이 있는 신과 같은 존재로 나타내기도 하고 신화에서는 요괴와 용감하게 싸워 물리치는 영웅을 그리고 있다. 철학자는 초인을, 도교(道教)에서는 신선을, 불교는 깨달음에 의하여 해탈과 열반을 추구한다. 기독교는 예수의 '사랑과 희생정신' 위에 하늘나라를 꿈꾸고 있다.

'한 순간만이라도 인간답게 살고 싶다'고 말한 철학자나 예술가가 있는가 하면 '인간이기를 포기한다'는 말도 있다. '짐승만도 못하다'는 말로 애꿎은 동물을 들먹이기도 한다. 순수하고 천사 같은 사람이라고도 하고, 법 없이 살 사람이라는 말도 한다. 특정한 사람에 대하여 하는 말이지만 보편적이지도 않고, 해석을 달리할 수도 있다. 어린아이와 동물들의 새끼들은 모두 귀엽고 천진난만하고 예쁘다.

승려와 수도승은 인내와 고행을 통하여 깨달음을 얻어 해탈과 열반과 천국을 상상한다. 이는 현실 세계가 곧 지옥이고 아비규환의 삶이기 때문이다.

현실의 지옥과 아비규환의 환경은 천재지변이나 전염병과 같은 자연재해 발생의 원인도 있지만, 침략과 정복 전쟁에 의한 참상, 그리고 인간 사회의 삶이 권력의 횡포와 남용, 빈부 격차에 의한 계급화에 따른 억압과 불평등 등 이로 인하여 각종 범죄와 전쟁이 난무하는 세상이 곧 인간에 의해 저질러지는 인간지옥인 것이다.

인간은 권력욕과 물욕, 정복욕과 과시욕과 같은 다양한 욕심이 있어 자유와 권리와 행복을 서로 빼앗고 침해하여 저항과 투쟁을 불러 혼돈 속의 변화와 균형을 반복하며 인간 사회는 흘러가고 있다. 인간은 꿈과 희망, 야망과 욕망이라는 것이 있어 어려움과 불행 앞에서도 좌절하지 않고 용기를 갖게 하고, 현실에 만족하지 않고 보다 나은 미래를 향해 스스로를 불태우며 운명을 개척하고 변화시켜 간다.

인간은 전쟁을 두려워하지만 미화하고 있고, 손에 땀을 쥐면서도 경쟁을 즐긴다. 대량학살이 뒤따른 정복전쟁을 일으킨 왕과 장군에 대해서 영웅이나 호걸로 묘사하고, 아이들은 전쟁놀이를 즐기고 어른들은 치열하고 긴장감 넘치는 각종 스포츠 경기나 내기를 좋아한다. 정복과 투쟁과 경쟁의식은 인간 사회에서 표출되고 있지만, 본질적으로 생존을 위하여 유전인자 속에 본성으로 자리 잡고 있기 때문이다.

인간은 고정관념과 강박관념 같은 비정상적이고 비이성적인 정신세계를 가지고 있기도 하다. 지나치게 흥분하거나 집착하거나 몰입하거나 한다.

인간 사회는 도덕과 종교적 규범으로 권위를 세우고 법과 제도를 확립하여 권력으로 인간 사회를 다스려 왔지만 권위와 권력은 부패하기 쉽고 억압과 불평등을 낳아 투쟁과 혁명을 통하여 흥망성쇠하며 끊임없이 흘러가고 있다.

인간은 사회지도층일수록 명분을 내세워 합리화시키려고 하며 주의와 주장을 편다. 명분은 이해관계와 얽혀있고, 주의·주장이라는 것은 자기기만과 자기최면과 같은 것이지만 인간사는 이에 의하여 '변화와 균형'으로 끊임없이 흘러가고 있다.

종교적 원리주의에 사로잡혀 있거나 개인이나 집단의 극단적 사상과 주의 주장은 인간의 갈등과 참상의 근원을 이루고 있다. 이는 모두 정상이라고 할 수 없는 무지이지만, 인간사를 변화시킨 비정상적인 정상과 같은 것이 되고 있다.

인간의 삶 자체는 착각과 망상의 연속이고 꿈을 꾸고 있는 것과 같다. '우리가 믿는 것', '느끼는 것', '아는 것'이 전부인 양 그 틀에서 벗어나지 못하고 그 틀 속에 갇혀 산다. 인간은 망각의 동물이기도 하다. 아무리 희로애락이 깊고 크다고 하더라도 쉬 잊을 수 있어 다시 시작할 수 있고 일어설 수 있게 한다. 착각과 망상과 망각은 기억과 생각의 이상상태이고 오류이다.

인간은 세상사에 관심이 많기도 하지만 무관심으로 일관하기도 한다. 그 관심이라는 것은 자기와의 이해관계와 관련이 있지만 그렇지 않으면 호기심과 심심풀이에 불과하다. 관심과 호기심은 생명이 생존하기 위한 자연스러운 본능적 본경에서 온다.

이해관계는 인간 사회를 항상 찬반(贊反)으로 갈려 개인 간 집단

간 국가 간의 갈등과 충돌과 이합집산을 일으키게 하고 주의·주장과 모략과 권모술수가 끊이지 않고 일어나게 한다. 이해관계로 인하여 희로애락하고, 싸우고, 피 흘리고, 죽고 죽이고 한다. 세상만사는 생존이라는 본성에 의해 야기된 이해관계와 얽혀 흘러가고 있다.

인간에게 그 어떤 목적이나 의미나 가치가 있다고 하는 것은 인간의 삶이 고달프고 외롭고 슬프고 힘들기 때문이다. 여유가 생기면 어울려 놀거나 놀이하며 지내기를 좋아하며, 뜻있는 일들이라고 하는 것은 골치 아프고 귀찮게 생각하는 존재이다.

오늘날과 같이 고도의 물질문명으로 부유하고 편리한 시대에, TV와 컴퓨터의 오락과 게임에 몰입하고, 인터넷에 떠돌고 있는 가짜 뉴스와 과장 광고에 익숙해져 있고, 전쟁과 범죄를 다룬 긴장감 넘치는 액션 영화나 드라마를 즐기고, 올림픽 경기나 월드컵 같은 스포츠 경기에 열광하고 환호하며 에너지를 발산하며 즐기자면 곧 잊힌다.

자본주의의 세계화는 황금만능주의로 자본에 의한 투자와 투기와 사기가 난무하며 자원의 채굴과 공업화는 지구 온난화와 기후변화로 생명체에 멸종의 위기가 되고 있고, 인간의 마음과 정신 또한 황폐화되어 가며 인간성과 인간다움의 의미를 다시 생각하게 한다.

지금까지 열거한 인간의 여러 가지 행태들이 곧 인간성이고 인간다움이라고 할 수 있다. 고대로부터 근현대에 이르기까지 많은 철학자, 계몽주의 문학과 미술 분야에서 인간성이나 인간다움에 대하여 추구한 것은 인간의 영(靈)적 정신과 이성 그리고 따뜻한 마음에서 인간의 주체성과 의의를 찾으려는 데에서 출발하고 있다.

'억압과 불평등, 불공정과 불의, 부정과 부패, 빈부격차와 차별, 갈등과 대립'이 없는 평화로운 '인간다움의 길'에 대하여 성현의 가르침에서 찾아본다.

예수의 사랑, 무함마드의 관용은 공동체의 결속으로 서로 의지하고, 외로움을 달래고, 사후 세계의 천국에서 찾고 있다. 붓다의 깨달음에 의한 대중을 위한 대승불교는 범신론적이고, 승려의 길을 가야 하는 소승불교는 깨달음을 얻기 위하여 수행과 고행에 집중하며 은둔 생활을 한다. 그럼에도 깨달음을 얻기란 쉽지 않다.

기독교와 이슬람, 불교는 세계적인 종교이지만 인간을 구제하지 못하고 있다. 특히 기독교와 이슬람은 지리적·역사적 환경에 갇혀 오늘날까지도 대립과 갈등, 분쟁과 전쟁이 끊임없이 이어지고 있다.

오늘날과 같이 더불어 살아야 하는 인간이 다른 생각과 가치 판단으로 혼탁하고 어지러운 현실에서 종교적 색채가 적고, 사안의 이치를 구별하여 가르친 유학(儒學)의 인의예지신의 오상(五常)에서 '인간다움'을 찾아보는 것은 의미가 있어 보인다. 지식인을 포함한 사회 지도층의 무지하고 무분별한 언행과 싸움이 사회를 혼란에 빠뜨리는 원인이다. 오상은 올바른 감성과 이성에 판단을 두고 있어 오늘에 재조명하여 본다.

맹자가 제시한 4단에 신의(信義)(信)을 더한 오상(五常)의 덕목은

① 측은지심(惻隱之心)은 인(仁)에서 우러나는 가엾고 불쌍히 여기는 마음이다. 지위고하와 빈부귀천을 불문하고 누구나 생로병사하는 가련한 존재이기 때문이다.

② 수오지심(羞惡之心)은 의(義)에서 우러나는 자기의 옳지 못함을 부끄러워하고 남의 착하지 못함을 미워하는 마음이다. ③ 사양지심(辭讓之心)은 예(禮)에서 우러나는 겸손히 사양할 줄 아는 마음이다. ④ 시비지심(是非之心)은 지(智)에서 우러나오는 옳고 그름을 가릴 줄 아는 마음. ⑤ 신의지심(信義之心)은 사람 간의 믿음과 의리를 지키는 마음이다. 오상의 덕목으로 수양과 학문으로 군자의 길을 걷고자 하였던 양반들은 국가와 백성의 이익보다 이기적 파당과 당쟁으로 나라를 도탄과 패망에 이르게 하고 있다. 참으로 인간다움을 찾기란 쉽지 않고 존재하지도 않는가 보다.

세종대왕의 애민정신과 정치사상은 〈훈민정음 언해〉 서문에 잘 나타나 있다. "우리나라 말이 중국과 달라 한자와 서로 통하지 않으므로 이런 까닭에 어리석은 백성이 이르고자 하는 바가 있어도 마침내 그 뜻을 능히 펴지 못하는 사람이 많다. 내가 이를 불쌍히 여겨 새로 스물여덟 글자를 만들었으니 사람마다 하여금 쉽게 익혀 날로 씀에 편안하게 하고자 할 따름이니라"

다산 정약용의 〈목민심서〉 서문에는 "군자가 학문하는 목적은 자신의 수양을 위함이 반(半)이고, 백성을 다스리는 일을 배우는 것이 또한 반이다. 오늘날 백성을 다스리는 자들은 오직 거두어들이는 데만 급급하고 백성을 부양할 바는 알지 못한다. 이 때문에 하민(下民: 서민)들은 여위고 곤궁하고 병까지 들어 진구렁 속에 줄을 이어 그득한데도, 그들을 다스리는 자는 바야흐로 고운 옷과 맛있는 음식에 자기만 살찌우고 있으니 슬프지 아니한가"

세종대왕의 〈훈민정음〉과 정약용의 〈목민심서〉의 정신은 '인간, 인간 세상'을 평화와 행복으로 이끄는 '인간다움'의 표상이지만 세상은 '변화와 균형'에 의해 '생성과 소멸', '확산과 소실'하며 '동적 균형'으로 끊임없이 흘러만 간다.

에필로그

    2,500년 전 갠지스 강가의 붓다의 깨달음인 연기론과 공(空) 사상, 황허 유역의 도가(道家)의 '천이 무위요, 자연이요, 무의지'하다는 천도관(天道觀)은 현대 물리학인 미시의 양자의 세계와 맥락을 같이 하고 있다. 과학지식이 어두운 시절에 조용한 마음으로 대상의 본질을 꿰뚫어 보는 깊은 관조(觀照)의 정신세계는 오늘날 미시의 입자의 세계를 다루는 양자론적 사고(思考)와 일맥상통하고 있다.

    글제인 〈변화와 균형 - 인간, 인간 세상〉은 그동안 읽고, 보고, 듣고, 느끼고, 생각한 것들을 정리하며 처음부터 끝맺음할 때까지 연결 지어 이야기를 전개하려고 시도(試圖)하였다. 독자와 필자 모두가 이해할 수 있게 하려다 보니 불필요한 서술로 중복되거나, 길어져 매끄럽지 못하다는 생각이 든다. 글쓰기가 전문이 아니고 자연철학적 에세이를 쓰려다 보니 미숙함은 어쩔 수 없다. 그럼에도 불구하고 필자가 구상(構想)하려고 한 내용은 미흡한 대로 표현하였다고 생각한다.

    '변화와 균형'은 '진화와 역사'의 관점이 아닌, 우주 삼라만상과 지구 자연과 생명, 인간과 인간 세상의 모든 현상이 '변화와 균형'에 의해 '생성과 소멸', '확산과 소실'하며 '동적 균형'을 이루어 끊임없이 흘러가며 이루어지는 자연의 물리화학 법칙에 의한 자연의 섭리에 의해서 나타나는 자연현상임을 말하고 있다.

생명은 생존을 위하여 지속적인 영양공급이 필요하다. 생명 활동은 세포에 의한 기본 구조로 모든 생물이 공통으로 동일한 형태를 하고 있다. 세포는 생명 활동의 원천이고, 생명이고, 삶이다. 또한 목숨이고, 생존이고 본성이다. 생명 활동은 자율적이고, 자동적이고, 본능적으로 생명을 유지·보존한다.

진화의 사전적 의미는 ① 일이나 사물 따위가 점점 발달하여 감. ② 생물이 생명의 기원 이후부터 점진적으로 변해가는 현상. 진화 경로, 또는 생명이 외계의 영향과 내부의 발전에 따라 간단한 것에서 복잡한 것으로, 하등에서 고등한 것으로 발전하는 일. 유의어는 발달, 발전, 진보이다.

하버드 대학의 에드워드 윌슨(Edward Wilson) 교수는 생물의 진화를 전체적으로 바라볼 때 엄연히 진보하는 방향으로 진화해 왔다는 '계통 점진설'이라고 생각한다.

고생물학자이고 진화생물학자인 스티븐 제이 굴드(Stephen Jay Gould)는 '단순(단속) 평형설'을 주장하며, 진화란 단순한 진보가 아니라 다양성이 증가하는 방향으로 변화해 온 과정이라고 정의하고 있다. 그는 '계통 점진설'이 뒷받침되려면 진화 과정의 중간

단계를 나타내는 화석들이 발견되어야 하지만 화석으로는 진화의 중간 단계를 발견하기 어려웠다. 따라서 화석은 생물 종이 변화하는 과정이 아니라, 변화하여 적응한 생물 종의 형태를 나타내고 있다고 주장한다.

굴드는 사회생물학이 인간 사회와 인간의 행동을 결정론적으로 파악하고 있다고 비판하였다. 나아가 생물 종이 단순한 것에서 복잡한 것으로 단선적으로 발전해 간다는 목적론적인 해석을 비판하며, 진화는 다양한 분화를 거쳐 생물 다양성을 형성하는 과정임을 강조하였다.

역사(歷史)의 사전적 의미는 ① 인류 사회의 변천과 흥망의 과정, 또는 그 기록. ② 어떠한 사물이나 사실이 존재해 온 연혁. ③ 자연 현상이 변하여 온 자취이다.

철학 사전에 의하면 역사관은 인간의 역사에 관한 여러 문제에 대한 견해를 말한다. 즉 ① 역사를 진보시키는 원동력은 무엇인가? ② 역사는 전체적으로 진보 또는 발전의 과정인가, 그렇지 않으면 단순한 변화의 반복에 불과한 것인가? ③ 역사의 운동에는 필연적인 법칙성이 있는가, 그렇지 않으면 관련이 없는 우연성의 연쇄에 불과한 것인가? 등에 대한 견해를 말한다.

이븐할둔의 이슬람 역사를 체계적으로 저술한 "역사 서설"은 문명의 탄생·성장·쇠퇴·몰락에 이르는 과정에서 '연대 의식'의 중요성은 사회를 변화시키고 발전시키는 원동력이다. 유목민들은 소박·검소·강인함을 바탕으로 강력한 '연대 의식'과 결속력으로 대제국을 건설하지만 세월이 흐르며 점차 강인함을 잃고 쇠퇴하여 또 다른 유목민의 공격으로 멸망을 반복한다는 유목민의 역사관을 제시하고 있다.

아널드 토인비는 〈역사의 연구〉에서 사회의 진보 대신에 세계의 문명권은 '도전과 응전'(challenge & response)이라는 이론적 도식을 통해 각각의 탄생·성장·쇠퇴·붕괴라는 단계를 거치는 '역사의 순환설'을 제시하고 있다.

결국 '진화와 역사'에 대한 사전적 의미는 '발전, 진보, 반복, 변화'의 뜻을 가지고 있지만 학자마다 견해가 다르고 해석에 대해서도 지속적인 질문을 던지고 있다.

인간이 이 세상에 존재함으로써 우주 삼라만상과 자연과 모든 생명체를 인식하고 분별하여 이름을 붙일 수 있다. 인간 없는 세상은 모든 것이 존재하지 않는다.

알베르 까뮈는 시지프스의 신화에서 허망하고 쓸데없는 일인 줄을 알면서도 부조리를 살아가는 인간의 운명적인 삶을 항상 깨어있는 의식 속에서 '반항, 자유, 열정'을 가지고 사는 인간의 참다운 모습을 그리고 있다.

그의 '반항, 자유, 열정'은 인간의 처절한 절규의 몸부림이다.

없다는 무(無)와 비어 있다는 공(空)이란 무엇인가? 오늘날 천체 물리학자들은 우주의 구조에 대해서 '초끈 이론', '수학적 구조론', '양자 평행 이론' 등 '병렬 우주', '다차원 우주', '평행 우주', '대칭 우주', '인플레이션 우주', '평행 다중 우주', '거품 우주', '초우주' 등 우주의 시작과 끝 너머를 생각하다 무(0)와 무한(∞)을 연결하며 미시의 세계와 거시의 세계가 중첩되는 다양한 우주를 상상하지만 결국 '무(0)와 무한(∞)', '시작과 끝', '생성과 소멸', '확산과 소실', '의식(意識)과 무의식' 등은 '변화와 균형'에 의해 '생성과 소멸', '확산과 소실'하며 '동적 균형'을 이루며 끊임없이 흘러가고 있는 환상(幻想: 현실에 없는 것을 있는 것 같이 느끼는 상념(想念))이기도 하다.

2025년 2월